the Villain

L.J. SHEN

the Villain

ROMAN

Traduit de l'anglais (États-Unis) par
LAURIANE CRETTENAND

&H

Titre original :
THE VILLAIN

Ce livre est publié avec l'aimable autorisation de Brower Literary Agency.

HARPERCOLLINS FRANCE
83-85, boulevard Vincent-Auriol, 75646 PARIS CEDEX 13.

www.harlequin.fr

ISBN 978-2-2804-6097-2 — ISSN 2271-0256

À Cori et Lana.

« Perséphone, perdue aux Enfers,
Sa tête sur ton genou offert ;
Dis-lui : "Ma chère, ma chérie,
Ce n'est pas si terrible ici." »

EDNA ST. VINCENT MILLAY, *Collected Poems*

Le cœur-saignant est une fleur rose avec de petites touches blanches, qui ressemble fortement à un cœur. On l'appelle aussi cœur-de-Marie ou cœur-de-Jeannette.

Cette fleur est connue pour être toxique au toucher et mortelle si on la consomme.

Et comme la déesse mythologique Perséphone, elle ne s'épanouit qu'au printemps.

Playlist

Cradles – Sub Urban

River – Bishop Briggs

Hardest Button to Button – White Stripes

Sally – Gogol Bordello

Peaches – Milk & Bone

Red Right Hand – Nick Cave and the Bad Seeds

Prologue

Perséphone

Mon histoire d'amour commença par un décès.

Par le son de mon âme qui se brise comme de la porcelaine sur le sol de l'unité de soins palliatifs.

Et tata Tilda, flétrissant dans son lit médicalisé, son souffle n'étant guère plus qu'un râle.

Je trempai sa blouse d'hôpital de larmes, agrippant le tissu entre mes petits poings, ignorant maman qui me demandait de lâcher sa sœur malade.

— Ne pars pas, tata. S'il te plaît, plaidai-je d'une voix rauque.

Le cancer avait contaminé ses poumons, son foie et ses reins ; il lui devenait insupportable de respirer. Depuis quelques semaines, elle dormait assise, oscillant entre conscience et inconscience.

J'avais douze ans, la mort était un concept abstrait pour moi. Réel mais étranger, lointain. Une chose qui arrivait aux autres familles, aux autres gens.

Je comprenais ce que cela voulait dire maintenant.

Ma tante Tilda ne me prendrait jamais plus dans ses bras en

faisant semblant de me gratter avec ses doigts comme si j'étais une guitare.

Elle ne viendrait plus nous chercher à l'école, Belle et moi, quand nos parents travaillaient tard, avec des sacs de congélation remplis de morceaux de pommes et de fraises.

Elle ne me tresserait plus jamais les cheveux en me murmurant des contes magiques sur des dieux grecs et des monstres à trois têtes.

Ma tante coinça mes boucles blondes derrière mon oreille. La maladie, si tangible que j'en sentais le goût sur ma langue, faisait briller ses yeux.

— Partir ? (Elle toussa grassement.) Mon Dieu, c'est un bien grand mot. Jamais je ne ferais ça, Persy. Morte, vivante, et entre les deux, je serai toujours là pour toi.

— Mais comment ? demandai-je en tirant sur sa blouse, me cramponnant à sa promesse. Comment saurai-je que tu es là si ton corps est parti ?

— Il suffit de lever les yeux en l'air, petite bécasse. Le ciel nous appartiendra toujours. C'est là qu'on se retrouvera, entre le soleil et les nuages.

Les jours d'été chauds et collants, tata Tilda et moi nous allongions dans l'herbe près de la rivière Charles pour observer les nuages. Ils allaient et venaient tels des passagers dans une gare. D'abord, on les comptait. Puis on choisissait ceux qui avaient une forme étrange, les plus cotonneux. À ceux-là, on donnait des noms.

Cassius et Fergus Cumulus.

Neige et Orage Nuage.

Tante Tilda croyait à la magie, aux miracles. Et moi ? Je croyais en elle.

Pendant que ma grande sœur Emmabelle courait après les écureuils, jouait au foot avec les garçons et grimpait aux arbres, Tilda et moi admirions le ciel.

— Tu m'enverras un signe ? demandai-je dans la chambre lugubre. Que tu es là dans le ciel ? Un éclair ? De la pluie ? Oh ! je sais ! Peut-être qu'un pigeon peut me faire caca dessus.

Maman posa sa main sur mon épaule. Comme le dirait ma sœur Belle, il fallait que je me détende, et vite.

— On va passer un marché, proposa ma tante dans un petit rire essoufflé. Comme tu le sais, les nuages sont plus fiables que les étoiles filantes. Communs, mais magiques. Quand le temps viendra et que tu auras grandi, demande ce que tu veux – une chose que tu veux *vraiment* –, tu verras alors un nuage solitaire dans le ciel, et j'exaucerai ton souhait. C'est comme ça que tu sauras que je te regarde de là-haut. Tu n'as droit qu'à un seul miracle, Perséphone, alors fais bien attention à ce que tu souhaites. Mais je te le promets, quel que soit ton vœu, je te l'accorderai.

J'avais gardé mon Vœu Nuage pendant onze ans, le préservant tel un précieux héritage.

Je ne m'en étais pas servie quand mes notes avaient baissé.

Ni quand Elliott Frasier avait inventé le surnom Perséfolle Pénisrose en seconde, qui m'avait suivie jusqu'à la fin du lycée.

Ni même quand papa s'était fait virer et que les McDo et l'eau chaude étaient devenus des luxes rares.

Finalement, j'ai gâché mon Vœu Nuage en un instant, en toute imprudence.

Pour un désir voué à l'échec, un béguin stupide, un amour non réciproque.

Pour l'homme que tous les médias américains appellent « le Méchant ».

Pour Cillian Fitzpatrick.

Trois ans plus tôt

J'étais ivre avant midi le jour où Sailor, ma meilleure amie, s'est mariée.

D'habitude, j'avais l'alcool heureux. Responsable. J'étais la fille bourrée qui parlait un peu plus fort, riait en grognant comme un cochon, et dansait comme si personne ne la regardait, mais aussi celle qui appelait un Uber, évitait des mauvais plans drague à ses amies, et ne laissait jamais personne dans son entourage se faire un tatouage qu'il regretterait le lendemain.

Pas cette fois-ci.

Cette fois-ci, j'étais torchée, genre « monte-le-son-DJ ». Le genre d'état à cause duquel tu peux finir à l'hôpital avec une intraveineuse, un invité indésirable dans l'utérus et un casier judiciaire.

J'étais ivre pour tout un tas de raisons, que j'aurais pu pointer du doigt si mes mains n'avaient pas tremblé autant.

Problème : c'était le pire moment pour être indisposée. J'avais des devoirs de demoiselle d'honneur. À vingt-trois ans, ma mission était de – *roulements de tambour* – semer des pétales de fleurs jusqu'à l'autel.

Était-ce étrange de confier ça à une adulte ? Bien sûr que non. C'était un honneur.

OK, c'était *un peu* gênant.

Et par « un peu gênant », je veux dire que c'était incroyablement humiliant.

Mais il était hors de question de dire non.

J'étais Perséphone.

L'amie facile à vivre, placide, qui encaisse.

Celle qui maintenait la paix et laissait tout tomber si quelqu'un avait besoin d'aide.

Aisling, qui était sur le point de devenir la belle-sœur de Sailor, était chargée de tenir la traîne de plus de deux mètres, telle Pippa Middleton, et ma sœur, Emmabelle, était responsable des alliances.

Thorncrown Chapel était un lieu de noces somptueux sur la côte du Massachusetts. Se dressant au bord d'une falaise au sein d'un domaine s'étendant sur vingt hectares, le château médiéval pouvait se targuer d'une architecture ancienne en pierre calcaire importée de France, de jardins privés, et d'une vue sur l'océan. La suite nuptiale était un appartement aux tons grèges, avec une baignoire sur pieds, un porche et quatre salles d'eau.

Tous les frais de ce mariage luxueux étaient payés par le marié, Hunter Fitzpatrick, et sa famille. Sailor épousait un membre d'une classe sociale supérieure, gravissant ainsi l'échelle sociale.

Les Fitzpatrick étaient au coude à coude avec les Rockefeller, les Kennedy, et les Murdoch. Ils étaient riches, puissants, influents et – à en croire les rumeurs – ils avaient assez de squelettes dans leurs placards pour ouvrir un cimetière.

C'était fou de penser que la fille avec qui j'avais joué à la marelle et qui me laissait lui couper la frange allait devenir une princesse américaine dans moins d'une heure.

C'était encore plus fou qu'elle soit celle qui m'avait présenté l'homme qui occupait désormais quatre-vingts pour cent de ma capacité cérébrale et presque tous mes rêves.

Le Méchant qui me brisa le cœur sans même se rendre compte de mon existence.

J'étais en train de faire les cent pas dans la chambre pour essayer de dessoûler. Soudain, je m'arrêtai pour me pencher à la fenêtre, levant la tête vers le ciel estival. Un nuage solitaire glissait paresseusement autour du soleil, promesse d'une journée radieuse.

— Tata Tilda, quelle surprise de te voir ici ! Comment vas-tu ?

Ce n'était pas la première fois que je parlais à un nuage comme si c'était ma chère tante, je ne pouvais donc pas mettre cette extravagance sur le compte de mon état d'ébriété.

— La météo est bonne. Sailor va apprécier. Comment tu me trouves ?

Je tournai sur moi-même devant la fenêtre dans ma robe vert sapin en repoussant mes cheveux.

— Tu crois qu'il va enfin me remarquer ?

Le nuage n'avait pas besoin de répondre pour que je le sache – non.

Il n'allait pas me remarquer.

Il ne me remarquait jamais.

Je doutais même qu'il sache que j'existais.

Cela faisait cinq ans que je le connaissais, et il ne m'avait jamais adressé un mot.

Poussant un soupir, j'attrapai les fleurs cueillies plus tôt devant la suite nuptiale et les collai à mon nez pour inspirer avidement leur parfum. Elles sentaient le chaud et la fraîcheur, comme le printemps.

Les fleurs étaient roses en forme de cœur et j'eus l'idée d'en décorer ma chevelure, partiellement relevée. Je coinçai quelques tiges entre mes dents et les glissai une à une dans ma coiffure. Je sentis de la sève visqueuse sous ma langue et je pestai.

— Je sais, je sais, je devrais l'oublier. Passer à autre chose. La frontière est mince entre le romantisme et la stupidité. Je crois que je suis restée entre les deux pendant quatre ans de trop.

Cela faisait cinq ans que je nourrissais cette obsession pour l'aîné des Fitzpatrick. Une demi-décennie, bon sang ! J'avais comparé tous les mecs avec qui j'étais sortie à ce magnat inaccessible, je le regardais avec des étoiles plein les yeux, et j'avais lu tout ce qui se disait de lui dans les médias. Décider de l'oublier ne suffisait pas J'avais déjà essayé.

C'était tout ou rien.

Je devais utiliser le vœu de Tante Tilda pour tourner la page.

J'ouvris la bouche pour formuler mon souhait mais, alors que je commençai à prononcer les mots, ma gorge se serra.

Je lâchai les fleurs que j'avais à la main et m'approchai du miroir d'un pas mal assuré. Une rougeur s'étirait sur mon cou, semblable à la paume possessive d'un homme. La tache cramoisie s'étendait vers le sud, descendant la vallée entre mes seins. Chaque centimètre carré de ma peau était en train de virer à l'écarlate.

Comment pouvais-je faire une réaction allergique ? J'avais été trop nerveuse pour avaler quoi que ce soit de toute la matinée.

C'était peut-être la jalousie. Un monstre vert à dents pointues en train de s'extirper de mon cœur à coups de griffes pour me rappeler qu'être une mariée était *mon* rêve, pas celui de Sailor.

Bien sûr, ce n'était ni féministe, ni exemplaire, ni progressiste, mais ce n'en était pas moins la vérité. Ma vérité.

Je voulais me marier, avoir une clôture de piquets blancs, des bébés qui gloussent et se baladent librement dans mon jardin, et des labradors qui puent en train de leur courir après.

Quand je m'autorisais à y penser (c'est-à-dire pas souvent), l'injustice de tout cela me faisait manquer d'air. Sailor était la créature la plus asexuelle au monde jusqu'à ce qu'elle rencontre Hunter.

Et pourtant, c'était la première de nous toutes à se marier.

Un coup frappé à la porte me sortit de ma transe.

— Pers ? fredonna ma grande sœur Emmabelle – ou Belle, son diminutif – de l'autre côté. La cérémonie commence dans vingt minutes. Qu'est-ce que tu fabriques ?

Eh bien, Belle, je ressemble à s'y méprendre à un Cheetos, tant au niveau de la couleur que de l'aspect.

— Tu ferais mieux de te bouger les fesses. Notre fiancée a déjà vomi deux fois dans la poubelle de la limousine, maudit son futur époux comme une marchande de poissons parce qu'ils ne se sont pas enfuis à Las Vegas pour se marier, et un de ses ongles en acrylique se la joue à la Amelia Earhart.

— Comment ça ? criai-je à travers la porte.

— Il a disparu. J'espère qu'il n'est pas dans sa crinière, répondit ma sœur avec un sourire perceptible dans la voix. Au fait, tu peux prendre l'alliance de Hunter si son frère ne vient pas la récupérer ? Techniquement, c'est le job de Cillian, mais il est probablement dans les jardins, en train de dépecer une employée pour se faire un manteau avec sa peau.

Cillian.

Mon ventre se noua quand j'entendis son nom.

— Bien reçu. J'arrive dans cinq minutes.

J'entendis les talons de ma sœur résonner dans le couloir comme elle s'éloignait pour regagner la limousine.

Je parcourus la pièce du regard.

Comment faire disparaître cette stupide rougeur ?

Claquant mentalement des doigts, je cherchai le sac d'Aisling, « Ash », Fitzpatrick des yeux, que je repérai sur le lit. Je fouillai dedans, écartant des pansements, un couteau suisse, et un kit de maquillage miniature. Elle devait bien avoir du Benadryl ou un autre antihistaminique. C'était une Girl Scout, parée à toute éventualité, que ce soit une éruption cutanée, un ongle cassé, une guerre mondiale ou une subite pandémie.

— *Bingo.*

Je tirai un tube de baume apaisant du sac Hermès serti de diamants. J'appliquai la lotion sur ma peau, fière de mon sens pratique malgré ma gueule de bois, quand la porte s'ouvrit à la volée derrière moi.

— Cinq minutes, Belle, dis-je, les yeux rivés sur mes bras marbrés. Et non, je n'oublie pas, la bague de Hunter…

Je levai la tête. Ma mâchoire se décrocha et la fin de ma phrase se ratatina dans ma gorge. Le tube me glissa des doigts.

Cillian « Kill » Fitzpatrick se tenait dans l'embrasure de la porte.

Le grand frère de Hunter Fitzpatrick.

Le célibataire le plus convoité des États-Unis.

Un héritier au cœur de pierre et au visage sculpté dans le marbre.

Aussi inatteignable que la lune, et tout aussi froid et flottant.

Et surtout : l'homme que j'aimais en secret depuis le jour où j'avais posé les yeux sur lui.

Ses cheveux châtains étaient lissés en arrière, ses yeux ressemblaient à deux pierres d'ambre fumé aux contours de miel, mais sans aucune chaleur. Il portait un smoking édouardien, une grosse Rolex, et avait l'air légèrement renfrogné d'un homme qui considérait comme un désagrément toute personne qu'il ne pouvait pas baiser ou dont il ne pouvait pas tirer de bénéfice financier.

Il était toujours calme, discret et réservé, n'attirant jamais l'attention sur lui, tout en régnant sur chaque pièce dans laquelle il pénétrait.

Contrairement à son frère, Cillian n'était pas beau.

Pas dans le sens conventionnel, en tout cas. Son visage était trop sévère, ses traits trop acérés, son rictus trop moqueur. Sa mâchoire puissante et ses yeux aux paupières tombantes n'étaient pas harmonieux. Mais il y avait chez lui une décadence plus séduisante à mes yeux que la simple perfection apollonienne de Hunter ou la beauté d'Aisling, aussi pure et innocente que Blanche-Neige.

Cillian était une berceuse obscène, m'invitant à plonger entre ses griffes et à me blottir dans sa noirceur.

Et moi, qui portais bien le nom de la déesse du printemps, je mourais d'envie que le sol s'ouvre pour m'aspirer dans ses Enfers, dont je ne ressortirais jamais.

Waouh. Mon dernier verre de mimosa a vraiment éradiqué le peu de neurones qu'il me restait.

— Cillian, m'étranglai-je. Bonjour. Salut. Hey.

Tellement d'éloquence, Pers.

J'agrémentai ma salutation d'un grattage de cou. C'était bien ma veine, de me retrouver seule avec lui pour la toute première fois alors que je m'étais transformée – extérieurement et intérieurement – en boule de lave.

Cillian s'avança tranquillement vers le coffre-fort, avec l'élégance indolente d'un fauve, exsudant un danger pur qui me fit recroqueviller les orteils. Son indifférence me faisait souvent douter de ma présence dans la pièce avec lui.

— Trois minutes avant le départ de la limousine, Penrose.

J'existais bel et bien.

— Merci.

Ma respiration devint plus lente, pénible. J'avais peut-être besoin d'appeler une ambulance.

— Tu as hâte ? parvins-je à demander.

Pas de réponse.

La porte en métal du coffre-fort se déverrouilla avec un clic métallique. Il en sortit la boîte en velours noir contenant l'alliance de Hunter, marqua une pause pour m'observer, faisant glisser ses yeux de mes bras vers mon visage rouge, s'arrêtant sur les fleurs blanches et roses accrochées dans mes cheveux. Une expression passa sur son visage – un moment d'hésitation – puis il secoua la tête avant de regagner la porte.

— Attends ! m'écriai-je.

Il s'arrêta mais ne se retourna pas.

— J'ai besoin… j'ai besoin… *(De plus de vocabulaire, manifestement.)* J'ai besoin que tu appelles une ambulance. Je crois que je fais une réaction allergique.

Il pivota pour me jauger du regard. Chaque seconde passée sous ses yeux scrutateurs faisait descendre ma température de cinq degrés. Partager un espace avec Cillian Fitzpatrick était une expérience. Comme être assis dans une cathédrale vide et obscure.

À cet instant, j'aurais aimé être ma sœur, Emmabelle.

Elle lui aurait dit de se foutre son attitude là où je pense. Puis elle l'aurait entraîné dans les jardins privés après la cérémonie pour s'asseoir sur son visage.

Mais je n'étais pas Belle. J'étais Perséphone.

Persy la timide, la gentille, la sainte-nitouche.

Pers missionnaire-lumière-éteinte.

La romantique gauche.

La bonne poire.

La fille chiante.

Il y eut un moment de silence, puis il revint dans la pièce et ferma la porte derrière lui.

— Il n'y a pas grand-chose dans cette jolie petite tête, hein ?

Il soupira, jeta sa veste sur le lit, puis défit ses boutons de manchette. Remontant sa chemise sur ses avant-bras musclés, il me toisa avec mécontentement.

Mon corps avait décidé que c'était le moment parfait pour s'effondrer au sol, et ce fut ce qu'il se passa. Je m'écrasai sur la moquette, haletante.

Voilà donc ce qu'a ressenti tata Tilda.

Nullement perturbé par ma chute, Cillian ouvrit le robinet de la baignoire à pieds qui trônait au centre de la pièce, tournant le mitigeur côté bleu pour que l'eau soit glaciale.

Satisfait de la température, il avança vers moi, me fit rouler sur le ventre du bout de ses mocassins, comme si j'étais un vulgaire sac de sable, puis il se pencha et posa sa paume à la base de ma colonne vertébrale.

— Qu'est-ce que tu…

— Ne t'inquiète pas.

D'un seul geste, il arracha la robe bustier de mon corps. Le bruit sec du tissu qui se déchirait et des boutons qui sautaient fendit l'air.

— Les petites filles ne m'intéressent pas.

Il existait une différence d'âge entre nous. Douze ans, ce n'était pas un écart dont on pouvait aisément faire abstraction. Cela dit, ça ne me dérangeait pas du tout.

En revanche, ce qui me mettait mal à l'aise, c'était mon nouvel état de nudité. Je tremblais comme une feuille à ses pieds.

— Qu'est-ce que tu fous ? m'écriai-je.

— Tu es empoisonnée, annonça-t-il d'un ton neutre.

Cela me fit dessoûler instantanément.

— Je suis quoi ?

Pour toute réponse, il donna un coup de pied dans les fleurs roses posées à côté de moi, les faisant voler à l'autre bout de la pièce.

Ma respiration devint plus superficielle, plus difficile. Toute vitalité quittait mon corps. L'écho monotone du gargouillis de l'eau qui se déversait dans la baignoire m'apaisait et, soudainement, je fus épuisée. J'avais envie de dormir.

— Je les ai trouvées dans le jardin, murmurai-je, les lèvres pâteuses.

Puis j'écarquillai les yeux en prenant conscience que…

— J'ai avalé de la sève sans faire exprès.

— Évidemment.

Sa voix dégoulinait de sarcasme. Il me hissa sur son épaule et me porta jusqu'aux toilettes. Après avoir laissé tomber mon corps flasque à côté de la cuvette, il me releva la tête en m'empoignant les cheveux. Mes genoux gémirent de douleur. Il n'était pas tendre.

— Je vais te faire vomir, annonça-t-il.

Et, sans plus de précisions, il me fourra deux doigts dans la gorge. Loin. J'eus un haut-le-cœur et vomis tandis qu'il me tenait la tête.

Pour citer Joe Exotic, « je ne m'en remettrai jamais ». Cillian me tenant les cheveux pendant qu'il me fait vomir.

Je vidai mon estomac jusqu'à ce que Cillian soit certain que tout était sorti. Alors seulement, il m'essuya le visage avec la main, ne se laissant pas décourager par les résidus de vomi.

— C'est quoi, ces trucs, d'abormmm ? marmonnai-je, mangeant mes mots, la tête posée sur la cuvette des toilettes. Les fleurs.

Il me souleva dans ses bras avec une effrayante facilité, traversa la pièce et me laissa tomber sur le lit. J'étais entièrement nue, à l'exception d'un string couleur chair.

Je l'entendis fouiller dans les placards. J'ouvris les yeux en battant des paupières. Il ouvrait un kit de premiers secours, dont il sortit un petit flacon de médicament et une seringue. Étudiant les instructions écrites en tout petit, il fronça les sourcils et me répondit :

— Cœurs-saignants. Beaux, rares et toxiques.

— Comme toi, murmurai-je.

Étais-je vraiment en train de faire des blagues sur mon lit de mort ? Il ignora ma remarque pertinente.

— Tu étais sur le point d'empoisonner toute une chapelle, Emmalynne.

— Moi, c'est Perséphone, dis-je en fronçant les sourcils.

Je pouvais à peine respirer mais j'arrivais quand même à m'offusquer qu'on me confonde avec ma sœur.

— Et ma sœur s'appelle Emmabelle, pas Emmalynne.

— Tu es sûre ? demanda-t-il sans lever les yeux, plantant la seringue dans le flacon pour y aspirer le liquide. Je ne me rappelais pas que la plus jeune était si insolente.

J'étais étiquetée comme « la plus jeune » dans son cerveau. *Génial.*

— Tu me demandes si je suis sûre de savoir comment je m'appelle ou si je connais bien le prénom de ma sœur ? demandai-je en me remettant à me gratter, aussi pudique qu'un ogre sauvage. Dans les deux cas, la réponse est oui. J'en suis certaine.

Ma grande sœur était celle dont on se souvenait.

Elle était plus exubérante, plus grande, plus voluptueuse, et ses cheveux, couleur champagne, étaient éclatants. D'habitude, cela ne me dérangeait pas d'être éclipsée. Mais le fait que Kill se souvienne d'Emmabelle et pas de moi, même s'il s'était trompé de prénom, me mettait hors de moi.

C'était la première fois de ma vie que j'en voulais à ma sœur.

Kill s'assit au bord du lit et se tapa la cuisse.

— Sur mes genoux, Fille aux Fleurs.

— Non.

— Ce mot ne devrait même pas faire partie de ton vocabulaire avec moi.

— Il se trouve que je suis pleine de surprises.

Ma bouche remuait contre le drap en lin. Je savais que je bavais. À présent que je respirais mieux, je sentis la puanteur du vomi dans mon haleine.

Je tournai la tête de l'autre côté. Peut-être que mourir n'était pas une si mauvaise idée. L'homme qui m'obsédait depuis des années était en fait un parfait connard qui ne savait même pas comment je m'appelais.

— Je m'en fous de mourir, dis-je d'une voix rauque.

— Idem, trésor. Malheureusement, tu devras mourir sous la surveillance de quelqu'un d'autre.

Ses bras s'enroulèrent autour de moi, et il m'allongea en travers de ses jambes. Mes seins s'écrasèrent sur sa cuisse musclée, mes tétons effleurant son pantalon. J'avais les fesses en face de son visage, lui offrant une vue parfaite. Heureusement, j'étais trop faible pour ressentir une quelconque gêne.

— Ne bouge pas.

Il enfonça l'aiguille dans ma fesse droite, injectant lentement le liquide dans mon sang. Les stéroïdes pénétrèrent aussitôt mon système. Je gémis de soulagement, la bouche contre sa cuisse, et mon dos se cambra. Je sentis une bosse longue et dure sous mon ventre, sur presque toute sa largeur. Ce machin avait sa place dans un étui à fusil, pas dans un vagin.

Le mystère s'épaissit.

Et il n'était pas le seul.

On resta ainsi pendant dix secondes, je reprenais mon souffle, avalant de précieuses goulées d'air, tandis qu'il retirait les fleurs de mes cheveux avec une étonnante délicatesse. Il les enveloppa dans un mouchoir, qu'il replia sur lui-même. Puis il posa une main sur ma fesse et retira lentement la seringue, envoyant des ondes de désir dans mon corps tout entier.

Ma tête retomba sur le lit.

J'étais très – trop – près de l'orgasme.

— Merci, dis-je doucement en posant mes paumes sur le lit pour me relever.

Il plaqua sa main contre mon dos pour me faire redescendre sur ses genoux.

— Ne bouge pas. Ton bain devrait être prêt d'une minute à l'autre.

Il avait l'étrange et énervante capacité de me traiter comme de la merde tout en me sauvant la vie. Coincée dans un état d'ébriété, de reconnaissance et de honte ultime, je me pliai à ses instructions.

— Alors. *Perséphone.*

Il fit rouler mon nom sur sa langue, faisant descendre mon string le long de mes jambes de ses longs doigts puissants.

— Tes parents savaient que tu serais insupportable et ils t'ont punie en avance en te donnant un nom de stripteaseuse, ou ils étaient dans un délire mythologique ?

— C'est ma tante Tilda qui m'a baptisée. Elle s'est longtemps battue contre un cancer du sein. La semaine où je suis née, on lui a annoncé qu'elle était tirée d'affaire après son premier cycle de chimio. Ma mère l'a laissée choisir mon prénom en cadeau.

Avec le recul, ils avaient célébré sa rémission un peu trop vite. Le cancer était revenu en force quelques années plus tard pour réclamer la vie de ma tante. Au moins, j'avais connu quelques belles années avec elle.

— Ils ne pouvaient pas dire non, dit Cillian en jetant mon string au sol.

— J'adore mon prénom.

— Il est vulgaire.

— Il a un sens.

— Rien n'a de sens.

Je tournai vivement la tête pour le fusiller du regard, les joues rouges de colère.

— Comme tu voudras, Dr. Seuss.

Cillian retira mes escarpins, me laissant complètement nue. Il me jeta sur le lit pour se lever et aller fermer le robinet, puis il s'assit sur le rebord de la baignoire.

— La dame au bain.

Il fit tourner son doigt dans l'eau pour vérifier la température. Je l'observai, curieuse.

— En anglais, on appelle aussi cette fleur « lady in the bath », la dame au bain, expliqua-t-il, l'air pensif. Viens.

Il me tourna le dos pour m'offrir un peu d'intimité. J'entrai dans la baignoire, retenant mon souffle. L'eau était glaciale.

Cillian envoya des messages sur son téléphone pendant que l'eau froide apaisait ma peau. J'avais beau avoir vomi presque tout ce que j'avais mangé et bu ce matin-là, j'étais encore bourrée. Le silence s'étendit entre nous, ponctué par les cris des employés et des *wedding planners* qui aboyaient des ordres de l'autre côté des murs de la suite. Je savais que, bien que la situation soit gênante, c'était ma seule occasion de lui dire ce que je ressentais. Les probabilités étaient contre moi et, malgré son érection lorsque j'étais nue sur ses genoux, Cillian semblait dégoûté par ma simple présence.

Pourtant, c'était maintenant ou jamais, et jamais, c'était trop long pour vivre sans l'homme que j'aimais.

— Je te veux.

Je posai ma tête contre l'émail frais de la baignoire. Les mots imprégnèrent les murs et le plafond, et la vérité emplit l'air, le chargeant d'électricité. Prononcer le mot avec un grand A était trop intime. Trop effrayant. Je savais que c'était de l'amour que je ressentais pour lui – malgré sa rudesse – mais je savais aussi qu'il ne me croirait jamais.

Ses mains s'affairaient sur son téléphone. Peut-être ne m'avait-il pas entendue.

— Je t'ai toujours voulu, dis-je plus fort.

Pas de réponse.

Avide de ses châtiments, je continuai, ma fierté et mon assurance s'effondrant brique par brique.

— Parfois, je te veux tellement que c'est douloureux de respirer. Parfois, cette douleur est une distraction bienvenue face au désir que j'ai pour toi.

On frappa à la porte, et il se leva d'un bond. Aisling se tenait sur le seuil, avec à la main une réplique de la robe de demoiselle d'honneur que nous portions toutes.

— Tu as dit que tu avais besoin de ma robe de secours ? Pourquoi tu…

Elle se tut, m'apercevant derrière l'épaule de son frère, et écarquilla les yeux.

— Sainte Marie Mère de Dieu. Est-ce que tous les deux vous avez… ?

— Jamais de la vie, répliqua sèchement Cillian en arrachant la robe de la main de sa sœur. Retarde la limousine. Elle sera prête dans cinq minutes.

Sur ce, il lui claqua la porte au nez, puis la ferma à clé.

Jamais de la vie.

Une angoisse incandescente mêlée à cette bonne vieille honte coula dans mes veines.

La réalité me heurta de plein fouet.

Je m'étais empoisonnée.

J'avais divagué comme une ivrogne devant Cillian.

L'avait laissé me déshabiller, me faire vomir, me piquer, me porter jusqu'à la baignoire.

Puis je lui avais confessé mon amour éternel avec des morceaux de vomi au coin de la bouche.

Kill me jeta un peignoir entre les mains ; il ne plaisantait plus.

— Sèche-toi.

Je sortis de la baignoire à la hâte, obéissante.

Puis il s'approcha de moi avec la robe de secours d'Aisling pour m'aider à la mettre.

— Je ne veux pas de ton aide, crachai-je, sentant mes joues s'embraser.

Stupide, stupide, stupide.

— Ce que tu veux m'importe peu.

Fronçant les sourcils, j'observai sa silhouette sombre dans le miroir alors qu'il attachait mon corset, plus vite et plus efficacement que n'importe quelle couturière. C'était perturbant. Ses doigts maniaient le ruban comme par magie, le faisant passer dans les œillets avec expertise pour me ficeler comme un gros cadeau.

Soudain, je compris qu'il me savait empoisonnée dès qu'il était entré dans la chambre et avait vu les fleurs dans mes cheveux, mais il n'avait pas proposé de m'aider avant que je lui demande d'appeler une ambulance.

J'aurais pu mourir.

Il ne plaisantait pas quand il avait dit qu'il m'avait sauvée uniquement parce qu'il ne voulait pas que je meure sous sa responsabilité – il n'en avait strictement rien à faire.

Cillian tira sur les cordons en satin de ma robe, la resserrant autour de mon corps.

— Tu me fais mal, sifflai-je en le fusillant du regard dans le miroir face à nous.

— C'est ce qui arrive quand on a un cœur saignant.

— La fleur, ou l'organe ?

— Les deux. L'un d'eux est un poison rapide. L'autre est lent, mais tout aussi destructeur.

Mes yeux le scrutèrent dans notre reflet. Élégant et sûr de lui. Il se tenait droit et fier, ne jurait jamais, et était la personne la plus méticuleuse que je connaisse.

C'était ce que j'admirais le plus chez lui ; ce vernis « bien comme il faut » enveloppant le chaos qui bouillonnait en lui. Je savais que sous cet extérieur parfait se cachait une bête sauvage et dangereuse.

C'était notre secret, en quelque sorte. Le parfait Cillian Fitzpatrick n'était pas si parfait, en réalité. Et tout ce que je voulais c'était découvrir ses failles.

— Tu n'avais pas l'intention de m'aider. Tu allais me laisser mourir.

Mon ton était effroyablement léger. Je devenais plus sobre à chaque seconde qui passait.

— Pourquoi m'as-tu secourue ?

— Une demoiselle d'honneur empoisonnée, ça fait mauvais genre.

— Et on dit que la galanterie est morte, dis-je avec sarcasme.

— La galanterie est peut-être morte, mais pas toi, alors tais-toi et sois reconnaissante.

Il n'avait pas tort. Non seulement Cillian m'avait sauvé la vie ce matin, mais il n'avait pas tenté de coup tordu et était aussi en retard que moi à présent parce que l'idiote que j'étais avait décidé de cueillir des fleurs empoisonnées.

À contrecœur, je marmonnai :

— Merci.

Il haussa un sourcil, comme pour demander « pour quoi ? ».

— D'avoir été un gentleman, clarifiai-je.

Nos regards se croisèrent dans le miroir.

— Je ne suis pas un gentleman, Fille aux Fleurs.

Il tira une dernière fois sur le ruban, puis il s'écarta et récupéra sa veste sur le lit. Je devais réfléchir vite. Mon regard se posa sur la fenêtre. Le nuage solitaire était encore là.

À me regarder.

Me narguer.

Attendant que je me serve de lui.

Tu n'as droit qu'à un seul miracle.

Celui-ci en valait la peine.

Je pris une profonde inspiration et prononçai les mots à voix haute : je ne voulais pas faire les choses à moitié au cas où il y aurait des conditions cachées et que j'aie besoin de faire tout un rituel magique.

— Je souhaite que tu tombes amoureux de moi.

Les mots surgirent de ma bouche comme un blizzard, figeant Kill sur place alors qu'il se dirigeait vers la porte. Il se retourna : son visage était un masque parfait de cruauté impitoyable.

Prenant une inspiration, je poursuivis :

— Je souhaite que tu tombes si fou amoureux de moi que tu seras incapable de penser à quoi que ce soit d'autre. De manger.

De respirer. Quand ma tante Tilda est morte, elle m'a accordé un miracle. C'est le vœu que je choisis. Ton amour. Il existe un monde au-delà de tes murs de glace, Cillian Fitzpatrick, et il est rempli de rires, de joie et de chaleur.

Je fis un pas vers lui, les genoux tremblants.

— Je vais te rendre ta faveur. Je vais te sauver la vie à ma manière.

Une malédiction.

Un sort.

Un espoir.

Un *rêve*.

Pour la première fois depuis qu'il était entré dans la pièce, je vis sur son visage quelque chose qui ressemblait à de la curiosité. Même mon corps nu étalé sur ses genoux ne l'avait pas fait sourciller. Mais je venais de fendiller sa façade, même si ce n'était qu'une minuscule fêlure. Il fronça les sourcils, puis il s'avança vers moi, réduisant l'espace qui nous séparait en trois enjambées décidées. Dehors, Belle et Aisling tambourinaient à la porte, hurlant que nous étions en retard.

Ma vie entière devint floue à cet instant précis. Et mon fantasme soigneusement élaboré se transforma en cauchemar.

Cillian me releva le menton d'un doigt, ses yeux durement plantés dans les miens, avant de déclarer :

— Écoute-moi bien, Perséphone, parce que je ne le dirai pas deux fois. Tu vas sortir de cette pièce et oublier que tu me connais, tout comme j'ai parfaitement réussi à ne pas remarquer ton existence jusqu'à présent. Tu rencontreras un mec bien, sain, *soporifique*. Parfait pour toi qui es bien, saine, *soporifique*. Tu l'épouseras, tu lui feras des enfants, et tu remercieras le ciel que je n'aie pas été suffisamment excité pour accepter ton offre loin d'être subtile. Je te fais le cadeau de te rejeter. Prends-le et fuis.

Il sourit pour la première fois, et son sourire était si déplaisant, si tordu, qu'il me coupa le souffle. Ce sourire me disait qu'il n'était pas heureux. Qu'il ne l'avait pas été depuis des années. Des décennies, même.

— Pourquoi me détestes-tu ?

Ma vue se brouilla mais je refusai de pleurer.

— Te détester ?

Il essuya mes larmes rebelles du revers de la main.

— Je n'ai pas de sentiments, Perséphone. Ni pour toi ni pour personne. Je suis incapable de te détester. Mais jamais je pourrai t'aimer non plus. *Jamais.*

1

Perséphone

Présent

J'attachai mon vélo au râtelier, sentant les pavés du trottoir sous les semelles de mes chaussures bon marché.

La petite rue du North End baignait dans l'obscurité. Les employés des pubs balançaient de gros sacs-poubelle détrempés entre les mâchoires des containers industriels tout en discutant et riant, insensibles aux trombes d'eau qui tombaient du ciel.

Je priai en silence pour qu'ils restent dans la rue jusqu'à ce que je sois bien rentrée dans mon immeuble. Je détestais rentrer aussi tard chez moi, mais je n'avais pas pu refuser le baby-sitting qu'on m'avait proposé après l'école. Je remontai le bas trempé de ma robe longue et me précipitai vers la porte, que je refermai derrière moi avant de m'y adosser avec un soupir de soulagement.

Une main fondit sur moi dans l'obscurité, me tirant par le poignet pour me propulser à travers le hall. Mon dos heurta l'escalier, et la douleur me transperça du coccyx à la nuque.

— Madame Veitch. Quelle coïncidence.

Même dans le noir total, je reconnus la voix de Colin Byrne. Elle était suave et grave, une pointe de moquerie rythmant son accent *southie*, du quartier sud de Boston.

— C'est « mademoiselle Penrose ».

Je me relevai à la hâte, écartant les mèches de cheveux mouillés de mon visage et époussetant mes genoux. J'actionnai l'interrupteur, et une lumière jaune inonda le hall. Tom Kaminski – Kaminski tout court pour ceux qui le connaissaient –, l'homme de main de Byrne, se tenait derrière son impitoyable patron, un homme ridé et maigre, ses bras costauds croisés sur sa poitrine.

Byrne s'approcha de moi, et le parfum étouffant de son eau de Cologne me donna la nausée.

— Penrose ? Nan, ce n'est pas le nom qui apparaît sur ton permis de conduire, ma petite Persy.

— J'ai demandé le divorce.

Je m'écartai de lui, m'efforçant de conserver une expression neutre.

— Et moi, j'ai demandé un plan à trois avec Demi Lovato et Taylor Swift. On dirait bien qu'aucun de nous deux ne va voir son vœu exaucé. Le fait est que tu es mariée à Paxton Veitch, et Paxton Veitch me doit du fric. Une tonne de fric.

— Exactement. *Paxton* te doit te l'argent, répondis-je vivement, sachant pourtant que je m'embarquais dans une guerre perdue d'avance.

Byrne ne m'écouterait pas ; ce n'était pas son genre. Pourtant, j'insistai :

— C'est lui qui a parié et perdu de l'argent dans tes soirées craignos. C'est à lui de réparer ses conneries, pas à moi.

Colin souleva ma main gauche, frottant mon annulaire nu. La marque de bronzage à l'endroit où s'était trouvée mon alliance nous narguait, rappelant que ma relation avec Pax n'était pas de l'histoire très ancienne.

Non seulement j'étais toujours mariée à lui, mais j'honorais encore mes vœux. Je n'étais sortie avec personne depuis que Pax s'était enfui. Bordel, je rendais encore visite à sa grand-mère toutes les semaines, je lui apportais des biscuits sablés et ses magazines culinaires préférés.

Elle se sentait seule, et ce n'était pas sa faute si son petit-fils était en réalité un vrai salopard.

— Pax est parti depuis longtemps, et sa jolie femme refuse de me dire où je peux le trouver.

La voix de velours de Byrne transperça mes pensées et je répondis :

— Sa femme ne *sait* pas où il est.

J'essayai de retirer ma main qu'il tenait encore, en vain.

— Mais elle sait se servir d'un spray au poivre. Alors sors de son espace vital.

Je ne voulais pas que Belle, à l'étage, soit réveillée par le bruit d'un affrontement et sorte de l'appartement pour voir ce qui se passait. Elle ne savait rien de ma situation, et j'étais presque sûre que ma féroce sœurette n'hésiterait pas à dégainer son Glock pour trouer le crâne de ces enfoirés si elle découvrait cette scène.

Je ne voulais pas accabler Belle avec mes problèmes. Pas avec ce problème en particulier, en tout cas. Pas après tout ce qu'elle avait déjà fait pour moi.

— Use de tes talents d'investigation pour le découvrir, dit Byrne avec un grand sourire. Après tout, tu as bien réussi à ferrer le pire mari de toute la Nouvelle-Angleterre. Tu as mis la main dessus une fois, tu peux le refaire. Aie confiance, un peu.

— Nous savons tous les deux que je n'ai pas la moindre idée d'où chercher. Son téléphone est coupé, mes mails me reviennent, et ses amis refusent de me parler. Ce n'est pas comme si je n'avais pas essayé.

Je me servis de la main que Colin tenait toujours pour repousser brutalement son visage.

Il ne bougea pas d'un pouce. Il se contenta d'enrouler ses doigts plus fermement autour des miens.

— Alors j'ai bien peur que sa dette devienne la tienne. Tu as déjà oublié : « dans la santé comme dans la maladie, dans la richesse comme dans la pauvreté » ? C'est quoi déjà la formulation ?

Byrne claqua des doigts à l'intention de Kaminski, derrière lui, qui pouffa et afficha une rangée de dents pourries.

— Aucune idée, patron. J'me suis jamais casé. Et c'est pas pour demain la veille.

— Voilà un homme sensé.

Byrne porta ma main à sa bouche pour y déposer un baiser froid, puis il glissa sa langue entre mon index et mon majeur, en une évocation aussi claire que dégoûtante de ce qu'il voulait faire à une autre partie de mon corps. Je ravalai une boule de vomi qui montait dans ma gorge et respirai par le nez. Il me faisait flipper et il le savait. Byrne était un usurier connu pour récupérer son fric qu'il pleuve ou qu'il vente, et mon mari lui devait plus de cent mille dollars.

Il posa ma paume mouillée contre sa joue, se frottant contre ma peau.

— Désolé, Perséphone. N'y vois rien de personnel. J'ai une dette à recouvrer et, si je ne récupère pas rapidement mon argent, les gens vont penser que ce n'est pas grave de me voler mon fric. Cela dit, si tu souhaites me rembourser via un autre moyen de paiement, je peux te proposer une alternative. Je sais me montrer raisonnable. Mais quoi qu'il arrive, tu *vas* rembourser ce que me doit ton mari, et tu ferais mieux de te dépêcher, parce que les intérêts grimpent à mesure que les semaines passent.

— Qu'est-ce que tu veux dire ?

Mon cœur tambourinait tel un marteau-piqueur dans ma cage thoracique, prêt à abandonner le navire et à quitter le bâtiment en courant.

Depuis quelques mois que Kaminski et lui me rendaient visite chaque semaine, il n'avait jamais évoqué cette idée. J'étais institutrice en maternelle, pour l'amour du ciel ! Où aurais-je pu trouver cent mille dollars ? Même mes reins ne valaient pas autant sur le marché noir.

Et, oui, j'étais assez désespérée pour avoir cherché cette info sur Google.

— Eh bien, si tu ne peux pas régler le solde dû, tu devras travailler pour.

— Accouche, Byrne, sifflai-je.

Tous mes muscles étaient sur le qui-vive, prêts à dégainer la bombe au poivre rangée dans mon sac à main pour la vider dans leurs yeux. Byrne avait beau être véreux, je doutais qu'il laisse passer cent mille dollars juste pour m'avoir dans son lit.

— Par exemple en te mettant à la disposition de mecs à l'hygiène douteuse et à l'apparence pas franchement mieux, dit Colin avec un sourire désolé. Tu es une jolie fille, Veitch, même dans ces fringues informes. (Il tira sur la robe sale et bas de gamme que je portais.) Tu bosses pendant six mois dans mon club de striptease à enchaîner deux services tous les jours, et on est quittes.

— Plutôt mourir que de me frotter contre une barre de pole dance ! bouillonnai-je tout en essayant de dégager ma main prisonnière pour planter mes doigts dans ses orbites.

Il recula la tête pour éviter mon attaque, mais je réussis à lui griffer la joue.

Kaminski avança, prêt à s'interposer, et Byrne lui fit signe de ne pas bouger. Il éclata de rire puis déclara, une lueur amusée dansant dans ses yeux :

— Oh mais ce n'est pas contre une barre de pole dance que tu te frotteras. Tu seras dans la salle VIP, à l'horizontale, et les jambes bien écartées. Ou bien à quatre pattes, s'ils sont prêts à payer un supplément.

La boule de vomi tripla de volume dans ma gorge, me bloquant la respiration. Une pellicule de sueur froide me couvrit le corps tout entier.

Au cours des huit mois qui s'étaient écoulés depuis la disparition de Paxton, j'avais bêtement espéré que mon mari ferait ce qu'il fallait et se pointerait à la dernière minute pour gérer le merdier qu'il avait créé en me laissant dans l'œil du cyclone.

Qu'il accepterait le divorce que je l'avais supplié de m'accorder durant les quelques jours qui avaient précédé sa disparition.

Je m'étais cramponnée à ma colère, refusant qu'elle se transforme en résignation, parce que cela revenait à admettre que c'était mon problème.

À présent, j'acceptais enfin la dure réalité que Byrne connaissait déjà : Paxton ne reviendrait jamais.

C'était à moi de régler ses problèmes.

Je devais trouver une solution, et *vite.*

— Et si je ne paie pas ?

Je serrai la mâchoire. Quoi qu'il arrive, je refusais de pleurer devant eux. Je n'étais peut-être pas aussi fougueuse et téméraire que ma grande sœur, mais je restais une vraie fille du sud de Boston.

Une douce romantique – mais une sauvage, tout de même.

Byrne se dirigea vers la porte de l'immeuble, ses rangers couinant sur le sol.

— Alors tu serviras d'exemple. Ce qui, je t'assure, madame

Veitch, me fera plus de mal qu'à toi. C'est toujours triste qu'une femme doive endosser les erreurs de son mari.

Il s'arrêta près de la porte et secoua la tête, l'air pensif.

— Mais si je laisse couler, je perds ma réputation. Tu paieras. En nature, avec ce que tu as entre les jambes ou avec ton sang. Mais je t'assure que tu paieras. À plus tard, Persy.

La porte se referma avec un clic derrière les deux hommes. Dehors, le tonnerre gronda, un éclair dessinant le contour de leurs silhouettes en bleu électrique à travers la porte en verre. Ils coururent jusqu'à un Hummer noir garé de l'autre côté de la rue, se précipitèrent à l'intérieur et filèrent vers le trou à rats d'où ils venaient.

Je montai l'escalier jusqu'à l'appartement de ma sœur en chancelant. Je vivais chez elle depuis le départ de Paxton, huit mois plus tôt. Les mains tremblantes, je tournai la clé dans la serrure et ouvris la porte.

Je ne payais pas de loyer. Belle pensait que Pax s'était tiré avec tout l'argent que lui et moi avions mis de côté pour acheter une maison. Ce qui était vrai. Il avait pris notre argent. Ce qu'elle ignorait, c'est que non seulement il avait dépensé toutes mes économies dans un casino clandestin, mais que j'étais endettée à cause de lui.

— Pers ? Punaise, meuf, c'est la tempête dehors !

Belle se frotta les yeux et s'étira sur le canapé. Elle portait un T-shirt extra-large *Les Frites Avant La Bite*, un film coréen dansait sur l'écran plat de la télévision, et un sachet de bretzels au beurre de cacahuète était posé sur son ventre plat. Une pointe de jalousie me serra la poitrine, en la voyant allongée là. Détendue, sans problèmes.

Elle n'avait pas à se demander si elle atteindrait la semaine suivante sans avoir à vendre son corps dans un club de strip-tease lugubre du quartier sud de Boston.

Elle ne se faisait pas embrasser, lécher, et forcer la main par Colin

Byrne, l'odeur de son eau de Cologne bas de gamme lui restant dans les narines pendant des jours après chacune de ses visites, lui retournant l'estomac.

Elle ne passait pas la nuit à se tourner et se retourner, se demandant comment elle pourrait échapper à une mort douloureuse.

Je pendis mon coupe-vent troué près de la porte. L'appartement d'Emmabelle était petit mais moderne. Un studio avec plancher, papier peint branché avec des palmiers, plafond vert foncé, et meubles dépareillés originaux. Tout ce qu'elle possédait et portait traduisait sa personnalité audacieuse et sophistiquée. Nous partagions son lit.

— Désolée. Les parents de Shannon sont allés au drive-in et ils n'ont pas vu l'heure passer. Je ne savais même pas que ça existait encore. Et toi ?

J'enlevai mes chaussures trouées dans l'entrée, masquant mon désespoir derrière un sourire. Peut-être aurais-je dû admettre ma défaite et faire ce que Paxton avait fait. Sauter dans le premier avion pour quitter les States et disparaître.

Seulement, contrairement à Paxton, j'étais attachée à l'endroit où j'avais grandi. Je n'imaginais pas ma vie sans ma sœur, mes parents, mes amis.

Paxton était un solitaire. Orphelin à l'âge de trois ans, il avait été élevé par sa grand-mère Greta et d'autres proches. Ballotté entre différentes maisons quand il devenait trop difficile. C'était ce qu'il m'avait dit la première fois que nous nous étions rencontrés, et j'avais compati.

— Les drive-in ? Bien sûr. Certaines de mes sexcapades préférées ont eu lieu au drive-in de Solano. Mais il a tellement plu que je doute que tes clients aient vu quoi que ce soit. Tu aurais dû m'appeler, je serais venue te chercher. Tu sais que c'est mon jour off.

Elle remua les orteils sous son plaid.

Justement. C'était son soir de repos. Qui étais-je pour lui enlever la seule soirée qu'elle avait pour elle ? Elle méritait de faire exactement ce qu'elle était en train de faire : regarder une série télé, manger des cochonneries et porter un masque facial soldé de chez Ross.

— Tu en fais déjà trop pour moi.

— C'est parce que ce connard de Pax t'a entubée. Rappelle-moi pourquoi tu l'as épousé ?

— L'amour ?

Je me laissai tomber à côté d'elle sur le canapé en velours moutarde et posai mon menton sur son épaule en soupirant.

— Je pensais respecter notre pacte.

Un jour, quand nous étions à la fac, Sailor, Emmabelle, Aisling et moi avions passé un pacte : nous avions chacune promis de nous marier uniquement par amour. Sailor avait été la première à tenir parole. Mais il s'était avéré qu'elle était tombée amoureuse d'un homme qui vénérait le sol sur lequel elle marchait, ressemblait à un des frères Hemsworth et avait assez d'argent pour fonder un nouveau pays. Ça aidait.

Je fus la deuxième du gang à dire oui. Quelques baisers hâtifs derrière des buissons nettement taillés, il ne m'en avait pas fallu plus pour faire la plus grosse erreur de ma vie. Paxton Veitch était l'ancien Kaminski de Colin, un simple homme de main qui travaillait aussi comme agent de sécurité dans le secteur privé. Paxton avait toujours soutenu qu'il était videur dans l'un des bars de Colin. Il disait qu'il démissionnerait dès qu'il aurait trouvé un boulot plus stable.

Spoiler : il n'avait jamais cherché. Non seulement ça lui plaisait d'être un malfrat, mais il adorait perdre son salaire dans l'un des bars miteux de son patron.

Je découvris trop tard que Paxton n'était pas videur. Il cassait des mains, des nez et des colonnes vertébrales pour gagner sa vie, et son casier judiciaire était plus épais que *Le Seigneur des anneaux*.

Je n'avais jamais dit à Belle, Aisling et Sailor que Pax était un petit gangster. Elles l'aimaient autant qu'elles aimaient Hunter, et je ne voulais pas faire éclater leur bulle.

Et puis, Paxton n'était pas si mauvais. Il était beau, drôle, et incroyablement bienveillant, au début de notre relation. Il me laissait d'émouvantes lettres d'amour partout, me préparait chaque soir mon déjeuner pour le lendemain, m'envoyait des fleurs sans raison et avait organisé à la dernière minute des vacances à Disney World – nous étions descendus en Floride avec notre vieille bagnole en mangeant des saloperies achetées dans les stations-services et en chantant à tue-tête les chansons de Wham ! et Paula Abdul sur ma playlist.

Un type bien qui avait proposé de repeindre toute la maison de mes parents gratuitement avant qu'ils la vendent, m'avait acheté une bague de fiançailles avec tout l'argent qu'il possédait, et était toujours là quand j'avais besoin de lui.

Jusqu'à ce qu'il ne soit plus là.

Je pensais pouvoir l'aider à revenir sur le droit chemin. Que l'amour triompherait de tout.

Malheureusement, il n'avait pas réussi à vaincre sa dépendance au jeu.

— Tu crois encore à cette merde ?

Belle pencha le sachet de bretzels dans ma direction pour m'en proposer, me tirant de mes pensées.

— À quoi ?

Je pris un bretzel, que je mâchouillai sans vraiment en sentir le goût. J'avais beaucoup maigri ces derniers mois. Un des effets secondaires des lourds problèmes de Paxton dont j'avais hérité.

— À l'amour, répondit Belle en haussant un sourcil. Tu crois encore à l'amour alors que Pax l'a piétiné avant d'y foutre le feu ?

— Ouais.

Je sentis mes oreilles rougir, et ris pour masquer ma gêne.

— Pathétique, hein ?

Ma sœur me tapota la cuisse.

— Tu veux en discuter ?

Je secouai la tête.

— Tu veux boire pour oublier ?

Je hochai la tête. Elle éclata de rire et dit :

— Je vais aussi faire réchauffer de la pizza.

L'idée de manger me donna la nausée mais je savais aussi que Belle commençait à avoir des soupçons, à cause de ma perte de poids et mes insomnies.

— Une pizza, c'est parfait. Merci.

Elle se leva et se dirigea vers la kitchenette. Je la regardai ouvrir la porte du frigo et remuer les fesses en sifflant – faux.

Je m'éclaircis la gorge.

— Belle ?

— Hmm ?

Elle fourra une part de pizza dans le micro-ondes, réglant le minuteur sur trente secondes.

J'attrapai un coussin et le serrai contre ma poitrine, tirant sur un fil.

— Tu crois qu'il va se passer quoi avec Pax ? Je ne peux pas rester mariée avec lui pour toujours, hein ? Un jour ou l'autre, je serai libérée de ce mariage s'il ne revient pas, non ?

Belle sortit une canette de Pepsi du frigo, se tapotant les lèvres en réfléchissant à ma question.

— Eh bien, le mariage ce n'est pas censé être une prison. Je ne suis pas sûre que tu puisses en être *libérée*, mais tu peux t'en évader si tu y mets du tien. Cela fait presque un an qu'il est parti. Il faut que tu économises, que tu prennes un bon avocat, et que tu mettes fin à ce bordel.

Moi. Payer un avocat. *Mais bien sûr.*

— Il faudra bien que tu le fasses à un moment donné, tu sais, dit ma sœur plus doucement. Que tu aies recours à une aide juridique. Pour faire tomber ce salopard.

— Avec quel argent ? dis-je en soupirant. Et je t'en prie, ne me propose pas un autre prêt. Je le refuserai.

Belle travaillait comme promotrice pour l'un des clubs les plus scandaleux de Boston, Madame Mayhem. C'était un vrai génie dans son domaine – même si elle attirait un type de clientèle qui rendait les propriétaires furieux –, mais elle était loin d'avoir établi une véritable stabilité financière. Et puis, je savais qu'elle économisait pour participer à la rénovation imminente de Madame Mayhem et devenir associée.

— Disons que tu es trop fière pour accepter l'argent de ta propre sœur et que tu veux quand même un avocat. Si j'étais toi, j'irais demander un prêt à Sailor. (Sa voix se fit plus animée, urgente.) Les Fitzpatrick ont assez de fric pour édifier une sculpture en forme de bite aussi grosse que la statue de la Liberté. Sailor ne sera pas pressée de le récupérer, tu paieras zéro intérêt, et elle sait que tu es réglo. Tu finiras par la rembourser.

Je secouai la tête.

— Je ne peux pas.

— Pourquoi ?

Elle sortit la pizza du micro-ondes, la mit sur une assiette, et revint tranquillement vers le canapé, posant l'assiette sur le coussin que je serrais contre moi.

— Mange-la en entier, Pers. Tu as la peau sur les os. Maman pense que tu souffres de troubles alimentaires.

— Je n'ai pas de trouble alimentaire, dis-je, renfrognée.

Belle leva les yeux au ciel.

— Meuf, je sais. T'as réussi à t'enfiler trois repas complets au Cheesecake Factory il y a à peine huit mois et tu les as fait passer avec des margaritas, du Smecta et des regrets. Tu traverses une épreuve, et je veux que tu en sortes. Demande de l'argent à Sailor !

— T'es dingue ou quoi ? dis-je en agitant la pizza molle dans les airs. Elle n'a pas le temps de s'occuper de mes histoires. Elle vient de nous annoncer qu'elle était enceinte !

Trois jours plus tôt, lors de notre traditionnelle soirée plats à emporter, Sailor avait largué la bombe. Il y avait eu beaucoup de couinements et de larmes. Surtout du côté d'Ash et moi, tandis que Sailor et Emmabelle nous toisaient, le regard vide, attendant qu'on ait fini notre crise d'hystérie.

— Et ? demanda Belle en penchant la tête. Elle peut être en cloque et te filer de l'argent, tu sais. Les femmes sont connues pour être multitâches.

— Elle va s'inquiéter. Et puis, je ne veux pas être cette amie ratée.

— Ce n'est que quelques milliers de dollars.

C'est cent mille dollars.

Mais ma sœur l'ignorait.

Ce qui constituait la vraie raison pour laquelle je n'avais pas demandé son aide à Sailor.

— Penses-y, au moins. Si ça te fait bizarre de te tourner vers Sailor et Hunter, je parie que ce sociopathe de Cillian te donnerait l'argent. Bien sûr, il te ferait trimer – je te jure, ce connard est aussi exaspérant qu'excitant – mais tu ressortirais de là avec ton argent.

Cillian.

Après l'incident au mariage, mes amies et ma sœur avaient exigé de savoir ce qu'il s'était passé entre nous. Je leur avais dit la vérité. Une grande partie, du moins. J'avais parlé des cœurs-saignants et de l'injection de stéroïdes, passant sous silence le moment où je lui avais avoué être amoureuse de lui et lui avais jeté un sort.

À quoi bon entrer dans les détails, n'est-ce pas ?

J'avais réussi à oublier Cillian, avec le temps. *Un peu.* Le souvenir de ce jour-là s'était estompé, tout comme mon invocation du Vœu Nuage, que j'étais déterminée à effacer de ma mémoire.

Je n'avais pas parlé à ma tante Tilda depuis cet épisode. J'avais aussi arrêté de repérer les nuages solitaires dans le ciel et essayé d'aller de l'avant.

J'étais tombée amoureuse.

Je m'étais mariée.

J'avais *presque* divorcé.

Cillian, en revanche, était toujours l'homme qui avait quitté cette chambre.

Sans âge, immuable, taciturne.

Il était toujours célibataire et, de ce que je savais, il n'avait eu aucune relation, sérieuse ou pas, depuis qu'il m'avait repoussée le jour du mariage de Sailor et Hunter.

Huit mois plus tôt – la semaine où Paxton avait disparu – Kill avait pris les rênes de Royal Pipelines, la compagnie pétrolière de son père, et était officiellement devenu P-DG.

Pourquoi n'avais-je pas pensé à lui plus tôt ?

Cillian « Kill » Fitzpatrick était ma meilleure chance d'obtenir cet argent.

Il n'était loyal qu'envers lui-même, savait garder un secret, et voir les autres agoniser était son passe-temps favori.

Il m'avait aidée une fois, et il recommencerait.

Cent mille dollars, c'était de l'argent de poche pour lui. Il me donnerait la somme, ne serait-ce que pour me voir passer par toutes les teintes de rouge quand je glisserais chaque mois dans sa boîte aux lettres des chèques aux montants dérisoires pour lui. J'accepterais même de défaire le sort que je lui avais jeté et qui exigeait qu'il tombe amoureux de moi.

Pour la première fois depuis longtemps, j'eus l'eau à la bouche.

Pas à cause de la pizza, mais de la solution que je sentais presque au bout de mes doigts.

J'avais un plan.

Une issue de secours.

L'aîné des Fitzpatrick allait me sauver, *encore une fois.*

Tout ce que je devais faire, c'était jouer correctement – contrairement à mon mari – les cartes que j'avais en main.

2

Perséphone

— Désolée, mon chou, je crois que ce n'est pas aujourd'hui que vous verrez M. Fitzpatrick.

La secrétaire de direction qui souffrait d'un fort déficit graisseux repoussa sa queue-de-cheval platine avec grandiloquence, un sourire venimeux étirant ses lèvres écarlates. Elle avait une robe en vinyle rose bonbon qui lui donnait des airs de Barbie BDSM, assez de parfum pour noyer une loutre, et l'expression de celle qui préférerait mourir que de laisser une autre femme mettre la main sur son patron.

Je m'étais pointée à l'improviste dans les bureaux de Royal Pipelines dès que j'avais fini le boulot, demandant à voir M. Fitzpatrick. Sailor avait mentionné que Hunter, qui travaillait également pour l'entreprise familiale, l'accompagnerait à son premier rendez-vous gynéco et qu'il serait parti tôt. Je ne voulais pas qu'il me voie et passe l'info à mes amies.

À mon arrivée, l'assistante personnelle de Cillian avait fait la moue tout le temps qu'elle avait parlé avec lui au téléphone au sujet de ma visite.

— Bonjouuuur, monsieur Fitzpatrick. Ici Casey Brandt.

Pause.

— Votre assistante depuis deux ans, monsieur.

Pause.

— Oui ! En rose.

Elle avait gloussé.

— Totalement déso de vous déranger, mais j'ai une Mlle Perséphone Penrose venue vous voir sans rendez-vous.

Pause.

— Elle dit qu'elle a besoin de vous parler de toute urgence, mais, genre, elle refuse d'en dire plus ?

Je ne voyais pas en quoi ce ton interrogatif était nécessaire. Mais bon, je ne savais pas non plus pourquoi son assistante ressemblait à une poupée qui avait davantage sa place dans une Corvette rose avec Ken, son petit ami en plastique, et son chien Taffy.

— Oui, je sais que c'est mon travail de lui soutirer cette information. Malheureusement, elle est n'est pas du tout coopérative, monsieur.

Pause.

— Oui, monsieur. Je vais lui dire.

Elle avait levé les yeux vers moi comme si j'étais un chewing-gum collé sous ses talons de douze centimètres.

— M. Fitzpatrick ne peut pas vous intégrer dans son planning.

— Dites lui que je ne bougerai pas d'ici tant qu'il ne m'aura pas reçue.

Ma voix tremblait, mais je ne pouvais pas partir sans l'avoir vu. Sans avoir essayé.

Elle avait hésité, se mordant la lèvre, qui était couverte de gloss.

J'avais fait un signe de tête en direction du téléphone.

— Allez, donnez-lui ma réponse.

Elle s'était exécutée, puis avait raccroché violemment le téléphone.

— Il a une réunion qui va certainement durer plusieurs heures.

— Ce n'est pas grave. J'ai le temps.

Cela faisait deux heures que j'attendais.

Le grand hall de l'étage exécutif de Royal Pipelines luisait de touches dorées. Des écrans télé où s'affichaient les actions de l'entreprise sur les marchés internationaux brillaient en vert et rouge.

Casey commençait à s'agiter, pianotant sur son bureau chromé avec ses ongles pointus.

— Il faut que j'aille aux toilettes, souffla-t-elle en tirant un kit de maquillage de son bureau.

Je levai les yeux de la revue sur le pétrole que je faisais semblant de lire.

— Oh ? dis-je doucement. Tu n'as pas appris à aller sur le pot ? Tu sais, je suis maîtresse en maternelle, les accidents ne m'effraient pas le moins du monde. Tu as besoin d'aide dans les toilettes des grands ?

Elle me fusilla du regard.

— Ne bougez pas, sauf si c'est pour retourner dans le mobile home d'où vous venez.

Elle se leva et toisa mes vêtements bas de gamme avant d'ajouter :

— Ou en enfer.

Elle se dirigea vers les toilettes, ses chaussures à talons aux semelles rouges se plantant dans le sol, y laissant des marques.

Dès que Casey fut hors de vue, je me levai et me précipitai vers le bureau de Cillian. C'était le plus grand et le plus cossu de l'étage : facile de trouver où était localisé celui qui régnait en maître.

Je ne voyais que le dos de son visiteur à travers la porte en verre alors que je courais dans sa direction. L'homme qui me cachait Cillian avait les épaules larges, les cheveux d'un blond fauve, un costard chic et une posture impeccable. Tous deux semblaient être en pleine conversation, mais je m'en fichais. J'ouvris la porte à la volée, sans frapper, déboulant dans la pièce pour ne pas perdre mon courage.

Malheureusement, ma grande entrée ne suffit pas pour que Cillian détourne les yeux de l'homme en face de lui. Ils étaient penchés sur une pile de papiers éparpillés sur son bureau argenté.

— … actions montent, mais j'ai remarqué une tendance à donner une image négative de toi dans la presse. Dire que les médias ne t'aiment pas serait un euphémisme. Ce serait comme dire que l'océan est mouillé. Que le soleil est tiède. Que Megan Fox est passablement jolie…

— J'ai compris, le coupa sèchement Cillian. Comment rectifier la situation ?

— J'imagine qu'une greffe de personnalité n'est pas envisageable ? proposa l'homme d'une voix traînante.

— La seule chose qui va être greffée, c'est mon pied dans ton derrière si tu ne me proposes pas une solution.

Public difficile. Je vais avoir affaire à un public difficile.

— Nom d'un chien, Cillian, pesta le snob, tu as commencé ta carrière de P-DG en licenciant neuf pour cent des cadres de l'entreprise et en creusant des trous en Arctique. Tu ne t'es pas fait des amis.

— J'ai écrémé le gras.

— Les gens aiment le gras. L'industrie de la restauration rapide engrange 256 milliards de revenus chaque année. Tu le savais ? Les gens que tu as virés ont parlé aux journalistes, jetant de l'huile sur le feu et faisant de toi l'un des pires méchants de ce pays. Royal Pipelines est déjà considérée comme l'entreprise la plus détestée des États-Unis. L'explosion de la raffinerie dans le Maine, la manifestation de Green Living sur le climat où un jeune de dix-huit ans a eu les deux jambes cassées…

— Ce n'est pas moi qui lui ai brisé les jambes, rétorqua Cillian en levant les deux mains. *Malheureusement.*

— Peu importe comment tu retournes la situation, tu dois

réparer les dégâts. Jouer leur jeu. Promouvoir une image entière, joviale. La réputation de l'entreprise doit être restaurée.

L'homme avait un charmant accent britannique. Princier, hautain et autoritaire, il affichait un détachement malicieux. J'étais incapable de déterminer s'il était un homme bon ou mauvais : c'était une énigme.

— D'accord. J'embrasserai quelques bébés. Parrainerai des étudiants. Donnerai des fonds pour ouvrir une nouvelle aile à l'hôpital.

Cillian se laissa aller contre le dossier de son fauteuil, ses yeux revenant sur la paperasse devant lui.

— J'ai bien peur que nous soyons au-delà du stade bisous-aux-bébés. Le moment est venu, Kill.

Cillian leva les yeux, l'air renfrogné.

— Je refuse de sacrifier ma vie personnelle pour apaiser quelques abrutis moralisateurs qui conduisent des Tesla…

— Cillian ? Je veux dire, monsieur Fitzpatrick ?

Je m'éclaircis la gorge, interrompant la conversation avant que d'autres informations qui ne m'étaient pas destinées soient divulguées.

Les deux hommes se tournèrent vers moi, surpris. Avec ses yeux bleus cerclés d'or, sa mâchoire inflexible et son nez élégant, l'Anglais était d'une beauté qui aurait dû être illégale.

Quant à Cillian… eh bien, il restait sublime, à sa façon allez-vous-faire-foutre.

Kill haussa un sourcil. Ma présence dans son bureau ne le surprenait pas le moins du monde.

— Je ne voulais pas vous interrompre…

— Et pourtant, me coupa-t-il.

— Désolée. Puis-je te parler ?

— Non, répondit-il platement.

— C'est important.

— Pas pour moi.

Il laissa tomber les documents sur son bureau, l'air déjà désintéressé.

— Quelle sœur Penrose es-tu ? L'aînée bruyante ou la cadette pénible ?

Après toutes ces années, il ne savait toujours pas nous distinguer, Emmabelle et moi. On ne se ressemblait même pas. Sans parler du fait qu'il m'avait vue aussi nue que le jour de ma naissance (et tout aussi rouge).

Une fois de plus, je me retrouvai déchirée entre le besoin de le séduire et l'envie de le poignarder.

— Je suis Perséphone.

Je serrai les poings, me rappelant la douleur vive que j'avais ressentie quand il m'avait brisé le cœur. Combien je m'étais sentie bête après lui avoir jeté ce sort stupide.

— Cela ne répond pas à ma question.

— Très bien, crachai-je. Je suis la *pénible*.

Il se reconcentra sur les fichiers sur son bureau, les survolant du regard.

— Que veux-tu ?

— Te parler en privé, s'il te plaît.

— Débarquer dans mon bureau à l'improviste est inutile. T'attendre à ce que je ne te mette pas dehors implique que tu as obtenu ton diplôme dans une pochette-surprise. Dis-moi ce que tu veux. M. Whitehall est mon avocat.

— Les avocats aussi sont des êtres humains, fis-je remarquer. Pas besoin de public pour être humiliée.

— Discutable, dit le beau gosse blond avec un sourire acerbe. Et à vrai dire, poursuivit-il en se levant, nous regardant l'un et l'autre avec une lueur amusée dans les yeux, j'ai mieux à faire que vous regarder entreprendre des préliminaires verbaux. À plus tard, Kill.

Il rassembla ses documents, tapa deux fois sur le bureau et sortit. La température dans le bureau de Cillian approchait celle d'un congélateur industriel. Tout était propre, minimaliste, organisé, chromé. Clinique et délibérément déroutant.

— Puis-je entrer ?

Je froissai ma robe fleurie dans mon poing. Je n'avais même pas fait attention à la robe que j'avais choisie en quittant la maison ce matin-là, mais à présent j'en saisissais toute l'ironie.

Il pivota dans son fauteuil pour me faire face, croisant les chevilles sur son bureau. Son costume gris cinq-pièces semblait avoir été cousu directement sur son corps. Bien que mon obsession pour Cillian Fitzpatrick se soit transformée en rancœur au fil du temps, je ne pouvais pas nier qu'il était le genre de canon à côté duquel un Michele Morrone devenait un Steve Buscemi.

— Tu as exactement dix, non, cinq minutes avant que j'appelle la sécurité, dit-il en retournant un sablier sur son bureau. Fais-moi la version courte et efficace, Fille aux Fleurs. Et de qualité.

Fille aux Fleurs.

Il se rappelait.

— Tu vas appeler la sécurité pour me faire évacuer ?

— J'ai beaucoup de choses à faire, et peu de patience. Quatre minutes et demie.

Il fit craquer ses doigts.

Je débitai les détails si vite que la tête me tourna. Je lui parlai de Paxton qui m'avait mise sur la paille. De Colin Byrne et de Tom Kaminski. De ma dette incommensurable. Je lui dis même que Byrne avait juré de me prostituer ou de me tuer si je ne trouvais pas l'argent. Quand j'eus fini, Cillian se contenta de hocher la tête.

— Tu as réussi à faire tenir tout ça en trois minutes. Peut-être n'es-tu pas complètement inutile.

Un coup derrière nous nous fit tourner la tête de conserve.

Casey était plaquée contre la porte en verre, les yeux écarquillés. Elle l'ouvrit, montrant ses dents trop blanches pour être vraies.

— Mince, je suis *vraiment* navrée, monsieur Fitzpatrick. Elle avait promis qu'elle ne…

— Mademoiselle Brandt, sortez, dit sèchement Cillian.

— Mais je…

— Gardez ça pour quelqu'un que ça intéresse.

— Je…

— Ce quelqu'un n'est pas moi.

— Monsieur, je voulais juste vous faire savoir que…

— Tout ce que je sais, c'est que vous avez failli à votre tâche et serez sanctionnée en conséquence. Vous sortez dans les trois prochaines secondes, par la porte ou par la fenêtre. Conseil d'ami : choisissez la porte.

Elle déguerpit tel Bip-bip poursuivi par le Coyote, laissant presque un nuage de sable dans son sillon. Cillian se retourna vers moi, ignorant l'expression choquée sur mon visage.

— Tu viens de menacer de jeter Barbie par la fenêtre, dis-je en pointant mon pouce par-dessus mon épaule.

— Je n'ai proféré aucune menace directe, j'ai juste émis un sous-entendu appuyé. Il te reste moins de deux minutes, et j'ai environ cinq cents questions.

J'eus les mains moites malgré la température de la pièce.

— Ça me paraît légitime.

— Premièrement – pourquoi moi ? Pourquoi pas Hunter, Sailor, ou n'importe qui d'autre qui n'en a pas rien à faire de toi, pardonne-moi ma franchise ?

Je ne pouvais pas lui parler de la grossesse de Sailor. Elle n'avait pas encore partagé la nouvelle avec sa belle-famille. Ni de mon besoin de ne pas être la ratée de notre groupe d'amies. Celle qu'on devait sauver.

J'optai pour une demi-vérité.

— Sailor et Hunter ne savent pas ce que Paxton a fait, et ce sont les seules personnes parmi mes proches à avoir ce genre de fortune. Ils savent que Paxton m'a quittée et qu'il a pris nos économies, mais ils ne sont pas au courant pour la dette. Je ne veux pas ternir mon amitié avec ma meilleure amie en la mettant dans cette position. Je me suis dit que toi et moi ne partagions aucune histoire, aucun lien. Entre nous, ce ne sera qu'une transaction commerciale, rien de plus.

— Pourquoi pas Sam Brennan ?

Sam était le grand frère de Sailor et, de ce que je savais, un bon ami de Cillian. Le roi des bas-fonds de Boston. Un psychopathe turbulent avec un penchant pour la violence et des poches aussi profondes que ses yeux gris et sans âme.

— S'associer avec Brennan pour rembourser un usurier, c'est comme se couper le bras parce qu'on s'est cassé un ongle, dis-je à voix basse.

— Tu me crois moins dangereux que Brennan ?

Une ombre de sourire passa sur ses lèvres.

Je relevai la tête.

— Non. Mais je crois que ça t'amuserait de me voir gênée chaque fois que je te rembourserai, et qu'il y a par conséquent plus de chances pour que tu m'avances cet argent.

Son rictus était chargé, prêt à tirer, comme un pistolet armé. J'avais raison. Il *adorait* ça.

— Où est ton bon à rien de mari maintenant ?

— Je ne sais pas. Crois-moi que, si je le savais, je l'aurais poursuivi jusqu'au bout du monde.

Pour lui faire payer ce qu'il avait fait.

— Comment comptes-tu rembourser ce prêt ?

Kill passa sa main le long de sa mâchoire.

— Sur le long terme.

La vérité avait un goût amer.

— Je suis institutrice de maternelle, mais je fais aussi du baby-sitting et donne des cours particuliers. Je travaillerai sans relâche jusqu'à t'avoir remboursé jusqu'au dernier centime. Tu as ma parole.

— Ta parole ne vaut rien. Je ne te connais pas. Ce qui m'amène à ma dernière question – pourquoi *devrais*-je t'aider ?

Qu'est-ce que c'était que cette question ? Pourquoi les gens normaux aidaient les autres, d'ordinaire ? Parce que c'était ce qu'il convenait de faire. Mais Cillian Fitzpatrick n'était ni normal, ni convenable. Il suivait ses propres règles.

J'ouvris la bouche et me creusai la tête à la recherche d'une bonne réponse.

— Trente secondes, Perséphone.

Il tapota le sablier sans me quitter des yeux.

— Parce que tu le peux ?

— Le nombre de choses que je peux faire avec mon argent est infini.

Il bâilla.

— Parce que c'est la bonne chose à faire ! m'écriai-je.

Il ramassa une brochure sur son bureau et la parcourut.

— Je suis nihiliste.

— Je ne sais pas ce que ça veut dire.

Je sentis le bout de mes oreilles rougir de honte.

— Le bien et le mal sont pour moi le même côté d'une pièce de monnaie, ils sont simplement présentés différemment, expliqua-t-il, impassible. Je n'ai ni valeurs morales ni principes.

— C'est le truc le plus triste que j'ai jamais entendu.

— Vraiment ?

Il leva les yeux de sa brochure ; son visage n'était plus qu'un masque cruel et impassible.

— Le truc le plus triste que j'ai entendu récemment, c'est l'histoire d'une femme qui s'est fait avoir par son mari disparu et qui est sur le point d'être exploitée, tuée, ou les deux.

— Exactement ! soufflai-je en pointant mon doigt sur lui. Oui ! Tu vois ? S'il m'arrive quelque chose, cela pèsera sur ta conscience.

Ma lèvre inférieure tremblait. Comme toujours, je retins mes larmes.

Il jeta la brochure sur son bureau.

— Primo, comme je te l'ai dit il n'y a pas deux secondes, je n'ai *aucune* conscience. Secundo, ce qui t'arrive dépend de toi et du bouffon que tu as épousé. Je ne suis pas un autre élément sur ta pile de mauvaises décisions.

— Épouser Paxton n'était pas une mauvaise décision. Je me suis mariée par amour.

C'était pathétique, je le savais, mais je voulais qu'il le sache. Qu'il sache que je ne m'étais pas tourné les pouces, que je ne l'avais pas attendu toutes ces années.

— Comme toutes les filles de la classe moyenne.

Il vérifia le temps qu'il restait dans le sablier.

— Sans intérêt.

— Cillian, dis-je doucement. Tu es mon seul espoir.

À part lui, mon unique solution était de disparaître. De fuir loin de ma famille et de mes amis, loin de tout ce que je connaissais, aimais et chérissais.

Loin de la vie que j'avais bâtie ces vingt-six dernières années.

Il ajusta la cravate coincée sous son gilet.

— Écoute bien, Perséphone. Par principe, je ne donne jamais sans rien avoir en retour. La seule chose qui me différencie de cet usurier qui en a après toi, c'est une enfance privilégiée et des possibilités hors norme. Moi non plus, je ne fais aucune faveur gratuitement. Alors à moins que tu me dises ce que je pourrais obtenir en échange des cent mille dollars dont tu me demandes de me délester, je vais refuser. Il te reste dix secondes, au fait.

Je restai plantée là, les joues en feu, les yeux brûlants, chaque muscle de mon corps tendu comme la corde d'un arc. Un frisson glacial me parcourut l'échine.

J'avais envie de crier. De me déchaîner. De m'effondrer au sol en un tas de cendres. De lui arracher les yeux, de le mordre et de le frapper et… *de faire des choses que je n'ai jamais eu envie de faire à personne, pas même à mes ennemis.*

— Cinq secondes.

Il tapota le sablier. Ses yeux de serpent luisaient, amusés.

Il adorait ça.

— Fais-moi ta meilleure offre, Penrose.

Voulait-il que je lui cède mon corps ?

Ma fierté ?

Mon âme ?

Je ne le ferais pas. Ni pour Byrne. Ni pour lui. Ni pour personne.

Les secondes restantes s'écoulèrent comme la vie quittant le corps de ma tante Tilda.

Son doigt appuya sur un bouton rouge sur le côté de son bureau.

— Je te souhaite une belle vie, Fille aux Fleurs. Pour ce qu'il en reste, du moins.

Il fit pivoter son fauteuil vers la fenêtre, documents à la main, prêt à se remettre au travail. La porte en verre s'ouvrit à la volée derrière moi, et deux vigiles en costume entrèrent, chacun m'attrapant par un bras pour me tirer dehors.

Casey attendait près de l'ascenseur, les bras croisés, l'épaule appuyée contre le mur, les joues rosies de honte. Quand j'arrivai à sa hauteur, elle lâcha :

— Ce n'est pas tous les jours que la sécurité sort les ordures. J'imagine qu'il y a une première à tout.

Puis elle rejeta sa chevelure en riant comme une hyène.

Je passai tout le trajet à vélo jusqu'à North End à ravaler mes larmes.

Ma toute dernière chance venait de partir en fumée.

3

Cillian

— On attend un bébé.

Hunter fit l'annonce au dîner. J'eus aussitôt envie d'effacer son sourire de mange-merde avec du désinfectant.

Ou avec mes poings.

Ou une balle.

Respire, Kill. Respire.

Sa femme, Sailor, frotta son ventre plat. De manière générale, elle était aussi maternelle qu'un string comestible, je ne voyais donc pas trop comment ces crétins seraient capables de s'occuper de quoi que ce soit de plus complexe qu'un poisson rouge.

— De huit semaines. C'est encore tôt, mais on voulait vous le dire.

Je restai de marbre, faisant craquer mes doigts sous la table.

Ils n'auraient pas pu faire pire en termes de timing.

Mère se leva d'un bond en poussant un cri perçant, et elle se jeta au cou des amoureux pour les étouffer de baisers, de câlins et de félicitations.

Aisling n'arrêtait pas de dire que devenir tata était un rêve devenu réalité, ce qui m'aurait inquiété quant à son but dans la vie si elle n'avait pas été sur le point de terminer son école de médecine et de commencer son internat au Brigham and Women's Hospital de Boston. *Athair* serra la main de Hunter comme s'ils venaient de signer un accord lucratif.

Dans un sens, c'était le cas.

Gerald Fitzpatrick ne laissait aucun doute planer : il attendait de ses fils qu'ils lui donnent des héritiers. Une descendance pour assurer l'héritage des Fitzpatrick. J'étais le premier de la lignée, l'aîné des Fitzpatrick et, par conséquent, accablé par la mission non seulement de produire des successeurs, mais également de m'assurer que l'un d'eux soit un mâle qui reprendrait les rênes de Royal Pipelines, quel que soit son attrait pour les affaires et/ou ses compétences.

Si je n'avais pas d'enfants, le titre, le pouvoir et la fortune seraient transmis à l'héritier du trône suivant sur la liste. L'enfant de Hunter pour être plus précis.

Athair – « père » en gaélique irlandais – tapa gauchement dans le dos de sa belle-fille. Il était imposant – par son poids, sa carrure et sa personnalité – et avait une tignasse de cheveux argentés, des yeux d'onyx et la peau pâle.

— Bien joué, ma belle. C'est la meilleure nouvelle de l'année.

Je pris discrètement mon pouls sous la table.

Il était sous contrôle. *Tout juste.*

Toutes les têtes se tournèrent vers moi. Depuis que mon père avait pris sa retraite et m'avait nommé P-DG de Royal Pipelines, il y avait moins d'un an, j'avais été promu chef de meute et pris le fauteuil en bout de table lors de nos dîners de fin de semaine.

— Tu ne dis rien ? demanda Mère en jouant avec son collier de perles, un sourire figé aux lèvres.

Je levai mon verre de brandy.

— À davantage de Fitzpatrick.

— Et aux hommes qui les font.

Athair vida son verre d'un trait. Je lui adressai un rictus glacial pour répondre à sa pique. J'avais trente-huit ans – onze de plus que Hunter –, je n'étais pas marié, et je n'avais pas d'enfants.

Le mariage figurait bien bas sur ma liste de choses à faire, quelque part après m'amputer un membre avec un couteau à beurre et sauter à l'élastique sans élastique. L'idée d'avoir des enfants me déplaisait. Ils faisaient du bruit, ils étaient sales et dépendants. J'avais repoussé l'inévitable. Me marier avait toujours été un projet, car produire des héritiers et payer mon dû à la lignée Fitzpatrick n'était pas une chose à laquelle j'espérais échapper.

Avoir une famille faisait partie d'un plan à plus grande échelle. D'une vision. Je voulais bâtir un empire bien plus grand que celui dont j'hériterais. Une dynastie qui s'étendrait au-delà des magnats du pétrole que nous étions actuellement.

Cependant, j'avais la ferme intention de le faire après quarante-cinq ans et selon des conditions qui feraient fuir la plupart des femmes – voire les pousseraient à se jeter du haut d'une falaise.

Raison pour laquelle le mariage n'était pas encore au programme.

Du moins, pas jusqu'à cette semaine, lorsque mon avocat et ami, Devon Whitehall, m'avait exhorté à me caser pour éteindre les flammes qui mettaient Royal Pipelines et moi-même à feu.

— Eh bien, *Athair*, dis-je d'un ton neutre, je suis heureux que Hunter ait dépassé tes attentes en ce qui concerne la production d'héritiers.

La situation était ironique quand on savait que la propension de mon frère à largement répandre son patrimoine génétique nous avait tous traînés dans un enfer médiatique lorsque la sextape d'une de ses orgies avait fuité.

— Tu sais, Kill, le sarcasme est la forme d'intelligence la plus vile, me lança Sailor avec un regard assassin avant de prendre une gorgée de son virgin bloody mary.

— Si tu étais sélective en matière de conversation, tu n'aurais pas épousé un homme qui trouve que les blagues de pets sont le summum de l'humour, répliquai-je.

— Les prouts *sont* le summum de l'humour, intervint Hunter, qui n'avait qu'à moitié évolué en tant qu'être humain, en dressant un doigt dans les airs. C'est scientifiquement prouvé.

La plupart du temps, je doutais qu'il soit lettré. Toutefois, il était mon frère, il était donc de mon devoir de le tolérer.

Sailor planta sa fourchette dans les airs en me menaçant.

— Des félicitations auraient suffi.

— Ve te faire voir.

Je descendis d'une traite mon brandy et reposai violemment le verre sur la table.

— Enfin ! s'écria ma mère.

— Tu sais qu'il existe un terme pour les gens comme toi, Kill, dit Sailor en souriant.

— Connard ? suggéra Hunter avant de presser ses doigts contre ses lèvres puis de faire tomber un micro invisible au sol.

Une domestique versa deux doigts de brandy dans mon verre vide. Puis trois. Puis quatre. Je lui fis signe d'arrêter seulement lorsque l'alcool menaça de déborder.

— Ton langage ! s'écria Mère inutilement.

— Ouaip. J'en parle au moins deux couramment – l'anglais et la vulgarité, gloussa Hunter.

Il se servait du mot « putain » comme adverbe, massacrait quotidiennement la langue et, jusqu'à ce qu'il épouse Sailor, il avait apporté suffisamment de scandales à la famille pour surpasser les Kennedy.

Moi, en revanche, j'évitais tout sacrilège, prenais (à contrecœur) les bébés dans mes bras aux événements publics, et j'étais toujours resté sur le droit chemin. J'étais le fils, le P-DG et le Fitzpatrick parfait.

Avec un seul défaut – je n'étais pas un père de famille.

Les médias en faisaient leurs choux gras. Ils me surnommaient Cillian le Froid, soulignaient le fait que j'aimais les voitures de course et ne faisais partie d'aucune organisation caritative, et ils ne cessaient de recycler le même article révélant que j'avais refusé de faire la couverture d'un magazine financier aux côtés d'autres milliardaires internationaux parce qu'aucun d'entre eux, à part Bezos, ne s'approchait un tant soit peu de ma catégorie fiscale

— Pas loin, chéri, dit Sailor en tapotant la main de Hunter. Sociopathe. On appelle les gens comme ton frère des sociopathes.

— Tout s'explique, dit Hunter en claquant des doigts. Il insuffle une nouvelle ambiance morbide à la pièce.

— Allons, allons.

Jane Fitzpatrick, alias Notre Chère Mère, tenta de calmer les esprits.

— Nous sommes tous ravis de voir la famille s'agrandir. Mon tout premier petit-enfant.

Elle noua ses mains, le regard au loin avant d'ajouter :

— Parmi beaucoup d'autres, j'espère.

Remarque intéressante quand on savait qu'elle provenait d'une personne qui avait autant d'instinct maternel qu'un encornet.

— Ne t'inquiète pas, m'man, je compte bien féconder mon épouse autant de fois qu'elle me le permettra.

Hunter décocha un clin d'œil à son épouse rousse.

Mon frère excellait dans l'art de susciter des « on-ne-veut-pas-savoir ». Et possiblement dans l'élevage de morpions.

La seule chose qui m'empêchait de ne pas vomir était qu'il ne valait pas la peine que je gâche mon repas pour lui.

— Bon sang, je suis tellement jalouse, Sail ! J'ai hâte d'être maman.

Ash posa son menton sur son poing en poussant un soupir rêveur.

— Tu seras une maman formidable, dit Sailor en tendant la main au-dessus de la table pour étreindre celle de ma sœur.

— À tes enfants imaginaires avec ton beau-frère ! dit Hunter, avant de fourrer une bouchée de patates sautées dans sa bouche.

Ash devint écarlate. Pour la première fois depuis le début du repas, je fus passablement amusé. Ma sœur nourrissait une obsession stérile pour Sam Brennan, le frère aîné de Sailor, qui bossait pour moi.

Le fait qu'elle ressemblait à une petite souris et lui à un Don Corleone du XXIe siècle ne semblait pas la décourager le moins du monde.

— Et toi, *mo òrga* ? demanda *Athair* en se tournant vers moi.

Mon surnom signifiait « enfant chéri » ou « enfant en or » en gaélique irlandais. J'étais le Midas proverbial des temps modernes, qui transformait en or tout ce qu'il touchait, sculptait et modelait entre ses mains. Même si, comme j'avais largement ruiné la réputation de l'entreprise depuis que j'avais hérité de la position de P-DG, je n'étais pas certain que le surnom soit toujours adapté.

Il n'était pas question de performance. Personne au sein de Royal Pipelines ne pouvait surpasser mes compétences, mon savoir et mes instincts. Mais j'étais un homme impersonnel, sans âme. L'opposé du patriarche que les gens voulaient voir à la tête d'une entreprise qui tuait les forêts tropicales et volait quotidiennement ses ressources naturelles à Mère Nature.

— Quoi, moi ?

Je coupai mon saumon en minuscules morceaux égaux. Mes TOC étaient plus prononcés quand j'étais sous pression. Faire quelque chose de répétitif et harmonieux me donnait un sentiment de contrôle.

— Quand me donneras-tu des petits-enfants ?

— Je suggère que tu poses la question à ma femme.

— Tu n'es pas marié.

— Alors j'imagine que je n'aurai pas d'enfant de sitôt. À moins que cela te soit égal si ce sont des bâtards nés hors mariage.

— Plutôt mourir, siffla mon père.

Ne me tente pas, vieillard.

— Quand allez-vous annoncer la grossesse publiquement ? demanda *Athair* à Hunter, se désintéressant du sujet de mon hypothétique descendance.

— Pas avant la fin du second trimestre, répondit Sailor en posant une main protectrice sur son ventre. Mon gynécologue m'a avertie que le premier trimestre est le plus difficile. Et puis, ça porte malheur.

— Mais ça fera enfin une bonne une pour Royal Pipelines, songea Père en se frottant le menton. Surtout après la manifestation de Green Living et cet idiot qui a réussi à se casser les deux jambes. La presse s'en est donné à cœur joie.

J'en avais assez d'en entendre parler. Comme si c'était la faute de Royal Pipelines si un demeuré avec un mégaphone avait décidé de grimper sur la statue de mon grand-père au milieu du parc le plus fréquenté de Boston et de tomber.

Athair se servit une troisième part de saumon au miel, ses trois mentons tremblotant tandis qu'il parlait.

— Depuis quelques années *Ceann beag* est le chouchou des médias. Agréable, bosseur, accessible. Il a l'image d'un tombeur repenti. Peut-être devrait-il être le visage de l'entreprise pour les mois à venir, le temps que les gros titres se dissipent.

Ceann beag voulait dire « le petit ». Hunter avait beau être le cadet de la famille, mon père le traitait toujours comme le plus jeune. Peut-être parce qu'Ash était très sage pour son âge, mais plus certainement parce que Hunter avait la maturité d'un pansement.

Je posai mes couverts, tentant de contrôler le tic de ma mâchoire en faisant de nouveau craquer mes doigts sous la table.

— Tu veux mettre mon frère de vingt-sept ans à la tête de Royal Pipelines parce qu'il a réussi à mettre sa femme enceinte ? demandai-je d'une voix calme et égale.

J'avais trimé comme un forcené chez Royal Pipelines depuis mon adolescence, gagnant ma place sur le trône aux dépens de toute vie personnelle et sociale ou de toute relation sérieuse. Pendant ce temps, Hunter avait fait la tournée des orgies en Californie jusqu'à ce que mon père le ramène à Boston en le tirant par l'oreille pour qu'il se reprenne en main.

— Écoute, Cillian, nous avons essuyé beaucoup de revers à cause de l'explosion de la raffinerie et des forages en Arctique, pesta *Athair*.

« Cillian ». Pas « *mo òrga* ».

— L'explosion de la raffinerie a eu lieu sous ta responsabilité, et mes études en Arctique sont susceptibles d'augmenter nos revenus de cinq milliards de dollars d'ici 2030, fis-je remarquer en passant mon pouce sur le bord de mon verre de brandy. Depuis huit mois que j'occupe ce poste, nos actions ont augmenté de quatorze pour cent. Pas mal pour un P-DG débutant.

— Tous les tyrans ne font pas de mauvais rois, répliqua Père en plissant les yeux. Tes réussites ne valent rien si le peuple veut te détrôner.

— Personne ne veut me détrôner, dis-je en lui adressant un regard empli de pitié. Le conseil d'administration est derrière moi.

— Et le reste de l'entreprise face à toi ! rugit-il. Le conseil ne s'intéresse qu'aux profits et il votera ce que *je* lui dirais de voter si on devait en arriver là. Ne prends pas trop tes aises.

Quand il tapa du poing sur la table, les couverts cliquetèrent, les assiettes volèrent, et le vin tacha la nappe comme des gouttes de sang. Mon pouls resta maîtrisé. Mon visage, paisible.

Garde ton calme.

— Tes employés te craignent, les médias te détestent, et pour le grand public tu es un mystère. Tu n'as pas ta propre famille. Pas de partenaire. Pas d'enfants. Pas d'ancrage. Ne crois pas que je n'ai pas parlé à Devon. Il se trouve que je suis du même avis que ton avocat : tu as besoin de quelqu'un pour atténuer ta noirceur. Règle ça, Cillian, et vite. La presse t'appelle le Méchant. Fais-la taire.

Sentant le tic de ma mâchoire, je retroussai les lèvres.

— Tu as fini ta crise d'hystérie, *Athair* ?

Mon père s'écarta de la table et se leva en pointant son doigt sur moi.

— Je t'ai surnommé *mo òrga* parce que je n'ai jamais eu besoin de m'inquiéter pour toi. Tu as toujours fait ce qu'il fallait avant même que j'aie besoin de te le demander. Le premier aîné Fitzpatrick parfait depuis des générations, depuis que ton arrière-arrière-arrière-grand-père est arrivé de Kilkenny à Boston sur un bateau bringuebalant. Mais ça a changé. Tu approches les quarante ans, et il est temps pour toi de te ranger. Surtout si tu veux continuer à être le visage de cette entreprise. Au cas où ton poste ne serait pas suffisamment stimulant, laisse-moi être encore plus clair.

Il se pencha vers moi, mettant ses yeux au niveau des miens.

— Le prochain héritier du trône, après toi, c'est Hunter. Et désormais, le suivant sur la liste, c'est ton futur neveu ou nièce. Tout ce pour quoi tu as travaillé leur sera transmis. *Tout*. Et si tu merdes, je ferai aussi *tout* ce qui sera nécessaire pour protéger leur héritage. Y compris te détrôner.

Il sortit de la salle à manger d'un pas raide, arrachant au passage un portrait de Hunter, Ash et moi, ses trois enfants, accroché au mur.

Mère se leva d'un bond, filant vers son intendant, sans doute pour lui ordonner de faire réencadrer le portrait.

— Voilà qui va faire plus de nourriture pour nous, dis-je aux convives restants avec un sourire serein.

Je passai le reste du week-end à Monaco.

À l'instar de mon adorable idiot de frère, j'avais un penchant pour des pratiques sexuelles non conventionnelles.

Mais, *contrairement* à mon adorable idiot de frère, je savais que je ne devais pas les pratiquer avec la première venue.

Je me rendais en Europe deux fois par mois pour passer du bon temps avec des femmes discrètes et soigneusement sélectionnées qui avaient accepté des arrangements formels. Coucher avec une femme exigeait davantage de paperasse qu'acheter un vaisseau spatial. J'avais toujours été prudent, et gérer un scandale sexuel en plus de la mascarade qu'était mon image publique n'était pas au programme.

Je les payais un tarif alléchant, leur laissais un pourboire généreux, j'étais toujours propre, courtois et poli, et je contribuais à l'économie européenne. Ces escort-girls n'étaient pas des mères célibataires ou de pauvres filles issues de foyers brisés et désargentés. C'étaient des étudiantes d'universités d'élite, de futures actrices et des mannequins vieillissantes issues de familles de classe moyenne ou supérieure.

Elles voyageaient en première classe, vivaient dans des appartements luxueux et choisissaient avec exigence leur clientèle de multimillionnaires.

Je n'utilisais plus le jet privé de ma famille pour mes trajets en Europe depuis que j'avais été nommé P-DG. Laisser l'empreinte carbone du Koweït pour m'envoyer en l'air était trop pervers, même pour ma conscience.

Bon, d'accord : je n'avais pas de conscience.

Mais si les médias le découvraient, ma carrière serait morte, et la mort était une spécialité que je laissais aux neurones de Hunter.

Ce qui expliquait pourquoi je traînais en première classe sur un vol commercial, endurant en silence la présence d'autres êtres humains dans l'avion qui me ramenait à Boston.

Il y avait peu de choses que je haïssais autant que les gens. Être coincé avec un certain nombre d'entre eux dans un bus ailé en respirant de l'air recyclé en faisait partie.

Après m'être installé dans mon fauteuil, je feuilletai le contrat établi avec un nouveau fournisseur pour la plate-forme pétrolière en Arctique, me sortant de la tête toute pensée en rapport avec la paternité imminente de Hunter ou la sœur Penrose qui avait débarqué dans mon bureau la semaine précédente pour me supplier de lui prêter de l'argent.

Je lui avais dit que je ne la reconnaissais pas, ce qui l'avait rendue folle et m'avait fait bander.

Mais je me souvenais de Perséphone.

Très bien.

À première vue, Perséphone Penrose cochait toutes les cases de ma liste : cheveux d'or, yeux bleu cobalt, lèvres en bouton de rose et un corps menu enveloppé dans des robes romantiques. Une institutrice de maternelle sans griffes, sans crocs, plus facile à apprivoiser qu'un chaton.

Entière, idéaliste, et parfaitement angélique.

Elle avait des robes faites maison, du rouge à lèvres à la pastèque, le cœur sur la main et cette expression d'agneau innocent digne d'un personnage de Jane Austen, qui pense qu'une bitte sert seulement à amarrer les bateaux.

Perséphone n'avait pas tort en s'adressant à moi. J'aurais prêté cet argent à toute autre connaissance rien que pour la voir peiner à me rembourser.

Mais je ne voulais pas lier ma vie à la sienne.

Je ne voulais pas la voir, ni entendre parler d'elle, ni supporter sa présence.

Je ne voulais pas qu'elle me soit redevable.

Elle s'était déjà entichée de moi auparavant. Et les sentiments ne m'intéressaient pas, à moins que je trouve un moyen d'en tirer profit.

— Aïe.

Un jouet en caoutchouc couina derrière mon fauteuil.

— Arrête. Je t-te jure, Tree, je-je vais…

— Tu vas quoi ? Me dénoncer à maman ? *Balance.*

Tree ? Les gens assis derrière moi avaient appelé leur enfant « arbre » ? Et ils avaient décidé de voyager en première classe avec deux gosses de moins de six ans ?

Ces parents étaient la raison pour laquelle les tueurs en série existaient. J'avalai deux ibuprofènes avec du bourbon. Techniquement, je n'étais pas censé boire avec les médicaments que je prenais quotidiennement pour ma maladie.

Mais bon. On n'a qu'une vie.

— Arrête de faire des histoires, Tinder, dit sèchement la mère derrière moi.

Tinder.

J'avais officiellement trouvé des parents pires que le serait mon frère. J'étais sûr à quatre-vingt-onze pour cent que Sailor ne laisserait pas Hunter prénommer leur enfant Pomme de Pin ou Heure d'Été. Un doute planait quant aux neuf pour cent restants parce qu'ils étaient aveuglés par l'amour – c'en était écœurant.

— Il-il fait toujours ça ! beugla le petit Tinder en mettant un coup de pied dans mon siège pourtant à un mètre du sien. Tree est un p-pue-du-cul.

— Et toi, t'es moche et bizarre, répliqua Tree.

— Je suis pas bizarre. Je suis spécial.

Les deux chahuteurs étaient insupportables, et j'étais à deux doigts de l'annoncer à leurs parents tout aussi diaboliques, avant de me rappeler que je ne pouvais pas me permettre un autre gros titre du genre Cillian-Fitzpatrick-mange-des-bébés-au-petit-déjeuner.

Le P-DG de Royal Pipelines s'en prend à des enfants innocents lors de son retour de week-end avec des escort-girls.

Non, merci.

Et, pour info, jamais je n'ai consommé de chair humaine. Elle est trop maigre, trop peu hygiénique, et bien trop rare.

Tapant du pied mentalement jusqu'au décollage, je fis craquer mes doigts.

Une fois dans les airs, je me levai pour me dégourdir les jambes en annotant le contrat au marqueur rouge.

Quand je revins à ma place, elle était prise.

Pire, elle était occupée par mon pire ennemi.

L'homme que je m'attendais à voir ressortir de l'ombre depuis que j'avais été nommé P-DG. Honnêtement, j'étais surpris que cela lui ait pris aussi longtemps.

— Arrowsmith. Quelle odieuse surprise.

Il leva les yeux et m'adressa un grand sourire.

Andrew Arrowsmith était un type séduisant, dans le genre présentateur du JT local. Coupe de portrait-robot, dents carrées blanchies, stature imposante, et fossette au menton dont j'étais sûr à soixante-dix pour cent que c'était une greffe. Autrefois, il évoluait dans ma sphère sociale. Aujourd'hui, tout ce que nous partagions, c'était une rivalité remontant du temps d'Evon.

Nous fréquentions les mêmes écoles jusqu'à ce que ce que sa

famille fasse faillite et qu'il dégringole de l'échelle sociale, tombant si bas qu'il était entré dans une nouvelle dimension, peuplée de mobile homes et de boîtes de conserve.

— Cillian. Il me semblait bien que c'était toi.

Il se leva et me tendit la main. Comme je ne la prenais pas, il la retira pour la passer dans ses cheveux coiffés à la Keith Urban.

Cela faisait vingt ans que je ne l'avais pas vu et j'aurais été parfaitement heureux de passer le reste de ma vie sans revoir son visage de bellâtre.

— Public difficile. Ma famille.

Il désigna la rangée de sièges derrière, où une femme aux cheveux décolorés en tenue complète Lululemon respirait profondément pour s'éviter une crise de nerfs, avec sur les genoux deux gamins morveux en train de s'étriper.

— Voici Joelle, ma femme, et mes jumeaux, Tree et Tinder.

Il ne m'échappa pas qu'Andrew, qui avait le même âge que moi, avait une femme et des enfants. Le nœud invisible se resserrait autour de mon cou.

Je pouvais perdre mon travail.

Mon héritage.

Mon projet grandiose, fantastique.

Il fallait que je me reproduise, et vite.

— Qui a choisi leurs prénoms ? demandai-je en désignant les petits monstres d'un signe de tête.

Joelle agita la main comme si j'avais demandé qui avait trouvé le remède contre le cancer.

— *Moi.* Ne sont-ils pas adorables ?

Les prénoms ou les enfants ? Les deux étaient ignobles, mais on ne pouvait l'incriminer que pour les prénoms. Ignorant la question de sa femme, je me retournai vers Andrew. Je ne mentais jamais.

Mentir aurait impliqué que je prêtais une quelconque attention à ce que les gens pensaient.

— Tu retournes à Boston ? demandai-je.

Aux dernières nouvelles, il habitait dans le pire quartier de la ville, où sa famille peinait à joindre les deux bouts, à cause de la mienne.

Manifestement, sa chance avait tourné s'il voyageait en première classe.

— Tu seras étonné d'apprendre que oui.

Il sourit de toutes ses dents, gonflant son torse de fierté.

— J'y ai acheté une maison le mois dernier. Je retourne à mes racines. Là d'où je viens.

Il venait de Back Bay, le quartier des cons de riches, mais je ne lui fis pas le plaisir de lui montrer que je m'en souvenais.

— Je viens d'accepter un poste chez Green Living. Tu es face à leur nouveau directeur général.

Green Living était une organisation environnementale à but non lucratif considérée comme la sœur plus violente et plus téméraire de Green Peace. Peu de sociétés détestaient plus Royal Pipelines que Green Living, et peu d'hommes me détestaient autant qu'Andrew Arrowsmith.

Ce qui, en soi, n'était pas nouveau. Les gens qui me connaissaient et ne me détestaient pas se comptaient sur les doigts d'une main. Mais Andrew était dangereux car il connaissait mon secret.

La seule chose que je gardais sous clé depuis l'internat.

Depuis Evon.

Et *ça*, ça changeait la donne.

— C'est mignon, dis-je sèchement. Ils savent que tu es aussi compétent qu'une serviette de table ?

Ce n'était pas vrai. J'avais gardé un œil sur lui au fil des années et je savais que non seulement c'était un avocat accompli avec un don pour l'écologie et les questions environnementales, mais c'était aussi le chouchou des émissions matinales et de CNN. Chaque fois qu'on parlait du dérèglement climatique dans les médias, il était au micro, en train de mener une grande manifestation, de s'enchaîner à un arbre ou d'en parler en prime time à la télévision.

Andrew avait interféré avec Royal Pipelines à de nombreuses reprises au cours de sa carrière. Il intimidait les agences de publicité pour qu'elles ne travaillent pas avec nous, avait poussé une entreprise de jeux à mettre fin à notre partenariat et écrit un best-seller sur les rois du pétrole dans lequel il accusait les compagnies comme la mienne de filer des cancers aux gens.

Il avait des fans et des groupies, des groupes Facebook lui étaient dédiés, et cela ne m'aurait pas surpris d'apprendre qu'il existait un gode avec sa tête dessus.

— Oh ! ils connaissent mes compétences, Fitzpatrick, dit-il en prenant une flûte de champagne sur le plateau de l'hôtesse qui passait. Ne faisons pas comme si on ne s'était pas surveillés du coin de l'œil, toi et moi. Tu connais mes qualifications. Mes réussites. Mes intentions. Je me laisse guider par mes principes, tout comme mon père.

Son père avait été viré par *mon* père quand nous étions jeunes, plongeant les Arrowsmith dans la pauvreté. Avant cela, nos familles avaient été proches, et Andrew et moi étions les meilleurs amis. Ils n'avaient jamais pardonné leur trahison aux Fitzpatrick, même si *Athair* avait eu une bonne raison de licencier Andrew Sr – le comptable avait plongé la main dans le pot de miel de l'entreprise.

— Comment va ton père ? demandai-je.

— Il est décédé il y a trois ans.

— Pas très bien, alors.

— Je vois que tu as encore ça dans le sang, d'être un enfoiré, dit-il avant de vider sa coupe de champagne.

— Je ne peux pas gagner contre mon ADN, dis-je sèchement.

Mais les gens qui veulent ma peau, c'est une autre affaire. Je lutte contre eux sans la moindre pitié.

Andrew ignora ma menace à peine voilée.

— Et Gerald ? Il tient le coup ?

— Tu connais Gerry. Il est capable de survivre à une explosion nucléaire.

— En parlant de mort imminente, j'ai entendu dire que papounet t'avait laissé les clés de Royal Pipelines puisqu'il a été forcé de se retirer à cause de… qu'est-ce que c'était ? (Il claqua des doigts, sourcils froncés.) Diabète de type 2 ? La gourmandise, c'est de famille. Comment gère-t-il ses problèmes de santé ?

— Il sèche ses larmes avec des billets de cent.

Je lui adressai un sourire carnassier. Arrowsmith essayait de heurter ma sensibilité, oubliant que je n'en avais pas.

Nous étions toujours debout dans l'allée quand la nouvelle réalité s'installa pour de bon, s'insinuant dans mes veines tel du poison.

Me marier n'était plus une option.

C'était une nécessité pour assurer mon poste de P-DG de Royal Pipelines.

Andrew Arrowsmith rentrait à Boston pour me faire tomber, prenant la tête d'une entreprise qui mettait un point d'honneur à détruire Royal Pipelines.

Il avait un moyen de pression, une soif de vengeance, et il connaissait mon pire secret.

Je refusais de perdre mon entreprise, et je refusais plus que tout de perdre ma richesse au profit des futurs enfants de Hunter et Aisling.

— Tu veux bien passer à ce qui nous intéresse, Andrew ? (Je bâillai ostensiblement.) Je crois que nous ne sommes pas tombés l'un sur l'autre par hasard.

— Toujours aussi direct, dit Andrew en se penchant vers moi, baissant la voix pour donner le coup de grâce. J'ai peut-être accepté ce poste pour régler un vieux compte. Dès que j'ai entendu dire que tu avais repris le trône, la tentation de décapiter le roi est devenue trop forte.

Son souffle effleurait ma joue.

— Vous anéantir financièrement, ton père et toi, serait facile. Gerald étant faible et hors circuit, et toi, vulnérable grâce à ta réputation exécrable, je vise la jugulaire, Fitzpatrick. Le chouchou de la presse contre le Méchant des médias. Que le meilleur gagne.

Je le contournai nonchalamment pour me réinstaller confortablement dans mon fauteuil avant de feuilleter le contrat sur lequel je travaillais.

— Tu as toujours été un pauvre idiot, remarquai-je en tournant avec désinvolture une page du contrat. Je t'enlèverai tout ce que tu as réussi à accomplir depuis la dernière fois que je t'ai vu. Oh ! et Andrew ? dis-je en levant les yeux vers lui avec un sourire suffisant. Laisse-moi t'assurer que je suis toujours le mec opiniâtre que tu as quitté.

Il rejoignit sa famille. Je sentis son regard sur l'arrière de mon crâne pendant tout le trajet.

Il me fallait une épouse, et vite.

Une femme que les médias apprécieraient suffisamment pour compenser mon image désastreuse.

Ce que je représentais.

Et je savais parfaitement qui pourrait tenir ce rôle.

4

Perséphone

Les jours passaient comme un ongle sur un tableau noir.

J'étais à cran. Nerveuse, irascible, et incapable de respirer correctement.

Depuis que j'étais revenue du bureau de Cillian les mains vides, plus rien ne passait – que ce soit la nourriture, le café, l'eau, ou mon reflet dans le miroir.

Mon esprit ne cessait de me projeter l'image de Byrne et Kaminski en train de jeter mon cadavre dans la rivière. De me repasser le rejet de Cillian. De me faire revivre la morsure insupportable de son refus.

J'avais oublié les paroles de toutes les chansons pendant la ronde en classe, failli donner à Reid, allergique au lactose, les macaronis au fromage de Dahlia, et mélangé du sable cinétique à du vrai sable, mettant un tel bazar que je dus rester plus tard pour tout nettoyer.

Des nuages lourds de pluie planaient au-dessus de ma tête tandis que je rentrais, courant depuis mon vélo jusqu'à l'entrée de l'immeuble en agrippant fermement mon sac à bandoulière. Je me rappelais que j'avais à la fois un spray au poivre *et* un taser et qu'il y avait zéro pour cent de risque que Byrne et Kaminski me tuent sur mon palier.

Enfin, peut-être dix pour cent.

À la réflexion, probablement autour des vingt-cinq pour cent, mais pas plus.

En entrant dans l'immeuble, je tendis la main vers l'interrupteur. Étonnamment, la lumière était déjà allumée. Une main puissante m'attrapa par le poignet, me faisant pivoter face à son propriétaire.

Fuir ou se battre ? me demanda mon corps.

Se battre, répondit mon cerveau. *Toujours se battre.*

Je jetais mon sac au visage de l'intrus en poussant un grognement bestial. Il l'évita sans mal et mon sac tomba au sol, tout son contenu s'y déversant. Je tentai de griffer les yeux de mon assaillant ; il saisit mes deux poignets dans une seule de ses paumes avant de me pousser dos à la porte d'entrée, de telle sorte que nous étions collés l'un à l'autre.

— Lâchez-moi ! hurlai-je.

À ma grande surprise, l'immense silhouette sombre m'obéit, reculant pour ramasser la bombe au poivre qui était tombée de mon sac avant de l'examiner avec désinvolture.

— *Cillian ?*

Je résistai à l'envie de me frotter les yeux, incrédule. C'était bien lui, avec un trench haute couture, des mocassins italiens, et son expression caractéristique semblant dire « allez-vous-faire-foutre » qui faisait tournoyer mon cœur comme une stripteaseuse autour d'une barre de pole dance.

— Tu es là, dis-je, plus à moi-même qu'à lui.

Pourquoi ? Comment ? Tant de questions s'emmêlaient dans mon cerveau embrumé.

— J'espère sincèrement que nos enfants n'hériteront pas de ta tendance à signaler l'évidence. Je trouve cela extrêmement inutile.

Il retira la sécurité du spray au poivre et revissa le bouchon, pour qu'il soit prêt à l'emploi la prochaine fois que j'essaierais de m'en servir.

— Hmm, *quoi* ?

Je chassai les mèches de cheveux qui tombaient devant mes yeux comme des lianes dans la jungle. La barbe naissante qui couvrait sa gorge me donnait envie de presser mes lèvres contre son cou.

Ses imperfections le rendaient profondément beau. Je méprisais chaque seconde passée en sa compagnie.

— Tu te rappelles quand je t'ai dit que je n'accordais aucune faveur gratuitement ?

Il fit rouler le spray entre ses doigts, les yeux rivés au flacon.

— Difficile d'oublier.

— Eh bien, c'est ton jour de chance.

— Permets-moi d'être sceptique.

À ce stade, je n'étais pas juste à court de chance : j'étais plutôt avec un solde négatif. Quelque part entre la malchance et la malédiction.

— J'ai trouvé ce que je veux de toi en échange.

— Tu veux quelque chose de ma petite personne ?

Je portais une main à ma poitrine en feignant la surprise, tout en m'efforçant de réguler mon pouls affolé. C'était plus fort que moi. Il ne manquait jamais une chance de me rabaisser.

— Je suis sans voix.

— Ne me donne pas de faux espoirs, Fille aux Fleurs, maugréa-t-il.

Mon surnom ne m'échappa pas. La fille aux fleurs était traditionnellement une petite fille désignée pour faire s'extasier les gens lors d'un mariage. Une enfant naïve dont le seul boulot était de marcher droit.

Il s'avança vers moi, envahissant mon espace personnel. Son parfum masculin de cèdre et de cuir m'enivra.

— Pour que cela fonctionne, tu ne dois pas développer de sentiments pour moi, m'avertit-il, sinistre.

Inutile de lui dire qu'en réalité je ne l'avais jamais oublié. Pas vraiment. Pas de toutes les façons qui comptaient.

Il retira une mèche de cheveux trempée de ma tempe sans toucher ma peau. Sa façon de me regarder, avec un mépris froid, comme s'il était venu ici sous la menace d'une arme et non de son plein gré, me déstabilisa.

— Je vais m'occuper de tes problèmes d'argent et de ton divorce. Je vais tout régler. Ce ne sera pas un prêt, mais un don.

Mon corps s'affaissa de soulagement.

— Oh mon Dieu. Cillian, merci infinim…

— *Laisse-moi finir*, siffla-t-il, sa voix claquant comme un fouet dans l'air. Je ne gâche jamais une bonne crise, et la tienne pourrait m'être très avantageuse. Tu n'auras pas à me rembourser parce que ta compensation se fera sous une forme non conventionnelle. Tu vas devenir ma femme. Tu vas m'épouser, Perséphone Penrose. Sourire pour les caméras et pour moi. Assister à des galas de charité en mon nom. Et me donner des enfants. Autant que nécessaire jusqu'à ce que j'aie un fils. Que ce soit au bout d'un, trois, ou six enfants.

— Tout ce que tu voudras ! m'écriai-je, m'empressant d'accepter son offre avant de la comprendre. Je serai ravie de…

Une seconde, quoi ?

Pendant un long moment, je me contentai de le fixer du regard. Est-ce qu'il se moquait de moi ?

Étrangement, je ne pensais pas que ce fût le cas. Pour commencer, Cillian Fitzpatrick n'avait pas le sens de l'humour. Si l'humour le croisait dans une ruelle sombre, il se ratatinerait sur lui-même et exploserait en un nuage de chauve-souris. Et puis, plus qu'il n'était cruel, Kill était d'un pragmatisme terrifiant. Il n'aurait pas perdu son temps si précieux à se moquer de moi.

— Tu veux que je t'épouse ? répétai-je bêtement.

Son visage était résigné, grave. Il hocha sèchement la tête.

Bordel de merde, il ne plaisantait pas. L'homme de mes rêves voulait m'épouser. Faire de moi sa femme.

Il n'y avait qu'une seule chose à répondre à cela.

— Non, dis-je en le repoussant. Jamais de la vie. *Nan, no, nien, niet.*

Je me creusai la tête pour trouver d'autres langues dans lesquelles refuser.

— Non, répétai-je. Ça, c'était en québécois.

— Explique-toi.

— On ne peut pas se marier. On n'est pas amoureux. (Je levai le menton d'un air de défi.) Et, oui, je sais que l'amour ça fait *très* classe ouvrière.

— Classe moyenne. L'homme moyen, heureux et crétin, est suffisamment à l'aise pour s'en ficher, et assez stupide pour ne pas viser plus haut. Les classes ouvrières et supérieures prennent toujours les questions financières en considération. Puis-je te rappeler que la dernière fois que tu t'es mariée par *amour*, dit-il, prononçant le mot comme on prononcerait le mot « herpès », ça s'est terminé avec une dette considérable, un mari fugueur et des menaces de mort ? L'amour est surfait, et versatile. Il va et vient. On ne peut pas bâtir de fondations dessus. Une alliance et des intérêts mutuels, c'est une autre histoire.

Seulement, voilà, le plus pathétique était que je ne voulais pas l'épouser justement parce qu'une partie de moi *était* amoureuse de lui.

Remettre mon bonheur entre ses mains était l'idée la plus stupide que j'aie jamais eue.

J'avais beau essayer de l'ignorer, Kill était mon premier coup de cœur. Ma première obsession. Mon souhait inassouvi. Il posséderait toujours une partie de mon cœur, et je ne voulais pas penser à toutes les manières dont il allait en abuser si nous nous mettions ensemble.

Et puis, épouser le méchant le plus notoire de Boston était une mauvaise idée, et j'étais quasi sûre d'avoir eu mon quota d'enfoirés de maris pour un siècle.

— Écoute, que dirais-tu d'un compromis ? dis-je avec un large sourire. Je peux sortir avec toi. Être ta petite amie. M'accrocher à ton bras et faire une jolie photo. On aura notre petit arrangement.

Il me dévisagea, amusé.

— Tu penses que ta compagnie vaut cent mille dollars ?

— Tu m'offres cent mille dollars pour être ta call-girl à demeure et porter tes enfants. *Au pluriel.* Si j'étais mère porteuse, je gagnerais le même montant pour un seul bébé, dis-je.

Il haussa les épaules.

— Deviens mère porteuse.

— C'est une longue procédure. Je n'ai pas le temps.

— Tu ne sembles pas avoir de cervelle, non plus, dit-il en me tapotant la tempe comme s'il se demandait ce qu'il y avait à l'intérieur de ma petite tête. Accepte ma proposition. C'est ton seul moyen de t'en sortir.

Je le repoussai.

— Tu es un connard.

Il sourit avec impatience.

— Tu le savais quand tu t'es offerte à moi si volontiers il y a quelques années.

Il s'en souvenait.

Il s'en souvenait et, pour une raison ou une autre, cela m'apaisa.

Tata Tilda, qu'as-tu fait ?

Je secouai la tête, tentant de me remettre les idées en place.

— Écoute. Et si nous commencions par sortir ensemble, et que je…

— Non, m'interrompit-il sèchement. C'est le mariage ou rien.

— Tu ne m'apprécies même pas !

Cillian consulta sa montre, perdant patience.

— Qu'est-ce que ça a à voir avec le fait de t'épouser ?

— Tout ! Ça a tout à voir ! Comment veux-tu qu'on s'entende ?

— Je n'y compte pas. Tu auras ta maison. J'aurai la mienne. Tu seras immensément riche, tu vivras parmi les milliardaires et deviendras l'une des mondaines les plus enviées de Nouvelle-Angleterre. Tu seras suffisamment loin de moi pour pouvoir faire ce que bon te semble. Je suis raisonnable, juste et réaliste. Du moment que tu me donnes des héritiers, que tu m'accordes l'exclusivité durant nos années de reproduction et que tu restes en dehors des tabloïds, tu ne devrais pas trop me voir après les premières années de mariage. Mais pas de divorce, ajouta-t-il en levant un doigt. C'est vulgaire, mauvais pour les affaires, et cela montre qu'on a baissé les bras. Je ne baisse jamais les bras.

J'avais envie d'exploser. De rire ou en larmes, je ne savais pas trop.

Ce n'est pas ce que j'avais demandé, tata ! criai-je intérieurement. *Tu as raté l'essentiel dans le fait d'être avec lui.*

— Tu te rends compte que je suis une personne et pas une friteuse, n'est-ce pas ?

Une main sur la hanche, je commençai moi aussi à perdre patience.

— Parce qu'on dirait bien que tu essaies de m'acheter.

— Parce que c'est le cas.

Il me regardait comme si j'étais folle. Comme si c'était *moi* qui avais un problème.

— Les gens qui calomnient l'argent ont une chose en commun : ils n'en ont pas. Tu as une occasion de changer ton destin, Perséphone. Ne la gâche pas.

— Désolée si je parais ingrate, mais ta proposition semble promettre une existence bien triste. Je veux être aimée. Chérie. Vieillir avec l'homme que je choisirai et qui me choisira.

Même après ce qu'il s'était passé avec Paxton, et bien que j'éprouve encore des sentiments très forts pour Cillian, je croyais aux contes de fées. Simplement, j'acceptais que le mien ait été écrit de manière excentrique, avec une préface trop longue et des scènes que je serais ravie de supprimer.

Il tira une paire de gants en cuir de sa poche de poitrine et les fit claquer contre sa cuisse musclée avant d'y glisser ses mains.

— Tu pourras avoir tout ça un jour, mais pas avec moi. Trouve-toi un amant. Mène une vie discrète avec lui – à condition qu'il signe toute la paperasse nécessaire. Chacun fera ce qu'il veut de son côté. Pour ma part et au cas où il te resterait des élans romantiques nous concernant, cela inclut une quantité démesurée de call-girls de luxe et des pratiques sexuelles douteuses.

La seule chose qui me faisait tenir debout à ce stade était l'idée que c'était probablement une hallucination due au fait que je n'avais pas bien mangé ni dormi ces derniers temps.

Des glucides. Il me faut des glucides.

— Tu veux que je te *trompe* ?

Je me frottai le front.

— Après m'avoir donné des enfants légitimes, tu pourras faire ce que tu veux.

— Il te faut un câlin. (Je fronçai les sourcils.) Et un psy. Pas dans cet ordre.

— Ce qu'il me faut, ce sont des héritiers. Au moins un héritier mâle. Et deux ou trois autres de secours, pour sauver les apparences.

De secours.

Parlait-on d'enfants ou de chargeurs de téléphone ?

J'avais la tête qui tournait. Je tendis la main vers le mur pour m'y appuyer.

J'avais toujours su que Cillian Fitzpatrick était dérangé, mais un tel niveau de folie aurait aisément pu lui valoir une place à l'asile.

— Pourquoi mâle ? Au cas où tu ne l'aurais pas remarqué, nous sommes au XXIe siècle. Il existe des femmes comme Irene Rosenfeld, Mary Barra, Corie Barry…

Je continuai à citer des femmes P-DG mais il me coupa la parole.

— Épargne-moi ta liste de course. La vérité, c'est que certaines choses n'ont pas changé. Les femmes qui naissent avec d'opulents privilèges – à savoir mes futures filles – choisissent rarement des carrières trépidantes, ce qui est exigé pour être à la tête de Royal Pipelines.

— C'est le truc le plus sexiste que j'aie jamais entendu.

— Étonnamment, je suis d'accord avec toi sur ce point.

Il boutonna son manteau, signalant son départ.

— Cependant, ce n'est pas moi qui ai établi les règles. La tradition veut que le fils de l'aîné hérite de la majeure partie des actions et du rôle de P-DG de Royal Pipelines. C'est comme ça que mon père a eu le poste. C'est comme ça que j'y suis arrivé.

— Et si l'enfant veut faire autre chose ?

Il me dévisagea comme si je venais de lui demander si je devais me percer l'arcade avec une arme semi-automatique. Comme si on ne pouvait plus rien pour me sauver de ma propre bêtise.

— Qui ne voudrait pas être à la tête d'une des entreprises les plus riches du monde ?

— Quiconque sait ce qu'un tel rôle implique, rétorquai-je. Sans vouloir t'offenser, tu n'es pas l'homme le plus heureux que je connaisse, Kill.

— Mon premier fils poursuivra mon héritage. Si tu t'inquiètes pour sa santé mentale, je suggère que tu l'envoies en thérapie dès son plus jeune âge.

Je croisai les bras.

— On dirait bien que tu feras un père merveilleux.

— Ils auront une mère douce. Le moins que je puisse faire, c'est leur apprendre les choses dures de la vie.

— Tu es affreux.

— Tu gagnes du temps, répliqua-t-il.

Le nœud d'hystérie nerveuse qui se formait dans ma gorge grossit. Pas parce que je trouvais l'idée d'épouser Cillian épouvantable mais parce que c'était justement le contraire, et cela me rendait folle. Quel genre de femme fonçait tête baissée dans un mariage avec l'homme le plus vicieux de Boston tout en étant encore mariée avec le moins fiable ?

Moi.

Voilà qui.

J'envisageai cette idée pour de nombreuses raisons, toutes plus mauvaises les unes que les autres : plus de problèmes ; un divorce assuré d'avec Paxton ; être près de Cillian et avoir toute son attention, même si ce n'était que pour quelques petites années.

Qui sait ? Peut-être que ma tante Tilda allait assurer, finalement. Nous pouvions commencer par un contrat et devenir un vrai couple.

Non. Je ne pouvais pas monter à bord de ce train pour Taréville. Le dernier arrêt était Chagrin d'Amour, et j'en avais connu suffisamment dans ma vie. Paxton m'avait détruite, alors que mon affection pour lui était douce et confortable. Cillian éveillait en moi quelque chose de brut et de sauvage, quelque chose capable de m'anéantir.

Il fallait que je réfléchisse posément sans l'avoir sous le nez avec son parfum enivrant, sa mâchoire carrée et sa perfection glaciale.

Je fis un pas de côté en direction de l'escalier.

— Est-ce que je peux y réfléchir ?

— Bien sûr. Tu as tout le temps. Ce n'est pas comme si tu avais la mafia aux fesses, se moqua-t-il avec sa diction de riche.

Je savais parfaitement que j'étais dans la merde. Pourtant, si je devais céder le reste de ma vie à l'homme qui m'avait déjà brisé le cœur, il fallait au moins que je m'accorde quelques jours pour intégrer la nouvelle.

— Donne-moi une semaine.

— Vingt-quatre heures, répliqua-t-il.

— Quatre jours. On parle du reste de ma vie, là.

— Tu n'auras plus de vie si tu n'acceptes pas. Quarante-huit heures. C'est ma dernière offre, et elle est généreuse. Tu sais où me trouver.

Il tourna les talons, se dirigeant vers la porte.

— Attends ! m'écriai-je.

Il marqua une pause, sans se retourner.

Soudain, je me revis lui demandant de rester alors qu'il partait au mariage de Sailor et Hunter. Je savais, avec une certitude qui embrasait mon âme, que cela deviendrait notre quotidien si j'acceptais son offre.

Je lui courrais toujours après, et il se replierait toujours dans les ténèbres. Un homme-fumée, sombre et entêtant que je pourrais sentir et voir, mais jamais attraper.

— Donne-moi ton adresse. Je ne veux pas retourner à ton bureau. Ça me donne l'impression d'effectuer une transaction.

— C'est le cas.

— Ton assistante est odieuse. Elle a failli me poignarder quand je suis venue te voir.

— « Failli » est le mot-clé.

Il fit apparaître une carte de visite, la retourna et y griffonna son adresse personnelle.

— Je n'aurais pas pris ses frais d'avocat en charge, et elle le sait.

Il me tendit la carte.

— Quarante-huit heures, me rappela-t-il. Si je n'ai pas de nouvelles, je partirai du principe que tu as décliné ma proposition, ou que tu as été supprimée de manière prématurée, et je passerai à la candidate suivante sur ma liste.

— Il y a une liste.

Je n'en revenais pas.

Évidemment qu'il y avait une liste. J'étais seulement une des nombreuses femmes qui cochaient toutes les cases pour le puissant Cillian Fitzpatrick.

Je me demandais quelles étaient ces cases.

Naïve ?

Désespérée ?

Stupide ?

Jolie ?

Je déglutis, mais la boule qui me serrait la gorge ne bougea pas. Je me sentais aussi jetable et désirable qu'une couche pour bébé.

Il me lança un regard glacial et je déclarai, tout en le fusillant du regard :

— Va donc feuilleter ton catalogue d'épouses par correspondance, Cillian. Je te ferai connaître ma réponse.

Je le regardai partir avec, dans ses poches haute couture, ma liberté, mes espoirs et mes choix.

Cela n'avait aucune importance que je refuse ou que j'accepte son offre. Quel que soit mon choix, ce serait une erreur.

Le lendemain, je me pointai au travail avec une robe tachée de café et les yeux injectés de sang. J'avais appelé Sailor, ravalant ma fierté pour faire ce que je m'étais promis de ne pas faire – lui demander un prêt. Mais avant que je puisse formuler ma requête, elle m'avait dit qu'elle avait ressenti des crampes étranges au niveau du ventre et je n'avais pas pu me résoudre à lui poser la question.

Je passai ma pause-déjeuner à appeler tous les banquiers de Boston susceptibles de m'accorder un prêt. La plupart me raccrochèrent au nez, certains éclatèrent de rire, et une poignée d'entre eux exprimèrent leurs regrets avant de refuser mon dossier.

J'essayai même d'appeler Sam Brennan. Je tombai sur un message électronique qui me demandait un code pour le contacter.

Je n'avais pas accès à l'homme le plus mystérieux de Boston.

J'avais beau être la meilleure amie de sa petite sœur depuis l'enfance, j'étais tout aussi invisible à ses yeux que le reste de mes copines.

Belle était au travail quand je rentrai. J'étais soulagée, parce qu'un paquet à mon nom m'attendait devant la porte de son appartement. Je l'ouvris. Il contenait un ensemble de lingerie.

Je dépliai le string en dentelle pour découvrir qu'une balle avait été placée à l'intérieur.

Byrne.

Je courus jusqu'à la salle de bains et vomis le peu de choses que j'avais mangé.

Puis je m'empiffrai de crackers et de fromage, que je fis passer avec du jus d'orange.

Tout habillée, je rampai dans le lit de Belle. Il était froid et vide. La pluie tambourinant à la fenêtre me rappela ma profonde solitude.

Papa et maman avaient déménagé en banlieue quelques années plus tôt. Aller habiter avec eux maintenant ne ferait que leur attirer des ennuis – *mortels* – et je ne pouvais pas leur faire ça.

Sailor était mariée et attendait un bébé, elle tenait un blog culinaire qui cartonnait et entraînait de jeunes archers dans le cadre d'une association caritative qu'elle avait fondée. Sa vie était bien remplie, et *bonne.*

Ash était occupée à fomenter des plans pour conquérir Sam Brennan, allait à la fac de médecine et était en train de devenir une des femmes les plus fantastiques que je connaisse.

Et Belle faisait carrière.

Allongée sans bouger dans le noir, je regardai par la fenêtre Lady Nuit enfiler toutes ses tenues. Le ciel passa du bleu nuit au bleu néon, puis enfin, à l'orange et au rose. Quand le soleil s'éleva au-dessus des gratte-ciel de Boston, centimètre par centimètre, comme un roi se levant de son trône, je sus que je devais prendre une décision.

Il n'y avait pas un nuage dans le ciel.

Ma tante Tilda n'allait pas me venir en aide ce coup-ci. C'était à moi de prendre la décision. C'était ma responsabilité.

Le silence régnait dans l'appartement. Belle n'était pas rentrée cette nuit. Elle devait certainement être dans le lit d'un bel homme, déployant ses courbes telle une œuvre d'art qu'il devait vénérer.

Sortant du lit à la hâte, j'allai jusqu'à la kitchenette, pieds nus, puis allumai la machine à café et la radio vintage de Belle. La station des années 1980, qui ne manquait jamais de me remonter le moral, fit retentir à plein volume les dernières notes de *How Will I Know* de Whitney Houston, suivie par un bulletin météo prévenant d'une tempête qui menaçait.

Il y avait un vase plein de roses sur le plan de travail, offert par l'un des nombreux admirateurs qui fréquentaient Madame Mayhem dans l'espoir de capter l'intérêt de ma sœur.

Fille aux Fleurs.

Je pris une des roses blanches. Une épine m'entailla le pouce et une goutte de sang en forme de cœur se percha entre les pétales.

— Épouser ou ne pas épouser le méchant préféré de Boston ?

J'arrachai le premier pétale.

Épouse-le.

Le deuxième.

Ne l'épouse pas.

Puis le troisième.

Le quatrième.

Le cinquième…

Quand j'atteignis le dernier pétale, mes doigts tremblaient, mon cœur battait la chamade, et la chair de poule couvrait chaque centimètre carré de mon corps. Je tirai sur le dernier pétale, sa couleur neigeuse pareille à une robe de mariée.

Le destin avait dit son dernier mot.

Même s'il ne comptait pas, puisque mon cœur connaissait déjà la réponse.

Une décision avait été prise.

Je devais à présent en affronter les conséquences.

5

Cillian

— C'était une belle session, monsieur Fitzpatrick. Vous êtes l'un des cavaliers les plus doués que je connaisse ! Quel talent, monsieur !

Un des garçons d'écurie boutonneux que j'employais trottinait derrière moi, sa langue pendant comme un chiot excité, tandis que je m'éloignai des box pour rejoindre ma voiture.

Je me retournai et plaquai mon licol ainsi qu'un généreux pourboire contre son torse.

Être salement, infiniment, *abjectement* riche impliquait que les gens avaient le zèle de me dire que j'étais le meilleur en tout, que ce soit en équitation, en escrime, au golf ou en natation synchronisée.

Non pas que je fasse de la natation synchronisée, mais j'étais certain de me voir décerner une médaille si j'en faisais la demande.

— Merci pour le pourboire, monsieur Fitzpatrick ! Vous êtes le meilleur patron que j'aie jamais…

— Si je voulais qu'on me fasse de la lèche, je choisirais une personne de l'autre sexe, aux formes plus généreuses et aux cheveux plus blonds, dis-je d'un ton sec.

— Oui. Bien sûr. Désolé.

Il rougit et m'ouvrit la portière de mon Aston Martin Vanquish en faisant la courbette. Je me glissai dans la voiture et fis rugir le moteur.

L'application Ring installée sur mon téléphone m'avertit qu'il y avait quelqu'un à ma porte d'entrée.

Je tirai sur mes gants et les jetai sur le siège passager avant de déverrouiller l'écran de mon téléphone.

Nul besoin de prendre mon pouls à mon poignet pour savoir qu'il avait dépassé les habituels cinquante battements par minute. J'étais un cavalier extrêmement entraîné, un athlète né, mais dans l'immédiat j'étais au moins à soixante-deux.

C'était stupide de ma part de développer une préférence pour une fiancée potentielle plutôt qu'une autre, puisque aucune des candidates sur ma liste n'irait jusqu'à l'autel dans la joie et de son plein gré.

Elles avaient toutes des raisons de dire oui, mais ma brillante personnalité, mon esprit ou mes mœurs irréprochables n'en faisaient pas partie.

Perséphone Penrose était la première que j'avais approchée. Elle avait besoin d'une aide financière autant que j'avais besoin d'un coup médiatique et de quelques marmots.

Elle était également, bien que j'aie du mal à l'admettre, ma candidate favorite. Affable, plus ou moins saine d'esprit, avec un visage d'ange et un corps qui pourrait tenter le diable.

Elle était parfaite. Trop parfaite, en réalité. Si parfaite que j'avais parfois besoin de détourner les yeux quand nous nous trouvions dans la même pièce. J'évitais de la regarder, choisissant toujours de me concentrer sur sa sœur effrontée. Observer le désastre qu'était Emmabelle me rappelait que je ne voulais pas mêler mon ADN à celui des Penrose.

Emmabelle était bruyante, impudique, et avait les idées très arrêtées. Elle pouvait débattre avec un mur pendant des jours et perdre. Me concentrer sur elle était moins dangereux que d'observer Perséphone.

Regarder Perséphone était une chose que je faisais discrètement – mais souvent – et quand personne ne me voyait.

Voilà pourquoi le fait qu'elle ne m'ait pas donné de réponse était une bonne chose. C'était génial, vraiment.

Je n'avais pas besoin de ce foutoir.

Pas besoin que mon pouls monte à plus de soixante battements par minute.

Lorsque la double porte noire aux gonds cuivrés s'afficha sur l'écran, mon pouls se mit à battre jusque dans mes paupières, parfaite illustration de l'effet Perséphone sur moi. C'étaient les femmes de ménage et mon chef cuisinier, venus préparer la maison en prévision de la petite soirée que j'organisais ce soir-là.

Je jetai le téléphone sur le siège passager et consultai ma Rolex.

Cela faisait exactement quarante-neuf heures et onze minutes que j'avais fait mon offre à Perséphone. Son temps était écoulé. La ponctualité et la fiabilité faisaient partie du peu de choses que j'admirais chez les autres.

Et elle ne possédait ni l'une ni l'autre.

Ouvrant ma boîte à gants, je sortis le post-it sur lequel Devon avait noté les noms de fiancées potentielles. La prochaine sur la liste était Minka Gomes. Une ex-mannequin devenue pédopsychiatre. De longues jambes, une bonne famille et un sourire parfait (même si Devon m'avait précisé qu'elle avait des facettes).

Elle avait trente-sept ans, voulait à tout prix des enfants et était assez traditionnelle pour souhaiter un mariage catholique. Elle avait déjà signé un accord de confidentialité avant même que je l'approche, ce que j'avais demandé à Devon pour chacune de mes fiancées potentielles, à l'exception de Perséphone, qui était :

1. Ma première candidate, donc ma tentative la plus bâclée.
2. Trop bien pour révéler cet arrangement à qui que ce soit.

Je rentrai l'adresse de Minka Gomes dans le GPS et quittai mon ranch privé où j'avais passé ces dernières heures à monter à cheval, à ignorer mes responsabilités et à ne *pas* ruminer le fait que Perséphone Penrose avait besoin de réfléchir à deux fois avant de m'épouser alors que sa seule autre option était une mort atroce aux mains de gangsters.

J'avais choisi exprès de ne pas rester chez moi parce que je savais que Perséphone n'allait pas mordre à l'hameçon.

Elle avait trop d'intégrité, trop d'éthique, sans oublier un autre époux quelque part sur la planète.

— J'espère pour toi que tu n'es pas assez bête pour refuser mon offre, toi aussi, marmonnai-je à une Minka invisible alors que je m'engageai sur l'autoroute en direction de Boston.

Ce serait donc la fiancée numéro deux.

Et ce n'était pas comme si cela changeait quoi que ce soit.

Plus tard ce soir-là, Sam Brennan jeta ses cartes sur la table, renversant la tête en arrière pour souffler un ruban de fumée entre ses lèvres.

Il se couchait toujours.

Il ne venait pas ici pour jouer aux cartes.

Il ne croyait pas à la chance, ne s'y frottait pas et ne comptait pas dessus.

Il était ici pour observer, apprendre et nous surveiller, Hunter et moi, deux de ses clients les plus rentables. S'assurer que nous évitions les ennuis.

Sally de Gogol Bordello passait sur la chaîne hi-fi.

Nous étions dans mon salon pour notre soirée poker hebdomadaire.

Un lieu élégant, quoique banal, avec des fauteuils en cuir et de lourds rideaux bordeaux.

— Encore un peu de courage. Et bientôt, finie la torture, susurra Hunter, essayant de faire sa meilleure imitation de John Malkovich dans *Les Joueurs*. Le poker n'est pas pour les petites natures.

— Dit celui qui est à un abonnement Nordstrom d'être une vraie nana.

Sam fit glisser sa cigarette d'un coin de sa bouche à l'autre, ses avant-bras déchirant presque la chemise noire qu'il portait.

— Évidemment que j'ai un abonnement à Nordstrom ! répondit Hunter en riant, imperturbable. Je n'ai pas le temps de faire les boutiques avec ma styliste, et les dames du magasin connaissent mes mensurations.

— Je suis tes trente-cinq mille et je relance de huit mille.

Devon jeta huit jetons noirs au milieu de la table en pianotant sur ses cartes.

Il était l'opposé de Sam. Un lord hédoniste avec un goût pour les jolies choses défendues, la transparence, et sans aucun scrupule. Regarder l'argent brûler était son passe-temps favori. Ironie du sort, Devon Whitehall avait besoin d'un job comme Hunter de davantage de sous-entendus sexuels de mauvais goût dans son répertoire. Il avait choisi d'aller à la fac aux États-Unis, passé l'examen du barreau, et était resté loin de la Grande-Bretagne.

J'étais quasi sûr que sa propre boîte de Pandore attendait qu'on l'ouvre sur sa terre natale, mais cela ne m'intéressait pas assez pour que je pose la question.

— Tapis, annonçai-je.

Hunter fit claquer ses lèvres, poussant tout son tas en avant.

— Tu te moques de moi, fit Devon en regardant mon frère les yeux plissés.

Hunter lui adressa un sourire innocent, papillonnant des cils, et lui répondit :

— C'est une partie où personne ne gagne, mister Whitehall. Ne me cherche pas des morpions.

— Tu mélanges deux expressions, dis-je, mon cigare cubain à la bouche, en poussant mes jetons au centre de la table. On dit « chercher des poux ». Les morpions, c'est ce que tu chopes entre les jambes quand tu couches avec assez de femmes pour remplir le Madison Square Garden.

— C'est marrant, je ne me rappelle pas avoir été invité à ta cérémonie de canonisation, frérot.

Hunter prit une gorgée de Guinness, puis lécha la trace de mousse au-dessus de ses lèvres.

— Oh ! mais bien sûr, ce n'est jamais arrivé, parce que tu t'es tapé la moitié de l'Europe, reprit-il. Et puis, c'est du passé tout ça. Je suis un homme marié maintenant. Il n'y a qu'une femme qui existe à mes yeux.

— Et cette femme est ma sœur, alors tu ferais mieux de faire attention à ce que tu dis si tu veux sortir d'ici avec tous tes organes en place, lui rappela Sam.

Sam avait les cheveux bruns, les yeux gris et la peau hâlée. Il était grand, imposant, et avait ce look dépenaillé de beau gosse qui faisait perdre leur pantalon et leur tête aux femmes.

— Mec, ma femme est enceinte. Il est trop tard pour que tu te mentes à toi-même sur ce qu'on fait de notre temps libre. Au fait, la douleur au ventre qu'elle a ressenti cette semaine, c'était des gaz, merci d'avoir demandé.

Étais-je réellement en train d'écouter un rapport sur les pets de Sailor ?

— On n'est pas toujours obligés d'en revenir au fait que ta femme est enceinte, lui rappelai-je.

— Prouve-le.

— Tu es conscient que je vais tuer ton frère un jour, n'est-ce pas ? me demanda Sam en désignant Hunter du pouce.

— Je ne t'en tiendrai pas rigueur. (J'éteignis mon cigare dans un cendrier.) Mais attends qu'il ait révélé sa main.

— En parlant de bonheur conjugal, intervint Devon en faisant tourner son Johnnie Walker Blue Label dans son verre, je crois que notre hôte a une merveilleuse nouvelle à nous annoncer.

— Oooh, tu as enfin créé un compte sur OkCupid ? roucoula Hunter en plaquant ses mains l'une contre l'autre. Ça fait un moment qu'il a les parents sur le dos parce qu'il est plus seul qu'un sataniste dans une convention catho.

— Il gèlera en enfer le jour où Cillian Fitzpatrick dira « Je le veux », lâcha Sam.

— Prépare la doudoune, mec, répondit Devon avec un sourire en coin.

— L'enfer n'est pas encore prêt à m'accueillir. Et Cillian aime trop la variété pour se contenter d'un seul minou.

— Les femmes sont comme les pancakes, intervins-je. Elles ont toutes le même goût.

Sam sourit de toutes ses dents.

— Putain, j'adore les pancakes.

Cet homme avait couché avec tout le monde dans cette ville.

Tout le monde, à part ma sœur.

Il ne fallait pas être astrophysicien pour comprendre qu'Aisling s'était sottement entichée de Brennan. Chaque fois qu'elle se trouvait dans la même pièce que le frère de sa belle-sœur, elle lui bavait presque dessus. Dès que j'avais compris son erreur de jugement, j'avais engagé Brennan. Je n'avais pas eu beaucoup de missions à lui confier au début de notre relation professionnelle, mais l'avoir pour employé me garantissait qu'il ne toucherait pas à Ash.

Brennan était un homme honnête, à sa manière – tordue, létale.

Je fis craquer mes doigts, les yeux braqués sur mes cartes. J'avais deux paires. J'étais prêt à parier mes bijoux de famille – ceux qui présentaient un réel intérêt pratique, pas les babioles qui reposaient dans un de mes coffres à la banque – que les cartes de Hunter portaient au mieux des lettres de l'alphabet et des dessins d'animaux. Pour un Irlandais, la chance n'était pas de son côté.

Je décidai de lâcher la bombe.

— Je suis fiancé.

Sam s'étrangla sur sa cigarette, faisant tomber sur la table la cendre de trois centimètres qui y pendait.

Hunter éclata de rire.

Devon m'adressa un bref hochement de tête approbateur.

Moi ? Je ne ressentais rien.

L'apathie était une notion familière, que je savais gérer et qui ne me faisait jamais dévier.

Hunter se claqua la cuisse, ses cartes déferlant sur le sol alors qu'il partait dans un fou rire. Il tomba de sa chaise en se tenant les côtes.

— Fiancé ! hurla-t-il en se hissant sur sa chaise. Qui est l'infortunée ? Ta poupée gonflable ?

— Elle s'appelle Minka Gomes.

— Tu as appelé ta poupée Minka ? Je pensais que tu choisirais un nom qui fasse plus stripteaseuse. Genre Lola, ou Candy.

Mon frère s'essuya une larme au coin de l'œil et vida une bouteille d'eau.

— Je ne me rappelle pas avoir enquêté sur elle, dit Sam en me lançant un regard noir.

Ces derniers temps, je lui faisais fouiller le passé de toutes les personnes que je rencontrais, des associés commerciaux aux cireurs de chaussures.

— Ce n'est pas parce que tu n'as pas entendu parler d'elle qu'elle n'existe pas, sifflai-je.

Il fallait reconnaître qu'il était difficile d'expliquer comment je m'étais retrouvé fiancé à une parfaite inconnue.

Minka avait été plutôt agréable quand j'étais passé chez elle pour lui proposer de m'épouser, plus tôt dans la journée. Devon l'avait préparée à notre rendez-vous. Elle avait dit qu'elle serait heureuse de signer tous les papiers nécessaires et, pendant les négociations, elle avait demandé que deux clauses soient ajoutées. Elle voulait un chalet à Aspen et un voyage annuel à une Fashion Week dans la ville européenne de son choix, le tout assorti d'un coquet budget shopping. J'étais ravi de lui accorder ces deux souhaits.

Elle était magnifique, polie, et odieusement désireuse de plaire.

Et elle n'éveillait absolument *rien* en moi.

— Explique-moi comment tu es passé de corrompre les plus belles princesses d'Europe à te fiancer à une fille du coin, dit Hunter en se grattant le menton.

Mon frère, comme le reste de ma famille, pensait que j'avais passé mon temps à courtiser la royauté européenne. C'était l'histoire que je servais à ma famille pour les protéger de la vérité. Je côtoyais bel et bien des duchesses et des filles de comtes, élevant mon statut social de riche américain à celui de personne qui connaissait tous ceux qui valaient la peine d'être connus sur le continent.

Mais je ne les avais jamais touchées.

Je n'avais jamais touché une femme sans l'avoir payée, pour être honnête.

Ce que je n'étais plus, avec personne.

Personne, à part Perséphone.

Même deux jours plus tard, je ne savais pas ce qui m'avait poussé à lui confier le fait que je préférais payer pour coucher. J'avais délibérément omis de dire que les femmes que je fréquentais n'étaient pas des prostituées à proprement parler. J'avais attendu de voir le dégoût sur son visage innocent. Mais elle était trop occupée à me frapper mentalement avec son sac à main parce que je m'étais moqué de ses sentiments pour enregistrer ces petits détails.

Payer pour coucher était mon doigt d'honneur aux relations conventionnelles. J'avais pris soin des femmes que j'avais fréquentées, à la fois sous la couette et en dehors, mais jamais je ne leur avais offert davantage qu'un bon moment. Rendez-vous, cadeaux, appels et sentiments ne faisaient pas partie du deal.

Mes partenaires savaient ce qu'elles devaient faire et ne pas faire, et les seules choses qu'elles attendaient de nos tête-à-tête étaient un généreux pourboire et un orgasme – offert par votre serviteur.

J'avais quatorze ans quand j'avais couché pour la première fois avec une fille.

Mon père était venu me rendre visite à Evon, peu de temps après qu'Andrew Arrowsmith avait découvert mon secret.

Nous étions à un dîner privé à l'hôtel Savoy de Londres. Bien que ce soit l'été, je portais une chemise à manches longues pour cacher les brûlures de cigarette et les marques de morsures. *Athair* me demanda avec combien de filles j'avais couché en étalant à la petite cuillère du caviar Royal Beluga sur un toast. Je pliai mon index et le collai à mon pouce pour faire le signe « zéro ». Je n'y pensais pas ; non seulement je fréquentais une école de garçons, mais j'avais d'autres choses à faire que tremper mon biscuit.

Gerald Fitzpatrick s'étouffa sur sa tartine. Le lendemain, il décida de corriger ma situation critique en me traînant dans un avion pour la Norvège, où il devait aller voir l'une des plates-formes pétrolières de Royal Pipelines.

Maja, la Norvégienne qui m'avait soulagé de mon statut de puceau, avait la petite trentaine, faisait une tête de plus que l'ado que j'étais, et avait été drôlement confuse quand j'avais presque vomi sur ses genoux. Je ne voulais pas perdre ma virginité. Pas à quatorze ans, pas avec une inconnue, et surtout pas dans un bordel de luxe d'une ruelle d'Oslo. Mais faire ce qu'il fallait pour apaiser mon père était un concept que j'avais depuis longtemps intégré.

C'était un jour ordinaire dans la famille Fitzpatrick : *Athair* agitait les clés du royaume sous mes yeux pour obtenir ce qu'il voulait.

Tiens-toi droit.

Ne jure pas.

Ne fais pas de fautes d'orthographe, ne tombe pas de cheval, tiens-toi bien à table, ne regarde pas ton père dans les yeux.

J'avais donc enfilé un préservatif et donné de ma personne.

Quand j'étais sorti de la pièce, *Athair* m'avait donné une claque dans le dos et dit : « Voilà, *mo òrga*, la seule chose à laquelle les femmes sont bonnes. Écarter les cuisses et recevoir des ordres. Tu serais bien avisé de t'en souvenir. Surclasse souvent tes maîtresses, ne t'attache à aucune d'entre elles et, quand viendra le temps de te caser, fais en sorte de trouver quelqu'un de gérable. Quelqu'un qui n'en demandera pas trop. »

Athair avait fait ce qu'il prêchait.

Jane Fitzpatrick était discrète, effarouchée, et n'avait aucun cran. Ce qui, bien sûr, ne l'empêchait pas de tromper son mari. Mes deux parents commettaient l'adultère, souvent et ouvertement.

J'avais grandi en observant le pire exemple de mariage, en prenant des notes, et on attendait de moi que je suive leurs traces.

Mon petit frère avait manifestement loupé la leçon « Les femmes sont le mal ». Hunter s'était marié par amour. En plus de ça, il avait épousé la femme la plus difficile qu'il ait jamais rencontrée.

Étonnamment, il semblait heureux.

Enfin, cela ne voulait rien dire : Hunter avait l'intelligence d'un bébé labrador. Des biscuits en forme d'os et la possibilité de se lécher les boules l'auraient rendu tout aussi heureux.

— La Terre pour Kill ?

Hunter claqua des doigts devant mon visage.

— J'ai demandé : pourquoi Minka ? Pourquoi maintenant ?

J'ouvris la bouche pour lui dire de se mêler de ses affaires quand Petar, mon intendant, entra en catastrophe. Il avait les cheveux trempés de pluie.

— Vous avez de la visite, monsieur.

Je ne levai pas les yeux de mes cartes, bien qu'il se passât quelque chose d'étrange et d'inopportun dans ma poitrine.

Les chances que ce soient Perséphone étaient presque nulles. Et même si c'était elle, elle arrivait trop tard.

— Qui est-ce ? aboyai-je.

— Mme Veitch.

Je sentis Hunter tourner brusquement la tête pour me transpercer du regard.

— Je suis occupé, dis-je en montrant la table.

— Monsieur, il est tard et il pleut beaucoup.

— Je sais lire l'heure et regarder par la fenêtre. Appelez-lui un taxi si vous tenez tant à jouer au gentleman.

— C'est la tempête. Les lignes sont coupées et les applications de taxi ne fonctionnent pas, répliqua Petar, les mains derrière le dos, prononçant chaque mot avec mesure.

Il savait que je n'aimais pas qu'on me manque de respect. J'avais la gâchette facile pour virer des employés indisciplinés.

— Elle est trempée jusqu'aux os et semble remontée.

Hunter ouvrit la bouche, mais je levai la main pour le faire taire.

— Elle dispose de cinq minutes. Faites-la entrer.

— Vous voulez qu'elle vienne dans cette pièce ? demanda Petar en regardant autour de lui.

Un nuage rance de fumée de cigarette et de cigare flottait

au-dessus de nos têtes, et une odeur aigre d'alcool chaud et vicié imprégnait les murs. On se serait cru dans un bordel.

C'était une demoiselle en détresse, et je l'invitais dans la fosse aux lions.

Mais Perséphone avait refusé mon offre ; si mon ego en avait pris un coup, le sien méritait une bonne fessée.

Je levai les yeux vers Petar, le regard vide.

— Elle entre ou elle dégage, et à ma connaissance Mme Veitch n'a pas les moyens de se payer une voiture. *Faites. La. Entrer.*

Moins d'une minute plus tard, Perséphone fut conduite au salon, trempée et en piteux état. À chacun de ses pas, ses chaussures couinaient, tandis qu'elle laissait derrière elle une traînée d'eau. Ses yeux, aussi bleus et insondables que les profondeurs de l'océan, semblaient fiévreux. Des mèches blondes encadraient ses tempes et ses joues, et son coupe-vent troué était empêtré autour de son corps svelte.

Elle s'arrêta au milieu de la pièce, aussi gracieuse qu'une reine qui accorderait son attention à ses domestiques. Je vis l'instant précis où cela la frappa. Quand elle regarda autour d'elle. La lumière tamisée, les rafraîchissements et la charcuterie.

Cette vie aurait pu être la tienne. Mais tu l'as refusée au nom de l'amour.

Elle se dressa de toute sa hauteur – ce qui n'était pas immense, il fallait le dire – prit une profonde inspiration et braqua les yeux sur moi.

— J'accepte.

Les deux mots tout simples claquèrent dans la pièce.

Surveille ton rythme cardiaque, Cillian.

— Je te demande pardon ? dis-je en haussant un sourcil.

Elle ignora Hunter, Sam et Devon, montrant qu'elle avait plus de couilles qu'eux trois réunis. Petar se tenait près d'elle, dans une posture protectrice.

Perséphone redressa le menton, refusant de battre en retraite et de se dégonfler. À cet instant, trempée jusqu'aux os et bien partie pour une pneumonie, elle était d'une beauté impitoyable, et je sus exactement pourquoi je choisissais toujours de regarder sa sœur aînée quand nous nous trouvions dans la même pièce.

Emmabelle ne m'aveuglait pas.

Ne me ravageait pas.

Ne m'*émouvait* pas.

C'était juste une autre fille bourrée de petites manières et qui se croyait tout permis, qui vivait bruyamment, sans vergogne et voulait à tout prix qu'on la voie et qu'on la remarque.

Perséphone était pure et noble. Dépourvue de faux-semblants.

— Ton offre.

Sa voix était aussi douce et suave que de la grenade.

— Je l'accepte.

Elle accepte.

J'avais envie de cogner dans un mur.

Non, pas juste dans *un* mur. Dans *tous* les murs. De réduire ma demeure jacobine de Back Bay en poussière.

Elle accepte une offre qui n'est plus d'actualité.

Elle rougit, mais refusa de ployer, plantée là, tandis qu'une mare se formait autour d'elle.

À cet instant, la posséder semblait presque trop facile, et pourtant tout à fait impossible.

Hunter se leva de son fauteuil, prêt à se précipiter vers l'amie de sa femme pour l'aider.

— Persy, je…

J'appuyai sur son épaule pour l'obliger à se rasseoir, clouant sa chaise contre le mur avec force, les yeux toujours rivés sur elle. Puis je demandai :

— Tu sais pourquoi j'aime la mythologie grecque, Perséphone ?

Ses narines se dilatèrent. Elle ne mordit pas à l'hameçon, parce qu'elle savait que je le lui dirais, quoi qu'il arrive.

— Les dieux punissent les femmes pour leur arrogance. Vois-tu, il y a cinquante-cinq heures, je n'étais pas assez bien pour être ton époux. Il t'a fallu plus de temps qu'accordé pour me donner ta réponse.

Sa mâchoire se décrocha. J'avais révélé notre accord devant mes invités sans sourciller.

— Il y avait une tempête, se défendit-elle, les yeux grands ouverts. Tous les trains ont été annulés et j'ai dû venir à vélo sous la pl…

— Je m'ennuie.

Laissant tomber ma tête contre mon fauteuil, j'attrapai une pomme lustrée dans un panier à fruits et la fis rouler dans la paume de ma main.

— Et tu es en retard. Voilà l'essence de la situation.

— Je suis venue dès que j'ai pu !

Sa stupéfaction laissa place à la colère. Les deux billes d'acier de ses yeux luisaient. Ce n'étaient pas des larmes qui brillaient dans ses yeux, mais autre chose. Une chose que je n'y avais jamais vue jusqu'à ce soir.

La rage.

Les mots de mon père résonnèrent sous mon crâne – « Épouse quelqu'un de gérable. Quelqu'un qui ne t'en demandera pas trop. »

Minka semblait docile, flexible et désespérée.

Perséphone, en revanche, demandait l'impensable – l'amour.

— J'ai déjà fait ma demande à quelqu'un d'autre.

Je plantai mes dents dans la pomme Envy, dont le nectar me coula sur le menton alors que nos regards restaient cloués l'un à l'autre dans un duel silencieux.

— Elle a accepté immédiatement, *elle*.

Le silence se fit dans la pièce.

Tous les regards étaient tournés vers moi.

Ce n'était pas un délire autocratique.

C'était un véritable acte d'humiliation.

Je ne voulais pas Perséphone Penrose.

Elle n'était pas assez bien pour *moi.*

Et même si elle l'était, qu'en ressortirait-il de bon ? Elle voulait tout ce que je ne voulais pas.

Une relation. Un partenaire. De l'intimité.

Je n'étais pas Hunter. Je n'étais pas capable d'aimer ni même d'*apprécier* ma femme. La tolérer ? Possiblement, mais seulement si nous réduisions notre communication à une interaction par mois. Et puis, le jour où mon frère avait épousé Sailor Brennan, j'avais failli laisser Perséphone mourir empoisonnée juste pour éviter d'être seul dans une pièce avec elle.

J'avais été à deux doigts de la dévorer.

De planter mes dents dans ce joli cul ferme.

De me frotter contre ses seins jusqu'à jouir dans mon boxer.

Et voilà que je bandais dans une pièce remplie de gens. *Génial.*

Perséphone était trop compliquée, trop chaotique et représentait une trop grande tentation pour que je cède. Minka était le bon choix. Jamais je ne penserais à elle sans le vouloir.

— Tu as fait ta demande à quelqu'un d'autre, répéta-t-elle en chancelant.

— Minka Gomes.

Sam coinça sa septième cigarette de l'heure au coin de ses lèvres, bien décidé à choper un cancer des poumons avant la fin de la soirée. Il l'alluma et envoya des bouffées de fumée.

— On essaie de savoir où il a trouvé cette pauvre chose. Son nom te dit quelque chose ?

— J'ai bien peur que non, souffla-t-elle.

— Tu l'as échappé belle. Kill est trop froid, trop vieux et trop rigide pour une gentille fille comme toi. Sans compter que j'ai mes doutes quant à ses préférences sous la couette. Allume un cierge pour Mlle Gomes la prochaine fois que tu vas à l'église et remercie tes bonnes étoiles. Elles se sont alignées ce soir.

Sam souffla un ruban de fumée dans sa direction, la faisant tousser.

J'avais envie de le tuer.

Hunter se leva.

— Persy. Attends.

Elle secoua la tête, parvenant à afficher un sourire digne.

— Ça va, Hunt. Ça va super. Je vous en prie, reprenez votre partie. Merci de m'avoir accordé votre attention. Passez une bonne fin de soirée.

Elle tourna les talons et partit, d'un pas rapide et régulier. Petar me lança un regard écœuré, puis se retourna pour la suivre.

Hunter était sur le point de leur courir après, mais je l'attrapai par le col de sa chemise pour le clouer à son siège.

— On termine d'abord la partie.

— Tu te fous de ma gueule ? hurla mon frère.

Sa Guinness se renversa. La bière brune chuinta en se répandant sur mon tapis persan.

— Tu t'es baladé dans Boston pour demander des filles en mariage – dont la meilleure amie de ma femme – et tu veux que je finisse cette putain de partie ? D'accord. Tiens. Ce que Kill veut, Kill a. (Il balança ses cartes sur la table.) À présent, si tu veux bien m'excuser, je vais réparer ce merdier, dit-il en montrant la porte du doigt. Je te jure, Kill, si tu as fait un sale coup à cette fille… si tu l'as mise en cloque pour t'assurer d'avoir un héritier…

Je retournai les cartes qu'il avait jetées, ignorant sa crise d'hystérie.

Un full.

Hunter avait tort. Je n'avais pas *toujours* ce que je voulais.

Perséphone

Il en épousait une autre.

J'avais quelques heures de retard, je me pointais à presque minuit, je ressemblais à une poupée de chiffon qu'on aurait laissée dans la boue pendant un siècle, et il ne m'accordait même pas un regard.

À quoi m'attendais-je ?

Tu t'attendais à ce qu'il te traite comme autre chose qu'un utérus pour son héritier.

Mais c'était ma première et, je l'espérais, dernière erreur concernant Cillian Fitzpatrick.

Après avoir attaché mon vélo, je regagnai mon immeuble en sautant délibérément dans les flaques. C'était le beau milieu de la nuit, il pleuvait des cordes, et mon coupe-vent était déchiré à cause du trajet aller-retour jusqu'à Back Bay. J'avais les doigts et les orteils engourdis. Peut-être étaient-ils tombés en chemin sans que je le remarque. Ils n'allaient pas beaucoup manquer au reste de mon corps quand Byrne et Kaminski finiraient par me démembrer et me donner à manger aux corbeaux.

Où que tu sois, Pax, j'espère que tu souffres deux fois plus que moi.

J'ouvris la porte de mon immeuble – enfin, l'immeuble de Belle. *Je n'ai pas de chez moi*, me rappelai-je. Il faisait sombre, humide, et ça sentait le moisi. Je fis un pas vers l'escalier quand ma tête vola sur le côté. Ma joue me brûlait tellement que j'en eus les larmes aux yeux.

Un « clac ! » pareil à un coup de fouet transperça les airs une seconde plus tard. Avant que je comprenne ce qu'il se passait, j'étais à genoux, face contre terre. Un bruit de gargouillis se fit entendre dans le hall désert. Il me fallut un moment pour comprendre que j'en étais la source.

S'ensuivit un violent coup de pied dans mon ventre, venu des ténèbres. Je me recroquevillai, le souffle coupé. Me tordant le cou pour regarder mon agresseur, je tendis le bras, cherchant mon sac à tâtons dans le noir pour en sortir la bombe au poivre.

Une chaussure s'écrasa sur mes doigts, et un craquement résonna alors que mon agresseur mettait tout son poids sur ma main.

— N'essaie même pas, salope.

Pour la première fois de ma vie, la peur avait une forme et un goût. Mon assaillant donna un coup de pied dans mon sac pour l'envoyer valser, et l'objet alla finir sa course contre un mur. J'en profitai pour planter mes doigts dans sa cheville. Je sentis mes ongles se retourner alors que j'essayais désespérément de le blesser. Je me servis de mes jambes pour faire levier, me redressai et plantai mes dents dans son tibia, le mordant sauvagement, jusqu'à sentir mes gencives saigner.

— Putain ! Sale pute !

Une ranger verte me dégagea. Je ne connaissais qu'un seul homme qui portait ce genre de chaussures.

Kaminski.

— Tom, dis-je d'une voix rauque, choisissant de me servir de son prénom, comme si cela pouvait m'aider.

Du sang chaud, métallique, m'emplit la bouche. L'adrénaline déferlait dans mes veines, et chaque cellule de mon corps tremblait de panique.

— S'il te plaît, Tom. Arrête. Je ne peux pas respirer.

Un autre coup de pied. Cette fois-ci, il m'atteignit en pleine mâchoire. Mon visage se mit à palpiter, et je me mordis la langue. Ma bouche était baignée de sang.

Kaminski pouvait me supprimer ici et maintenant, et personne ne remonterait jamais jusqu'à lui. La seule personne qui savait que la mafia était à mes trousses était Cillian, mais puisqu'il m'avait presque laissée m'empoisonner et avait refusé de m'aider, on pouvait dire sans se tromper que me rendre justice n'était pas bien haut sur sa liste de choses à faire.

Je commençai à ramper dans l'escalier, tentant désespérément de m'échapper, mais Kaminski m'attrapa le pied pour me faire redescendre les trois marches que j'avais réussi à gravir. Il me retourna en ouvrant sa braguette.

— Et si on voyait ce que tu vaux, hein ?

Son rire menaçant vibra dans les airs.

— Vu que tu vas sucer plein de bites dans quelques jours pour rembourser la dette de Pax.

Rampant au sol, je donnai un coup de pied dans l'entrejambe de Tom. Il recula en titubant et hurla de douleur en se tenant les parties. Je me retournai et montai l'escalier à quatre pattes, comme un animal, en poussant des cris gutturaux presque malgré moi. Je savais que Belle n'était pas à la maison, mais nous avions quatre voisins dans l'immeuble.

Une main empoigna mes cheveux, tirant violemment ma tête en arrière. L'haleine fétide de Kaminski caressa ma joue, l'odeur de cigarette et de pourriture envahissant mes narines.

— Sauvée par le gong. Ma bite est plus d'humeur pour toi aujourd'hui mais je m'occuperai de ton cul la prochaine fois. Tu as une semaine, madame V. Une semaine avant que je transforme tous tes cauchemars en réalité. Crois-moi.

Il me lâcha les cheveux. Ma tête heurta le sol dans un bruit sourd. La porte d'entrée claqua derrière moi.

Je restai allongée là, m'accordant un moment pour craquer. Pour la première fois depuis que Paxton était parti, je pleurai, mon visage brûlant, enflé et tuméfié contre le sol.

Me roulant en boule, je sanglotai comme un bébé, bercée par la douleur.

Je pleurai d'avoir toujours fait les mauvais choix dans ma vie.

D'avoir été abandonnée par mon mari.

De payer pour ses péchés.

D'avoir pédalé sous l'orage, trempée, transie de froid et désespérée et d'avoir été si foutument, incroyablement et pathétiquement stupide.

D'avoir gâché le précieux Vœu Nuage de tata Tilda pour Cillian Fitzpatrick, qui se révélait être le grand méchant de mon histoire.

D'avoir cru en ses stupides miracles, pour commencer.

Des minutes, des heures peut-être s'écoulèrent avant que je me détache du sol, essuyant la saleté et le sang de mes genoux écorchés. Je jetai mon sac dans la poubelle devant l'immeuble, fourrant mon portefeuille dans ma culotte pour le cacher, puis montai à l'appartement de Belle.

Ma sœur devait croire que j'avais été victime d'un vol avec violence.

Je ne pouvais pas l'embarquer avec moi dans ce merdier.

Une semaine. J'avais envie de hurler.

Sept petits jours.

Avant que ma vie ne s'achève.

6

Cillian

— La rémunération des employés dans l'industrie pétrolière est actuellement en hausse, nous avons élaboré un projet pour conserver nos membres clés et encourager les candidats potentiels à postuler chez Royal Pipelines…

Mon esprit vagabondait pendant que mon directeur des ressources humaines, Keith, me faisait ce qui devait être la présentation la plus barbante de toute ma longue carrière en entreprise.

En face de moi, Hunter était sur son téléphone, certainement en train de renouveler son abonnement Pornhub Premium.

Devon était assis à mon côté, remplissant consciencieusement son rôle de directeur de la conformité en consultant son téléphone les sourcils froncés et en ignorant des appels de l'étranger, qu'il renvoyait sur sa messagerie.

S'il prenait la peine de se montrer chez lui, cet homme hériterait d'un duché d'ici quelques années et pourtant il refusait de remettre les pieds en Angleterre.

Je tapotai sur la table avec mon stylo Montblanc en regardant par la fenêtre.

Trois jours s'étaient écoulés depuis que Perséphone s'était pointée chez moi pour accepter mon offre.

Trois jours durant lesquels j'avais eu le temps de réfléchir au fait qu'une tempête avait effectivement paralysé la majorité des transports publics de Boston.

Trois jours durant lesquels j'avais totalement oublié l'existence de Minka Gomes.

Trois jours durant lesquels j'avais imaginé Perséphone mettre au monde des bébés qui seraient son portrait craché – avec des boucles blondes, des yeux bleu cyan et une peau bronzée – sans que cette idée me rebute entièrement.

Mon téléphone sonna, signalant l'arrivée d'un mail, tandis que Keith continuait à ennuyer tout le monde.

Je fis glisser mon pouce sur l'écran.

De : CaseyBrandt@royalpipelines.com

À : CillianFitzpatrick@royalpipelines.com

Coucouuuu Monsieur Fitzpatrick,

Je voulais juste vous prévenir que le bijoutier a été envoyé chez Mlle Gomes ce matin pour prendre les mesures pour la bague, je les ai ici, avec moi.

Dois-je procéder au choix de la bague de fiançailles pour vous, ou souhaitez-vous y jeter un coup d'œil en fin de compte ? Dites-moi.

À ce propos, Mme Diana Smith, la directrice des relations publiques de Royal Pipelines, voudrait programmer un bref rendez-vous avec vous cette semaine au sujet de l'annonce de vos fiançailles avec Mlle Gomes pour rendre tout cela officiel.

Je joins votre planning de la semaine. Les créneaux surlignés pourraient être réservés pour ce rendez-vous.

Si vous avez besoin de moi pour quoi que ce soit (et je dis bien *quoi que ce soit*, LOL) d'autre, prévenez-moi <3

xoxo

Casey Brandt

Assistante personnelle de Cillian Fitzpatrick, P-DG de Royal Pipelines

Je levai les yeux de mon téléphone, fixant Hunter d'un air renfrogné.

De l'autre côté du bureau, celui-ci me rendit un regard noir, articulant « Règle ce merdier ».

Peut-être fallait-il que je règle ce merdier.

Mon frère était trop tendre et il tenait non seulement à sa femme – au physique médiocre –, mais aussi à ses amies.

Et je devais penser à Aisling. Elle avait une bonne âme et ne méritait pas de porter le deuil de Perséphone si celle-ci était assassinée par des mafieux.

Et puis il y avait Sailor. Si on retrouvait Perséphone découpée en petits morceaux, flottant dans la rivière comme du tofu rassis dans une soupe miso, elle pourrait perdre le bébé.

Choisissant d'ignorer que je n'avais jamais fait preuve de conscience, d'intégrité ni de considération envers personne à part mon pénis, je décidai de donner à Perséphone une dernière chance de se racheter.

Ce serait ma B.A.

L'épouser pour lui éviter une mort certaine.

Fille aux Fleurs me serait tellement redevable après la faveur que j'étais sur le point de lui faire qu'elle aurait une dette éternelle envers moi. Ce qui impliquait que je pourrais modeler notre relation comme je le voulais et, ce que je voulais, c'était la voir trois fois par an : pour les fêtes importantes, les événements de la boîte, et notre marathon du cul annuel (si je devais lui payer une vie de luxe avec son futur gigolo, je m'assurerais qu'il sache à qui elle appartenait vraiment).

Mes doigts voletèrent sur l'écran de mon téléphone.

Faites venir mon chauffeur immédiatement.

M. Fitzpatrick ? Vous m'envoyez un SMS ?! <3

Pourquoi les gens s'entêtaient à dire des évidences ? Je répondis :

Je quitte la réunion avec les ressources humaines. S'il n'est pas là quand je sors du bâtiment, vous êtes tous les deux virés.

Je sortis en trombe de la salle de réunion sans même m'excuser. Keith s'arrêta en plein milieu d'une phrase, bouche bée. Hunter et Devon échangèrent un regard.

Je m'en fichais.

Je ne voulais pas épouser Minka Gomes.

Je ne voulais pas épouser Perséphone Penrose non plus, mais au moins je savais ce que je tirerais de cet accord. À savoir : des enfants photogéniques, une mère aimante et une épouse qui irait bien à mon bras.

Tout ce qu'il fallait, c'était que je garde Perséphone loin de moi après avoir dit oui.

Votre journée est surchargée, monsieur.

Vous voulez dire que ma journée est totalement libre parce que vous vous êtes servie de vos trois neurones en état de marche pour modifier mes rendez-vous, mission pour laquelle je vous PAYE.

Absolument, monsieur. Que dois-je faire à propos de la bague de fiançailles ?

Envoyez un bon gros chèque à Mlle Gomes avec un mot d'excuses. Je ne l'épouserai pas.

OMG c'est vrai ?

Désolée, je veux dire : est-ce que la place est encore disponible, monsieur ? ;)

Je ferai une épouse exemplaire. Je vous le promets. Je sais grave cuisiner, pêcher, j'ai gardé tout un tas de gosses dans ma vie. Et je sais aussi faire d'autres choses…

Je sortis de l'ascenseur, mes richelieux martelant le sol en marbre du hall. À travers la baie vitrée, j'aperçus la Cadillac Escalade qui m'attendait au bord du trottoir avec, en toile de fond, le blizzard glacial.

Me glissant sur la banquette arrière, j'aboyai l'adresse du lieu de travail de Perséphone au chauffeur. Mon téléphone vibra à nouveau.

Oubliez. Désolée. C'était totalement déplacé de ma part. Si vous ne comptez pas épouser Mlle Gomes, dois-je annuler le rendez-vous relations publiques avec Diana ?

J'ai dit que je n'épousai pas Mlle Gomes. Ce n'est pas la seule femme sur terre.

Monsieur, je crains de ne pas comprendre…

Ne craignez rien. L'ignorance est d'or.

Les employés de l'académie des Petits Génies me reconnurent dès que je mis le pied dans leurs locaux. Une réceptionniste empressée se précipita vers moi pour m'aider à trouver mon chemin jusqu'à Mme Persy, m'accompagnant dans un couloir rempli de dessins, de projets artistiques et de jouets en caoutchouc.

Cet endroit sentait le pet chaud et la compote de pommes. Rappel dramatique qu'avoir des héritiers impliquait qu'il fallait d'abord les élever. Je pourrais certainement reproduire le numéro du père distant auquel *Athair* excellait et limiter mes interactions avec mes rejetons jusqu'à ce qu'ils soient entièrement développés et n'aient plus besoin qu'on leur torche les fesses.

— Et voici, la classe de Mme Persy.

La réceptionniste s'arrêta devant la porte de la salle, puis me l'ouvrit.

Je regardai Fille aux Fleurs sautiller dans une salle remplie d'enfants. Ses cheveux – des mèches couleur miel emmêlées dans un jaune d'or – étaient noués en une tresse plaquée, et elle portait une longue robe blanche qui lui arrivait aux chevilles et des chaussures plates qui semblaient avoir dix ans.

Elle était fauchée, dans la merde jusqu'au cou, et quand même heureuse d'aller travailler tous les jours.

Incroyable.

En pleine ronde, elle tenait les mains de deux enfants de quatre ans à l'air timide. À intervalles réguliers, la musique s'arrêtait, et les enfants se figeaient en faisant une grimace et en s'efforçant de ne pas rire.

Je m'appuyai contre le chambranle de la porte, les mains dans les poches, et l'observai. Il lui fallut trois minutes pour me remarquer. Deux autres pour ramasser sa mâchoire par terre, redresser le dos et virer au rouge écarlate.

Nos regards se croisèrent à travers la pièce et ce murmure lancinant revint dans ma poitrine.

Va te faire examiner. Si tu tombes raide mort à quarante ans d'une crise cardiaque, tu ne pourras t'en prendre qu'à toi-même.

Elle grimaça, comme si je venais de la gifler.

— Monsieur Fitzpatrick.

— Mademoiselle Penrose.

— Madame Veitch, corrigea-t-elle, juste pour m'agacer.

— Plus pour longtemps, dis-je sèchement. Je peux te dire un mot ?

— J'en connais beaucoup. Mon préféré là tout de suite, c'est « dégage ».

— Tu veux m'écouter. (Je fis craquer mes doigts.) Dis au revoir à tes petits amis.

Elle regarda les enfants avant de relever la tête vers moi. Puis elle se retourna et chuchota quelque chose à l'institutrice à côté d'elle avant de me rejoindre d'un pas rapide, tête baissée.

— Qu'est-ce que tu fais là ? murmura-t-elle d'une voix forte en fermant la porte derrière elle.

Je me pose la même question depuis que j'ai laissé tomber Keith et son discours assommant.

Qu'est-ce que je foutais là ?

Hunter ?

Aisling ?

Quelque chose à propos de Perséphone qui allait certainement se faire trucider par la mafia ?

Les raisons étaient floues, mais elles avaient semblé valables quand j'étais assis dans la salle de réunion à songer à un avenir avec une femme que je ne connaissais pas et qui ne m'intéressait pas. Une femme qui voulait un *chalet à Aspen*, comme si on était dans les années 1990.

— Quand est-ce que tu finis ? demandai-je.

— Dans quatre heures.

— Prends le reste de la journée.

Elle écarquilla les yeux.

— T'es dingue ou quoi ? Je peux à peine me permettre de prendre une pause-déjeuner. Je ne m'arrête que parce que j'y suis légalement obligée. J'ai même demandé au directeur de rester après l'école pour aider au ménage et me faire un peu d'argent en plus. Je ne peux pas partir comme ça.

Cette femme était têtue comme une mule.

Et j'étais sur le point de l'épouser.

« Épouse une femme gérable », avait dit *Athair.*

Il n'était pas trop tard pour tourner les talons et m'en aller, mais avoir la mort de cette idiote sur la conscience me faisait penser que j'en avais peut-être une, en définitive. Je frissonnai à cette idée.

Non. Pas une conscience. C'est juste que tu ne veux pas que tout ça devienne un gros bordel.

— Prends le reste de ta journée, ou tu peux dire adieu à ton job, dis-je fermement.

J'étais sur le point de faire demi-tour pour ressortir avant de déclarer une gastroentérite à cause de l'atmosphère saturée de miasmes. Je marquai une pause, l'examinant de près pour la première fois depuis mon arrivée.

— Qu'est-il arrivé à ton visage ?

Elle avait la lèvre inférieure enflée, la joue tuméfiée et, sous l'épaisse couche de maquillage, je devinais un énorme coquard sous son œil gauche.

Elle détourna le regard, penchant la tête pour cacher son visage.

— Ce n'est rien. Rien qui te regarde, en tout cas.

L'usurier en avait terminé avec les menaces et était passé à l'action.

Mon pouls s'emballa et je fis craquer mes doigts. Je ne comprenais pas ma réaction. Elle était en vie et à peu près indemne.

Mais l'idée que quelqu'un la touche… la frappe…

— Tu as dix minutes pour boucler tout ça et me retrouver dehors. Tu devrais pourtant savoir que je n'aime pas qu'on me fasse attendre.

Je me retournai et regagnai tranquillement ma voiture. Je regrettais déjà ma décision de l'épouser. Il n'existait pas assez d'analgésiques au monde pour m'épargner la migraine que Fille aux Fleurs me réservait.

Elle apparut quelques minutes plus tard, enveloppée dans un manteau bas de gamme troué à deux endroits. Je lui ouvris la portière arrière. Elle monta, et je la suivis.

— Démarrez, ordonnai-je à mon chauffeur avant d'appuyer sur la télécommande pour faire monter la vitre de séparation.

Perséphone se débattait avec sa ceinture de sécurité, évitant de me regarder.

Je pris la parole, en gardant les yeux rivés sur l'appuie-tête en cuir en face de moi – contempler son visage dans son état actuel me mettait en colère, et je n'étais *jamais* en colère.

— Nous vivrons dans des lieux séparés. Je resterai dans ma propriété et tu vivras au bout de la rue. Un immeuble vient de se construire sur Commonwealth Avenue. J'ai demandé à mon agent immobilier de t'avoir le penthouse – un appartement avec quatre chambres, de deux cent trente mètres carrés – en location. Tu pourras discuter avec elle de ta résidence permanente et la faire modifier sur mesure.

Elle tourna la tête vers moi, abasourdie.

— Quoi ?

— J'ai dit qu'il y avait une nouvelle propriété sur Commonwealth Ave…

— J'ai entendu ce que tu as dit, coupa-t-elle en fronçant les sourcils. Je croyais que tu voulais en épouser une autre.

— Vouloir est un bien grand mot. J'ai décidé de me contenter de toi puisque l'autre femme n'est pas en voie d'extinction.

Déboutonnant mon caban, je croisai les jambes et allumai un cigare, enfumant toute la banquette arrière. La grêle qui tambourinait contre les vitres la forçait à rester assise dans ce petit espace confiné et à respirer mon poison.

Un bon entraînement pour notre futur.

Si elle refusait encore ma proposition, je nous ferais conduire jusqu'au Canada et paierais quelqu'un pour nous marier rien que pour l'emmerder. Jamais une femme ne m'avait autant mis à cran, mais cette petite con… cette *femme* impérieuse y parvenait, d'une manière ou d'une autre.

Elle croisa les bras, un sourire triomphal aux lèvres.

— Elle a dit non, n'est-ce pas ? Elle ne supportait pas d'être ta femme.

Je soufflai un nuage de fumée directement sur son visage, n'honorant pas ses sottises d'une réponse.

— Petite futée.

Elle ignora l'écran de fumée qui flottait entre nous.

— À en juger par l'état de ton visage, me dire non n'est pas un luxe que tu peux te permettre, *toi*.

Elle me dévisagea de ses yeux bleus comme le ciel californien. Sa peau était si lisse et fraîche que l'envie de planter mes dents dans sa gorge pour ternir sa perfection fit tressaillir le bout de mes doigts.

Elle coinça une mèche de cheveux derrière son oreille.

— Je peux goûter ton cigare ?

— Je suis en train de t'offrir un appartement à vingt millions de dollars et tu me demandes un cigare ? dis-je en la regardant en coin.

— Paxton ne me laissait jamais y goûter. Il disait que les cigares, c'était un truc de mec.

Elle s'humecta les lèvres, les yeux rivés sur l'épais rouleau de tabac.

Paxton était un idiot. Pour d'innombrables raisons.

À contrecœur, je lui passai le cigare. Elle posa ses lèvres roses autour, me regardant en clignant des yeux, les paupières lourdes. Elle inhala, manqua de cracher ses poumons et me le rendit en agitant la main. Je ne le pris pas, encore trop absorbé par la façon dont ses lèvres s'étaient enroulées autour du cigare. Je découvrais l'existence d'une tout autre facette de moi-même – vraisemblablement âgée de quatorze ans – que je n'avais aucune envie d'explorer.

— Ça a le goût de pieds cramés.

— Tu n'es pas censée inhaler, dis-je avec une pointe ironique dans la voix. Et tu n'es pas censée non plus lécher des pieds cramés. Suce-le comme si c'était un pénis, pas un joint.

Elle pencha la tête sur le côté en plissant les yeux, amusée.

— J'ai l'impression de passer une audition.

— Ne flirte pas, dis-je en guise d'avertissement. Ce n'est pas ton affection que je recherche.

Mon désir n'était d'ordinaire pas dirigé vers une femme ou un individu en particulier. C'était plutôt une sensation fourmillante que j'avais besoin d'étouffer. Les femmes dont je m'étais servi n'étaient que des outils.

Je n'étais pas habitué à être attiré par un être humain en particulier.

En toute honnêteté, je n'étais pas certain d'être capable de désirer vraiment une femme. Si c'était le cas, il ne faisait aucun doute que cela s'accompagnerait d'effets secondaires fort déplaisants.

Perséphone réessaya, tirant doucement sur le cigare, avant de me le rendre. Nos doigts s'effleurèrent. Une décharge électrique me parcourut la colonne vertébrale, une sensation que je ne pouvais décrire que comme atroce et agréable à la fois.

J'avais envie de l'embrasser et de la jeter dehors, de préférence en même temps.

Heureusement pour mes avocats, je n'en fis rien.

— Qu'est-ce que notre mariage impliquerait d'autre ?

Elle baissa les cils, s'humectant la lèvre inférieure.

— Tu m'accompagneras pour les événements mondains, tu feras du bénévolat dans l'organisation caritative de mon choix et tu joueras ton rôle de femme dévouée.

— Hmm.

Elle se laissa aller contre le fauteuil, savourant le cuir luxueux comme un chat pourri gâté.

— Rien d'autre ?

— Tu devras signer un accord de confidentialité inviolable et un contrat de mariage draconien. Mais tant que tu seras ma femme, tu ne manqueras de rien. Au contraire.

— Et si tu décides de divorcer pour en épouser une autre ?

J'arrive à peine à me faire à l'idée de me marier. Le faire deux fois serait exagéré.

— Cela ne devrait pas t'empêcher de dormir la nuit, dis-je. Je n'ai pas de sentiments, Fille aux Fleurs, ce qui veut dire que je ne peux ni te les donner ni te les *reprendre*. Je n'en éprouverai aucun envers personne d'autre.

À part nos *héritiers*

Elle prononça le dernier mot avec un très mauvais accent anglais en mimant des guillemets.

J'étais persuadé que ma neutralité envers tout être humain s'étendrait à mes futurs enfants. Mais le lui dire semblait aller à l'encontre du projet même de lui faire des enfants.

— Naturellement, répondis-je avant de passer au sujet suivant. Comme dit plus tôt, le sexe ne fait pas partie du marché. Je satisferai mes besoins sexuels ailleurs. Mes rendez-vous se feront en toute discrétion et de manière confidentielle, mais ils auront lieu, et je ne veux pas que tu en fasses tout un drame.

Malgré tous mes défauts – et le diable savait que j'en avais –, l'appétit sexuel n'en était pas un. Deux fois par mois suffisaient à me satisfaire.

Elle plissa le nez.

— Tu veux dire que tu continueras à aller aux putes ?

— Elles préfèrent qu'on les appelle « travailleuses du sexe » de nos jours.

— Pourquoi ?

— Parce que le mot « pute » a une connotation dégradante et implique une activité criminelle et immorale, j'imagine. Même si je ne fais pas la conversation aux femmes que j'engage pour me sucer.

— Non, pourquoi engages-tu des call-girls ? Tu peux avoir toutes les femmes que tu veux.

— Et je peux avoir toutes les femmes que je veux à cause de mon compte en banque. Ce qui nous ramène à la case départ, donc pourquoi ne pas payer le service et sauter le dîner et la parlote ?

— C'est quoi le problème avec le dîner et la parlote ?

— Ça exige une socialisation, et je suis fermement opposé à ce concept.

— Qu'est-ce qui a fait de toi ce que tu es ?

— Ce que je suis ? grognai-je.

— Un homme froid. Impitoyable. Blasé.

Ses yeux fouillaient mon visage comme si la réponse y était inscrite.

— Un mélange d'attentes écrasantes, une année pénible et une enfance terne.

Tout dans ma vie avait été pensé pour me maintenir sur le droit chemin. C'était la seule façon pour moi de régner sur l'empire que j'étais né pour diriger. J'étais venu au monde avec un certain handicap, sachant que ma famille voyait les faiblesses d'un mauvais œil. Je devais lutter contre ma propre nature pour survivre, jour après jour.

Son regard ne quittait pas le mien.

— Je ne crois pas à tes histoires.

— Heureusement pour moi, je ne suis pas James Patterson.

— Partagerons-nous la garde de nos pauvres enfants ?

— Nous pourrions, répondis-je d'un ton neutre, si ça ne te dérange pas qu'ils grandissent avec des nounous la moitié du temps. Je serai occupé à gérer Royal Pipelines et à élargir l'empire Fitzpatrick.

Immobilier. Banque d'affaires. Fonds d'investissement. Je voulais conquérir le monde.

— Que je comprenne bien, dit-elle en se frottant le front, la mine grave. Tu veux avoir des enfants, mais tu ne veux pas t'en occuper ni les concevoir avec ta femme ?

— Tu sembles avoir tout compris par toi-même, dis-je avant de tirer sur mon cigare. C'est exactement ça.

— Eh bien, je suggère que tu me déposes ici, que tu retournes voir Minka et que vous repreniez les choses là où vous les avez laissées.

« Ici », c'était au beau milieu de l'autoroute. Même si la jeter dehors était tentant, c'était un gros titre que je n'avais aucune envie de justifier dans un communiqué de presse.

— Je ne peux pas élever d'enfants, dis-je platement.

— Tu ne seras pas un père indigne. Tu t'occuperas d'eux la moitié du temps. Et j'entends par là que tu passeras *vraiment* du temps avec eux. Tu changeras leurs couches, tu les emmèneras aux entraînements de softball et tu rejoueras leurs films Disney préférés. En *costume*.

Softball ? Disney ? Manifestement, Fille aux Fleurs comptait élever un dentiste diplômé d'une université d'État, pas le prochain

P-DG de Royal Pipelines. Heureusement, je serais là pour orienter ma progéniture dans la bonne direction.

— Bien sûr, dis-je. Je ferai toutes ces âneries.

Deux fois par an, puisqu'ils seront à Evon ou dans d'autres grandes écoles européennes pendant toute l'année.

Elle mâchonna une mèche de cheveux, ce qui, étrangement, ne me répugna pas totalement.

— J'ai d'autres conditions. J'aurai le droit de garder mon travail et de me déplacer sans restriction. Et je ne veux pas être surveillée ni avoir de gardes du corps. Je veux mener une vie normale.

— Tu n'auras plus besoin de travailler de toute ta vie.

Cette fille était plus lente que le wi-fi dans un aéroport.

— Et alors ?

Elle me regarda curieusement, comme si elle ne suivait pas. Ce n'était pas grave. Entre mon QI de membre de Mensa et sa beauté, nos enfants ne seraient pas totalement un gâchis d'oxygène.

Elle plissa les yeux.

— Je ne travaille pas parce que j'y suis obligée. Je travaille parce que *j'aime* ce que je fais.

Encore ce mot.

— D'accord. Garde ton emploi.

— Et les gardes du corps ?

— Pas de gardes du corps.

Ce serait gâcher mes précieuses ressources.

Elle leva un doigt en l'air.

— Une dernière chose : tant que je n'aurai pas le droit à des amants, tu ne pourras pas voir d'autres femmes.

— Ce n'est pas comme ça que ça fonctionne.

J'éteignis mon cigare, perdant patience. J'avais négocié de creuser des trous de cent mètres de profondeur dans le ventre de la terre en moins de temps qu'il ne m'en fallait pour arriver à un accord avec cette femme.

— C'est toi qui es à ma merci. C'est moi qui dicte les règles.

— Vraiment ? demanda-t-elle en clignant des yeux. Parce que, corrige-moi si je me trompe, il me semble que tu as dit avoir une autre fiancée sous la main et une longue liste de candidates potentielles si ça ne marchait pas avec elle. Et pourtant, tu es là avec moi. Pour une raison que je ne parviens pas à expliquer, nous nous voulons l'un l'autre. N'essayons pas de le nier, Kill.

Kill.

Seuls mes amis m'appelaient comme ça. Ils étaient deux.

— La seule raison pour laquelle je t'ai préférée à Minka, c'est parce que si tu meurs, cela contrarierait les femmes que je côtoie et, s'il y a une chose que je déteste plus que les êtres humains, ce sont les êtres humains en détresse.

— Je me fiche de savoir quelles excuses tu te donnes pour m'épouser, dit-elle sans détour. *Si* nous nous marions, nous serons égaux. Du moins, tu prétendras que nous le sommes.

Je fis craquer mes doigts les uns après les autres.

Elle était en train de m'énerver. Je ne m'énervais jamais, et le fait qu'elle parvienne à éveiller ma colère me contrariait encore plus.

— Je ne vais pas y aller par quatre chemins, dis-je avec un sourire poli. Hors de question que je reste chaste pendant des mois, ni même des semaines.

— Tu n'y seras pas obligé. Tu auras une épouse.

Elle était si rouge à ce stade que j'avais peur qu'elle soit victime de combustion spontanée sur ma banquette arrière. Ce serait une corvée de nettoyer l'Escalade flambant neuve. Sans oublier que ce serait difficile à expliquer.

— Non.

Je sentis mes muscles se tendre sous mon costume.

— Non quoi ?

— Je ne coucherai pas avec toi.

— Pourquoi pas ?

— Parce que je n'en ai pas envie.

— Pourquoi ça ?

— Parce que tu ne m'attires pas, dis-je, impassible.

Je n'étais plus énervé. Je suais à grosses gouttes, maintenant. Pourquoi ne m'en étais-je pas tenu au plan Minka ? Perséphone était l'idée que je me faisais de l'enfer. Je ne pouvais pas la traiter avec la même impertinence que je réservais à Sailor et Emmabelle parce qu'elle était une petite chose innocente, comme ma sœur ; pourtant je devais lui rappeler qui menait la danse.

— Comment, je te prie, comptes-tu me mettre enceinte si tu ne veux pas coucher avec moi ?

Elle fronçait les sourcils, parfaitement adorable, et reprit :

— Tu *sais* comment on fait les bébés, n'est-ce pas ? Parce qu'ils ne poussent pas dans les choux.

Je déverrouillai mon téléphone pour répondre à des mails.

— Je sais comment on fait les bébés, Perséphone. C'est pour ça que j'ai acheté une cigogne, dis-je avec le plus grand sérieux.

Elle eut l'air choqué un instant, puis elle laissa échapper un petit rire. C'était un petit rire mignon. Doux et guttural. Si j'avais possédé un cœur, il se serait serré.

— Je ne savais pas que tu avais de l'humour, Kill.

— Je ne savais pas que tu avais autant envie de te faire sauter, rétorquai-je, toujours occupé à taper un mail à Keith, alias le Seigneur du Sommeil. Pour répondre à ta question, on passera par une FIV. Tu seras enceinte en un rien de temps, et nous n'aurons pas besoin de nous connaître bibliquement.

— Qu'est-ce que tu as contre la Bible ?

— Publicité mensongère, dis-je avec un sourire sardonique. Dieu n'existe pas.

Physiquement blessée par mon dernier commentaire, Perséphone se recroquevilla sur son siège. Apparemment, Dieu était sa limite.

— Je devrais vraiment te détester.

— Ne te fatigue pas. La haine n'est qu'un mélange d'amour, de peur et de jalousie.

— Pourquoi moi ? Pourquoi pas ma sœur ?

Elle redressa les épaules, se cramponnant vaillamment à ce qu'il lui restait d'insoumission.

Parce qu'elle a certainement vu plus de bites qu'un urinoir de gare.

J'avais brisé suffisamment de gens dans ma vie pour connaître leur expression juste avant de céder.

Perséphone était résolue, et à deux doigts de craquer.

Une fois brisée, il me serait facile de la remodeler pour la faire correspondre à mon mode de vie et à mes besoins.

— Parce qu'elle possède presque toutes les caractéristiques que je déteste – elle est excentrique, grande gueule, se croit tout permis et donne son avis sur tout, en plus de simplement respirer.

— Et pourtant tu passes ton temps à la mater.

Le calme de sa voix ne laissait pas de place au doute : Perséphone n'aimait pas que je regarde sa sœur.

— Je la regardais parce que je ne voulais pas te regarder toi, marmonnai-je.

— Pourquoi ne voulais-tu pas me regarder ?

Parce que tu fais accélérer mon rythme cardiaque et que ça pourrait gâcher tout ce pour quoi j'ai travaillé.

Je jetai mon téléphone sur le siège. Qu'est-ce qui me prenait, d'épouser cette femme ?

Qu'est-ce qui me prenait, de placer mon idiote et inexplicable faiblesse en travers de mon chemin ?

— En quoi est-ce important ? Je te regarde maintenant et j'accepte ce que je vois. En parlant de ta sœur, cinq minutes de négociations et un coup vite fait auraient suffi pour la convaincre. Pourtant, c'est toi que j'ai choisie.

Le visage de Fille aux Fleurs se tordit de dégoût parce qu'elle savait que j'avais raison. Emmabelle avait le sens moral d'un biscuit chinois. Sur le papier, elle s'accordait mieux avec ma personnalité impétueuse. Dans les faits, cependant, c'était Perséphone qui embrasait mon esprit.

— Nous en avons fini. Envoie-moi ton tour de doigt par mail.

J'appuyai sur le bouton pour faire redescendre la cloison.

Elle leva une main en l'air.

— Deux conditions supplémentaires avant que j'accepte.

Ma réaction instinctive était de lui conseiller de prendre ses conditions et de se les fourrer dans son joli petit cul. Mais il fallait reconnaître qu'elle s'apprêtait à remettre toute sa vie entre les mains de l'un des hommes les plus haïs de toute l'Amérique. Si elle voulait un joli sac Hermès et une nouvelle paire de seins en cadeau de mariage, je pouvais les lui accorder.

— Vas-y.

— Un : je veux que nous concevions nos enfants à l'ancienne. Je sais que tu penses que c'est minable et pathétique de ma part, mais je m'en tape. Je ne veux pas subir le protocole de la fécondation in vitro et je refuse de prendre la place d'une femme qui en a vraiment besoin avant d'avoir essayé la méthode naturelle. Je sais que je ne suis pas à ton goût, mais puisque je ne jouirai plus d'aucune liberté sexuelle il n'est que justice que tu …

— … que je jouisse *en* toi. Compris.

L'idée de coucher avec Perséphone me faisait horreur. Le concept même de la toucher me donnait la chair de poule. Pas parce que je ne la trouvais pas attirante. Au contraire. En fin de compte, entre la mettre enceinte et la faire tuer, je préférais la première option. *À peine*.

— Tant pis pour toi, dis-je d'une voix traînante. Je suis un homme à l'égoïsme notoire, au lit et en dehors. Quelle est l'autre condition ?

— Pas de call-girl jusqu'à ce que je tombe enceinte. Tu ne peux pas fréquenter mon lit et rendre quand même visite à tes petites copines européennes.

— Non.

— Si, rétorqua-t-elle en imitant mon ton sec et indifférent. Quand tu auras besoin de te satisfaire, tu viendras à moi. On s'occupera l'un de l'autre jusqu'à ce que je tombe enceinte.

Le rose de ses joues trahissait la honte que lui inspirait cette conversation, mais elle allait tout de même au bout de ce qu'elle avait à dire, chose que je ne pouvais m'empêcher d'admirer.

Nous étions toujours en voiture. Je regardai ma Rolex : cela faisait deux heures que nous roulions.

Où était passé tout ce temps, et comment diable pouvais-je le récupérer ?

Je relevai la tête vers elle. Son visage faisait deux fois sa taille normale, tout entaillé et tuméfié.

Je savais que cette petite idiote refuserait le marché si je disais non.

Elle l'avait déjà fait, et elle n'hésiterait pas à le refaire.

Un agneau allant droit dans les bras de Colin Byrne pour se faire exécuter.

— Tu es dure en affaires. Bienvenue du côté obscur, Perséphone. Laisse ton cœur à la porte.

7

Perséphone

Le lendemain matin, Devon Whitehall frappa à la porte de mon appartement – véritable incarnation du péché, avec son costume bleu marine et sa coupe pimpante. Et moi ? Je portais une magnifique robe de chez Walmart, collection datant d'il y a six ans, des chaussures qui avaient connu des jours meilleurs, et un coupe-vent soldé de l'Armée du Salut.

Surveille tes arrières, Carrie Bradshaw !

— Monsieur Whitehall ?

Je m'appuyai contre la porte en étouffant un bâillement.

Il me dépassa, entrant d'un air décidé dans le studio où Emmabelle dormait encore dans notre lit partagé, simplement vêtue d'une nuisette rouge, une de ses jambes hâlées dépassant de la couette.

Cela retint son attention, et il marqua une pause pour admirer la vue.

— Et qui est cette Aphrodite sortie de l'écume ?

— C'est ma sœur, monsieur Zeus. Si vous voulez bien détourner vos yeux pervers de ses jambes…

Devon se tourna vers moi à contrecœur et me plaqua une pile

de paperasse contre la poitrine. Comme Cillian, Whitehall avait l'étrange capacité d'électriser l'air qui l'entourait. Mais alors que Kill me donnait envie de mourir dans ses bras, Devon dégageait des ondes différentes. Mystérieuses.

— J'ai quasiment tout rempli. Signez aux endroits indiqués par les flèches et paraphez chaque page. Parcourez une dernière fois tous les détails vous concernant et assurez-vous que tout est correct. Il y a une liste de documents à me remettre avant que le mariage puisse avoir lieu ; elle figure à la dernière page. Faites-les-moi parvenir d'ici demain matin. Il y a un délai de deux jours ouvrables pour que le tribunal traite la demande, au cours desquels vous acceptez de ne pas revendiquer les fonds ou possessions mutuels de M. Veitch et vous-même.

— Nous n'avons pas de fonds ou de possessions mutuels.

— Précisément.

Lui demander comment il pouvait me garantir un divorce rapide était futile.

Cillian Fitzpatrick était un homme plein de ressources et ne travaillait qu'avec la crème de la crème. Avec des gens comme Devon Whitehall et Sam Brennan dans son équipe, il pouvait à peu près tout faire, à part cueillir la lune dans le ciel pour pouvoir jouir d'un peu plus de ténèbres.

Je serrai les papiers contre ma poitrine, l'excitation et l'angoisse tourbillonnant au creux de mon ventre.

— Merci, Devon. C'est…

— Bon sang, ne me remerciez pas, petite idiote, dit-il en levant la main pour me faire signe de me taire. Je ne fais pas ça par bonté de cœur. Je le fais parce que votre futur mari a besoin d'une fabrique à bébés, de préférence du genre à lui attirer une bonne presse. Raison pour laquelle vous trouverez également dans ce tas de documents juridiques un accord de confidentialité et un contrat de mariage, que je vous conseille de lire avec attention et en présence d'un bon avocat.

Il tira quelques billets de son portefeuille et me les glissa entre les doigts.

— Voici un peu d'argent, au cas où vous ne pourriez pas vous en payer un. Considérez ça comme mon cadeau de mariage. Sont jointes une liste de choses à faire et à ne pas faire et les clauses auxquelles vous avez consenti oralement hier. Pas d'habitat partagé, clause de non-concurrence…

— De non-concurrence ? (Je clignai des yeux.) Je ne compte pas monter une entreprise pétrolière de sitôt.

Il ne faut jamais dire jamais, mais c'était un scénario très peu probable.

Devon afficha un sourire narquois.

— Avoir accès au clan Fitzpatrick implique que vous pouvez espionner pour les concurrents ou décider de travailler pour quelqu'un qui donnerait lieu à un conflit d'intérêts.

— Jamais je ne ferai une chose pareille.

— Évidemment, *darling*.

Il me tapota la tête comme si j'étais un chiot à qui il s'apprêtait à tourner le dos pour adopter un autre chiot de la portée.

— Nous vous faisons entièrement confiance. Et par « entièrement », je veux dire à environ quatre-vingt-trois pour cent. Les dix-sept pour cent restants sont la raison pour laquelle nous préférons le consigner par écrit. Petite précision : vous devrez hypothéquer vos organes si votre « jamais » se transforme en « peut-être ».

— Comment pouvez-vous vous regarder dans la glace ? murmurai-je d'un air absent en feuilletant les documents.

Ça n'avait rien de personnel. Devon, Kill, Sam… ils étaient si désabusés que je me demandais parfois s'ils croyaient en quoi que ce soit.

Devon se mit à rire, laissant de nouveau couler son regard vers ma sœur.

— Étant donné que vous avez été tabassée par des gangsters, il serait malvenu de reprocher à votre futur mari de vouloir protéger ses actifs.

Futur mari.

Je ne m'y étais pas faite. Pas encore.

— Vous permettez ? dis-je en désignant ma sœur d'un signe de tête.

Elle dormait comme une souche en général, mais je ne voulais prendre aucun risque.

— Ma sœur n'est pas au courant de ce qui s'est passé.

— Elle est aveugle ?

Il haussa un sourcil, les yeux rivés sur mon coquard.

— Elle croit que j'ai été agressée par un voleur.

— Sans vouloir vous offenser, vous ne ressemblez pas à une femme qui se trimballe avec du cash. (Une pause.) Ou de la petite monnaie. Ou même des coupons alimentaires. Vous êtes affreusement maigre.

Je voulais qu'il sorte de l'appartement, de l'immeuble, et de ma vie avant que Belle ne se réveille. Je ne lui avais pas encore dit, pour Cillian. Quand j'étais rentrée la veille, elle était déjà partie bosser et n'était revenue que vers 5 heures du matin, alors que je dormais. Nous allions dîner et boire un coup chez Ash ce soir, et je pensais que ce serait une bonne idée de leur annoncer la nouvelle à ce moment-là.

Je secouai la tête.

— Je peux avoir le numéro de téléphone de mon futur époux ?

Devon me prit mon portable des mains pour y rentrer les coordonnées de Cillian.

— Comment connaissez-vous mon code ? demandai-je en fronçant les sourcils.

— J'ai dû écrire votre date de naissance six cents fois quand j'ai rempli la paperasse hier soir. Vous semblez du genre prévisible. Sans vouloir vous…

— Offenser. Je sais.

Il avait toujours les yeux rivés sur mon téléphone, ses pouces voletant sur l'écran.

— Vous vous rendez compte que cette expression ne suffit pas à annuler les remarques désagréables qu'on exprime juste avant, n'est-ce pas ?

— Le code pour le joindre est « 666 ». Il ne répond qu'aux SMS. Occasionnellement.

Quelle surprise.

Devon posa le téléphone sur la pile de documents que je tenais entre les mains

— Bye, Perséphone.

— Attendez ! Et Colin Byrne ? Je peux lui dire que j'ai l'argent ?

Il s'arrêta sur le seuil.

— Ah, c'est ça le meilleur quand on devient une Fitzpatrick, dit-il en écartant les bras. Vos problèmes ne sont plus vos problèmes. Je crois que Colin est sous la juridiction de Sam Brennan. Par conséquent, je dirais que vous êtes à l'abri, et que Byrne est dans une merde royale pour avoir osé porter la main sur vous. Bienvenue dans la famille, Persy.

— Comment ça, tu romps le pacte ?

Sailor recracha sa limonade rose par la bouche et les narines, pulvérisant la table et ma robe.

Elle toussa en agitant les bras. Aisling courut à sa rescousse pour lui taper dans le dos.

L'indéfectible tempête cognait contre la serre où nous nous étions installées pour dîner, la grêle menaçant de briser les panneaux en verre. À vingt-cinq ans, Aisling vivait encore à Avebury Court Manor, la demeure de ses parents. Elle disait que c'était parce que, entre la fac de médecine et son travail caritatif, elle n'avait pas le temps d'entretenir un appartement, mais nous savions tous qu'elle s'occupait de ses parents en prenant soin d'eux comme si elle était leur domestique et qu'elle ne partirait certainement pas avant d'être mariée.

La serre était baignée d'une lumière chaleureuse grâce aux succulentes colorées éparpillées un peu partout.

— Elle ne rompt pas le pacte, dit Ash en me tendant des serviettes après s'être assurée que Sailor allait bien. Elle est encore mariée à Paxton. Elle ne peut pas épouser un autre homme.

J'avais lâché la bombe à peine assise à table, avant même d'avoir eu le temps de me servir un rouleau de printemps.

— Si, je romps le pacte.

Je pris une profonde inspiration, me préparant à une autre tempête, ici même, dans la serre. Puis je déclarai :

— Je vais épouser Cillian. Il s'occupe de mon certificat de divorce au moment où nous parlons.

— Cillian-Cillian ?

Ce fut au tour d'Emmabelle de s'étouffer sur un beignet de crabe. Lorsqu'elle eut retrouvé l'usage de la parole, elle demanda :

— Grand, ténébreux, taciturne ? Avec des cornes rouges qui lui sortent des deux côtés du crâne ? Avec peut-être une queue rangée entre ses deux fesses en acier ?

Ma sœur attrapa un ravioli entre ses baguettes et le fourra dans sa bouche.

— Mon frère Cillian ? renchérit Ash.

— Oui, dis-je en plantant mon regard dans mon assiette encore vide avec un grognement. Lui-même.

— Pourquoi ? demanda Sailor.

— *Comment ?* demanda Belle.

— Est-ce qu'il te fait chanter ? s'écria Aisling.

— Écoute, si c'est une question d'argent, Hunter et moi serons ravis de t'aider, dit Sailor, qui tendit le bras par-dessus la table pour tamponner le col de ma robe, faisant mine d'enlever les taches de limonade qu'elle y avait faites.

— Moi aussi. Je ne pourrai plus me regarder dans le miroir si je savais que tu as épousé mon frère uniquement parce que tu étais dans la galère, dit Ash en posant une main sur son cœur.

Elle portait un gilet et une jupe longue à carreaux. Ses cheveux noir corbeau étaient soigneusement relevés en chignon.

Elles ne comprenaient pas. Elles ne pouvaient pas comprendre. La réalité de ma vie. Ma situation, mes engagements, mes malheurs…

— Évidemment qu'elle ne veut pas l'épouser, s'emporta Sailor. C'est de Kill Fitzpatrick qu'on parle, là. Il n'a pas vraiment remporté le prix Monsieur Sympa ces dix dernières années.

— L'amour change les gens. Mon frère et toi en êtes le parfait exemple, fit remarquer Aisling.

Sailor secoua la tête.

— Hunter a toujours été bon et paumé. Cillian est mauvais et il sait exactement qui il est. Un loup ne peut pas être apprivoisé.

Ton mari était la star d'une sextape ! eus-je envie de crier. *Depuis quand tu es la cheffe de la police de la morale ?*

Je coulai un regard à Belle ; elle sirotait son chardonnay en me dévisageant avec attention. Ma sœur était étonnamment silencieuse. Je m'attendais presque à ce qu'elle sorte en trombe pour aller droit chez Cillian lui soutirer plus d'informations sous la menace d'une arme blanche. Mais non. Elle se contentait de tout assimiler. D'absorber.

— Écoutez, lâchai-je dans un soupir. Merci pour vos propositions, mais ça va. Je l'épouse parce que je le veux. Je sais que c'est soudain, mais Kill et moi nous sommes rapprochés ces dernières…

— Tu ferais mieux de ne pas finir cette phrase, m'avertit froidement Belle, avant de vider son verre de vin d'un trait. Tu es déjà en train de briser le pacte. Aie au moins la décence de ne pas nous mentir. Kill et toi ne vous connaissez pas, si ce n'est que tu es l'amie de sa petite sœur.

— Si Cillian t'a demandé de l'épouser, c'est pour toutes les mauvaises raisons, dit Sailor d'une voix plus douce, essayant de changer de tactique. T'a-t-il dit qu'il n'éprouve aucun sentiment ? Jamais ? Il en est très fier.

Aspirant une nouille entre mes lèvres – ma première bouchée de la soirée – je hochai la tête.

— Je sais qui est Kill. Cela fait des années que nous évoluons dans les mêmes cercles.

— Kill n'évolue pas, s'esclaffa Sailor. Il se pavane avec un sourire narquois et fout la merde. Dis-moi combien il te faut et je te sors de là. Oublie le prêt, pas besoin de me rembourser.

Elle se tourna vers le sac à main pendu à sa chaise pour en tirer son chéquier, qu'elle plaqua sur la table. Elle fit cliqueter son stylo et me fit un chèque.

— Quant à moi, je vais demander à *Athair* de te trouver un avocat pour le divorce, pépia Aisling. Tout peut s'arranger. Il n'est pas trop tard pour dire non. On peut faire en sorte que tu aies quand même…

— Vous voulez la vérité ? grondai-je en me levant d'un bond, bouillonnant de colère. Très bien, voici la vérité : je ne suis pas comme vous. Belle est une femme forte, débrouillarde et croqueuse d'hommes, prête à conquérir le monde et à se construire un empire. Aisling, tu es née dans la noblesse. Tu possèdes plus d'argent que certains pays, deux frères qui tueraient pour toi, et une carrière de médecin prometteuse. Sail, tu as déjà rencontré ton prince charmant et tu as un père et un frère qui te tireraient de n'importe quelle situation. Moi…

Je secouai la tête avec un rire amer.

— Je suis différente. Je voulais me marier par amour. Et je l'ai fait. Dire que ça n'a pas fonctionné serait l'euphémisme du siècle. Il est temps pour moi de me marier par confort. Ce n'est ni noble, ni honorable. J'en suis consciente, croyez-moi. Mais c'est *mon* choix. Je choisis la sécurité. Je choisis la stabilité. Je sais qu'il ne m'aimera pas, mais il prendra soin de moi, et c'est une chose que Paxton n'a pas su faire. Si je peux vivre avec, alors vous aussi.

Un silence tendu s'installa entre nous. On n'entendit plus que la déglutition de Sailor.

— Je romps le pacte, murmurai-je, le mensonge me brûlant la langue.

Je me mariais bel et bien par amour. Seulement, et c'était là la tragédie, il n'était pas réciproque.

— Et vous ne m'en empêcherez pas.

Huit ans auparavant, Sailor nous avait toutes traînées à un gala de bienfaisance auquel Hunter l'avait invitée. Là, nous avions remarqué une fille avec qui nous allions au lycée au bras d'un homme qui avait trente ans de plus qu'elle. Elle avait l'air de s'ennuyer, d'être triste, perdue… et riche. Un vase beau et vide qui renfermait autrefois des espoirs, des rêves et de l'ambition. Son expression avait suffi à gâcher la fête. Nous nous étions promis que jamais nous ne laisserions une fille du groupe se marier pour une autre raison que l'amour.

J'attrapai mon sac et mon manteau.

— Écoutez, j'ai d'autres options. Vraiment. Mais je *choisis* d'être avec Cillian. Il ne me donnera peut-être pas d'amour, mais il me donnera tout le reste. Je pourrai enfin fonder la famille que j'ai toujours voulue, avoir des enfants. Un endroit à moi… (Je marquai une pause.) Tout ce que je demande, c'est votre soutien. C'est fou, insensé et anticonformiste, mais cela reste mon choix.

Aisling laissa tomber sa tête entre ses mains.

Sailor détourna la sienne comme si je l'avais giflée.

Belle fut la seule à se lever. Elle prit son sac, puis ma main dans la sienne avant d'annoncer :

— Bon. Si vous voulez bien m'excuser, je dois aller crier sur ma sœur, faire une dépression nerveuse, puis accepter sa décision. À plus tard, les filles.

Belle et moi rentrâmes chez nous, remettant le dîner à une prochaine fois.

L'ambiance s'était dégradée et plus personne n'avait faim.

Ash dit qu'elle serait toujours là pour moi si je changeais d'avis, et Sailor menaça de tirer sur Kill avec son arc pour l'épingler comme un papillon contre un mur s'il merdait, chose dont nous la savions toutes capables puisqu'elle était archère.

Au bout de dix minutes de trajet en voiture, je finis par briser le silence.

— Comment ça se fait que tu n'as pas pété un câble ?

Les yeux rivés par la fenêtre, je regardais passer les immeubles couverts de glace. Belle mit son clignotant pour tourner dans une ruelle.

— Désolée, tu t'attendais à un grand show ?

— Si je m'y attendais ? Non. Si je l'avais anticipé ? Oui.

Elle éclata de rire.

— Je ne suis pas Willy Wonka. Je n'édulcore rien, sœurette. Tu sais ce que je pense de Cillian Fitzpatrick, mais tu n'es plus un bébé. Tu es capable de prendre tes propres décisions, même si je pense que ces décisions devraient t'envoyer dans un hôpital psychiatrique.

— Jusqu'ici, cela ne t'avait jamais empêchée d'être ultra-protectrice avec moi.

Une seconde, est-ce que j'en voulais à ma sœur de ne pas faire une scène ? Non. Bien sûr que non. Ce serait ridicule. Mais il fallait dire que *j'étais* un peu ridicule. Et ce n'était pas dans la nature de Belle de ne pas faire une scène quand l'occasion se présentait. Et puis, elle n'était pas la fan numéro un de Cillian.

D'ailleurs, si Cillian avait effectivement eu un fan-club, elle y aurait certainement foutu le feu.

Puis aurait dansé sur ses cendres.

Puis aurait mis la photo sur Instagram.

(En post, pas en story. C'est dire à quel point elle était dévouée à sa haine envers lui.)

— Je te soutiendrai toujours. Mais honnêtement ? Tout ça me rend perplexe. Paxton t'a laissée sans le sou et le cœur brisé. Cela fait huit mois que je te vois souffrir et essayer de garder la tête hors de l'eau. Si tu veux changer de tactique et épouser un homme riche qui subviendra à tes besoins, je serai la dernière à te jeter la pierre. En fin de compte, on fait tous nos choix dans la mesure du possible.

Elle marqua une pause, se mordant la lèvre inférieure.

— Et il y a autre chose.

Je me tournai vers elle, détachant mes yeux de la vitre.

— Je sais que tu n'as jamais rien dit, mais j'ai toujours plus ou moins su que tu avais un faible pour Kill. Ça se voyait dans tes yeux quand il entrait dans une pièce. Ils changeaient. Ils *brillaient*, murmura-t-elle. Il n'est jamais trop tard pour changer le nom du prince dans ton histoire. Du moment que tu ne finis pas avec le méchant.

— Il ne peut pas être le méchant, dis-je en secouant la tête. Il m'a déjà sauvée.

— Tu sais qu'il est incapable d'aimer ? demanda-t-elle doucement.

— L'amour est un luxe que tout le monde ne peut pas se permettre.

— Eh bien, si quelqu'un peut déplacer des montagnes, c'est bien toi, sœurette.

Elle retira une main du volant pour me presser le genou.

Que savait Belle de ma situation ? Devon avait raison. Je ne ressemblais pas au genre de femme qui se faisait brutalement dépouiller. Quand Belle avait soigné mes plaies et s'était inquiétée de la moindre égratignure après mon agression, elle ne m'avait pas fait subir son habituel interrogatoire digne de l'Inquisition espagnole et ne m'avait pas tannée quand je lui avais dit ne pas vouloir porter plainte.

Un océan de mensonges et de secrets s'était formé entre ma sœur et moi, et j'aurais tant voulu nager jusqu'à la rive, m'écrouler à ses pieds et tout lui raconter.

Sur Pax. Sur les usuriers. Sur le Vœu Nuage de tata Tilda.

Mais je ne pouvais pas. Je ne pouvais pas l'entraîner dans mon bourbier. C'était à moi de m'en dépêtrer.

— Tu n'es pas la petite demoiselle naïve pour laquelle tout le monde te prend.

Belle arrêta le moteur, et je me rendis compte que nous étions garées devant chez elle.

— Tu as des griffes, et du cran. Perséphone n'était pas

seulement une cueilleuse de fleurs. Elle était aussi la reine de la mort. Ton fiancé ne va pas comprendre ce qui lui arrive. Mais sache ceci : si un jour, Kill essaie de se prendre pour Hadès, je descendrai aux enfers pour lui arracher les couilles.

8

Cillian

— Tout y est ? demanda Byrne en reniflant.

Il jeta un coup d'œil dans le sac en toile. Kaminski se tenait derrière lui, les bras croisés, nous toisant comme la Montagne, le garde du corps assassin de la reine Cersei.

— Compte donc, ordonna Sam en crachant sa cigarette au sol.

Byrne se mit à trier l'argent, assemblé en liasses de billets de cent dollars. Il se détendit pour la première fois depuis que nous étions arrivés pour remplir notre part du marché. Byrne avait insisté pour que nous venions chez lui, certainement parce que son bureau contenait plus d'armes qu'une artillerie des forces spéciales.

— Kam.

Byrne claqua des doigts d'une main tandis qu'il comptait de l'autre, séparant les billets en se léchant les doigts. Son soldat se pencha en avant, et Byrne en profita pour lui donner une tape à l'arrière de la tête.

— Compte avec moi, espèce de sac à viande inutile.

Il leur fallut vingt minutes pour être convaincus que tout y était. Ils refermèrent le sac, et Byrne nous adressa un sourire poli.

— Je suis ravi d'annoncer qu'il n'y a plus de dette entre nous, messieurs. Ravi d'avoir fait affaire avec vous.

Sam hocha la tête, se leva et tourna les talons. Je fis de même. Une fois à la porte, Sam la verrouilla, le petit clic de la serrure signalant que nous n'en avions pas terminé, en fin de compte.

— En réalité, siffla Brennan, on a encore un problème sur les bras.

Nous enfilâmes tous deux nos gants en cuir et Byrne avala péniblement sa salive.

— Lequel ?

Sam sourit comme un dément.

— Vos putains de carcasses.

Une heure plus tard, j'eus enfin l'impression d'en avoir eu pour mon argent.

— Je peux te confier un secret ? demanda Sam à un Colin Byrne salement amoché qu'il était en train de menotter sans ménagement aux barreaux de son propre lit, une cigarette allumée pendant entre ses lèvres. J'ai toujours eu un faible pour les chiffres. Je ne sais pas pourquoi, Byrne, mais ils me calment. Ils ont un *sens*. Mon enfoiré de donneur de sperme n'était bon à rien d'autre qu'aux chiffres. J'imagine que c'est de lui que me vient cette passion.

— S'il vous plaît, bredouilla Byrne en claquant des dents. Je vous l'ai déjà dit, je ne savais pas qu'elle était sous votre protection. Je n'en avais aucune idée, mec…

— Arrête de supplier, à moins que tu veuilles que je te taille un joli sourire pour te rappeler à quel point tu aimais lui rendre des petites visites chaque semaine.

Sam jeta une serviette sur la tête de Byrne. Le lourd tissu étouffa ses supplications désespérées.

— Bien, voici ce que veut savoir *cet* adepte des maths. Pourquoi un usurier augmenterait ses taux d'intérêt de deux cents pour cent alors que la norme du marché est de cinquante ? Est-il possible que tu aies abusé de la jolie créature abandonnée par Paxton Veitch et décidé de la faire tapiner, sachant qu'elle te rapporterait de l'argent facile ?

Avant que Byrne ne puisse répondre, Sam attrapa un seau d'eau et en versa lentement le contenu sur son visage, appliquant le procédé de la torture par noyade.

Les deux mains posées sur le chambranle de la porte, je regardai Brennan s'occuper de Byrne. Son assistant, Kaminski, pendait par les bras à un crochet installé à la place du lustre. Il ressemblait à un cochon écorché, la tête couverte d'une toile de jute.

Sam jeta le seau vide, faisant tomber la cendre de sa cigarette sur le ventre nu de Byrne. Il lui retira la serviette et sa victime aspira avidement une grande goulée d'air.

— C'est Veitch qui a eu cette idée ! Il voulait déjà faire tapiner sa femme avant de se tirer ! dit Byrne en toussant et en essayant désespérément de libérer ses mains. Il avait prévu de la kidnapper pour me la livrer. Je lui ai dit de ne pas s'emmerder. Que je ne voulais pas avoir le FBI aux trousses. Le trafic d'humains, ça te vaut perpète en taule J'ai même laissé plus de temps à cette salope pour me payer.

Sam fit « tss-tss » et tourna la tête vers moi.

— Tu penses à ce que je pense ?

— Nous avons affaire à un saint, dis-je, impassible.

J'avais demandé à Sam de me permettre d'être présent sur ce job, bien que je ne sois pas assez fou pour l'accompagner sur les autres missions qu'il accomplissait pour moi. Celle-ci était personnelle. Non parce que j'éprouvais des sentiments pour ma future femme, mais parce que Kaminski et Byrne avaient abîmé ma propriété, et ils allaient le payer.

« La sueur, le sang et les larmes » était ma devise préférée dans les affaires.

J'attrapai un tisonnier pendu près de la cheminée et je plongeai l'extrémité dans les flammes qui dansaient dans l'âtre pour le chauffer avant de le faire tourner dans ma main comme un club de golf tout en m'approchant de Kaminski.

— Je ne peux pas m'empêcher de penser que, malgré tes intentions pieuses, tu aurais pu éviter de tabasser cette pauvre fille, dit Sam avant de remettre la serviette sur le visage de Byrne et d'y vider un autre seau d'eau.

Brennan était assurément dans son élément. Son métier : infliger de la douleur.

Kaminski, pendouillant du plafond, gémit en entendant les bruits dans la pièce.

— C'était Kaminski ! gargouilla Byrne à travers la serviette. C'était lui ! Je lui ai dit de la menacer, peut-être de lui foutre une ou deux baffes, mais pas plus. C'est lui qui lui a fait du mal !

— Où lui as-tu fait mal, Kaminski ? demandai-je au pendu devant moi, les yeux à hauteur de son ventre.

Il tressaillit en comprenant que j'étais tout près de lui. Aucun des deux hommes ne me dénoncerait. Contrarier Sam Brennan était une chose que peu de gens osaient faire à Boston, et ceux qui étaient assez stupides pour s'y risquer n'étaient plus là pour en témoigner. Même si Byrne et son assistant costaud allaient raconter ça à la police, j'avais la moitié des juges de Boston dans ma poche.

— Je… Je…

— À l'œil ? demandai-je calmement. Mais oui. Je me rappelle que ma fiancée arborait un vilain œil au beurre noir.

Je le frappai au visage avec le tisonnier, qui s'écrasa juste au-dessus de son nez. Le métal brûlant siffla contre la toile de jute, faisant fondre le tissu contre sa peau. Il laissa échapper un grognement bestial, se contorsionnant violemment, comme un ver sur un hameçon.

— Je me rappelle aussi que tu l'as cognée à la joue.

Je le frappai à la pommette à travers la cagoule.

— Au front.

Paf !

— Dans les côtes.

Paf !

— Aux genoux, aussi.

Paf ! Paf ! Paf !

Je battis Kaminski pendant que Sam noyait Byrne dans son propre lit. Dix minutes plus tard, quand les deux mafieux de pacotille furent à peine conscients, Sam jeta la serviette au sol. J'essuyai le bout du tisonnier sur le pantalon de Kaminski avant de le remettre à sa place.

Sam écrasa son mégot de cigarette sur le sol en sortant et dit :

— Gardez l'argent.

— Et je ne veux plus jamais vous voir approcher ma future femme.

Il régnait dans la pièce un lourd parfum de sueur, de sang, et de violence. Je retirai mes gants en cuir en regardant autour de moi.

— Si je vous entends respirer dans sa direction, vous en paierez le prix. D'ailleurs, je vérifierai de temps en temps que vous gardez bien vos distances. Si je vous trouve dans son quartier…

Je n'avais pas besoin de finir ma phrase.

Ils savaient.

Environ une heure plus tard, j'étais au pub irlandais au bout de la rue menant chez Colin Byrne.

Red Right Hand de Nick Cave and the Bad Seeds retentissaient entre les boiseries. Sam flirtait avec deux serveuses plantureuses, aidant l'une d'elles à remplir sa déclaration fiscale.

Je songeai, et ce n'était pas la première fois, que Brennan était sans conteste un vrai sociopathe. J'avais bien fait de le tenir à l'écart de ma sœur. Moi aussi, j'avais ma place dans cette catégorie, mais je n'étais pas aussi atteint.

Et Perséphone n'était pas ma sœur. Je n'avais aucune obligation de la sauver de moi-même.

De toute façon, je comptais l'éviter à tout prix dès qu'elle serait enceinte. Voire avant, si possible. Elle n'avait pas sa place dans ma vie quotidienne.

Étrangement, tabasser les hommes qui lui avaient fait du mal m'avait procuré beaucoup de plaisir. Bizarre, c'était plutôt le truc de Sam de trouver la violence bandante.

— T'as un pet de travers ou quoi ? demanda Sam, toujours aussi poétique, en me regardant par-dessus sa pinte de Guinness.

— Je réfléchis, c'est tout.

Je m'étirai dans le vieux box en bois en observant la population hétéroclite d'ouvriers et de jeunes actifs.

— Y a pas pire comme passe-temps, dit Sam en attrapant une poignée de pois salé au wasabi, qu'il jeta dans sa bouche. À quoi ?

— Au mariage.

— Plus précisément ?

— À son inopportune nécessité. Tu attends quoi, *toi* ?

Sam tapa son paquet de Marlboro rouge sur la table. Une cigarette se dressa, obéissante. Il porta le paquet à sa bouche, attrapa la cigarette entre ses dents et l'alluma. Sam était connu pour enfreindre les lois ; fumer dans les restaurants était parmi ses transgressions les moins choquantes.

— Rien. Je n'ai pas l'intention de me marier. C'est une décision étonnamment facile à prendre quand tu n'as pas l'obligation d'assurer une descendance, que ton père est un connard de traître qui mérite de crever et ta mère, une salope qui t'a laissé sur le palier de son ex quand tu étais assez grand pour comprendre qu'elle t'abandonnait.

— Qui héritera de tout ce que tu possèdes ? demandai-je.

Sam Brennan se noyait dans l'opulence. Je ne savais pas exactement à quel point il était riche. Il ne devait pas déclarer plus de quinze pour cent de ses revenus au fisc, mais je dirais qu'il possédait des dizaines de millions de dollars.

Sam haussa les épaules.

— Sailor. Ses enfants, peut-être. L'argent ne veut rien dire pour moi.

Je le croyais.

— Mais tu as grandi avec Troy et Sparrow Brennan, insistai-je, sachant que cette conversation ne mènerait à rien – cet homme était plus réservé qu'un parc naturel. Le couple vedette de Boston.

— Han Solo et Leia Organa sous stéroïdes, dit Sam avant de prendre une gorgée de Guinness, un sourire amer aux lèvres. Mais ça veut dire que dalle. Je n'ai ni l'ADN de Sparrow ni celui de Troy. Je suis un orphelin. Une erreur réfléchie, issue d'une vengeance. Je n'ai pas prévu de me reproduire. Et puis, à quoi bon avoir un gosse, en sachant que je pourrais me retrouver derrière les barreaux pour perpète à tout moment ?

Il n'avait pas tort.

— Maintenant, dit-il en penchant sa pinte dans ma direction, revenons à nos moutons. Byrne et sa marionnette sont hors circuit pour de bon. L'étape suivante, c'est mettre la main sur Veitch. Trouver où il se cache, ce qu'il fait. Le tenir en laisse. Éventuellement le ramener ici et le foutre entre les griffes de Byrne. Faire d'une pierre deux coups.

— Laisse-le, dis-je, chassant cette idée de la main. Byrne

est payé. Kaminski passera sa vie en fauteuil roulant. Veitch est certainement mort. C'est terminé.

— Mort ? Je ne crois pas. Je te parie que Veitch est en vie, et que, dès qu'il apprendra que sa femme s'est casée avec un milliardaire, il rappliquera pour exiger des trucs.

— Impossible, répliquai-je. Le certificat de divorce devrait arriver demain matin. Il n'aurait pas droit à un centime. Je n'ai pas besoin de savoir où est Veitch ni ce qu'il mijote.

— Il pourrait contacter Perséphone et jouer sur sa corde sensible. C'est son mari.

— C'était.

— Elle l'a choisi.

— Elle a *mal* choisi, rétorquai-je.

— Si quelqu'un est susceptible d'avoir pitié du connard qui l'a abandonnée, c'est ta future femme.

Je fis craquer mes doigts sous la table.

— Précisément. Il vaudrait mieux que je la mette en cloque avant qu'elle se tire avec son ex.

Je ne voulais pas d'une fiancée en cavale. Je n'avais aucune confiance en Perséphone, elle pouvait courir dans les bras de son ex-mari et rompre notre contrat dès que je le sortirais du trou où il se cachait. Et puis, plus le temps passait sans qu'il soit conscient de mon existence, plus j'avais de chance de mettre Perséphone enceinte avant qu'il intervienne.

Sam me jaugea froidement.

— C'est une mission inachevée, dit-il, me mettant en garde. Ce n'est pas dans mes habitudes, Fitzpatrick.

— Tu feras ce que je te dis de faire si tu veux ton salaire, *Brennan.*

J'attrapai mon whisky, l'avalai et reposai violemment le verre sur la table.

— Et je te dis d'oublier l'existence de Paxton Veitch.

9

Cillian

— Les médias se jettent sur cette histoire de mariage comme une prostituée sur un sénateur.

Assis en face de moi dans mon bureau, Hunter prit une gorgée de café et fit un baiser dans les airs en écartant ses doigts devant sa bouche.

— On ne peut pas leur en vouloir. La fiancée ressemble à une vraie princesse. Une Cendrillon des temps modernes, répondit Devon en parcourant le communiqué de presse sur son iPad, perché à côté de mon frère.

Je lui arrachai la tablette des mains pour y jeter un œil. Je ne savais pas comment cette Diana des relations publiques avait mis la main sur cette photo de Perséphone – moulée dans une robe bleue, ses cheveux dorés tombant en cascade jusqu'à sa taille fine, un léger sourire étirant ses lèvres roses – mais elle allait avoir une sacrée prime de Noël.

Royal Pipelines avait fait du bon boulot pour annoncer mes fiançailles avec la nouvelle chouchoute de tout Boston : une institutrice de maternelle, chrétienne pratiquante et avec un bon pedigree et une bonne éthique.

— Persy est plus chaude qu'un piment rouge, dit Hunter en se tapotant les lèvres, scrutant ma réaction face à la créature divine que je m'apprêtais à épouser. Tu t'en es bien tiré.

— C'est elle qui s'en tire bien, répliquai-je en rendant l'iPad à Devon. Sa beauté fanera. Pas mon classement dans *Forbes*.

Cela faisait deux semaines que Perséphone m'envoyait des SMS non-stop, depuis que nous avions annoncé la nouvelle à nos familles et amis. Apparemment, cela ne suffisait pas de lui accorder un budget qui aurait pu nourrir un État de taille moyenne et de lui laisser planifier le mariage. Elle voulait *parler* de choses.

Quel lieu je préférais.

Quelles fleurs j'aimais.

Si je pouvais lui recommander un traiteur réputé.

Je n'avais pas le cœur de lui dire que cela m'était égal qu'on se marie à la mairie, à l'église ou dans un fossé. Qu'en réalité, je n'avais pas de cœur *du tout*. Je choisissais donc d'ignorer tous ses messages. Cette stratégie fonctionnait parfaitement et j'avais bien l'intention de continuer à en user après notre mariage.

— Je n'arrive toujours pas à croire qu'elle veuille t'épouser. Si je ne l'avais pas vue dire qu'elle acceptait ton offre de mes propres yeux, je penserais que tu l'as forcée.

Hunter se frotta la mâchoire. Sa femme et lui prenaient la nouvelle comme si nous leur avions annoncé que l'un de nous était mourant. Mes parents, en revanche, s'étaient presque pissés dessus. Malheureusement, ce n'était pas une figure de style.

Ma mère avait fondu en larmes, et *Athair* m'avait offert tout un tiroir de montres anciennes.

J'étais redevenu *mo òrga*.

Le fils en or, éhonté et rusé. Toujours avec six longueurs d'avance.

Mon père était prévenu, et mon poste de P-DG était sauf. Sur ce front, du moins. Qui savait ce qu'Arrowsmith me réservait…

— Je me fiche de ce qui l'a poussée à dire oui. Tout ce qui importe, c'est qu'elle ait accepté. Nous en avions besoin. D'autant qu'Andrew Arrowsmith est de retour.

Devon rangea son iPad dans son étui en cuir et me regarda curieusement.

Je n'avais pas dit à Devon qu'Andrew était revenu. Je ne voulais pas que les gens fassent l'erreur de penser que cela m'importait. Et puis, je les payais assez cher pour surveiller ce qu'il se passait autour de moi.

— C'est le nouveau P-DG de Green Living, m'informa Devon puis, voyant que je n'étais pas surpris, il fronça les sourcils. *Shit.* Tu le savais déjà. Quand comptais-tu me le dire ?

— Je ne comptais pas le faire. C'est ton boulot de te tenir informé. Je ne suis pas ton assistant.

— Ah bon ? Tu serais pourtant irrésistible en jupe crayon, railla Hunter en faisant claquer ses dents, n'apportant absolument rien à la conversation, comme d'habitude.

— Andrew a passé la matinée à faire la tournée des émissions matinales, dit Devon. Il mijote quelque chose.

— Sans aucun doute, confirmai-je.

— Sam est sur le coup ? demanda Hunter.

Mon petit frère ne savait pas qui était Arrowsmith, et il ne connaissait pas non plus notre passif. Mais, comme tous les Fitzpatrick, il sentait le danger à des kilomètres et avait l'instinct d'un tueur pour pulvériser ses ennemis.

— Pas encore, répondis-je en regardant ma montre. Je veux que ce soit lui qui porte le premier coup. Pour que je puisse voir de quoi il est capable, avant de le détruire.

Mon assistante toqua à la porte. Elle entra avec prudence, vêtue d'une veste rose vif par-dessus ce qui ressemblait à un soutien-gorge, ses cheveux platine tombant jusqu'à ses mollets.

— Monsieur Fitzpatrick ?

— Mademoiselle Brandt. Est-ce Halloween ?

Elle pencha la tête, perplexe.

— Non.

— Alors ne vous habillez pas comme ça. Que voulez-vous ? demandai-je en croisant les doigts.

Elle rougit et s'éclaircit la gorge. Je devais admettre que Perséphone n'avait pas tort : Casey ressemblait à une secrétaire d'entreprise comme moi à un ancien membre des One Direction.

— Désolée de vous interrompre, c'est juste que vous n'avez pas répondu à mes six derniers mails concernant la bague de fiançailles et l'alliance.

Les bagues.

Je devais choisir une bague de fiançailles et une alliance. Il allait sans dire que j'avais des problèmes plus urgents, comme gérer Andrew Arrowsmith et trouver une nouvelle piscine à débordement pour ma propriété de Palm Springs.

Je me tournai vers mon frère.

— Quel genre de diamants elle aime ?

— Qu'est-ce que j'en sais ? répondit-il en riant. OK, je traîne avec elle, mais c'est pas pour autant qu'on va chez Bloomingdale's lui choisir des collants et des boucles d'oreilles.

— Demande à ta femme.

— Demande à ta fiancée, répliqua-t-il en me donnant un coup de pied dans le tibia sous le bureau.

— Cela exigerait que je lui parle.

Je lui écrasai le pied en y mettant assez de force pour entendre ses orteils craquer avant d'ajouter :

— Et je n'ai aucune envie de faire ça.

Hunter me regarda comme si j'étais un malade mental.

— Que suis-je censé répondre à ça ? demanda-t-il avant de se tourner vers Devon. Je n'arrive pas à croire qu'il épouse la meilleure amie de ma femme. Que va-t-il se passer si je dois le tuer ? Est-ce qu'assurer ma défense au tribunal constituerait un conflit d'intérêts pour toi ?

— Oui, répondit simplement Devon en lissant sa cravate. De toute façon, je ne pratique pas le droit pénal : je n'aime pas me salir les mains. Puis-je faire une suggestion ?

— Non, dis-je.

— Pour l'amour de Dieu, vas-y ! lança Hunter en même temps.

— Choisis la plus chère, conseilla Devon. La réponse à toutes les questions concernant le goût d'une femme en matière de bijoux, c'est de choisir l'option la plus chère. Ça marche du tonnerre à chaque Noël pour moi.

— Pas avec Perséphone, dit Hunter en secouant la tête. Elle est exigeante. Les deux sœurs Penrose ont de fortes personnalités. C'est pour ça qu'elles s'entendent bien avec ma femme.

Il dit ça comme si c'était une *bonne* chose. Bon sang.

Casey se balançait sur ses talons aiguilles vertigineux, nous regardant tour à tour en attendant une réponse.

Décidant que nous avions passé suffisamment de temps à débattre, je bouclai l'affaire.

— Prenez-les toutes.

— Pardon, monsieur ?

— Les bagues que le joaillier a envoyées. Achetez-les toutes. Elle pourra choisir, alterner, en offrir à ses insupportables amies, en faire don à des associations ou se torcher le cul avec. Je m'en tape.

— Vous voulez lui acheter les huit bagues que le joaillier a fait venir de Mumbai en 24 heures par avion ?

Elle cligna des yeux, me regardant comme si une deuxième tête venait de pousser dans mon cou. Puis elle ajouta :

— Elles coûtent un demi-million pièce.

— Et… ?

Je me frottai les yeux. Discuter avec des gens était plus fatigant que courir un marathon.

— Et rien. Ce sera fait, monsieur.

Une fois Barbie stripteaseuse partie, je me retournai vers mon frère et mon avocat, prêt à poursuivre la conversation concernant Arrowsmith. Ils me dévisageaient tous deux avec le même air que Mlle Brandt.

— Qu'est-ce qu'il y a encore ? aboyai-je.

— Tu aurais pu prendre n'importe quelle bague, marmonna Devon. Et pourtant tu les as *toutes* choisies.

Tout ou rien revenait au même. Sur le fond, je ne faisais *aucun* choix.

— Où veux-tu en venir ? demandai-je.

— Là où il veut en venir, mon cher frère, dit Hunter avec un sourire, avant de se lever en attrapant son café posé sur mon bureau, c'est que tu vas te prendre un gros coup en plein dans tes émotions. Enveloppe ton cœur noir de papier-bulles, parce que les choses vont se corser, et je serai aux premières loges quand tu te rendras compte que tu n'es pas l'enfoiré sans âme que tu penses être.

— Garde-moi une place à côté de toi, dit Devon en faisant un check à mon frère.

Je les mis tous les deux à la porte.

Crétins.

10

Perséphone

Cela faisait un mois que mon fiancé ignorait mes appels et mes messages. Aujourd'hui, c'était notre mariage et je me rendais sur les lieux de la réception dans une limousine noire, accompagnée par Belle et Sailor.

La journée était étonnamment ensoleillée, surtout quand on savait que l'hiver grignotait toujours plus le printemps, que la pluie était tombée sans discontinuer ces derniers jours et que les présentateurs météo locaux décrivaient cet hiver comme « le plus long et le plus sinistre à ce jour ».

Puisque c'était moi qui avais tout organisé, j'avais personnalisé le mariage et l'avais adapté à mes goûts, et uniquement mes goûts.

Bien qu'Aisling m'ait dit que Cillian détestait les fruits en dessert, le gâteau était une génoise avec un glaçage au chocolat blanc décoré de grenades. La cérémonie se déroulerait à l'église protestante St. Luke, que je fréquentais depuis ma naissance, même si je savais que Cillian avait reçu une éducation catholique irlandaise.

J'avais choisi de porter une robe fourreau, couleur perle, et mes cheveux étaient recouverts d'assez de laque pour faire un petit trou dans la couche d'ozone. Je me sentais ridiculement inflammable et me rappelai mentalement qu'il ne fallait pas que je m'approche des fumeurs et des bougies.

Afin de signaler à mon futur époux qu'il ne pourrait pas m'apprivoiser, j'avais sélectionné des fleurs sauvages pour mon bouquet.

Il y aurait uniquement un service religieux. Pas de fête. Pas de grande fiesta. J'avais toujours des sentiments aussi forts envers Cillian, mais je n'allais pas faire tout le boulot pour lui. S'il voulait un mariage réussi – ce dont je doutais – il allait devoir faire des efforts, lui aussi.

Une partie de moi doutait que Cillian vienne. Après tout, une fois que j'avais accepté son offre, il s'était remis à faire comme si je n'existais pas. Sans Devon, les agents immobiliers, les banquiers, les joailliers, et autres *personal shoppers* qu'il m'envoyait, et qui me léchaient les bottes toute la journée, j'aurais pu croire qu'il se dégonflait, qu'il n'avait pas su garder la tête froide.

Mais je me trompais.

Cillian Fitzpatrick gardait toujours la tête froide.

Il était entièrement fait de glace.

J'attendais dans la limousine, devant l'église. Maman et papa étaient venus de banlieue. Ils étaient certes déboussolés par mon mariage express, mais heureux pour moi. Ils savaient combien j'avais souffert à cause de Paxton et pensaient que j'avais décidé d'épouser le grand frère de ma chère amie Aisling parce que nous avions toujours partagé une connexion hors du commun et enrichissante.

C'était l'histoire que je leur avais fait gober, et ils avaient choisi d'y croire. Papa, qui se remettait tout juste d'une opération du genou, ne pouvait pas me mener jusqu'à l'autel, ce que j'avais interprété comme un présage plutôt qu'une coïncidence. J'avais demandé à Hunter de me faire cet honneur (« Personnellement, j'aurais préféré te mener jusqu'à Vlad l'Empaleur, mais je crains trop pour ma vie pour refuser quoi que ce soit à Kill »).

— Toc, toc.

La petite voix d'Ash retentit, sonnant comme des cloches d'église. Elle ouvrit la portière de la limousine et entra, vêtue de sa robe rouge sang de demoiselle d'honneur.

— Coucou.

Je parvins à sourire et me rendis compte que je serrai un peu trop fort la main de Belle dans la mienne. Je la lâchai avant qu'on ait besoin de l'amputer pour cause de gangrène.

Ash me tendit une couronne de fleurs sauvages.

— Un porte-bonheur pour la mariée. C'est une tradition Fitzpatrick.

— C'est de la part de Kill ? demandai-je, étonnée.

Je pensai aux fleurs empoisonnées qu'il m'avait enlevées des cheveux, quelques années plus tôt. Ash secoua la tête, son visage prenant une teinte bordeaux joliment assortie à sa robe.

— Pardon. J'aurais dû être plus claire. C'est moi qui l'ai faite pour toi. C'est une coutume irlandaise, il faut que la mariée tresse elle-même la couronne dans ses cheveux pour attirer la chance sur son couple.

— Actuellement, mes cheveux sont plus compacts qu'un bloc de ciment, fis-je remarquer.

— Elle est sérieuse ? fit Belle en arrachant la couronne de fleurs des mains d'Aisling. Sœurette, tu as besoin de toute la chance possible et imaginable. Tu vas mettre ce truc sur ta tête, coûte que coûte. Et tant que tu y es, tiens.

Belle laissa tomber la couronne sur mes genoux pour fouiller dans son sac. Elle trouva une boîte de cachets orange, en prit un et le fourra dans ma bouche.

— C'est quoi ? murmurai-je.

— Un petit remontant.

J'avalai, tout en tressant des mèches de mes cheveux à la couronne de fleurs tandis que Belle portait une flûte de champagne à mes lèvres.

— L'église est pleine à craquer. Tous les bancs débordent d'invités, nous informa Aisling en s'installant sur la banquette pour attendre que l'organisatrice du mariage nous appelle. Sam a verrouillé les portes de l'église avec Kill à l'intérieur, une autre tradition irlandaise pour s'assurer que le marié ne va pas s'échapper, et Hunter a glissé une pièce de six pence dans sa chaussure. Kill était loin d'être ravi.

— Parce que ça lui est déjà arrivé de l'être ? dit Sailor avec insolence, nous faisant toutes trois éclater de rire.

Je regardai le ciel par la fenêtre. Seul un nuage solitaire troublait le grand ciel bleu.

Tata Tilda.

Je souris. Les voies de ma tante défunte étaient impénétrables, mais elle ne pouvait pas manquer cette journée.

— Je n'arrive pas à croire que je me remarie, murmurai-je à l'intention de ma tante plus qu'à qui que ce soit d'autre.

— Il n'est pas trop tard pour changer d'avis, me rappela Sailor. Pour de vrai. Pense à tous les films avec Julia Roberts.

— Arrête, lança Belle à notre amie rousse. On va accorder à ce connard le bénéfice du doute, au moins pour aujourd'hui.

— Tu as raison, dit Sailor en se frottant le nez. Désolée, Pers.

L'organisatrice passa la tête par la vitre ouverte.

— Nous sommes prêts. Mon Dieu, vous ressemblez à une star de ciné, Perséphone. Hunter vous attend près des portes de l'église. C'est lui qui vous conduit jusqu'à l'autel, n'est-ce pas ?

— En fait, dit Belle en glissant son bras sous le mien, nous allons *toutes* la mener jusqu'à l'autel.

— À contrecœur, plaisanta Sailor.

Je marchai donc jusqu'à l'autel avec mon groupe d'amies, me sentant aimée, chérie et protégée.

Mais pas par l'homme que j'épousais.

Après des semaines sans l'avoir vu, sa présence me bouleversa.

En découvrant Cillian en smoking, planté devant le pasteur, je me rappelai pourquoi j'avais nourri pour lui une obsession pathétique avant d'épouser Paxton.

Pourquoi l'oublier avait été la chose la plus difficile de ma vie.

Il était grand, ténébreux, royal, et dégageait une puissance et un magnétisme farouches. Ses yeux se braquèrent sur moi tandis que j'avançais vers l'autel, agrippant mon bouquet de toutes mes forces. Un orchestre jouait *L'Arrivée de la reine de Saba*, de Haendel. L'assemblée se leva, parcourue de murmures. Aisling avait raison : il y avait des centaines de personnes dans l'église, et je n'en connaissais pas la plupart.

C'est là que je compris.

Cillian n'avait pas ignoré le mariage.

Il m'avait ignorée, *moi*.

Il avait inondé tout Boston d'invitations dans le but de promouvoir son image d'homme en couple et futur père de famille.

Ce salaud avait même choisi une chanson pour mon entrée dans la chapelle.

En d'autres termes, il s'était impliqué dans tous les éléments qui lui importaient, et je n'en faisais pas partie.

Mon cœur battait à tout rompre, et j'avais la bouche sèche, encore baignée du goût amer du champagne.

Mes yeux se plantèrent dans les siens, tachetés d'or. Il semblait calme, serein, parfaitement hermétique à la situation.

T'a-t-il dit qu'il ne ressentait rien ? Il en est fier.

L'avertissement de Sailor me revint en mémoire.

Il me l'avait dit. De nombreuses fois.

Pourtant, j'eus envie de le frapper avec mon bouquet, de lui hurler de ressentir quelque chose alors que nous étions sur le point de nous unir.

Je m'arrêtai devant lui, certaine que l'on pouvait voir l'empreinte de mon cœur à travers ma robe chaque fois qu'il se fracassait contre ma cage thoracique.

Le pasteur Smith commença la cérémonie. Mes yeux se posèrent sur les lèvres de Kill, qui affichaient une légère moue de mécontentement.

Ces lèvres allaient rencontrer les miennes pour la première fois dans quelques instants.

Un rêve devenu réalité pour la Persy de dix-huit ans.

Une mascarade pour celle de vingt-six.

Lorsque le pasteur eut fini son discours, il marqua une pause pour s'éclaircir la gorge.

— Avant de poursuivre, le marié voudrait dire quelques mots.

Vraiment ?

Jamais je n'avais eu autant envie de vomir qu'à l'instant où Cillian Fitzpatrick baissa les yeux vers moi avec un sourire tendre et sortit un ruban blanc de sa poche de poitrine.

— L'amour est un sentiment inconstant, ma chère Perséphone. Fortuit, incertain, et enclin au changement. Les gens s'aiment et se désaiment pour un oui pour un non. Ils divorcent. Ils trompent. Ils sont trompés.

Mes yeux sortirent de leurs orbites. Mon futur époux avait-il conscience qu'il était dans une église ? Je m'attendais presque à le voir prendre feu sous mes yeux puis disparaître dans une fumée noire lorsqu'il serait rappelé dans l'enfer qu'il avait quitté.

Kill noua le ruban autour de nos mains droites avec assurance et expertise.

— La vérité, c'est qu'on ne peut pas compter sur l'amour. Voilà pourquoi j'ai l'intention de t'offrir quelque chose de bien plus constant. Engagement, amitié et loyauté. Je promets de te donner ma protection, quel qu'en soit le prix.

Puis il attacha nos mains gauches ensemble avec le même ruban, nous liant étroitement l'un à l'autre. Ses mots semblaient sincères mais hésitants. Secs, mais réels.

— Jamais je ne nous tournerai le dos. Nous nous aimerons et nous désaimerons de nombreuses fois, mais je promets de toujours revenir vers toi. De nous réunir même quand la tentation de tout arrêter deviendra trop forte. Et quand l'amour semblera loin…

Il posa son front contre le mien, ses lèvres remuant contre les miennes.

— Je le ramènerai sur notre palier.

Nos mains étaient fermement liées. Nous nous regardâmes.

Trop près.

Trop intimes.

Trop exposés.

Nos invités nous observaient, les yeux écarquillés, à la fois choqués et émerveillés. J'étais bouche bée. Un mélange de fascination, de surprise et, pire que tout, de bonheur, tourbillonna dans ma poitrine.

— C'est… magnifique, souffla le pasteur.

Nous échangeâmes nos vœux ; malgré mon envie puissante, je ne vomis pas.

— Je vous déclare mari et femme. Vous pouvez embrasser la mariée. Dieu sait que vous en mourez d'envie.

Le pasteur gloussa, faisant éclater de rire l'assemblée.

Cillian me tira à lui par nos mains liées, me plaquant contre son corps musclé. Il baissa la tête, ses yeux passant de l'or calme à la lave incandescente. J'eus le souffle coupé lorsqu'il écrasa ses lèvres sur les miennes avec une chaleur dévastatrice, posant nos mains sur sa poitrine, entremêlant nos doigts. Ses lèvres étaient possessives, revendicatrices ; son parfum presque trop familier de cèdre sec et de sciure de bois me fit flancher.

— Embrasse-moi, grogna-t-il.

Puis il tira sur nos poignets liés, me redressant d'un coup. Je glissai mollement contre son corps, trop hébétée pour fonctionner normalement. Kill intensifia notre baiser, me dévorant et unissant sa langue à la mienne. C'était délibérément violent, chaud, sexy, *nouveau*. Jamais on ne m'avait embrassée ainsi. Les applaudissements, sifflets et acclamations furent noyés par le désir flamboyant qui s'empara de moi. J'oubliai où nous étions et ce que nous faisions. Tout ce qui m'intéressait, c'était la pression exigeante de sa bouche délicieuse, et la façon dont nos cœurs se soulevaient à l'unisson, battant à tout rompre l'un contre l'autre.

Lorsqu'il finit par s'écarter de moi, je sentis un sourire sur ses lèvres. Calculateur. Je clignai des yeux, encore enivrée par ce baiser inattendu qui hurlait des choses que je n'osais murmurer. Mais lorsque je levai les yeux vers Kill, il était redevenu le monstre froid et détaché de toujours.

Glacial, impassible et totalement inaccessible.

Je jetai un regard incertain en direction des bancs de l'église.

Le dernier rang était entièrement rempli de photographes, de journalistes et de cameramen en train d'enregistrer le tendre moment que nous partagions.

Le discours.

L'union de nos mains.

Ce *baiser.*

Tout ça n'était pas pour moi. C'était pour *eux*. Des mensonges, soigneusement conçus pour créer la nouvelle image de Kill Fitzpatrick, celle de l'époux aimant. Un homme changé. Un méchant repenti.

Je vacillai en arrière, tordant mes poignets contre le nœud étroit pour essayer de lui échapper.

— Calme-toi, murmura-t-il. Tu n'auras pas ton conte de fées, Fille aux Fleurs, alors autant le vendre aux autres. Fais un grand sourire.

— Tu n'es pas mon prince charmant, lâchai-je en repensant à la conversation que j'avais eue avec ma sœur le soir où je lui avais annoncé mes fiançailles. Tu es le méchant.

— Il est vrai qu'effrayer les gens est mon plus grand atout.

Il baissa la tête, faisant mine de se blottir contre mon cou, sa voix basse et rauque de baryton résonnant au plus profond de moi.

— Mais que sont les méchants, ma chère épouse, sinon des héros incompris ?

Bien que j'aie décidé de ne pas faire de fête, un grand dîner était donné à Avebury Court Manor en l'honneur de mon mariage bidon.

J'avais déjà rencontré Jane et Gerald Fitzpatrick d'innombrables fois. J'allais chez eux presque toutes les semaines pour mon rendez-vous hebdomadaire avec les filles mais, mis à part le dîner au cours duquel nous leur avions annoncé la nouvelle, c'était la première fois que j'étais là en tant que compagne de leur fils aîné et non en tant que l'amie timide et polie de leur fille.

Je compris à leurs sourires courtois et leur malaise qu'ils savaient que ce n'était pas un mariage d'amour. Jane me regardait d'un air presque désolé, et Gerald n'arrêtait pas de vérifier que j'étais bien là, comme s'il était persuadé que j'allais déguerpir dès qu'ils auraient le dos tourné.

Mes parents furent éblouis par le luxe dans lequel vivaient les Fitzpatrick. Papa bavait sur le garage renfermant quinze voitures de luxe, et j'étais presque certaine que maman voulait faire l'amour au carrelage de la cuisine. Ils furent tous les deux émerveillés par la serre à papillons que Gerald avait construite pour sa femme, certainement pour lui rappeler qu'elle était prise au piège de ce mariage pour toujours.

La conversation entre les familles était guindée. Gerald, mon père et Cillian étaient presque les seuls à parler, remplissant le silence gênant de sujets prudents, comme les Boston Celtics, la street-food et les athlètes de légende. Je triturai la nourriture dans mon assiette, répondant de temps à autre à une question qui m'était adressée.

Que Cillian m'ignore quand il ne m'appartenait pas avait déjà été dévastateur. Mais qu'il m'ignore alors que j'étais devenue sa femme s'annonçait destructeur.

Au cours de ces dernières semaines, j'avais été dorlotée au-delà de tout ce que j'aurais pu imaginer. Une styliste était venue chez moi avec trois garde-robes complètes. J'avais reçu un nombre obscène de bagues de fiançailles, j'emménageais dans un appartement flambant neuf, et mes problèmes avec Paxton ainsi que mes dettes avaient été réglés. Mais rien – à part le fait de ne plus avoir Byrne et Kaminski sur le dos – ne valait la peine de sacrifier ma liberté à un homme qui ne voulait pas de moi. Tout ce qui l'intéressait, c'était mon utérus et ma capacité à élever des enfants.

À la fin du dîner, après avoir remercié nos invités, Cillian me conduisit jusqu'à son Aston Martin, une main posée en bas de mon dos, l'autre ouvrant la portière, tandis que tout le monde se tenait sur le seuil de la maison en nous saluant de la main. Il était l'incarnation du parfait gentleman.

Pendant le trajet, je gardai le silence. Je n'étais pas certaine de savoir ce qui m'énervait le plus – le fait qu'il se comportait comme si ce mariage lui importait devant les caméras et nos familles, ou le fait que je sois assez stupide pour y croire.

C'était certainement la deuxième option.

— Le mariage s'est bien passé, fit Kill, les yeux rivés sur la route alors que la voiture traversait les rues bucoliques de Back Bay.

Le gel du soir me mordait la peau et le temps radieux du matin avait laissé place à une sinistre obscurité.

Un frisson me parcourut l'échine. Cillian était mon Hadès, et j'étais venue à lui de mon plein gré.

— Contente que tu le penses.

Je regardai par la fenêtre, les bras croisés. Je cherchai un nuage dans le ciel, voulant à tout prix revoir ma tante Tilda, mais je ne vis qu'une couverture uniforme de velours noir.

— L'appartement te convient ?

— Ce soir sera ma première nuit là-bas, répondis-je sèchement. Je suis sûre que je vais adorer.

Pourquoi ne l'aimerais-je pas ? C'était l'immeuble le plus sélect de Boston. Avec les prestations d'un hôtel cinq étoiles, une cuisine de grand chef, de l'électroménager Sub-Zero, le chauffage au sol et des meubles importés d'Italie.

Mais… je m'en fichais royalement.

De tout.

J'étais même plutôt déprimée de ne pas pouvoir rester chez Belle, où je sentais sa présence chaque matin quand elle se mettait au lit. Où nous partagions des conversations, des moments de bonheur et où je passais mes week-ends à cuisiner dans la toute petite kitchenette avec un verre de vin.

Tout me déplaisait dans cette conversation avec mon époux.

Notre politesse glaciale.

Notre absence d'intimité.

Le fait de connaître la texture de ses lèvres.

— Pourquoi as-tu demandé à l'orchestre de jouer *L'Arrivée de la reine de Saba* ? Pourquoi pas la *Marche nuptiale* ? demandai-je de but en blanc.

— Je n'aime pas Wagner.

— Parce que le reste de l'humanité l'apprécie ? dis-je, pince-sans-rire.

— Non, parce que c'était un nazi, répondit-il simplement.

Je le regardai du coin de l'œil, surprise.

— Intéressant.

— Pas particulièrement. Tu ferais mieux d'élargir ton champ d'intérêts.

Me tournant complètement vers lui, je souris.

— Donc, logiquement, tu ne consommes pas non plus de produit issu d'une marque liée de près ou de loin à une idéologie raciste. Je suppose donc que tu ne conduis pas de Ford, tu ne portes pas de Hugo Boss, et tu n'as aucun produit Kodak ?

— Je conduis une Aston Martin, porte du Kiton et du Brioni, et non, je n'utilise pas de Kodak.

— Attention, mon petit mari, ou je vais commencer à croire que tu as une âme.

— Personne n'a d'âme. Ce que j'ai, ce sont quelques neurones en état de marche et des principes approximatifs.

— Personne n'a d'âme ? répétai-je, sidérée. Je sais que tu ne crois pas aux sentiments, ni en Dieu, mais tu ne crois pas non plus aux *âmes* ?

— Toi, si ?

Il prit un virage vers notre quartier. Nous ne vivions qu'à quelques rues l'un de l'autre.

— Bien sûr, dis-je, incrédule.

— Où est-elle, dans ce cas ? (Il avait les yeux toujours rivés sur la route.) Ton âme. Anatomiquement.

— Ce n'est pas parce qu'on ne voit pas une chose qu'elle n'existe pas. Regarde l'air, par exemple. Ou l'intelligence. Ou l'amour.

— Le fait que tu ramènes toutes les conversations à ça en dit beaucoup sur toi, tu sais.

— Il n'y a pas de faits, Cillian. Seulement des interprétations.

Ce fut à son tour de se tourner vers moi, l'air incrédule.

— Nietzsche, lâcha-t-il.

— J'ai épousé un nihiliste.

Je posai ma main sur le doux satin de ma robe. J'avais passé ces dernières semaines à lire tout Nietzsche et Heidegger comme si ma vie en dépendait.

— Il fallait bien que je fasse un tour dans ta petite tête, c'était la moindre des choses avant de dire oui.

— Je n'ai aucune morale. C'est tout l'intérêt d'être nihiliste.

Tu boycottes des entreprises et des personnes parce que, il y a très longtemps, elles ont défendu un concept que tu désapprouves. Tu incarnes le sens moral.

Évidemment, si je le lui faisais remarquer, on ne ferait que se disputer davantage. Il valait mieux le laisser découvrir par lui-même qu'il n'était pas le salaud qu'il pensait être.

Il tourna dans ma rue et se gara devant mon immeuble. Un portier était posté à l'entrée. Je posai ma main sur la poignée de la portière et pris une profonde inspiration avant de l'ouvrir.

— *Perséphone.*

Je tournai vivement la tête, les yeux braqués sur lui.

— Nous n'avons toujours pas discuté de la partie conception.

— Il n'y a rien à dire. Commence déjà par répondre à mes appels. Mieux – *appelle-moi* quand tu seras prêt à essayer. On peut être opérationnel rapidement et concevoir un bébé avant l'été.

Je voulais des enfants, de tout mon cœur. Petite, j'étais celle qui mettait ses poupées dans de petites poussettes en plastique pendant que sa sœur grimpait aux arbres et faisait du skate-board avec les garçons.

Tout ce que je voulais, c'était fonder une famille. Je voulais des bébés, des pyjamas à carreaux assortis, et des beaux sapins de Noël avec des décorations faites à la main.

— Quelles sont mes chances de te convaincre de passer par une FIV ? demanda Kill d'un ton professionnel.

— Inexistantes. Nous avons passé un marché.

— Bien. Je te ferai envoyer des tests d'ovulation. Appelle-moi quand ce sera le moment.

— Non.

— Je te demande pardon ?

Il tourna brusquement la tête vers moi. Avais-je enfin réussi à l'agacer ? Probablement pas. Mais, au moins, l'espace d'un instant, il ne ressemblait plus à l'homme froid et mort qu'il était.

Je haussai les épaules, le provoquant délibérément.

— Je ne veux pas faire de tests. Je préfère garder la surprise.

— Y a-t-il un intérêt à avoir des relations sexuelles si tu n'ovules pas ?

À sa décharge, il essayait. Il essayait de se cramponner de toutes ses forces au peu de calme qu'il lui restait. Mais j'avais bien l'intention de le faire craquer.

— Oui, répondis-je gaiement.

— Qui est ?

— J'aurai un orgasme.

Pour la première fois de ma vie, je vis *le* Cillian Fitzpatrick rougir. Je le jure. Même dans la faible lumière du réverbère, je vis son visage prendre une teinte que je ne lui avais jamais vue auparavant. Sa bouche s'étira.

— Les faveurs sexuelles ne faisaient pas partie de nos négociations.

— Alors colle-moi un procès.

J'ouvris la portière passager mais ne sortis pas, pas encore.

— Écoute, si tu ne veux vraiment pas me toucher, tant pis. Tu n'es pas *obligé* de coucher avec moi, Kill. Mais si tu veux que je te donne un enfant, tu devras en passer par-là. Une dernière chose…

Je me tournai vers lui. Je voyais bien que mon audace le prenait au dépourvu. Il pensait avoir épousé une version édulcorée de sa sœur. Et, dans une certaine mesure, j'étais cette personne – romantique, douce, toujours prête à aider. Mais je savais pertinemment que je devais me battre si je voulais gagner son respect, sa confiance et une place dans sa vie.

Il me dévisagea, faisant craquer ses doigts sous le volant.

— Tu embrasses comme un rottweiler affamé, mon cher époux.

Pas de réponse.

— Il faut vraiment que tu trouves le juste milieu entre lèvres et langue. Et tu utilises bien trop de salive.

Il se contenta de me dévisager, avec une ridicule indifférence.

Allez. Ressens quelque chose. N'importe quoi. De la colère ! De la fureur ! Du dégoût ! Je suis en train de t'insulter.

Je poussai un soupir.

— J'imagine que je peux t'apprendre.

— Sans façon.

— Mais tu…

— Oublie, Perséphone. Pour m'insulter, il faudrait d'abord que j'accorde de l'importance à ton opinion et, comme je l'ai dit il y a cinq minutes, je n'accorde d'importance à *rien*.

— Tu ne sais pas ce que tu perds.

— Personne ne s'en est jamais plaint.

— Bien sûr que non !

Je sortis de la voiture en lui claquant la portière au nez.

— Tu ne les paies pas pour qu'elles te fassent un entretien d'évaluation. Bonne nuit, mon petit mari.

Je tournai les talons et m'éloignai, sentant ses yeux me suivre jusqu'à la porte.

Je pénétrai dans ma nouvelle cage dorée, sachant pertinemment que, malgré toute sa beauté, elle n'en restait pas moins une cage.

11

Cillian

Les trois semaines suivant mon mariage furent remplies de « faillis ».

Je *faillis* appeler Perséphone quand l'envie d'aller satisfaire mes besoins primaires en Europe embrasa mon sang. Miraculeusement, je réussis à reprendre la situation en main – à pleine main, dans ma douche, m'astiquant comme un ado frénétique.

Je *faillis* aller directement chez elle quand je vis Sailor parader dans les bureaux avec son petit ventre rond pour apporter son déjeuner à Hunter ; celle qui avait eu l'allure d'un garçon maigrichon de six ans à qui on a resservi des choux de Bruxelles ressemblait désormais à une future maman.

Je *faillis* envoyer un SMS à ma femme quand je découvris dans une rubrique people, grâce à Devon, une photo d'elle prise par un paparazzi, où on la voyait se rendre à un cours de yoga avec sa sœur, vêtue d'un pantalon moulant et d'une brassière de sport.

Et ce matin, je *faillis* me servir d'elle comme lot de consolation quand j'arrivai au bureau pour découvrir un gigantesque panneau d'affichage – pile en face de ma fenêtre – représentant mon visage avec du faux sang coulant à la commissure de mes lèvres.

Le Méchant n° 1 va tuer les ours polaires
Et votre planète.

Foutu Andrew Arrowsmith.

Chaque fois que j'étais sur le point de céder, je me rappelais qu'elle avait délibérément essayé de m'énerver le soir de notre mariage, lorsque je l'avais déposée à son nouvel appartement.

Tout chez ma femme était pénible, compliqué, désagréable. Le pire était que, d'une façon ou d'une autre, cette petite créature docile avait réussi à me mettre en position de faiblesse.

Pour la mettre enceinte, il fallait que je la voie.

Ce que je n'avais aucune envie de faire.

La balle était dans mon camp, et je voulais l'envoyer à l'autre bout du monde, où je ne serais pas obligé de la côtoyer ou de l'entendre. Où je ne serais pas obligé de la *goûter.*

Je peinais à me rappeler pourquoi j'avais accepté de ne pas aller voir ailleurs.

J'étais plus surpris encore d'avoir tenu parole.

Toute excursion pour aller retrouver mes maîtresses étant exclue, je me noyais dans le travail tout en essayant de trouver des stratégies pour la mettre enceinte sans la toucher. Elle et moi avions des idées très différentes de ce en quoi le sexe devait consister, et je n'envisageais pas de la salir avec mes mains et mon esprit obscènes.

Mon téléphone sonna sur mon bureau.

— Devon, dis-je en appuyant sur le bouton du haut-parleur. Que me vaut ce déplaisir ?

— Je dirais que ça vient du fait que tu es un connard d'envergure internationale et que tu collectionnes les ennemis dans le monde entier comme si c'étaient des timbres.

— J'ai énervé quelqu'un, en conclus-je.

— Correct.

— Il va falloir préciser.

— Regarde par ta fenêtre.

— Déjà fait. Ce n'est pas mon plus beau portrait, mais je viens de réaffecter trois millions aux relations publiques et à la publicité pour racheter cet emplacement – et tous les autres en ville – afin de remplacer l'affiche par des pubs positives dès que le contrat d'Andrew sera terminé.

— Ce foutu panneau, ce n'est rien du tout. Ton vieux pote, Andrew Arrowsmith, a vu plus grand pour exprimer sa haine. Baisse les yeux.

Je m'approchai de la baie vitrée. Il y avait une manifestation devant l'immeuble de Royal Pipelines.

Non. Pas une manifestation. C'était le chaos total : des centaines d'activistes agitaient des drapeaux Green Living et brandissaient des pancartes *En grève pour le climat* et d'énormes affiches qui montraient la disparition des glaciers en Arctique.

Certains défilaient avec d'immenses photos de pingouins debout sur des icebergs en train de fondre, des ours polaires mourant de faim et dont on voyait les côtes, et divers animaux océaniques morts, couverts de pétrole.

Je pris une profonde inspiration. Je savais que mon pouls resterait sous contrôle. Comme toujours.

— Pourquoi n'étais-je pas au courant ?

— C'est une manifestation spontanée. Ils n'ont pas demandé l'autorisation à la police. Elle va être dispersée dans l'heure. J'ai déjà passé des appels.

— Et où est Arrowsmith ? demandai-je, les dents serrées.

— À l'hôtel de ville.

Le claquement sourd des chaussures de ville de Devon m'indiquait qu'il était en train de marcher d'un bon pas.

— Il dépose une plainte contre Royal Pipelines pour le forage exploratoire dans l'Arctique. Il veut faire fermer les plates-formes.

— Dois-je m'inquiéter ?

J'attrapai mon ordinateur portable, me préparant à descendre au quatrième étage – celui du service juridique – pour traquer les incompétents qui n'avaient pas anticipé cette attaque.

— Oui, et pas qu'un peu. La terre t'appartient, mais Andrew suggère des amendements de lois internationales, avoua Devon. Quel est ton plan ?

— Lui faire perdre sa chemise en prolongeant le procès jusqu'à ce que Green Living ne puisse plus se payer une seule laitue, répondis-je aussitôt.

— Cela te fera gagner du temps, mais ça ne l'arrêtera pas, dit Devon, pensif. Je suis en chemin. Retrouve-moi au quatrième.

Je sortis de mon bureau en trombe, passant devant une Casey désespérée qui s'agitait sur ses talons, essayant de me suivre pour savoir ce que je voulais pour le déjeuner.

La tête d'Andrew sur un plateau.

— Kill ? demanda Devon à l'autre bout de la ligne alors que j'appelais l'ascenseur. C'est sacrément bien joué de la part d'Arrowsmith. Il va peut-être falloir que nous négociions.

— Je ne négocie pas avec les terroristes.

Et puis, je savais qu'Andrew n'en avait rien à faire des ours ou des renards polaires. Au contraire, il devait savoir que forer dans l'Arctique n'était pas aussi moche et controversé que la fracturation hydraulique, méthode de prédilection de Royal Pipelines jusqu'à mon arrivée.

Il en avait après les Fitzpatrick.

Après moi, en particulier.

Malheureusement pour lui, j'avais deux règles :

1. Je ne reculais jamais devant une bonne guerre.
2. J'en sortais toujours victorieux.

Après une réunion urgente qui dura jusqu'en fin d'après-midi, je repris l'ascenseur pour l'étage de la direction.

Devon et toute mon équipe juridique m'avaient conseillé de gagner du temps, de garder le silence, puis de faire une déclaration dans quelques semaines pour indiquer que Royal Pipelines cesserait son exploration des eaux arctiques pour cause de quantités insuffisantes de pétrole.

En d'autres termes, on me demandait de battre en retraite et d'agiter le drapeau blanc en prétextant qu'entrer en guerre n'était pas bon pour mon cholestérol plutôt que d'admettre que j'avais peur de perdre contre Andrew Arrowsmith.

Ils ne savaient pas que je ne perdais *jamais*.

Je n'étais pas agacé ni serein, mais je n'étais clairement pas d'humeur charitable. Ce n'était pas parce que je n'éprouvais rien que je ne pouvais pas avoir mauvais caractère. Andrew essayait de m'entuber, et je n'appréciais pas sa façon de faire.

Je passai devant le bureau en verre de Hunter, marquant une pause quand je vis qu'il avait de la compagnie.

Sailor était assise sur son bureau, à côté de son écran d'ordinateur, et riait, la tête renversée en arrière. Emmabelle était là aussi : elle portait des talons dignes d'une drag-queen et une jupe rouge en cuir. Elle fréquentait certainement les mêmes boutiques que Mlle Brandt.

Et il y avait mon *épouse*.

Perséphone arborait une robe de créateur en mousseline noire brodée d'étoiles argentées. Assise au bord du bureau de Hunter, elle balançait ses pieds chaussés d'une paire de bottes Gucci neuves, une sucette à la bouche.

Elle se mouvait comme une sirène sortant des eaux. Puissante, radieuse, heureuse. Elle avait pris quelques kilos depuis notre mariage : ses nouvelles courbes auraient fait saliver le pape.

Ma femme était rayonnante, contente et magnifique.

Et cela me donnait envie de *l'étrangler.*

Elle profitait de la vie tandis que je payais l'addition. Nouvel appartement, nouvelle garde-robe, personnel de ménage, service de restauration, plus toute une armée d'assistants attendant qu'elle claque des doigts pour leur dire quoi faire. Et elle n'avait pas encore rempli sa part du contrat.

J'avais fait une mauvaise opération mais, s'il y avait bien une chose que je n'étais pas, c'était un mauvais homme d'affaires.

Lissant mon gilet d'une main, j'ouvris la porte du bureau de Hunter sans frapper.

— Salut, frérot, dit-il, tout sourires, en levant les yeux du téléphone sur lequel il était en train de montrer quelque chose aux filles. Quoi de neuf ? T'as la tête du mec qui vient de voir qu'on a pissé dans sa soupe.

Ignorant sa remarque, je me dirigeai vers Perséphone, qui s'était raidie dès que j'étais entré dans le bureau. Je me penchai pour l'embrasser sur la joue, regardant son teint de porcelaine prendre une couleur rosée.

— Kill, dit-elle, étrangement surprise de tomber sur moi sur mon *propre* lieu de travail.

S'attendait-elle à ce que je tienne mes réunions au Chuck E. Cheese's du coin ?

— Comment vas-tu ? demandai-je froidement.

— Super.

J'imagine, trésor.

— Je peux te parler ?

Elle regarda autour de nous, hésitante, comme si j'allais me jeter sur elle. Nous savions tous les deux que nous avions le problème inverse.

— La phase de lune de miel est terminée ? demanda Sailor en haussant un sourcil. Oh ! c'est vrai, Kill n'a pas emmené Persy en lune de miel.

— Ne me force pas à enlever mes boucles d'oreilles, menaça Belle en avançant vers moi, les bras croisés. Kill va se faire « killer » s'il embête ma petite sœur. Je le lui ai déjà dit.

Tout à fait. Emmabelle m'avait rendu visite, peu après l'annonce de mes fiançailles avec sa sœur. Je souffrais encore des dix minutes pendant lesquelles j'avais dû écouter ses élucubrations.

D'abord, elle s'était proposée comme fiancée si je laissais sa sœur tranquille. C'était évidemment un test, pour voir si je voulais précisément Perséphone, ou n'importe quelle femme avec un utérus et en bonne santé. Quand j'avais dit à Emmabelle que mon désir de la toucher rivalisait avec celui de marcher pieds nus sur tous les Lego d'Amérique du Nord, elle avait tenté de m'intimider et contracté son biceps inexistant, menaçant de s'en prendre physiquement à moi.

Je l'avais regardée avec impatience pendant tout son discours, puis l'avais renvoyée d'où elle venait.

J'avais beau ne pas aimer mes deux belles-sœurs, elles semblaient totalement ignorer ce qu'il se passait dans mon mariage, et c'était une bonne nouvelle. Cela voulait dire que Perséphone avait gardé sa langue. Bien sûr, Hunter, Sam et Devon étaient dans le secret – je l'avais dit haut et fort devant eux à la soirée poker – mais ils étaient mes alliés.

Ma femme sauta du bureau de Hunter, remettant la sucette rouge dans sa bouche.

— OK, mon petit mari. Fais ça vite.

Je la conduisis jusqu'à mon bureau, puis continuai jusqu'à la salle de bains privée où les murs n'étaient pas en verre et où personne ne pourrait nous voir.

Je fermai la porte derrière nous et transperçai mon épouse du regard.

— Qu'est-ce que tu fais ici ?

— Je déjeune avec mes amis.

Elle retira la sucette de sa bouche avec un « pop ». Une odeur de pastèque emplit l'air, stimulant ma verge.

— Tu passes une bonne journée ? demanda-t-elle.

— Pas spécialement.

— Oui, j'ai vu les infos sur la manifestation.

Elle plissa son petit nez – j'espérais sincèrement que mes enfants en hériteraient.

— Ce n'est pas ton meilleur profil, surtout sur ce genre de panneau.

Je la regardai, ne sachant pas trop pourquoi je l'avais fait venir ici. Je n'avais rien à lui dire. Pourtant, le besoin de monopoliser son temps brûlait en moi. C'était *moi* qui méritais son attention.

Moi qui l'avais tirée d'affaire.

Moi qui payais son nouveau style de vie luxueux.

Moi avec qui elle aurait dû passer du temps.

Tu ne veux rien de tout ça, gros débile.

— Ce que tu fais en Arctique est…

Elle posa une main sur sa poitrine.

— Horrible ? complété-je pour elle avec un sourire narquois.

— Monstrueux.

— Dois-je me préparer à un torrent de larmes ?

— Tu trouverais le moyen de le polluer aussi.

— Un peu de loyauté ne te ferait pas de mal, Fille aux Fleurs. Je suis ton époux. Même si ça ne veut pas dire grand-chose, puisque tu as divorcé du précédent sans son consentement.

Je m'appuyai contre le mur en granit, les chevilles croisées.

Elle écarquilla les yeux.

— Tu plaisantes ? Tu compares mon divorce avec mon mari fuyard à ce que tu fais ?

Le feu que j'avais vu dans ses yeux quand nous avions négocié les termes du contrat embrasa ses pupilles, transformant ma demi-molle en véritable érection.

— Tu détruis la planète dans un but lucratif. La Terre n'est pas ta décharge. Sans oublier que tu menaces d'extinction des espèces entières. Ours polaires et pingouins, par exemple.

— Je suis navré que tu le prennes comme ça, dis-je machinalement.

Une réponse répétée face à un discours entendu maintes et maintes fois.

— Non, tu ne l'es pas.

— C'est vrai. Je ne suis pas désolé, du tout. On ne fait pas marcher les voitures avec des sourires et des bons sentiments.

— Mais on peut les faire fonctionner à l'électricité grâce à Elon Musk, répliqua-t-elle avec douceur.

— Je sais que les femmes apprécient particulièrement les outils fonctionnant à piles, mais ce n'est jamais aussi bien que l'original.

Elle s'étrangla sur sa sucette. Je me demandai si elle faisait une fixation orale. D'abord le cigare, et maintenant ça. C'était difficile de se concentrer alors que ses lèvres roses étaient enroulées autour de quelque chose. Surtout quand ce n'était pas mon sexe.

J'aurais pu lui dire la vérité. Que l'Arctique n'était pas un projet sur le long terme. Que j'avais un plan environnemental pour mettre la main sur du gaz naturel plus écologique. Une invention futuriste du XXIIe siècle en cours de développement. Mais cela ne me dérangeait pas de passer pour l'homme responsable de la destruction du monde.

— Quelle est la véritable raison de ta présence ici, Perséphone ?

Je m'écartai du mur pour avancer vers elle, ne m'arrêtant qu'une fois tout contre son corps. Si les émotions étaient pour moi un handicap, mettre ma femme enceinte était en revanche une vocation.

Plus vite ce serait fait, plus vite nous pourrions cesser toute communication.

Sa gorge délicate tressauta lorsqu'elle avala sa salive. Elle était plaquée contre le mur, prise au piège, tel un animal. Elle se lécha les lèvres, ses yeux bleus se posant sur ma bouche.

— Le déjeuner.

Elle s'en tenait à sa version.

— Pour quelle autre raison serais-je venue ?

Je posai mon bras au-dessus de sa tête, l'emprisonnant, et mes yeux plongèrent dans les siens. Je faisais quelques bons centimètres de plus qu'elle, même avec ses nouvelles chaussures à talons.

— Je pense que tu es ici parce que tu me dois quelque chose.

— Je te donne tout ce pour quoi j'ai signé. J'habite l'appartement que tu m'as choisi et je suis disponible pour toi. Pourtant, il me semble que tu n'as pas daigné décrocher ton téléphone pour demander à consommer notre mariage.

Elle arqua un sourcil fin et délicat. Cela ne me dérangerait pas non plus que nos enfants en héritent.

En réalité, je serais ravi qu'ils prennent tout d'elle. Tout, à part ce cœur saignant.

Et cela montrait toute l'estime que j'avais pour moi-même.

— Je ne supplie pas, dis-je.

— Personne ne t'a demandé de le faire. Mais si tu veux venir dans mon lit, tu vas devoir respecter les conditions négociées. Ça ne me paraît pas si compliqué.

Elle n'avait pas tort, et cela m'inquiétait parce que d'ordinaire c'était moi la personne pragmatique de la conversation. De *toute* conversation.

— Tu es là maintenant, fis-je remarquer.

Je n'étais pas d'humeur à baiser, mais j'imaginais qu'il faudrait bien le faire à un moment donné.

Elle sourit, la sucette à la bouche, ses lèvres pleines douloureusement désirables.

— Nous n'allons pas nous envoyer en l'air dans tes toilettes. J'ai plus d'amour-propre que ça.

— Tu en es sûre ? demandai-je, mi-sardonique, mi-optimiste. Jusqu'à présent, tu t'es comportée comme une vulgaire épouse de catalogue. Écarter les cuisses contre ce lavabo serait tout à fait cohérent avec ton comportement jusqu'ici.

Elle rit.

Elle éclata de rire.

Puis, ma femme ramena ses cheveux sur son épaule et tourna les talons.

— Bye-bye, petit mari.

Elle regagna la porte en roulant des hanches, toute de feu, de sucre et de tentation. Elle savait exactement ce qu'elle faisait, et elle le faisait bien. Et toute trace de docilité ou de naïveté avait disparu.

Nullement habitué à voir les femmes partir avant que je les y convie, je la regardai faire avec fascination et agacement. Je n'avais jamais eu besoin de réfléchir au moyen de faire rester quelqu'un. Habituellement, mon statut, mon pouvoir et mon gros portefeuille le faisaient pour moi.

La regarder partir me donna la sensation qu'on m'avait dérobé quelque chose.

— Perséphone, aboyai-je.

Elle s'arrêta.

— Retourne-toi.

— Non.

— Ne me force pas à te donner une leçon.

— Pourquoi ? demanda-t-elle vivement. Je suis bonne élève. Même si je crois que, aujourd'hui, c'est moi qui t'enseigne une précieuse leçon. Si tu veux que je reste, il va falloir me le demander gentiment, pas me donner des ordres.

Mes instincts m'intimèrent de l'ignorer. De la remettre à sa place. Mais ça aurait été une réaction émotionnelle, et je ne faisais pas dans les sentiments. Le Cillian normal – le Cillian *sain* – lui donnerait satisfaction seulement pour obtenir ce qu'il voulait puis il la renverrait.

Me disputer avec elle ne me rapprocherait pas de mon objectif. Ni de l'obtention d'un héritier.

Ravalant un juron indécent que j'étais incapable de prononcer – j'avais même du mal à croire que je le *pensais* – je pris une profonde respiration.

— Retourne-toi *s'il te plaît*.

Elle s'exécuta, lentement.

Et pour la première fois, je compris à quel point il était terrible d'être à la merci d'un autre. L'humilité de ma situation me donna presque la nausée.

Mets-la en cloque et débarrasse-toi d'elle. C'est toi qui riras quand elle changera des couches et élèvera tes futurs héritiers pendant que tu t'amuseras avec une belle Française.

— Veux-tu dîner avec moi ? crachai-je.

— Oui.

Son sourire avait la chaleur du soleil, plein de promesses.

— Ce soir, ça te va ? demanda-t-elle.

— Très bien.

— Je pourrais nous préparer à manger ?

Non, parce que ce sera certainement dégueulasse.

Mais c'était le genre de pensée que je devais filtrer, au moins jusqu'à ce que j'aie atteint mon objectif. J'avais beaucoup à apprendre pour ne pas être insupportable.

— J'ai un chef privé. Nous pouvons passer commande.

Elle secoua la tête.

— Rien ne vaut un repas fait maison.

— Où crois-tu que le chef cuisine ? Pas dans les toilettes, dis-je sèchement.

J'avais encore du chemin à faire, oui..

Elle éclata de rire.

— Ton chef ne cuisine pas avec le cœur.

— Heureusement, ce ne serait pas hygiénique. Tu as des préférences ?

Elle baissa les yeux vers mon entrejambe, et la chaleur monta le long de ma colonne vertébrale. C'était le manque. Je n'avais pas l'habitude de dépendre de la disponibilité de ma partenaire.

Était-ce ce qu'on ressentait en étant monogame ? Pas étonnant que le nombre de divorces en Occident atteigne des sommets.

— Ne t'inquiète pas et laisse-moi cuisiner. J'ai une seule requête.

Cette femme avait toujours des requêtes.

Mais, bien que j'eusse envie de regretter de l'avoir épousée et de ne pas m'en être tenu au plan Minka Gomes, je devais admettre que Perséphone était un aphrodisiaque auquel mon penchant charnel ne pouvait résister.

Sa beauté mordante, son esprit vif et sa personnalité chaleureuse lui conféraient un éclat royal. Comme les perles rares, je la voulais pour moi seul, juste pour la posséder.

Je la regardai, glissant mes mains dans mes poches.

— Eh bien ?

— Je veux que ce soit chez toi.

— D'accord.

Je n'étais pas sentimental. La mettre dans mon lit ne me pousserait pas à associer ledit lit avec elle.

Si elle pensait que cette ruse me forcerait à avoir des sentiments pour elle, elle se fourrait le doigt dans l'œil.

— On se voit à 19 heures.

Elle se retourna, me laissant avec mon érection, ma mauvaise humeur et la sensation que je venais de faire une erreur stratégique.

Il fallait que je fasse sortir mon épouse de ma vie avant qu'elle s'immisce en moi.

12

Perséphone

Problème n° 1 : je ne savais pas cuisiner.

Problème n° 1 bis : j'espérais que préparer un repas maison (qui aurait certainement un goût de naphtaline) à Kill changerait la situation.

Mon troisième problème, le plus pressant, requerrait toute mon attention à cet instant : j'étais presque sûre d'être en train de mettre le feu à la cuisine de mon mari.

Peut-être était-ce le karma qui me punissait de ne pas jouer à la loyale.

Quand il était devenu évident que *mon cher époux* ne ferait pas le premier pas, j'avais décidé de passer à son bureau pour lui arracher un dîner.

Je voulais à tout prix nouer un lien avec lui tandis qu'il était déterminé à protéger ma vertu. En fait, c'était comme être en couple avec un vieux riche impuissant : j'avais tous les avantages, mais pas le sexe.

Le problème, c'était que je *voulais* le sexe. Les chaussures, c'était bien beau, mais pas au point d'avoir envie de susurrer leur nom.

J'avais demandé que ce soit chez lui parce que je voulais investir son espace, faire tomber ses murs et m'inviter dans sa vie. Être mariée à un homme qui ne voulait pas de moi – qui cherchait même activement à se *débarrasser* de moi – était comme nager à contre-courant. J'étais épuisée mais déterminée. Parce que l'échec était synonyme de chagrin d'amour. Et parce que Cillian avait beau essayer de prouver le contraire à tout le monde, j'étais persuadée qu'au fond (vraiment *tout* au fond, aussi profond que les puits qu'il forait), cette chose dans sa poitrine était bien vivante. Enfermée, enchaînée, sous sédatifs, mais bien vivante.

— Put… qu'est-ce que c'est que cette odeur ?

Petar entra en courant dans la cuisine, attrapa un torchon sur le plan de travail et l'agita pour dissiper la fumée.

Bien que nous nous soyons mis d'accord pour nous retrouver à 19 heures, Kill n'était pas là quand j'étais arrivée. Petar, son intendant, m'avait dit qu'il était en train de nager, faisant son sport quotidien, et qu'il me rejoindrait sous peu.

J'avais beau m'enorgueillir de ne pas avoir mauvais caractère, je dus maîtriser mon agacement.

— J'essaie de faire du poulet au citron et du risotto, dis-je en m'écartant de la casserole sifflante devant moi. J'imagine que tout le problème c'est justement que *j'essaie*.

Petar s'empressa d'éteindre la cuisinière. Il retira la casserole grésillante de la plaque de cuisson et la jeta dans l'évier avant d'ouvrir le robinet. De la fumée noire s'éleva jusqu'au plafond, déclenchant l'alarme incendie de la gigantesque cuisine.

Le son strident me perça les tympans, faisant trembler les murs de la maison. Petar éteignit le four, puis ouvrit toutes les fenêtres et les portes menant au jardin. Je me confondis en excuses quand il finit par maîtriser le départ de feu.

— Rappelez-moi pourquoi vous avez insisté pour préparer le dîner ?

Petar agitait le torchon dans les airs, essayant de dissiper la fumée.

Expliquer que je me retrouvais à déblatérer des choses ridicules chaque fois que j'étais en présence de son patron n'était pas une réponse acceptable. Je choisis donc une autre voie.

— Je voulais concocter une soirée spéciale.

— Ça oui, c'est spécial, pouffa-t-il en sortant son téléphone de sa poche arrière. Je vais appeler le réparateur et lui demander s'il peut venir s'occuper de la cuisine dès ce soir en échange de quelques billets en plus, fit-il en parcourant ses contacts. Mais je dois vous avertir que le patron ne va pas être content.

— Pourquoi ne serais-je pas content ?

Une voix glaçante retentit dans mon dos. Je me retournai en retenant mon souffle. Mon époux se tenait dans l'embrasement de la porte, à quelques centimètres à peine de moi. Sortant tout juste de la douche, il était fraîchement rasé et ses cheveux couleur chocolat noir étaient mouillés et ébouriffés. Son T-shirt blanc et son pantalon tout simples suivaient les lignes de son corps comme des groupies, et ses biceps et ses avant-bras étaient rougis, tendus par sa séance de sport.

L'anneau d'or brillant à son doigt, qu'il n'avait pas retiré depuis notre mariage, attrapa la lumière, me rappelant que légalement, au moins, il m'appartenait.

— J'ai brûlé ta cuisine, dis-je en dressant le menton.

Mieux valait ne pas mâcher mes mots. Et puis, l'énorme tache noire au plafond, juste au-dessus de la cuisinière, était visible depuis l'Afrique. Il était fort probable que je n'aie pas besoin de le lui faire remarquer.

Il étudia la tache, puis ses yeux froids se plantèrent dans les miens.

— Intentionnellement ?

— Non.

— Tu es blessée ?

La question me prit au dépourvu. Je sentis mes sourcils se froncer.

— Non.

Kill huma l'air. Il avait la capacité exaspérante de faire les choses les plus banales de manière très érotique. Sans me quitter des yeux, il leva le bras pour faire un signe brusque à Petar.

— Dehors.

— Bien, monsieur.

Petar détala, fermant la porte derrière lui. L'alarme incendie se tut, et le froid de la brise du soir remplaça la fumée étouffante.

Mon mari s'avança vers moi ; aussitôt, sa proximité déclencha un frisson de plaisir sur ma peau. Je portais une tenue sexy ce soir : une robe plissée, couleur champagne, qui couvrait à peine mes cuisses, et une paire de Louboutin – une des treize nouvelles paires de chaussures offertes par mon époux.

Il m'attrapa le menton et me releva la tête, ses yeux plantés dans les miens.

— Qu'est-ce qui était au menu ?

— Poulet au citron et risotto.

— Qu'est-ce qui t'est passé par la tête ?

Rien. Je voulais t'impressionner.

— Peut-être que je voulais t'empoisonner, dis-je avec défiance.

— La seule personne que tu es capable d'empoisonner, c'est toi-même, comme tu l'as si bien démontré il y a quelques années. Mais même à ce moment-là, tu avais bâclé le travail.

— Eh ! je m'en sortais très bien. Ce n'est pas ma faute si tu m'as sauvée.

— Je le regrette encore.

Il me poussa gentiment, taquin. Je fis un pas en arrière sans quitter son regard.

— Voilà la situation : tu t'es essayée à la cuisine, et tu t'es plantée. J'ai une partie de poker dans deux heures. Ce qui veut dire que nous allons devoir sauter l'entrée et passer directement au plat de résistance.

— Tu as prévu une partie de poker ce soir ?

Mes yeux s'écarquillèrent de surprise.

Il fit un autre pas en avant et je reculai instinctivement. Il m'acculait. Me prenait au piège de ses filets alors que j'essayais désespérément de me concentrer.

— Tu pensais qu'on allait regarder *Quand Harry rencontre Sally* en se nichant sous des plaids, c'est ça, Fille aux Fleurs ? demanda-t-il avec une moue moqueuse.

Je voulais lui dire d'aller au diable mais, lorsque j'ouvris la bouche, le bas de mon dos heurta l'îlot central de la cuisine. Kill m'attrapa par la taille, me souleva et me posa sur le comptoir en marbre. La surface froide entra en contact avec l'arrière de mes cuisses et je retins mon souffle, attendant qu'il m'embrasse, qu'il me touche, qu'il fasse quelque chose de fou, de vrai, de spontané, comme à notre mariage.

Au lieu de cela, il sortit un petit paquet de sa poche arrière et le déchira.

Je fronçai les sourcils.

— Un préservatif ?

Il fit « tsss ».

— Du lubrifiant. Comme je te l'ai déjà dit, m'assurer que tu prends du plaisir ne fait pas partie du job.

— Je ne suis pas une putain, dis-je en le repoussant.

— *Travailleuse du sexe*. Fais-moi confiance, personne ne te prend pour l'une d'elles. Si tu étais une escort-girl, je t'aurais déjà retournée et serais en train de te prendre à l'heure qu'il est.

Mon visage s'enflamma.

— Tu fais jouir les amantes que tu paies ?

— Immanquablement.

— Pourquoi ?

— Parce que c'est ce qu'il convient de faire. Et parce qu'il n'y a absolument aucune chance que je m'attache à elles et vice versa. Il n'est pas trop tard pour la FIV, Perséphone. Fais ce qu'il faut et laisse le sexe pervers aux maîtresses. Tu vaux mieux que ça.

Son ton sec et le paquet de lubrifiant qu'il tenait entre ses doigts me firent comprendre qu'il avait tout prévu depuis le début.

Il m'avait attirée ici, m'avait fait attendre pendant que je préparais le dîner, puis avait dégainé le lubrifiant pour m'humilier. Il voulait m'énerver comme je l'avais énervé lors de notre dernière discussion à son bureau. Me déstabiliser pour que l'idée de coucher avec lui me dégoûte.

Cillian voulait que j'abandonne toute idée d'une relation sexuelle entre nous et que j'accepte de recourir à la FIV.

Je devinai la raison pour laquelle il ne voulait pas me toucher.

J'étais trop bien.

Pas une maîtresse.

Pas une call-girl.

Une étincelle d'espoir s'alluma dans ma poitrine. J'étais déterminée à le battre à son propre jeu, même s'il changeait les règles si souvent que la tête me tournait.

— D'accord, dis-je en haussant les épaules, faisant de mon mieux pour paraître calme. Tu as gagné.

Il hocha la tête et recula.

— Je connais un excellent expert en fertilité. Le Dr Waxman. Je vais faire en sorte de…

— Non. Je voulais dire que je suis d'accord pour le lubrifiant. Donne-le-moi.

J'ouvris la main, tendant le bras vers lui. Il marqua une pause, scrutant mon visage comme si c'était un test.

Comme il ne bougeait pas, j'agitai les doigts.

— Allez.

— Tu ne jouiras pas, siffla-t-il.

Je levai les yeux au ciel, me dandinant pour enlever ma culotte.

— Laisse-moi te dire un petit secret, Kill : nous, les femmes, on ne jouit pas souvent.

— Tu es têtue.

— Toi aussi. Tu vas aller jusqu'où dans ton délire ?

— Plus loin que toi. Je ne perds jamais, Fille aux Fleurs.

— Il y a une première à tout.

— Pas avec moi.

— J'imagine que seul le temps le dira. Donne-moi le lubrifiant, répétai-je. Les règles sont les règles, et nous avions un accord.

À contrecœur, il déposa le lubrifiant dans la paume de ma main. J'en déposai sur mes doigts et appliquai la substance humide et froide en moi, retenant mon souffle face à cette intrusion soudaine. J'eus la gorge nouée en songeant que cela faisait des années que j'avais secrètement rêvé de ce moment qui s'annonçait à présent comme un examen gynécologique, froid et médical – *quelle idiote*.

J'écartai les cuisses, laissant ma robe remonter sur mes cuisses, m'exposant à lui. Mon mari regarda furtivement entre mes jambes et sa gorge tressauta. Il détourna les yeux, le rouge lui montant aux joues.

Cette créature inébranlable et indifférente prétendait être incapable de ressentir quoi que ce soit, mais il éprouvait bel et bien quelque chose à cet instant – de la gêne. De l'excitation. De l'effroi.

Il avança, s'installant entre mes cuisses, encore entièrement vêtu. L'air crépita entre nous, et les poils de mes bras se dressèrent d'excitation.

Je me penchai en arrière, m'appuyant sur mes avant-bras, et me mordis la lèvre, excitée malgré moi. Il baissa son pantalon de jogging, les yeux rivés sur un point invisible derrière ma tête, déterminé à ne pas être présent pendant l'acte. Il refusait de me toucher ou de me regarder. Lorsqu'il libéra son sexe de son boxer, il bandait comme un taureau, une perle brillante au bout du gland.

Au moins, je savais que notre problème n'était pas l'attirance physique.

Il se positionna à l'entrée de mon vagin avec une expression grimaçante, pareille à celle d'un homme dans le couloir de la mort, puis il me pénétra d'un seul coup de reins, s'enfonçant tout entier en moi. Ses yeux se révulsèrent et il renversa la tête vers le plafond alors qu'il réprimait un sifflement.

Je n'étais pas seulement mouillée – j'étais *trempée*. Mon intimité était chaude et accueillante, vibrante de désir. Je posai mes mains sur ses joues, inclinant son visage vers moi pour qu'il me regarde. Ses narines se dilatèrent, ses lèvres s'amincirent. Il resta immobile. Nous savions tous les deux que c'était trop bon. Trop parfait. Nous nous emboîtions complètement, et je peinais à garder le contrôle alors que tous les muscles de mon corps tremblaient, menaçant de céder au plaisir intense qui me parcourait.

Je tendis la main dans mon dos pour tirer sur la ficelle qui retenait ma robe cache-cœur. Le tissu tomba, révélant mes seins lourds.

Cillian retint son souffle. Il reporta son attention sur le mur, se retira, puis me pénétra de nouveau.

Coup de reins.

Coup de reins.

Coup de reins.

Ses mouvements étaient mesurés, contrôlés, afin de lui permettre de se contenir. Il n'était pas là. Pas vraiment.

— Jolie cuisine, dis-je pour faire la conversation.

Je refusais de le laisser oublier que j'étais dans la pièce alors qu'il s'enfonçait en moi. Alors que mes muscles se crispaient autour de son sexe dur, le suppliant de m'en donner plus.

J'étais secouée de frissons.

— Tu l'as fait rénover récemment ?

Il grogna, fermant les yeux et me pénétrant avec plus de force. Je laissai échapper un gémissement. Je ne *voulais* pas y prendre de plaisir, tout comme j'étais quasi sûre que Cillian ne *voulait* pas stimuler mon point G. Nos deux souhaits furent balayés par nos corps, et je sentis mes cuisses frémir autour de sa taille. La chaleur et la douceur veloutée de sa verge me rendaient folle au point que j'en salivais.

Coup de reins.

Un autre gémissement m'échappa.

— C'est si bon, ronronnai-je.

Il me couvrit la bouche de la main, l'air affligé et dégoûté par notre union physique.

Coup de reins.

Je basculai la tête en arrière et fermai les yeux, sentant mes seins bouger au rythme de ses mouvements. Je détestais aimer ça. Je détestais savoir que j'allais totalement craquer. Mais je ne pouvais pas m'en vouloir. Cillian était mon fantasme, et le sentir en moi suffisait à embraser mon monde tout entier et à me propulser dans une autre galaxie.

Coup de reins.

— Kill.

Je léchai sa paume plaquée contre ma bouche, glissant ma langue entre ses doigts.

Il poussa un autre grognement exaspéré et accéléra le rythme. Il perdait son sang-froid, je le sentais. Il perdait le précieux contrôle auquel il tenait tant. Cette chose qui l'empêchait de mettre sa propre épouse dans son lit. J'attrapai sa main libre, la posai sur mon sein et saisis le poignet de son autre main, toujours plaquée sur ma bouche, léchant ses doigts un par un, comme la sucette que j'avais mangée plus tôt dans la journée, les aspirant tour à tour dans ma bouche.

Coup de reins.

Coup de reins.

Coup de reins.

L'orgasme prit naissance au fond de mon ventre, chaud et doux. Il ondula jusque dans mes jambes, dans ma poitrine et dans mes bras. Le désir revendiqua chaque centimètre carré de ma chair. Mes muscles se contractèrent. Puis Cillian laissa échapper un grognement puissant, m'attrapa l'arrière des cuisses et se mit à me pilonner si vite et si fort que je crus qu'il allait me détruire.

— Cillian ! m'écriai-je en m'agrippant au marbre.

Il me plaqua sur le plan de travail, souleva mes jambes pour les poser sur ses épaules et me pénétra plus rudement, plus profondément tandis que sa main posée sur mon sein remontait vers mon cou pour l'enserrer dans une prise brutale.

Enfin. Il perdait le contrôle.

Il m'assiégea telle une armée romaine, avec une brutalité qui me coupa le souffle, l'étau de sa main me meurtrissant le cou, sa haine envers nous deux incendiant mon âme.

Je sentis son sperme chaud pulser en moi et des ondulations violentes parcourir son corps musclé.

Sa tête retomba mollement, son visage niché contre son épaule, détourné de moi, comme une rose fanée sur sa tige. Je laissai ma tête tomber en arrière avec un rire d'ivresse.

Je l'avais fait.

Je l'avais poussé à ressentir quelque chose.

Au minimum du plaisir, mais aussi de la colère, de la frustration et de l'aversion.

Un souffle d'air froid balaya mon entrejambe. J'ouvris les yeux : mon mari n'était plus dans la cuisine.

Il était parti.

Hébétée, je me redressai et regardai autour de moi.

— Cillian ?

Mortifiée, je renouai ma robe, enfilai ma veste et ma culotte, et sortis de la cuisine en titubant pour partir à la recherche de mon époux.

Sa maison était immense, avec ses couloirs incurvés, ses dizaines de portes et son escalier imposant menant à l'étage. Ce n'était que la deuxième fois que je venais ; naturellement, je n'avais pas eu le droit à une visite en bonne et due forme.

Je repérai Petar près de l'entrée, en train de discuter avec un homme en pantalon beige et sweat à capuche bleu siglé du nom d'une entreprise de maintenance. Ils se dirigeaient vers la cuisine. Me sentant comme une voleuse, je montai l'escalier sur la pointe des pieds avant que Petar ne m'aperçoive. Le premier étage était aussi vaste et haut de plafond qu'une cathédrale. La maison de Cillian, tout comme celle de ses parents, tenait plus du luxe des temps anciens que des baraques modernes et kitchs de l'émission *Selling Sunset*.

Je parcourus les pièces une à une, entrouvrant chaque porte, jusqu'à arriver devant un double battant qui devait être l'entrée de sa chambre. Je posai ma main contre le chêne. Je ne voulais pas le déranger mais je refusais de partir sans avoir tiré tout cela au clair. Nous venions de coucher ensemble. Ce n'était pas rien.

— Kill ?

Pas de réponse.

— Tu vas bien ?

Je me dis que ce n'était peut-être pas le cas. Peut-être l'avais-je poussé trop loin, trop vite.

Peut-être que tu n'aurais pas dû rire comme une psychopathe.

Je poussai les portes et entrai dans la chambre. Elle était magnifique, avec son sol blanc cassé et ses murs beiges couverts de fantastiques œuvres d'art. Il y avait un immense lit, un coin lecture et un espace bureau avec une vue stratégique sur le jardin.

Je remarquai une autre porte fermée. La salle de bains. Je m'en approchai.

J'étais sur le point de frapper quand je l'entendis. Un martèlement. Un autre genre de coup. Rien à voir avec les bruits que nous avions faits dans la cuisine, quand nous étions tous deux en sueur, en colère et aux abois.

On aurait dit une tête qui se cognait en rythme contre le mur. Une respiration laborieuse me parvint par la fente sous la porte.

Pressant mon front contre un des deux battants, je fermai les yeux et pris une profonde inspiration.

— Je suis désolée d'avoir insisté, dis-je d'une voix rauque.

Et je l'étais. Mais j'étais aussi ravie d'avoir réussi à lui soutirer autre chose que de l'indifférence.

Je n'eus pas de réponse.

— Tu veux que j'aille te chercher un verre d'eau ? Que j'appelle Petar ?

Le « tap-tap-tap » cessa. Une seconde plus tard, sa voix s'éleva.

— Va-t'en.

— Je ne veux pas partir comme ça, dis-je en me tordant les doigts. Tes amis vont bientôt arriver, et je…

— VA-T'EN ! rugit-il, tel un animal.

Reculant d'un pas, j'observai la porte fermée. Cela faisait huit ans que je le connaissais, et jamais il n'avait élevé la voix contre personne. Pas une seule fois.

Il ouvrit grand les battants et sortit en trombe ; on aurait dit le diable en personne. Ses yeux étaient durs, sombres, et son rictus me fit frissonner. Il avait la lèvre explosée, en sang.

Puisqu'il ne me laissait pas le toucher – ni pour l'embrasser, ni pour l'enlacer – j'en déduisis que je n'en étais pas responsable.

Il s'était infligé ça lui-même.

Il s'était frappé.

Il avança vers moi d'un pas rapide. Je trébuchai, manquant de tomber deux fois à la renverse en essayant de lui échapper.

— Tu as eu ce que tu voulais. Maintenant tire-toi d'ici et ne reviens pas avant que je te le demande. Si tu ne dégages pas dans les cinq minutes, je considérerais que tu veux voir le vrai visage de ton époux et te faire baiser devant mes amis sur la table de poker, lentement, et toute la soirée.

Il s'arrêta quand je me retrouvai coincée, dos au mur. Nous étions si proches que je pouvais sentir sur nous l'odeur de sexe et de sperme. Cillian posa sa main autour de mon cou et serra. La peau de ma gorge, déjà irritée par son emprise pendant que nous baisions, m'élança.

— Tu penses que tu as échappé à un mariage malheureux en m'épousant, dit-il avec un rictus démoniaque. Tu n'as aucune idée de la vérité, Fille aux Fleurs. Je les paie parce que me baiser n'est pas un plaisir, c'est un travail. Maintenant – il se pencha vers moi – *cours.*

J'obéis.

Je fuis avant qu'il m'attrape et mette à exécution ses menaces.

Je dévalai l'escalier, descendant les marches deux par deux. Sur le chemin de la sortie, je percutai Petar et m'agrippai à sa chemise, les doigts tremblants, et à bout de souffle.

— Vous pouvez m'appeler un taxi ? S'il vous plaît ?

— Je vais chercher le chauffeur.

Il écarquilla les yeux, surpris et quelque peu troublé par mon état, et me fit rapidement passer la porte comme s'il craignait, lui aussi, que mon époux me rattrape.

Ce ne fut qu'une fois en sécurité dans l'Escalade, en route pour chez moi, que mon cœur ralentit et que mon esprit se remit en état de marche.

Mon mari cachait un terrible secret qui pourrait le détruire.

Une chose dont il avait honte.

Une faiblesse que j'avais presque dévoilée.

Et, ce soir, j'avais été à deux doigts de découvrir ce que c'était.

Je tournai et me retournai dans mon lit toute la nuit, passant par toutes les émotions possibles et imaginables. J'étais en colère, effrayée, morte d'inquiétude, et vindicative. Je détestais Cillian d'avoir agi comme il l'avait fait, mais je savais aussi que je jouais un rôle important dans tout ça. Il avait toujours été méchant et cynique avec moi, mais jamais cruel. Je l'avais poussé à bout et il s'était senti acculé.

Un animal blessé, sans autre choix que de fuir ou d'attaquer.

Un SMS illumina la chambre plongée dans le noir. Je tendis la main vers la table de nuit pour prendre mon téléphone. Mon cœur se serra quand je réalisai que je n'envisageais pas une seule seconde que ce puisse être lui.

Ton mari est un connard.

Je reconnaissais bien là le sens de la formule typique de Hunter. Je répondis :

Dis-moi un truc que je ne sais pas.

Tous les ours polaires sont gauchers. Je parie que tu ne le savais pas, ça.

Et ton mari est un connard qui regarde son téléphone toutes les cinq secondes. Vous vous envoyez des messages ?

Non.

Bizarre. Il lâche toujours son tél lors de nos soirées poker d'habitude.

Hunter, tu peux me rendre un service ?

Quel genre de service ? Je suis un homme marié. Je sais que Kill est loin d'être aussi parfait que moi, mais hélas tu arrives trop tard.

1) t'es vraiment mégalo et 2) ça n'arriverait pas, même si tu étais le dernier homme sur terre.

Alors c'est quoi, le service ?

J'hésitai une courte seconde avant de me lancer :

Garde un œil sur lui. Assure-toi qu'il va bien.

Et ça t'intéresse parce que… ?

C'est mon mari.

Je pensais que ce n'était que sur le papier.

Tu as eu tort.

À part cette histoire de téléphone, c'est toujours le même Kill à mes yeux. Un diable qui boit et fume à la chaîne et qui a bien besoin d'un gros câlin et d'une bonne partie de jambes en l'air.

Passez une bonne soirée.

T'inquiète pas pour ça ;)

Cillian avait réussi à surmonter ce qui lui était arrivé – quoi que ce fût – en moins d'une heure. C'était surprenant. Et inquiétant. Mais au moins, je savais qu'il éprouvait suffisamment de remords pour consulter son téléphone histoire de voir si je lui avais écrit.

Après tout, la culpabilité était aussi un sentiment.

Sauf s'il regarde son téléphone pour des histoires de boulot.

Quand l'aube pointa, j'allai jusqu'à ma terrasse, pieds nus, appréciant le chauffage au sol et les élégantes portes-fenêtres. Regardant au-dehors, je repérai un nuage solitaire voguant vers le nord.

— Que dois-je faire, tata Tilda ? murmurai-je.

Elle ne répondit pas.

Je pris mon téléphone pour envoyer un SMS à ma sœur. Je voulais lui demander si elle se souvenait de l'époque où notre tante nous emmenait au carnaval. De la joie folle que cela nous procurait.

À ma grande surprise, un message m'attendait.

Un SMS d'une certaine personne qui n'avait pas répondu aux vingt-sept messages que j'avais envoyés pendant que j'organisais notre mariage.

Ça n'arrivera plus.

Même si je ne savais pas de quoi il parlait exactement, je décidai d'appuyer là où ça faisait mal. De le faire sortir un peu plus de sa grotte. Alors, je demandai :

Le sexe, ou ce qu'il s'est passé après ?

Sa réponse arriva quelques secondes plus tard :

Ce dont je ne suis pas fier.

Que faisait-il debout à 5 heures du matin ? Peut-être avait-il du mal à dormir après la soirée d'hier, comme moi.

Je m'assis sur une chaise longue sur le balcon, me frottant le front, et envoyai :

Ça ne répond pas à la question.

Mon accès de colère était déplacé.

Consciente qu'il en avait assez bavé – je n'avais jamais entendu mon époux s'excuser auparavant – je changeai de sujet.

Ma tante Tilda, celle qui a choisi mon nom, m'a dit que chaque fois que je verrais un nuage solitaire dans le ciel, c'est qu'elle veillerait sur moi. Il n'y a qu'un seul nuage dans le ciel en ce moment.

Après avoir posé mon téléphone sur la table près de la chaise longue, je me levai et entamai ma matinée. Je me lavai les dents, me bouclai les cheveux et m'habillai, sachant qu'il n'y avait aucune chance pour que mon mari m'honore d'une réponse.

Quand je retournai sur le balcon après avoir lancé la machine à café, je remarquai que mon écran s'était allumé : j'avais reçu un message.

Tu te drogues ? Si la sobriété ne figurait pas dans notre accord contractuel, c'est uniquement parce que je pensais que c'était une évidence.

Je pouffai et tapai une réponse.

Regarde par la fenêtre. Tu ne le vois pas ?

Le nuage avec ta tante morte dessus ? Non.

Elle n'est pas SUR le nuage. Elle EST le nuage. Je t'envoie une photo.

Je brandis mon téléphone pour prendre une photo du nuage parfaitement duveteux et la lui envoyai. J'ajoutai :

Alors ?

Ravi de vous rencontrer, tante de Perséphone. Vous ne vous ressemblez pas du tout toutes les deux.

Attention, tu serais presque attendrissant.

Presque.

Ne t'inquiète pas, je sais que la bonté et le sens moral ne font pas partie de ton logiciel personnel. Avoir un sens de l'humour ne ternira pas ta méchanceté.

C'est un sous-entendu ?

Qu'est-ce que tu veux dire ?

Le forage dans l'Arctique.

Est-ce que je détestais l'idée qu'il creuse des trous dans l'Arctique pour voir s'il pouvait y trouver du pétrole, détruisant ainsi une partie de ce monde déjà fragile ? Bien sûr que oui. Cela me rendait malade de penser que l'homme que j'aimais et dont je tirais parti fasse ça. Mais je savais aussi qu'en parler maintenant, alors que nous construisions à peine notre relation, ne le ferait pas bouger d'un iota. Au contraire : il creuserait certainement à d'autres endroits rien que pour me pousser à bout. Je répondis :

Ce n'est pas un sous-entendu. Je crois que ma position sur le sujet est claire.

Piles plutôt que SUV.

Je souris, me rappelant l'allusion aux sex-toys qu'il avait faite à son bureau la veille.

Correct.

Va voir dans ton garage, Fille aux Fleurs.

Je descendis jusqu'au garage de l'immeuble.

Évidemment, une Tesla flambant neuve était garée sur la place allouée à mon appartement.

Il m'avait acheté une voiture.

Une voiture *électrique*.

Le genre de véhicule qui était censé le mettre en faillite un jour ou l'autre.

Sachant ce que cela représentait, je répondis à mon mari, les doigts tremblants.

Merci.

Les jouets à piles, c'est pour les femmes.

13

Cillian

Je réussis à éviter ma femme avec succès le reste de la semaine. Cela ne l'empêcha pas pour autant de m'envoyer des messages tous les jours, chaque fois que le ciel était dégagé, pour me parler de sa tante défunte qui se cachait dans les nuages.

Les messages, comme mes prières d'avoir une épouse saine d'esprit, restèrent sans réponse.

Malgré mon silence radio, elle avait suggéré plusieurs fois que nous nous voyions.

Cette idée me répugnait, et je décidai de ne pas l'envisager avant de m'être calmé.

Mais au bout de sept jours, mon traître de corps ne semblait toujours pas vouloir s'apaiser.

Le souvenir d'elle en train de se trémousser contre ma peau me consumait chaque nuit.

Statistiquement, limiter nos rapports à une fois par semaine garantissait tout de même une grossesse sous quelques mois. Par précaution, j'avais créé un tableau des dates potentielles de son ovulation et décidé d'alterner les jours où je la voyais chaque semaine pour parer à toute éventualité. Mais je savais que la prochaine fois que nous nous retrouverions, il faudrait que je redouble d'efforts pour contenir le monstre en moi.

Je ne voulais pas perdre le contrôle la première fois que nous avions couché ensemble, mais en voyant ses seins nus se balancer au rythme de mes coups de reins et sa bouche rose entrouverte par le désir, j'avais perdu le sang-froid auquel je m'accrochais comme une groupie de Justin Bieber à son héros tatoué et couvert d'acné, et j'avais craqué.

Je la tenais pour responsable de cet incident. C'était elle qui avait insisté pour que j'arrête de rendre visite à mes maîtresses et m'avait privé de l'occasion de satisfaire ma nature bestiale.

Par chance, je n'avais pas le temps de penser à mon épouse. Je devais me préparer à la tempête Andrew Arrowsmith.

Après avoir porté plainte, Arrowsmith m'avait envoyé une lettre officielle via ses avocats m'accusant plus ou moins de détruire la planète Terre à moi tout seul. Il avait fait en sorte que la lettre fuite dans la presse, et toute l'attention médiatique positive que j'avais engrangée depuis mon mariage avec Perséphone, alias la Sainte descendue du ciel, était partie en fumée.

Andrew ne s'était pas arrêté là. Des articles concernant un puissant P-DG de Boston qui se rendait en Europe pour aller voir des prostituées se mirent à pousser comme des champignons après la pluie dans les magazines, et à mes yeux cela ne faisait aucun doute que c'était lui qui fournissait ces infos aux journalistes.

Il avait enquêté sur moi.

Me faisait suivre. Découvrait mes secrets. Jusqu'au dernier.

Raison pour laquelle j'avais décidé de réunir Devon, Sam et Hunter dans mon ranch ce week-end pour cogiter, monter à cheval et planifier la chute de mon ennemi juré.

Points bonus : aller au ranch mettrait une certaine distance entre Perséphone et moi.

Nous étions dans ma voiture, en train de quitter Boston, quand Devon dit tout haut ce que Sam et moi pensions tout bas.

— Je suis surpris que Hunter ait accepté de passer tout le week-end loin de sa chère et tendre.

Il était assis sur le siège passager à côté de moi tandis que Hunter et Sam étaient installés à l'arrière.

— Que dire ? Je suis plein de surprises, lança Hunter, tout sourires.

— Et de conneries, cracha Sam.

— Et de toi-même, renchérit Devon avec un sourire narquois.

La route étroite et sinueuse, de la même couleur que les yeux de ma femme, était couverte de givre.

— Dev, tu peux prendre la température de Kill ? demanda Hunter en donnant un coup dans le siège de Devon. Il vient de louper une occasion de se payer ma tête. Ça ne lui ressemble pas.

— Peu de choses pourraient me forcer à toucher ton enfoiré de frère, et tu n'es *assurément* pas sur la liste, répondit Devon.

La voiture à peine garée devant le ranch, les garçons d'écurie se précipitèrent hors de la grange comme des boulets de canon pour nous aider avec nos valises.

Ignorant les bavardages infantiles de mes amis, je me dirigeai vers la maison principale en retirant mes gants en cuir. Je m'arrêtai net en voyant la Porsche Cayenne de Sailor garée devant la porte et fusillai mon frère du regard.

Il leva les mains, comme pour se rendre.

— Pour ma défense, tu n'aurais pas dû me faire confiance. Je ne peux déjà pas rester abstinent un après-midi entier, alors un week-end… Tout le monde le sait.

Sam lui donna un coup à l'arrière du crâne tandis qu'il le dépassait, son sac en toile sur son épaule.

Inutile de demander à Hunter s'il avait étendu l'invitation aux amies de sa femme et à notre sœur. Elles étaient toutes siamoises.

Je me félicitai d'être indifférent à ce que Perséphone pensait de mes performances sexuelles, puisqu'il était certain qu'elle allait partager chaque détail avec ses meilleures amies.

Peu intéressé par l'idée de me retrouver en face de ma femme, je laissai mon sac à Hunter et me dirigeai droit vers les écuries.

J'allai voir mes chevaux, que je nourris et brossai, puis je les fis sortir, un par un, avant de leur nettoyer les sabots. Assis sur une barrique, dos à la maison, je m'attelai à la tâche, portant toujours mon caban et mes boutons de manchette en forme de F en or dix-huit carats.

L'air s'était rafraîchi lorsque j'entendis le bruit feutré du foin craquant sous des bottes.

Quelques secondes plus tard, elle se tenait devant moi, à côté du cheval dont j'étais en train de m'occuper, dans une robe jaune assortie à sa chevelure blonde.

Elle ressemblait à un cygne, avec son long cou délicat et sa tête baissée en une élégante résignation.

Mon regard se durcit et je concentrai mon attention sur le sabot du cheval.

— Comment s'appelle-t-il ?

Elle posa doucement sa main sur son dos. L'odeur suave de sa peau vint me chatouiller les narines, malgré l'accablante puanteur des écuries.

— Washington.

Je brandis le cure-sabot pour le pointer sur les box derrière l'animal.

— Ces autres crapules sont Hamilton, Franklin, Adams, Jefferson, Madison et Jay.

— Les Pères fondateurs.

Elle s'approcha de la grange et s'appuya contre un mur, les mains dans le dos, le regard posé sur moi.

— Félicitations, tu viens de réussir un examen d'histoire niveau CE2.

Je tapotai la cuisse de Washington, lui demandant de lever l'autre patte.

— CM2, corrigea-t-elle en souriant.

Elle adorait se disputer avec moi.

— J'ai étudié à l'étranger, marmonnai-je.

Tous mes cours d'histoire américaine m'avaient été donnés par des tuteurs.

— Je sais, dit-elle doucement. Contrairement à nos enfants, qui resteront près de nous jusqu'à être assez grands pour choisir l'endroit où ils veulent faire leurs études.

Mais oui. Continue à croire ça, ma chérie.

— Il faudra te passer sur le corps, hein ? grognai-je en creusant plus profondément avec le cure-sabot.

— Non, dit-elle calmement. Sur le tien.

Je levai brusquement les yeux vers elle, avant de revenir à ma tâche.

— Ça fait beaucoup de chevaux pour un seul homme, lâcha mon épouse. Ils sont beaux, mais certains semblent plutôt vieux. Fatigués. Tu les montes tous ?

— Oui. Et chacun est en excellente santé.

Je laissai tomber le cure-sabot et attrapai la brosse pour la passer sur le sabot de Washington.

— Mon père m'a offert un cheval chaque fois que je finissais premier de la classe et ce, depuis le collège.

Elle s'avança vers moi.

— Ce n'est pas fatigant, d'être parfait en permanence ?

Sa main était sur mon épaule à présent. Mes muscles se tendirent et je me concentrai sur ce que j'étais en train de faire.

— C'est quoi cette question ?

— Une question à laquelle j'aimerais une réponse.

— Ce n'est pas ennuyant d'être ordinaire ?

— Non, répondit-elle sans aucune amertume dans la voix. Mais bon, je ne me trouve pas du tout ennuyante. Je crois que je suis exactement celle que j'étais censée devenir, défauts compris. Mes parents m'ont toujours encouragée à réaliser mon rêve, et mon rêve était d'élever des enfants. Ceux des autres, et les miens.

— Eh bien, j'ai subi le traitement inverse. Mon arrivée dans ce monde a été soigneusement planifiée, de A à Z. Je suis né le premier, et j'étais de sexe masculin, ce qui voulait dire qu'on attendait de moi que je sois parfait dans tous les domaines. Je savais que j'allais devoir assurer la lignée Fitzpatrick, reprendre Royal Pipelines, perpétuer l'héritage. Mon existence a toujours eu un but, et seule l'excellence est acceptable.

— Tu n'es pas parfait avec moi.

— Ce dont tu as été témoin la semaine dernière était un manque de retenue. (Je fis craquer mes doigts.) Ce n'était pas très joli.

— Non. Mais nous sommes tous laids sous un certain angle. Et je suis toujours là.

Parce que j'ai payé pour t'avoir.

— Rentre, dit-elle en passant la main dans mes cheveux, d'un geste maternel.

Au moins, elle serait une bonne mère pour nos enfants. Meilleure que Jane ne l'avait jamais été.

— Le dîner est prêt.

Je pris sa main et la laissai gentiment retomber.

— Je n'ai pas faim.

— Où dors-tu ce soir ?

— Dans la grande chambre.

— Et moi ?

— Dans l'une des six chambres d'amis. Puisque cet endroit m'appartient, tu choisis en premier.

— Je choisis ta chambre.

— Tu choisis le lit que tu veux en dehors du mien.

— Nos amis vont s'interroger.

— Ils ont la pénible habitude de faire ça. Tout le monde sait que notre mariage est bidon. Personne ne va croire à ton petit jeu.

Je me levai pour reconduire Washington dans son box.

Après avoir refermé la porte derrière le cheval, je me retournai pour la regarder.

Malgré ce qu'elle pensait, je nous rendais service à tous les deux. Alimenter son besoin de rendre cette relation normale ne ferait que causer de la déception sur le long terme. Même si je cédais à la tentation de partager un lit et un repas de temps en temps avec elle, elle finirait par se lasser de l'accord impersonnel que j'avais à lui offrir et m'en voudrait encore plus.

— C'était une erreur de venir, dit-elle en levant la tête pour contempler la lune et le ciel rempli d'étoiles.

Elle était si sublime à cet instant, si purement Perséphone, que j'eus envie de tout envoyer valser pour la soulever dans mes bras et la baiser toute la nuit.

L'observant à bonne distance – d'assez loin pour ne pas respirer son parfum enivrant ou toucher sa peau de velours – je confirmai.

— Oui. Je ne te prendrai qu'à mes conditions, Fille aux Fleurs.

Mon épouse tourna la tête vers moi.

— Cela ne faisait pas partie du contrat.

Je haussai une épaule, lui servant la même réponse qu'elle m'avait donnée lorsque je m'étais plaint de notre accord.

— *Alors colle-moi un procès.*

Le lendemain, Devon me tendit une pile de papiers par-dessus la table du petit déjeuner couverte de café, d'omelettes et de viennoiseries.

— La plainte est irréfutable. Je l'ai relue plusieurs fois.

Nous étions assis sous le porche arrière de la maison, à regarder les chevaux qui galopaient dans le pré, s'échauffant pour la journée à venir.

Je portai mon café à mes lèvres en parcourant le dossier.

— J'ai placé une somme d'argent colossale dans cette plateforme offshore en Arctique. Je ne vais pas abandonner le projet parce que ça fait bander Arrowsmith de me voir faire faillite.

— On ne va pas faire faillite, intervint Hunter en prenant une cuillère de confiture de figue pour l'étaler sur un croissant chaud.

Mon clown de frère avait accepté d'abandonner sa femme le temps du petit déjeuner pour que nous puissions parler affaires.

— J'ai examiné les chiffres. Arrêter le forage en Arctique va nous faire mal au portefeuille mais on peut encaisser le coup. La croissance du capital ralentira au cours de ces quatre prochaines années mais on gagnera quand même de l'argent.

— Je ne suis pas là pour gagner de l'argent. Je suis là pour conquérir le monde.

— Tu n'auras peut-être pas le choix, insista Devon. Si tu perds le procès, tu devras arrêter de toute façon. Tu auras des tas de frais judiciaires à régler, un autre désastre de com' sur les bras, un père qui te virera du poste de P-DG, retournera le conseil d'administration contre toi et donnera les commandes à Hunter. Sans vouloir t'offenser, Hunt.

Hunter haussa les épaules.

— T'inquiète. Je ne veux pas être P-DG. Tu sais ce que ce genre de pression fait à ma peau ? dit-il en se frottant la mâchoire du revers de la main.

— Il va falloir redresser les comptes. Ou régler celui d'Arrowsmith, proposa Sam en s'allumant une cigarette.

Il n'avait pas touché à la nourriture. Je doutais qu'il supporte autre chose que la viande, la bière et la nicotine.

Devon sourit poliment.

— J'ai comme l'impression que je ne veux pas être présent pour *cette* conversation. Permettez-moi de m'excuser, messieurs.

Il se leva et rentra dans la maison.

Sam me coula un regard en coin. Ce fumier assoiffé de sang était toujours d'humeur à briser des nuques.

— Malheureusement, tu ne peux pas tuer Arrowsmith. Les conséquences seraient démesurées, tous les soupçons pèseraient sur moi et les médias s'en donneraient à cœur joie. Sans oublier qu'Arrowsmith a des enfants.

— Depuis quand as-tu une conscience et te préoccupes-tu des enfants ? demanda Sam.

— Tu n'as pas rencontré ces petits monstres. S'il arrivait quelque chose à leurs parents, personne ne voudrait les adopter.

— D'accord. Qu'il vive. Mais je peux quand même le bousculer un peu.

— Le chantage physique ne te mènera nulle part, dis-je en jetant les papiers sur la table. Il a un dossier sur moi, et j'attends de voir comment il va s'en servir. Nous devons gérer tout cela avec la plus grande prudence.

— Quel genre de dossier ? demanda Hunter en se penchant en avant. Tu es parfait à en crever. Le putain de *mo òrga* de papa. Qu'est-ce que ça pourrait être ?

Je souris.

— On doit rester réglo. Tenons-en-nous là.

— Dans ce cas, je suis d'accord avec Whitehall, il faut lâcher l'affaire, concéda Sam en jetant son briquet sur la table. Il va te traîner devant le tribunal. Tu pourras le faire payer dans quelques mois, quand les choses se seront calmées. En attendant, ta meilleure option, c'est de trouver un terrain d'entente avec Green Living.

Mon frère secoua la tête.

— Cillian ne battra jamais en retraite.

— Reculer n'est pas se soumettre, répliqua Sam avant de se lever. Si Kill veut l'emporter, il doit la jouer fine. C'est le premier round, mais beaucoup d'autres vont suivre. L'histoire ne se souvient pas du combat. Seulement du nom de celui qui porte le coup de grâce.

Sam n'avait pas tort.

Ce qu'il ne savait pas, c'était qu'Andrew Arrowsmith était le dernier à avoir frappé avant que nos chemins se séparent, plusieurs années auparavant.

Et cette fois-ci, je ne m'arrêterais pas jusqu'à ce qu'il soit hors d'état de nuire.

14

Perséphone

Mon mari se débrouilla comme un chef pour m'éviter pendant toute la première journée au ranch.

Il esquiva nos repas ensemble, se déroba à la balade que nous fîmes tous ensemble sur le sentier et passa de longues heures avec ses chevaux.

Étais-je déçue ? Oui. Allais-je laisser cela gâcher mon week-end ? Sûrement pas. Je n'étais pas beaucoup sortie de Boston en vingt-six ans d'existence, et c'était une occasion en or pour m'amuser avec mes amies.

Pour la première fois depuis que j'avais épousé Paxton, je n'étais pas fauchée. Je n'avais pas besoin de surveiller mes arrières dans la rue de peur d'être prise dans une embuscade. Ma vie avait pris une meilleure tournure, même si je me sentais seule depuis que Cillian en faisait partie.

Le dernier jour de notre séjour, Belle annonça au cours du petit déjeuner qu'elle voulait faire une balade à cheval juste entre filles. Aisling, l'éternelle voix de la sagesse, pencha la tête sur le côté avant de faire remarquer :

— Mais tu ne sais pas monter à cheval.

Belle haussa les épaules et lança une cerise dans sa bouche.

— Et alors ? Tu peux m'apprendre. Et puis, j'ai sacrément chevauché dans ma vie, mais jamais à cru ! plaisanta-t-elle avec un clin d'œil. La sécurité avant tout.

Sailor leva son verre de jus d'orange en direction de Belle.

— Merci d'avoir gâché le petit déjeuner.

— Non, mais sérieusement, qui va dans un ranch sans monter à cheval ? demanda Belle.

Elle n'avait pas tort.

— Ça ne plaira pas à Cillian, qu'on prenne ses chevaux, avertit Ash.

— Rien ne plaît à Cillian, rétorquai-je, un peu trop aigrement.

Sailor pouffa dans son jus d'orange et dit :

— Amen. Moi, je trouve que c'est une super idée. Pas seulement parce que ça énervera le mari de Persy, mais aussi parce que l'occasion de monter des chevaux comme ceux de Cillian ne se représentera pas de sitôt. Ils coûtent chacun trois cent mille dollars ou quelque chose comme ça. Malheureusement – elle tapota son ventre rond – l'équitation n'est plus d'actualité pour moi. Mais je vous encouragerai et je vivrai l'expérience par procuration, avec un paquet de Cheetos à la main.

Mon besoin d'énerver Kill était plus grand que ma peur de monter un animal d'une tonne qui pouvait me briser la nuque d'un simple faux mouvement.

— En fait, je suis d'accord. Je crois qu'on devrait aller faire une balade à cheval, dis-je gaiement.

— *Sérieux ?*

Tout le monde à table se tourna vers moi avec étonnement : je n'étais pas vraiment réputée pour mon côté rebelle. Je hochai la tête. Il était grand temps que j'essaie de nouvelles choses. Et puisque avoir une relation sincère avec mon époux n'en ferait pas partie, pourquoi ne pas me mettre à l'équitation ?

— Mais Cillian…, commença Ash.

Je levai la main pour l'arrêter.

— Je m'occupe de lui. Tu n'auras qu'à dire que je t'ai menacée d'une arme si on en arrive là.

— Dans ce cas, d'accord ! pépia Aisling en tapant dans ses mains. On va se changer et on se retrouve à l'écurie dans une heure.

J'enfilai rapidement une tenue appropriée puis retrouvai Ash et Belle devant la grange. Aisling qui, comme ses deux frères, avait appris à monter dès sa plus tendre enfance, sortit Hamilton de son box par la bride, tapotant son pelage brun avec un sourire.

— C'est le plus doux de la bande. C'était mon cheval de dressage quand je suis passée des poneys aux chevaux.

— Bordel, Ash, c'est la phrase la plus bourge que j'aie jamais entendue, lança Belle tout en matant ses propres fesses moulées dans son pantalon d'équitation avec l'appareil-photo de son téléphone.

Ash sortit Hamilton de l'écurie et le fit aller au petit galop. Elle nous exposa à grands traits l'anatomie du cheval, les gestes de base et ce qu'ils signifiaient. Puis on sortit les chevaux pour gagner le sentier qui s'enroulait tel un ruban autour de la montagne brumeuse.

En partant de la grange, on tomba sur Hunter, Sam et Devon qui arrivaient.

— Vous aussi vous allez faire un tour à cheval ? demanda Aisling, devenant rouge tomate dès qu'elle aperçut Sam.

Fidèle à lui-même, il l'ignora totalement. Ce n'était pas un manque de politesse envers la petite sœur de son patron et meilleur ami : il était clair qu'il considérait qu'elle était intouchable et qu'il veillait à rester le plus possible à distance.

Hunter ébouriffa les cheveux de sa sœur en faisant claquer son chewing-gum.

— Yep. Où est ma moitié ?

— Dans la maison, en train de lire.

— Tant mieux. Le seul étalon avec lequel elle devrait traîner en étant enceinte, c'est moi. Dev, tu peux aider Belle à monter sur son cheval ? Je me charge de Persy.

— Je n'ai pas besoin d'aide, protesta Belle.

Devon regarda ma sœur des pieds à la tête comme si c'était son dessert préféré, un sourire pernicieux étirant ses lèvres.

— Et en plus, elle a un caractère hautement inflammable ! Hunt, j'adore, dit-il en agitant son pouce en direction de ma sœur.

— Génial, dit-elle gaiement, parce que tu vas te prendre une brûlure au troisième degré si tu continues à me traiter comme un objet.

Hunter secoua la tête.

— Il ne te traite pas comme un objet. Il essaie de te maintenir en vie. Tu n'es jamais montée à cheval.

— On a Ash pour nous aider, dis-je en m'accroupissant pour ajuster mes bottes d'équitation.

Ignorant ce que je venais de dire, Hunter dénoua les rênes du cheval, plaça mon pied dans l'étrier et me souleva comme si je pesais aussi lourd qu'un pack de lait. Puis il m'aida à me hisser sur la selle en me tenant par la taille.

— Ash est douée mais ce n'est pas une professionnelle. Si je te ramène avec la moindre égratignure, ton mari va me faire saigner à des endroits qui ne sont même pas sur mon corps.

— Il a raison, confirma Ash avec un sourire contrit. À propos de mon niveau d'équitation *et* de Kill.

— Cillian m'ignore totalement.

— Tu restes à lui, assura Sam avec le plus grand sérieux. Je n'ai pas besoin d'être dans ma voiture pour ne pas vouloir qu'on la raye.

— Dis-moi qu'il ne vient pas de dire ce que je crois qu'il vient de dire, gronda Belle en pointant Sam du doigt.

Sam garda la tête haute, plus nonchalant que jamais.

— Ne sois pas si *drama queen*, Penrose.

— Ne sois pas si macho, Brennan.

Après ces chamailleries, on se dirigea vers le sentier. Je tremblais, à la fois d'angoisse et d'excitation, même si Hunter chevauchait Jay près de moi et se penchait de temps en temps pour caresser Hamilton et me donner des conseils.

Derrière nous, Belle montait Washington, Sam était sur Madison, Ash sur Adams, et Devon sur Jefferson. Belle et Devon semblèrent surmonter bien vite la froideur initiale entre eux. Ils plaisantaient comme de vieux amis, sympathisant instantanément, tandis qu'Aisling tentait de lancer la conversation avec Sam – pour se faire rembarrer à chaque fois.

Au bout de vingt minutes de montée, j'entendis un cheval au galop derrière nous. Hunter tourna la tête et grogna tout en pointant son doigt sur sa tempe comme un pistolet, l'armant avant de se tirer en balle avec un « pfiou ! » comique.

— Ne me dis pas que tu n'as pas prévenu ton mari que tu faisais une balade à cheval.

— Je n'ai pas prévenu mon mari que je faisais une balade à cheval.

Je regardai droit devant moi, ignorant le fourmillement de peur qui me chatouillait la colonne vertébrale.

Hunter se passa la main sur le visage, renversant la tête en arrière.

— Putain de bordel de Dieu, Pers.

Putain de bordel de Dieu, oui.

Trois secondes plus tard, Cillian chevauchait à mes côtés sur

Franklin, écartant Hunter, le forçant à se mettre derrière nous. Tout, de sa beauté à sa posture parfaite, m'agaçait. Il nous humiliait tous, avec ses gestes fluides.

Il ne portait aucun équipement d'équitation. Pas même une bombe.

En revanche, il affichait l'expression de celui qui est à deux doigts de commettre un massacre.

— Qu'est-ce que tu fous là ?

Ses yeux s'étrécirent, se braquant sur moi telle une arme.

— À ton avis ? dis-je en prenant la voix la plus douce et innocente de mon arsenal.

— Tu essaies de m'énerver.

— Je croyais que tu étais au-dessus des émotions humaines.

— Il y en a pourtant une qui semble surgir chaque fois que tu es dans les parages. Tu as trouvé ta vocation.

— Ha ! fis-je, poussant un cri de surprise. Donc je *suis* bonne à quelque chose. Et toi qui me trouvais ordinaire.

— Hunter.

Kill claqua des doigts derrière lui, son regard noir me brûlant les joues.

— On se sépare. Mène le groupe sur un autre chemin. Je vais raccompagner Perséphone au ranch.

— Pas question, ripostai-je, anormalement agacée.

J'étais la femme la plus gentille de tout Boston – on m'avait élue Future Remplaçante de Mère Teresa au lycée – mais, je ne sais comment, mon mari m'énervait plus que Paxton l'avait jamais fait, alors que j'avais failli mourir par sa faute.

— Aux dernières nouvelles, nous sommes dans un pays libre. J'ai le droit de monter à cheval, *mon petit mari*. Que ça te plaise ou non.

— Le pays est libre, mais pas les chevaux. Hamilton m'appartient et je ne veux pas que tu le montes. (Kill se tourna de nouveau vers son frère.) *Ceann beag*, casse-toi avant que je te casse en deux.

— Désolé, poupée. Ce n'est pas pour rien que c'est un démon qui orne la fontaine de son jardin et pas un angelot ou un faon. Tu as épousé Satan, et je ne veux pas qu'il me réserve une chambre en enfer. Il me mettrait sûrement en coloc avec Hitler et le type qui a inventé le parfum fruits rouges de l'eau pétillante LaCroix ; je mérite de meilleurs voisins. Je ne fais qu'obéir aux ordres.

Hunter mit deux doigts dans sa bouche et siffla pour rediriger nos amis sur un chemin latéral, nous laissant, Cillian et moi, sur le sentier principal.

De la lave bouillonnait dans mon ventre. L'humiliation consumait chaque centimètre carré de mon corps.

Comment osait-il me gronder publiquement après m'avoir évitée pendant tout le week-end ?

Pendant tout notre *mariage* ?

Une autre chose me dérangeait, un détail insignifiant mais auquel je ne pouvais m'empêcher de penser. Hunter avait dit que Cillian possédait une fontaine en forme de démon dans son jardin. Mais je ne l'avais jamais vue. Pas même le jour où Petar m'avait fait entrer en douce pour me faire visiter la maison en l'absence de Kill.

— Descends de ce cheval, m'ordonna-t-il d'un ton détaché.

— Pourquoi tu ne commencerais pas par me faire monter au septième ciel plutôt ? Tu sembles avoir des difficultés dans ce domaine.

— La première et dernière fois que je t'ai touchée, tu as joui si fort que j'ai craint qu'il faille extraire mon pénis de ton vagin par intervention chirurgicale.

— C'était involontaire.

Le sang qui me monta subitement au visage me donna chaud.

— Tout comme le fait que je te donne un orgasme, répliqua-t-il.

— Tu veux vraiment que je te déteste, n'est-ce pas ?

Je ne savais pas à quoi m'attendre quand je l'avais épousé, mais ce n'était certainement pas à ça. Pas à cette résistance hermétique que personne ne pouvait percer.

— Sailor ne monte pas à cheval, fit-il remarquer.

— Sailor est enceinte.

— Pour autant qu'on sache, tu pourrais l'être aussi.

Il était tendu, sans que je comprenne pourquoi. J'étais restée loin de lui tout le week-end, que voulait-il de plus ? Ma simple existence semblait le répugner, et je commençais à en avoir assez.

— Si je suis enceinte, c'est à un stade très précoce.

— Raison de plus pour faire attention.

— Oh ! bon Dieu de *merde*, Kill. Ne me sers pas ces conneries comme si tu t'inquiétais de mon bien-être.

Ma voix se brisa et je me tournai face à lui, oubliant momentanément que je me trouvais sur un cheval.

Ses narines se dilatèrent, et il lâcha ses rênes pour faire craquer ses doigts.

— Ne jure pas.

— Sinon quoi ?

Mon menton tremblait, comme mon être tout entier. Je resserrai ma prise sur les rênes.

— Qu'est-ce que tu vas faire ? Tu es déjà le pire époux qu'une femme puisse avoir.

Ce n'était pas tout à fait vrai, puisque Pax détenait la médaille du Pire Mari, mais je voulais le vexer. Lui faire ressentir ce qu'il me faisait ressentir.

— D'ailleurs, est-ce qu'on va faire l'amour une fois par mois en priant pour que je tombe enceinte ? Comment tu vois les choses ? Je t'en prie, dis-le-moi, parce que je commence à me rendre compte que tu n'as pas pensé à tout dans ton plan de génie !

Mes mots résonnèrent entre les arbres, l'écho de ma voix faisant trembler le sol sous les sabots d'Hamilton.

Des murmures étouffés nous parvinrent depuis le sentier parallèle que nos amis avaient emprunté.

— … *ma sœur !*

— … *capable de se défendre toute seule.*

— *Je vous jure, s'il lui fait du mal…*

— *Elle le lui rendra. Tu l'as dit toi-même, Belle : ce n'est plus une enfant.*

Nos amis débattaient sur la nécessité d'intervenir ou non.

Désormais, tout le monde savait que c'était le bordel dans mon couple. Le peu d'espoir que j'avais de faire ressembler ce mariage à une relation normale venait de s'envoler.

— Tu te comportes comme une gamine, dit froidement Cillian en reprenant son calme.

— Tu te comportes comme un lâche.

J'étais si remontée que mes dents claquaient.

Hamilton s'ébroua sous mes fesses, le pas nerveux et irrégulier. Je me passai une main sur le visage.

— Franchement, si tu comptes m'ignorer pour le reste de notre vie, accorde-moi le divorce. Je te rembourserai l'argent, et on oubliera toute cette histoire.

— Jamais.

Son ton était plus dur. Punitif.

— Je t'accorderai beaucoup de choses, Fille aux Fleurs, mais le divorce n'en fera pas partie.

— Vraiment ? Je parlerai de notre petit secret à Sailor, Belle et Hunter. Je suis certaine qu'ils adoreraient savoir dans quoi tu m'as embarquée.

— Je t'en prie, dit-il avec défiance en talonnant son cheval pour le faire accélérer. Tu verras le pouvoir que les autres ont sur moi. À savoir : aucun.

— Donc tu refuses de m'avoir, mais tu ne veux pas me laisser partir. En fait, tu veux juste que je sois malheureuse comme toi ?

Il sembla être sur le point de dire quelque chose, mais évidemment il n'en fit rien. Il ne le faisait jamais. Il ne se justifiait pas auprès de moi.

— Je te déteste ! hurlai-je.

Et, sans réfléchir, je plantai mes talons dans les flancs du cheval.

Hamilton s'élança comme une flèche. Avant que je comprenne ce qu'il se passait, je fus secouée dans tous les sens, le corps suspendu au-dessus de la selle, percutant les flancs du cheval alors qu'il galopait. Je criai, essayant d'attraper les rênes, mais mes doigts se refermèrent sur le vide.

Merde, merde, merde.

Je regardai derrière moi. J'avais la nausée. J'étais montée si haut sur la colline que je savais que si je tombais d'Hamilton, je dévalerai la pente sur plusieurs mètres et me blesserais gravement. Je me casserais un ou deux os, au minimum.

Kill me rattrapa, furieux, aboyant des instructions que je n'entendais pas à cause du vent et de l'adrénaline qui sifflaient dans mes oreilles.

Soudain, Hamilton s'arrêta et rua des jambes arrière avec un hennissement, m'expulsant de la selle.

M'envolant dans les airs, je fermai les yeux et me préparai à la chute. Ma poitrine rencontra une surface dure et je compris que j'avais atterri sur un cheval. L'espace d'un instant, je crus que j'étais revenue sur Hamilton, mais lorsque j'ouvris les yeux je découvris que j'étais sur Franklin, affalée en travers de son dos comme un sac à patates.

Cillian n'était plus sur le cheval.

J'entendis un gémissement derrière moi et me tordis le cou pour regarder ce qu'il se passait. Kill était au sol. Il se leva, ne prenant pas la peine de s'épousseter, et se rua vers nous, portant ses doigts à sa bouche pour siffler afin d'ordonner à Franklin de s'arrêter.

Il boitait, mais cela ne l'empêcha pas d'accélérer le pas pour nous rattraper.

Le cheval ralentit puis s'immobilisa, attendant sagement son maître. Arrivé à notre hauteur, Kill s'arrêta. Il m'attrapa par la taille, me fit descendre de selle et s'assura que mes deux pieds étaient au sol avant de me relâcher.

Je m'écroulai contre mon époux, prise de tremblements incontrôlables.

— Oh mon Dieu, oh mon Dieu, oh mon Dieu, répétai-je en boucle.

Je pris le visage de Kill entre mes mains pour l'examiner. Tout le côté gauche – sa joue, ainsi que sa tempe et son cou – était éraflé, en sang. Il était tombé la tête la première quand il s'était éjecté de son propre cheval et m'avait tirée sur la selle pour me sauver.

Cette prise de conscience me frappa de plein fouet.

Mon mari m'avait sauvée.

Il avait fait passer ma sécurité avant la sienne.

Sans même réfléchir.

Il saignait, boitait, ses vêtements onéreux étaient déchirés, ruinés.

Il me regarda comme s'il faisait un check-up de mon état physique et s'assurait que j'allais bien. Ses yeux sombres, aux reflets ambrés, examinèrent mon visage, mes épaules, puis descendirent le long de mon corps, avant de remonter vers mon cou, mes bras, mes doigts.

Après tout ce qu'il s'était passé, *il* vérifiait que *moi*, j'allais bien.

Au lieu de le remercier – ce que toute personne adulte et convenable aurait fait – je fondis en larmes comme une enfant, agrippant sa chemise comme s'il allait partir en fumée et nichant ma tête contre son épaule.

— *Putain*, dit-il d'un ton bourru.

C'était la première fois que je l'entendais jurer et, pour une raison idiote, cela me réchauffa le cœur. Il me tapota maladroitement l'arrière de la tête.

— Allons, allons… euh.

Il ne savait pas quoi dire. Il voulait me réconforter mais il ignorait comment s'y prendre, sûrement parce qu'il ne l'avait jamais fait de sa vie.

— Tu n'es pas blessée, dit-il durement, tel un robot. J'ai vérifié.

— Mais toi, si.

Mes larmes continuaient de couler.

— Je vais survivre, au grand désespoir de beaucoup de gens.

Il essuya mon visage humide avec son pouce, avant de poser sa joue ensanglantée sur le sommet de mon crâne, tout en passant son autre main dans mon dos.

— Là. Plus de peur que de mal. Tu vas bien.

— Ce n'est pas la question ! Toi, tu ne vas pas bien !

Je pleurais – à chaudes larmes – et il ne pouvait rien faire pour m'en empêcher. Alors, il ne fit rien et me laissa m'effondrer dans ses bras, me tenant contre lui.

— Je-je ne sais même pas ce que j'ai mal fait. Ash a dit qu'Hamilton est le meilleur cheval pour les débutants.

Prenant conscience que je n'étais pas en état de chevaucher pour le retour, Cillian se laissa tomber sur l'herbe, m'attirant sur ses genoux, mes bras toujours noués autour de ses épaules.

Franklin se tenait près de nous, nous regardant curieusement tout en paissant.

— Tu n'as rien fait de mal. Hamilton a traversé quelques années difficiles. Il avait un œdème au niveau des pattes arrière et il n'a pas été souvent monté. Quand l'hiver est arrivé, il était K-O. Je savais que je devais le débourrer de nouveau au printemps. Il n'était pas prêt à être monté. Quand je t'ai vue sur lui, sans bombe…

Il secoua la tête et ferma les yeux, poussant un soupir fébrile.

— Je vais dépecer Hunter et le donner en pâture aux ours polaires qu'il tient tant à sauver.

— Hunter est aussi contre le forage dans l'Arctique ? hoquetai-je, surprise.

— Ne commence pas, m'avertit-il.

— D'accord. Mais tu dois savoir que c'était mon idée de monter à cheval.

Je posai une main sur son torse et sentis son cœur tambouriner, contredisant son expression neutre et maîtrisée. Il me tenait délicatement, comme si j'étais une chose précieuse qu'il avait peur de casser.

— Hunter a merdé. Il n'a pas laissé assez de temps à Hamilton pour apprendre à te connaître. Pour te renifler. Te sentir.

— Il est resté à mes côtés tout du long.

Mes tremblements s'estompaient, mais je m'agrippai plus fort à lui.

— Ce n'est pas sa faute, ajoutai-je. Ce n'est la faute de personne.

Enfin… c'était un peu *ma* faute.

Et par *un peu* je voulais dire *totalement.*

Mais je n'allais pas l'admettre et donner des munitions à mon mari.

Je passai mon pouce le long de la coupure sur son front. Il n'avait pas besoin de points, mais il fallait nettoyer la plaie pour ne pas qu'elle s'infecte. De la boue et du sang commençaient à former une croûte sur sa tempe.

— Tu m'as sauvée, dis-je. Encore une fois.

La première fois, c'était des cœurs-saignants.

La deuxième, de Byrne et Kaminski.

Kill avait réussi à me maintenir en vie une troisième fois, malgré ma fâcheuse habitude à me mettre dans des situations dangereuses.

Il plissa les yeux comme si la raison de ses actes était évidente.

— Tu es ma femme.

— On ne dirait pas, murmurai-je. Nous ne sommes pas un couple normal.

— Non. En effet.

J'attendis qu'il développe, mais il n'en avait apparemment pas l'intention. Je regardai autour de moi et changeai de sujet.

— Où est Hamilton ?

— La question du siècle. Je te ramène à la maison, puis je partirai à sa recherche. Tu resteras avec Sailor et essaieras de ne pas mourir en mon absence.

Il se leva promptement et m'aida à me remettre debout.

Le retour se fit en silence. J'envoyai un message à Sailor pour l'informer que nous étions en train de rentrer et lui demander de préparer la trousse de secours. À notre arrivée, elle nous attendait dehors avec des bouteilles d'eau et du matériel médical. Cillian l'ignora, descendant de cheval avant de me poser doucement sur le sol.

— T'as une sale gueule, lâcha Sailor en dévisageant mon mari.

— Tu n'es pas mon genre non plus, répliqua-t-il sèchement en me plaçant devant elle comme un meuble. Rends-toi utile et fais-lui couler un bain. Et ne la quitte pas des yeux : elle est facile à oublier et difficile à maintenir en vie.

Il remonta en selle et s'éloigna sans nous accorder un regard de plus.

Sailor riva ses yeux verts sur moi, réprimant un sourire.

— La situation n'a rien d'amusant, protestai-je.

Je me dirigeai vers un des fauteuils à bascule installés dehors et m'affalai dessus, posant mon bras en travers de mes yeux avec un soupir.

— Oh ! fit-elle en s'asseyant sur l'accoudoir et en me frottant le bras. Bien sûr que si.

— Tu veux bien m'éclairer ?

— Tu as fait péter un câble à ton mec, meuf.

Sailor se laissa tomber sur mes genoux et me serra de toutes ses forces en gloussant de manière incontrôlable.

— Tu aurais dû le voir quand je lui ai dit que vous étiez partis faire un tour à cheval. Il était prêt à briser des mâchoires. J'en connais un qui est très accro à toi. Kill + Persy = BAISE pour la vie !

Elle avait tort.

Kill ne voulait pas de moi.

Il voulait ce que je pouvais lui *donner*.

Je ris, oubliant la morsure de la vérité, et levai la tête vers le ciel, priant d'y trouver tata Tilda.

Il était rempli de nuages.

Deux heures plus tard, Belle, Aisling, Devon et Sam étaient de retour.

Mes amies se précipitèrent dans ma chambre pour s'extasier sur mon mari blessé (« Con-sanova le cow-boy », comme Belle le surnommait) et vanté ses talents pour avoir réussi à retrouver son cheval au sommet de la montagne et l'avoir ramené au ranch.

— Habituellement, je trouve que les cow-boys sont des armes de destruction massive de libido mais, curieusement, voir Kill chevaucher un fougueux étalon m'a fait changer d'avis.

Belle se laissa tomber sur mon lit avec un soupir. Je lui donnai un coup de coude.

— Fais gaffe. C'est de mon mari que tu parles.

Ash leva les yeux au ciel et se jeta sur le matelas à côté de nous.

— T'inquiète, Belle est trop occupée à trouver un moyen d'attirer Devon Whitehall dans son lit pour penser à ton mari.

On fit un câlin de groupe, moi en sandwich au milieu, puis je me tournai vers ma sœur, haussant les sourcils.

— Ah oui ? Je crois que tu n'auras pas à te donner trop de mal. Ce mec te collait au corps comme de l'urticaire.

— C'est un délicieux charmeur, gémit Belle en laissant tomber sa tête sur mon oreiller.

— Et Sam et toi ? demandai-je à Ash. Ça progresse ?

— Si ça n'arrive pas cette année, ça n'arrivera jamais, répondit-elle avec un sourire triste.

Je lui caressai le bras.

— Je suis désolée.

Le dernier dîner avant de rentrer à Boston fut exquis : soupe de maïs au bacon et aux pommes de terre, poulet frit et pain au maïs, le tout cuisiné de A à Z par Sailor. En dessert, elle servit une tarte à la rhubarbe et un crumble à la pêche.

— Quelqu'un d'autre veut se plaindre du fait que j'ai invité les filles ? lança Hunter en souriant derrière sa tasse de café.

Il s'était servi trois parts de crumble et avait englouti assez de nourriture pour tenir une semaine.

— Où as-tu appris à cuisiner et pâtisser comme ça ?

Devon suça sa petite cuillère, considérant Sailor avec un respect nouveau.

Sailor posa sa main sur l'avant-bras de Sam.

— Notre mère est l'une des meilleures cuisinières et pâtissières au monde.

— *La* meilleure, corrigea Sam.

Assise à côté de Cillian, je hochai la tête et souris. Nous observions tous les deux nos amis naviguer de conversation en conversation avec aisance, parlant d'abord des nombreux restaurants des Brennan, puis de sport, puis de la dangereuse tempête qui continuait de déchirer Boston de ses serres aiguisées.

Je savais que je devais être raisonnable et remercier mon époux comme il se devait, pas seulement pour aujourd'hui, mais pour tout ce qu'il avait fait pour moi. Je marchai sur une corde raide entre, d'un côté, ma volonté d'ignorer son existence et de panser mon ego blessé et, de l'autre, mon envie d'abattre à la masse tous les murs qu'il érigeait entre nous.

— Au fait, merci, dis-je dans un souffle en serrant sa main sous la table.

Il retira la sienne aussitôt. Cela me fendit le cœur.

Tout cela ne mène à rien, et tu continues de le suivre, les yeux bandés.

— Pour quoi ?

— Pour t'être occupé de Byrne. Avoir payé mes dettes. Pris en charge mon divorce. Et m'avoir sauvée de la furie d'Hamilton. Je ne t'ai jamais remercié ; j'aurais dû.

— Cela fait partie de notre accord.

— Que tu t'occupes de moi ou que tu me fuies ?

— Les deux.

J'ouvris la bouche pour lui dire quelque chose, je ne savais pas encore quoi, quand Hunter jeta un jeton de poker dans notre direction, touchant Kill à l'épaule.

— *Mo òrga*, tu joues ou pas ?

— Oui.

Kill sortit un cigare d'une boîte et en coupa le bout avant de l'allumer.

Hunter se mit à battre les cartes.

— Et madame ?

— Non, répondit-il pour moi.

— Putain de merde ! dit Belle en regardant son téléphone. Vous avez vu la date ? C'est le XXIe siècle ! Ça veut dire que les femmes peuvent faire tout ce qu'elles veulent sans demander la permission à leur mari.

Devon sourit, regardant ma sœur avec admiration.

— Tu as besoin de ton téléphone pour savoir à quel siècle on est ? demanda mon époux en tirant calmement sur son cigare. Je crois qu'il est l'heure de ralentir sur les mimosas, trésor.

— Ma sœur va jouer, affirma Belle en plantant son doigt sur la table.

— Tu veux parier ? Puisqu'on est dans l'ambiance.

Cillian était en train de trier soigneusement ses jetons, ne lui accordant même pas un regard.

Je ne savais pas jouer au poker, ils faisaient donc tous deux preuve d'un entêtement stupide.

— Je te jure, Kill…

— *Oublie*, ordonna mon époux en levant les yeux de ses jetons. Son ex a perdu tout ce qu'ils avaient au poker. Tu crois qu'elle veut revivre ça, Einstein ?

Le silence se fit autour de la table.

Il ramassa les cartes que Hunter lui avait distribuées en secouant la tête.

— Voilà, c'est bien ce que je pensais.

— À sa place, je jouerais rien que pour t'emmerder, insista ma sœur mais sans plus aucune vigueur.

Tout le monde jouait, à part Ash et moi.

— Mais tu n'es *pas* elle. C'est pour ça qu'elle est mariée à un milliardaire alors que tu tiens un club de strip-tease, dit Cillian d'un ton neutre, ses yeux de faucon examinant ses cartes.

— Madame Mayhem est un établissement respectable. Le burlesque et le strip-tease sont très différents, trouduc, dit Belle avant de lui tirer la langue.

— Le burlesque, j'adore, souffla Devon en remuant sur son siège.

— Tu adorerais aussi le génocide si Emmabelle le pratiquait, remarqua Kill, impassible.

— Les enjeux ? demanda Sam, une cigarette allumée à la bouche. Non pas que ça ne m'amuse pas de vous voir vous prendre le bec comme de vieilles poulettes.

— Comme d'habitude, répondit Kill.

— Mais bien sûr ! Tout le monde ne peut pas se permettre de balancer un paquet de fric sur la table de poker, dit Belle en plaquant ses cartes sur la table. Je ne joue pas pour des milliers de dollars.

— Nous pouvons jouer pour moins que ça, suggéra Sailor d'une petite voix.

— Ou bien on joue au strip-poker, fit Hunter en souriant.

— Malheureusement pour Emmabelle, le strip-poker la mettrait aussi en position de faiblesse, puisqu'elle ne porte rien d'autre qu'une serviette de table, dit mon mari, lançant une autre pique à ma sœur.

Belle portait une petite robe très courte, mais alimenter leur dispute semblait contre-productif. Et puis, pensait-il vraiment que je le laisserais parler comme ça à ma sœur ?

— Cillian, l'avertis-je. *S'il te plaît.*

— T'es qu'un connard, asséna Belle en se levant brusquement, le doigt pointé sur Kill.

— Tu soulignes une évidence, répondit Kill en bâillant, ignorant mon avertissement. Et si on rendait les choses intéressantes ? Les enjeux restent les mêmes, puisque tu es la seule fauchée à cette table. Si tu perds, je règle ta note. Et si je gagne, dit Kill avant de marquer une pause, soufflant sa fumée de cigare au visage de ma sœur et soutenant son regard de ses yeux railleurs, j'obtiens ce que je veux de *toi.*

Mon cœur dégringola dans ma poitrine avec un bruit sourd qui résonna dans tout mon corps. Les griffes de la jalousie s'enroulèrent autour de mon cou.

Il voulait quelque chose d'Emmabelle.

Le contraire m'aurait étonnée. C'était elle, l'intéressante, la mondaine, le feu d'artifice.

Que voulait-il, exactement ?

Son corps ?

Son *cœur* ?

Je me raidis, concentrée sur ma respiration, m'intimant de ne pas le tuer. Pas maintenant. Pas encore.

— Et que veux-tu de moi au juste ? demanda Belle lentement, se rasseyant sur sa chaise.

— Le cadeau le plus précieux qui soit : le silence. Plus précisément, si je gagne, tu arrêteras de traiter ma femme comme si elle était un agneau impuissant que je m'apprête à dévorer. J'entends et je vois tout. Tu ne laisses pas une vraie chance à mon mariage. Tu me dénigres en permanence. C'est irrespectueux envers Perséphone, et ça s'arrête aujourd'hui. Cela s'applique à toi aussi, dit-il en jetant un regard noir à Sailor. Mêmes enjeux. Mêmes termes. Soit vous gagnez et vous emportez l'argent. Soit je gagne, je paie votre dette, et en contrepartie vous descendez du train « Cillian = Satan ». Si ma femme veut monter à bord, elle achètera son propre billet et voyagera seule.

Belle et Sailor échangèrent un regard.

Depuis quand Kill se souciait-il de ce que les autres pensaient de lui ?

— Tu veux dire qu'il y a vraiment quelque chose entre vous ? demanda Sailor.

— Je veux dire que ce que nous avons nous *appartient*, répliqua-t-il. C'est entre Perséphone et moi. Je n'ai entendu aucune objection de votre part quand Sailor était de corvée de baby-sitting chez Hunter pour qu'il garde son petit oiseau dans son pantalon.

Kill désigna son frère cadet, et Hunter grimaça.

Quand Sailor et Hunter étaient tombés amoureux, nous savions toutes que c'était un grand charmeur, et pourtant nous avions soutenu leur relation. Kill avait une réputation épouvantable mais, jusqu'à présent, il faisait davantage ses preuves auprès de moi que Hunter auprès de Sailor avant que cela devienne sérieux entre eux.

— Je suis une bonne joueuse de poker, dit Belle avec un air de défi.

Elle n'était pas bonne. Elle était la *meilleure*. Et elle le savait.

— Moi aussi, dit Sailor.

Kill afficha un sourire narquois.

— Je vais courir le risque.

Quinze minutes plus tard, tout le monde était absorbé par la partie. Sailor, la femme la plus compétitrice de la planète, s'essuyait le front chaque fois qu'elle prenait une carte. Belle refusait de se déconcentrer, ne prenant part à aucune conversation. Mon époux, quant à lui, était affalé sur sa chaise, son langage corporel traduisant son indifférence et son calme. De temps en temps, il intervenait dans la discussion de Hunter et Devon au sujet de la Bourse.

— Donc, tu veux divorcer.

Son ton onctueux de baryton s'insinua en moi. Il reprenait à voix basse notre conversation de l'après-midi, lorsque je lui avais demandé de me libérer de notre mariage s'il devait continuer à m'ignorer.

— Si mon destin, c'est de passer ma vie à courir après mon mari pour le supplier de coucher avec moi, alors oui, je veux divorcer. Tu n'aurais pas dû m'épouser si tu ne me trouves pas attirante.

— Je te trouve attirante.

Il tira une carte et fronça les sourcils, sérieux.

— Le problème, c'est que je te trouve *trop* attirante.

— Je suis perdue, dis-je, même si c'était faux.

Je voulais seulement qu'il me rassure. Qu'il répare mon ego brisé.

— Moi aussi. Chaque fois que je te regarde. C'est pour ça que je t'ai évitée.

— J'ai des besoins.

— Et j'ai des compétences, répliqua-t-il en posant ses cartes pour ramasser un jeton orange qu'il tapa contre la table en chêne.

Il passa nonchalamment son autre bras sous la table. Une seconde plus tard, sa main, lourde et chaude, se posa à l'intérieur de ma cuisse.

Je retins mon souffle. Je portais une robe asymétrique vert émeraude qui s'arrêtait au-dessus des genoux. Il fit remonter ses doigts, jusqu'à les poser dans le creux entre ma cuisse et mon entrejambe.

— À toi de jouer, Kill, dit Sam après avoir jeté une de ses cartes sur le tas.

D'une main, mon mari poussa une pile de jetons au centre de la table. Les autres joueurs se regardèrent, jaugeant la réaction de chacun. Kill en profita pour promener ses doigts sur le coton de ma culotte avant d'en écarter le tissu.

Il passa deux doigts sur ma vulve, l'explorant paresseusement, taquinant ma chair sans me pénétrer. Je frémis et sentis mes tétons durcir.

Belle regarda ses cartes en fronçant des sourcils.

— Il bluffe. Je relance.

Elle poussa plus de jetons au centre de la table.

— Quelle impudence, surtout avec l'argent des autres, se moqua Kill avec un sourire indolent.

— Je suis toujours impudente, rétorqua Belle. Mais quand il

s'agit de remettre des connards à leur place, j'y prends encore plus de plaisir.

— Je me couche, dit Sailor en jetant ses cartes, regardant ma sœur en faisant la grimace. Désolée. Tu sais à quel point ça me fait mal de perdre.

— Moi aussi, bordel, pesta Hunter en plaquant ses cartes sur la table.

Devon, qui, si je me fiais à nos quelques interactions, était un vrai serpent, ricana, ses yeux passant de Belle à Cillian.

— C'est à celui qui aura la plus grosse ? Parce qu'Emmabelle, ma chère, je serais terriblement déçu si vous gagniez.

— Mais pas découragé pour autant, marmonna Sam. Remets ta langue dans ta bouche, putain. Tu baves dans le bol de chips.

Ma sœur regarda mon mari, dans l'expectative, mais Cillian n'accordait plus son attention à qui que ce soit dans la pièce. Ses doigts experts étaient en train de jouer avec mon clitoris et il passa son pouce le long de mes lèvres, insensible au fait que tout le monde le regardait. Tous les muscles de mon corps se crispèrent délicieusement, réclamant satisfaction.

Cela m'excitait que nous ayons un public, même si personne n'était conscient de ce qu'il se passait sous la table.

— Montre-nous tes cartes, gronda Emmabelle.

— Demande gentiment, dit-il.

— Punaise, Kill, regarde autour de toi. Tu es à une remarque désagréable de te faire trucider, dit Hunter en riant.

Cillian retourna ses cartes de sa main libre. Tout le monde se pencha sur la table pour les regarder alors qu'il glissait enfin un doigt en moi, le pouce plaqué contre mon clitoris.

Je retins mon souffle, agrippant le bord de la table.

Nom d'un chien.

— Ça va, Pers ? demanda Sailor en se tournant vers moi.

— Je ne sais pas pour elle, mais ça va pas fort pour son mari, lança Belle en révélant ses cartes, triomphante, et tout le monde siffla. T'as que dalle, American Psycho. Moi, en revanche, j'ai un full.

Ouvrant grand ses bras, elle ramassa les jetons au centre de la table.

— Ça va, c'est juste que je… que je…, haletai-je, essayant de faire une phrase, mais Kill enfonça un deuxième doigt en moi, allant et venant, caressant toujours mon clitoris avec la pulpe de son pouce.

J'étais trempée et j'essayais sans aucune pudeur de me cambrer pour me frotter contre sa main. J'étais presque sûre que, si tout le monde se taisait, on entendrait les « splotch-splotch » pendant qu'il faisait ce qu'il voulait de moi.

— Tu quoi ? insista Sailor.

— J'ai une crampe au pied.

Je pris mon verre, me forçant à avaler une gorgée, les doigts tremblant si fort que je renversai de l'eau.

— Oh mince, dit Ash en plissant le nez, puis elle recula sa chaise. Laisse-moi regarder, je peux peut-être…

— Non ! m'écriai-je.

Mon mari enfonça ses doigts plus loin, plus vite, de manière plus possessive que jamais. Ils étaient entièrement en moi, me dilatant et me donnant la délicieuse sensation d'être remplie.

— Ça-ça va mieux. Merci.

Cillian examina calmement les cartes de Belle, le visage impassible.

— La chance du débutant, dit-il.

Manifestement déçue par son absence de réaction émotionnelle, ma sœur pouffa.

— Ne t'inquiète pas, Kill, je vais ratisser tous tes jetons avant la fin de la partie.

— Et mon jardin, si cette histoire de club de strip-tease ne marche pas aussi bien que prévu.

Devon redistribua les cartes.

Je haletai à présent, agrippant les bords de ma chaise, cherchant le contact de Kill sous la table. J'étais dans tous mes états. Jamais je n'avais ressenti ça, de toute ma vie. Paxton et moi n'avions jamais fait l'amour dans des endroits qui vaillent la peine d'être mentionnés. Personne ne soupçonnait ce que nous étions en train de faire, et cela rendait la situation un million de fois plus érotique. Mon mari, incarnation de l'élégance, de la beauté et de la décence, portait son masque froid et inaccessible, tout en me faisant des choses indécentes.

Kill ramassa ses nouvelles cartes quand j'atteignis l'orgasme. J'enroulai mes doigts autour de son poignet sous la table pour l'orienter là où je le voulais et me mis à onduler pour chevaucher sa main. L'orgasme m'ébranla : tous les muscles de mon corps se contractèrent, j'eus le souffle coupé et ma bouche s'ouvrit sous l'effet du tremblement de terre qui me secouait de la tête aux pieds.

— Mon Dieu, Pers, tu es sûre que ça va ? Tu as vraiment l'air de souffrir, dit Ash que j'apercevais derrière mes paupières fermées.

Je clignai des yeux, ivre et satisfaite.

— Une autre crampe. Désolée.

Je savais que j'avais les joues rouges. Kill jeta une carte sur une pile et en tira une autre avec une indifférence glaciale. Il retira sa main de ma culotte, essuya ma cyprine sur ma cuisse, puis redescendit ma robe sur les traces de mon orgasme.

— Je ferais mieux de marcher un peu pour me dégourdir les jambes, dis-je en me levant d'un bond. Quelqu'un veut quelque chose de la cuisine ?

— Un cognac, dit Kill sans quitter ses cartes des yeux.

— Une Guinness, dit Hunter d'un ton bourru.

— Du cyanure, dit Sam en levant la main. Double dose. Cette partie m'ennuie à mourir.

— C'est parce que tu n'aimes pas l'argent et que tu te couches toujours tôt, grogna Hunter. Pourquoi tu fais ça ?

— Je ne joue pas pour gagner ou perdre, expliqua Sam.

— Alors pourquoi joues-tu ?

— Pour étudier mes adversaires, trouver leur faiblesse, et m'en servir contre eux.

— Ah. (Hunter hocha la tête.) Rappelle-moi de ne jamais te contrarier.

— Tu as mis ma petite sœur enceinte, répondit Sam d'un air menaçant. C'est un peu tard pour ça.

Je m'enfermai dans la cuisine pour reprendre ma respiration et essuyer toute tache suspecte. Je revins avec un plateau et distribuai les boissons. Puis je flânai dans la pièce, étudiant les tableaux accrochés aux murs. Des scènes bucoliques représentant des forêts, des lacs, des tempêtes de neige. L'une d'elles attira mon attention. C'était une simple cabane au clair de lune, mais il y avait un gros nuage à l'arrière-plan.

Tata Tilda ?

— Fille aux Fleurs, dit sèchement Cillian, prononçant mon surnom devant tout le monde.

Toutes les têtes se tournèrent en même temps, comme s'il avait parlé une autre langue. Je quittai le tableau des yeux et vis qu'il désignait ma chaise.

— Montre à ta sœur de quel côté tu es.

— Tu es sûr ? Ce ne sera pas le tien, dis-je avec un sourire sarcastique.

Je devais être honnête : Belle était ma sœur et je la soutiendrais quoi qu'il arrive.

Belle éclata de rire avant de lancer :

— Ça fait mal, hein ?

Mon époux poussa tous ses jetons au centre de la table, imperturbable.

— Tapis.

Sailor et Belle échangèrent un regard. Au cours de la soirée, les parties avaient été équilibrées, et Cillian, Sailor et Belle se retrouvaient avec plus ou moins le même nombre de jetons.

Hunter, Devon et Sam se couchèrent tous les trois, amusés par la perspective de voir Kill affronter deux femmes qui voulaient sa mort.

— Moi aussi, dit Sailor en poussant sa pile de jetons en avant, avant de se tourner vers Belle. Et toi ?

— Cela va sans dire.

Belle balança tous ses jetons, puis se frotta les mains.

Sailor fut la première à révéler ses cartes.

— Dites bonjour à mes deux paires.

Belle tapota l'épaule de Sailor avec suffisance, en montrant ses propres cartes.

— C'est bien joli, mais tu es officiellement invitée à mon deuxième full à la suite. Dis donc, je me demande ce que je vais faire de tout cet argent.

Elle sourit à mon époux en se tapotant les lèvres.

— Je songe à des vacances aux Bahamas ou peut-être à m'acheter une nouvelle voiture. Qu'est-ce que t'en penses, Fitzpatrick ? Tu me vois dans une Mercedes ?

S'il te plaît, ne dis pas à ma sœur que tu la vois dans un cercueil, priai-je.

Kill garda un visage neutre et posa paresseusement ses cartes, dévoilant une main qui coupa le souffle à tout le monde.

— Une quinte flush royale ! pesta Belle en se levant d'un bond. Il y a une chance sur un demi-million d'avoir une quinte flush royale, et tu ne peux pas avoir autant de chance que ça. Tu as trafiqué les cartes. Avoue.

Kill se leva à son tour, sans prendre la peine de récupérer les jetons. Il se contenta de fixer Belle avec une expression qui me fit comprendre qu'il ne l'avait jamais appréciée. Quelle que soit la raison pour laquelle il la regardait chaque fois que nous étions dans la même pièce, ce n'était pas la convoitise. Il m'avait dit qu'il ne l'avait jamais désirée, et je le croyais enfin. Kill était cruel, décadent et profondément mauvais, mais mentir et tromper était indigne de lui.

— Si tu comptes lancer des accusations, tu ferais mieux de les étayer par des faits, dit-il en haussant un sourcil.

— Et comment je ferais ça ? dit-elle avec un rire amer. OK. Peu importe. Juste pour que ce soit clair, je pense que tu es l'homme le plus corrompu de la planète.

— Juste pour que ce soit clair, dit-il en imitant son ton, occasionnant des rires étouffés autour de la table. Je m'en tape. Garde la monnaie. Et si tu te demandes encore ce que tu vas faire de cet argent, je te suggère de t'acheter du bon sens. En attendant, je te rappelle que tu as accepté de ne pas t'immiscer dans mon mariage. Tu arrêtes de lobotomiser ma femme et de lui dire le fond de ta pensée sur moi. C'est une grande fille et elle peut prendre ses propres décisions. Ça vaut aussi pour toi.

Il claqua des doigts à l'intention de Sailor.

Sur ce, il quitta la pièce.

Les hommes furent les premiers à éclater de rire et à se lever pour regagner leurs chambres respectives.

Nous restâmes quelques minutes entre femmes dans un silence affable pour digérer les événements.

— Qu'est-ce qu'il vient de se passer ? finit par demander Aisling.

— Je crois, dit Belle en faisant rouler un jeton de poker entre ses doigts, que Pers vient d'entailler le cœur de glace de Satan pour la première fois.

— Et ça lui a fait mal, plaisanta Sailor. Un mal de chien.

15

Cillian

Il faut gagner du temps. Vois Arrowsmith et trouve un compromis.

Je répondis au SMS de Devon :

Mauvais numéro.

Tu me paies pour te donner de bons conseils. Mon conseil, c'est de signer un accord à l'amiable pour désamorcer cette bombe à retardement et nous laisser le temps de réfléchir à un plan sur le long terme.

Le seul truc « à l'amiable » que je serais disposé à faire avec Arrowsmith l'enverrait en chirurgie anale.

Il m'avait brisé une fois. Cette fois-ci, c'était mon tour.

Je respecte ta haine envers lui, Kill, mais nous étions jeunes. Fais-lui une proposition généreuse, qu'il se sente considéré, et passe à autre chose. Tu pourrais perdre

ton titre de P-DG, des millions de dollars, et risquer la prison si tu fausses ce procès.

Arrowsmith a été le monstre qui a fait de moi un monstre encore pire. Nous sommes deux bêtes carnivores aujourd'hui. Il est temps de voir qui fera couler le plus de sang.

Je jetai mon téléphone sur le siège en cuir, regardant par la fenêtre de l'Escalade, soucieux.

Andrew Arrowsmith ne s'arrêterait pas avant de m'avoir poussé à la faillite.

Ce n'était pas une question d'argent. Jamais.

Je voulais devenir meilleur que mon père en tant que P-DG parce que lui-même avait su être meilleur que *son* père.

À l'époque où mon arrière-arrière-arrière-arrière-grand-père avait intégré Royal Pipelines, vous pouviez tirer une balle dans le sol et faire jaillir du pétrole. Quand mon père avait hérité de l'entreprise, il fallait forer plus profondément afin d'extraire toutes les ressources naturelles disponibles pour poursuivre la croissance monstrueuse de notre entreprise.

Moi ? Je ne voulais pas simplement augmenter notre capital. Je voulais le faire tripler. Passer à la postérité en tant que meilleur P-DG que l'entreprise ait connu.

Sam cherchait des infos compromettantes sur Andrew pour que je puisse décider de l'angle sous lequel j'allais l'attaquer. En attendant, je faisais ce que je pouvais pour que Green Living balance un tas de fric dans le procès, leur faisant perdre leurs fonds à vitesse grand V.

Quand j'en aurais fini, Andrew n'aurait plus de travail, plus d'entreprise, et plus de toit au-dessus de la tête.

L'Escalade s'arrêta devant l'immeuble de ma femme. Je lui envoyai un SMS pour lui dire de descendre et vis le message qu'elle m'avait envoyé plus tôt, accompagné d'une photo du ciel, auquel je n'avais pas répondu.

Regarde dehors. Tata Tilda est venue dire bonjour ce matin.

Tata Tilda était une emmerdeuse et elle était responsable du regrettable prénom de ma femme. Perséphone était à peine plus acceptable que Tree et Tinder.

Je continuai à ignorer ses messages quotidiens. C'était déjà assez pénible d'avoir été hanté toute la semaine par le souvenir de la soirée poker au ranch. La partie avait été soporifique, ponctuée par les commentaires abrutissants de Sailor et Emmabelle, qui étaient devenues deux des choses que j'aimais le moins à Boston. Ma femme, en revanche, c'était une autre histoire. J'avais beau essayer de le nier, elle me plaisait.

Sa façon de me regarder.

Sa façon de me sourire.

Sa façon de m'appeler « mon petit mari », comme si notre relation était réelle, et non une condamnation à perpétuité due aux cartes merdiques que son précédent mari lui avait distribuées.

Elle avait déjà obtenu le remboursement de sa dette, son divorce et le niveau de vie d'une Kardashian. Elle n'avait pas besoin de faire semblant de me tolérer mais avait quand même la courtoisie de le faire.

Mes paupières se fermèrent alors que j'essayais d'effacer le souvenir d'elle en train d'agripper ma main sous la table, d'onduler sur mes doigts, les cuisses serrées autour de mon poing comme un étau. Elle brûlait comme une rose rouge sang, ses pétales s'enroulant autour de la flamme, et j'étais content de ne pas avoir pu la regarder ouvertement parce qu'il ne faisait aucun doute que j'aurais éjaculé dans mon pantalon.

Je voulais éliminer ma femme de mon système. Pour la délocaliser dans un endroit lointain – peut-être la nouvelle maison de ses parents en banlieue – et la sortir de l'obscurité seulement quand j'en aurais envie, pour de grandes occasions.

Elle était éblouissante, magnétique. Trop bruyante, trop exubérante. L'épouser avait été la pire et la meilleure décision de ma vie.

— Sieste éclair, hein ?

La voix rauque de Perséphone emplit l'habitacle.

— J'ai lu quelque part que les petits sommes sont plus efficaces que huit heures de sommeil. Tu le savais ?

Elle se rapprocha de moi, enveloppée dans une robe qui épousait ses formes comme je l'aurais fait si je n'avais pas été complètement dérangé.

Je sortis un cigare de la boîte près de moi et l'allumai tout en déclarant :

— Pas mal.

— Est-ce un compliment que j'entends ?

Elle pressa le revers de sa main contre mon front, faisant semblant de prendre ma température.

— Non. Pas de fièvre.

— Ta beauté n'a jamais été remise en question.

— Qu'est-ce qui l'est, alors ?

— Sa capacité à me désarmer.

Elle m'adressa un regard qui indiquait qu'elle était mécontente. Un regard que je ne supportais pas, pour des raisons qui m'échappaient. Puis elle sortit quelque chose de son sac Valentino. Un bout de papier, qu'elle déplia. Un billet de dix dollars en tomba. Ainsi qu'un stylo. Elle me tendit les trois.

— C'est pour toi.

— De quoi s'agit-il ?

J'examinai la feuille dans ses mains sans la prendre.

— J'ai vu ça dans une série télé. *Milliardaires.* C'est un contrat par lequel tu me vends ton âme.

J'aurais vraiment dû lui faire passer un test de dépistage de drogue avant de lui passer la bague au doigt. Le nombre de bêtises qui sortaient de cette jolie bouche aurait pu occuper tout le Sénat pendant un siècle.

Mais au fond, je savais que même si les résultats avaient dévoilé qu'elle était accro à la meth, à la cocaïne, à l'héroïne, et à tous les SDF du centre-ville, je l'aurais quand même épousée – et c'était un problème.

Un *énorme* problème.

— Signe-le.

Elle lança le billet de dix dollars sur mes genoux comme si j'étais un chippendale de seconde zone. Je ne le ramassai pas.

Elle fronça les sourcils.

— Quel est le problème ? Tu m'as déjà dit que je ne pourrais jamais avoir ton cœur et que tu ne croyais pas aux âmes. Cela veut dire que me vendre la tienne ne devrait pas être trop dur, si ?

Le fait qu'elle soit en train de me lancer un défi philosophique la rendait assez mignonne pour que j'aie envie de la lécher. Je me demandais souvent quel goût avait le minou de ma femme.

Je m'étais sucé les doigts après la partie de cartes au ranch ; le simple fait de renifler son parfum m'avait fait bander.

— Ce n'est pas grave si tu ne veux pas prendre le risque.

Elle replia le contrat, prête à le remettre dans son sac.

— Les âmes, ça n'existe pas, répétai-je sourdement.

— Dans ce cas, je voudrais acheter la tienne.

— Comment ça finit, dans cette série télé ?

Je m'adossai au siège, faisant tourner mon cigare entre mes doigts.

— *Milliardaires* ? (Elle fronça les sourcils.) La fille, qui avait le même genre de croyances et la même vision du monde que toi, signe le contrat, prouvant qu'elle ne croit vraiment pas aux âmes.

— Erreur de débutant.

Je coinçai le cigare entre mes dents pour me libérer les mains, repositionnant le collier de ma femme pour que l'attache ne se voie pas.

— La première règle dans les affaires, c'est l'offre et la demande. Tu fixes le prix de chaque chose en fonction de la valeur que lui accordent les autres. Mes croyances n'ont aucune importance. *Toi*, tu penses que les âmes existent, et par conséquent, *moi*, je vais te la céder au prix maximum.

— Qui est ?

— Ta soumission totale à notre arrangement.

Je lui pris le stylo et le papier des mains pour les ranger dans ma poche de poitrine. Puis j'ajoutai :

— On y reviendra quand je saurai ce que cela représente exactement. Le sujet est clos.

Le besoin de la posséder, de la conquérir et de la rejeter me faisait perdre le sommeil.

C'était irrationnel, et ma raison était la boussole sur laquelle je pouvais toujours compter.

Perséphone me faisait jurer, alors que *rien* ne me faisait jurer. Pourtant, quand nous étions sur le sentier équestre, j'avais prononcé le mot « putain ». Pas parce que je m'étais cassé deux côtes – ce qui était le cas – ni parce que je saignais, mais parce qu'elle semblait terrorisée, et je ne voulais plus jamais revoir cette émotion sur son visage.

Elle lissa sa robe, m'examinant sous ses longs cils.

— Je suis contente que nous allions à ce gala de charité. Nous n'avons pas encore fait de sortie en couple depuis que nous sommes mariés. Paxton et moi sortions souvent en tête à tête. Ça me manque.

— Où t'emmenait-il ?

La question m'échappa avant que je puisse la ravaler et m'étouffer avec. C'était ce que je méritais pour l'avoir *pensée*.

Elle souffla sur une mèche couleur tournesol qui lui tombait dans l'œil.

— On avait un pass annuel chez Disney – j'adore les contes de fées. On allait au restaurant, en boîte, à des matchs de football. Oh ! et on allait pique-niquer, parfois. On rêvait d'aller en Namibie pour notre lune de miel, mais on était trop fauchés pour ça.

— Pourquoi la Namibie ?

Pourquoi je posais la question ?

— Un jour, j'ai vu une photo du désert de Namibie dans un journal. Les dunes ressemblaient à du velours. M'allonger sur une de ces collines parfaites et lever les yeux vers le soleil est devenu une obsession. Cela me semblait être le summum pour se sentir vivant. Si poignant. Si pur.

Si stupide.

Elle eut le bon sens de rougir.

Je me retournai vers le paysage qui défilait de l'autre côté de la vitre, en ayant assez entendu sur sa relation précédente.

— On a partagé de bons moments, lui et moi.

Je sentis un étrange fourmillement dans la poitrine. Peut-être étais-je en train de faire une crise cardiaque. Passer la nuit aux urgences serait toujours mieux que voir Arrowsmith baver sur ma femme comme un ado en chaleur.

— Un certain Andrew Arrowsmith sera présent ce soir. C'est lui qui a porté plainte contre Royal Pipelines, dis-je, changeant de sujet.

— Je l'ai vu à la télé. Il est invité dans les matinales et siège à des comités environnementaux.

— Je veux que tu aies un comportement exemplaire. Il va nous surveiller de près, chercher des failles.

Elle me jeta un regard curieux.

— Pourquoi ai-je la sensation qu'il n'est pas seulement question du procès ?

— On se connaît depuis longtemps. On a grandi ensemble, on est allés dans les mêmes écoles pendant un moment. Son père travaillait pour le mien.

— J'imagine que son départ ne s'est pas accompagné de la médaille de l'employé de l'année.

— *Athair* lui a imposé une marche de la honte et l'a mis sur la liste noire de toutes les entreprises respectables de la côte Est. Arrowsmith senior avait le chic pour détourner de l'argent.

Perséphone croisa les jambes.

— Donc ce procès est une histoire personnelle ?

Je hochai sèchement la tête.

— Arrowsmith senior est décédé récemment.

— Ce qui a rouvert cette ancienne plaie, poussant Andrew à accepter le poste chez Green Living.

Elle comprenait vite. Fille aux Fleurs avait fait preuve de bien plus d'intelligence que je ne lui en avais accordé avant de lui demander de m'épouser.

— Comment se fait-il que les médias ne s'en soient pas emparés ?

Elle réajusta ma cravate ; cette fois-ci, je ne chassai pas sa main.

— De ses intentions cachées, je veux dire. C'est une personnalité publique.

— Je ne les ai pas encore fait fuiter.

— Pourquoi ?

— Arrowsmith a aussi quelque chose sur moi. Nous nous

menaçons mutuellement de révéler les péchés de l'autre, attendant de voir qui va cligner des yeux en premier.

— Alors faisons-le flancher, *mon petit mari.*

— Il n'y a pas de « nous » dans cette opération. Occupe-toi de me donner des héritiers, et je m'occupe d'Arrowsmith.

Elle me scruta de ses yeux bleus, l'air calme. Je voyais bien qu'elle ne me craignait plus, mais je ne savais pas si cela était satisfaisant ou irritant.

— Je le pense, Fille aux Fleurs. Ne te mêle pas de mes affaires.

Elle souriait encore.

— Qu'est-ce que tu regardes ? grondai-je.

— Tu as tenu ma main dans la tienne pendant tout le trajet. Depuis que tu m'as pris le contrat.

Baissant les yeux, je retirai vivement ma main.

— Je n'avais pas remarqué.

— Tu es beau quand tu rougis.

— Je te jure, Perséphone, je vais t'envoyer dans ta précieuse Namibie si tu continues à me taper sur le système.

— Donc, maintenant, je t'agace en permanence, dit-elle, les yeux brillants. Voilà une première émotion de maîtrisée. Plus que vingt-six !

Il y avait vingt-sept émotions ? Cela semblait tout à fait ingérable. Pas étonnant que les humains soient inutiles.

Le chauffeur ouvrit la portière arrière. Je sortis le premier, prenant la main délicate de ma femme, sous les cliquetis des appareils photo qui nous dévoraient pour obtenir le plus de clichés possible de la femme qui avait décidé d'unir son destin au Méchant.

Je précédai mon épouse et traversai la foule, bloquant les flashs aveuglants avec mon corps pour ne pas qu'elle trébuche et me fasse honte.

En scène.

Le gala de charité me rappela pourquoi je ne fréquentais jamais personne.

En dehors de la chambre à coucher, en tout cas.

Un nuage de parfum rance flottait au-dessus des coiffures soigneusement laquées. Le carrelage en marbre de l'hôtel datant du XIXe siècle scintillait, et les aristocrates immortalisés sur les tableaux encadrant la salle de bal lançaient des regards désapprobateurs aux invités.

Tout était faux, des conversations aux dentiers en passant par les larmes de crocodile sur la cause pour laquelle nous collections des fonds – des clowns pour chatons ? Un sanctuaire à fourmis ? Quoi que ce soit, je savais que je détonnais, comme un type sobre à une soirée étudiante.

Je guidai Perséphone à l'intérieur, ignorant les quelques personnes assez bêtes pour m'approcher.

C'était ça la beauté d'être l'homme d'affaires le plus détesté de Boston. Je n'avais pas besoin de faire semblant d'être concerné. Je voulais parler en privé avec l'homme qui faisait un procès à mon entreprise, et je venais donc ici avec un chèque que les organisateurs ne pouvaient pas refuser. Mais ma volonté de me sociabiliser ou de jouer le jeu était inférieure à zéro.

J'attrapai une coupe de champagne pour Perséphone et un cognac pour moi sur un plateau, snobant un gérant de fonds spéculatif venu se présenter avec une femme à l'air rasoir qui devait être son épouse.

Tout à coup, un truc rapide et dur vint me percuter la jambe. Il vacilla en arrière, atterrissant aux pieds de ma femme dans un enchevêtrement de membres grassouillets.

Perséphone, déséquilibrée, renversa son verre, éclaboussant sa robe de champagne. Elle poussa un cri de surprise tandis que je saisissais ce truc stupide et le hissai dans les airs. Il se débattit en criant.

— Qu'est-ce que…

— Lâche-le ! s'écria ma femme en me tapant sur la main.

Elle s'accroupit, donnant à tout le monde dans la pièce une vue plongeante sur son décolleté, et remit le truc – d'accord, *l'enfant* – qui nous avait foncé dessus sur ses pieds.

— Ça va, mon chou ? demanda-t-elle en lui caressant les bras.

L'enfant m'était vaguement familier mais, puisque je n'en connaissais aucun, je me dis qu'ils devaient tous se ressembler. Comme des écureuils, ou des Oreos.

Le petit garçon secoua la tête en plissant le nez. Son œil fut agité d'un tic nerveux une fois, puis deux… non, six.

Tic. Tic. Tic, tic, tic, tic.

Mon ventre se serra. Je reculai, faisant craquer mes doigts l'un après l'autre.

— Tu es perdu ?

Ma femme posa sa main sur la joue du morveux.

Oui.

Le garçon baissa les yeux, secoué de tremblements.

— O-o-oui.

— Allons retrouver tes parents.

Elle lui prit la main et, au même moment, un enfant identique au premier se dirigea droit sur nous et percuta le gamin, faisant tomber Perséphone. Au lieu de les repousser, elle se mit à rire, de son rire rauque qui semblait être directement connecté à mon entrejambe, et elle les prit dans ses bras comme si c'étaient des chiots excités. Ils plongèrent leurs doigts collants dans ses boucles blondes et tripotèrent son collier en diamant.

— Doucement, les petits, dit-elle en riant.

— Je ne suis pas petit. Je suis un grand garçon. Tinder ! maman et papa te cherchent, cria le second enfant.

— T-Tree. Regarde ce que j'ai trouvé. Une vraie princesse, dit le premier en montrant mon épouse.

Tinder ?

Tree ?

Oh ! put…

— Fitzpatrick. Quelle coïncidence. Que fais-tu ici, à la collecte de fonds de *Pour l'Amour des Bœufs* ?

Andrew Arrowsmith arriva d'un pas tranquille derrière ses enfants, une main posée dans le dos de sa femme.

Je regardai une des affiches de la pièce, certain qu'il me testait. Effectivement, les mots « Pour l'Amour des Bœufs » étaient écrits noir sur blanc. Apparemment, j'avais glissé un chèque de cinq mille dollars à l'entrée pour soutenir la recherche sur les moyens de réduire les effets du méthane sur la couche d'ozone.

« Bouseux » venait de prendre un tout nouveau sens, littéral.

Je jetai un autre coup d'œil à Tinder. Il était dans les bras de ma femme, secoué de tics, sa gorge produisant des sons sauvages qu'il semblait incapable de maîtriser.

— Ne me dis que tu t'es découvert une conscience, fit Andrew avec un sourire narquois.

Je devais l'admettre, son aristocratie récente lui allait bien.

— Quelle conscience ? demandai-je nonchalamment. J'ai entendu le mot « bœuf » et je me suis dit qu'il y aurait du steak.

— Voilà qui te ressemble plus.

Les yeux d'Andrew se posèrent sur Perséphone, qui était toujours au sol, en train de répondre des « ah » et des « oh » à ce que racontaient les enfants d'Andrew.

— Elle est charmante.

— J'ai des yeux.

— Tu ne nous présentes pas ?

— Non, répondis-je, impassible.

Malheureusement, une des raisons de ma légère obsession pour Perséphone était ses manières irréprochables. Elle se leva, tendant la main à mon ennemi juré avec un sourire chaleureux, se présentant malgré tout.

— Perséphone Fitzpatrick. Ravie de vous rencontrer.

— Andrew Arrowsmith, et voici ma femme, Joelle. Je crois que vous avez déjà rencontré mes fils, Tinder et Tree.

— Oh ! ils ont fait une entrée fracassante.

Perséphone chassa des mèches brunes du front pâle de Tinder en riant.

Ne touche pas à son gamin.

— J-j-je-je m'ennuie. Je p-peux jouer avec la princesse ? demanda Tinder en tirant sur la robe de ma femme, encore humide du champagne qu'il lui avait fait renverser.

Je n'étais pas jaloux d'un enfant de cinq ans.

Non, je n'étais pas jaloux.

Même si l'émerveillement avec lequel mon épouse le regardait me tapait sur les nerfs.

— On s'ennuie ici, hein ? dit-elle en lui faisant un clin d'œil complice. Allons voir quelles bêtises on peut faire dans le coin.

— Non, merci. Nous avons des gens à saluer, dit Joelle en tirant ses fils vers elle, peinant à les maîtriser.

Elle faisait si banale, surtout à côté de ma femme. Ses traits étaient inintéressants, ses cheveux, trop raides.

Fille aux Fleurs la regarda avec insistance.

— Je crois que Tinder a besoin d'air frais. Nous resterons sur le balcon, où vous pourrez nous voir. Vous pouvez vous joindre à nous si vous le souhaitez.

— Ma chérie, dis-je en posant ma main sur le bras de mon épouse. Tu n'es pas au travail, laisse ses parents s'occuper de lui.

Elle se dégagea.

— Tout n'est pas une corvée.

Je la transperçai du regard mais gardai mes opinions pour moi. Que pouvais-je dire ? Que le gamin était brisé, fichu et que toute la bonté dont elle ferait preuve envers lui ne ferait que lui donner l'espoir cruel et injustifié qu'il pourrait un jour être normal ? Accepté ? Aimé ?

— S'il te plaît, maman, supplia Tinder en tombant à genoux. S'il te plaît, on a vraiment envie de s'amuser pour une fois.

— *D'accoooooord*, dit Joelle avec un petit rire nerveux. Tree et moi venons avec vous.

— Tu ne nous laisses jamais jouer pendant ces trucs-là, dit Tree en regardant sa mère d'un air soupçonneux. Pourquoi là si ?

Joelle pouffa en agitant la main avant de se récrier :

— Mais que racontes-tu mon chéri ?

Les femmes partirent avec les enfants. Andrew et moi restâmes en retrait, près du bar, à les regarder. Quelques personnes vinrent lui serrer la main ou lui firent signe en passant, m'ignorant totalement.

— C'est vraiment quelque chose, ta femme.

Il se frotta le menton, suivant mon épouse des yeux, la déshabillant du regard.

— Quelque chose que tu ferais mieux de quitter des yeux, grondai-je. À moins que cela ne te dérange pas que je te les enlève à la petite cuillère.

— Ne fais pas comme si tu étais capable de nouer un lien avec qui ou quoi que ce soit en dehors de l'argent. Y compris avec cette délicieuse créature.

Il se tourna vers moi, l'air satisfait.

— Elle sait ?

Inutile de faire semblant de ne pas savoir de quoi il parlait.

— Oui, dis-je alors que c'était faux.

Il éclata de rire.

— Bien essayé. Je sais qu'elle n'est pas au courant, mais elle sera informée. Et une fois qu'elle saura, elle te quittera.

— Tinder est un gamin intéressant, rétorquai-je.

— Ouais.

Andrew s'accouda au bar, observant toujours nos familles de loin. Perséphone fit passer son bras autour d'une colonne du balcon, tournant autour en riant. Tinder l'imita, puis Tree se joignit à eux. Joelle les regardait, un sourire sinistre aux lèvres.

— Je lui offre tout le soutien et l'aide dont il a besoin.

— Ton amour et ton soutien ne peuvent pas réparer son système nerveux.

Je vidai mon cognac d'un trait et il me répondit :

— Si tu savais comme ça m'amuse, de bousiller tes affaires, de mettre des panneaux en face de ton bureau, d'organiser des manifestations, de faire un procès à ton entreprise pour la saigner à blanc. Et toi, qu'en penses-tu ? (Il attrapa un verre sur le bar et en but une gorgée.) Oh. C'est vrai. Tu ne jures jamais. Ça se passe bien pour toi ?

Je me tournai vers lui. Les rares choses qui parvenaient à percer mon armure ces temps-ci se comptaient sur les doigts de la main.

Andrew Arrowsmith en faisait partie.

Tout comme ma femme.

— Allons droit au but, Andrew. Abandonne les poursuites, ou je te ferai perdre ton job, puis ta maison, puis ta réputation, dans cet ordre. C'est facile d'incriminer les Arrowsmith pour ce qu'ils ont fait à Royal Pipelines il y a quelques années. Il suffit de se plonger dans les archives de l'entreprise, et tout ce que tu as construit s'effondrera comme un château de cartes, dis-je en claquant des doigts. Les chiens ne font pas des chats. Mon père t'a laissé sans le sou et t'as forcé à revoir ton rêve et ton potentiel à la baisse et, si tu m'y forces, je ferai en sorte que tes enfants ne puissent plus avoir de quoi s'habiller ni manger.

Andrew fit un pas en avant, menaçant.

— N'oublie pas que j'ai aussi quelque chose sur toi, mon pote.

— Une maladie, pas un scandale, objectai-je.

— Maladie ou pas, je parie que ton père ne sait toujours pas que son enfant chéri est tout sauf parfait. Qu'il ne connaît pas l'étendue de l'humiliation que tu as causée à ton nom de famille. Tu touches à Green Living, et je ferai en sorte que le monde connaisse ton histoire. Ton passé. Les vilains mensonges et les vérités incommodantes. C'est soit le massacre économique, soit le bain de sang privé, Fitzy. À toi de voir. Mais j'ai la sensation que tu t'es déjà résigné au fait que je vais détruire Royal Pipelines.

Nos femmes revinrent avant que je puisse répondre. Andrew recula d'un pas, faisant la courbette à Perséphone.

— Madame Fitzpatrick. M'accordez-vous cette danse ?

Si elle était mal à l'aise, elle n'en montra rien. Elle plaça sa main dans la sienne, et j'usai de tout mon sang-froid pour ne pas bondir sur Andrew et récupérer ma femme.

Ce n'était qu'une danse. Et puis, c'était un bon entraînement de la voir dans les bras d'un autre. Après tout, j'y serais condamné d'ici quelques années, quand elle m'aurait donné des héritiers et abandonnerait définitivement le sociopathe que j'étais.

Nous deviendrions mes parents.

Des étrangers affables, liés par leurs engagements, des intérêts communs et des liens sociaux.

Ils me laissèrent avec Joelle et ses jumeaux insupportables.

Ce fut au tour de l'épouse d'Andrew de s'accouder au bar, un sourire sournois étirant ses lèvres mal peintes quand elle dit :

— C'est un ange.

— Elle fera l'affaire.

J'aurais dû cesser de regarder Perséphone dans les bras d'Andrew, mais j'étais fasciné par ce que cela provoquait en moi. Au plus profond de mon être. Ma tête palpitait.

Les yeux de Mme Arrowsmith pétillèrent de curiosité.

— Voilà une remarque peu élogieuse pour une femme que vous semblez incapable de quitter des yeux. Comment se passe la vie de jeunes mariés ?

Je la dévisageai. Pas étonnant qu'Andrew ne puisse pas quitter ma femme des yeux : la sienne était sûrement issue d'une union consanguine.

— Je pensais que les mariages forcés appartenaient au passé, poursuivit Joelle en se tapotant les lèvres, ignorant ses enfants en train de courir entre les jambes des couples sur la piste de danse. Tout le monde se demande si vous lui avez calé un polichinelle dans le tiroir.

Si seulement.

Jackson Hayfield, un magnat du pétrole du Texas, me salua de l'autre bout de la salle. Je lui rendis son signe, traitant Mme Arrrowsmith comme si elle n'existait pas. Ce qui, dans mon monde, était le cas.

— J'ai cru comprendre que c'était le deuxième mariage de Perséphone.

— Vous aimez parler toute seule ? demandai-je, regardant mon téléphone pour voir si j'avais reçu des mails. Vous tenez cette conversation à sens unique. Un signe révélateur de la dynamique de votre mariage ? ajoutai-je d'un air interrogateur.

Son sourire faiblit, mais elle ne céda pas.

— Je suis désolée, je ne voulais pas être trop directe. C'est juste que je trouve ça courageux, ce que vous faites. Mon mari m'a parlé de votre maladie et… eh bien…

Elle se tut, jouant avec son collier.

— Et quoi ? finis-je par demander, mordant à l'hameçon.

— Et il est clair que votre épouse est toujours avec son ex-mari. Autrement, pourquoi rendrait-elle visite à la grand-mère de son ex dans sa maison de retraite tous les week-ends ?

Joelle renvoya ses cheveux teints et aussi secs que de la paille sur son épaule, avant de porter le coup de grâce.

— Enfin, c'est logique. Elle était sans le sou, sans aucune perspective d'avenir. Et il était grand temps que vous vous mariiez. Vous aviez la pression, certainement. Si vous voulez mon avis, les mariages arrangés ont leurs mérites. Alors comment ça marche exactement ? Est-ce que vous êtes tous les trois impliqués dans cette union, ou est-ce que M. Veitch vient vous rendre visite de temps en temps… ?

Je ne suivais plus. J'ignorais que Joelle connaissait l'existence de l'ex-mari de Perséphone. Ce n'était pas un mondain. Sam m'avait dit que Paxton était un pauvre larbin de Byrne.

Joelle vit ma confusion et agita la main.

— Je vous en prie, Cillian, les gens parlent. Dès que les membres du country club de Back Bay ont appris la nouvelle de votre mariage, les langues se sont déliées. Paxton Veitch était un élève de ma partenaire de tennis au lycée, c'est elle qui m'a parlé de lui. Apparemment, elle rend encore visite à la grand-mère de Paxton, elle aussi. La pauvre, elle n'a pas d'autre famille à Boston et elle n'est pas en grande forme. On m'a dit que votre femme n'a pas manqué une seule visite en trois ans, soit peu de temps après qu'elle a commencé à le fréquenter. *Familia primum*, hein ?

« La famille d'abord » en latin.

Joelle faisait donc partie de *ces* femmes.

Celles qui maîtrisent le latin, les mondanités et les marques de haute couture.

Élevées pour devenir les épouses d'hommes comme moi.

— Laissez-moi vous expliquer, dis-je en penchant la tête vers elle, empiétant sur son espace comme elle empiétait sur ma vie privée. Mon mariage est peut-être une imposture, mais au moins ma femme et moi ne nous voilons pas la face. Le vôtre, en revanche, est une mascarade, et je parie que vous êtes assez stupide pour croire qu'il est réel. Laissez-moi deviner – vous êtes issue d'une famille aisée, n'est-ce pas, Joelle ? Vous n'avez jamais travaillé de votre vie. Vous avez une jolie licence inutile d'une université de l'Ivy League, une ascendance prestigieuse et des fonds fiduciaires qui vous sortent par tous les trous ?

Je haussai un sourcil. Si j'en croyais sa façon de tressaillir, j'avais touché un point sensible. J'insistai, enfonçant ma lame plus profond.

— Tout ce qu'Andrew Arrowsmith fait depuis sa naissance, c'est essayer de compenser de n'être pas né Fitzpatrick. Il mangeait dans nos assiettes, jouait dans nos jardins, suivait les mêmes cours extrascolaires que moi. Sa famille est allée jusqu'à l'envoyer dans les mêmes écoles que moi. Mais ne vous y trompez pas – les Arrowsmith n'ont jamais percé le film hermétique du gratin de Boston. C'était notre sangsue et vous, ma chère, êtes sa vache à lait. Même s'il est vrai que, comme vous, je soutiens financièrement quelqu'un de séduisant et déterminé, au moins ai-je épousé une femme que j'ai envie de mettre dans mon lit chaque soir. Vous, vous êtes mariée à un arriviste qui refuserait de vous toucher avec un bâton long de trois mètres. À quand remonte la dernière fois où il vous a donné du plaisir ?

Je me penchai, effleurant son oreille de mes lèvres. Son corps fut traversé d'un frisson d'excitation.

— Où il vous a prise brutalement, comme si vous étiez un trésor inestimable et non un simple chèque qu'il avait besoin d'encaisser ? Votre mari vous trompe, n'est-ce pas, madame Arrowsmith ?

Elle pâlit sous son maquillage et chancela. Je tendis la main pour attraper son bras et l'aider à se stabiliser, un sourire sarcastique aux lèvres.

— C'est bien ce que je pensais. Parlez à quiconque des visites que ma femme rend à Mme Veitch, et je m'assurerai que tout le pays sache que votre époux a des maîtresses. Bonne soirée, madame Arrowsmith.

— Mme Fitzpatrick passera la nuit chez moi. Pas besoin de la reconduire à son appartement, annonçai-je au chauffeur en montant sur la banquette arrière de l'Escalade.

Perséphone retira ses escarpins avec un soupir extatique et laissa tomber sa tête contre le cuir frais, trop épuisée pour discuter des derniers rebondissements.

Ce soir, elle avait dansé avec tous les hommes intéressants présents au gala. Était passée de bras en bras. Un jouet magnifique et brillant qui appartenait à l'homme le plus inaccessible de Nouvelle-Angleterre. Tout le monde voulait voir celle qui avait réussi à dompter le Méchant, et puisque la plupart des gens avaient abandonné l'idée de m'approcher directement, Fille aux Fleurs était un lot de consolation de premier choix.

— Je vois que tu commences à m'apprécier, lâcha-t-elle.

Elle massa ses pieds rouges et enflés, puis les posa sur mes genoux dans l'espoir que je prenne le relais.

— Tu as peut-être besoin de lunettes.

Je donnai une petite tape sur ses orteils, qu'elle agitait, ignorant ses supplications.

— Comment peux-tu être si bougon alors que tout s'est bien passé ce soir ? demanda-t-elle, perplexe. Tu es programmé pour être triste ou quoi ?

Dans notre couple, je payais mon dû, et avec un joli taux d'intérêt. Non seulement je maintenais mon épouse en vie – ce qui se révélait plus difficile que prévu – mais je lui offrais tout ce dont une femme du XXIe siècle pouvait rêver.

Si Perséphone pensait qu'elle allait pouvoir continuer à rendre visite à la famille de son ex-mari et rester en contact avec le clan Veitch – peut-être même avec Paxton lui-même – elle se trompait lourdement. Elle était à moi désormais, et si je devais clore la transaction en la mettant enceinte cette semaine, j'étais prêt à le faire.

Quand nous fûmes arrivés, Petar émergea de ses quartiers en courant pour voir si j'avais besoin de quoi que ce soit.

Une épouse loyale, ce serait pas mal.

— Du balai, dis-je en le chassant d'un geste de la main.

Perséphone et moi nous dirigeâmes vers mon bureau, à l'étage, montant l'escalier toscan.

Je fermai la porte derrière nous, allai jusqu'à mon fauteuil, sortis le stupide contrat de ma poche de poitrine et le plaquai sur la table. Prenant mon propre stylo dans un tiroir – un stylo ne portant pas le nom d'une foutue entreprise de plomberie –, je signai le contrat, cédant mon âme à ma femme, puis soulevai la feuille entre mon index et mon majeur.

Elle tendit la main pour l'attraper, mais je levai le bras en secouant lentement la tête.

— J'ai trouvé le prix de mon âme.

— Je t'écoute, dit-elle en croisant les bras.

— Arrête de rendre visite à la grand-mère de ton ex-mari. C'est déplacé, ingrat, et ça envoie le mauvais message.

Il y eut un moment de silence. Elle essayait de comprendre comment je pouvais être au courant.

— Non, dit-elle tout net. Elle n'a personne. Elle est sénile, seule et elle a désespérément besoin de compagnie. Il ne lui reste pas longtemps à vivre. Hors de question que je lui tourne le dos.

Cela me surprit qu'elle ne nie pas rendre visite à un parent de son ex.

Même si cela n'aurait pas dû m'étonner. J'avais toujours l'impression que Perséphone était plus facilement gérable que ses amies et sa sœur – alias la Brigade des Hystériques. Dans les faits, ma femme avait simplement une approche moins conventionnelle des choses. Au lieu de camper sur ses positions, elle s'y perchait avec un petit sourire mignon.

Mais techniquement, elle *restait* sur ses positions, ne bougeant pas d'un pouce.

— Elle n'est plus sous ta responsabilité.

Appuyant mes doigts sur le bureau pour me retenir de les faire craquer, je me penchai en avant, sentant mon sang-froid s'envoler peu à peu.

— Je refuse d'acheter ton âme si cela doit ternir la mienne, affirma-t-elle en se redressant. Désolée, mon petit mari, il va falloir que tu trouves autre chose.

— Je vais engager une infirmière qui s'occupera d'elle.

Étais-je vraiment en train de négocier avec cette femme ? *Encore ?*

— Non.

— Deux infirmières, répondis-je, les dents serrées.

Elle secoua la tête.

— Cette femme est *sénile*. (Je montrai les dents.) Elle ne verra pas la différence entre toi et une professionnelle.

— Mais moi, si.

Elle défit sa barrette, ses boucles d'or tombant en cascade sur ses épaules.

— Et je saurai que j'ai tourné le dos à une personne démunie à cause d'un caprice de mon mari.

J'avais envie de… envie de… putain, qu'est-ce que j'avais envie de faire à cette femme ?

Et putain, pourquoi le mot « putain » venait-il de s'infiltrer dans mes pensées ?

Je recommençais.

Putain de bordel de Dieu.

Elle avança vers moi, posant sa main sur la mienne.

— Cillian, murmura-t-elle. Écoute-moi. Les deux décisions les plus importantes de nos vies ne sont pas de notre ressort ; nous ne choisissons pas de naître, et nous ne choisissons pas quand ni comment nous allons mourir. Mais tout ce qu'il y a entre les deux ? Tout ça nous appartient. Nous pouvons remplir les blancs comme bon nous semble. Et je choisis de remplir les miens en faisant ce qu'il faut. En étant une bonne amie – un bon être humain – selon mes propres critères.

Calmement, je pris le contrat et le rangeai dans un tiroir que je verrouillai avant de mettre la clé dans ma poche. Je n'obtiendrais pas ce que je voulais – pas ce soir, du moins – mais les négociations étaient mon terrain de jeu, et c'était dans les petites lignes en bas de page que j'excellais.

Elle arrêterait de voir la vieille, même si je devais y consacrer tout mon temps.

Je fis le tour du bureau et m'appuyai contre le meuble, croisant les chevilles.

— Viens ici.

Sans hésiter, elle réduisit l'espace entre nous, consentante et réceptive. *Parfait*. Jamais je n'avais rencontré une personne aussi volontaire et pourtant si butée.

Nous étions l'un contre l'autre, son parfum floral envahissant mes narines.

— Tu as vu ta tante Tilda récemment ?

Je posai ma main sur sa joue, la prenant au creux de ma paume. Perséphone inspira fébrilement, ma brève caresse faisant trembler son corps tout entier.

Je me demandai si elle était aussi réceptive avec son ex-mari.

Si elle frémissait plus dans les bras d'un homme qu'elle avait réellement choisi.

Des bras dans lesquels je l'avais poussée.

— Oui, je-je l'ai vue, l'autre jour…

Elle bégaya, me laissant la tirer vers moi. Ses cuisses se retrouvèrent à califourchon sur ma jambe droite et je l'orientai de sorte à ce que son clitoris soit pressé contre mes quadriceps musclés.

— Hum, c'était mardi, je crois ?

Elle n'avait pas les idées claires.

Malheureusement, moi non plus.

Je baissai la tête au moment où elle levait la sienne, ses lèvres s'entrouvrant pour moi. Je capturai sa bouche, pressant mon genou entre ses cuisses, sentant ses muscles se tendre autour de moi. Un gémissement lui échappa. Elle plaqua ses seins contre mon torse, se frottant contre moi, en recherche de contact. Ma langue dansait avec la sienne, et je pris son visage entre mes mains, intensifiant le baiser, puis je fis descendre ma bouche sur son menton, son cou, m'arrêtant sur le point sensible où son pouls palpitait pour y passer ma langue.

Elle planta ses ongles dans mes épaules. Elle était proche de l'orgasme, juste parce qu'on s'embrassait. Il y avait de l'électricité entre nous, et je me demandai à quel moment elle fixerait une limite. À quel moment elle se rendrait compte qu'elle n'était pas prête à m'offrir ce que je voulais d'elle.

— Oh mon Dieu, Kill, haleta-t-elle.

Plutôt que de lui faire remarquer que Dieu n'existait pas, ma bouche poursuivit son voyage jusqu'à sa clavicule, puis ses seins, que je pris au creux de mes mains, ma langue glissant entre eux telle une flèche. Elle me saisit la tête et la plaqua contre l'un de ses seins. Je réprimai un rire, écartant sa robe pour glisser son téton rose et dur dans ma bouche et le sucer. Elle soupira dans mes cheveux, ses petites griffes effleurant mes épaules puis mon dos avant de se planter dans mes fesses.

— Donne-moi tout, dit-elle en faisant basculer sa tête d'avant en arrière, ses lèvres contre mes cheveux. Tout de toi. Je veux tout ce que tu leur donnes à elles et plus encore.

Elles.

Les femmes que j'avais payées.

Les femmes que j'allais continuer à payer parce que Perséphone n'était pas née pour assouvir mes sombres fantasmes ; elle n'avait été ni formée ni destinée à jouer ce rôle. C'était hors de question.

Elle était trop bien.

Trop innocente.

Trop précieuse.

Et puis, je serais l'homme le plus stupide au monde de vouloir lier ma vie avec la sienne plus qu'elle ne l'était déjà.

Je passai à son autre téton, léchant, tirant, mordant. La taquinant avec ma bouche, je l'amenai au bord de l'orgasme, jusqu'à ce qu'elle se frotte de façon indécente contre ma jambe. Je savais qu'elle n'était pas loin ; je le devinais aux tremblements de ses cuisses.

Je choisis ce moment pour arracher ma bouche à la sienne et reculer.

Elle faillit tomber à la renverse sur le bureau. Je l'attrapai par la taille et la tirai de nouveau vers moi, lui relevant le menton.

— J'embrasse toujours comme un rottweiler affamé ?

J'étais content que ma voix soit restée le même grondement las et sec.

Elle s'éclaircit la gorge, indolente, tout contre moi.

— Tu t'améliores. C'était mieux.

— Mieux, mais pas parfait ? demandai-je en haussant un sourcil, amusé.

Elle secoua la tête avec un sourire malicieux, tout en descendant ma braguette.

— Malheureusement, nous devons encore nous entraîner. *Souvent.*

Je ne pus m'en empêcher.

Je ris contre ses lèvres.

C'était la première fois depuis des années que je riais.

Des décennies, peut-être.

Et c'était… nouveau. *Bon.*

— Maintenant, montre-moi pourquoi tu mets tant de distance entre tes maîtresses et toi. Que peux-tu bien leur faire de si pervers ?

Elle ne me donna pas le temps de répondre. Ma braguette ouverte, elle me tira par la main jusque dans le couloir en regardant autour d'elle, attendant que je la guide vers ma chambre. Ce que je fis, même si elle connaissait son emplacement : je savais, grâce aux caméras, que Petar lui avait fait visiter la maison quand je n'étais pas là.

Je fermai la porte derrière nous et la verrouillai pour faire bonne mesure tandis qu'elle avançait devant moi. Elle enleva sa robe en se trémoussant et la laissa tomber au sol, le tissu s'étalant autour d'elle comme un lac gelé.

Elle me prit la main et l'enroula autour de son cou délicat.

— C'est ça que tu aimes ?

Sa poitrine se souleva et s'abaissa au rythme des battements effrénés de son cœur, ses yeux vibrant d'excitation.

— Tu l'as fait le jour où… cette fois où..

Je l'avais mise à la porte en hurlant.

— Ou alors…

Elle ne finit pas sa phrase mais fit glisser ma main sur son corps, jusqu'aux bas de ses reins puis entre ses fesses.

— Peut-être ça ? Cela ne me dérange pas de te faire des trucs, aussi. Tout me convient, Cillian. Du moment que c'est avec moi que tu le fais.

Ma détermination disparaissait plus vite que des strings bonbons dans un sordide enterrement de vie de garçon à Las Vegas.

Le diable sur mon épaule me hurlait que ce n'était pas mon job de la dissuader de coucher avec moi.

L'ange sur mon épaule était… eh bien, il était actuellement ligoté et bâillonné dans le coffre du diable.

— Je ne suis du genre à baiser gentiment, l'avertis-je.

Ma main était toujours dans la sienne. Elle plaça mes doigts entre ses jambes, écartant les cuisses pour moi. Je plongeai mon index en elle. Puis elle prit ma main, porta mon doigt à sa bouche et le suça.

Je mourus. Fin.

D'accord. Je ne mourus pas. Mais je n'en étais pas loin, et toutes les raisons pour lesquelles je ne devais pas coucher avec elle – mon *self-control*, ma maladie, le fait qu'elle soit beaucoup trop bien pour moi – commençaient à ressembler à un tas de conneries.

— Montre-moi ton vrai visage, dit-elle d'une voix rauque qui se brisa sous le coup de l'émotion.

— Il est laid, dis-je platement.

Elle secoua la tête.

— Pas à mes yeux. Tu ne seras jamais laid pour moi.

Il n'en fallait pas plus pour réduire ma détermination à néant. Lui tirant les cheveux par-derrière, j'approchai ses lèvres des miennes pour un baiser punitif.

— Ai-je besoin d'un *safe word* ? demanda-t-elle, le souffle coupé.

— Ta bouche sera trop occupée pour parler. Tape deux fois, et j'arrêterai.

Je la retournai et la plaquai contre la fenêtre donnant sur le jardin, cul nu, ses seins et sa chatte pressés contre la vitre. Je baissai mon pantalon sur mes hanches, libérant ma queue. Perséphone gémit, remuant ses fesses dans ma direction, se cambrant, suppliant, implorant. Elle mouillait tant que ses cuisses collaient l'une à l'autre. Je lui écartai les jambes et saisis ses fesses avec tant de force que j'y laissais des marques roses. Debout derrière elle, je baissai les yeux sur le visage angélique de ma femme alors que la réalité plantait ses griffes en elle.

Elle était plaquée contre une fenêtre donnant sur mon jardin – mais aussi sur le jardin privé de quelqu'un d'autre. Elle était nue comme un ver et sur le point d'être baisée si fort que les femmes des quartiers voisins auraient elles aussi des orgasmes rien qu'en l'entendant. Perséphone déglutit mais ne m'arrêta pas quand je me penchai, ramassai sa petite culotte trempée, la roulai en boule, et la fourrai dans sa bouche.

Elle s'étouffa avec sa culotte en coton, les larmes aux yeux. Je ne bougeai pas, attendant de voir son poing se lever pour arrêter. Sentant que j'attendais son accord, elle étendit ses doigts contre la vitre et hocha la tête.

Vas-y.

Je la pénétrai d'un seul coup de reins.

Elle poussa un gémissement étouffé par le tissu. Mon voisin sortit tranquillement sur son patio, une bière à la main, en marcel et pantalon de costume, comme je m'y attendais. Tous les soirs à dix heures pile, Armie Guzman, banquier chez Wells Fargo, sortait pour arroser ses rosiers.

Perséphone écarquilla les yeux alors que j'allais et venais en elle.

Il était debout, face à nous, avec une vue directe sur elle en train de se faire prendre contre la fenêtre.

Elle gémit quand je la pénétrai de nouveau en lui claquant la fesse, laissant une marque.

— Tape deux fois.

Je plantai mes dents dans son cou, lui rappelant qu'elle avait une issue de secours. Mais elle cambra le dos, m'indiquant qu'elle n'était pas l'innocente petite chose que j'avais imaginée.

Je voulais qu'elle me dise que c'était trop. Trop tôt. Trop pervers. Qu'elle me prouve que nous n'allions pas ensemble, comme je le soupçonnais. Si elle restait froide et peu réceptive, me détacher d'elle une fois que je l'aurais mise enceinte serait facile.

D'accord, pas facile. *Faisable.*

Elle secoua la tête, me retrouvant à mi-chemin, attrapant ma main pour la reposer sur ses fesses.

Je la fessai encore.

Et encore.

Et encore.

Et encore.

Elle tourna la tête pour me regarder, les paupières lourdes, ivre de ce que nous faisions. Chaque fois que je la pénétrais, je laissais une partie de moi dont je n'étais pas prêt à me séparer.

Un éclat de contrôle.

J'attrapai sa mâchoire et redirigeai son visage sur le jardin du voisin.

— Joue avec tes seins pour lui, ordonnai-je. Qu'il en ait pour son argent.

J'essayais de la pousser dans ses retranchements, dans l'espoir qu'elle abandonnerait, se retournerait, accepterait la FIV et me laisserait tranquille.

Elle fit ce que je lui demandais : elle se tripota, pinça, tira et caressa sa poitrine opulente. L'homme leva les yeux de ses rosiers et marqua soudain une pause, le visage levé vers ma fenêtre.

Perséphone Penrose était une fille bien.

Convenable.

Douce.

… et profondément dépravée, comme moi.

Cela faisait d'elle une drogue puissante.

— Voilà, grognai-je à son oreille, allant et venant en elle plus durement, alors que la chair de poule couvrait chaque centimètre carré de son corps. Écarte les cuisses et étale ta mouille sur la fenêtre pour montrer à ton nouveau voisin ce que ton mari te fait, ma douce, ma magnifique salope.

Elle allait jeter l'éponge, c'était sûr.

Elle ne pouvait pas…

Elle n'allait pas…

Elle le fit.

Obéissante, elle écarta les cuisses et se toucha alors que je la pénétrai par-derrière.

L'homme affichait toujours un regard noir, le visage inexpressif, tandis que ma femme frottait son sexe contre la fenêtre et que je la baisais, la friction sur son clitoris faisant des ravages dans tout son corps. Ses muscles se crispèrent autour de moi, et je sus qu'elle était proche de l'orgasme. Je la pliai en deux, en L, pour la pénétrer plus profondément. Puis je lui attrapai les deux fesses et la pilonnai sans merci. Ses paumes raclaient la vitre, laissant des empreintes de mains moites.

Nous étions tous les deux trempés. Je baissai les yeux sur son cul frétillant et couvert de marques rouges, détestant apprécier cette vue.

Le pouvoir qu'elle avait sur moi m'écœurait. Elle ne saurait jamais à quel point j'avais envie d'elle. À quel point je la préférais à toutes les autres.

J'avais l'impression que ses magnifiques cheveux blonds s'enroulaient autour de mes poignets et de mes pieds, comme ceux d'une créature de la mythologie grecque, nous enchaînant l'un à l'autre.

Elle cracha sa culotte.

— Bordel, je vais jouir.

Ses jambes tremblaient, et elle tomba à quatre pattes sur la moquette, épuisée, bien baisée.

J'enroulai un bras autour de son bas-ventre pour lui masser le clitoris et lui extorquer un autre orgasme. La pénétrant encore, en levrette, je cherchai ma propre jouissance.

Une minute plus tard, mes bourses se contractèrent et je sentis le plaisir euphorique d'une baise animale jaillir dans ma femme alors même qu'elle atteignait son second orgasme.

Dès que j'eus fini, je me retirai et essuyai ma queue encore dure sur ses fesses. Je me levai, un peu étourdi par l'orgasme, m'habillant en vitesse pour retrouver mon sang-froid.

— Mon Dieu, je n'arrive pas à croire qu'il nous a vus, dit Perséphone en s'effondrant au sol, enfouissant son visage dans la moquette, son cul rouge dressé vers moi. Je ne sors plus de cette maison.

— Si, et bientôt, dis-je.

Je comptais bien continuer à la faire défiler comme un cheval de course.

— Je suis morte de honte.

— Ne le sois pas.

— Pourquoi ?

Elle gémit dans la moquette. Ce n'était certainement pas le moment de lui dire que celle-ci coûtait plus cher que l'appartement de sa sœur et lui demander de ne pas la tacher.

— La fenêtre est teintée de l'extérieur, dis-je sèchement en serrant ma ceinture.

J'espérais avoir réussi à la mettre enceinte. Non seulement cela m'aiderait à me débarrasser de mon obsession persistante pour elle, mais cela mettrait fin à tout drame potentiel par rapport à son ex-mari. Une chose que j'espérais sincèrement ne pas avoir à gérer. Je n'envierais pas cet enfoiré s'il décidait de revenir pour réclamer ce qui m'appartenait désormais. Je n'étais jamais d'humeur partageuse.

Elle tourna la tête, écarquillant les yeux.

— Tu te fiches de moi ?

— Je n'ai pas de sens de l'humour, tu te rappelles ?

Je boutonnai ma chemise à moitié, bien que je ne me rappelle pas l'avoir enlevée.

— Que regardait-il, alors ?

Elle s'assit et se tourna vers moi, toujours nue.

— Les fleurs sur mon balcon. Mon jardinier fait pousser des roses de qualité supérieure. Ça le rend fou.

— Pourquoi tu ne m'as rien dit ?

— Ça m'excitait que tu ne saches plus où te mettre.

Je me penchai pour lui tapoter les cheveux, tout emmêlés, comme si elle était un animal de compagnie, puis je me dirigeai vers mon fauteuil pour ouvrir ma boîte à cigares posée à côté.

— Excuse-moi ?

— Avec plaisir. Tu es excusée. Depuis six minutes que nous avons fini.

Je la chassai d'un geste de la main.

Les seins de ma femme ma parurent sublimes, surtout quand elle se leva brusquement, d'un mouvement sec. Pleins et en forme de poire, avec des tétons roses comme deux diamants. Elle attrapa sa robe sur le sol et l'enfila en secouant la tête.

— Petar t'appellera le chauffeur.

Je coinçai le cigare au coin de mes lèvres pour envoyer un message à mon intendant tandis qu'elle enfonçait ses pieds dans la vilaine paire de Manolo Blahnik qui lui donnait des ampoules.

— Va te faire foutre, Kill.

— Avec plaisir. Pourquoi pas demain ? J'ai un créneau à midi. Sinon, il faudra attendre que je rentre du boulot vers 21 heures 30.

Elle fit volte-face et dirigea sans un mot vers la porte en tapant des pieds. Elle s'arrêta sur le seuil, la main posée sur le mur tandis qu'elle tournait la tête pour me regarder par-dessus son épaule.

— Je suis comme toi, tu sais.

— J'en doute.

Je ne levai pas les yeux de mon téléphone, déjà en train de répondre à un mail de mon service juridique. Pas très courtois de ma part, mais je savais que, si je la regardais, je lui demanderais de rester.

— Moi aussi j'aime ça, quand tu ne sais plus où te mettre.

Un sourire narquois étira mes lèvres.

— C'est adorable. Vise plus haut, Fille aux Fleurs.

— C'est pour ça que, lorsque j'ai dansé avec Andrew Arrowsmith ce soir, j'ai accepté sa proposition, expliqua-t-elle calmement.

Je levai aussitôt les yeux.

— Quelle proposition ?

— Oh ! regardez ça. (Elle sourit tendrement.) Maintenant j'ai ton attention.

— *Quelle* proposition ?

— De donner des cours à ses enfants.

Je voyais ce qu'Arrowsmith était en train de faire.

Il voulait rapprocher ma femme de mon secret. De ma honte. De l'arme chargée. Lui faire comprendre qui j'étais, ce que cela voulait dire, et lui montrer à quel point j'étais inférieur à son évidente perfection.

Je me levai d'un bond, prêt à lui dire le fond de ma pensée.

Elle leva la main.

— Laisse tomber, mon petit mari. Tu as tes conditions, j'ai les miennes. L'une d'entre elles était de continuer à travailler.

— En tant qu'institutrice de maternelle, pas fille au pair pour mon ennemi juré. Cela va à l'encontre de la clause de non-concurrence que *tu* as signée, pour rappel.

— Tu ne peux pas me dire quoi faire de ma carrière.

Sa voix était paisible, comme les nuages planant dans le ciel qu'elle aimait tant.

Une colère incandescente embrasa mes veines. Mon pouls s'emballa.

Pas bon.

— Je viens de le faire, dis-je entre mes dents serrées, de la fumée sortant de ma bouche. Et je te le redis, pour que tes neurones du fond comprennent bien : tu ne travailles pas pour Andrew Arrowsmith. Tu vois ? Facile.

Elle joignit ses mains et dit d'une voix mielleuse :

— Dans ce cas, tu arrêtes de forer dans l'Arctique.

Désormais, je ne risquais plus de lui demander de rester.

— Désolé, chérie, ton boulot c'est de chevaucher ma queue, pas de me donner des conseils professionnels.

Elle hocha la tête.

— Dans ce cas, le tien est de me mettre enceinte, pas de me dire à qui je peux rendre visite le week-end ni avec qui je peux travailler.

— C'est une violation de notre contrat, l'avertis-je.

Elle fit semblant d'y réfléchir, puis haussa une épaule.

— Alors quitte-moi.

— Tu sais que le divorce n'est pas envisageable, grondai-je.

Elle grimaça.

— Le contrat ne semble plus si contraignant, n'est-ce pas ?

La petite gar…

Elle n'avait pas tort.

— Je vais faire de ta vie un enfer si tu me défies, Perséphone.

Ma femme passa la porte en agitant la main.

— L'enfer, je connais. Bonne nuit, mon petit mari !

16

Perséphone

Le lendemain, je passai ma pause-déjeuner dans la salle des professeurs, mon reste d'enchilada Trader Joe's entre les mains, me balançant d'un pied sur l'autre comme un enfant puni.

Les contusions sur mes fesses étaient douloureuses, mais c'étaient les cicatrices que Cillian avait laissées sur mon âme qui faisaient le plus mal.

Le sexe avec Kill n'était pas bon. Non.

C'était époustouflant. Dévastateur. Jamais je n'avais connu ça.

La rapidité avec laquelle il s'était retiré et avait repris son sang-froid m'avait coupé le souffle. Pas parce que je m'attendais à des heures de conversation sur l'oreiller, lovés l'un contre l'autre, mais son revirement soudain m'avait choquée. Au fond de moi, j'étais terrifiée par la férocité de mes sentiments envers lui, et le besoin de le protéger du danger me donnait le mal de mer.

En fait, je n'étais pas juste nauséeuse, je me sentais détraquée. *Immorale.*

Je n'avais jamais sacrifié mes valeurs pour Pax.

Je comprenais à présent. Pourquoi Cillian payait pour du sexe.

Ce n'était pas que ses goûts étaient si inhabituels, mais il perdait le contrôle quand il était avec une femme. Il s'animait, il jurait, il lâchait prise. Les couches d'inhibition dont il s'enveloppait étaient tombées comme une peau de serpent, le laissant nu, à vif. Il avait tremblé, grogné, frétillé, son cœur battant de manière erratique contre mon dos pendant qu'il me pénétrait.

Ensuite, j'avais rassemblé mes affaires et j'étais sortie de chez lui en vitesse avant qu'il ne me mette dehors. Je ne pouvais pas risquer un autre rejet ni le laisser me piétiner comme si j'étais le paillasson *Pas bienvenue* devant sa porte.

J'espérais juste que le plan que j'avais élaboré au gala de charité allait fonctionner.

— Surprise ! crièrent deux voix familières derrière moi, me tirant de ma rêverie.

Je me retournai pour trouver Belle et Ash à la porte, des sacs de plats à emporter dans les mains. Je me débarrassai de mon enchilada entamée sur une des tables rondes avant de les serrer dans mes bras.

— Qu'est-ce que vous faites ici ?

— Eh bien, Madame Mayhem n'ouvre pas avant ce soir, et regarder le mur à la maison est devenu chiant depuis, voyons voir – ma sœur consulta sa montre Tory Burch – environ deux heures et demie.

Elle avança dans la salle, vêtue d'une minirobe en cuir et d'un pull bouffant XXL, puis s'assit à une table libre avant de sortir les boîtes des sacs.

— Et moi, j'avais un trou entre mes cours, alors je me suis dit que j'allais venir voir comment tu vas. Tu as manqué notre soirée hebdomadaire la semaine dernière, je me suis inquiétée. J'adore mon frère, mais je ne lui confierais même pas une petite cuillère ! dit Aisling en riant.

Je comprends, d'autant qu'il essaierait certainement de me la fourrer entre les jambes.

Les odeurs des fetuccine Alfredo aux boulettes et du pain à l'ail firent gargouiller mon ventre. Désormais toutes les deux attablées, elles levèrent les yeux vers moi, dans l'expectative. Oui. Il fallait que je me joigne à elles.

Poussant un soupir, je me glissai sur une chaise, retenant mon souffle lorsque mon fessier entra en contact avec le plastique.

Cillian, sale enflure. À peine ton héritier sorti de mon ventre, je le prénomme Andrew. Andrea, si c'est une fille.

— Alors, c'est comment la vie avec Lucifer ?

Belle planta son couvert en plastique dans une boulette, qu'elle fourra tout entière dans sa bouche.

J'enroulai les pâtes autour de ma fourchette, réfléchissant à sa question. Mes amies et ma sœur savaient que Cillian et moi vivions dans des lieux séparés mais elles mettaient ça sur le compte de ma volonté de prendre mon temps.

J'étais trop gênée pour leur avouer que l'idée de vivre séparément venait de lui.

À contrecœur, je devais admettre que, techniquement, Kill cochait toutes les cases sur la liste du bon mari. Il m'avait offert une garde-robe de luxe et un appartement ultramoderne, avait remboursé mes dettes, éloignait les sales types et vénérait mon corps de manières dont je ne connaissais même pas l'existence auparavant, me faisant découvrir tout un monde sexuel qui m'était inconnu.

Il était radin uniquement sur ce que je désirais le plus.

La passion. L'émotion. La dévotion.

Exiger ces choses de Kill ne revenait pas seulement à briser notre contrat, c'était le réduire en tout petits morceaux puis les jeter en l'air comme des confettis.

D'autant que c'était parfaitement inutile. Cillian ne possédait pas le mot « émotion » dans son vocabulaire, et encore moins la capacité d'en ressentir. Je ne l'avais jamais vu triste, blessé, ni désespéré. S'il avait déjà ressenti quelque chose, c'était de l'agacement. Je l'énervais souvent. Mais même dans ces moments-là, il reprenait le contrôle sur son humeur à une vitesse record. Son cœur n'était pour lui rien de plus qu'un organe utilitaire. Un immense gouffre vide.

— Ça va, je crois, dis-je en mâchant. Tous les couples ont leurs hauts et leurs bas, non ?

Les yeux de Belle se posèrent sur le sac à bandoulière à moitié ouvert pendu à mon siège. Un dessin que Whitley, une de mes élèves, avait fait pour Greta Veitch en dépassait : le nom de la dame âgée était inscrit dessus, entouré de fleurs et de cœurs.

— Il sait que tu vas encore voir la grand-mère de Pax toutes les semaines ? demanda Belle.

— Il l'a appris hier, dis-je en coupant une boulette en deux.

— Mince, dit ma sœur en grimaçant. Comment tu le lui as annoncé ?

— Je ne l'ai pas fait. Quelqu'un d'autre s'en est chargé pour moi.

— Qui ? demanda Ash en ouvrant grand ses yeux couleur bleuet.

Je n'en étais pas certaine, mais pas besoin d'être un génie pour faire le lien. Les Arrowsmith.

Je haussai les épaules.

— Je ne sais pas trop. Mais c'est dit, maintenant. Il a exigé que j'arrête de lui rendre visite.

— Ce connard n'a même pas le droit d'exiger que tu tires la chasse après avoir chié chez lui ! dit Belle en plissant les yeux, oubliant son serment d'arrêter de dire du mal de mon époux après sa défaite au poker. Ton mariage t'a demandé des sacrifices mais tes convictions féministes n'en font pas partie.

— J'ai refusé, dis-je calmement.

Ash tendit la main pour me caresser le bras.

— Au moins, tu as essayé.

— Et j'ai *réussi*, dis-je en portant une autre fourchette de spaghettis à ma bouche. Il a laissé tomber.

— *Quoi ?* couinèrent Belle et Ash en même temps.

— Tu es sûre ? ajouta Ash en nous regardant tour à tour, ma sœur et moi, bouche bée. Je connais Kill depuis le jour où je suis née, et ses échecs se comptent sur les doigts d'une main. Sur un doigt, même. Une phalange, peut-être. Celle du petit doigt.

— Certaine, dis-je en me penchant en avant pour murmurer : Je peux te poser quelques questions, Ash ?

— Cela va sans dire.

— Est-ce que Cillian a une fontaine avec un démon dans son jardin ?

Je pensais à cette fontaine depuis le jour où Hunter en avait parlé au ranch, mais impossible de la trouver. La veille, pendant que Cillian me prenait par-derrière, j'avais fouillé des yeux chaque recoin de son jardin. Ma seule hypothèse était que la fontaine se trouvait dans la petite cour, au fond du jardin. J'y avais repéré une porte couverte de lierre avec de hauts murs en bois qui semblaient jurer avec le reste.

— Oui, dit-elle. Du moins, il en avait une.

Avait.

Bien sûr.

Peut-être l'avait-il fait abattre avant le mariage. Quoi qu'il en soit, je savais que c'était inutile de poser la question à Cillian : jamais il ne me répondrait.

— Merci. Question suivante. (Je m'éclaircis la gorge.) Tu sais pourquoi il est fâché avec Andrew Arrowsmith ? Il semble y avoir beaucoup de rancune entre eux, mais ton frère n'étant pas quelqu'un de très porté sur la communication…

— Criminel euphémisme, intervint Belle en levant les yeux au ciel. Tu pourrais extraire plus d'informations d'un presse-ail. Hashtag véridique.

— J'ai entendu parler d'Arrowsmith, répondit Aisling en fronçant les sourcils, choisissant soigneusement ses mots. Je portais encore des couches quand Arrowsmith et lui étaient amis mais, d'après ce que j'ai pu comprendre, ils étaient inséparables à une époque. L'histoire raconte – attention, j'ai pioché des bouts d'information de différentes sources et les ai assemblés dans ma tête – que Kill et Andrew étaient meilleurs amis depuis leur naissance. Ils sont nés le même jour, dans le même hôpital de Boston, tous les deux en léger sous-poids. Mon père a rencontré celui d'Andrew alors qu'ils regardaient tous les deux leurs nouveau-nés à travers une vitre. Peu de temps après, *Athair* a engagé le père d'Andrew comme comptable chez Royal Pipelines. Cillian et Andrew faisaient tout ensemble et, quand il a été temps pour Kill d'aller à Evon, conformément à la tradition familiale, *Athair* a payé la moitié des frais pour qu'Andrew puisse y aller aussi. Kill et Andrew étaient comme des frères. Ils passaient leurs vacances d'été ensemble, montaient à cheval, dormaient l'un chez l'autre, projetaient de dominer le monde côte à côte. Jusqu'à ce qu'*Athair* licencie le père d'Andrew et lui fasse un procès pour avoir volé de l'argent à Royal Pipelines, laissant la famille Arrowsmith sans un centime. *Athair* a stoppé les donations qui payaient les frais scolaires d'Andrew, punissant le fils pour les péchés du père. La première année, le père d'Andrew a refusé d'admettre sa défaite et de retirer son fils d'Evon, il voulait sauver les apparences. Ils se sont mis à supplier leurs proches de leur prêter de l'argent. On dit que la mère d'Andrew, Judy, est devenue la maîtresse d'un mec riche pour qu'ils puissent garder la tête hors de l'eau. Les parents d'Andrew ont divorcé peu de temps après. Il a quitté Evon l'année suivante et s'est installé dans un minuscule appartement dans le sud de Boston avec sa mère et sa sœur. Leurs vies se sont effondrées, tout comme l'amitié étroite qui liait Andy et Kill. Les Fitzpatrick et les Arrowsmith ont construit une frontière invisible dans Boston, séparant la ville en deux, s'évitant à tout prix.

Andrew connaît mon secret, avait dit Kill.

Je peinais à imaginer une seule chose susceptible d'embarrasser l'impeccable, le parfait Cillian Fitzpatrick. Mais si Andrew avait été son meilleur ami, il avait eu accès à son âme.

À l'époque où il en avait une.

— Est-ce qu'Andrew a essayé de se venger à travers Kill de la décision de ton père ? demandai-je.

Ash secoua la tête, haussant une épaule, l'air de dire « aucune idée ».

— Maman dit que l'année qu'Andrew et Cillian ont passée ensemble à Evon lui a presque coûté son fils. Mon frère a perdu beaucoup de poids, il a arrêté de jouer au polo et il s'est totalement retiré du monde. Il a toujours été distant et différent, mais après cette année-là tout le monde était d'accord pour dire que c'était comme si, eh bien…

Ash prit une profonde inspiration, baissant les yeux sur la table usée devant nous.

— Comme s'il n'avait plus d'*âme.*

Ces mots jaillirent comme de l'acide, me heurtant de plein fouet. J'avais envie de renverser la table et de crier : « Il a une âme. Tellement d'âme. Plus que tu ne pourrais l'imaginer. »

Belle me remplit un verre d'eau, sentant les fils de mon sang-froid s'effilocher. Andrew avait fait quelque chose de terrible à Cillian. J'en étais sûre et certaine.

Et Cillian, en réaction, était devenu celui qu'il était aujourd'hui.

— Merci d'avoir partagé ça avec moi, Ash.

Je lui tendis la main, et elle la pressa entre ses deux paumes.

— C'est à ça que ça sert, une belle-sœur, non ? Juste, ne le dis pas à Kill, s'il te plaît. Il ne me le pardonnerait jamais.

— Ton secret est bien gardé avec nous, lui assura Belle.

La question était : le secret de mon époux était-il bien gardé avec Andrew Arrowsmith ?

Une chose était sûre : je n'allais pas attendre pour le découvrir.

Plus tard ce jour-là, je pénétrai dans un appartement vide.

Je ne remarquai pas son dépouillement de prime abord, peut-être parce que je ne l'avais jamais considéré comme le mien.

Les meubles étaient à leur place, brillants, futuristes, soigneusement sélectionnés par l'architecte d'intérieur. L'électroménager scintillait, les photos de famille décalées et les bougies parfumées que j'avais apportées étaient toujours perchées sur la cheminée.

J'allai dans mon dressing pour me préparer pour mon cours de yoga et découvris qu'il était vide.

Mes vêtements avaient disparu. Tout comme mes chaussures, mon nécessaire de toilette et les quelques affaires personnelles que j'avais mises dans une des chambres d'ami. Je parcourus l'appartement sur la pointe des pieds, paniquée. M'avait-on cambriolée ?

C'était insensé. Byrne et Kaminski étaient sortis de ma vie à vitesse grand V. Et je savais que je jouirais de la protection de Sam Brennan aussi longtemps que je serais la femme de Cillian, ce qui me conférait un sentiment pervers d'invincibilité.

En plus, des voleurs auraient emporté les tableaux hors de prix de Jackson Pollock et les équipements électroniques que je n'avais même pas pris la peine d'apprendre à utiliser.

J'allai à pas feutrés dans la cuisine et trouvai un mot sur l'îlot central en granit.

Conformément au projet de perpétuation de ma lignée et afin de me débarrasser de toi dès que possible, je te déménage chez moi jusqu'à ce que tu sois enceinte.

Déloyalement,

Cillian

Mon premier instinct fut de décrocher le téléphone et d'informer mon mari, à un niveau sonore davantage approprié à un concert d'Iron Maiden, que des beaufs avaient appelé pour qu'il leur rende leur machisme.

Je me mordis la langue jusqu'à sentir du sang chaud et épais me remplir la bouche, puis je pris une inspiration fébrile et décidai – *encore* – de battre Kill à son propre petit jeu, aussi tordu soit-il.

Cillian était inquiet de sa place dans ma vie et voulait me garder près de lui. Quelle que soit l'excuse bidon qu'il se donnait pour avoir déménagé mes affaires dans son manoir – les Arrowsmith, mes visites à Mme Veitch, la phase de la lune – cela n'avait pas d'importance. Ce qui comptait, c'était qu'il brisait sa propre règle – on ne vit pas sous le même toit – pour que je sois près de lui.

Cela me surprenait qu'il m'ait laissée m'en tirer avec cette histoire de rupture de clause de non-concurrence. Quand je lui avais dit que j'allais travailler pour Andrew Arrowsmith et que, si cela ne lui convenait pas, il pouvait demander le divorce, j'étais presque sûre qu'il allait me mettre à la porte de chez lui – et de sa vie.

Cela m'avait également surprise qu'il accepte que je garde contact avec Greta Veitch. Non pas qu'il ait son mot à dire, mais je pensais qu'il me ferait vivre un enfer après s'être rendu compte que je ne comptais pas me plier à ses caprices, comme tout le monde.

J'aurais certainement dû lui parler des visites que je rendais à Greta chaque semaine. Mais Kill ne me laissait jamais l'occasion de lui parler. Puisqu'il ne m'avait pas questionnée sur ma relation avec Paxton, je n'avais pas donné l'information de moi-même.

En vérité, ma relation avec Pax s'était finie avant même que je découvre qu'il avait perdu tout notre argent.

Avant même que je pose les yeux sur lui pour la première fois.

Avant même que je l'embarque derrière une statue pour une session de roulage de pelles, désespérée et vindicative, dans une tentative pathétique d'oublier la façon dont Cillian m'avait repoussée.

Passe à autre chose.

Épouse un homme soporifique, comme toi.

Paxton faisait partie du personnel de sécurité du mariage de Sailor et Hunter, et il avait apprécié mes attentions toute la soirée. Chaque fois que je tombais sur Kill et son détachement glacial, je courais dans les bras de Paxton. Quand le soleil s'était levé le lendemain matin, les jeunes mariés en route pour leur lune de miel, Paxton était dans mon lit, un bras en travers de mon dos nu, émettant un ronflement satisfait.

Il était resté, et je n'avais jamais remis en question sa présence dans ma vie.

Je pensais juste que tata Tilda avait usé de sa magie et m'avait envoyé l'amour pour oublier celui qui ne m'était pas destiné.

J'attrapai mon sac, montai dans ma Tesla et roulai jusqu'à la maison toute proche de Cillian. Petar ouvrit le portail et me désigna ma nouvelle place de parking. Il me conduisit jusqu'à une chambre du premier étage, voisine de la chambre principale, tout en jacassant gaiement à propos du home cinéma, du parcours de jogging qui entourait la propriété et de la piscine intérieure, comme un agent immobilier enthousiaste.

— Petar, pouvez-vous me montrer la fontaine démon ? lui demandai-je tandis que nous montions l'escalier.

Il se figea, puis secoua la tête.

— M. Fitzpatrick ne voudrait pas que je le fasse. Non.

Zut.

Je ne fus pas surprise de trouver toutes mes affaires dans ma nouvelle chambre. Elles étaient déballées, mes vêtements, pliés, pendus et soigneusement rangés dans le dressing attenant.

— Faites-nous signe si vous avez besoin de quoi que ce soit, dit Petar en baissant la tête avec un sourire malicieux. Je suis sérieux. Un repas fait maison, d'autres oreillers… le nom d'un bon psy. Je suis à votre service, Perséphone. De garde vingt-quatre heures sur vingt-quatre, sept jours sur sept.

Je levai les pouces en l'air en riant.

— Merci, Petar. Vous êtes le meilleur.

Il se retourna pour partir pendant que je sortais mon ordinateur portable. Ma session de yoga en ligne ayant déjà commencé, autant que je prépare mes cours pour la semaine à venir.

— Me permettez-vous une remarque ? demanda Petar en s'arrêtant à la porte.

Je levai les yeux de mon écran, surprise.

— Bien sûr.

— Je ne saurais vous dire combien tout le monde est heureux de vous avoir ici. J'ignore *comment* vous avez réussi à persuader M. Fitzpatrick d'emménager – je n'ai jamais vu une femme qui ne soit pas une employée, sa sœur ou sa mère poser un pied dans cette maison – mais il n'empêche que je m'en réjouis.

Mon sourire demeura intact, mais quelque chose cliqueta dans ma poitrine. Un sentiment proche de la fureur maternelle, que je ne comprenais pas tout à fait. Cillian avait dû être bien seul s'il n'avait jamais reçu aucune femme ici.

Le fait que Kill ait brisé tant de clauses de son propre contrat avec moi faisait germer l'espoir dans mon cœur. Je savais que, si je l'arrosais de vœux pieux et de foi, il grandirait et se transformerait en attentes.

Et attendre des choses de la part d'un homme qui avait juré de ne jamais vous aimer était dangereux.

— Je compte bien rester, dis-je d'une voix neutre.

— Je l'espère, répondit Petar en hochant la tête. Et si je peux faire quoi que ce soit pour vous y aider, n'hésitez pas.

Dès qu'il tourna les talons et partit, je me faufilai dans la chambre de Cillian.

J'avais du boulot si je voulais découvrir qui était vraiment mon époux.

Je finis par m'assoupir sur le lit de Cillian, le mélange d'adrénaline, de chagrin et de colère ayant fait planter mon système. J'aurais dû retourner dans ma chambre, mais ses draps étaient gorgés de son odeur, et la tentation de m'y blottir, trop forte. Et puis, j'étais devenue extrêmement douée pour énerver mon nouveau mari – pourquoi mettre fin à cette tradition ?

Plusieurs heures plus tard, après que le soleil s'était déjà couché, je fus réveillée par un coup dans mon pied. Je m'étirai sur le lit king size, clignant des yeux pour y voir clair.

Kill s'assit au bord du lit, vêtu d'un costume bleu marine, d'une cravate grise et de son caban. Son parfum – givre, fraîcheur de la nuit, bois de cèdre – m'indiqua qu'il venait de rentrer. Il ne s'était même pas arrêté pour enlever son manteau.

— Ce n'est pas ton lit, annonça-t-il.

— Si je suis bonne pour le réchauffer, je suis bonne pour y dormir.

Je me redressai sur les coudes, soufflant sur mes cheveux pour les chasser de mes yeux.

— Personne n'a dit que tu étais bonne pour le réchauffer. Je t'ai prise sur le plan de travail de la cuisine et contre la fenêtre, *pas* dans mon lit.

— Je constate que tu as mémorisé chaque détail, on dirait presque que tu tiens à ces souvenirs, dis-je en battant des cils.

— Ne sois pas ridicule.

— Oh ! mais c'est toi qui as commencé, petit mari. Quelle heure est-il ?

Je regardai autour de moi. Mon ventre gargouilla, réclamant d'être nourri.

— 21 h 30.

Nom de Dieu et tous ses apôtres.

— Tu travailles toujours aussi tard ?

Il défit sa cravate d'une main tout en retirant son caban.

— J'ai écarté toute vie sociale depuis longtemps, par choix. Toi, ce sont les jambes que tu devras écarter, chaque soir, quand je rentre à la maison. Ce n'est pas mon job de te déshabiller à la lueur des chandelles sur du Frank Sinatra.

— Je préfère l'encens et Sam Cooke.

— Je me fiche de ce que tu préfères.

— Tu devrais changer ça, dis-je sèchement. Aujourd'hui. Ou prépare-toi à une longue abstinence. Je ne suis pas ta poupée gonflable. Si tu veux que je remplisse mon devoir conjugal, tu ferais mieux de t'occuper du tien. Tu ne toucheras plus *jamais* mes affaires sans ma permission, tu ne me déplaceras pas comme une pièce sur un échiquier, tu ne prendras pas de décision sur nos vies sans me consulter au préalable. De plus, tu rentreras à la maison chaque soir à 19 heures pétantes pour qu'on puisse partager un repas *avant* de coucher ensemble. Comme un couple normal.

— Quelle partie de notre relation t'a donné l'illusion que nous étions un couple normal ? Le fait que je t'ai achetée comme une machine à pain en solde ou celui de t'avoir fait signer un contrat de trente-sept pages, un accord de confidentialité et une clause de renonciation avant de te passer la bague au doigt ?

Il jeta sa cravate et son manteau dans un coin de la chambre, dans un fauteuil capitonné.

J'ignorai sa pique. Il était difficile de percer le tissu cicatriciel qu'Andrew avait enroulé autour de cet homme pour atteindre son centre.

Difficile, mais pas impossible, espérais-je.

J'étais du genre tenace, et je n'allais certainement pas laisser tomber un homme qui avait été abandonné par tous ses proches au cours de sa vie.

— *De plus*, dis-je sur mon ton de professeur, pendant le dîner, nous accomplirons la tâche éprouvante de faire la conversation.

J'aurais juré que mon mari avait pâli. On aurait dit qu'il allait vomir. Je poursuivis, nullement découragée.

— Tu me raconteras ta journée, je ferai de même. Ensuite, et seulement ensuite, nous ferons l'amour.

Ses yeux faillirent sortir de leurs orbites à la mention du mot avec un grand A.

— La réponse est non.

— Très bien. Alors, c'est parti pour ce petit jeu dans lequel je me refuse à toi pendant plusieurs semaines, tu te couches insatisfait, puis tu vas au boulot, tu vois Hunter agiter des échographies de son futur enfant, et *ensuite*, on le fait à ma façon.

Je lui adressai un sourire radieux. Il ouvrit la bouche, s'apprêtant à dire une vacherie, mais il savait que j'avais raison.

Il avait besoin d'un héritier.

J'avais besoin de temps pour lui prouver que nous pouvions partager plus.

— Attention, Fille aux Fleurs.

Il enroula ses longs doigts froids autour de ma mâchoire, m'attirant vers lui avec un rictus.

— Si tu cours avec des ciseaux, tu vas te faire mal.

— J'ai déjà connu pire.

— Quoi que tu essaies de faire, ça ne marchera pas.

— Fais-moi plaisir, alors.

— Toi d'abord.

Il me tira par la jambe, une main toujours sur mon cou, et me hissa sur ses genoux. Je me mis à califourchon sur lui, enroulant mes bras autour de ses épaules. Mon entrejambe atterrit sur son érection et, quand je baissai les yeux, je la vis nichée contre sa jambe. Enflée, dure, presque trop difficile à contenir.

Il fit glisser ses doigts sur les points sensibles de ma gorge.

— Je peux te donner tout ce que ton cœur désire, Perséphone. Bijoux, vacances somptueuses, tous les sacs produits par Hermès depuis sa création.

Il écarta une mèche de cheveux de ma joue ; sa voix était si menaçante qu'elle semblait presque démoniaque.

— Mais je ne peux pas te donner l'amour. Ne me demande pas une chose que je ne suis pas capable d'offrir.

Je pressai ma joue contre sa paume, que j'embrassai tendrement, refusant de laisser ses mots m'atteindre.

— Mon cœur est un endroit effroyable, insista-t-il. Rien n'y pousse jamais.

— Arrête.

Je le fis taire d'un baiser.

Peut-être était-ce parce qu'il m'avait fait déménager ici, dans son royaume. M'avait traînée aux enfers. Parce qu'il voulait se prouver que ma présence ici ne voulait rien dire.

— Tu as déjà marché sur du gazon artificiel, Fille aux Fleurs ? murmura-t-il contre mes lèvres.

— Oui, gémis-je, l'embrassant plus intensément.

— Il brille plus que de l'herbe normale, mais donne une sensation affreuse.

Tu n'as rien d'affreux à mes yeux.

Ses lèvres exigeaient ma reddition. Je cédai, chevauchant sa cuisse musclée, toute inquiétude concernant mon derrière encore douloureux envolée. Il interrompit notre baiser, posant son front contre le mien.

— Je vais détruire tout ce qu'il y a de bon en toi.

— Essaie toujours.

Je sortis ce que j'avais trouvé plus tôt ce soir-là, lors de ma chasse au trésor. J'avais fouillé ses tiroirs, me servant de chaque information pour reconstituer le puzzle de l'homme qu'il était. Sa chambre était vierge et impersonnelle.

Ayant vu son placard, je savais que Cillian était incapable d'autre chose qu'un mariage arrangé. Ses vêtements étaient rangés non seulement par saison, mais aussi par couleur, marque et coupe. Il n'était pas franchement adepte de surprises.

Kill plissa les yeux en voyant le ruban blanc que je tirai de mon soutien-gorge. Il s'était niché entre mes seins pendant que je dormais.

— Où as-tu trouvé ça ?

— Dans ta boîte à cigares.

— Tu as fouillé dans mes affaires.

— Tes talents de déduction m'impressionnent.

J'arquai un sourcil, forçant mon cœur à arrêter de faire des sauts périlleux comme un gamin téméraire.

— Tu as retiré *mes* affaires de mon appartement sans me consulter. Considère donc qu'on est quittes. Pourquoi as-tu gardé le ruban ?

— Par tradition.

— Je t'en prie, pouffai-je. Tu n'es pas du genre sentimental.

Il se leva, me prenant le ruban des doigts.

— Bien vu. Il n'est pas trop tard pour le jeter.

Il prit la direction de la salle de bains, certainement pour le mettre à la poubelle.

— Dommage. Tes gestes étaient particulièrement assurés quand tu as attaché nos mains, ronronnai-je depuis le lit.

Il s'arrêta net, se retourna et me fusilla du regard.

Je dus canaliser toute mon énergie pour ne pas avoir d'orgasme à cause de ce simple échange. Quelle ironie que Cillian ne puisse rien ressentir alors que je dégoulinais de sentiments. J'étais en colère, troublée, avide et désespérée. Chaque émotion était démultipliée, chaque cellule de mon corps dévorée de désir charnel.

Un sourire diabolique étira ses lèvres.

— Tu as remarqué, dit-il.

Je remarquai tout chez lui, ce n'était donc pas nouveau.

— Pourquoi fais-tu cela ? demandai-je.

Je m'humectai les lèvres. Il fronça ses sourcils bruns, faisant mine de ne pas comprendre ma question.

— Quoi donc ?

— Tu me regardes comme si j'étais ton prochain repas.

— Parce que c'est le cas, dit-il, impassible. C'est pour ça que tu es là, non ?

L'air crépita entre nous. J'étais incapable de détacher mes yeux de lui.

Il avança vers moi ; je reculai au centre du lit. Kill me retourna et me plaqua contre le matelas, sur le ventre. Passant son genou entre mes cuisses pour les écarter, relevant mes fesses en l'air, il attrapa mes mains et les bloqua dans mon dos. Le ruban en satin voleta autour de mes poignets, et je frissonnai. Avec des gestes experts et rapides, il fit une deuxième boucle pour s'assurer que je ne puisse plus bouger les bras.

— C'est pour ça que tu as su nous attacher d'une seule main, dis-je, haletante.

— Ça s'appelle ligoter, dit-il en tirant sur son œuvre d'art. Lève les pieds.

Il m'attacha les jambes, tirant le ruban entre mes poignets et mes chevilles. Comme un cochon de lait sur le point d'être rôti à la broche. Je ris dans un souffle : non seulement j'étais excitée, mais c'était grisant d'abandonner tout contrôle. Le lit se creusa lorsque Cillian se pencha en arrière pour examiner son travail. Je ne pouvais pas voir son expression, ce qui rendait les choses encore plus torrides.

— Tu aurais dû me déshabiller d'abord, marmonnai-je contre le lin du drap, frustrée.

Je voulais tant être débarrassée de mes vêtements qu'ils me brûlaient la peau.

Mon désir m'effrayait. Il était étranger, accablant ; j'aimais le sexe avec Paxton, mais je pouvais aussi m'en passer. La sensation de faim et de vice qui me saisissait quand j'étais avec Kill était nouvelle et terrifiante.

— Me fais-tu confiance, Perséphone ?

Sa voix semblait si lointaine qu'il aurait pu être sur une autre planète.

— Oui.

La rapidité et la conviction de ma réponse me surprirent. Je ne savais pas pourquoi j'avais confiance en lui ni même si je le pouvais. Je savais seulement que je la lui accordais. Qu'il ne me ferait jamais de mal. Qu'il arrêterait si les choses allaient trop loin à mon goût.

Il se leva et s'approcha d'un petit bureau posté face à une des fenêtres. Je tordis le cou pour le regarder, attachée sur son lit, portant encore ma robe sage d'institutrice. Il ouvrit un tiroir et revint avec un coupe-papier. J'eus la chair de poule.

— Tu en es sûre, Fille aux Fleurs ?

Il passa le tranchant du coupe-papier sur mon mollet, de manière si délicate et si sensuelle que je cherchai le contact de la lame sur ma peau.

— Je n'ai pas peur.

Je forçai ma voix à paraître aussi neutre que la sienne.

J'étais soigneusement emballée, comme un cadeau – son cadeau – et je voulais qu'il me déballe et m'emporte.

— Pourquoi ?

Il semblait curieux. Plein… d'espoir ?

Non. C'était impossible.

L'espoir était un sentiment, et Kill ne versait pas là-dedans.

— Parce que je sais que tu ne me ferais jamais de mal.

— C'est une hypothèse optimiste.

— Tu m'as sauvé la vie trois fois, et ce n'est pas fini, dis-je. Ça, c'est optimiste. Je suis réaliste.

Ce qui arriva ensuite se produisit à une vitesse étourdissante. En une seconde, ma robe fut arrachée à mon corps lorsque Kill décolla délicatement le vêtement de ma peau et passa la lame tout du long, jusqu'à mes fesses, en un geste net et précis. Le tissu s'affaissa autour de moi tandis que mon mari se débarrassait de ma culotte, en la coupant de chaque côté, avant de jeter le coupe-papier sur sa table de chevet.

Je me contorsionnai, levant les fesses vers lui en une supplication silencieuse. Je ne me reconnaissais pas dans ce comportement lascif. Je n'étais pas cette fille. Enfin, je ne *pensais* pas l'être. Mais j'imaginais qu'une partie de moi, endormie jusque-là, avait toujours été sauvage. C'était juste que je ne m'étais jamais autorisée à l'explorer.

Cillian marqua une pause. L'espace d'un instant, tout fut si calme que je me demandai presque s'il était encore dans la pièce. Peut-être que cela faisait partie du jeu. L'attente. Le suspense. L'anticipation.

— Ton cul, finit-il par dire en s'écartant. Il est…

Sacrément rouge. Je sais. J'ai fait pipi debout toute la journée.

— Oh ! ça, dis-je en riant. J'ai la peau hypersensible. Origine galloise, tout ça.

— C'est moi qui t'ai fait ça, dit-il d'un ton bourru.

— Ce n'est rien.

Et ce n'était rien. Oui, il m'avait fessée la veille au soir, mais c'était une pratique dont j'avais déjà discuté avec mes amies et que j'avais vue dans des séries HBO. Bon sang, ma mère m'avait donné de plus grosses fessées que ça quand j'étais petite. Et puis, j'avais volontairement agité les fesses pour que Kill continue.

Je le sentis dénouer les liens qui m'enserraient pour me libérer.

— N'y pense même pas, dis-je de ma voix d'instit. Monsieur Fitzpatrick, vous ne m'avez pas demandé la permission de me détacher. Je vous interdis de le faire jusqu'à ce que j'en fasse explicitement la demande. Est-ce clair ?

L'air était chargé de sexe, gonflé d'endorphines.

— Je ne les vois pas le lendemain, d'habitude, avoua-t-il laconiquement. Je ne me suis jamais demandé ce que ça fai…

— Ne me parle pas de tes putains pendant qu'on est au lit !

Je hurlais. J'étais tellement dans mon rôle de professeur qu'il avait de la chance que je ne l'aie pas envoyé au coin. Il ne dit rien, et cela me contraria de ne pas voir son expression.

— D'ailleurs, ne m'en parle pas non plus en dehors du lit.

— Il n'y a plus de putains. Tu t'en es assurée.

— *Bien.*

Je me sentais prodigieusement autoritaire pour une femme nue attachée sur un lit.

— J'espère que tes maîtresses feront faillite maintenant que tu n'es plus là pour les payer, et qu'elles trouveront un vrai travail pour subvenir à leurs besoins.

— Tu es folle, dit-il d'une voix calme.

— Eh bien, heureusement pour moi, *petit mari*, tu n'es pas très haut non plus sur l'échelle de la santé mentale. Maintenant, fais ce que tu veux de moi. Et que ça en vaille la peine.

Cillian tira sur le ruban tendu entre mes poignets et mes chevilles, une main délicatement posée sur ma fesse. Il glissa deux doigts dans mon sexe, et le son de ma moiteur emplit la pièce.

Je fermai les yeux et gémis.

— *Oui.*

Kill me doigta, les bruits de succion de mon désir noyés par mes gémissements. Il recourba ses doigts en moi, touchant mon point G.

C'était un amant généreux, détail qu'il avait omis lors de nos négociations.

Il glissa sa main libre jusqu'au bas de mon ventre pour me soulever et me maintenir en place tandis que sa bouche se joignait à la fête, se repaissant de mon sexe trempé, et qu'il passait sa langue entre mes lèvres.

Nous gémissions tous les deux de plaisir, et je me criai mentalement que cela ne voulait rien dire. Que ce n'était pas de l'intimité. C'était du sexe. Des préliminaires. Rien d'autre qu'un moyen pour Kill d'atteindre son but.

Je laissai tomber ma tête sur les oreillers en satin noir, respirant son odeur singulière, un frisson de feu me parcourant l'échine. Les courants électriques d'un orgasme à venir s'enchaînaient, vague après vague. Je frémis, perdant le contrôle, marmonnant des choses insensées dans ses oreillers.

À l'instant où j'atteignis l'orgasme, il retira sa langue et ses doigts, arracha le ruban autour de mes chevilles, et me pénétra d'un coup de reins. Je ne savais pas si c'était une ruse, mais cela rendit mon orgasme deux fois plus puissant. Il ondula contre mon dos, son sexe gonflé de plaisir allant et venant en moi.

Je gémis, m'habituant à son poids sur mon corps.

Cillian se figea, toujours en moi.

— Dis-moi d'arrêter.

— Vas-y plus fort, dis-je en me collant contre lui.

Il obéit.

Ensemble, nous étions infinis. Une entité torride, sans début ni fin.

Il écarta le rideau de cheveux plaqués contre mon cou pour y presser ses lèvres sans cesser de me pilonner.

— Tu me plais, Perséphone.

Je plantai mes dents dans sa peau, sans savoir ce que je mordais. Il me laissa faire.

Il me laissa le toucher, le marquer, le revendiquer.

On progresse.

Il jouit, et je jouis encore en entendant ses mots.

Une fois qu'il eut fini, il me détacha les poignets, m'embrassa sur le sommet du crâne et quitta la pièce. Sa conclusion, pourtant silencieuse, était nette et tranchante comme une lame de rasoir : nous avions fini.

Je retournai dans ma chambre, minable, exaltée, paumée, frustrée, abattue et victorieuse.

Ses mots résonnaient en moi comme des éclairs de lumière dans la nuit.

Tu me plais, Perséphone.

Son âme s'était déversée sur moi ce soir.

À présent, je devais dormir en étant maculée par sa douleur.

Après cette soirée, Cillian et moi tombâmes dans une routine.

Chaque jour, il venait docilement à nos dîners, mais mettait un point d'honneur à passer la porte trois ou quatre minutes après 19 heures, même s'il devait pour cela attendre dans sa voiture en regardant la porte d'entrée d'un œil noir, comme si c'était un poil incarné dont il n'arrivait pas à se débarrasser.

Il me provoquait tel un enfant rebelle qui veut tester la réaction de sa mère en repoussant les limites. C'était un homme *sans* limites. Un magnat qui avait passé sa vie à exiger et à recevoir tout ce qu'il désirait, et plus vite que ça. Il avait été élevé à coups de nounous, d'écoles privées et de jeunes filles au pair qui lui avaient appris le latin, à bien se tenir à table et quatre façons de nouer une cravate.

Personne ne lui avait appris l'amour.

La patience.

La compassion.

Comment vivre, rire et savourer la sensation de la pluie sur sa peau.

Personne ne lui avait appris à être *humain*.

Peut-être était-ce une des raisons pour lesquelles il aimait tant le bondage. Cela lui permettait de garder le contrôle, même dans une situation où il fallait lâcher prise.

Les dîners dans la demeure Fitzpatrick étaient chiants, pour rester poli.

J'avais essayé de les pimenter, sans mauvais jeu de mots. J'avais invité Petar, Emmabelle, Hunter, Sailor et Aisling à se joindre à nous quelques fois puisque le chef faisait assez à manger pour tout le quartier. Un soir, j'avais même décidé d'inviter ses parents.

Cillian acceptait sa nouvelle réalité avec résignation. Il était évident qu'il ne se réjouissait pas de la socialisation que j'injectais dans sa vie, mais il la supportait en silence, sachant que les nuits passées ensemble en valaient la peine.

Non seulement nous mangions ensemble tous les soirs, mais je ponctuais les dîners d'histoires concernant ma journée. D'anecdotes amusantes sur mes élèves, de choses qu'ils disaient et faisaient en classe. La plupart du temps, Kill répondait par des grognements monosyllabiques. Il ne disait presque rien sur ses journées de travail et refusait de parler du procès Green Living.

Je savais qu'il voulait me demander si j'avais eu des nouvelles d'Andrew Arrowsmith à propos du tutorat.

La réponse, au passage, était un gros « non » bien décevant.

Mais je préférais ne pas lui donner cette information. J'attendais qu'il émerge de son royaume des ténèbres et joue avec sa petite mortelle de femme. Qu'il s'intéresse. Fasse la conversation.

Quelque chose me poussait à lui envoyer encore des photos de nuages solitaires dès que j'en voyais dans le ciel, bien qu'il ne réponde jamais. Peut-être pour lui rappeler que les miracles, comme la magie, étaient bien réels.

Nous faisions l'amour tous les soirs.

Parfois, c'était pervers et violent. Parfois, c'était lent et taquin. C'était toujours une exploration sauvage. Une symphonie de nouvelles idées, de goûts et de couleurs dont je n'avais jamais fait l'expérience.

Trois semaines après avoir emménagé, j'eus mes règles.

Je pleurai en voyant la première tache de sang dans ma culotte. J'essuyai mes larmes, pris une douche, jetai mon sous-vêtement dans le panier de linge sale et bus deux verres d'eau pour me calmer. C'était la deuxième fois que j'avais mes règles depuis que j'avais commencé à coucher avec mon mari.

Je n'étais pas sûre de savoir ce qui était le plus dur – mon envie folle d'avoir un bébé qui ne se concrétisait pas ou la crainte de décevoir Cillian, ce qui serait certainement le cas.

— Mère Nature a débarqué, annonçai-je pendant le repas.

C'était l'une des rares occasions où nous étions juste tous les deux.

— C'est mieux que tante Tilda, j'imagine.

— C'est censé être drôle ? demandai-je d'une petite voix.

Il se tamponna le coin des lèvres avec une serviette, sans quitter son assiette des yeux.

— Merci de m'avoir prévenu. Je vais planifier ma soirée en conséquence.

— Amuse-toi bien, lançai-je en serrant les dents, ne prenant pas la peine de masquer ma déception.

— J'y compte bien.

Je n'attendais pas de visite de lui ce soir-là.

À sa décharge, il réussit à tenir jusqu'à 23 h 30. Je l'avais écouté à travers le mur contigu de nos chambres, vaquant à ses occupations. Pianotant sur son ordinateur. Zappant entre des chaînes de sport. Passant des appels professionnels.

Puis, enfin, le silence. On frappa à ma porte quelques secondes plus tard. Ça me plaisait qu'il demande toujours la permission d'entrer. Il ne présumait jamais, n'exigeait jamais.

J'ouvris la porte.

On se dévisagea un instant.

— Tu m'as appelé ? demanda-t-il en fronçant les sourcils.

Je retins un sourire.

— Non.

— J'ai cru entendre ta voix.

Une sensation de chaleur m'envahit la poitrine.

Je me contentai de secouer la tête. Cette fois-ci, il allait devoir y mettre du sien.

— Je suis venu pour…

Il se tut, passant ses doigts dans ses cheveux soyeux, furieux contre lui-même.

— Je ne sais pas ce que je fous là.

— Si, tu sais, soufflai-je.

Je voulais qu'il le dise. Qu'il aimait ça. *Nous*. Qu'il ne le faisait pas seulement parce que nous étions censés le faire, mais parce que cela le rendait heureux.

Dieu savait qu'il me rendait heureuse.

Trop, peut-être.

Il pencha la tête pour m'embrasser. Il était tentant de le laisser s'en tirer pour cette fois, mais pour le bien de son cœur en gazon synthétique, je posai une main sur son torse pour le repousser.

— Dis-le.

Ses lèvres boudeuses se transformèrent en une ligne mince et ses yeux se durcirent. Il fit craquer ses doigts, un tic qu'il réprimait en présence d'autres personnes. Il s'accrochait à son sang-froid. Difficilement.

— Je suis venu ici pour te rouler des pelles comme dans une cour d'école. Heureuse ?

— Très.

Je le tirai dans ma chambre par le col en V de son T-shirt, fermant la porte derrière nous.

Ce soir-là, comme les quatre qui suivirent, on ne fit que s'embrasser, se caresser et s'explorer. Il me suça les tétons jusqu'à les rendre trop sensibles pour que je porte un soutien-gorge le lendemain et je le branlai tandis que nous regardions tous deux avec fascination ma petite main enroulée autour de son pénis.

Quand mon poignet commença à me faire mal, je passai de la branlette à la pipe. Au début, Cillian était sceptique.

— J'aime que tes mains et ta bouche soient là où je peux les voir, dit-il.

— Je ne suis pas un animal enragé, répondis-je en riant.

Il m'adressa un regard qui semblait dire que le jury n'avait pas encore rendu son verdict sur la question, ce qui me fit rire de plus belle. J'enroulai mes lèvres autour de mes dents.

— *Tu 'ois ?* dis-je d'une voix sourde. *Chans les dents.*

Me souriant, il se leva, se dressa au-dessus de moi et, avec ses mains, il abaissa ma tête jusqu'à ce que je sois à genoux devant lui.

— D'accord. Mais on le fait à ma façon. J'ai des exigences.

— Étonnant ! m'écriai-je.

On rit tous les deux. Puis j'ajoutai :

— Je t'écoute.

— Lèche-la d'abord. Partout.

Il libéra son sexe velouté, palpitant et incroyablement dur. Je le capturai dans mon poing, mes doigts formant à peine un cercle complet autour de son membre, et me mis à le lécher, de la base jusqu'au gland. Il gémit et m'empoigna les cheveux, qu'il tira, fort.

— Plus vite.

J'obéis.

— Plus de langue. Plus de salive. *Plus.*

Il donnait ses ordres avec cet accent tranchant et princier qui donnait l'impression qu'il était le maître de toutes choses. Je fis ce qu'il demandait, et je mouillais tant que j'aurais voulu qu'il décide de ne pas jouir tout de suite pour me jeter sur le lit et me pénétrer, règles ou pas.

— Eh bien, dit-il calmement alors que je faisais de mon mieux pour le rendre fou avec ma langue et ma bouche. Je comptais tracer une ligne claire entre ma femme respectable et mes aventures, mais je suppose…

Je grognai en continuant de le sucer, agitant ma tête d'avant en arrière avec avidité.

Je veux être tout pour toi. Ta nymphe sexy et ton épouse virginale.

— Je suppose que cette ligne a déjà été franchie. Étouffe-toi sur ma bite, ma belle salope.

Il conclut sa réflexion en agrippant plus fermement mes cheveux pour me baiser brutalement la bouche. Chaque fois, son gland percutait le fond de ma gorge. Et chaque fois, j'étais au bord de l'orgasme. J'avais les larmes aux yeux, mais seulement parce que mon réflexe nauséeux était en alerte maximum.

— Tape deux fois sur ma cuisse si tu veux que j'arrête, dit-il au-dessus de ma tête.

Je ne voulais pas qu'il s'arrête. Je suçai plus fort, plus avidement, le prenant tout entier dans ma bouche, gémissant comme jamais je n'avais gémi. Je sentais qu'il était proche de la jouissance. Ses cuisses se contractèrent et cette odeur masculine de sexe emplit l'air.

Bien qu'il semblât être du genre à finir dans la bouche, mon époux se retira et jouit dans son poing puis, tendrement – presque avec regret –, il écarta mes cheveux de ses doigts couverts de sperme et releva mon visage vers lui.

— C'était bon. Je te donne un A+, Fille aux Fleurs.

— Alors pourquoi tu n'as pas joui dans ma bouche ?

Je fis tout mon possible pour ne pas avoir l'air déçue et y réussis presque.

Il était déjà en train de se rhabiller.

— L'instinct, j'imagine. Il arrive que les escort-girls volent le sperme de milliardaires. Mes règles de bases sont de toujours apporter mes propres capotes et de ne jamais laisser mon sperme sans surveillance.

Il s'agenouilla afin qu'on se retrouve face à face.

— Et maintenant, que dis-tu que je te rende la pareille et que je bouffe ta jolie chatte ?

J'écarquillai les yeux.

— Alors que j'ai mes règles ? Jamais.

— Je m'en fiche.

— Pas moi.

— D'accord. Va pour les tétons, dans ce cas.

Il ne s'arrêta pas avant de m'avoir fait jouir.

C'était la première fois que je jouissais ainsi.

Une des nombreuses premières fois que mon mari me fit découvrir.

Même si ma vie privée était encore loin d'être parfaite, elle se rapprochait de plus en plus d'une certaine normalité. Mon époux était à moi – du moins pour le moment.

Je savais qu'il ne fréquentait personne d'autre.

Qu'il était fidèle et me désirait.

Même Ash, Belle et Sailor arrêtèrent de dire du mal de Kill. Peut-être à cause de la partie de poker qu'elles avaient perdue contre lui, ou peut-être parce qu'elles avaient remarqué que j'étais plus heureuse depuis que j'avais emménagé dans la maison de mon époux. Quoi qu'il en soit, elles semblaient accepter ma nouvelle relation.

Certains soirs, je voyais un nuage solitaire par la fenêtre et parlais à ma tante Tilda. Je lui racontais ma vie. Mon travail, mes projets, mon nouveau mariage.

Elle restait toujours jusqu'à ce que je me sente fatiguée.

Elle ne partait jamais avant que j'aie dit au revoir.

Et ainsi, j'avais oublié une leçon très importante que tata Tilda m'avait apprise quand j'étais jeune.

Je croyais que je pouvais changer mon mari.

J'avais tort.

Il s'écoula un mois entier avant que Joelle Arrowsmith décroche son téléphone pour m'appeler.

Elle m'expliqua que son mari lui avait donné mon numéro et demanda si je pouvais aider les jumeaux pendant quelques heures, sous sa supervision, pour leur apprendre à tracer les lettres de l'alphabet et les chiffres.

— Ils ont pris un peu de retard sur le programme. Comme vous le savez, certains apprentissages doivent être acquis avant l'entrée en primaire, m'expliqua-t-elle au téléphone.

Je le savais parfaitement. En tant qu'institutrice de maternelle, mon travail était d'apprendre aux enfants de quatre et cinq ans à se servir de ciseaux ronds, à connaître l'alphabet et les chiffres, et à affûter leurs compétences intellectuelles et physiques pour qu'ils arrivent à l'école primaire bien équipés.

Nous nous mîmes d'accord : je me rendrais chez eux le samedi suivant. Ce qui me convenait parfaitement, puisque je rendais visite à Greta Veitch le samedi, un rendez-vous que j'honorais religieusement malgré le mépris de mon mari. Je pouvais aisément partir plus tôt et mettre le reste de ma journée à profit pour passer du temps avec Tinder et Tree.

Ce n'était pas comme si Cillian était à la maison le week-end.

Il allait passer du temps avec ses chevaux au ranch mais ne m'y invitait jamais. Il revenait toujours à temps à la maison pour consommer notre union, mais se levait très tôt le lendemain pour repartir avant que je me réveille. Nous n'allions quand même pas petit déjeuner ensemble.

J'arrivai chez les Arrowsmith le samedi matin à la première heure. Joelle ouvrit la porte, les cheveux en bataille et les yeux rouges, et me fit signe d'entrer.

— Bon sang, vous êtes fraîche comme un gardon.

Elle semblait déçue. J'éclatai de rire.

— Eh bien, j'essaie de dormir huit heures chaque nuit.

— Les jumeaux se réveillent plusieurs fois pour aller aux toilettes et réclamer de l'eau.

— Vous devriez installer une routine du dodo, dis-je. Je peux vous aider.

Elle me précéda dans un couloir moderne et étroit peint en

rouge écarlate. Les Arrowsmith vivaient dans un quartier moderne et branché du Sud de Boston. De l'extérieur, leur maison ressemblait à un vrai foyer- volontairement humble – mais, à l'intérieur, elle empestait l'argent. Avec ses sols en granit, ses moulures et tous ces trucs tape-à-l'œil dont les Fitzpatrick raffolaient.

Tinder et Tree me sautèrent dessus à l'unisson, me plaquant au sol, excités d'avoir une partenaire de jeu.

— Les enfants, du calme, s'il vous plaît. Je suis désolée, s'excusa Joelle en les désignant d'un geste de la main avec désapprobation. La nounou est une Française d'un certain âge. Elle n'a pas beaucoup d'autorité sur eux. Mais voyez-vous, nous voulions vraiment qu'ils soient bilingues.

Joelle ne semblait pas comprendre ce que je voulais dire en parlant de routine du dodo. Mes yeux se posèrent sur son T-shirt de marque, non seulement taché, mais aussi à l'envers.

— Alors je vous suggère d'abandonner les cours de français et d'engager une personne jeune et dynamique qui fera des activités physiques chaque jour avec eux. Qui les emmènera nager, faire des acrobaties au parc. Qui leur apprendra à faire du vélo et de la trottinette. Le genre d'activités qui contribueront à bâtir leur confiance en eux.

Ces enfants voulaient qu'on leur donne de l'attention, qu'on leur parle, qu'on explore avec eux. Ils n'avaient pas besoin d'apprendre une deuxième langue. Je me relevai et me dirigeai vers la cuisine avec les jumeaux et Joelle sur les talons, comme s'ils étaient mes invités, et non l'inverse.

— Peut-être pourriez-vous faire tout cela avec eux, songea Joelle, se délestant bien vite de sa réserve initiale.

Il lui avait fallu un mois pour accepter le fait qu'elle avait besoin de mon aide. Après tout, j'étais la compagne de l'ennemi de son mari. Maintenant qu'elle avait franchi le pas, elle se disait qu'elle allait tirer le maximum de notre accord.

— Je ne peux venir que trois fois par semaine. Ils vont à l'école ? demandai-je.

— Oui, mais seulement jusqu'à midi. Andrew travaille non-stop et je siège au comité de trois associations caritatives différentes et au conseil du comté. Sans parler du fait qu'Andrew vient de signer un contrat pour un nouveau livre. Il y aura une tournée…

Je la regardai, éberluée. Elle rejeta ses cheveux en arrière.

— Ne me regardez pas comme ça. Andrew veut se présenter en tant que maire de la ville.

— Je vois.

Je ne voyais rien du tout, si ce n'était que ce couple avait un drôle de sens des priorités.

— Quel est votre tarif, d'ailleurs ? demanda-t-elle d'un ton pincé.

— Vingt-cinq de l'heure, répondis-je.

Elle pencha la tête sur le côté, déconcertée.

— Vraiment ? Si peu ?

Je souris.

— Ce n'est pas si peu pour moi.

Même si ce n'était pas pour l'argent que je le faisais. En réalité, j'avais déjà décidé que je ferais don de chaque centime que les Arrowsmith me paieraient. D'un point de vue moral, cela me semblait déplacé de dépenser l'argent de l'ennemi de Cillian.

— Je suppose que votre mari et vous avez des comptes séparés.

Joelle m'observait, l'œil pétillant.

— En effet.

C'était vrai, techniquement. Kill et moi avions des comptes séparés. Mais cela ne voulait pas dire que je n'avais pas accès à son argent. De l'argent que je refusais de dépenser. Je ne piochais toujours que dans l'argent que l'école Les Petits Génies me versait chaque vendredi, laissant la somme astronomique que Kill me transférait s'accumuler sur mon compte courant, intacte.

— Très bien. Trois fois par semaine, dont le samedi toute la journée. C'est le jour où je rattrape mon travail administratif.

Joelle tendit la main vers moi. Je la serrai.

— Le samedi seulement sur une demi-journée, rétorquai-je. Je rends visite à mon ex-belle-grand-mère, ce jour-là.

— Oh ! c'est vrai. Marché conclu.

Elle venait de se trahir. C'était donc elle qui l'avait soufflé à Kill.

Me tournant vers les jumeaux, je m'exclamai :

— Devinez quoi ? On va faire des biscuits en forme de lettres aujourd'hui ! J'ai apporté tous les ingrédients. Vous êtes prêts ?

— Oui ! lança Tree en agitant son poing dans les airs.

Tinder hocha la tête en me regardant timidement. Il était clairement plus réservé que son frère. Je poussai les garçons dans la salle de bains pour qu'ils se lavent les mains, les faisant bien frotter entre leurs doigts en inventant des chansons amusantes sur l'hygiène, truffées de blagues sur les prouts. Pendant ce temps, Joelle installait son ordinateur portable dans la cuisine pour pouvoir garder un œil sur nous. J'appréciai qu'elle se sente assez concernée pour rester.

Je posai des saladiers avec de la farine et du sucre sur le plan de travail et tirai deux chaises pour que les garçons montent dessus. On cassa des œufs, on ajouta de l'huile et de l'eau, puis on battit, on chanta et on siffla en travaillant.

De temps en temps, je surprenais Joelle en train de nous regarder avec nostalgie, envie et fascination.

Andrew n'était pas là. J'avais le sentiment qu'il était rarement à la maison, ce qui rendait la tâche de l'espionner plus difficile.

Nous versâmes la pâte dans les moules en forme de lettres. En attendant que le four chauffe, je vidai un sachet de vermicelles colorés dans un bol et demandai aux garçons de les trier par couleur. C'était un excellent exercice de patience, de calme et de travail d'équipe.

— N'oubliez pas de me garder tous les rouges, chantonnai-je. C'est ma couleur préférée.

La couleur de la grenade.

— Moi j'adore le bleu, dit Tree en riant. Comme Sully dans *Monstres et* Cie.

— Et moi, le rose, dit Tinder. Comme les flamants roses.

— Le rose, c'est pour les filles, rétorqua Tree, avant de tirer la langue. Tinder aime bien Elsa, aussi.

Le garçon enfonça son doigt boudiné dans la poitrine de son frère, laissant un nuage de farine sur son T-shirt.

— Moi aussi, je l'adore, dis-je en tapant dans la main de Tinder. Elle est géniale, hein ? Elle a des superpouvoirs trop cools.

— Yoyo des *Pyjamasques* est encore plus génial, dit Tree, sur la défensive, pour me convaincre. Il est rapide comme l'éclair et il entend tout. Même les fourmis !

— M-mais est-ce qu'il peut congeler quelqu'un ? demanda Tinder.

Puis il sourit, gagnant en confiance en me sachant à ses côtés.

Les différences entre Tree et Tinder étaient vertigineuses.

Tree était loquace, vif et naturellement curieux. Tinder bégayait et avait un tic à l'œil gauche. Ses gestes saccadés et sa tête baissée trahissaient son manque de confiance en lui. Et il mâchouillait le col de son T-shirt, tant et si bien qu'une flaque de salive s'y était formée.

— *Mamaaaan*, appela Tree en scrutant son frère. Tinder a abîmé son T-shirt.

— Bon sang, Tin, *encore* ? Tu n'es vraiment pas croyable.

Joelle se leva d'un bond pour venir droit sur nous. Elle attrapa Tinder par l'épaule, et je posai ma main sur la sienne pour l'arrêter.

— Non, je vous en prie. C'est tout à fait normal, j'ai plusieurs élèves qui le font aussi.

— Il salit des dizaines de T-shirts par semaine ! s'emporta-t-elle, sa lèvre inférieure tremblant.

— Laissez-le. C'est sa façon de gérer le stress, en faire toute une histoire ne ferait qu'empirer le problème.

On se dévisagea un instant. Heureusement, la sonnerie du four retentit, indiquant qu'il avait atteint la température désirée.

— Excusez-moi.

J'attrapai les plateaux, puis envoyai les garçons se laver les mains en leur demandant de chanter à tue-tête les chansons que nous avions inventées ensemble, pendant que je rangeais la cuisine. Je profitai de ces quelques minutes en tête à tête avec Joelle pour commencer prudemment.

— Joelle.

J'ignorais de combien de temps je disposais avec cette famille, mais je savais qu'ils avaient besoin de moi.

— Tinder est…

— Je sais, m'interrompit-elle en tripotant son collier. Son psy dit qu'il est trop tôt pour un diagnostic officiel. Nous le surveillons de près, mais je suis dans l'ignorance la plus totale quant à ce qu'implique son état.

— Le critiquer n'aidera pas, dis-je en posant une main sur son bras. Chaque enfant est différent, que ce soit au niveau de sa personnalité, de ses progrès et de ses besoins. Apprendre le français ne devrait vraiment pas être la priorité pour eux. Tinder, en particulier, a besoin de beaucoup d'amour, d'affection et d'attention. Il a besoin de savoir que vous l'aimez d'un amour inconditionnel. Si vous êtes désemparée, pensez à ce qu'il traverse. Il commence à se rendre compte qu'il est différent.

Elle poussa un lourd soupir, et ses épaules s'affaissèrent. À en juger par son air las, cela faisait longtemps qu'elle voulait en parler avec quelqu'un.

— Je suis perdue. Ma famille a toujours eu des enfants insouciants. Nous n'avons jamais connu quoi que ce soit qui sorte de la norme. Tree me rappelle tant mes frères et moi quand nous étions petits. Indépendant et athlétique. Tandis que Tinder est…

— Fantastique lui aussi, à sa manière. Et tout aussi aimé que son frère, complétai-je sèchement pour elle. Les enfants différents requièrent des règles et des protocoles différents. Vous avez la chance d'avoir deux garçons en bonne santé. C'est plus que ce dont beaucoup de femmes rêvent.

Moi, par exemple.

Je ne l'avais pas dit à Kill, mais avoir mes règles alors que cela faisait deux mois que nous avions des relations sexuelles non protégées m'anéantissait.

Cela n'aurait pas dû. Deux mois, ce n'était rien à l'échelle d'une vie.

J'avais lu quelque part que, s'il essayait activement, il fallait à un couple moyen entre huit et onze mois pour concevoir. Mais les autres couples n'étaient pas pressés par le temps. Je savais que, si j'échouais à lui donner des héritiers, Cillian irait en trouver ailleurs.

Et cela me donnait envie de vomir.

— Vous avez raison, dit Joelle en se redressant. Vous avez complètement raison. Je dois arrêter de m'apitoyer sur mon sort. Tinder est un gamin super, vous savez ? Un peu en retard sur son apprentissage de l'alphabet et des nombres, mais il peint comme personne. Et il a tant d'imagination !

La lumière était revenue dans ses yeux et je me rendis compte que c'était la première fois que je l'y voyais.

— Voilà ce que je vous propose : je vais leur lire quelques histoires pendant que les cookies sont au four, pourquoi ne pas rester dans le coin ? Passer du temps avec nous ?

— Vous pensez que c'est une bonne idée ? demanda-t-elle, incertaine. Ils ne semblent pas m'aimer tant que ça.

— Vous êtes leur mère, pouffai-je. Ils vous aiment inconditionnellement.

— Je viens d'une famille où l'éducation des enfants est gérée par des personnes extérieures. Je ne suis pas très douée avec eux, admit-elle d'une voix rauque.

— Vous êtes plus douée que vous ne le pensez.

— Comment le savez-vous ?

— Parce que c'est vous qui les avez faits.

On passa le reste de l'après-midi ensemble. Lorsque je finis par quitter la maison des Arrowsmith, je savais que j'étais dans un sacré pétrin.

J'avais beau détester Andrew Arrowsmith pour ce qu'il avait fait – et continuait de faire – à mon mari, je ne pouvais m'empêcher d'aimer sa famille.

Je finirais par leur faire du mal, je le savais.

Mais pour l'instant, j'essayais de les guérir.

17

Cillian

Trois mois s'étaient écoulés depuis que Perséphone avait emménagé.

Trois mois de dîners pénibles, de messages avec des photos inutiles de nuages et d'une quantité folle de sexe.

D'un point de vue physique, je n'avais jamais été aussi satisfait de toute ma vie. D'un point de vue mental, mon tempérament et mes principes se recroquevillaient sur eux-mêmes et fermaient les fenêtres chaque fois que je passai la porte de chez moi.

Si Fille aux Fleurs pensait que nous progressions sur le chemin du bonheur marital, elle se méprenait lourdement.

Je ne ressentais pas une once d'amour de plus pour elle que trois mois plus tôt et n'avais pas plus d'intérêt pour elle que le jour où elle avait débarqué dans mon bureau pour me demander d'être son fringant chevalier.

Et pourtant.

Pourtant.

Mon nouveau style de vie avait un prix, et je rechignais à le payer.

Je faisais si souvent craquer mes doigts en cachette que j'étais surpris qu'ils soient encore attachés à mes mains, et je passais deux fois plus de temps à la salle de sport, à me défouler sur un sac de frappe jusqu'à l'épuisement.

Le ventre impressionnant de Sailor n'arrangeait pas les choses.

Elle l'exhibait chaque week-end, lorsque nous nous retrouvions tous chez mes parents, en le tapotant pour que personne n'oublie qu'elle était enceinte. L'euphorie initiale de mes parents quant à mes noces s'était éteinte, et ils s'étaient remis à s'extasier sur la grossesse de Sailor.

J'avais besoin d'un héritier, et vite. Mon seul objectif était de prendre la tête du clan Fitzpatrick et d'engendrer un enfant qui ferait de même. Je ne voulais pas voir le rejeton de Hunter me voler cette entreprise durement gagnée et, connaissant son ADN, qu'il claque tout notre patrimoine en voitures tape-à-l'œil, drogue, alcool et dans un vaisseau spatial rempli de sororités étudiantes.

Cela dit, chaque fois que ma femme m'informait qu'elle avait ses règles, j'étais satisfait.

Un bébé n'avait pas sa place dans mon monde.

Pas encore, en tout cas.

Il fallait d'abord que je me débarrasse du problème Arrowsmith, que je fasse en sorte que Royal Pipelines ne soit plus en procès et que je m'assure que les forages d'exploration en Arctique étaient fructueux.

Et puis, si je mettais Fille aux Fleurs enceinte, je n'aurais plus d'excuse pour la garder près de moi et coucher avec elle quand je le voulais. D'ailleurs, j'envisageais de prendre une maîtresse locale une fois que tout cela serait réglé.

Pas *trop* locale, mais au moins sur le même continent que moi. Une femme que je pourrais planquer suffisamment près pour mon propre confort et suffisamment loin pour ne pas avoir à dîner avec elle.

Bien sûr, il y aurait d'autres avantages à être débarrassé de Perséphone. Notamment parce que, parfois (bien que ce ne soit pas très fréquent et tout à fait gérable), elle me donnait la sensation d'être en train de tomber dans un gouffre sans fin et de traverser des plafonds de verre.

La prochaine fois que je choisirais une maîtresse, je ferai preuve de ma rigueur habituelle. Je mettrais Sam sur le coup. Je trouverais une femme moins séduisante que mon épouse et moitié moins têtue. Il était fort probable que je n'aie plus jamais à faire face à cet inconfort d'autant désirer quelqu'un physiquement ; Perséphone avait toujours été la seule femme à avoir cet effet sur moi.

À présent, je me remémorais notre dernière nuit, tout en recevant mes amis à notre soirée poker hebdomadaire.

Le souvenir de ma femme avec sa nuisette en dentelle blanche s'imposait à mon esprit. Comme souvent, nous nous étions retrouvés à mi-chemin dans le couloir. Je venais la voir, elle venait me voir, ni l'un ni l'autre n'était d'humeur à jouer cette partie de bras de fer pour savoir qui allait céder le premier.

Nous avions succombé là, sur la moquette, nos vêtements déchirés, nos dents mordant nos chairs, nos gémissements résonnant jusqu'aux chambres du personnel au rez-de-chaussée.

« Mon vœu préféré, avait-elle soufflé dans ma bouche quand j'avais joui en elle, mon miracle. »

— Est-ce un sourire que je vois sur le visage de Cillian ?

Hunter se gratta la tête, médusé.

Cela ne faisait que quarante minutes qu'ils étaient arrivés, et je voulais déjà les mettre à la porte, mes chaussures profondément enfoncées entre leurs fesses. Fille aux Fleurs était à l'étage, en appel Zoom avec ses amies, et je ne pensais qu'aux trucs salaces que j'avais prévus pour elle ce soir.

— Un sourire ? Sûrement pas, dit Devon en étudiant ses cartes, avant de prendre une gorgée de brandy. Peut-être qu'il fait une attaque.

— Peut-être qu'il a quelque chose de coincé entre les dents, reprit Hunter. Comme des sentiments, ou un truc du genre.

— Boucle-la, l'avertis-je.

— Non. Ils ont raison. Tu rayonnes, confirma Sam en me regardant avec dégoût. C'est répugnant. Il y en a qui essaient de manger.

Il posa son sandwich sur son assiette.

— Laissez-le tranquille. Je trouve ça mignon, dit Hunter avant d'avaler une gorgée de bière. Kill a attrapé des sentiments et il n'existe pas de vaccin contre ce qu'il ressent.

— C'est toi qui dis ça ? dis-je en prenant une carte sur le paquet au milieu de la table. Tes testicules sont portés disparus depuis que ta femme est entrée dans ta vie, et aucune unité de recherche au monde ne pourrait les retrouver. Tu lui obéis au doigt et à la chatte.

Toutes les têtes se tournèrent vers moi.

— *Quoi ?* fis-je en montrant les dents.

— Tu as dit « chatte », répondit Devon en fronçant les sourcils. Tu ne jures jamais.

— « Chatte » n'est pas un gros mot.

— J'ai une blague gay sur le bout de la langue.

Hunter se tortillait comme s'il avait envie de pisser.

— Garde-la pour toi, rétorquai-je sèchement.

— Comme ma bite.

C'était plus fort que lui. Je le fusillai du regard. Il fit mine de zipper ses lèvres avec ses doigts et de jeter la clé à l'autre bout de la pièce.

— Désolé. Fallait que ça sorte. J'ai fini.

Blagues à part, je savais que je n'aurais certainement pas prononcé ce mot six mois plus tôt. Les grossièretés ne m'avaient jamais semblé nécessaires, mais sans elles comment ordonner à ma femme de poser sa chatte sur mon visage ? De chevaucher ma queue ? De se pencher pour me laisser éjaculer sur son cul ?

Appeler ce qu'elle avait entre les jambes « un vagin » me ferait passer pour un con. Je n'étais pas son gynéco : il fallait appeler une chatte une chatte.

— Bref, le truc, c'est que tu dis être immunisé contre les sentiments et, moi, je dis que c'est des conneries, reprit Hunter en riant.

— Je ne suis pas immunisé contre les sentiments, contrai-je. J'en ai deux : plaisir et douleur.

— La chatte de ta femme te donne du plaisir, dit Devon, qui avait endossé le rôle de Monsieur Évidence pour la soirée. Mais quand as-tu éprouvé de la douleur pour la dernière fois ?

— C'est pour bientôt, quand Persy se rendra compte qu'elle a épousé un robot et le fichera à la porte, plaisanta Hunter en lançant ses cartes au centre de la table. Je me couche.

— Kill, intervint Sam qui s'allumait une cigarette. J'ai besoin de te parler, en privé.

— Timing parfait. La partie est terminée, dis-je en jetant mes cartes.

— On vient seulement de commencer, protesta Devon. J'ai une bonne main.

— La mienne va te briser le cou si tu ne sors pas d'ici, le menaçai-je avec un sourire poli.

Hunter et Devon quittèrent la pièce. Il ne me restait plus qu'à me débarrasser de Sam pour pouvoir me glisser dans le lit de ma femme.

— Qu'y a-t-il ? demandai-je en me laissant aller contre le dossier de ma chaise.

— C'est à propos d'Andrew Arrowsmith.

Depuis que j'avais eu vent du procès, j'avais pris un avocat, fait ce que je devais faire vis-à-vis de Green Living : je me montrais à tous les événements caritatifs avec mon épouse à mon bras et signais de gros chèques à des organisations à but non lucratif.

J'avais également grassement payé des médias locaux pour qu'ils publient des articles peu flatteurs sur Andrew, convaincu des donateurs potentiels de ne pas investir chez Green Living et fait en sorte d'étouffer financièrement l'entreprise d'Arrowsmith du mieux que je pouvais.

Je faisais tout dans les règles avant la date de l'audience, fixée au 23 septembre – dans quelques mois –, mais je savais qu'Andrew avait un dossier solide et la sympathie du grand public.

Transformer en décharge l'une des ressources naturelles les plus précieuses de la planète était apparemment très mal vu.

— J'ai creusé un peu et parlé à un de ses avocats, dit Sam en me tendant son iPad par-dessus la table. L'un des angles qu'ils vont adopter au tribunal est la diffamation. Et, plus particulièrement, le mauvais état de ton mariage. Ils vont démontrer que ta personnalité est déviante en s'appuyant sur ta relation distante avec Perséphone. Ta femme est leur employée et reçoit un salaire de leur part. Elle se rend chez eux trois à quatre fois par semaine, ce que tu sais certainement.

Non, bordel.

Qu'as-tu fait, Perséphone ?

— Non seulement Persy passe la plupart de son temps avec les Arrowsmith, mais tu n'as pas de vie de famille à proprement parler. Ça la fout mal. L'appartement que tu loues encore pour elle, vos comptes bancaires séparés…

Je levai une main pour l'arrêter.

— Une seconde. Comptes séparés ?

Perséphone avait signé un accord de confidentialité et n'était nullement en position de dire ça à qui que ce soit.

Sam tira sur sa cigarette et me regarda avec ironie.

— Ne me dis pas que tu as été assez bête pour l'ajouter sur tes comptes bancaires, Kill.

— Non, dis-je sèchement. Mais je verse une allocation de soixante mille dollars chaque mois sur son compte courant. Comme elle habite sous mon toit, mange ma nourriture et vit de manière générale à mes crochets, je me suis dit que ce serait suffisant pour qu'elle n'aille pas chercher d'autres revenus.

— Eh bien, c'est ce qu'elle a dit aux Arrowsmith. Tu savais qu'elle travaille pour eux, n'est-ce pas ?

Je le savais, et ne le savais pas.

Perséphone m'avait dit qu'elle comptait le faire, il y avait deux mois de ça, mais elle n'en avait pas reparlé. J'avais supposé – d'accord, *espéré* – que sa volonté de donner des cours à Tinder Arrowsmith n'avait été qu'un moyen de me taper sur le système. Essayer de me soutirer une émotion humaine était son passe-temps favori.

Je ne pensais pas qu'elle donnerait réellement suite.

Ce gamin était un être vivant pathétique et…

— Cillian ?

Sam pencha la tête. Je m'éclaircis la gorge, dissimulant mes mains sous la table pour faire craquer mes doigts.

— Je le savais, dis-je.

— Pourquoi l'as-tu laissée faire ?

— Parce que je me fiche pas mal de ses occupations du moment qu'elle ne me tanne pas pour que je passe du temps avec elle.

— Eh bien, il va falloir t'en soucier si tu veux gagner le procès contre Arrowsmith. Dis à ta femme de les larguer, fissa. S'il y a bien une chose dont on n'a pas besoin en ce moment, c'est que Perséphone donne des munitions à Arrowsmith.

— Ce qu'elle dit a vraiment du poids ? grognai-je. Ce n'est qu'une gamine stupide.

— Une gamine stupide à qui tu es marié. Arrête-la.

— Je le ferai.

— Pourquoi on ne ferait pas suivre Boucle d'Or ? demanda Sam en jetant sa cigarette dans le cendrier, scrutant mon visage pour jauger ma réaction. Pour voir ce qu'elle mijote.

Parce que, contractuellement, je lui ai promis que je ne la ferai jamais suivre, et même si elle adore se torcher avec ce même contrat qu'elle a signé et l'enfreindre encore et toujours, j'ai le sentiment que je ne m'en tirerais pas si facilement si je fais la même chose.

— Pourquoi gâcherais-je mes précieuses ressources pour m'occuper de ma femme ? demandai-je sèchement.

— Tu ne veux pas savoir si elle rend toujours visite à Mme Veitch ?

— C'est le cas.

— Et tu t'en fiches ?

— Pour ce que j'en ai à faire, Perséphone peut se remettre avec son raté d'ex après avoir accouché de mes enfants.

Je me levai, pris mon téléphone et le fourrai dans ma poche arrière.

— Rappelle-lui que tu la largueras si elle enfreint votre accord, dit-il, les bras derrière le dos, les cuisses écartées.

— Autre chose ? demandai-je en regardant l'heure à ma montre.

— Oui.

Il se leva et pointa son doigt sur moi.

— Reprends-toi. Je ne t'ai jamais vu perdre une partie de poker involontairement. Ces connards t'ont fait un deuxième trou du cul aujourd'hui, et ça ne fait pas une heure qu'on a commencé. Et je ne t'avais jamais vu rentrer chez toi avant 21 heures. La semaine dernière, je suis passé à ton bureau à 18 h 30 et on m'a dit que tu étais parti tôt.

Je ne dirais pas que 18 h 30 était tôt, mais Perséphone m'avait envoyé une photo d'elle ne portant rien d'autre qu'une nuisette aussi rose que son clitoris, et ma queue aurait pu revendre Royal

Pipelines à Arrowsmith juste pour pouvoir rentrer à la maison au plus vite.

Cela me mettait hors de moi que Sam ait raison, même si j'étais persuadé que c'était juste une phase pour faire sortir ma femme de mon système.

— J'ai dit que je lui parlerai. Tu sais où est la porte ?

Il m'adressa un regard confus.

— Bien sûr.

— Prends-la.

Sur ce, je tournai les talons et montai à l'étage d'un pas décidé.

Il était temps de montrer à Perséphone que, dans mon monde souterrain, tout ce qui ne rentrait pas dans le cadre étroit de ce que je trouvais acceptable était voué à périr.

Je la baisai d'abord.

Je savais que la conversation allait faire tourner les choses au vinaigre entre nous et je voulais que rien n'entrave mes tentatives de mettre ma femme enceinte.

Puisqu'elle était suffisamment stupide pour ne pas utiliser de tests de fertilité, je devais la baiser chaque jour.

J'attachai ma femme aux barreaux du lit, la dévorai, puis la pris plusieurs fois, jusqu'à ce que son corps tout entier soit sensible et endolori.

J'avais attendu que nous soyons tous deux épuisés et allongés sur son lit avant d'ouvrir ma boîte à cigares, que j'avais déplacée dans sa chambre puisque j'y passais la plupart de mon temps, et m'en allumai un.

— Tu vas arrêter d'être la tutrice des petits Arrowsmith dès demain matin, annonçai-je.

Perséphone était encore empêtrée dans les couvertures, ses

cheveux d'or étalés sur nos deux corps, sa peau humide comme un matin de printemps.

Elle roula vers moi, ses grands yeux bleus dirigés vers mon visage.

— Pardon ?

— Je sais que tu leur donnes des cours. Ça s'arrête maintenant.

— Tu m'as fait suivre ?

Sa voix passa de la douceur à la froideur en quelques secondes.

Je rejetai la couverture et m'assis, enfilant mon boxer.

— Ma chérie, ne faisons pas comme si je m'intéressais suffisamment à toi pour te faire suivre. Sam suit Andrew, et il t'a vue entrer et sortir de chez eux.

— Sam est un connard.

Elle bondit hors du lit comme s'il était brûlant.

Je remis mon T-shirt, ignorant sa crise d'hystérie.

— Ce qu'est ou n'est pas Sam ne me concerne pas. Je ne suis pas marié à lui. En revanche, toi, tu es en train d'enfreindre un contrat que tu as signé. La clause de non-concurrence. Tu es allé raconter notre vie à mon ennemi comme une petite idiote et tu lui as révélé que nous avons des comptes séparés. Andrew va se servir du fait qu'il t'emploie pour montrer que je suis un époux négligent et peu affectueux et ainsi établir ma mauvaise moralité devant le tribunal.

Elle leva les deux mains en l'air avec un rire amer.

— Tu *es* un époux peu affectueux.

— L'amour ne figure pas dans le contrat.

— Nique-le, ton contrat ! hurla-t-elle, perdant son habituelle patience de sainte.

— Pourquoi ? C'est bien plus agréable de te niquer, toi.

J'étais déjà en train de regagner ma chambre, content d'avoir refusé que nous dormions dans le même lit depuis que nous étions mariés. Cela me donnait un semblant de contrôle.

Je m'arrêtai près de la porte.

— Démissionne demain matin. Je ne le demanderai pas deux fois. C'est non négociable.

— Sinon quoi ? Que vas-tu faire si je décide de continuer à accompagner ces enfants – Tinder, en particulier, un garçon qui a besoin de moi, qui compte sur moi, qui est *attaché* à moi ?

Je me retournai. La regardai avec le même dédain que j'accordais à chaque personne dans ma vie.

Elle n'était qu'un trou chaud.

Une distraction.

Un moyen d'atteindre mon but.

S'attacher à quelqu'un qui avait été *acheté* pour lui sauver la vie était stupide. C'était le genre de leçon que j'étais censé enseigner à mon propre fils, comme mon père l'avait fait pour moi.

— Désobéis, et je te donnerai ce que tu veux tant.

Le divorce.

Elle prononçait ce mot assez souvent. Comme si c'était moi qui étais à sa merci.

— Dis-le, siffla-t-elle, me défiant du regard. Dis-moi ce que tu feras. Dis-moi que je ne suis rien pour toi.

Je l'attrapai par la nuque, sentant mon sexe se durcir dans mon boxer. Je ne pouvais pas laisser la situation se transformer en réconciliation sur l'oreiller. Les dîners quotidiens étaient suffisants. Sa présence constante me poussait dans mes retranchements.

— Si tu continues d'ignorer notre contrat, je serai forcé d'enfreindre moi aussi notre accord. Si tu travailles encore pour les Arrowsmith d'ici le milieu de la semaine, je te fous Sam au cul pour qu'il suive chacun de tes mouvements. Puis je prendrai l'avion pour l'Europe pour baiser tout ce qui me tombe sous la main. Ensuite – sans me doucher –, je reviendrai pour te mettre un bébé dans le ventre, *avec* tests d'ovulation.

Mes lèvres touchaient les siennes pendant que je parlais, et je la sentis trembler contre moi, de colère et de désir.

— Je mettrai l'odeur et les fluides de toutes ces filles en toi. Pour te rappeler que tu n'es rien d'autre qu'un jouet pour moi. Le plus triste, c'est que nous savons tous les deux que tu me laisserais faire, Fille aux Fleurs. Tu veux ma bite depuis la première fois que tu m'as vu. Mais tu te détesterais, et chaque fois que tu regarderais notre enfant, tu verrais ce que je t'ai fait. Reste à ta place, Perséphone. Tu n'es pas ici pour diriger le royaume à mes côtés. Tu es là uniquement pour m'aider à assurer sa pérennité.

Elle arracha sa bouche de la mienne, me poussant de toutes ses forces, claquant des dents.

— Tu n'oserais pas toucher quelqu'un d'autre.

Elle bondit en avant pour me pousser encore.

— Tu n'oserais pas.

— Vraiment ? dis-je en haussant les sourcils, feignant un intérêt. Qu'est-ce qui te fait dire ça ?

C'était déjà assez pénible comme ça de ne pas être capable de cracher le mot « divorce » et je devais en plus rester planté là et écouter pourquoi j'étais manifestement dans une relation monogame.

Ma vie avait décidément pris une bien mauvaise tournure depuis que nos organes génitaux s'étaient rencontrés.

— Jamais tu ne trouveras ailleurs ce que nous avons, lança-t-elle, bouillonnante. Et pour un homme intelligent, tu serais bien stupide de croire que tu le peux.

— Tu as terminé ta crise ?

Je m'appuyai contre l'encadrement de la porte de sa chambre, croisant les bras comme un père exaspéré.

— Tu as terminé ton numéro de mec sans cœur ? répliqua-t-elle.

— Non. Ce qui nous amène à la seule raison de ta présence ici – tu n'es toujours pas enceinte.

— As-tu considéré la possibilité que je ne puisse jamais avoir d'enfants ?

Elle commença à se rhabiller. D'abord la culotte, puis un T-shirt oversize.

— Oui, dis-je. Dès l'élaboration de ce plan, j'ai listé les pour, les contre ainsi que les complications potentielles. Une possible infertilité était en tête de la liste des contre.

— Et ?

— Et tout le monde est remplaçable.

Elle se figea.

— Je vois, dit-elle avec prudence. Dans ce cas, ne me laisse pas gâcher ton temps.

Elle avait déjà occupé plusieurs mois de mon temps, mais le lui rappeler serait contre-productif pour notre reproduction.

— Je vais continuer à travailler pour les Arrowsmith. Tu peux trouver une autre candidate pour avoir tes précieux enfants, dit-elle d'un ton détaché, prenant une brosse sur sa table de nuit pour se démêler les cheveux.

Peut-être avais-je mal entendu. Personne n'était assez stupide pour renoncer à la richesse, à du sexe hallucinant et à sa liberté à cause d'un stupide principe. Ce que nous avions était différent. C'était...

Quoi ? ricana une voix en moi. *Tu viens de lui dire que tu allais rendre visite aux maîtresses que tu paies si elle n'obéissait pas, puis que tu la remplacerais par une version 2.0 si elle ne pouvait pas tomber enceinte.*

Je savais que je devais tourner les talons et partir, mais quelque chose me soufflait que je n'allais pas avoir une bonne nuit de sommeil si nous en restions là, ce qui était absurde. J'avais toujours dormi comme un bébé. Cela allait de pair avec le fait de ne pas avoir de regrets, de soucis ou d'âme.

— Tu es toujours là.

Elle rejeta sa magnifique chevelure sur son épaule, la divisant en trois sections pour la tresser avant de se mettre au lit.

— Pourquoi ? Je t'ai fait part de ma décision.

— Ne sois pas stupide, dis-je, menaçant.

— La seule chose stupide que j'aie faite, c'est t'épouser.

Elle cessa de natter ses cheveux pour se jeter sur moi et me pousser hors de la pièce avant de me claquer la porte au nez.

Je regagnai ma chambre, trop en colère pour avoir les idées claires. J'avais dit que le divorce n'était pas envisageable, et je le pensais. Si Perséphone voulait quitter ce mariage, ce serait dans un cercueil. Le vrai mystère était de savoir si c'était elle ou moi qui s'y trouverait.

Une fois dans ma chambre, je vis que mon téléphone clignotait : j'avais des messages de Sam.

Arrête-la avant qu'elle nous coûte ce foutu procès.

Ne laisse rien faire foirer tout ça. Surtout pas une femme.

Je décidai de lui répondre :

Fais-la suivre, traquer et surveiller à tout instant, à partir de demain matin. Infiltre son téléphone et ses SMS aussi. Je ne veux pas que ma femme aille pisser sans que je le sache.

Je croyais que tu t'en tapais ?

Les affaires sont les affaires.

Enfin, tu es revenu à la raison. C'est comme si c'était fait.

Le lendemain, je vidai tous les comptes qu'Andrew Arrowsmith possédait aux îles Vierges britanniques. Argent qu'il avait, aux dires de Sam, volé à son beau-père. La somme s'élevait à un peu moins de huit millions de dollars.

Moins d'une heure après que j'ai transféré l'argent à diverses œuvres caritatives dans le monde entier via des donations anonymes, Andrew se pointa à mon bureau.

— Alors, c'est comme ça que tu veux la jouer ? dit-il en entrant en trombe dans mon royaume.

Il se passa la main dans les cheveux, se les arrachant presque. Je fis pivoter mon fauteuil, levant les yeux d'un rapport mensuel sur mes nouveaux forages.

— Jouer à quoi ? demandai-je innocemment.

— Tu sais parfaitement de quoi je parle.

Il avança vers mon bureau et y planta ses mains, s'attendant à une réaction de ma part.

Je lui en offris une : je bâillai, me demandant ce qui avait troublé la qualité de mon sommeil la nuit dernière.

Ce devait être les linguine. Je n'aurais jamais dû manger des glucides au dîner.

L'autre explication à mon agitation nocturne était trop ridicule pour être envisagée.

— Où est-il ? fulmina t il.

— Quoi donc ?

— Ce que tu m'as volé.

Bien sûr, prononcer les mots à voix haute revenait à admettre un manquement.

Je me frottai le menton.

— Cela ne me dit toujours rien. Tu veux bien être plus précis ?

— Arrête tes conneries, Fitzpatrick. Où est mon argent ?

Il se pencha par-dessus mon bureau pour m'attraper par le

col de la chemise, mais je fus plus rapide. Reculant au fond de mon fauteuil, je le fis plonger la tête la première sur la table, ses yeux ayant tout loisir de lire de très près les chiffres savoureux qui ressortaient de mon rapport mensuel.

Je me levai, boutonnant ma veste de costume.

— Quelle importance a vraiment l'argent par rapport au grand cycle de la vie, mon cher Andy ? Tu dois sauver l'Arctique.

— Tu feras moins le fier quand je frapperai à la porte du FBI pour leur parler de la somme que tu m'as volée.

Il se redressa, réajustant sa cravate.

— Préviens-moi quand tu le feras, je t'en prie, pour que je puisse rendre visite au fisc et les informer que tu conservais des millions de dollars non déclarés sur des comptes off-shore. Un moyen infaillible de tuer ta carrière de bénévole, et plus rapide que de jeter un poisson hors de l'eau.

Il se raidit, sachant pertinemment que j'avais raison. Il était obligé de subir ce dommage financier. Personne n'était censé savoir qu'il avait dissimulé des millions de dollars.

Il me fusilla du regard avant de gronder :

— Tu crois que ça m'atteint ? Tu crois que ça va m'empêcher d'envoyer Tinder et Tree à Evon ? De leur offrir tout ce que ta famille m'a *volé* ? Tu ne peux pas toucher à ma fortune personnelle. Ma femme est millionnaire.

— Non, ses parents le sont, fis-je remarquer en m'approchant de la baie vitrée, regardant les petits points humains vaquer à leurs occupations dans la rue. Le foncier, c'est ça ? Son papa est un magnat de l'immobilier ? Je parie qu'il y a un sacré panier de crabes à explorer aussi de ce côté-là, fis-je, désapprobateur. Je n'ai jamais rencontré un roi de l'immobilier qui aime payer ses impôts.

À ce stade, j'avais enquêté si loin dans la fortune familiale de Joelle Arrowsmith, à l'affût de la moindre transgression, que je pouvais révéler à Andrew des informations sur sa belle-famille que ses membres eux-mêmes ignoraient peut-être.

Andrew comprit que le nœud autour de son cou se resserrait.

— Souviens-toi d'une chose, Fitzpatrick. Ta femme vient souvent chez nous. Elle parle.

Je ne pouvais qu'imaginer ce que Perséphone disait de moi. Elle n'était pas ma groupie, à part quand nous étions au lit. Je ne savais pas pourquoi elle s'obstinait à percer mes défenses dans le seul but de ruiner mes chances de gagner contre Andrew.

Pour avoir une emprise sur toi.

Arrowsmith s'était déjà servi de cette tactique. Pourquoi pas elle ?

— Surveille tes arrières, Cillian, dit-il en me menaçant du doigt. Je t'ai déjà brisé. Je compte bien recommencer.

Je souris.

— Donne tout ce que tu as, Andy. Car sache que je vais faire pareil.

Le reste de la semaine fut une vraie torture.

Sam envoya deux de ses enquêteurs dont les QI combinés atteignaient à peine celui d'un concombre pour suivre Perséphone et promit qu'ils feraient de leur mieux pour passer inaperçus.

Durant les jours qui suivirent notre dispute, je reçus des SMS toutes les heures m'informant des faits et gestes de ma femme. Sa routine prévisible était la seule chose qui empêchait mon rythme cardiaque d'exploser.

Elle était soit au travail, soit au yoga, soit en train de faire cours aux enfants Arrowsmith, soit avec ses amies et sa sœur.

Il y avait cependant un endroit où elle n'était pas : dans mon lit. Même si je ne pouvais pas lui reprocher de ne pas se faufiler contre moi chaque soir pour m'offrir sa douceur, cela m'horripilait qu'elle ne me laisse pas non plus entrer dans sa chambre.

Le lendemain de notre dispute, je m'étais pointé à notre stupide dîner comme si de rien n'était et avais même été assez charitable pour lui parler de ma journée. Je lui avais raconté que j'avais viré trois personnes ce matin-là – n'avait-elle pas dit qu'elle voulait que je *partage* des choses avec elle ? – mais quand j'étais allé frapper à sa porte après ma douche, elle n'avait pas ouvert.

J'avais frappé une deuxième fois, pensant qu'elle ne m'avait pas entendu.

Rien.

— Je sais que tu es là, avais-je marmonné, me méprisant d'insister ainsi.

Jamais je n'avais jamais couru après une femme. Toutes mes partenaires avaient exprimé une attirance pour moi avant même que je les satisfasse. J'aurais pu obtenir gratuitement ce qu'elles proposaient. Simplement, je ne voulais pas les posséder selon leurs conditions – mais selon les miennes.

— Je n'essaie pas de faire comme si je n'étais pas là, avait répondu Perséphone de l'autre côté de la porte.

Faisant craquer mes doigts et me rappelant qu'elle avait tous les droits d'être en colère après que j'avais déclaré que je la remplacerais par une autre en cas d'infertilité, j'avais posé mon front contre la porte.

— Tu as des devoirs conjugaux à remplir.

— Si tu penses que tu vas passer cette porte, tu n'es pas seulement un être sans cœur, Cillian. Tu es un idiot.

Cillian. Pas de « petit mari », ni de « Kill ».

Elle t'a aussi traité d'idiot. Peut-être que c'est là-dessus que tu devrais te concentrer.

Je sentis mes narines se dilater et mes lèvres s'affiner lorsque je dis :

— Je ferai vite.

— Non.

— *S'il te plaît.*

Ce mot avait un drôle de goût dans ma bouche. Je n'avais pas dû le dire plus de quelques fois au cours de ma vie.

— Va en Europe, Cillian. Amuse-toi avec tes petites copines. Peut-être qu'elles te donneront l'enfant que tu désires tant.

Mon rythme cardiaque crevait le plafond à présent.

Je sentis la tension et la pression s'enrouler autour de mon cou et, pour la première fois depuis des années, je sus qu'elles allaient gagner.

Le rejet de ma femme n'était même pas une des pires choses qui me soient arrivées *ce mois-ci*, et pourtant, l'idée qu'elle me repousse me donnait envie de m'arracher la peau et de la bombarder sur la maison de Sam Brennan.

C'était son idée que je la bouscule. Maintenant, non seulement j'avais le problème Arrowsmith sur les bras, mais j'avais également une femme qui refusait d'être mise enceinte.

Je me retournai, remontai le couloir avec fureur, dépassant la chambre principale à toute vitesse pour aller jusqu'à la pièce la plus reculée de l'étage. Mes doigts fourmillaient. Mes paupières tressautaient. Je ne pouvais plus la retenir.

Je ne pouvais plus la maîtriser.

Pour la première fois depuis des années, j'allais laisser sortir la bête.

J'ouvris la porte à la volée.

C'était un ancien bureau que j'avais converti en spa. Une excuse merdique que j'avais donnée aux constructeurs pour qu'ils insonorisent la pièce et la remplissent de choses douces et incassables.

Je fermai la porte violemment et laissai le monstre en moi prendre les rênes.

En espérant que les bleus et les coupures qu'il laisserait auraient disparu le lendemain.

À mon septième jour de chasteté (mais qui tenait les comptes ?), je retrouvai mes amis pour une soirée poker.

Sam était attentif, Hunter dans son habituelle humeur je-m'en-foutiste et Devon semblait essayer de déterminer ce qui ne tournait pas rond chez moi.

Pile une semaine après que j'avais dit à Fille aux Fleurs qu'elle ne pouvait plus être la tutrice des gamins Arrowsmith, elle arrivait encore à se moquer de mes demandes et à poursuivre sa petite vie, me bannissant de son lit au passage.

J'avais été à cran toute la semaine, concentrant ma colère bouillonnante sur Arrowsmith. Chaque jour, je trouvais un nouveau moyen de le provoquer.

Une fois, j'avais envoyé des paparazzis prendre des photos de lui en train de se curer le nez au restaurant. Une autre, j'avais planté un détective privé devant sa maison toute la nuit juste pour lui embrouiller le cerveau, et une autre fois encore j'avais demandé à l'éditeur d'un journal local de publier un article sur le jour où saint Andrew en personne avait été surpris en plein plan à trois pendant ses années de fraternité à la fac minable où il allait.

Le problème avec mon secret, c'était que le révéler causerait aussi du tort à Andrew. Je voulais le pousser au point où il n'aurait plus rien à perdre. Pour qu'il aille voir mon père et lui dise. Pour qu'il me mette à nu. Me fasse passer de l'enfant chéri à l'imposteur pour lequel il me prenait.

Aujourd'hui, j'étais d'humeur particulièrement revêche. À tel point que j'étais même allé au ranch voir mes chevaux. Mon trouble avait commencé le matin, quand je m'étais rendu compte que quelque chose clochait. Je ne recevais plus de messages sur les nuages, ceux-là mêmes que j'avais pris l'habitude d'ignorer depuis des mois.

Je n'arrivais pas à croire que tata Tilda me manquait.

La vieille bique ne cessait de me causer des problèmes.

Perséphone allait trop loin.

Je savais que j'avais deux options : soit céder et faire un pas vers ma femme, lui dire que si elle ne pouvait pas tomber enceinte, ou si j'étais infertile, nous pourrions adopter – ce à quoi j'étais réellement disposé.

Soit je pouvais faire une démonstration de force et la mettre dehors.

Pour le bien de mon ego, j'eus la décence de faire semblant de soupeser ces deux solutions tandis que nous jouions.

Hunter n'arrêtait pas de regarder son téléphone. Sailor était loin d'être prête à accoucher – elle n'était même pas à mi-chemin du terme – mais il se comportait comme si elle était la première femme au monde à donner naissance à un être humain.

Plus tôt dans la journée, les espions de Sam m'avaient envoyé un message, à 9 heures du matin, pour me dire que Perséphone était arrivée chez les Arrowsmith. Elle y était restée six bonnes heures avant d'aller directement à la maison de retraite pour rendre visite à la grand-mère de son ex-mari, en banlieue de Boston. Elle était encore dehors, probablement en train de faire la toilette et d'habiller Greta Veitch avant de la mettre au lit.

Mon épouse devait être la femme la plus naïve ou la plus déloyale qui soit. Peut-être les deux.

Une chose était certaine : elle était loin d'être aussi faible que je l'avais imaginé. Loin de là.

Des bouts de conversation me parvinrent, mais rien ne pouvait pénétrer mes pensées.

— … lui faire un nouveau trou de balle. Faut que tu te calmes, Kill. Tu t'acharnes sur Arrowsmith. Tu as de la chance que personne n'ait encore rien remarqué.

— Kill pense que la chance, c'est juste la probabilité des flemmards.

— Kill ne pense rien *du tout*. Regarde-le. On dirait qu'il va encore tous nous mettre à la porte pour aller câliner sa tendre épouse.

Comme s'ils avaient convoqué la démone, la porte de la salle de jeux s'ouvrit à la volée, et la tornade Perséphone entra en trombe. Des gouttes de pluie perlaient sur son visage et ses lèvres tels de minuscules diamants, signe révélateur du déluge à l'extérieur.

De minuscules diamants.

Une chatte de luxe et j'étais K-O.

Il avait fait meilleur ces derniers temps, mais cette semaine il pleuvait comme vache qui pisse.

La forte ressemblance avec la scène où Perséphone avait accepté ma demande en mariage devant mes amis ne m'échappa pas, et je souris, la regardant d'un air amusé.

Enfin, elle était revenue à la raison.

Ma femme ralentit puis s'arrêta. Le temps que je me rende compte qu'elle serrait quelque chose dans son poing, elle me l'avait jeté à la poitrine. Un vêtement trempé glissa lourdement le long de ma chemise.

J'entendis presque les mâchoires de Sam, Devon et Hunter lorsqu'elles heurtèrent le sol en même temps.

— Tu m'as fait suivre !

Perséphone planta ses mains sur la table et, d'un geste, elle balaya les cartes, les verres et les cendriers. Tout le contenu de la table vola au sol.

— J'ai trouvé tes stupides soldats en train de m'attendre à côté de ma voiture quand j'ai quitté la maison de retraite de Mme Veitch, alors j'ai décidé de leur courir après. J'ai attrapé le bonnet d'un des deux types. L'autre était trop rapide.

— Lequel as-tu réussi à attraper ? demanda Sam sur le ton de la conversation. Que je sache qui je dois virer.

Elle tourna la tête vers Sam et pointa son doigt sur lui.

— La ferme, Brennan. Tais-toi, bordel !

Je pris le bonnet sur mon ventre et le laissai tomber au sol avec un rictus. Les excuses n'étaient pas au programme.

Jamais un Fitzpatrick ne s'inclinait ni ne se soumettait à sa femme.

Il épousait une femme agréable qui engendrait d'autres femmes agréables et des fils aussi ingérables que terrorisés par leurs pères.

C'était ce qu'on m'avait enseigné.

C'était ainsi que j'avais vécu.

C'était ainsi que j'allais mourir.

Hunter avait peut-être fait exception à la règle en se mariant par amour, mais il n'était pas l'aîné. Le chef de meute. L'homme à qui incombait la tâche de perpétuer toutes les traditions familiales.

Et puis, j'avais une réputation à tenir.

— Toujours aussi hystérique, à ce que je vois, dis-je platement en lissant ma chemise. Tu veux bien me dire une chose que je ne sais pas ? Je t'ai exposé mes projets la semaine dernière. L'un d'eux était de te faire suivre. Pensais-tu que je ne mettrais pas mes menaces à exécution ? Pensais-tu que tu étais… *spéciale* ?

Je lui adressai une moue sarcastique, feignant la tristesse.

Elle écarquilla les yeux. Nous pensions tous les deux à la même chose. Mes soi-disant projets incluaient également que je rende visite à mes maîtresses et que je l'humilie publiquement.

— Tu as mis *toutes* tes menaces à exécution, dit-elle d'une voix rauque.

Il n'y avait pas de point d'interrogation à la fin de sa phrase. Je savais que je devais faire machine arrière. Tout en moi me criait de le faire, mais je devais saisir l'occasion de me prouver qu'elle n'était rien pour moi. Qu'elle n'était qu'un jouet.

Je lui adressai un sourire cruel.

— *Toutes.*

— Me faire suivre était contraire au contrat, me rappela-t-elle, trop fière pour mentionner l'autre chose que j'avais promis de ne pas faire.

— En réalité, j'ai trouvé une faille juridique. C'est Sam qui t'a fait suivre. Je n'ai fait que donner l'ordre, dis-je en lui décochant un clin d'œil.

— Le diable se cache dans les détails, intervint Sam, affalé dans son fauteuil et amusé par la situation.

— Allons, quel manque de savoir-vivre, Brennan. Fais preuve de respect envers la maîtresse de maison.

Je claquai des doigts en direction de Sam, sans quitter mon épouse des yeux.

— Excuse-toi.

— Mes plus plates excuses, dit Sam, inclinant la tête de manière exagérée tout en riant.

Cela l'amusait de la ridiculiser. Il n'était pas capable d'aimer une femme et ne voulait pas que je le fasse non plus.

— Mon cœur saigne pour toi.

Étrange qu'il ait choisi ces mots, puisque je m'étais moi-même moqué de Perséphone à cause de son cœur saignant. Je n'avais jamais raconté à Sam – ni à qui que ce soit d'autre – le moment que j'avais passé avec elle dans la suite nuptiale.

Ce jour auquel je n'avais pu m'empêcher de penser pendant des années.

Mais Fille aux Fleurs ne le savait pas.

Son visage vira au rouge et elle serra sa robe entre ses poings.

C'était le bon moment pour lui dire que je n'avais rien raconté à Sam.

Qu'il ne savait pas qu'elle s'était empoisonnée.

Mais avant que je puisse le faire, Perséphone tourna les talons et disparut, tel un rayon de soleil éphémère.

Tous les yeux se posèrent sur moi.

— Prêts pour ma main de folie ?

Je me penchai sur la table à présent vide et écartai les cartes que je tenais encore.

Hunter grogna.

Devon leva les yeux au ciel.

Mais Sam… Sam savait.

Il me jaugea de ses calmes yeux gris qui voyaient toute chose, gigantesque ou infime. Importante ou triviale.

Je posai mes rois sur la table et me reculai contre le dossier de ma chaise.

Hunter et Devon s'étranglèrent.

— Bordel, pesta Hunter en claquant ses cartes contre la table en chêne. Tu gagnes toujours.

Pas toujours.

Je regardai l'embrasure déserte de la porte.

Pas cette fois.

Trois heures plus tard, mes amis étaient enfin partis.

Je grimpai à l'étage, montant les marches deux par deux. J'étais plus riche de quarante-cinq mille dollars et un million de fois plus susceptible de défigurer Sam Brennan au couteau pour son mauvais conseil.

Pourquoi diable avais-je fait surveiller ma femme ? Je savais déjà qu'elle allait faire comme bon lui semblait. Et que savait Sam des femmes, d'abord ? Il les détestait toutes, à moins qu'il ne s'agisse de sa belle-mère ou de sa sœur.

Je ne pris pas la peine de suivre ma routine je-fais-semblant-de-me-préparer-à-me-coucher. J'allai directement à la chambre de Fille aux Fleurs et frappai à sa porte.

Après avoir tapé trois fois sans réponse, j'ouvris la porte de quelques centimètres.

La chambre était vide.

— Petar !

Mon rugissement me déchira presque les cordes vocales et causa certainement quelques dommages aux fenêtres. Mon intendant arriva en quelques secondes à peine, ne m'ayant jamais entendu élever la voix.

J'étais en train de fouiller dans le placard de mon épouse pour voir si elle avait laissé ses indispensables. Les affaires qu'elle aimait et chérissait plus que tout au monde.

Elle avait tout pris.

Merde.

— Monsieur, vous avez besoin de quelque chose ? demanda Petar de la porte.

Je me tournai vers lui.

— Oui, *putain* ! J'ai besoin de savoir où se trouve ma femme ?

À en juger par son expression, je n'avais pas fini de choquer mon entourage par mon recours récent aux grossièretés. Il se reprit en vitesse et secoua la tête.

— Je… euh… elle… elle ne l'a pas dit. Je pensais qu'elle partait en week-end quelque part ?

— Et pourquoi avez-vous pensé une telle chose ? demandai-je, mâchoire crispée.

— Eh bien, parce qu'elle a emporté plusieurs valises et ne voulait pas qu'on l'aide à les porter.

— A-t-elle dit où elle allait ?

— Non, monsieur.

— Combien de valises a-t-elle prises ?

— Un certain nombre.

— Savez-vous compter, Petar ?

— Oui, monsieur.

— C'est le moment de mettre ces compétences mathématiques à profit et de me donner un putain de chiffre.

Il déglutit, comptant sur ses doigts.

— Sept. Elle a pris sept valises, monsieur.

— Et vous pensiez qu'elle partait en week-end.

J'étais entouré d'incapables. Il avala péniblement sa salive, sur le point de dire quelque chose, mais je n'étais pas d'humeur à l'écouter. Je filai dans ma chambre. Une partie de moi voulait la poursuivre et la ramener à la maison, là où était sa place, mais une autre reconnut que je lui avais suffisamment forcé la main pour la plier à ma volonté, et qu'elle pourrait très bien décider de témoigner contre moi dans l'affaire Arrowsmith si je continuais à la pousser à bout.

Cette idée me bouleversa.

Imaginer Perséphone à la barre en train de dire aux gens que je l'avais maltraitée me rendit malade.

Je m'appuyai sur mon bureau en chêne, regardant par la fenêtre, plantant mes doigts si fort dans le bois qu'il se brisa. J'agrippai la surface jusqu'à faire saigner mes mains, tremblantes de fatigue. Jusqu'à ce que mon corps cesse de frissonner.

Ne pète pas les plombs.

Ne pète pas les plombs à cause d'une femme.

Ne pète pas les plombs du tout.

Je sortis mon téléphone de ma poche pour écrire à Sam.

Il fallait qu'il dise à ses hommes d'arrêter de la suivre.

Et il fallait que je dise à Perséphone que je ne couchais avec personne d'autre.

Je fis glisser mon pouce sur l'écran au moment où je recevais un message. De ma femme.

Tu as refusé de me laisser partir, mais tu refuses d'être avec moi. Si tu ne veux pas divorcer, je le ferai moi-même. Tu ne peux pas me garder contre mon gré. Ne m'appelle pas. Ne m'écris pas. Ne m'approche pas. Rassure-toi, je ne demanderai pas le divorce avant la fin du procès contre Green Living. Ton secret est bien gardé avec moi. Tu voulais épouser une inconnue, félicitations : c'est ce que je suis désormais pour toi.

18

Perséphone

— Je vais tuer mon frère, dit Sailor.

Elle était plantée au milieu du studio de Belle, les mains posées sur son ventre rond.

Ma sœur, Ash et moi étions lovées sur le canapé, sous un plaid géant, à siroter du vin dans des verres grands comme des aquariums. J'avais appelé les filles pour une réunion de crise dès que j'avais quitté ma maison.

Enfin, la maison de mon *époux*.

Notre mariage n'était pas réel, et notre partenariat non plus.

Dans l'Immédiat, les deux risquaient fort de ne pas survivre aux derniers événements.

— Tu t'occupes de Sam, je trucide Kill, dit Belle à Sailor en me frottant le bras pour me consoler. J'envisage de le castrer et de le laisser se vider de son sang. Pas forcément avec un objet tranchant. Plutôt un truc qui rendrait le processus lent et douloureux.

— D'un point de vue médical, je ne crois pas qu'il existe une manière non douloureuse de tuer un homme par castration, murmura Ash dans son verre de vin en levant les yeux vers moi. C'était vraiment *si* horrible ?

— Oui, ça l'était, rétorqua Sailor avant que je puisse répondre. Tu connais Pers, elle ne dit jamais rien de mal sur les autres, même si sa vie en dépend. Hunter était présent et il me l'a dit lui-même : l'attitude de Kill l'a choqué. Pourtant, il avait l'impression que ça roulait entre Cillian et toi ces derniers temps.

— Honnêtement ? J'étais assez stupide pour le croire aussi.

J'enfouis mon visage dans le cou de ma sœur. À présent que je n'étais plus obligée d'être forte et résiliente, je voulais juste m'effondrer et pleurer dans les bras des personnes qui ne me jugeraient jamais.

Aisling plissa le nez et posa une main sur mon genou.

— Je trouve ça honteux que Kill t'ait fait suivre par des détectives privés, mais tu ne nous as jamais réellement dit quelle était la nature de votre relation. Encore une fois, je n'essaie pas de trouver des excuses à mon frère ; j'ai grandi en le voyant au plus haut et au plus bas, donc je sais que ces deux versions de lui sont terrifiantes pour toute personne normale. Mais votre relation n'a jamais été très claire, dit doucement Ash. Je veux juste être sûre qu'on a une vision complète de la situation pour pouvoir te conseiller en conséquence.

— Ash n'a pas tort, dit Belle en me regardant. Tu nous as juste dit un jour que tu allais te marier et puis paf ! (Elle claqua dans ses mains.) Tu avais la bague au doigt. Chaque fois qu'on te voit avec ton mari, il te regarde comme si tu étais la plus brillante des étoiles dans le ciel. Et en même temps, on sait toutes que votre couple n'a pas connu une évolution classique. Raconte-nous comment tu es devenue Mme Fitzpatrick.

La question était légitime : notre relation semblait étrange de l'extérieur.

Bon sang, c'était étrange *aussi* de l'intérieur.

Mes amies suivaient le mouvement parce que c'était ce que nous faisions – nous nous soutenions sans conditions – mais mon union n'avait aucune logique.

J'attrapai une poignée de mouchoirs pour me tamponner le nez et les yeux. J'avais mal à la tête à force de pleurer. Après une profonde respiration, je me lançai.

— Quand Paxton m'a quittée, il ne m'a pas laissée sans rien. En souvenir, il m'a refilé cent mille dollars de dettes. Ce furent les pires huit mois de ma vie. Les usuriers auprès desquels il était endetté me poursuivaient, m'attendaient devant le boulot, faisaient des rondes devant l'appartement de Belle… ça a très mal tourné. Ils m'ont même attaquée physiquement un jour.

Un frisson, qui ressemblait atrocement au contact du doigt de Kaminski, me parcourut l'échine.

Belle resserra son étreinte. Aisling retint son souffle, et Sailor me regarda, les yeux écarquillés, horrifiée. Je me tournai vers ma sœur.

— C'est la fois où je t'ai dit que je m'étais fait racketter. Je ne voulais pas demander l'argent à Hunter, Sailor ou Aisling. Ce n'était pas une petite somme. C'était une vraie fortune.

— Ça ne nous aurait pas dérangés ! s'écria Aisling.

— Ne sois pas stupide, renchérit Sailor en levant les yeux au ciel. Bien sûr que tu aurais pu nous demander. Tu fais partie de la famille.

Je secouai la tête. Peu importait que j'eusse failli le faire. Tout ce qui comptait, c'était que je ne l'avais pas fait.

— Quand les choses ont empiré avec les créanciers, je suis allée au bureau de Cillian pour lui demander un prêt. Il a refusé. Quelques jours plus tard, il est revenu avec une demande en mariage. Il a dit que tous mes problèmes disparaîtraient si je disais oui et… eh bien, il a tenu parole.

Je leur parlai du contrat. De mon hésitation, à cause de mon affection de longue date pour lui. Je leur avouai que mon béguin ne s'était jamais totalement estompé. Que je m'étais convaincue qu'après le mariage, avec le temps, il apprendrait à m'aimer en retour.

Avec une pelle, je creusai dans les recoins obscurs de ma vie pour en faire ressortir le plus laid, le plus honteux, et posai le tout sur la table basse pour que mes amies et ma sœur puissent disséquer et interpréter chaque élément. Quand j'eus fini, je n'avais plus qu'un aveu à faire pour me sentir totalement libérée.

— Vous voulez savoir le pire ?

J'attrapai la bouteille de vin bas de gamme – était-ce notre quatrième ou cinquième bouteille ? – et me servis généreusement.

— C'est que je l'aime encore. Je l'ai toujours aimé. La première fois que j'ai vu Cillian au gala de charité auquel Sailor nous a traînées parce qu'elle ne voulait pas être seule avec Hunter, j'ai su. J'ai su qu'un jour il me ravirait mon âme, l'embraserait et piétinerait mes cendres une fois qu'il en aurait fini avec moi. Je l'ai su dès l'instant où j'ai posé mes yeux sur lui pendant qu'il observait Emmabelle depuis l'autre bout de la pièce. Son regard se perdait sur ma sœur, mais moi je venais de trouver en lui tout ce que j'avais toujours voulu.

— Kill ne regarde jamais directement les choses qui l'intéressent, dit Ash en me serrant la main. Il dit que le désir est une faiblesse. S'il avait voulu Belle, il ne l'aurait pas regardée.

— Je ne sais pas quoi faire.

Je laissai tomber ma tête sur mes genoux avec un soupir.

— Je lui ai dit que je voulais divorcer dès que le procès Green Living serait terminé. J'ai besoin de partir. Partir avant qu'il brise ce qu'il reste en moi. Partir avant que lui ne me quitte.

Cette dernière phrase me coupa le souffle. Il y avait de fortes probabilités pour que Cillian arrive à la conclusion que je ne valais pas toutes ces complications. Qu'il arrête les frais et passe à la femme suivante sur sa liste. Rien n'était simple entre nous. Je n'étais pas encore enceinte, je travaillais pour son ennemi, j'étais encore en contact avec la grand-mère de mon ex-mari…

Ce n'était pas ce qu'il voulait, et Kill Fitzpatrick obtenait *toujours* ce qu'il voulait.

Sans compter que je ne pouvais plus vivre ainsi. À la lisière du vrai et du faux.

Belle fut la première à prendre la parole.

— Mon cerveau et mon cœur sont en guerre, là. Je n'arrive pas à croire que je vais dire ça, mais je vais donner plutôt la parole à mon cœur. Tu te souviens de notre week-end au ranch, il y a quelques mois ? De la partie de poker où Cillian a parié et nous a laissé l'argent, à Sailor et moi ? La seule chose qu'il nous a demandée était de ne pas te dire du mal de lui. C'était très révélateur, surtout parce que le nom de Kill est traîné dans la boue tous les jours dans les médias et qu'il semble s'en foutre comme de l'an quarante. Je crois qu'il tient à toi. Je crois qu'il ne *veut* pas tenir à toi, mais que c'est plus fort que lui. Il ne *veut* pas que tes proches t'empêchent d'être avec lui. J'ai perdu un pari, et je compte le respecter. Je ne peux pas te dire de le quitter, Pers. Pas maintenant. Pas encore.

Mon ventre se serra.

— Sam dit toujours qu'un enfant qui n'est pas aimé par son village le brûlera pour ressentir sa chaleur, souffla Sailor.

Elle s'assit au bord de la table basse, passant ses doigts dans ses cheveux de feu.

— Je pense que Cillian voit tout brûler autour de lui depuis bien trop longtemps. Les Fitzpatrick sont des hommes blessés mais ils le cachent bien, et de ce que j'ai pu comprendre, ils le font chacun à leur manière. Si quelqu'un peut l'empêcher de détruire le reste du monde, c'est toi. Laisse-lui du temps, murmura-t-elle. C'est le plus précieux des cadeaux.

Je me tournai vers Aisling, qui n'avait pas encore pris la parole. C'était aussi la seule personne à ne pas avoir perdu le pari contre Kill.

— Je crois – elle se mordit la lèvre inférieure – que mon frère te veut. Je crois qu'il tient à toi. Mais je sais aussi qu'il est l'homme qui t'a fait chanter pour que tu l'épouses. Il était conscient que ta vie était en danger, et il a profité de toi. Je ne sais pas si c'est le genre d'environnement dans lequel tu veux élever ton enfant.

Elle se frotta le front, peinant à prononcer ces mots.

— J'ai grandi dans une famille dysfonctionnelle, et je n'ai pas la force de te conseiller de prendre le même chemin. Je ne crois pas que tu devrais rester.

Nous étions partagées en deux camps.

Rester, ou m'en aller ?

Mon cœur disait une chose ; ma tête, le contraire.

Au bout du compte, ce fut mon corps qui l'emporta.

Je m'endormis dans les bras de mes meilleures amies.

Mon mari ne me contacta pas pendant deux semaines.

J'avais passé toutes mes journées avec Tinder et Tree, ignorant moi aussi Cillian. Même si je ne l'avais pas réellement quitté, je n'allais pas non plus chercher à le contacter. Quelque chose s'était brisé en moi le jour où j'avais découvert qu'il m'avait fait suivre – peut-être même qu'il m'avait *trompée* – et j'avais besoin de temps.

Je réemménageai dans l'appartement qu'il m'avait trouvé. Juste un petit « va te faire voir » à mon époux, un moyen de lui faire comprendre que je comptais bien profiter de tout le luxe qu'il avait mis à ma disposition.

Quand vint le samedi, j'apportai des cadeaux pour ma session de tutorat avec Tinder et Tree. Je n'étais pas Gerald Fitzpatrick, je ne pouvais pas reprocher aux deux enfants les péchés de leur père.

Au fil du temps, j'avais appris à les aimer et je tenais à eux. Surtout à Tinder : il avait besoin de tout l'amour qu'on pouvait lui donner.

— Devinez qui est là, et avec des cadeaux ! annonça Joelle quand elle m'ouvrit la porte ce matin-là.

J'entrai avec des sacs à la main. Tinder et Tree dévalèrent l'escalier en piaillant de joie : Tree glissait sur la balustrade en poussant des cris de pirate, Tinder sautait de marche en marche, bondissant jusqu'en bas. Ils se ruèrent sur moi, me faisant tomber à la renverse. Nous n'étions plus qu'un tas de câlins et de rires essoufflés.

— Tata Persy, regarde ce que j'ai fait pour toi ! s'exclama Tinder en me fourrant le dessin sous le nez.

Le surnom me fit tiquer. Il me voyait comme un membre de la famille, alors que ce n'était pas le cas. En réalité, c'était même tout le contraire. Je pris néanmoins le dessin entre ses doigts potelés en m'extasiant et l'interrogeai sur sa signification.

— C'est une carte. Si on la suit, on ira au paradis, et au paradis, tout le monde est gentil, et personne ne vous tape ! s'écria Tinder.

Je tournai la tête vers lui pour lui demander qui le tapait, mais au même moment Tree me sauta dessus et m'attrapa les joues avant de les écraser entre ses paumes.

— Qu'est-ce que tu nous as acheté ? C'est un camion ? J'ai dit à maman que je voulais un camion pour Noël. Rouge. Il doit être rouge. *Obligé*. Ta couleur préférée, hein, Tata Persy ?

— Tree, enfin, on ne dit pas ce genre de choses ! Tout cadeau est le bienvenu. Le fait qu'elle ait pensé à vous est amplement suffisant, gronda Joelle.

Nos regards se croisèrent, et nous partageâmes un sourire. Au cours des derniers mois, nous avions bâti une affection timide, basée sur notre amour commun pour ses fils. Je savais que ce n'était pas facile pour elle de s'ouvrir à moi. Surtout parce qu'elle devait quotidiennement claquer sa porte au nez des journalistes et des caméramans, chaque fois que mon mari faisait fuiter une info peu flatteuse sur le sien.

À cause de mon époux, Andrew Arrowsmith n'était plus le chouchou des médias.

Cillian et lui étaient à présent deux sales types qui se détestaient, prêts à tout pour se détruire mutuellement.

Je voulais donner à Joelle les outils pour soutenir Tinder et Tree.

Surtout maintenant que j'avais passé assez de temps avec la famille pour savoir que la présence d'Andrew dans la vie des garçons était quasi inexistante.

— Vous êtes là, gronda la voix d'acier d'Andrew, et nous levâmes tous les yeux vers l'escalier.

Le timing de son arrivée fit bondir mon cœur.

— Andrew.

— Comment allez-vous, ma chère ? Votre barbare de mari vous cause encore des soucis ?

— Andrew ! lâcha Joelle en rougissant.

Je levai une main.

— Ce n'est rien, dis-je avant de me tourner vers son époux pour lui sourire. Pour tout vous dire, j'ai déménagé.

Je sentis l'amertume de ces mots sur ma langue : le goût de la trahison. Mais j'avais un plan, et je devais passer à la vitesse supérieure. Je ne savais pas combien de temps il me restait avec cette famille. Ni de combien de temps je disposais avec Cillian. Je luttais contre la montre.

— Vraiment ? demanda-t-il, surpris. Puis-je vous demander pourquoi ?

J'étais encore au sol, les jumeaux dans les bras.

— Je ne suis pas certaine que ça va marcher entre nous, après tout.

— Je vois. Quel dommage.

Je souris poliment.

— Bon, une journée remplie d'activités avec les enfants m'attend. Je ferais mieux de m'y mettre.

Il hocha la tête d'un air distrait.

— Oui. Bien sûr. Je ne vous retiens pas. J'ai des… coups de fil à passer.

À ses avocats, sans doute. Il se demandait si c'était le bon moment pour me demander de témoigner contre mon époux.

— Merci d'avoir partagé cette information avec moi, Perséphone. Cela compte beaucoup pour nous d'avoir votre confiance. Vous nous le diriez si M. Fitzpatrick vous maltraitait de quelque façon que ce soit, n'est-ce pas ?

Et voilà.

Le but ultime.

Nos raisons respectives de vouloir que je sois ici.

— Bien sûr. Vous êtes comme une famille pour moi.

La famille Lannister, mais peu importe.

Andrew regagna son bureau. Je donnai leurs cadeaux à Tree et Tinder, Joelle toujours debout à côté de nous. Je lui fis signe de se joindre à nous et elle s'accroupit.

— Merci, vous n'auriez pas dû. Je sais que vous surveillez vos dépenses.

— J'adore les garçons.

Tinder ouvrit son premier cadeau. Un collier à mâcher en forme de dents de requin. Il poussa un cri de joie et le fourra dans la main de sa mère.

— Tu p-p-peux me le m-mettre, maman ?

Elle le dévisagea un instant, sous le choc. J'eus la sensation qu'elle n'avait pas l'habitude de partager de tels instants avec ses enfants.

— Je… bien sûr. Tourne-toi mon chéri.

Je les regardai tandis que Tree déballait son cadeau – un casque de vélo – en racontant gaiement qu'il voudrait une moto quand il serait grand. Les mains de Joelle tremblaient pendant qu'elle attachait le collier autour du cou de son fils. J'en avais les larmes aux yeux. Quelque part en chemin, Joelle avait oublié comment être une mère. Ou peut-être n'avait-elle jamais eu la chance d'en être une, aidant sans cesse son époux à pourchasser ses rêves.

Tinder s'agita, ouvrant et fermant ses poings en faisant des bruits d'animaux, ce qui lui arrivait souvent.

— J'ai été élevée par des jeunes filles au pair, dit tristement Joelle, les yeux toujours rivés sur le collier qu'elle attachait au cou de Tinder. Je pensais que c'était ainsi que les choses étaient censées se passer. Je n'avais pas prévu d'avoir un fils qui soit…

— Spécial ? complétai-je d'une voix douce. C'est une bénédiction. Cela vous fait grandir. Trouver votre force. On apprend beaucoup des enfants. Et on redécouvre des choses qu'on a oubliées alors qu'elles sont essentielles.

— Comme quoi ?

— Ce qui est important dans la vie. La famille. L'amitié. La beauté d'un nuage solitaire flottant dans un ciel bleu. Les enfants ont le sens des priorités. Ce sont les adultes qui oublient parfois ce que devrait être la vie. Maintenant, venez.

Je me levai et lui tendis la main. J'étais en train de bâtir une amitié improbable avec une femme qui rêvait de détruire mon époux autant que je voulais anéantir le sien.

— Allons créer de nouveaux souvenirs avec les garçons. Il n'est pas trop tard. Il n'est jamais trop tard.

Je conduisis tout ce petit monde jusqu'aux deux vélos que j'avais achetés plus tôt dans la semaine, avec mon propre salaire, refusant de toucher à la pension de Kill. L'argent continuait de s'entasser sur mon compte, comme une montagne de promesses rompues et de rêves brisés.

On passa le reste de la journée dans le jardin, à apprendre aux garçons à faire du vélo sans les roulettes. Tree assimila rapidement la technique, tandis que Tinder s'agrippait à moi et me faisait promettre de ne pas lâcher son vélo. Il fallut quatre heures et une bonne centaine de tentatives avant que Tinder réussisse à avancer, en zigzags, mais il y arriva. Mon cœur fut à deux doigts d'exploser quand je vis son visage s'illuminer.

— J'y arrive ! Je fais du vélo !

Il était ivre de rires. Tree le suivait sur son engin en faisant des bruits de voiture de course. Joelle et moi les regardions en riant.

— Je pensais qu'il n'apprendrait jamais, dit Joelle. Merci infiniment.

— Je-je-je vais d-d-dire à p-p-papa que je sais faire du vélo. Peut-être qu'il descendra p-pour nous voir ? demanda Tinder en tirant sur mon chemisier.

Je baissai les yeux et souris, ignorant Joelle, dont le sourire s'était transformé en grimace.

— C'est une super idée, Tin ! Je suis sûre qu'il sera aux anges.

Tinder rentra dans la maison par la porte en verre en poussant des cris de joie, agitant les bras dans tous les sens.

— Maman ! Regarde ! Sans les mains ! se vanta Tree en étendant ses deux bras de chaque côté du vélo.

Joelle se précipita vers son fils avec un mélange d'émerveillement et d'inquiétude. Je me demandai ce que cela faisait, de voir son enfant déployer ses ailes pour la première fois.

L'angoisse de savoir que tout le monde tombe, se fait mal, est *meurtri*. Que vous ne pouvez pas protéger éternellement votre enfant de la laideur du monde.

Ne voulant pas interrompre leur instant de complicité, je rentrai dans la maison. Je voulais voir s'il y avait de quoi faire une génoise. Les garçons adoraient faire de la pâtisserie l'après-midi, et même si

Greta ne se rappelait pas qui j'étais, elle appréciait toujours quand je lui apportais un bon gâteau.

J'eus à peine mis un pied dans la maison que j'entendis un cri perçant venant de l'étage, faisant trembler les murs.

— Dis-le, putain. Arrête de bégayer. *Dis. Le !*

Je montai l'escalier en un éclair, les hurlements d'Andrew noyant les bruits sourds de mes pas contre le bois.

— Je n'en peux plus de t'écouter, putain, espèce de bon à rien de… de… de *petite merde* ! Tu me fais penser à lui. Tu es comme lui. Un raté débile.

Je dérapai pour m'arrêter sur le seuil du bureau d'Andrew, haletante. C'était la première fois que je venais ici. Il était accroupi, en train de secouer Tinder par les épaules, crachant au visage du pauvre gosse.

Je ne réfléchis pas.

Je ne m'arrêtai même pas pour analyser la situation.

J'entrai en trombe, pris Tinder dans mes bras, l'arrachant aux mains de son père. Andrew se redressa et tituba en arrière, la colère laissant place à la surprise sur son visage. Il ne pensait pas qu'il aurait du public.

— *Perséphone.*

Mon nom quitta ses lèvres comme une malédiction. Comme s'il voulait me secouer, moi aussi. À quelle fréquence infligeait-il cela à son fils ? Les mots de Tinder résonnèrent en moi, me faisant bouillonner de rage.

« C'est une carte. Si on la suit, on va au paradis, et au paradis, c'est joli, et personne ne vous tape. »

La vraie question, c'était à combien d'autres crises paternelles Tinder serait exposé au cours de sa vie – beaucoup, certainement – et combien d'autres victimes avaient souffert de la rage d'Andrew Arrowsmith ?

Cette dernière interrogation me frappa de plein fouet.

Elle me bouleversa parce qu'au fond je savais qu'au moins une autre personne proche de moi avait été brisée par Andrew.

Suffisamment traumatisée pour rejeter tout le genre humain.

— Écoutez, ce n'est pas ce que vous croyez…

Andrew avança vers moi, la voix douce et apaisante.

Je serrai Tinder contre moi et secouai la tête.

— Je ne souhaite pas parler de ce que je viens de voir avant d'en avoir discuté avec votre femme.

— Que se passe-t-il ici ? demanda Joelle du couloir.

Je me tournai vers elle. Mon expression laissait deviner tout ce qu'il y avait à savoir. Le sourire optimiste qui avait étiré ses lèvres tout l'après-midi s'effondra pour laisser place à une expression furieuse.

— Oh non. Qu'as-tu encore fait, Andy ?

Encore impliquait qu'il y avait beaucoup d'*avant*.

— Je lui ai juste dit de s'exprimer clairement.

Andrew tenta de prendre la situation à la légère et d'ébouriffer les cheveux de Tinder, mais le garçon enfouit son visage contre mon épaule en reniflant.

— Il l'a secoué, dis-je calmement, ne voulant pas donner davantage de détails pour éviter d'embarrasser Tinder.

Les enfants étaient bien plus perspicaces que les adultes le pensaient.

— Je vais emmener les garçons en bas pour faire un gâteau. Je suis sûre que vous avez des choses à vous dire.

Je tendis la main à Tree, debout derrière sa mère, et descendis, Tinder dans les bras.

— On peut faire d'abord des sandwichs triangles et enlever la croûte ? Je *déteste* la croûte, dit Tree en gloussant.

— Bien sûr. Et toi, Tin ? Tu veux manger un truc ?

— U-u-une tartine confiture-beurre de cacahuète, s'il te plaît.

D-D-Désolé d'avoir énervé papa avec mon bég-bég-bégaiement. Je ne voulais pas.

Il se recroquevilla dans mes bras. Je secouai vivement la tête.

— Ne dis pas de bêtises. Je veux que vous vous rappeliez quelque chose de très important, les garçons, d'accord ? Une chose que vous devez emporter partout avec vous, où que vous alliez, comme le collier que je t'ai donné.

Arrivée en bas des marches, je reposai Tinder au sol et m'accroupis pour me mettre à leur hauteur.

Ils hochèrent la tête, leurs grands yeux innocents accrochés à mon visage.

— Quand papa perd son sang-froid et vous crie dessus, ce n'est pas votre faute. Nous ne sommes pas responsables de ce que font les autres. *Seulement* de ce qu'on fait soi. Cela ne veut pas dire qu'on n'a jamais tort. On doit essayer de faire de notre mieux pour devenir meilleur et toujours se tenir pour responsable de ses propres actes. Mais ne vous en voulez *jamais* pour ce que papa ou maman font, d'accord ? Promettez-le-moi.

— Parole de scout ! dit Tree en levant deux doigts.

— M-moi aussi, je promets ! répondit Tinder en sautillant.

Mon cœur grinça dans ma poitrine comme une cage vide et rouillée remplie de sentiments que je ne voulais pas affronter.

La famille que j'essayais de fonder était une menace pour ces enfants.

Et leurs parents étaient une menace pour la mienne.

Mais je ne pouvais pas leur tourner le dos.

Plus maintenant.

Je laissai tomber mon sac à moitié plein au sol en fusillant Petar du regard.

— Sérieusement ? Vous aviez promis qu'il ne serait pas là.

En entendant la porte d'entrée s'ouvrir à la volée, je compris que mon époux venait d'arriver, alors que j'avais justement appelé Petar pour m'assurer que la voie serait libre afin que je passe récupérer les dernières choses que j'avais laissées ici.

Petar haussa une épaule, impuissant.

— Il n'était pas censé rentrer avant 10 ou 11 heures, je le jure. Depuis que vous êtes partie, il ne rentre que pour dormir. Parfois, il ne rentre même pas. J'ai dû envoyer un coursier à trois reprises cette semaine pour lui apporter un costume propre au bureau.

Même s'il était tentant de plaindre Kill, je rejetai cette émotion hors de mon cœur.

Je posai mon sac sur le lit pour y fourrer les bricoles que j'avais oubliées dans ma hâte de partir, deux semaines plus tôt.

— Où est-elle ? cria Cillian du rez-de-chaussée.

Petar se signa, leva les yeux au plafond et sortit de la chambre en vitesse. Pas besoin d'être un génie pour savoir où j'étais, je laissai donc la question en suspens.

Évidemment, moins de cinq secondes plus tard, Cillian se tenait dans l'embrasure de la porte, aussi ténébreux et renfrogné qu'Hadès tenant une grenade intacte à la main.

— Déjà là ? soufflai-je en fourrant un de mes cent mille cahiers de développement personnel à fleurs dans mon sac. Que dirait papounet ? Je croyais que tu étais né pour travailler.

Il entra sans rien dire, fermant la porte derrière lui.

— Tu ne devrais pas être au travail ?

Je faisais la conversation, sachant à quel point il avait horreur de ça.

— Et toi, tu ne devrais pas vivre avec ton époux ? répliqua-t-il.

— Non, dis-je d'un ton égal, fermant le sac trop plein en tirant sur la fermeture Eclair coincée. Ça fait des mois que tu affirmes que nous ne sommes pas un vrai couple. Tout ce que je fais, c'est enfin t'écouter. Tu as réussi à me convaincre que nous ne sommes rien de plus qu'un contrat.

J'évitai de le regarder directement. La morsure que je ressentais chaque fois que je posais les yeux sur lui était déjà insupportable en temps normal ; je n'osai imaginer ce que ce serait maintenant que nous étions brouillés.

Étranger ou allié, Cillian avait toujours le talent de faire chanter mon cœur et pleurer mon âme.

Pendant un long moment, il se contenta de rester planté là, à m'observer.

Il fit un pas vers moi, posa une main sur mon bras.

J'avais envie de m'effondrer et de pleurer.

De lui dire ce que j'avais vu Andrew faire.

D'avouer que je ne mangeais plus, que je ne dormais plus.

— J'ai dit à Sam d'arrêter de te faire suivre, dit-il.

Je levai la tête vers lui, les yeux remplis de larmes que je ne versai pas.

— Et ?

— Et je n'ai touché personne d'autre depuis que je t'ai passé cette foutue bague au doigt.

Ses lèvres bougeaient à peine tant il serrait les dents.

— *Et ?* demandai-je en haussant un sourcil.

Donne-moi une émotion.

N'importe laquelle.

— Et je n'aurais pas dû enfreindre le contrat, dit-il d'un ton bourru en détournant le regard. Je te fais confiance.

— C'est des conneries, dis-je avec un rire sec.

Il resta silencieux.

Je commençais à comprendre que rien de ce que je pourrais dire ou faire ne le ferait changer d'avis sur les êtres humains. Sur *moi.* Il était incapable d'avoir des sentiments et, si je le forçais à m'aimer, il n'éprouverait que de la rancœur, rien de plus. Même maintenant, il ne me voulait pas parce qu'il m'appréciait. Il me voulait parce que j'étais un arrangement commode. Un moyen d'atteindre son but.

— Tu ne pars pas, dit-il simplement.

Je pris le sac et le hissai sur mon épaule, puis me tournai vers lui.

— Je suis désolée.

Il avança vers moi en grondant :

— Désolée pour quoi ?

— D'avoir changé les règles. D'avoir enfreint le contrat. D'avoir demandé plus. Je me rends compte que j'ai dépassé les bornes. Je veux que tu épouses quelqu'un qui te donnera ce que tu veux. Qui se réjouira de ce que tu es prêt à donner. Et je ne suis pas cette personne. Je pensais ce que j'ai dit. Dès que tes problèmes de procès et de relations publiques seront terminés et que tout se sera calmé, nous pourrons divorcer.

Je voulus le contourner, mais il se décala également, se plantant face à moi.

— Tout ça à cause d'une erreur ? demanda-t-il, renfrogné. Je t'ai déjà dit que je n'avais touché personne d'autre. Tu as été surveillée pendant à peine une semaine, Perséphone.

Je m'esclaffai.

— Tu crois que c'est le seul problème ? Une erreur ? Sois réaliste, Kill. Tu ne m'as jamais traitée comme ta femme. Tu n'as jamais passé la nuit dans mon lit. Ne m'as jamais emmenée en rendez-vous en dehors des événements mondains. Pas de lune de miel. Aucune conversation sérieuse. Je n'ai jamais été ton égale. La seule chose qui a changé, c'est qu'aujourd'hui je prends enfin conscience que je ne le serai jamais.

Il écarquilla les yeux. J'étais prête à parier que son précieux pouls montait en flèche. Il l'ignorait certainement mais j'avais remarqué qu'il posait discrètement ses doigts sur son poignet pour se surveiller. Qu'il faisait craquer ses doigts chaque fois qu'il était contrarié.

— J'ai dîné avec toi tous les jours. Je t'ai baisée tous les soirs. Je t'ai emmenée à des galas, à des repas de famille. Je t'ai acheté des bijoux. Que veux-tu de plus de moi, Perséphone ?

— Une *relation*, grognai-je en jetant le sac sur le sol.

— Je ne sais pas comment faire ! me hurla-t-il au visage.

Il se mit à faire les cent pas en secouant la tête.

— Je ne sais même pas ce que ça veut dire. Je n'ai jamais eu de relation. Quand tu me demandes quelque chose, je le concrétise. Ce n'est pas ça, une relation ?

Comment pouvais-je répondre à cette question sans passer pour une vraie garce ?

— Comment as-tu su que j'étais là ? demandai-je.

Il leva les yeux au ciel.

— Cette maison est plus surveillée qu'un indic dans un mauvais film policier.

— Alors tu as tout plaqué pour venir ici ?

— Tu parles comme si je m'en fichais, dit-il, une main sur la hanche.

— Tu t'en fiches.

— Eh bien, flash info : je ne m'en fiche pas.

Il fit un pas en avant, me plaquant contre le mur, puis il m'attrapa par la nuque et baissa la tête vers moi.

— Ça ne me réjouit pas, c'est sûr, mais ça n'en est pas moins vrai.

C'était tout ce que je voulais entendre depuis le jour où j'avais rencontré Cillian Fitzpatrick et, pourtant, à cet instant, je compris qu'il était trop tard.

La vie m'avait déjà appris une précieuse leçon : tout donner à une personne qui n'acceptait de ne céder en retour qu'une partie d'elle-même était une mauvaise idée.

— Reviens à la maison, Fille aux Fleurs.

Il ferma les yeux, effleurant ma bouche de la sienne. C'était comme dans les montagnes russes, quand vous basculez de l'autre côté et que votre cœur se soulève. Une bouffée de chaleur envahit ma poitrine, faisant vibrer mon corps tout entier. Les mots de Kill pénétrèrent mon esprit embrumé.

— Laisse-moi te baiser. Sois la femme dont j'ai besoin. Il te faut juste un peu plus d'entraînement ; encore quelques mois et on pourra baiser jusqu'à tout oublier.

Mois.

Nous avions une date d'expiration.

Nous aurions *toujours* une date d'expiration.

J'arrachai ma bouche de la sienne.

Il ne comprenait pas, et j'en avais marre d'expliquer.

— Donne-moi une bonne raison de rester, Cillian. Je n'en demande pas beaucoup. Juste une. Une chose à laquelle me raccrocher.

— Parce que je veux que tu restes.

— Non. Autre chose. Quelque chose qui ne soit pas totalement égoïste.

— Je ne sais pas être autre chose qu'égoïste, dit-il d'un ton brusque.

Je ramassai mon sac et le repoussai.

— Dès que le procès sera fini, nous divorcerons.

Cette fois-ci, je ne regardai pas derrière moi.

J'ignorai la douleur.

Insensible, fière, et seulement à moitié vivante.

Je savais enfin ce que cela voulait dire, d'avoir le cœur brisé.

Je comprenais – enfin – que Paxton n'avait même pas entaillé le mien.

Je rentrai à mon appartement, me précipitai sous la douche et avalai quelques galettes de riz, ma version improvisée d'un dîner.

Je n'avais même pas défait le sac que j'étais allée chercher chez Cillian. Je m'étais juste laissée tomber sur le canapé du salon et faisais défiler les programmes sur la télé, luttant contre une migraine.

Toutes les chaînes d'infos locales racontaient la même histoire : le duel entre Cillian et Andrew dans le procès qui devait bientôt commencer. Le présentateur montrait une vidéo du derrick en Arctique, un affreux machin noir qui faisait tache au milieu du bleu infini. Des éclats de glace étaient éparpillés autour, tel du verre brisé. Mon cœur saignait pour la nature, victime de la cruauté de Cillian.

On est dans la même galère, Arctique.

Je pris mon téléphone et envoyai un message à mon époux.

Arrête de forer en Arctique.

Toi qui veux à tout prix des héritiers, as-tu déjà pris le temps de te demander quel monde tu vas leur laisser ?

Sa réponse arriva aussitôt.

Oui. Un monde dans lequel ils seront immensément riches.

Ça te rend heureux d'être riche ?

Le bonheur est un sentiment, par conséquent…

Tu ne peux pas l'éprouver. J'ai compris. Que t'a fait Andrew ?

Il m'a fait.

Et que vas-tu lui faire ?

Je vais l'anéantir.

On sonna à ma porte, et je sursautai.

Ce n'était pas le style de Kill de se pointer sans être invité mais je savais qu'il n'y avait aucune chance pour que ce soit quelqu'un d'autre. Mes parents ne savaient pas que je vivais ici et non chez mon époux, Emmabelle travaillait de nuit, Sailor était certainement en train de se faufiler en douce au stand de tir à l'arc – où elle serait traquée par son mari inquiet –, et Aisling levait à peine le nez de ses bouquins de médecine ces temps-ci.

Je roulai sur le côté pour me lever du canapé et rejoignis la porte d'entrée.

— Tu es vraiment gonflé de venir ici après la conversation qu'on vient d'avoir, dis-je en ouvrant la porte.

Mon cœur se serra lorsque je vis qui se tenait devant moi.

Paxton.

Cillian

Si j'avais demandé à Sam de stopper la surveillance de Perséphone, je n'abandonnai pas pour autant mon obsession malsaine envers elle.

Non. Cela aurait été normal, sain.

Donc pas mon style.

Pour ma défense, j'avais réglé mon téléphone pour recevoir

une notification chaque fois que sa porte d'entrée s'ouvrait ; je n'avais pas peur qu'elle me trompe mais je voulais être sûr qu'elle était bien rentrée chez elle.

J'ignorais pourquoi je me souciais encore de son bien-être.

Les preuves qui s'accumulaient contre elle auraient dû, à elles seules, me pousser à la lâcher, comme on laisse tomber un micro après une soirée de rap amateur.

Perséphone travaillait pour mon ennemi juré.

Elle rendait visite à la grand-mère de Paxton.

Qu'est-ce qui pouvait me laisser croire qu'elle serait loyale ?

Rien. La réponse à cette question était « rien ». Et alors que j'observais, sur l'application Next Door, l'homme blond aux larges épaules se balancer d'un pied sur l'autre, tête baissée, agitant ses doigts contre sa jambe, je pris conscience que j'avais été dupé

Ridiculisé et discrédité.

Trahi au plus haut degré.

Sam m'avait averti qu'il ne fallait jamais laisser une mission inachevée, mais je ne l'avais pas écouté.

Et désormais, il était là, en chair et en os.

Paxton Veitch.

19

Perséphone

— Putain, qu'est-ce que tu fous là ?

J'utilisais rarement ce juron, le réservant pour les grandes occasions ; aujourd'hui, c'était clairement le moment de le cracher. Mon corps tremblait si fort que je dus attraper la poignée de la porte pour ne pas m'effondrer.

Mon ex-mari se tenait devant moi, l'air affreusement en bonne santé pour quelqu'un qui était en cavale depuis un an. Bronzé, musclé et, d'après ce que je voyais, encore en possession de toutes ses dents. Ses boucles blondes voletaient autour de son visage, et ses yeux expressifs étaient rivés sur moi.

— Bébé.

Ses lèvres affichèrent un sourire soulagé et il poussa un soupir.

— Putain, t'es aussi belle que dans mes souvenirs. Bordel, Persy. Regarde-toi.

Il prit mes mains dans les siennes et les porta à sa bouche en riant. Des larmes luisaient dans ses yeux brillants. J'étais trop abasourdie pour le repousser.

Paxton était là.

En chair et en os.

Après des centaines de nuits sans sommeil et tout autant d'appels et de mails restés sans réponses.

Des milliers de questions tournaient dans ma tête. Où s'était-il caché ? Quand était-il revenu ? Comment était-il arrivé jusqu'ici ? Il y avait un portier à l'entrée.

Surtout, je voulais savoir *pourquoi*. Pourquoi m'avait-il laissée gérer son foutoir ?

Et si je représentais si peu de choses pour lui, pourquoi revenir et se pointer chez moi ?

Mes mains étaient encore dans les siennes, brûlant de sa trahison. Je sortis de ma rêverie et le repoussai.

— Je vais me répéter, dis-je en faisant un pas en arrière, mais qu'est-ce que tu fais là, Paxton ? Et comment sais-tu où j'habite ?

— Je suis passé à la maison de retraite de ma grand-mère. Tu es enregistrée en tant que personne à contacter en cas d'urgence, avec ton nom et ton adresse.

— Tout à fait, parce que toi, le seul membre de sa famille encore vivant, tu t'étais volatilisé.

— Je sais.

Sa voix se brisa.

— Je suis ici pour me racheter. Tu veux bien ? *S'il te plaît* ?

Il déposa un rapide baiser sur ma joue, entrant dans mon appartement sans y être invité.

Je fermai la porte : sachant que mes cris allaient faire exploser le plafond dans une demi-seconde, je ne voulais pas être expulsée ni causer à Cillian des gros titres gênants.

Je croisai les bras.

— Donne-moi une bonne raison de ne pas dire à Byrne et Kaminski que tu es de retour.

Paxton fit le tour du salon, sifflant en découvrant l'électroménager de luxe, la cuisine gastronomique et les plans de travail en quartz. Il tendit le cou pour étudier l'éclairage en passant sa main sur une œuvre d'art gigantesque qui coûtait plus cher que l'appartement que nous louions quand nous étions mariés.

— Waouh. D'accord. Chouette appart'.

Quand il vit que j'étais toujours debout près de la porte, prête à le foutre dehors, il fit la moue.

— Allez, bébé. Ça fait un bail. Je sais qu'on a des choses à régler mais avant on a pas mal de trucs à se raconter, tu crois pas ?

NON ! hurla mon cerveau.

Sam m'avait dit que je l'avais échappé belle le soir de la tempête, quand j'avais essayé d'accepter la demande en mariage de Cillian et découvert qu'elle n'était plus d'actualité. Il avait tort : j'avais évité la mort le jour où Kill avait fait de moi sa femme.

Il avait fait disparaître mes problèmes.

M'avait mise hors de danger, quel qu'en ait été le prix.

— Arrête ce petit jeu, ça ne prend pas, affirmai-je.

— D'accord, dit-il d'une voix plus grave. Alors passons aux choses sérieuses. Je suis ravi que ton petit cul de snob ait la belle vie. Tu t'es trouvé un mec friqué et tu te crois tout permis, hein ?

Paxton me fit un clin d'œil, affichant son grand sourire de charmeur qui lui faisait une fossette. Il ouvrit mon frigo et en sortit une bouteille de jus de fruit en verre. La cuisine était remplie trois fois par semaine par les employés de Cillian.

L'idée que Paxton soit là, en train de boire un jus bio aux frais de Kill me donna envie de lui en coller une.

Je n'avais pas été juste envers mon mari.

Il avait respecté sa part du contrat, me cédant tout ce qu'il avait promis et plus encore. En retour, je l'avais forcé à me donner des choses qu'il était incapable d'offrir. L'amour, la compassion, la tendresse.

Kill méritait de tout savoir.

Sur mon projet de détruire Arrowsmith.

Sur la présence de Paxton ici.

— Non, j'ai trouvé un mari. Un vrai. Et il s'en sort très bien, en effet. Mais plus important encore que ses poches bien remplies, il a été assez aimable pour me tirer du pétrin dans lequel tu m'avais mise. Connaissant Cillian, il ne va pas apprécier que tu sois là, donc je te suggère de sortir avant qu'il fasse le boulot que Byrne n'a pas pu terminer.

Paxton cessa soudain de boire son jus et tourna vivement la tête vers moi, les yeux écarquillés.

— Ne me dis pas que tu es tombée amoureuse de lui. Ce serait vraiment stupide de ta part, Pers. Les riches n'ont pas de cœur.

— Ni les pauvres de Southie, manifestement.

Il se laissa tomber sur un tabouret de bar et se passa une main sur le visage en grognant.

— Écoute, je sais que je n'ai pas été l'homme que tu mérites, bébé. Mais j'avais besoin de disparaître de la circulation. Je savais que tu allais nous sortir des emmerdes. Je ne pouvais pas rester en contact avec toi pendant que tu réglais ce bordel mais je suis resté en retrait pour te surveiller, prêt à intervenir s'ils s'en prenaient vraiment à toi. J'ai *toujours* assuré tes arrières, Pers. Je l'ai fait pour te protéger. Pour *nous* protéger.

Ce mensonge était si foireux que je sentis un rire hystérique monter dans ma gorge. Il poursuivit, ne se laissant pas décourager.

— Nos adieux étaient temporaires. J'avais prévu de revenir depuis le début. Tu es intelligente, pleine de ressources et responsable ; j'avais juste besoin que tu me rendes ce petit service. Quand j'ai vu l'article sur ton mariage avec Cillian Fitzpatrick, j'ai eu envie de t'embrasser. J'ai pensé « Ça, c'est ma nana ». Je commençais à m'inquiéter que Byrne mette à exécution sa menace de te prostituer. J'étais sur le point d'intervenir.

Il posa une main sur sa poitrine. On aurait dit un mauvais acteur de soap-opéra. Du genre à gagner un Razzie Award tous les ans et à être assez arrogant pour aller le récupérer.

Mon sang bouillonnait. J'étais à deux doigts de lui balancer mon poing dans le nez, alors que je n'aurais jamais fait de mal à une mouche.

— Tu savais qu'ils me suivaient ? demandai-je, les dents serrées.

Il hocha la tête.

— J'ai toujours gardé un œil sur toi. Pour m'assurer que tu allais bien. J'étais mort d'inquiétude, Pers.

— Je n'allais pas bien.

— Tu devrais t'accorder plus de crédit, bébé. Tu t'en es très bien tirée.

— Comment gardais-tu un œil sur moi ?

— Grâce à des amis.

— Quels amis ?

— C'est pas ça l'important.

Il agita la main comme évacuer ma question.

— Où étais-tu, Paxton ? insistai-je en avançant vers lui.

Je ne ressentais aucune incertitude ou indécision.

Aucune déception.

Aucune tristesse.

Aucun élan de chagrin, semblable à celui qui me déchirait le cœur chaque fois que Cillian quittait mon lit le soir.

Je ne ressentais que du dégoût.

— Çà et là, dit Paxton d'un air boudeur, baissant les yeux sur ses chaussures.

Cet idiot pensait pouvoir débarquer dans ma vie et me reconquérir.

Il confondait mon cœur saignant avec un cerveau débile.

— Soit tu réponds à ma question, soit j'appelle la sécurité, menaçai-je en levant mon téléphone.

Il me lança un sourire las.

— Comment crois-tu que j'ai atterri là ? La sécurité est naze ici.

— Dans ce cas, dis-je en passant mon doigt sur l'écran de mon téléphone, j'appelle mon époux. Ne te laisse pas avoir par sa réputation de petit riche. Il est très doué de ses mains, et pas seulement pour me faire jouir.

La mâchoire de Paxton se contracta, ses yeux s'assombrirent.

— Ne fais pas ça, cracha-t-il. OK, comme tu veux, Persy. Tu veux jouer ? Je suis partant. Qu'est-ce que tu veux savoir ?

— Qui t'a dit que Byrne et Kaminski me suivaient ?

— Mitch.

Mitch était son binôme quand Byrne les envoyait en missions.

— Il a continué à bosser pour Colin pendant quelques mois après que je me suis tiré. Il traîne encore avec Kaminski de temps en temps.

— Où étais-tu ?

— D'abord au Costa Rica. Le jour où j'ai appris que Byrne savait que j'avais dépensé toutes nos économies et que je ne pouvais pas le rembourser, j'ai acheté un aller simple. Sur place, j'ai fait profil bas. J'ai bossé dans le bâtiment. Mis de côté ce que je pouvais. Au début, je pensais pouvoir gagner la moitié de ce que je devais et payer le reste de retour à Boston. J'ai toujours voulu que ça marche entre nous, Persy. Mais je savais que rester en contact avec toi te mettrait en danger. Puis la nouvelle de ton mariage avec Fitzpatrick a envahi Internet. Il y avait des mèmes sur le sujet, bordel. J'ai décroché mon téléphone pour appeler Mitch. J'ai demandé si c'était vrai. Il m'a dit que ton mari avait tellement amoché Kaminski qu'il ne pourrait plus jamais pisser debout. Byrne n'était pas non plus en super forme. J'ai compris que j'étais sûrement le suivant sur la liste noire de ton nouveau mec. Qu'il allait lâcher Sam Brennan à mes trousses. Brennan a des yeux et des oreilles partout. Alors je suis allé au Mexique, à Cancún. Chez une connaissance.

— Une connaissance ? ricanai-je.

La seule information qui fit tressauter mon cœur était d'apprendre que Cillian avait tabassé Kaminski. Je l'ignorais.

— Une nana du lycée. Elle tient un complexe hôtelier là-bas. C'est toujours blindé de monde, plein de gens qui vont et viennent. Je savais que Brennan aurait un mal de chien à me trouver là-bas. Je nettoyais la piscine.

— Et votre relation était purement platonique, j'imagine.

Je levai les yeux au ciel – il était tellement cliché. Il rit sèchement.

— Je t'en prie, Pers. Ne me fais pas croire que tu ne suces pas la bite de Fitzpatrick tous les soirs depuis des mois. On a tous les deux fait ce qui était nécessaire pour survivre.

— Dans mon cas, j'ai pris *énormément* de plaisir à cette tâche. Tu n'as même pas décroché ton téléphone pour savoir comment allait ta grand-mère.

Je le savais parce que, chaque fois que j'y allais, je demandais à la maison de retraite s'ils avaient eu des nouvelles de lui.

Paxton laissa tomber sa joue contre son poing en soupirant.

— Je savais que tu prendrais soin d'elle. Je pourrais te confier ma vie, tu fais toujours ce qu'il faut. Écoute, on est tirés d'affaire maintenant. Mitch m'a dit que la dette avait été payée. Byrne est sur la touche. On peut à nouveau être ensemble, Persy. Recommencer de zéro. Reprendre là où on s'est arrêté. Il ne t'a pas fait signer un contrat de mariage, si ?

Mon ex-mari n'était pas seulement taré, il était également bête comme ses pieds. Je tentai de me rappeler ce que j'avais vu en lui, au-delà de son physique de mannequin Instagram.

La réponse était aussi claire que gênante – il était le lot de consolation. L'antidote au refus de Cillian. Le vaccin non testé qui avait failli me tuer.

— Nous sommes divorcés. J'ai épousé un autre homme.

Je levai mon annulaire, et il se retrouva face à une bague de fiançailles avec un diamant aussi gros que son crâne.

Je ne l'avais pas enlevée. Même si je savais que j'aurais dû.

Paxton bondit sur ses pieds et se précipita vers moi. Peut-être était-ce parce qu'il n'était pas bâti comme Cillian – pas tout à fait aussi grand, aussi imposant, aussi autoritaire – ou simplement parce qu'il *n'était pas* Cillian, mais sa seule présence m'agaçait.

— Je comprends, bébé. Tu es en colère. Tu es vexée. Tu as le droit. Mais tu ne trompes personne. Ton mariage n'est pas réel.

Il se dressait devant moi à présent et il m'attrapa les bras, comme s'il voulait me secouer.

— Le nôtre ne l'était pas non plus. Et pour être tout à fait sincère, moi aussi, j'ai un aveu à faire.

Je me libérai de son étreinte et fis un pas en avant, mon souffle effleurant son visage.

— Tu n'as jamais été rien de plus qu'une distraction. Ça a toujours été Kill. C'est *toi* qui étais en sursis. Cillian ? Cillian est mon éternité.

Les mots s'érigèrent entre nous, barrière de barbelés invisible.

Au regard de Paxton, je sus qu'il avait envie de me démolir.

L'avidité dans ses yeux m'inquiéta, même si je savais qu'elle n'était pas dirigée vers moi, mais vers tout ce que je représentais à présent : richesse, pouvoir et relations.

— Très bien, souffla-t-il. Tu as gagné. Je serai ton amant. Mais ça va te coûter cher.

— Je ne veux pas d'amant. Et même si j'en voulais un, tu serais le dernier sur ma liste. Tu es méchant et égoïste, Paxton.

Sors de mon appartement avant que j'appelle Sam Brennan et te mette moi-même à la porte.

— Bébé, grogna-t-il en me saisissant la mâchoire, me faisant reculer jusqu'à ce que mon dos heurte la porte. Je sais que tu es énervée, mais on est bien ensemble.

Ses lèvres planaient au-dessus des miennes. Il m'embrassait. À moitié, en tout cas. Son souffle, sa chaleur et son corps étaient pressés contre le mien. Sa langue roula sur ma lèvre inférieure.

— Je ne veux pas juste être « bien », lui crachai-je au visage.

Il tituba en arrière, les yeux écarquillés.

Un sourire lent et vicieux étira mes lèvres. Je ne me reconnaissais pas dans cette attitude, et pour la première fois cela ne me dérangeait pas.

— Je veux de l'extraordinaire, et je l'ai trouvé. Tire-toi d'ici, Veitch.

— Tu es folle si tu crois que je vais te laisser partir.

C'était une promesse, un avertissement et une déclaration. Il me regarda des pieds à la tête pour me jauger avant d'abattre sa carte suivante.

— Je vais te faire changer d'avis. Je t'ai conquise une fois, et je peux recommencer. Que ce soit de la manière douce ou forte, tu gémiras sous moi en un rien de temps et, quand ça arrivera, je te le promets, Perséphone, je le ferai savoir à ton mari.

— Dégage !

Il sortit en me bousculant, la queue entre les jambes.

Je claquai la porte, tournai la clé dans la serrure et fermai le verrou puis je plaquai mon dos contre le battant en poussant un soupir fébrile. Je ressentais, plus que je ne le pensais, ce mot qui vibrait sous ma peau depuis que j'avais dit oui à mon nouveau mari.

Sauvée.

Cillian

— Espèce d'idiot de connard de merde.

J'abattis mon poing sur le visage de Sam Brennan à l'instant où il passa ma porte, percutant son nez qui avait déjà été cassé trois fois.

J'avais écrit à Brennan à 5 heures du matin pour lui faire savoir que, s'il ne se pointait pas chez moi dans les quinze minutes suivantes, j'achèterais tous les immeubles du Sud de Boston – publics et privés – et j'exploserais au bulldozer le quartier de son enfance juste pour lui pourrir sa journée.

Il arriva chez moi en neuf minutes et n'avait même pas l'air fatigué.

Moi, en revanche, j'étais passé d'un vocabulaire dépourvu de jurons à un registre de langue uniquement composé d'insultes.

— Bonjour à toi aussi, dit-il calmement en remettant son nez en place sans même grimacer, alors que du sang coulait de ses narines.

Le craquement de son os aurait suffi à faire vomir n'importe qui d'autre que nous.

— À quoi dois-je cet accueil ?

— Au fait que tu es un détective privé de merde et un ami franchement minable. Tu t'es relâché. Devine avec qui ma femme a passé la soirée hier ?

Je le plaquai contre la porte d'entrée en brandissant de nouveau mon poing.

— Avec ta bite dans son cul ? demanda-t-il platement.

Il tapota la poche de sa veste en cuir, en sortit un paquet de cigarettes et s'en alluma une. Il était vraiment insensible à la douleur.

— D'ailleurs, je te suggère d'essayer d'autres trous si tu veux la mettre en cloque.

— Je n'ai jamais vu un être humain aussi dérangé.

— Merci.

Il rangea son Zippo dans sa poche.

— Ce n'était pas un compliment.

— Pour moi, si. La plupart des gens ne me considèrent même pas comme un être humain. Alors, que faisait ta femme hier ?

Je m'écartai de lui, prenant conscience qu'il était inutile de le tabasser puisqu'il ne ressentait ni peur ni douleur. J'allai jusqu'au chariot-bar. Officiellement, il était 5 heures – du matin, certes, mais je ne laissais jamais une question de sémantique se mettre en travers de mon chemin.

— Paxton Veitch lui a rendu visite.

Je versai un doigt de cognac dans une coupe de métal, les yeux rivés sur le liquide doré.

Sam boitilla jusqu'à moi avec une expression insondable.

— Il est en ville ?

— Tu aurais dû le savoir.

— Tu m'as dit de ne pas me renseigner sur lui. Et tu as été très insistant, putain.

Il s'appuya contre le mur, scrutant mon visage.

Il n'avait pas tort. Cela faisait longtemps que j'avais éliminé Paxton Veitch de la liste des menaces pour mon mariage ; j'étais loin d'imaginer qu'il me donnerait tort.

— Il faut que tu le suives, ordonnai-je. Découvre ce qu'il fait ici. Ce qu'il veut.

— Je peux te dire tout de suite ce qu'il cherche : il a débarqué parce que son ex-femme vient de s'unir à l'une des familles les plus riches du pays, et parce que c'est une pourriture cupide. Tu veux que je m'occupe de lui pour de bon ?

Mon instinct me sommait de dire oui.

Que Sam le descende, le coupe en petits morceaux et le jette dans l'océan.

Pas nécessairement dans l'Atlantique. C'était trop près. L'océan Indien, ça me paraissait bien.

Je n'avais jamais fait une telle requête, mais dans le cas de Veitch, j'étais prêt à faire une exception. J'avais refusé de donner à ma femme la seule chose qu'elle m'avait demandée – l'amour –, en l'envoyant ainsi tout droit dans les bras de son ex, qui lui avait certainement fait mille et une déclarations d'amour toute la nuit.

C'était un peu comme si j'avais emballé Perséphone avec un joli nœud rouge avant de l'offrir à Paxton.

Et pourtant, je ne pouvais pas me résoudre à faire subir ça à ma femme.

Faire tuer son idiot d'ex-mari.

Même si je mourais d'envie qu'il disparaisse.

Je secouai la tête, serrant mon gobelet si fort qu'il se déforma, et le liquide coula sur le sol. Le visage de Sam demeura impassible, restant parfaitement hermétique au fait que je venais de tordre une coupe dorée dans mon poing. Je la laissai tomber au sol, me tournai vers le bar et pris une serviette. Je me tamponnai la main pour en retirer l'alcool et le sang.

— Ne le touche pas. Contente-toi d'en apprendre le maximum sur lui. Où il habite, ce qu'il fait, ce qu'il cherche. Je m'occuperai de lui personnellement.

Sam hocha la tête.

— Fais-le maintenant. Laisse tomber tout le reste.

Un autre hochement de tête.

— Tu veux savoir autre chose ?

Oui, je voulais savoir si j'étais réellement en train de perdre Perséphone, mais cela ne relevait pas des compétences de Sam.

— Contente-toi de faire ton putain de job.

Je tournai les talons et remontai dans mon bureau.

J'avais encore juré.

Mais cela ne surprenait plus personne.

Je commençais à me déployer, à me briser, à craquer, à voler en éclats.

J'étais en train de *changer.*

De *ressentir.*

Et je détestais ça.

Je passai le reste de la journée à faire semblant.

Semblant d'être présent, de travailler, de m'en foutre.

J'assistai à des réunions, recadrai des employés, étudiai nos rapports trimestriels et déjeunai avec Devon, repas au cours duquel nous établîmes notre stratégie de défense pour le procès contre Green Living.

— Je n'aurais pas dû manger le sashimi. Il me reste sur l'estomac, râlai-je lorsqu'on se quitta à l'entrée du restaurant.

Devon éclata de rire.

— Le sashimi n'y est pour rien. Cette étrange sensation dans tes entrailles, c'est le manque de l'être aimé. Persy vit toujours dans son appartement sur Commonwealth ?

Je ne lui fis même pas l'honneur de répondre. L'amour, c'était pour les adolescentes, et le manque, pour les drogués. Je n'étais ni l'un ni l'autre.

À 18 heures, je décidai que j'en avais fini pour la journée. Je rentrai chez moi, me garai, puis repérai la Tesla de Perséphone au portail.

Après avoir éteint le moteur, je sortis de la voiture, une étrange sensation de chaleur me remuant le ventre.

Putain de poisson cru. Il m'avait sûrement provoqué une intoxication alimentaire. J'avais vu un documentaire là-dessus : je devais déjà avoir des asticots gros comme des étrons dans les intestins.

Avançant à pas mesurés vers la porte d'entrée, je jetai un coup d'œil par la fenêtre et vis ma femme debout à côté de l'escalier, sa main délicate posée sur la rambarde.

Elle portait une robe blanche, et ses cheveux blonds tombaient sur ses épaules jusqu'au bas de son dos. Un ange déchu avec une couronne dorée pour auréole.

Des fourmis imaginaires remontèrent le long de mon corps, de mes orteils au sommet de mon crâne.

Je contournai l'entrée pour essayer de la voir sous un meilleur angle. Elle parlait à Petar et était dos à moi. Mon intendant, qui se tenait face à la fenêtre derrière laquelle je me trouvais, m'aperçut. Son visage passa du désarroi à la surprise en quelques secondes. Je n'étais pas réputé pour me cacher dans les buissons et épier les gens. Surtout des gens qui se trouvaient chez *moi*, bordel.

Il ouvrit la bouche, certainement pour informer Perséphone de ma présence. Je secouai la tête. Il la ferma.

Que faisait-elle ici ?

Devine, ducon.

Elle était là pour me remercier pour l'argent, le divorce et le sexe, emballer le reste de ses affaires et partir avec Paxton vers le soleil couchant dans la Tesla que j'avais été assez stupide de lui acheter.

Malheureusement pour Fille aux Fleurs, je ne comptais pas me plier à son petit jeu. Plus maintenant. Si elle voulait détruire cette union, ce serait long et pénible. Hors de question que je l'aide à y mettre fin proprement.

Le souvenir de ma visite à Colin Byrne éveilla quelque chose de violent en moi.

« Veitch voulait déjà faire tapiner sa femme avant de se tirer ! Il avait prévu de la kidnapper pour me la livrer. »

Je me souvenais très précisément de ses mots.

C'était la première fois que j'avais autant envie de tuer quelqu'un :

mettre une balle dans le crâne de Paxton Veitch était devenu un besoin irrépressible.

Tout ce que j'avais à faire, c'était entrer dans la maison et le dire à Perséphone.

C'était aussi simple que ça.

Mais je savais que cela lui ferait du mal.

Lui briserait le cœur.

Lui révélerait que l'homme avec qui elle avait choisi de passer le restant de ses jours voulait la vendre.

C'était le pire moment pour me découvrir une conscience.

Je fis demi-tour, regagnai ma voiture, et appelai Sam.

— Donne-moi l'adresse de Paxton.

Je n'allais pas briser Perséphone.

Mais je ne comptais pas non plus laisser le *vrai* méchant partir avec la fille.

La résidence temporaire de Paxton Veitch n'était rien de plus qu'une piaule dans l'arrière-salle d'un club de poker clandestin du quartier de Southie. À en juger par l'extérieur du bâtiment défraîchi, il devait dormir dans un lit constitué d'ordures, de poils pubiens et de MST.

Plutôt que de frapper pour annoncer mon arrivée, je donnai un coup de pied dans la fragile porte à moustiquaire et fis irruption dans la pièce.

Les hommes aux visages couverts de taches d'huile et de crasse installés autour des trois tables rondes se tournèrent vers moi, leurs yeux quittant brusquement leurs cartes.

— Paxton Veitch, grommelai-je.

Inutile d'en dire plus.

Le silence résonna dans la pièce.

Je savais que leur fourrer mon beau costume et ma coupe de cheveux impeccable sous le nez revenait à chercher des ennuis, mais je les accueillais à bras ouverts. Poussant un soupir, je sortis mon portefeuille et brandis un billet de cent dollars entre mon index et mon majeur, puis l'agitai.

— Je vais reposer la question : où est Paxton Veitch ?

Cette fois-ci, les hommes s'agitèrent sur leurs chaises en se regardant les uns les autres.

— Bon sang, on ne le connaît même pas, pourquoi on le protège ? Il est dans l'arrière-salle ! lança l'un d'eux en écrasant ses cartes sur la table. Prenez l'escalier pour monter. Deuxième porte à gauche.

Je laissai tomber le billet à terre et avançai tandis que les hommes se ruaient au sol pour se disputer l'argent.

Arrivé devant la porte que je cherchais, je pris quelques profondes respirations pour me calmer. J'imaginais depuis plus longtemps que je ne voulais bien l'admettre ce face-à-face avec cet enfoiré. Avant même le début de mon contrat avec Perséphone.

Le souvenir d'elle en train de l'embrasser au mariage de Sailor et Hunter faisait encore bouillonner mon sang.

J'étais en train de marcher le long du jardin de buis, essayant de me convaincre que je n'étais pas un crétin fini d'avoir repoussé la Penrose que je voulais tant. L'art topiaire m'agressait les yeux. Un mélange ringard d'anges, d'animaux et de cœurs. L'écho de gémissements m'avait fait ralentir près d'un buisson en forme de nuage.

— Oh ! Paxton, avait haleté une douce voix rauque.

Mon sang s'était figé.

J'avais fait un pas de côté, faisant semblant de lire un panneau expliquant la conception du jardin. De là où je me trouvais, j'apercevais des mèches blond clair entrelacées dans les buissons, un cou délicat et une bouche d'homme en train de le couvrir de baisers.

— Punaise, t'es tellement douce. Comment tu t'appelles déjà ?

— Perséphone.

— *Père-cé-fon*, avait-il répété, tout en mettant ses pattes partout sur elle. Ça veut dire quoi ?

J'avais tendu le cou, ressentant une satisfaction perverse à me forcer à la regarder dans les bras d'un autre homme après l'avoir repoussée. Il avait enfoui sa tête entre ses seins, disparaissant de mon champ de vision. Elle respirait vite et fort.

Regarde bien ce que tu as fait. Elle est dans les bras d'un autre maintenant.

Quelqu'un de normal.

Qui la mérite.

À présent, la porte de Paxton me narguait.

Je la poussai, pas le moins du monde gêné de pénétrer sur son territoire sans y avoir été invité. Il m'avait fait la même chose, par deux fois. Il était temps de lui rendre la monnaie de sa pièce.

Il était là, dos à moi, debout devant une petite fenêtre sale, en pleine discussion téléphonique.

— Tu crois que je n'ai pas essayé ? Ce n'est pas aussi facile que je le pensais. Elle a changé, mec. Sûrement à cause de toute cette thune et de cette bite plaquée or, pouffa-t-il. Je ne vais pas lui faire de mal. J'aime encore Persy. Elle a toujours été ma nana. Je veux juste la mettre dans mon pieu, pour arriver à mes fins, moi aussi. Il y a trop d'argent en jeu pour pas que je prenne ma part.

Au moins, je savais qu'elle n'avait pas couché avec lui hier.

Voir le bon côté des choses, tout ça.

J'attrapai son téléphone et mis fin à l'appel, avant de jeter l'appareil sur son lit. Il tourna la tête, bouche bée.

— Merd…

Je le poussai contre un bureau en bois installé face au mur, le faisant taire. Il s'affala dessus.

— On va avoir une petite discussion, Veitch.

— Tu es Fitzpatrick, dit-il d'un air sombre. Le gars qu'elle a épousé.

— Et moi qui pensais que tu étais juste une belle gueule.

On se jaugea l'un l'autre. C'était un gamin séduisant. Cheveux clairs, traits harmonieux. Il portait une veste en cuir usée et un jean ample qui donnait l'impression qu'il fallait lui changer sa couche.

Paxton croisa les bras sur sa poitrine.

— Écoute, mec, je veux pas d'ennuis.

— Si tu ne voulais pas d'ennuis, tu ne serais pas venu les chercher depuis l'autre bout du monde. Tu pensais vraiment que je te laisserais toucher à ce qui m'appartient ?

Il secoua la tête.

— Je sais pas quoi penser. Tout ce que je sais, c'est que, Persy et moi, on avait un truc super. J'ai merdé, mais c'est une chic fille. Elle pourrait encore me pardonner.

Cela voulait dire qu'elle ne l'avait pas encore fait. Mon rythme cardiaque ralentit pour la première fois depuis que je l'avais vu entrer chez elle. Je tirai les gants en cuir de ma poche arrière et les fis claquer sur ma cuisse avant de les enfiler. Sa gorge tressauta tandis qu'il avalait sa salive. *Parfait.* Il fallait qu'il sache que je n'étais pas contre l'idée de me salir les mains pour me faire comprendre.

— Ne prends pas la bonté de Perséphone pour de la naïveté, l'avertis-je. Elle ne te pardonnera plus.

Il secoua la tête.

— Tu la connais pas comme moi.

— Ce que je sais, c'est que tu as essayé de rembourser Byrne en te servant d'elle comme moyen de paiement, raison pour laquelle je suis ici. Maintenant, tu vas écouter attentivement et suivre mes instructions à la lettre, et j'épargnerai ta misérable vie inutile. Dévie de la voie sur laquelle je te mets, et je ferai en sorte que tu te prennes un semi-remorque de dix tonnes en pleine face avant de donner tes restes aux hyènes. Tu me suis jusque-là ?

Il attrapa les rebords de la table derrière lui. Je tendis la main pour prendre le flingue que j'avais vu enfoncé à l'arrière de son jean ; je l'armai et pressai le canon contre son front.

— Tu vas écrire une lettre de dix pages à Perséphone, dans laquelle tu t'excuseras platement d'être le plus pitoyable mari de l'histoire de la civilisation. Dans cette lettre, tu endosseras l'entière responsabilité de l'échec de votre mariage et l'excuseras de toute faute. Je la lirai et l'approuverai avant que tu l'envoies. *Après* l'avoir envoyée, tu feras tes bagages, tu iras à l'aéroport et tu achèteras un aller simple pour l'Australie. Une fois là-bas, tu iras à Perth, où tu t'installeras. Perth, au cas où tu te poserais la question, est le point le plus éloigné géographiquement des US, et par conséquent l'endroit où je veux que tu sois, du moins jusqu'à ce que Virgin Galactic propose des vols pour Mars, auquel cas je serais ravi de t'y envoyer. Sous aucun prétexte tu ne contacteras ma femme. Sous aucun prétexte tu ne lui écriras, l'appelleras ni la verras. Si j'entends dire que tu as ne serait-ce que respiré dans sa direction, je lâcherai mes chiens à trois têtes sur toi – une référence à Hadès, au cas où ça aurait échappé à ton cerveau de piaf – où que tu sois. Je m'assurerai que tu connaisses la mort la plus atroce qui soit. Dis-moi que tu comprends.

J'appuyai le canon plus fort contre son front. Paxton gémit, fermant les yeux et suant à grosses gouttes.

— Je comprends.

— Je te fournirai un billet d'avion, un hébergement et un visa de travail. Le reste, c'est à toi de gérer.

— Je ne…

— Ce n'est pas une conversation, dis-je en levant ma main libre. Je fais juste preuve d'une charité inhabituelle au lieu de te faire sauter la cervelle, principalement parce que la vue du sang a tendance à rendre ma femme malade.

Il hocha de nouveau la tête, avalant sa salive.

— Oublie qu'elle a un jour fait partie de ta vie.

Un autre hochement de tête.

— Oh ! et Paxton ?

Je fis glisser le pistolet le long de son nez, puis lui fourrai dans la bouche. Il écarquilla les yeux, une goutte de sueur suivant le même chemin que le canon avant de tomber dans son cou.

— Comment tu t'es retrouvé ici ? On sait tous les deux que tu n'as pas d'argent.

— Ancrou Arramiss, dit-il autour du canon.

— Andrew Arrowsmith ?

Je retirai l'arme de sa bouche. Il s'essuya du revers de la main.

— Il m'a trouvé au Mexique et a payé mon vol retour jusqu'ici. Il m'a dégoté cet appartement et m'a dit de retrouver ma nana. Qu'elle avait des ennuis. Que vous la maltraitiez. Un type bien. Rien à voir avec *vous*.

Andrew savait que Perséphone et moi étions brouillés et il essayait d'en profiter.

Avec le flingue, j'essuyai une larme qui s'échappait de son œil.

— Ça, je suis bien d'accord. Fais ce que je dis, et personne ne sera blessé. À part Arrowsmith, mais j'imagine que ce n'est pas ton problème, hein ?

Il secoua la tête.

Je vidai le pistolet de ses balles, les fourrai dans ma poche, puis jetai l'arme sur ce qui lui servait de lit, à côté du téléphone, avant de m'éloigner.

— Belle vie à toi, Veitch, dis-je en lui tournant le dos.

Il ne répondit pas.

Il savait que cela n'avait aucune chance d'arriver.

20

Perséphone

— Mon Dieu, Tin, comment tu t'es fait ce bobo ?

Je me penchai pour examiner la vilaine plaie sur le genou de Tinder.

Nous passions la journée ensemble, juste tous les deux. Joelle et Andrew assistaient à un événement caritatif et avaient décidé de n'emmener que Tree, l'enfant « normal ». Celui qui ne faisait pas de bruits bizarres et n'attirait pas l'attention. Joelle avait eu l'air coupable quand j'avais demandé si je pouvais m'occuper de Tinder ce jour-là. Je savais que l'idée de le laisser à la maison ne venait pas d'elle mais je ne pouvais m'empêcher de lui en vouloir de ne pas se battre pour ses principes. Pour son fils.

Si je pouvais m'opposer à l'un des hommes les plus redoutables de Boston – un homme que *j'aimais* – pourquoi ne pouvait-elle exiger que son fils soit considéré comme l'égal de son frère ?

Je me jurai de rendre cette journée mémorable pour Tinder. D'en faire un cadeau plutôt qu'une punition. On alla au *diner* haut de gamme tenu par Sparrow Brennan pour le petit déjeuner, où on s'enfila des pancakes et des gaufres, puis on se prélassa au bord de la rivière en regardant les nuages pendant que je lui racontai des histoires de la mythologie grecque, comme tata Tilda le faisait avec moi autrefois.

Tinder mâchonnait le collier requin que je lui avais offert et renifla en me montrant son autre genou.

— C-celui-là aussi, bégaya-t-il.

Je lui fis un bisou magique sur chacun.

— Allons au Walgreens pour acheter des super pansements. Qu'est-ce que tu en dis ?

— Oui ! P-peut-être qu'il y aura des peluches de Bingo et Rolly.

Je glissai ma main dans la sienne. On longea les barrières vertes, les kayaks et les pédalos, le soleil nous réchauffant le visage.

— Alors, que s'est-il passé ? demandai-je. Tu es tombé de vélo ? Tu sais que ça arrive à tout le monde, j'espère.

— Non, répondit-il à voix basse. Ce n'était pas l-le vélo.

— C'était quoi, alors ?

Le silence qui suivit était rempli des pensées qui s'agitaient dans mon esprit. Comme cette étrange lettre que j'avais reçue de Paxton – mais qui ne ressemblait en *rien* à Paxton – et sa disparition, tel un mirage, aussi soudaine qu'avait été son retour.

Ou la façon dont mon mari m'avait évitée toute la semaine, refusant non seulement mes visites chaque fois que je passais chez lui, mais ignorant aussi mes SMS. Encore quelques jours et je me pointerais à son bureau, nous mettant tous deux dans l'embarras. La seule chose qui me retenait était que je comprenais son besoin de se concentrer entièrement sur le procès qui approchait.

Mais il fallait que je lui parle de Paxton. D'Andrew Arrowsmith et de mon plan.

— C'était papa.

Ses mots me frappèrent en pleine poitrine, l'ouvrirent en deux et déversèrent un sentiment que je n'avais jamais ressenti auparavant. Pas même envers Byrne. Ou Kaminski. Ou Paxton.

Une haine pure, incandescente.

Je m'arrêtai au milieu de la rue bondée. Une femme en train de promener son bouledogue français nous percuta et un cycliste jura en nous évitant de peu. Les ignorant, je m'agenouillai, posai mes mains sur les bras de Tinder, mes yeux au même niveau que les siens.

— Comment t'a-t-il fait ça ? demandai-je d'une voix que je peinais à garder calme.

Tinder baissa les yeux, traçant un cercle sur le sol avec le bout de sa chaussure. Il tressaillit, nerveux.

— Je-je-je-je…, commença-t-il, avant de taper du pied et de se mordre la langue. Han ! Je n'arrive pas à dire les mots. P-p-pas étonnant qu'il me déteste autant.

— Tinder, murmurai-je.

Il faisait une crise de tics, se recroquevillant toutes les secondes en un mouvement répétitif, rapprochant ses épaules et se frappant la tête.

— Je ne suis pas ton père. Je suis ton amie. Tu peux prendre tout le temps que tu veux pour me dire ce qu'il s'est passé. Je veux juste savoir pour pouvoir t'aider. Tu n'as rien fait de mal.

Je le laissai se calmer, faisant un pas en arrière pour lui accorder autant d'espace que possible. Les tics s'estompèrent au bout de quelques minutes, s'amoindrissant jusqu'à n'être plus que les petites contractions du nez qui m'étaient familières. Je le pris dans mes bras, m'arrêtai auprès d'un vendeur de rue pour acheter un jus de pomme et un bretzel, et l'assis sur un banc.

— Raconte-moi tout, Tin-Tin.

— Il s'est servi d'une règle.

Je restai silencieuse, attendant qu'il en dise plus, tandis que mon cœur s'enroulait sur lui-même en une boule de nœuds douloureuse.

— Il-il-il-il a dit que ça marchait. Il a dit qu'il p-p-pouvait me soigner. Qu'il l'avait d-déjà fait. Il a dit à maman qu'on serait tous les deux c-contents quand ce serait fait. Il-il m'a fait lire l'alphabet et les n-nombres, et chaque fois que je bégayais ou que j'a-avais un tic, il me frappait sur les genoux avec la règle en métal. Il l'a fait jusqu'à ce que je saigne et m-m-maman lui a dit qu'elle allait appeler la police. J'ai pleuré, même si maman m'a d-dit de ne pas pleurer.

Me sentant sur le point d'exploser, je me forçai à conserver une voix calme. Nul besoin d'effrayer Tinder plus qu'il ne l'était déjà, mais l'urgence de l'éloigner de sa famille me comprimait la poitrine.

— C'est la première fois que ton papa te fait ça ?

Je ne pouvais oublier l'image d'Andrew en train de secouer son fils lorsqu'il avait eu du mal à s'expliquer.

— Non, dit Tinder en décollant les grains de sel de son bretzel d'un air absent. Un jour, on est rentrés d'une soirée où je lui avais fait honte et il m'a mis la tête dans un évier p-p-plein d'eau, dedans, dehors, dedans, dehors. Il-il-il a dit qu'il arrêterait seulement si j'arrêtais de me comporter comme un imbécile. Mais ça-ça a marché parce que j'ai arrêté pendant une semaine.

Je ne pouvais plus cligner des yeux.

Avaler ma salive.

Respirer.

Sous le poids de la vérité et des non-dits, mon monde s'écroula pour atterrir à mes pieds et, soudain, tout devint clair comme de l'eau de roche.

Je venais de poser le pied sur la mine dont Cillian avait voulu me préserver. De découvrir un secret que je n'étais pas censée trouver.

— Est-ce que ton papa fait la même chose à ta maman et à ton frère ?

— Non. Il aime Tree et lui dit qu'il va l'envoyer dans une super école en Angleterre. Je c-crois qu'il aime maman, aussi. Même si des fois il la pousse. Mais il ne pousse jamais trop fort.

Il marqua une pause, soupesant ses mots, les sourcils froncés.

— Sauf la fois où il l'a poussée par-dessus la balustrade et qu'elle est tombée en bas. Mais elle est tombée sur le canapé et elle ne s'est pas fait mal. Et elle a rigolé, donc ça ne devait pas être si grave.

Ou peut-être ne voulait-elle pas que ses enfants se rendent compte que leur père était une ordure.

Je savais que j'avais trois problèmes à régler.

Le premier était d'assurer la sécurité de Tinder.

Le deuxième était de mettre mon plan à exécution dès aujourd'hui, tant que j'étais encore la bienvenue chez les Arrowsmith.

Et la troisième était de confronter mon mari à propos de ce que je suspectais depuis le début.

Je regardai l'heure sur mon téléphone. Il était 14 heures. Les Arrowsmith ne seraient pas rentrés avant au moins 18 heures. J'avais une clé de chez eux, même si j'étais censée passer la journée dehors avec Tinder.

Ils me faisaient suffisamment confiance pour m'avoir donné un double en cas d'urgence. Après tout, j'étais dans leur camp. *Soi-disant*. De ce qu'ils savaient, je ne vivais plus avec mon époux et le détestais. Les comptes en banque séparés, mes jérémiades stratégiques à propos de Cillian, mes confidences sur notre séparation, tout cela avait porté ses fruits.

Il était grand temps de passer à la vitesse supérieure.

Pour sauver Tinder.

Pour sauver Cillian.

Et qui sait ? Peut-être même pourrais-je sauver mon mariage.

J'envoyai un message rapide à Sam Brennan. C'était la première fois que je le contactais. J'avais demandé son code d'accès spécial à

Sailor peu de temps après avoir été embauchée par les Arrowsmith, sachant que je n'étais pas équipée pour faire certaines choses. Une fois que Sam m'eut répondu, je levai les yeux et souris au petit garçon.

— Dis, Tin-Tin, tu veux aller faire des cookies à la maison en regardant *Peter Pan* ?

— Oh o-oui alors !

Je l'installai dans son siège à l'arrière de ma Tesla, les yeux piquants de larmes, et me rendis à la résidence des Arrowsmith pour la toute dernière fois.

Les cookies promettaient d'être aussi mauvais que le repas que j'avais essayé de cuisiner pour Cillian lors de notre premier « rendez-vous ».

Je le sus dès l'instant où j'ouvris la boîte de préparation pour cookies sans prendre la peine de lire les instructions. Je versai la poudre dans un saladier et attrapai les ingrédients supplémentaires à la hâte. Tinder protesta quand je ne pris pas le temps de tout faire avec lui – casser les œufs, mesurer le lait, compter chaque goutte de vanille. Je regardais sans cesse l'horloge accrochée au mur, attendant qu'on sonne à la porte, me sentant comme une criminelle. *J'étais* une criminelle. Ce que je m'apprêtais à faire était contraire à la loi. Mais il ne s'agissait pas seulement de sauver l'entreprise de mon mari – il était aussi question de Tinder.

On déposa des boules irrégulières sur une plaque qu'on mit au four avant qu'il ait atteint la bonne température. L'agacement de Tinder laissa place à l'incompréhension. J'avais toujours été un vrai modèle de patience pour lui.

Il fronça les sourcils.

— Q-Que se passe-t-il ? Je-Je n'aime pas faire les choses à toute vitesse. Tu vas partir ?

— Pas avant d'être sûre que tu vas bien, marmonnai-je en fourrant un sachet de pop-corn au micro-ondes.

Je mis *Peter Pan* sur Disney Plus et assis Tin-Tin devant le film avec son pop-corn et un verre de jus de fruit.

— Je vais être un peu occupée pendant quelques minutes, d'accord ? Mais quand j'aurai fini, on s'assiéra tous les deux, avec les cookies et du lait chocolaté, et on aura une conversation. Je dois te parler de certaines choses. Ne t'inquiète pas, tu n'as rien fait de mal.

Mais ton père, si.

Quand Sam frappa à la porte, je le tirai à l'intérieur à la vitesse de la lumière. Il portait une chemise noire, un jean, et son air renfrogné habituel.

— Son ordinateur portable est certainement protégé par un mot de passe, l'avertis-je, me tenant encore au chambranle de la porte, la gorge serrée.

Je n'enfreignais jamais la loi. Jamais. Pour rien ni personne. Bon sang, je ne traversais même pas en dehors des passages piétons. Mon obsession pour mon mari me retournait le cerveau.

Sam dépassa le salon sans accorder un regard au petit garçon et monta l'escalier. Je le suivis et désignai la porte du bureau d'Andrew. Il enfila une paire de gants en latex, sortit un kit de crochetage pliable de son sac à dos et força la serrure sans difficulté.

On pénétra dans la pièce. J'étais rongée par la culpabilité en pensant à Tinder qui était en train de m'attendre en bas, assis devant la télé. J'allais bouleverser sa vie, et j'avais beau savoir que c'était le mieux à faire pour le tirer des griffes de son père abusif, je savais aussi que Tinder pouvait ne jamais me le pardonner.

— Kill avait donc raison, dit Sam d'une voix inexpressive

Il s'assit dans le fauteuil d'Andrew et alluma l'ordinateur. Ses doigts voletèrent sur le clavier, puis il enfonça une clé USB dans un port.

— Tu n'es pas complètement inutile, après tout.

— Tu n'as pas beaucoup d'estime pour les femmes, hein ?

Je me retournai vers le couloir et tendis le cou pour regarder en bas et m'assurer que Tinder allait bien.

— Je pensais que tu étais une croqueuse de diamants, dit Sam en cliquant sur la souris, les yeux rivés sur l'écran d'ordinateur. Merde, il y a des tas de trucs sur son cloud. Erreur de débutant.

— Copie tout. Je veux tout passer en revue, lui ordonnai-je de la porte. Et je ne suis pas une croqueuse de diamants.

— Sans dec'. (Il rit.) Tu risques ta peau, là. Tu le sais, n'est-ce pas ? Tu peux te prendre quelques années de taule pour ce que tu es en train de faire.

— Vraiment ? dis-je en écarquillant les yeux de manière exagérée. Je n'en avais aucune idée. Explique-moi s'il te plaît : c'est quoi, la taule ? La maison avec des barreaux, c'est ça ? Je crois que j'ai vu ça dans un film.

Les yeux de Sam quittèrent l'écran pour se poser sur moi. Il m'adressa un sourire narquois.

— C'est donc pour ça qu'il t'a gardée tout ce temps. Tu réponds.

Je regardai par la fenêtre, passant mes bras autour de mon ventre, me demandant si la maison d'Andrew était sécurisée comme celle de Cillian ou non.

— La voie était libre, dit Sam, lisant dans mes pensées. La maison est sous surveillance, mais l'objectif de la caméra de ce couillon est obstrué par des branches d'arbres. Apparemment, sa conscience écolo l'empêche de tailler ces trucs.

Il se leva et me tendit la clé USB.

Quand j'avançai la main, il recula la sienne pour m'empêcher de l'attraper.

— Tu es sûre que tu ne veux pas que je regarde moi-même ? Il y a beaucoup de données. Et on ne peut pas se permettre de foirer.

— Je serai méthodique.

— Laisse-moi faire une copie pour moi. Juste au cas où.

— Si tu te fais une copie, je ferai en sorte que tu perdes ton poste chez les Fitzpatrick, dis-je en relevant le menton, menaçante. Il y a peut-être des choses privées là-dessus, et je ne veux pas que quelqu'un d'autre les voie.

— Comme une *sex-tape* ?

Les mecs.

— Oui.

Sam Brennan était un bel homme. Mais bon, Ted Bundy aussi. Je ne le trouvais pas attirant, d'autant qu'il assassinait plus de gens en une semaine que Ted Bundy n'en avait tué dans toute sa carrière. Je ne comprenais vraiment pas pourquoi Aisling faisait une fixette sur lui. Enfin, on pouvait certainement dire pareil pour Kill et moi.

— Tu comprends le concept du mariage arrangé, non ? Rien de ce que tu as avec ton mari n'est réel.

— Samuel, dis-je, prononçant son prénom en entier, comme je le faisais quand un de mes élèves faisait une bêtise, donne-moi la clé USB, s'il te plaît.

Il la mit dans la poche de ma robe avec un petit rire, puis il baissa la tête pour me dévisager.

— Je ne comprenais pas, au début. Je pensais qu'il voulait Emmabelle. Chaque fois que vous étiez tous les trois dans la même pièce, c'est elle qu'il regardait. Puis j'ai capté, dit-il en baissant la voix, que tout se jouait dans le timing. Tu vois, Kill regardait Emmabelle chaque fois que, toi, tu le regardais *lui*. Il voulait te déstabiliser. Te rendre jalouse. Le seul acte humain que je l'ai vu faire.

Sam recula et regarda autour de lui.

— Je vais refermer la porte à clé. Andrew ne saura jamais que nous sommes venus ici. Fais comme si de rien n'était quand ils rentreront.

Il se retourna et tapota l'encadrement de la porte.

En bas, le four sonna et j'entendis Tinder pousser un cri de joie.

Notre temps était écoulé.

Je pensais que Sam allait dire quelque chose.

Saluer mon audace.

Le risque que j'avais pris pour mon époux.

Mais cela impliquerait qu'il avait été impressionné.

Et s'il y avait une chose dont j'étais certaine, c'était que, malheureusement pour Aisling, le misogyne Sam Brennan ne serait jamais impressionné par l'autre sexe.

— Je vais devoir partir quelque temps, mais les choses vont changer ici. Je me suis dit qu'il fallait que tu le saches.

J'assis Tinder devant les cookies brûlés et difformes. On ne toucha pas aux biscuits. Ses grands yeux marron s'accrochaient à moi comme à une bouée de sauvetage.

— Ch-Changer comment ?

— Ton père te maltraite. Il ne devrait pas faire ce qu'il fait, et je ne pourrai pas rester ici tout le temps pour te protéger. Viendra un jour, quand tu seras grand, où tu décideras ce que tu penses de ce je m'apprête à faire. Soit tu me détesteras, soit tu seras reconnaissant.

Je secouai la tête, sentant les larmes me monter aux yeux, mais je refusai de pleurer. Tinder méritait plus. Il méritait ma sérénité et mon réconfort. Il méritait le monde entier.

— Quoi que tu choisisses de ressentir, je l'accepterai et le respecterai. Je crois que je vais bientôt causer beaucoup d'ennuis à ton papa, mais tu auras encore ta maman et ton frère, et ce sont eux le plus important, tu m'entends ? C'est sur eux que je veux que tu te concentres.

Il hocha lentement la tête, assimilant mes paroles. Cela faisait beaucoup d'un coup. Même moi, je n'étais pas certaine de bien comprendre ce que je m'apprêtais à faire. Je laissai tomber mon front contre celui de Tinder, respirant son odeur. Si j'inspirais très profondément, je pouvais encore le sentir un peu. Cet insaisissable parfum de bébé qui me faisait fondre.

— T'ai-je déjà parlé du Vœu Nuage, Tin-Tin ?

Il secoua la tête.

— Je vais te faire don d'un vœu. Pour que tu te souviennes de moi. Mais tu devras soigneusement choisir ton vœu car tu n'en as qu'un. Et tu ne peux le faire que lorsque tu vois un nuage solitaire dans un ciel entièrement bleu.

— Je sais ce que je ch-choisirai, Tata Persy, dit-il en souriant. Je choisirai ce que je choisis toujours. Je te choisirai toi.

Deux heures plus tard, le reste de la famille rentra du gala de charité. Dès qu'Andrew passa la porte, je me levai du canapé pour rejoindre l'entrée et pointai un doigt dans sa direction. Je devais certainement avoir l'air d'une folle.

Joelle recula en poussant un cri, perdant l'équilibre. Tree regarda tour à tour son père et moi avant de demander en reniflant :

— Que se passe-t-il ?

— Je sais ce que vous avez fait à Tinder, murmurai-je à Andrew. J'ai à vous parler à tous les deux. *Seuls.*

Les yeux d'Andrew se plantèrent dans les miens, et ses narines se dilatèrent.

— Tree, prends ton frère et montez dans votre chambre, ordonna-t-il.

Les garçons obéirent à toute vitesse. Andrew ouvrit la bouche, mais je levai la main.

— N'essayez même pas. Je suis au courant pour la règle. Les coups. Je sais que vous avez poussé Joelle par-dessus la balustrade.

Joelle laissa échapper un cri derrière son mari, puis elle couvrit son visage de ses deux mains et se mit à sangloter. Son monde soigneusement mis en scène était en train de s'écrouler.

— Je sais aussi pour Cillian, dis-je doucement.

C'était en grande partie du bluff mais je sentais, au fond de moi, qu'il avait fait subir à mon mari quelque chose qui l'avait transformé en l'homme qu'il était aujourd'hui. Qui l'avait changé du tout au tout.

Le visage d'Andrew pâlit, et sa mâchoire se décrocha.

— Il vous l'a dit ?

Ne pouvant me résoudre à mentir, je lui adressai un sourire pour feindre l'assurance et haussai les épaules.

— Votre secret commence à ne plus être si secret. Ça n'augure rien de bon pour votre place de président chez Green Living. De toute façon, je vous informe que c'était la dernière fois que vous frappiez votre fils. Je vous dénonce aux services sociaux. Puisque je les connais bien, laissez-moi vous dire comment ça va se passer : je vais déposer une plainte, ils vont venir à votre domicile sous vingt-quatre heures pour vérifier comment vont vos enfants et, une fois qu'ils auront trouvé des signes de négligence ou d'abus – et ils en trouveront, parce que Tinder a des blessures physiques – ils vous retireront vos enfants pour les placer en famille d'accueil et engageront des poursuites contre vous.

Joelle manqua de suffoquer.

— Comme j'ai travaillé avec de nombreuses écoles depuis le début de ma carrière et que j'ai de bons contacts au sein des services sociaux, je pourrai donc aider Joelle à obtenir la garde exclusive des enfants puisqu'elle n'était pas complice des violences. Quant à vous…, dis-je en me tournant vers Joelle, qui s'effondra, dos au mur.

Son visage était trempé de sueur, de larmes et de morve.

— Vous devriez toujours placer vos enfants au-dessus de tout. Toujours.

— C'est ce que j'ai fait, se récria-t-elle en s'agrippant à ma robe, tirant dessus désespérément. C'est ce que je fais ! Croyez-vous que j'appréciais ce qu'il faisait ? Pensez-vous que c'est ma faute ? Je ne savais pas que ce serait ainsi. Je ne l'aurais jamais épousé sinon, Persy. *Jamais.*

Je ne la tenais pas pour responsable. Ce n'était pas elle qui portait les coups. Au contraire, elle était une victime, elle aussi. Mais je savais que ses enfants ne le verraient peut-être pas de cet œil. Au fil des années, ils pourraient en vouloir à la femme qui se montrait au bras de leur père avec un grand sourire, tout en sachant ce qu'il faisait en privé.

— Ce que vous pensiez ne compte pas. Il est temps pour vous de prendre vos responsabilités et de sortir de cette relation toxique. De faire passer les jumeaux et vous-même avant tout le reste. Prenez ça comme ma démission. Oh ! et Andrew ? Abandonnez le procès contre mon mari. Vous allez devoir quitter vos fonctions ou vous serez viré dans les jours à venir et, croyez-moi, vous aurez d'autres préoccupations juridiques.

J'attrapai mes clés et mon sac en jetant un coup d'œil par-dessus mon épaule. Ce que je vis me brisa le cœur. En haut de l'escalier, Tinder et Tree se serraient l'un contre l'autre, interdits, les larmes aux yeux.

Je craquai et tombai à genoux, laissant couler les larmes que j'avais retenues jusque-là. En prenant ce poste, je savais que je m'attacherais à eux, mais jamais je n'avais pensé que je les aimerais si fort.

— Venez ici, les garçons, dis-je en écartant les bras.

Ils coururent jusqu'à moi en criant. Comme toujours, leur élan me renversa en arrière et ils me serrèrent contre eux de toutes leurs forces. Je les laissai enfouir leurs têtes contre mon cou, pleurant avec eux.

Plus tard ce soir-là, je passai au crible la clé USB que Sam m'avait donnée.

Il me fallut trois heures et deux verres de vin pour trouver le fichier que je cherchais depuis le début. Il était simplement intitulé CFF.

Cillian Frances Fitzpatrick.

Je double-cliquai dessus, vidai mon verre et fis une prière.

Je ne savais pas ce qui m'attendait.

Je savais seulement que je n'étais pas prête.

21

Cillian

Le passé

J'avais quatorze ans la première fois que je mis les pieds dans une clinique pédiatrique.

Plus tôt dans la semaine, je m'étais si salement amoché que je pissais encore le sang et crachais mes dents. Mon visage était enflé au point qu'il avait fallu trois personnes pour me reconnaître quand on m'avait trouvé sur le sol de la bibliothèque.

Ma mère m'accompagna à la clinique suisse. À contrecœur. Je portais un manteau, un chapeau et des lunettes de soleil pour cacher mon corps meurtri, comme une célébrité de seconde zone traversant un aéroport en essayant de passer inaperçu. Mère garda le silence pendant presque tout le trajet en avion de l'Angleterre à Zurich, à part pour me dire à voix basse, lorsque les hôtesses avaient été trop loin pour l'entendre :

— Ton père ne doit pas le savoir.

C'était la première phrase qu'elle avait prononcée.

Pas « comment vas-tu ? » ; « Comment est-ce arrivé ? »

Ton père ne doit pas le savoir.

Je ne dis rien. Il n'y avait, après tout, rien à dire. Elle avait raison. *Athair* ne devait pas le savoir. De toute façon, impossible d'expliquer ce qu'il s'était passé. J'étais assis devant mes manuels à la bibliothèque, en train d'étudier comme un dingue pour finir premier de la classe, comme toujours, quand l'étrange pression familière – une tension impalpable que je ne pouvais expliquer – était remontée le long de ma colonne vertébrale, comme une araignée, et tout à coup, je m'étais retrouvé sur le sol, le corps en bouillie, sans savoir qui m'avait fait ça.

À présent, je connaissais le responsable.

C'était *moi*.

Je m'étais frappé jusqu'à perdre connaissance.

— Cillian Frances, m'as-tu bien entendue ?

Mère noua ses doigts sur ses genoux, le visage dur, la posture parfaite.

— Reçu cinq sur cinq.

Je regardai les nuages par la fenêtre.

— Bien, dit-elle, les yeux rivés sur un point invisible au niveau de la porte du cockpit. Il me le reprochera, d'une manière ou d'une autre. C'est ce qu'il fait toujours, tu sais ? Je n'ai jamais de répit avec lui.

Ma mère n'était pas une mauvaise personne. Mais elle était faible. *Arrangeante.* Aujourd'hui plus que jamais, ayant donné naissance à mon frère, Hunter, moins de trois ans plus tôt.

Ce nouveau bébé mettait le mariage de mes parents à rude épreuve. Quand je leur avais rendu visite pendant l'été, ils s'étaient à peine adressé la parole. Lorsque ma mère m'avait demandé si je voulais prendre mon petit frère dans mes bras, ma première réaction avait été *hors de question*, mais elle m'avait lancé un regard penaud et suppliant avant d'ajouter : « Ton père ne le porte jamais. »

Alors je l'avais pris dans mes bras. J'avais observé cette minuscule personne chauve qui ressemblait à un vieillard et me regardait avec de grands yeux bleus ne ressemblant pas du tout aux miens. Je lui avais dit : « Attache ta ceinture, petit frère. Tu es venu au monde dans une sacrée famille. »

— *Enfin bref*, dit ma mère dans l'avion en ajustant son collier de perles, j'espère que ça n'a rien à voir avec Andrew Arrowsmith. Tu ne le verras plus beaucoup en dehors d'Evon.

— Je n'ai pas eu de nouvelles de lui depuis qu'*Athair* a licencié son père, avouai-je dans un vain effort de lui soutirer une information.

— Son père n'aurait pas été licencié s'il n'avait pas été un escroc, répliqua Mère.

— Je me fiche de son père.

— Nous verrons si Andrew termine ses études à Evon, poursuivit-elle, ignorant ma remarque.

Je me demandais souvent pourquoi je prenais la peine de lui répondre.

— Ton père l'attaque en justice pour tout ce qu'il a volé.

— Ils jouaient au golf ensemble, partaient en vacances tous les ans, faisaient la tournée des casinos en Europe, allaient pêcher, énumérai-je, passant sous silence les escort-girls, les clubs de strip-tease et les salles de jeux clandestines auxquels ils avaient promis de nous emmener, Andrew et moi, quand nous serions plus grands.

Ma mère leva les yeux au ciel.

— Ne sois pas naïf, Cillian. Les gens feraient n'importe quoi pour se rapprocher des Fitzpatrick. Nous ne pouvons pas entretenir de véritables amitiés.

Mère me déposa à la clinique dès l'atterrissage, signa les papiers d'admission et me dit qu'elle passerait me chercher quelques heures plus tard.

— Je resterais bien, dit-elle dans un soupir, mais tu sais à quel point les cliniques me rendent nerveuse. Ce n'est pas mon truc. Et puis, j'ai des courses à faire. Tu comprends, n'est-ce pas, Kill ?

Elle me pinça les joues. Je reculai, tournai les talons et partis sans un mot.

Une infirmière me conduisit dans une petite salle immaculée comportant un simple bureau et une chaise. Elle ferma la porte à clé derrière moi. Je m'assis, levant les yeux vers la caméra de vidéosurveillance braquée sur moi. Il était clair qu'on m'observait.

Ils me laissèrent ainsi pendant une vingtaine de minutes, puis une voix masculine s'éleva derrière un miroir sans tain.

— Bonjour, Cillian.

— Bonjour.

Je n'avais pas peur. J'étais d'une grande adaptabilité. Normal, quand on avait grandi entre les mains de filles au pair et qu'on allait dans une école privée loin de chez soi depuis l'âge de six ans.

— Comment te sens-tu ?

— J'ai connu mieux. Et pire.

Je croisai les jambes, me mettant à l'aise.

— C'est intéressant, dit le médecin.

Ça ne l'était pas, mais j'appréciais sa bienveillance, qu'elle soit sincère ou non. C'était plus que ce que ma mère m'offrait.

— Sais-tu pourquoi tu es ici ? demanda la gentille voix.

— J'imagine que c'est parce que j'ai un truc qui s'appelle le syndrome de Gilles de La Tourette.

Je m'affalai sur la chaise, observant tout ce blanc autour de moi. Le calme me plaisait.

Un long silence s'étira de l'autre côté de la vitre.

— Depuis combien de temps le sais-tu ?

— Environ une semaine.

J'entendis le bruit des pages qu'on tournait. Je souris. Normalement, c'était le patient qui était dans l'ignorance.

— Comment est-ce possible ? Il est inscrit ici que ta crise de tics a eu lieu il y a deux jours, intervint une autre voix.

Une femme d'âge moyen, aurais-je dit. Les deux médecins avaient des accents. L'homme était probablement italien, la femme, suisse, du côté francophone.

— En effet, dis-je lentement, leur laissant le temps de remplir leurs dossiers. Mais j'ai senti monter la tension de la crise pendant plusieurs jours avant qu'elle se déclenche, alors j'ai fait quelques recherches.

— Donc tu savais que tu allais faire une crise ? demanda la femme, incrédule.

Je hochai brièvement la tête. Elle poussa un cri de surprise. Littéralement.

— Pauvre petit, dit-elle.

Pas très professionnel.

— C'est bien la première fois qu'on me dit ça, marmonnai-je en regardant l'heure à ma montre.

— Où sont tes parents ? demanda la femme.

Elle paraissait plus proche cette fois.

Allaient-ils ouvrir la porte entre les deux salles ? J'espérais que non. Je n'aimais pas trop les contacts visuels.

— Mon père est à Boston, d'où il gère l'entreprise familiale, et ma mère est en train de faire du shopping. Zurich est un de ses endroits préférés pour les boutiques.

Connaissant Mère, elle débarquerait avec des sacs remplis de chaussures, de boutons de manchette et de vêtements neufs pour moi quand elle viendrait me chercher. C'était sa façon à elle d'être maternelle.

— Pourquoi n'en as-tu parlé à personne ? demanda l'homme. Du syndrome de Gilles de La Tourette.

— À quoi bon ? dis-je en chassant des peluches de mon

pantalon de costume. Connaissant ma famille, nous allons taire ma maladie. Donc soit vous me prescrivez des trucs ou vous essayez un nouveau traitement sur moi, soit vous me laissez partir. Je me débrouillerai pour cacher les symptômes.

— C'est un trouble neurologique, expliqua la femme d'une voix plus douce encore. Causé par un ensemble de choses très complexes, notamment des anomalies dans certaines régions cérébrales. Les tics iront et viendront, et même si nous pouvons proposer des traitements pour soulager et atténuer le trouble, il va durer. On ne peut pas le contrôler. La définition même du syndrome de La Tourette est que les tics sont involontaires. Tu ne peux pas dompter tes nerfs, ils se trouvent partout dans ton corps. Les anesthésier reviendrait à cesser de ressentir quoi que ce soit.

Parfait.

— Alors *c'est* volontaire.

Je me levai et me dirigeai vers la porte.

— Non. (Le médecin hésita.) Afin d'arrêter les tics, il faudrait que tu te coupes de toute émotion, tout sentiment. Je ne crois pas que tu comprennes…

— Je comprends tout.

Je serrai les poings et frappai trois fois à la porte pour signaler à l'infirmière que je voulais partir.

— Monsieur Fitzpatrick…

Je ne répondis pas.

J'avais obtenu ce que j'étais venu chercher.

Une solution.

Maintenant, il ne me restait plus qu'à m'entraîner.

L'opération Annulation des Sentiments prit un mauvais départ dès mon retour en Angleterre.

Pour commencer, je n'étais pas doué pour les sentiments. Cela ne voulait pas dire que je n'en ressentais pas. J'étais capable d'être triste, heureux, affamé, amusé, jaloux. Je détestais beaucoup de monde – certainement trop pour un garçon de mon âge – mais j'aimais, aussi, un peu.

Notamment mon petit frère, qui avait l'avantage de ne pas pouvoir me répondre, et donc de ne pas pouvoir m'énerver. Mais j'aimais aussi d'autres choses. Le polo, Noël et tirer la langue quand il pleuvait. Le goût de l'hiver.

J'aimais aussi mon amitié avec Andrew Arrowsmith. Beaucoup.

Pas de la même manière que j'aimais les filles, et leur façon de se mouvoir, leur odeur et leur existence, que je trouvais à la fois magiques et troublantes. Je savais que j'étais hétéro à cent pour cent. J'aimais beaucoup Andy parce qu'il me comprenait. Parce que nous étions les deux gamins à l'accent de Boston et que nous faisions tout ensemble. On étudiait, on traînait, on regardait des films et des séries et on pratiquait le même sport. On jouait des tours aux autres. On pétait au dîner et on accusait le chien. On avait regardé notre premier porno ensemble, on se disputait à cause du football américain et on avait semé ensemble la police la fois où on avait accidentellement mis le feu à une poubelle du country club…

Nous étions des gamins et nous partagions le semblant d'enfance que nos parents nous laissaient avoir.

Il était ce qui ressemblait le plus à une famille pour moi. C'était certainement pour cette raison que j'étais furieux envers Andrew senior d'avoir volé tout cet argent à Royal Pipelines, et envers mon père de l'avoir découvert et d'avoir agi.

Oui, le père d'Andy avait volé de l'argent à notre entreprise, mais Andy était ma bouée de sauvetage. *Athair* ne pouvait-il pas laisser tomber l'affaire ?

Après des semaines sans avoir vu ou entendu parler d'Andy à Evon, je finis par le repérer à la messe. Mon soulagement était teinté d'appréhension.

Je lui fis signe depuis l'autre bout de la chapelle. Tout un essaim d'élèves, tous affublés du même uniforme, nous séparait. Andrew me remarqua mais détourna le regard.

La pointe de douleur dans ma poitrine m'inquiéta. Je ne pouvais pas me permettre d'éprouver quoi que ce soit. Les sentiments me causeraient d'autres attaques nerveuses, et *Athair* me déshériterait. Même si j'aimais bébé Hunter, je ne voulais pas qu'il me pique le titre d'héritier de Royal Pipelines.

Sans oublier qu'*Athair*, Mère et Hunter étaient la seule famille qu'il me restait, à présent qu'Andy me détestait.

Je traversai la pelouse après la messe du dimanche, les mains dans le dos, les yeux rivés sur la pelouse, soucieux. Je m'en fichais un peu d'avoir le syndrome de La Tourette. C'était inopportun, certes, mais après avoir englouti quelques revues médicales et deux ou trois livres sur le sujet, j'avais décidé de le surmonter avant d'être diplômé et de partir à la fac.

Et quand je décidai quelque chose, je n'échouai jamais, quoi qu'il en coûte.

Ma nuque fut soudain transpercée d'une vive douleur. J'y portai ma main pour la frotter et sentis qu'elle était chaude et poisseuse. Je regardai mes doigts : ils étaient couverts de sang. Je me retournai. Andrew s'approchait de moi avec des amis, jonglant avec une pierre.

Il sourit.

— C'est quoi ton putain de problème, Arrowsmith ?

— Mon putain de problème, c'est que ton père est un connard jaloux et que mes potes m'ont dit que t'étais un taré. J'ai entendu parler de *l'incident* à la bibliothèque.

Je m'en étais douté. Je me redressai, me rappelant qu'il n'était pas nécessaire de gâcher mes sentiments pour ces futilités. Il n'était pas le premier à sortir de ma vie. Il ne serait pas non plus le dernier.

— Ah oui ? Eh bien, j'ai en-en-entendu dire que ton p-père a volé de l'argent pour te payer Evon. T'es à sec, Arrowsmith ?

Sans prévenir, je me donnai un coup de poing au visage.

C'est quoi ce bordel ?

Andrew accéléra le pas, les yeux brillants. Ses amis l'imitèrent.

— Oh ! mec, voilà que tu bégaies maintenant !

— Je ne bégaie pas.

Je poussai un grognement et me mis une baffe.

Non. Non. Non.

Je n'étais pas dans une bibliothèque déserte cette fois-ci. J'avais du public, et tous me regardaient en riant, assistant au spectacle. Je devais arrêter.

Arrête de ressentir.

Arrête de vouloir.

Arrête de souffrir. MAINTENANT !

— Ce qu'il y a de bien, dit Andrew, ne s'arrêtant qu'une fois arrivé à ma hauteur, c'est que je ne suis pas un Fitzpatrick. Un Arrowsmith vient toujours au secours de ses amis. Et tu as besoin qu'on vienne à ton secours, Kill, n'est-ce pas ?

Ses amis éclatèrent de rire, les mains enfoncées dans les poches, me jetant un regard noir et attendant le feu vert de leur meneur.

Je jetai un œil derrière moi et me mis une autre gifle. J'aurais pu m'enfuir, mais c'était inutile. Les tics m'auraient ralenti et, de toute façon, j'avais toujours été plus rapide à cheval qu'à pied.

Je me retournai vers eux. C'était le bon moment pour m'assurer que je ne ressentais pas la douleur et, ainsi, la rayer de ma liste.

Andrew fit bruyamment craquer ses doigts.

Je fis de même.

Note à moi-même : faire craquer ses doigts est très apaisant.

— Je vais bousiller ta sale tronche encore plus que tu ne l'as déjà fait, Fitzy.

Je souris, me sentant merveilleusement apathique.

— Donne tout ce que t'as, Oliver Twist.

Andrew finit par filmer certains des sévices qu'il m'infligeait, sûrement pour en garder un souvenir quelque part.

Mais il n'était pas stupide : il prenait garde à ce qu'on ne voie jamais son visage.

C'était une des choses qu'on nous avait enseignées : ne jamais filmer quoi que ce soit qui puisse nous incriminer. Le fameux Bullingdon Club avait causé suffisamment d'embarras à l'université d'Oxford, aucune grande institution anglaise ne voulait voir sa réputation gâchée par un groupe de petites pourritures.

La violence n'était pas à sens unique.

Dès notre premier affrontement, j'avais remarqué que je cessais de ressentir quoi que ce soit quand Andrew me tabassait. Les tics s'arrêtaient. Ainsi, je provoquais Andrew. Chaque semaine, j'allais dans sa chambre pour le pousser à la bagarre, à la violence.

Andrew prenait le relais. Nous dépassâmes les limites de nombreuses fois.

Os cassés. Cicatrices définitives. Brûlures de cigarette.

Je devenais plus fort et plus indifférent à chaque fois.

Et lui ? Il pleurait quand il me faisait tout cela. Il pleurait comme un bébé.

Subir toute cette brutalité – les brûlures, les noyades, les gifles chaque fois que je bégayais ou me frappais, chaque fois que je *tiquais* – s'avéra efficace.

À quinze ans, l'année où j'avais appris qu'Andrew Arrowsmith ne finirait pas sa scolarité à Evon, je n'avais plus de symptômes.

En apparence, en tout cas.

Je faisais encore craquer mes doigts.

J'inspirais encore profondément pour calmer mon rythme cardiaque.

Je résistais à tout type de sentiment, les écrasant dès qu'ils essayaient de remonter à la surface.

Plus je réprimais les tics, pires ils étaient. Heureusement, je ne les libérai qu'une fois seul dans ma chambre.

Je donnais des coups de pied, hurlais, me frappais, cassais des murs, des meubles et dévastais tout ce qui se trouvait autour de moi. Mais je le faisais selon mes propres conditions, et seulement quand je me sentais prêt. J'avais brillamment réussi à réprimer mes émotions.

Jusqu'au jour où les tics s'arrêtèrent totalement.

Les sentiments étaient devenus si étrangers à mon existence que je n'avais plus besoin de m'inquiéter.

Mais les vidéos étaient encore dans la nature, entre les mains d'Andrew.

Comme celle où j'étais allongé dans une flaque de mon propre vomi.

Ou celle où j'allais m'asseoir en apnée au fond de la piscine, comptant les minutes jusqu'à devenir bleu. Chaque fois que je calculais mal le temps et revenais trop vite à la surface, Andrew me frappait.

Une chose était sûre : Andrew désirait se venger, je voulais avoir le contrôle total de moi-même, et nous avions tous les deux obtenu ce que nous recherchions.

Quand nos chemins finirent par se séparer, sa mission était remplie et la mienne aussi.

Je pensais que nous étions quittes.

Je pensais que nous avions tous les deux eu ce que nous méritions.

Je pensais que j'étais à l'abri de ressentir quoi que ce soit un jour.

Finalement, toutes ces hypothèses se révélèrent fausses.

Perséphone
De nos jours

Je jetai l'éponge après avoir couru vomir aux toilettes pour la troisième fois consécutive. J'éteignis mon ordinateur et le planquai sous mon lit, comme si les vidéos pouvaient me hanter. J'en avais assez de voir mon mari – alors adolescent – en train de se faire torturer.

Frapper.

Cogner.

Briser.

De le voir bégayer.

Pleurer.

Rire.

Perdre la tête.

Reprendre connaissance.

J'avais envie de tuer Andrew Arrowsmith de mes propres mains.

Et je savais avec une terrifiante certitude que j'en étais capable, si on m'en donnait l'occasion.

Le visage d'Andrew n'apparaissait pas sur les vidéos. Mais sa voix était là. Ainsi que les raisons pour lesquelles il faisait cela.

À six heures et demie du matin, je me levai et allai sous la douche. J'avais les yeux gonflés d'avoir pleuré toute la nuit.

J'étais certaine de deux choses.

Premièrement, j'allais anéantir Arrowsmith, coûte que coûte.

Deuxièmement, Cillian était réellement incapable de ressentir quoi que ce soit après tout ce qu'il avait traversé. Mais même un être qui était incapable d'amour méritait d'en recevoir. Il méritait la paix, de trouver sa place et d'avoir un foyer.

À partir de maintenant, j'allais le laisser m'avoir selon ses propres conditions.

Même si cela anéantissait mon cœur saignant.

22

Cillian

— Monsieur, vous avez de la visite.

Je ne levai pas les yeux de mon ordinateur tandis que je tapais un message à l'attention de mon service juridique à propos de Green Living.

— Avez-vous des yeux, Serena ?

— Sophia, corrigea-t-elle d'une petite voix, comme si l'erreur lui était imputable. Oui, monsieur.

— Alors je vous suggère de vous en servir et de regarder mon agenda. Ce n'est pas pour rien qu'il est vide. Je n'accepte pas de visites en ce moment.

Elle resta plantée sur le seuil de mon bureau, se demandant comment se comporter avec son nouveau patron. Parfois, j'étais certain que c'était ça, l'enfer : les nouvelles assistantes personnelles qui prenaient leurs marques. Il fallait tout apprendre à Sophia ; la seule chose qui la sauvait était que, contrairement à Mlle Brandt, elle n'était pas une salope de première qui ressemblait à une Barbie à moitié fondue.

— C'est votre épouse.

Elle frémit, se préparant à une flagellation verbale.

Je résistai à l'envie de lever les yeux de mon ordinateur pour jeter un coup d'œil à Fille aux Fleurs de l'autre côté de la paroi en verre.

De dire à Sophia de la faire entrer.

Rien de bon n'en sortirait.

Elle était certainement venue me cuisiner sur le fait que j'avais menacé son ex-mari avec un flingue. Ou peut-être avait-elle enfin compris que j'étais un vrai raté et décidé d'aider Andrew dans son procès. De témoigner.

Ma femme connaissait mon secret.

Sam m'avait parlé de ses petites manigances chez Andrew Arrowsmith dès qu'il était sorti de chez mon ennemi. Je savais que Perséphone avait vu les vidéos.

Elle n'avait pas le droit.

Pas le droit de fourrer son nez dans mes affaires. Pas le droit de découvrir ce que je voulais garder secret. Pas le droit de retirer les barrières que j'avais refusé de lever quand elle avait essayé de m'apprivoiser.

— Faites-la partir, ordonnai-je sans quitter mon écran des yeux.

— J'ai bien peur que ce soit en dehors de ses compétences. Et puis, ne prends pas ce ton-là avec elle. C'est ton assistante, pas ton esclave ! lança une voix douce et rauque sur le seuil.

Cette fois-ci, je levai la tête.

Fille aux Fleurs se tenait dans l'encadrement de la porte. Elle portait une robe d'été et affichait un regard dur. Je voulais les faire disparaître tous les deux.

— Tu as viré Mlle Brandt, lâcha-t-elle en entrant dans mon bureau avant de refermer la porte sur Sophia. Pourquoi ?

— Cela ne te regarde pas, répondis-je en fermant mon ordinateur portable.

— Essaie encore.

Elle croisa les bras.

— Parce que tu la détestais, crachai-je, me dégoûtant moi-même.

Elle sourit.

Je mourus un peu à l'intérieur.

Je suis tombé bien bas.

Je me levai et rassemblai les papiers éparpillés sur mon bureau pour empêcher mes yeux traîtres de se poser sur elle. Regarder ma femme était comme regarder le soleil : vous étiez saisi à la gorge par la prise de conscience euphorisante et aveuglante que vous étiez à la fois immortel et d'une pathétique humanité.

— Je suppose que tu es là parce que ton ex-mari t'a de nouveau larguée. Suis-je le lot de consolation ?

Je fourrai mes papiers dans mon attaché-case, ayant très envie de partir – *n'importe où* – loin de cette femme.

La tension signalant une attaque imminente me comprima le sternum. Chaque fois qu'elle entrait dans une pièce, je devais reprendre le contrôle.

— Tu savais qu'il était en ville ?

Ses yeux bleu paon me suivaient avec attention.

— Tes caméras de vidéosurveillance, fis-je remarquer, au cas où elle compterait m'accuser de l'avoir fait de nouveau suivre.

Elle se rapprocha de moi.

— Je l'ai mis à la porte le soir où il est venu. Tu l'aurais su si tu avais pris la peine de répondre à mes appels ou de me parler quand j'ai essayé de te venir chez toi.

Chez toi.

Évidemment que c'était chez moi.

Pourquoi serait-ce chez nous ? Je l'avais forcée à quitter l'appartement dans lequel je l'avais mise, l'avais installée dans une chambre d'amis et m'étais attendu à ce qu'elle… quoi ? S'attache à cette maison ?

— Tu veux une médaille pour être restée fidèle ? demandai-je.

Elle s'arrêta devant moi. Son parfum inondait la pièce, noyant mes sens, et je voulais l'attraper par les épaules et la secouer. La mettre à la porte, l'embrasser, la baiser, lui hurler dessus. Toutes ces possibilités trahissaient à la fois une émotion et un manque total de contrôle.

— Sam te l'a dit, n'est-ce pas ?

Elle pencha la tête, sondant mon visage. Elle voulait parler de l'ordinateur d'Andrew Arrowsmith. Des vidéos qu'elle avait dû regarder.

— Il travaille pour moi.

— Comme toute la ville.

— Y compris toi, alors rends-toi service et arrête de tourner autour de mes affaires ou je te coupe les vivres.

— On sait tous les deux que je ne suis pas ici pour l'argent. Je veux te parler de ce que j'ai appris.

Elle abordait la conversation avec prudence.

— Non, dis-je platement. Tu n'avais pas le droit.

— Pas le droit ? répéta-t-elle avec un petit rire triste. Je suis ta femme, Kill. Que tu l'acceptes ou non. Je voulais t'aider. C'est pour ça que j'ai décidé de travailler pour Andrew. Pour lui soutirer des informations. Pour avoir un aperçu de son intimité. Je savais qu'il y avait beaucoup en jeu dans cette affaire et que tu essaierais de m'empêcher de le faire parce que tu es trop arrogant pour accepter que tu as besoin de mon aide.

— Ce n'est pas ton boulot de me sauver.

— Pourquoi ? demanda-t-elle en posant une main sur sa hanche. Pourquoi n'est-ce pas mon boulot de te sauver ? J'ai perdu le compte du nombre de fois où, *toi*, tu m'as sauvée. Tu m'as sauvée de Byrne et Kaminski, d'un cheval en furie, d'une fleur empoisonnée, de mon ex-mari. La liste est longue. Pourquoi est-ce normal pour toi de sacrifier toute ta vie pour les autres, de faire passer les besoins de ton père avant les tiens, de traverser les flammes pour les gens auxquels tu tiens, alors que, moi, je ne peux même pas te rendre ce service ?

— Parce que tu n'as rien accompli du tout ! lui hurlai-je au visage. Jolie petite idiote, les vidéos que tu as trouvées ne tiendront pas la route au tribunal. Ce ne sont pas des preuves légales. Elles sont volées, et certainement floues, et elles ne montrent pas son visage. Tu as fait tout ça pour *rien.*

La frustration de savoir qu'elle m'avait vu au plus bas sans raison valable me rendait fou. Je la pris par les bras.

— Ton petit stratagème n'a rien fait de plus que compromettre davantage notre mariage qui, au passage, a été la pire erreur de ma vie.

Les mots quittèrent ma bouche avant que je puisse les ravaler. J'avais entendu des gens dire des choses qu'ils ne pensaient pas sous le coup de la colère, mais je n'en avais jamais fait l'expérience puisque je ne m'énervais jamais. C'était une première, humanisante et malvenue. Les yeux bleus de ma femme brillèrent de rage. Je voulais m'excuser mais je savais que tout l'étage nous regardait à travers les parois en verre de mon bureau, et que des excuses ne mèneraient à rien.

C'était fini.

J'étais fautif. Brisé, sans espoir d'être réparé, et elle ne resterait pas assez longtemps pour essayer de m'aider.

— Tu ne sais pas ce que j'ai découvert, dit-elle doucement.

— Je m'en tape, putain !

Du coin de l'œil, je vis Hunter sortir de son bureau pour s'approcher du mien. Il fit signe à la foule curieuse qui se formait devant ma porte de déguerpir, me jetant un regard disant « Reprends-toi ».

J'avais officiellement touché le fond. Que Hunter Fitzpatrick vous dise de vous calmer était le signe irréfutable que vous étiez devenu un raté de première classe.

Je me reconcentrai sur Perséphone, baissant d'un ton, mais ressentant encore ce tremblement incontrôlable.

— Rien de ce que tu as trouvé dans l'ordinateur d'Andrew ne peut m'aider à gagner ce procès. La seule chose que tu as faite, c'est lui donner plus de munitions contre moi. Il est certainement en train de dire à tout le monde que j'ai envoyé ma femme farfouiller dans ses affaires et l'ai obligée à conjuguer deux boulots pour essayer de trouver des saloperies sur lui. Non seulement tu ne m'as pas aidé, mais tu t'es mise en danger et je…

Je m'arrêtai. Et je *quoi* ?

Perséphone haussa un sourcil, me scrutant avec tant d'avidité dans les yeux que, si j'avais eu un cœur, il aurait craqué pour elle. Elle voulait clairement que ça me touche.

— Et tu quoi, petit mari ? demanda-t-elle doucement. Que se serait-il passé si Andrew m'avait fait quelque chose ?

Un frisson violent me traversa.

Les noyades.

Les brûlures.

Les passages à tabac.

L'enfermement pendant des heures dans le confessionnal d'une église sombre avec mes démons pour seule compagnie.

Et moi qui revenais vers lui pour en demander davantage. Pour expier les péchés de mon père. Pour faire le deuil de notre amitié. Pour engourdir mes sentiments.

Et d'un coup, je me rappelai qui j'étais.

Qui Andrew Arrowsmith avait fait de moi.

Qui mon père – ma famille entière – voulait que je sois.

Un rictus sinistre lacéra mon visage. Je me penchai en avant, mes lèvres effleurant l'oreille de ma femme, mon souffle chaud faisant voler ses cheveux pâles.

— Et j'aurais aimé qu'il finisse le travail, Fille aux Fleurs, pour que je puisse enfin épouser quelqu'un de mon rang. Tu étais une erreur. Une erreur vicieuse et stupide. J'ai hâte de divorcer.

Je la sentis, plus que je ne la vis, faire un pas en arrière. Et me rendis compte par la même occasion que j'avais fermé les yeux comme un couillon pour respirer son odeur.

La tête relevée et le dos bien droit, elle sortit une liasse de papiers de son sac et me la plaqua contre la poitrine.

— Dans ce cas, félicitations. Tu as travaillé dur pour me montrer qu'Andrew t'avait transformé en un monstre sans cœur. Considère-toi comme libéré de ce mariage. Voici mon cadeau d'adieu. Un rapport des services sociaux déclarant Andrew comme un père dangereux et inapte. Je me suis dit que ça pouvait t'intéresser puisqu'il a perdu la garde de ses enfants et qu'il perdra bientôt son travail.

Fébrile, elle prit une inspiration qui fit trembler tout son petit corps.

— Je t'aime, Cillian Fitzpatrick. Je t'ai toujours aimé. Depuis le jour où je t'ai rencontré au gala de charité, quand je t'ai vu à l'autre bout de la pièce. Tu étais un dieu parmi les mortels. Vital mais mort. Et quand tu as regardé vers moi – quand tu as regardé *au-delà* de moi – j'ai vu tout mon avenir dans tes yeux. Je savais que tu étais riche, beau et puissant. Pourtant la seule chose que j'ai toujours voulue de toi, Kill, c'était *toi.* Je voulais faire tomber tes barrières, les écailler avec mes ongles, et t'avoir, et t'aimer, et te *sauver.* Je pensais pouvoir te changer. J'ai essayé. Vraiment. Mais je ne peux pas aider quelqu'un qui ne veut pas changer. Je t'aime, mais je m'aime aussi. Et je mérite plus que ce que tu m'as donné. Plus que ce que tu es prêt à abandonner. Alors je te sauve cette fois-ci, pour toutes les fois où tu m'as sauvée, et je te dis au revoir.

Elle se hissa sur la pointe des pieds et déposa un baiser froid, impersonnel, sur mes lèvres, ses cils effleurant mon nez.

— Nous n'avons jamais été doués pour respecter les limites de l'autre. Nous avons enfreint le contrat de nombreuses fois. Si tu as un iota de considération pour moi dans ton cœur de glace, ne me contacte plus. Quoi qu'il arrive, même si tu meurs d'envie de me dire quelque chose, laisse-moi tranquille. J'ai besoin de temps pour digérer, pour panser mes blessures, pour tourner la page. Ne viens pas chez ma sœur, à mon travail, ni où que ce soit d'autre. Laisse-moi t'oublier. Mon cœur ne survivrait pas à un autre coup.

Elle tourna les talons et partit.

Me laissant planté là avec ma carte « Vous êtes libéré de prison », la preuve parfaite contre Andrew Arrowsmith et le cœur retourné.

Il battait, vite et fort.

Vivant.

En colère.

Et gorgé d'émotions.

Plutôt que d'éteindre les centaines d'incendies qui ravageaient ma vie, je choisis de prendre la voiture pour aller au magasin de vins et spiritueux le plus proche faire un stock de la marque de vodka la moins chère et la plus punitive – celle qui me donnerait à coup sûr une gueule de bois d'enfer – puis ensuite rejoindre le ranch.

Je me bourrai la gueule avec mes chevaux (j'étais le seul à boire ; eux se contentaient de me regarder à travers les demi-portes de leurs box), mon téléphone éteint. Fille aux Fleurs en avait définitivement terminé avec moi. Mission accomplie. Maintenant que j'avais la chute d'Andrew à portée de main et que je savais qu'il avait renoncé au procès grâce à elle, tout ce que je voulais, c'était partir en fumée avec lui.

Je pris une gorgée de vodka, affalé contre le mur de la grange, au milieu du crottin de cheval.

Je fermai les yeux. Un souvenir vieux de quelques semaines s'afficha sous mes paupières.

Perséphone qui m'emmenait dans la buanderie – je ne savais même pas où se trouvait cette pièce avant ce jour-là – et sautait sur une machine à laver, écartant les cuisses pour moi et gémissant mon prénom pendant que je la baisais.

J'ouvris les paupières et me frottai les yeux. Il faisait nuit dehors. J'avais dû perdre connaissance pendant quelques heures.

Excellent. Encore quelques mois comme ça, et je serais prêt à retrouver mon état apathique d'avant.

La lumière de phares jaunes s'infiltra par la porte ouverte de la grange. Des pneus firent crisser la paille dehors. Quelqu'un arrivait.

Je lâchai la bouteille de vodka, qui roula jusqu'au box de Hamilton. Ce connard avait failli tuer ma femme. *Enfoiré.*

L'intrus arrêta le moteur, ouvrit la portière et sortit. Le son des feuilles qui craquaient sous ses pieds me tapa sur le système.

— Kill ? Tu es là ? demanda la voix de baryton de Hunter.

Depuis quand mon frère était-il un personnage respectable et autoritaire ?

— Non, grommelai-je, sachant qu'il allait venir de toute façon.

Il entra et s'arrêta à la porte de la grange, les mains sur les hanches.

— Sailor a accouché. J'ai une fille.

J'attendis le soulagement que j'aurais dû ressentir en apprenant que mon frère n'avait pas eu un garçon, un véritable héritier qui reprendrait la tête de Royal Pipelines, mais je n'éprouvais qu'une sensation de vide. Je savais que toute personne normale aurait été heureuse pour son frère. Mais je n'étais pas normal.

— Félicitations, dis-je sans enthousiasme. La mère et le bébé vont bien ?

— En pleine forme.

— Bien. J'ai ouvert un compte pour ton enfant. Trois mille par mois jusqu'à la fac.

— Merci, mais ce n'est pas pour ça que je suis là.

Il entra et ferma la porte derrière lui.

— Sam a découvert que c'est Andrew Arrowsmith qui a payé le billet d'avion de Paxton Veitch. C'est comme ça qu'il est revenu. Arrowsmith essayait manifestement de remuer la merde.

Paxton n'était plus une menace.

Il n'avait certainement jamais été une menace.

La seule personne qui m'empêchait d'avoir Perséphone, c'était moi-même, et j'avais fait du super boulot pour nous séparer.

Je débouchai une autre bouteille de vodka. Ma vessie me suppliait d'arrêter de boire mais mon cerveau m'intimait de continuer jusqu'à ce que mon anesthésie mentale soit rétablie.

— Je sais, dis-je d'une voix traînante. J'ai moi-même soutiré l'info à Paxton. Apparemment, je suis le seul enfoiré apte à régler les problèmes ici.

Hunter soupira.

— J'en doute.

— Pourquoi ?

— Parce que tu es en train d'essayer d'ouvrir une bouteille de vodka par le fond.

Mon frère me prit la bouteille des mains pour la retourner. J'en profitai pour me lever, vacillant, et me retournai pour pisser. *Stricto sensu*, pisser dans mon écurie revenait à vandaliser ma propre propriété. Mais me punir était une idée séduisante.

Je me retournai. *Ceann beag* me tendit la bouteille sans un mot. Je les fusillai du regard. Les six versions de Hunter que je voyais flotter devant mes yeux.

— Je me suis occupé du problème Arrowsmith, dis-je platement. Enfin, ma femme s'en est occupée.

— Ce n'est pas pour ça non plus que je suis ici.

— Alors qu'est-ce que tu fous là ? demandai-je en plissant les yeux. Va retrouver ta famille.

Hunter avait sa propre famille. Une *vraie* famille, qu'il avait fondée avec sa femme. La sienne n'était pas pourrie de l'intérieur, bâtie sur les ruines d'un statut social, une vieille fortune et la cupidité.

— Je suis avec ma famille.

Il me prit la bouteille des mains et la jeta sur le côté, d'un air renfrogné.

— Avec la famille qui a besoin de moi dans l'immédiat. Et j'aimerais beaucoup retourner auprès de celle que je viens de créer, donc tu veux bien me dire ce qui te prend, putain ?

Je zigzaguai jusqu'à la porte, l'ouvris en grand et sortis de la grange. Hunter marmonna, puis me suivit. Il ne m'échappa pas que les rôles s'étaient inversés. C'était moi le frère qui partait en couille maintenant, et lui était devenu le père de famille responsable.

— Elle m'a sauvée, dis-je alors que mon frère me rattrapait sur le chemin de terre menant jusqu'à la maison. En donnant des cours aux gamins de ce connard. En déterrant des saloperies sur lui. Elle l'a fait pour moi. Tout ce temps, je pensais qu'elle se vengeait de ma cruauté envers elle.

— Tu as juré, fit-il remarquer.

Putain, sans déconner, Sherlock.

Et c'était trop bon pour m'arrêter, bordel de merde.

Le syndrome Gilles de La Tourette étant connu comme la maladie des gros mots, j'avais mis un point d'honneur à ne jamais prononcer de grossièretés. C'était la meilleure manière pour moi de me distancier de la stigmatisation. Mais les vulgarités n'avaient jamais été mon problème. Je n'avais jamais juré pendant mes crises.

À cet instant, cependant, je traversais une crise aiguë de je-m'en-foutisme.

Je n'en avais rien à foutre que les gens l'apprennent.

Rien à foutre de ne pas avoir un vocabulaire convenable et soigné. Pas assez noble pour l'héritier de Royal Pipelines.

— Persy est amoureuse de toi, marmonna Hunter, toujours sur mes talons.

— Non, elle est amoureuse de l'idée qu'elle se fait de moi. (Comme beaucoup de femmes.) Ça se résume à ça, *ceann bag.* Elle est, et sera toujours, une femme que j'ai achetée comme un sac de patates. Elle était livrée à un certain prix, comme toutes les autres avant elle. Et ce qu'on peut acheter peut être remplacé. Je trouverai quelqu'un d'autre. Et Perséphone ? Elle se remariera aussi.

Hunter s'arrêta. Je poursuivis mon chemin, dépassant la maison pour me diriger vers ma voiture. Il fallait que je surmonte cette crise d'auto-apitoiement, que je retourne au travail et que je tourne la page.

Soudain, je sentis quelque chose de lourd et humide se coller à mon dos. Je me retournai. Mon frère m'avait jeté du purin.

— Qu'est-ce que…

— Espèce de trou du cul !

Il s'accroupit, attrapant une autre poignée de fumier dans le noir. Je ne m'étais jamais battu avec mon petit frère, jamais bagarré. Il n'y avait rien de fraternel entre nous, à part le titre.

Il le savait.

Je le savais.

Hunter visa et atteignit mon épaule.

— Arrête, grognai-je en le fusillant du regard.

Il m'ignora, s'agenouillant pour reprendre du crottin de cheval. Une pulsion enfantine de vengeance s'éveilla en moi. Je me baissai pour ramasser autant de fumier que possible.

— Elle n'a jamais été amoureuse de ton personnage, gros con.

Hunter arma son bras comme un joueur de base-ball et me toucha en pleine poitrine. Je lui lançai ma balle de crottin au visage, maculant son cou et son menton.

Nous étions tous les deux dans la merde. Littéralement.

— Staline était plus aimable, espèce d'idiot. Elle a toujours éprouvé un amour stupide – et même carrément irrationnel – pour toi !

Il me jeta une autre poignée de fumier.

Je répliquai aussitôt.

— Elle devait beaucoup d'argent, hurlai-je. J'ai réglé ses dettes. C'est pour ça qu'elle m'a épousé.

— Je sais !

Hunter partit d'un rire hystérique, délaissant le purin pour se jeter sur moi. Il me plaqua au sol, saisissant les revers de ma veste.

— Je le sais, parce qu'après la soirée où Persy a traversé le blizzard pour t'annoncer qu'elle acceptait ton offre, je suis allé la voir. Je savais que je devais arranger les choses. Pas pour elle, ni pour toi, mais pour ma femme. Je voulais que rien ne la contrarie si tôt dans sa grossesse. Persy m'a parlé de sa dette ; je lui ai proposé de la rembourser intégralement et je lui ai fait un chèque.

Je le dévisageai, confus et agacé contre moi-même de vouloir entendre la suite, le sang affluant à mon crâne.

— Tu lui as fait un chèque ? Ta génération n'utilise pas Paypal ?

Il baissa la tête vers moi, ses yeux brûlant de rage.

— Elle a déchiré le truc sous mes yeux et m'a dit qu'elle t'épouserait. Elle *voulait* t'épouser ! Conditions et tout le bordel compris. Maintenant, voilà ma question : comment as-tu fait pour la perdre ? Comment as-tu pu laisser partir la seule fille que tu as aimée de toute ta vie ?

— Je ne…

— Bien sûr que si !

Il me tapa la tête contre la terre. Je le saisis par le col et roulai sur le côté pour inverser nos positions et me dresser au-dessus de lui.

— Espèce d'abruti, n'importe qui pourrait voir que tu es dingue d'elle. Tu as toujours évité de regarder Perséphone dans les yeux, comme un gamin de six ans intimidé, et tu as été incapable d'aller à son foutu mariage. Tu craques sur elle depuis la première fois que tu l'as vue. Tu l'as laissée partir parce que tu doutes de toi. Parce que tu es tellement convaincu d'être Hadès, condamné, mauvais, irrécupérable, que tu n'as même pas pris la peine de lire le mythe en entier.

Il tendit la main pour enrouler ses doigts autour de ma gorge, me coupant l'oxygène.

— Perséphone !

Il serra plus fort.

— Aimait !

Il me secoua.

— Hadès !

— Je ne l-l-l'aime pas, haletai-je, martelant le visage de mon frère de mes poings.

Bégayant. Perdant les pédales.

Hunter sourit malgré la douleur et souffla :

— Dis-le plus fort.

— Je ne l'ai-ai-ai… bordel ! L'aime pas !

Je le frappai encore, dans la mâchoire cette fois.

— Plus fort.

— T'es débile ou quoi ?

Cette question était inutile : je savais déjà que mon frère avait l'intelligence d'une dinde. Une dinde fourrée au foutre, d'ailleurs.

— Je n'aime pas ma femme.

Il me rendit mes coups en riant. On roula au sol, se frappant l'un l'autre, s'arrachant les cheveux, se plantant les doigts dans les yeux, jurant et grognant comme deux hommes des cavernes.

Comme deux *frères*.

Je répétais que je ne l'aimais pas, et Hunter ricanait comme si c'était le truc le plus drôle qu'il ait jamais entendu.

J'ignorais combien de temps s'était écoulé, mais une fois qu'on eut fini, on ressemblait à un tas de crottin.

À bout de souffle, en sueur, nous étions couverts de boue et de fumier de la tête aux pieds.

Hunter fut le premier à se lever et à retourner à sa voiture.

— Excuse-toi, lançai-je.

Il chassa ma remarque d'un geste de la main.

— Les frères ne s'excusent pas. Ils se remettent juste à être sympas l'un avec l'autre. Bon, hors de question que tu conduises après t'être descendu une bouteille de vodka. Pose ton cul dans ma voiture. Je te fous sous la douche et je t'emmène voir ta nièce.

J'ouvris la bouche pour dire quelque chose. Bien qu'il ait le dos tourné, il leva la main en guise d'avertissement.

— Oublie, frérot. Je m'en tape. Et si tu flippes de voir ta femme à l'hôpital, t'inquiète : le temps qu'on arrive, elle sera au boulot. Tu n'as même pas demandé comment s'appelle ma fille.

Il ouvrit la portière de son Audi.

— Comment s'appelle-t-elle ?

Je vous en prie, faites que ce ne soit pas Grinder ou Nature Valley.

Son visage se fendit d'un immense sourire.

— Rooney.

23

Cillian

Rooney était une petite boule rose avec le crâne couvert de cheveux roux, comme sa mère, et des yeux bleus, comme son père. Les poumons, elle les tenait certainement de Michael Phelps. Le toit aurait pu s'envoler sous l'effet de ses cris.

Malgré cela, Rooney était l'un des bébés les plus mignons qu'il m'ait été donné de voir et un ajout bienvenu à la famille.

J'avais apprécié que Sailor se retienne de me dire que j'étais une vraie ordure pour ce que j'avais fait à sa meilleure amie. Elle accepta mes félicitations avec un vague sourire, même s'il était évident que j'étais responsable de la gueule cabossée et des hématomes qu'arborait son mari en revenant à l'hôpital.

Après avoir salué ma nièce, je me rendis directement chez Andrew Arrowsmith. Je le trouvai en train de porter laborieusement un carton de sa porte d'entrée à un camion de déménagement. Son jogging sale et ses cheveux en bataille étaient bien différents de son accoutrement habituel de gendre idéal et bien propre sur lui.

Je me garai derrière le camion pour lui bloquer le passage,

puis je sortis de mon Aston Martin, mes lunettes et mon costume parfaitement coupé dissimulant ma gueule de bois.

— On déménage déjà, Arrowsmith ? On n'a même pas eu le temps de se faire un brunch.

Il laissa tomber le carton à ses pieds en grognant.

— Je donne ma démission demain. J'ai posé quelques jours pour déménager, comme tu peux le voir.

Il désigna le camion, me faisant comprendre que je le retardais.

— J'ai bien peur que cela ne me convienne pas, dis-je avec désapprobation en observant le camion à moitié plein. Tu donnes ta démission à la fin de la journée et tu abandonnes les poursuites avant 15 heures. Sinon, je te colle un procès pour récupérer tout ce que j'ai dépensé en frais de justice depuis que ces conneries ont commencé.

Sa mâchoire se décrocha.

Oui, je jurais.

Non, je n'avais plus peur que la vérité sorte.

J'avais déjà perdu la chose la plus importante au monde – ma femme – et ce que les autres pensaient de moi m'importait peu. Et encore moins ce que *lui* pensait de moi.

— Pourquoi ? demanda-t-il en reculant la tête pour sonder mon visage. Pourquoi ferais-je les choses à ta manière ? Tout ce que ta garce de femme a sur moi, c'est un rapport négatif des services sociaux.

La vitesse à laquelle je le plaquai contre le camion en lui serrant la gorge lui tira un cri de surprise.

— Ta bouche n'est pas digne de parler de ma femme, et encore moins de la traiter de garce.

S'étranglant, il enroula ses doigts autour de mon poignet, aussi large que sa gorge. M'énerver n'était pas l'idée la plus brillante qu'il avait eue cette année. Malheureusement pour lui, il s'en était rendu compte trop tard.

Andrew vira au rose, puis au violet avant que je relâche la pression sur sa trachée.

— Et pour répondre à ta question, ce n'est pas un simple rapport, nous le savons tous les deux. Tu maltraites un enfant atteint d'un handicap. Ton propre enfant. Et n'oublions pas toutes les charges qui pourraient être retenues contre toi après ce que tu as fait à ta femme. Ce n'est pas très *charitable*, n'est-ce pas, Andy ?

J'avais passé la nuit à lire, encore et encore, le rapport qui avait signé sa chute, résistant à l'envie d'appeler Perséphone pour la supplier de me pardonner. Elle avait fait du beau travail pour m'apporter mon ennemi sur un plateau d'argent.

Andrew s'affaissa, poussant un soupir fébrile.

— Je n'étais pas… je ne voulais pas…

Il secoua la tête et me tourna le dos, posant son front contre le camion et fermant les yeux.

— J'aime Tinder. Mais je me suis demandé pourquoi moi. Pourquoi est-ce arrivé à mon enfant ? C'est injuste que je doive élever un enfant aussi perturbé que l'homme que je déteste le plus au monde…

Moi.

— Mon seul péché est d'être le fils de l'homme qui a fait du mal à ta famille, dis-je.

Il se retourna vers moi.

— Pourtant, le détester *lui* n'aurait servi à rien, n'est-ce pas ? Il avait une bonne raison d'avoir fait ce qu'il a fait à mon père. Et puis, il était hors de ma portée. Tu représentais les Fitzpatrick. Tu étais la personne que je voyais tous les jours. Je me suis senti trahi, dupé. Nos chemins, qui avaient toujours été parallèles, bifurquaient vers deux directions opposées. Je me suis senti déchu. Dépossédé de mes possibilités, de mes perspectives, de l'avenir que je méritais.

Il inspira profondément, levant la tête vers le ciel.

— Je ne dormais plus de la nuit, j'espérais que les Fitzpatrick allaient m'adopter. (Pause.) Mon souhait – mon fantasme –, c'était d'être toi. Et quand j'ai découvert que tu n'étais pas si parfait, que tu étais loin d'être *mo òrga*, je m'en suis servi à mon avantage.

Je détournai les yeux, faisant craquer mes doigts. J'éprouvais un ensemble d'émotions négatives envers Arrowsmith, allant du ressentiment à la pitié.

Je *ressentais* de nouveau, que je le veuille ou non.

— Toi et moi, on était dans le commerce de la douleur. Mais avec Tinder…

Andrew se passa une main sur le visage.

— Je ne me suis pas rendu compte que je lui faisais du mal. Je pensais que je l'aidais. Ta femme a dit qu'elle ferait tout disparaître si je vais chez le psy trois fois par semaine et que je déménage. J'ai accordé la garde exclusive à Joelle hier matin. Je ne pourrai voir mes propres enfants que sous surveillance désormais.

Ma femme était fantastique, putain. Il était difficile de croire que je l'avais prise pour une gamine innocente, nerveuse et incapable de se défendre.

Perséphone était à la fois la déesse du printemps et la reine des enfers.

— Tu as jusqu'à la fin de la journée, répétai-je en reculant d'un pas.

Le besoin de partir faisait fourmiller la plante de mes pieds. J'avais d'autres endroits où aller. Des affaires plus importantes à régler. Toutes liées à ce qui comptait le plus. À la personne qui comptait le plus.

— Renonce au procès et démissionne, puis écris un communiqué de presse détaillé pour me lécher les bottes et admettre tes torts.

Je me retournai pour partir, sachant qu'il jouerait le jeu.

— Cillian, m'appela Andrew.

Je m'arrêtai, sans pour autant me retourner.

— Comment as-tu fait ? demanda-t-il. Comment as-tu réappris à ressentir ?

Sa question était égoïste : j'étais persuadé que je n'étais pas le seul à m'être coupé de toute émotion lors du processus que nous avions traversé ensemble cette année-là, en Angleterre.

Andrew était meurtri, lui aussi.

Je secouai la tête puis répondis dans un souffle :

— Ce n'est pas moi. C'est elle qui m'a appris.

Sur le chemin du retour, je pris conscience que j'avais manqué deux journées entières de travail – ça représentait plus que tous les congés que j'avais pris depuis ma sortie de la fac. Arrivé chez moi, je montai dans mon bureau pour récupérer le contrat. Celui dans lequel je cédai mon âme à Perséphone.

J'allais le lui envoyer. Chez Emmabelle. Perséphone avait réemménagé avec sa sœur la veille, après être passée à mon bureau.

J'avais essayé de mettre en place un cadre, des règles et des conditions pour céder mon âme à ma femme. Mais j'avais oublié de considérer le fait que ce foutu mot avec un grand A ne demandait pas la permission pour être ressenti.

Peu importait ce que j'acceptais d'éprouver pour Perséphone.

Mon amour pour elle était inévitable, indéniable et évident.

Et il était temps qu'elle le sache.

24

Perséphone

— Tu as reçu du courrier.

Belle jeta une épaisse enveloppe sur la table de la cuisine avant de s'étirer les bras.

Il était 7 heures du matin. J'étais douchée, habillée et prête à aller travailler. Je n'avais pas dormi de la nuit, pas plus que la précédente.

Depuis que j'avais quitté Cillian, j'arrivais à peine à fonctionner normalement. Mais je savais que je devais le laisser partir.

Pour lui.

Pour moi.

— N'oublie pas, on a promis à Sailor d'aller la voir à 17 heures. Préviens-moi si tu veux que je vienne te chercher au travail.

Belle disparut dans la salle de bains, elle sortait d'une longue nuit de boulot. Il allait sans dire que j'avais abandonné la Tesla que Kill m'avait offerte.

J'attrapai l'enveloppe en fronçant les sourcils.

Je la retournai dans tous les sens avant de la déchirer.

C'était le contrat par lequel j'avais voulu acheter son âme, dûment signé, certifié et apostillé.

Mon cœur tambourina dans ma poitrine. Je dépliai le document, les doigts tremblants. Un papier en tomba et je reconnus l'écriture de mon mari, avec ses longs traits épais.

Mon âme t'appartient.

Sans conditions.

Dis-moi si tu en as pour la garder.

Je les accepterai toutes.

Cillian

Les larmes me montèrent aux yeux.

Kill ne croyait pas aux âmes. Il me donnait une chose qui n'avait pas de valeur pour lui. J'avais beau vouloir y croire, je savais que ce n'était pas une bonne idée. Chaque fois que je choisissais d'être optimiste plutôt que réaliste, je me brûlais les ailes.

L'offre et la demande.

Non pas que je pense qu'il n'avait pas d'âme. Je ne remettais pas en question l'existence de ce qu'il m'offrait. Mais je commençais à comprendre la façon de penser de Cillian – c'est pourquoi je déchirai le contrat en mille morceaux avant de le jeter à la poubelle.

Il savait que Sailor avait donné naissance à Rooney.

Et il était tout à fait conscient qu'il avait le couteau sous la gorge, que ce n'était qu'une question de temps avant que Hunter ait des héritiers mâles.

Il voulait que je revienne chez lui.

Que je revienne, tout court.

Pour se servir de moi.

Tirer son coup.

Me mettre enceinte et me jeter.

Je n'allais pas tomber dans ses filets. Il m'avait sauvée, je l'avais sauvé. En ce qui me concernait, nous avions réglé nos comptes.

Il était temps de passer à autre chose.

Je me retournai, pris mon sac et sortis en vitesse pour récupérer mon vélo garé en face de l'immeuble.

Plus rien ne nous unissait désormais.

Le lendemain, je reçus un SMS de mon mari dès le réveil.

Je dus me frotter les yeux pour être sûre que je n'hallucinais pas. Il ne m'envoyait jamais de messages. Du moins, il n'initiait jamais la conversation. Je fis preuve de prudence, me demandant ce qu'il m'avait envoyé.

C'était la photo d'un nuage flottant dans un ciel bleu.

Ta tante m'a rendu visite. Elle m'a dit que j'étais un con. Je n'ai pas démenti.

Dîne avec moi.

Je pouffai.

Il était nul, mais il essayait. Et cela me fit fondre, même si je savais que je devais renoncer à lui.

Belle s'étira à côté de moi dans le lit en poussant un petit ronflement.

— C'est Kill ?

— Oui.

Je collai le téléphone contre ma poitrine, comme pour le protéger, même après tout ce qu'il s'était passé.

— Ne réponds pas, me dit-elle en secouant la tête. Il faut qu'il marine un peu. Qu'il voie que tu en as dans le ventre.

Je supprimai le message avant que l'envie d'y répondre l'emporte et entamai ma journée.

Six semaines s'étaient écoulées.

Six semaines, treize photos de tata Tilda dans le ciel envoyées par Cillian et une demande de rendez-vous.

Maintenant que le procès n'était plus à l'ordre du jour, Kill avait tout le temps de se consacrer à son projet d'héritier.

Je ne répondais jamais à aucun de ses messages.

Ce n'était pas pour punir mon mari ; c'était pour me protéger, moi. Je refusais qu'il me possède, même si, à la base, il m'avait achetée.

Six semaines après la naissance de Rooney Fitzpatrick, je remplis mes papiers pour le divorce.

J'étais assise dans le bureau de l'avocate de la famille, lequel empestait les années 1980, et sentais son regard sur moi pendant que je signais les papiers.

— Vous êtes sûre de vouloir faire ça ? demanda-t-elle pour la millième fois, avant d'être prise d'une quinte de toux de fumeuse.

Elle me faisait penser à Estelle, l'agent de Joey dans *Friends*.

— Je veux dire, ce n'est pas moi qui vais me plaindre : je touche mes honoraires. Mais ce n'est pas si mal de s'unir à la famille Fitzpatrick, ma petite.

— Sûre et certaine.

Je signai la dernière page et la poussai vers elle sur le bureau.

— Vous pouvez les lui envoyer, s'il vous plaît ?

Elle secoua la tête.

— Désolée. Les documents doivent être remis à votre époux en personne. Et par un shérif, qui vous remettra ensuite la preuve par retour de service.

Un shérif.

La liste des personnes qui auraient été prêtes à payer pour voir Cillian recevoir des papiers de divorce de la part des forces de l'ordre était plus longue que *La Guerre et la Paix*. Mais je ne voulais pas lui causer davantage d'ennuis ou d'humiliation.

— Est-ce vraiment nécessaire ?

Cillian m'avait envoyé un autre message, pas plus tard que ce matin.

J'ai parlé avec ta tante (si tu dis à qui que ce soit que je discute avec un nuage, je nierai en bloc). Elle dit que je devrais t'emmener en lune de miel. J'ai acheté les billets.

Il ne semblait pas se laisser décourager. En même temps, j'appréciais qu'il me laisse mon espace. Il ne s'était pas pointé une seule fois à ma porte et n'avait pas fait irruption dans ma vie comme il en avait pris l'habitude.

— Oui, répondit l'avocate en agitant la tête comme un chien en plastique à l'arrière d'une voiture. Vous devriez peut-être lui en parler si vous n'êtes pas sûre. Si vous comptez divorcer d'un homme, ayez au moins la courtoisie de le prévenir.

Je me levai et pris les papiers.

— Je vais lui en parler.

Je devais le faire.

Je ne comptais pas rester enfermée dans un mariage sans amour.

Même si j'étais mariée à l'amour de ma vie.

— Je peux mettre les infos locales ?

Mme Gwen prit la télécommande posée sur une des tables rondes de la salle des professeurs et la pointa sur l'écran pour zapper, quittant la chaîne sportive. Quelques hommes poussèrent des grognements de protestation.

Assise au fond de la pièce, je jouais avec mes pâtes réchauffées au micro-ondes, m'efforçant de ne pas penser au fait que Belle m'avait promis de donner les papiers du divorce à Cillian dès son réveil, c'est-à-dire vers 2 heures de l'après-midi.

Je ne pouvais pas me résoudre à cette histoire de shérif. Je ne m'imaginais pas lui faire subir ça. L'humiliation. La honte. Le côté public de tout ce processus.

Pourtant, la situation devait être réglée. Il fallait que je passe à autre chose.

— Qu'est-ce qu'on regarde ? demanda Mme Hazel en se laissant tomber à côté de Mme Gwen et moi, fourrant une chips au vinaigre dans sa bouche. Attendez, c'est une conférence de presse ?

— Un flash spécial, dit Mme Michelle, l'air surpris.

Ma collègue monta le son, mais je gardai la tête baissée. J'entendis les bavardages des journalistes avant l'annonce, puis les murmures et les clics des appareils photo lorsque l'orateur monta sur l'estrade. Je refusais de lever les yeux du plat que je ne mangeais même pas : je savais que si je faisais le moindre mouvement – ne serait-ce que lever les yeux – les larmes se mettraient à couler.

— Eh, Pers, que fait ton beau gosse à la télé ? pépia Mme Michelle.

— Il brise le cœur de ses pauvres collègues, voilà ce qu'il fait, plaisanta Mme Gwen. J'insiste sur le mot « pauvre ». Qu'est-ce que tu fais encore là, Persy ? Tu ne sais pas que tu es pétée de thunes ?

— Eh beh, salut, mon mignon ! dit Mme Regina en sifflant d'une manière que Cillian aurait détestée. Tu peux dévaster mes ressources naturelles quand tu veux.

— Mesdames et messieurs, merci de votre présence ici. Comme je l'ai dit, ce communiqué sera, telle ma patience, de courte durée.

Je levai les yeux de mon repas surgelé. Ma gorge se serra.

Cillian. Mon mari – pour l'instant du moins – apparaissait sur l'écran dans l'un de ses beaux costumes gris foncé, avec ses magnifiques cheveux châtains et l'expression sombre d'un prédateur à l'affût. Revoir son visage me rappela pourquoi j'avais insisté pour qu'il ne me contacte pas. Il me désarmait complètement.

Sa voix. Sa présence. Ses yeux d'ambre trouble.

Les appareils photo cliquetaient à tout-va. C'était étrange de voir l'homme avec qui j'avais passé d'innombrables nuits sur un écran de télévision, en train de délivrer un message à la ville de Boston.

Allait-il annoncer notre divorce ?

Belle lui avait-elle déjà remis les papiers ?

— Bien que cette opération se soit avérée un investissement très bénéfique et ait révélé un fort potentiel quant à de nouveaux gisements de pétrole, Royal Pipelines a décidé de mettre fin aux forages en Arctique, avec un effet immédiat et définitif. Toutes les plates-formes vont être fermées, les projets futurs, abandonnés, et les activités actuelles vont cesser dans – il leva le bras pour regarder l'heure à sa montre de luxe en fronçant les sourcils – exactement quinze minutes.

Des murmures et des cris de surprise s'élevèrent dans la salle de presse de Royal Pipelines. Les journalistes lancèrent des questions à propos de Green Living, d'Andrew Arrowsmith et du potentiel conflit avec Greenpeace qui, selon les rumeurs, allait reprendre la procédure contre Royal Pipelines là où Arrowsmith l'avait laissée.

Mon cœur battait si fort que je crus que j'allais défaillir.

Kill leva nonchalamment la main, arrêtant le flot de questions.

— Comme je l'ai dit, la déclaration sera brève et je ne répondrai à aucune question. En plus de mettre fin à tout forage pétrolier dès cet après-midi, je vous annonce également être l'heureux propriétaire des zones environnantes de l'Arctique qui ont montré un fort potentiel pétrolier, ce qui veut dire que Royal Pipelines est actuellement détenteur de toutes les réserves présentant une possibilité de forage dans l'Arctique.

» Dans ma volonté de poursuivre le développement profitable de Royal Pipelines, je vais explorer des solutions plus écologiques et suis toujours décidé à employer des dizaines de milliers d'Américains. Au passage, j'aimerais informer nos investisseurs que j'ai déjà mis la main sur un système bien plus lucratif et moins destructeur.

Le sourire triomphal et diabolique qu'il adressa à la caméra était celui d'un homme qui venait de faire échec et mat, pas celui d'un dirigeant qui avait renoncé à son projet phare. Mais c'était Cillian. Il avait toujours trois longueurs d'avance.

— Ma décision exécutive n'a rien à voir avec Green Living. Comme vous le savez, Green Living a décidé d'abandonner les poursuites contre Royal Pipelines. À ce jour, personne n'a repris les procédures de justice. La raison de ma décision est entièrement personnelle.

» Comme certains d'entre vous le savent, je me suis marié il y a moins d'un an. Et l'une des choses que mon épouse m'a apprises, c'est écouter. Aujourd'hui, j'écoute ce qu'elle avait à dire. Tout au long de notre brève union, elle s'est ouvertement exprimée contre le forage en Arctique.

Il marqua une pause, faisant une moue désabusée.

— Elle conduit une Tesla, voyez-vous.

Les journalistes et photographes explosèrent de rire. Quelques collègues me jetèrent des regards curieux. Ils me demandaient sans cesse ce que je faisais ici, comme si venir au travail était un genre de punition. Comme si nos élèves ne leur manqueraient pas s'ils démissionnaient. J'ignorais leurs remarques, mais la vérité, c'était que je voulais garder mon travail parce que je ne savais pas si Cillian allait me garder, moi.

J'essayai de ravaler mes larmes, évitant de regarder la télé.

Je lui avais dit de ne pas me contacter, et il ne cessait de trouver de nouvelles manières de me tendre la main.

Il m'avait fallu des mois pour trouver la force de tourner le dos à notre relation, mais je n'avais jamais imaginé que quelque chose pourrait changer la donne.

Que Cillian pourrait se réveiller et se battre pour nous.

Cillian

— Vous voulez entendre une blague sur la fois où Kill a foré en Arctique mais qu'il a arrêté parce que quelqu'un a fait fondre son cœur de glace ? lança Hunter en m'emboîtant le pas quand je descendis de l'estrade, Devon sur nos talons.

— Non, aboyai-je en même temps que Devon.

Hunter hocha la tête.

— OK. Sympa, ton discours.

Nous sortîmes par la porte de derrière pour prendre l'ascenseur qui nous ramènerait à l'étage de la direction. Je n'arrêtai pas de regarder ma montre, me demandant à partir de quel moment il serait approprié d'appeler ma femme. Je comprenais enfin à quel point c'était pénible d'être ignoré. Pendant des mois, j'avais fait subir cela à Perséphone quand je l'avais dans mon lit, douce et consentante.

Ses messages, ses mots, ses observations décalées. Elle me les avait tous offerts.

À présent, je devais lui courir après et je comprenais ce que les gens voulaient dire quand ils parlaient de retour de karma.

L'ascenseur tinta. Je me dirigeai vers mon bureau, faisant signe à Hunter de s'éloigner de moi aussi loin que possible. J'étais d'humeur revêche ces temps-ci. Je jurais. Je criais sur les employés. Je faisais beaucoup de choses que les mortels n'avaient pas l'habitude de me voir faire. L'autre jour, j'avais dit « putain » lors d'une partie de golf avec mon père. Il avait failli faire une crise cardiaque.

En parlant d'*Athair*, je repérai sa vieille carcasse du coin de l'œil, en train de faire les cent pas dans la salle de réunion. Je pris un virage brusque pour m'y rendre. Derrière lui, la conférence de presse repassait sur un écran de télé fixé au mur. À y regarder de plus près, Mère était là aussi, perchée sur un des fauteuils devant la table en forme de haricot, en train de retoucher son maquillage.

J'ouvris la porte, la refermai et attendis le déluge. Je n'eus pas à attendre longtemps.

— Espèce de petit enf…

— Je ne finirais pas cette phrase à ta place, dis-je en levant la main, un sourire décontracté aux lèvres. Tu parles au P-DG de Royal Pipelines. Si tu me manques de respect, je te fais mettre à la porte de mon immeuble.

— *Ton* immeuble ? Elle est bonne, celle-là. Non. Tu n'oserais pas, cracha mon père.

Je ne pris pas la peine de lui répondre : il savait déjà que j'étais capable de tout.

Il se laissa tomber dans un fauteuil, se prit la tête entre les mains et la secoua.

— Je ne comprends pas.

— Je n'ai aucune obligation de te paraître sensé, lui dis je.

— Green Living a renoncé au procès. Cela aurait pu être l'opération pétrolière la plus rentable au monde. Enfin, c'est toi qui as insisté ! Tu étais directeur de recherche. Tu as passé trois mois à vivre sur un foutu iceberg à surveiller ce projet de près. C'était ton bébé, Cillian.

— Oui et maintenant, c'est un autre bébé qui m'intéresse. Un bébé humain. C'est pour ça que j'aimerais que ma femme soit aussi heureuse que possible.

— C'est de ça qu'il s'agit ?

Mère se leva d'un bond, justifiant enfin sa consommation d'oxygène dans la pièce.

— Chéri, nous avons été ravis que tu épouses cette… cette fille gentille et *ordinaire*, mais il y en a plein d'autres. Des filles aussi jolies et qui n'interféreront pas dans tes affaires, tout comme je n'ai pas interféré dans celles de ton père.

— Effectivement, lâchai-je. Tu n'as jamais eu ton mot à dire, que ce soit sur notre enfance, notre éducation ou tout le reste d'ailleurs. Au risque de paraître irrespectueux – risque que je suis ravi de prendre – je ne veux pas d'un mariage comme le vôtre. Ça a l'air épouvantable. Je ne veux pas d'une relation opérationnelle. Je ne veux pas que ma femme soit une mère fantôme. Une femme qui dit oui. Un accessoire. Et j'aime beaucoup ma femme ordinaire, Mère.

Plus que beaucoup.

Perséphone avait sacrifié davantage pour moi au cours de notre brève union que ma mère ne l'avait fait depuis ma naissance.

— Cela annule tout le bénéfice de ton mariage ! gronda mon père en se levant brusquement. Perdre une occasion à 1,4 milliard de dollars pour une… pour une…

— Dis-le, dis-je, le défiant d'un sourire suffisant. Pour une chatte, c'est ça ? Aucun autre organe chez une femme ne compte pour toi. Encore moins le cœur.

Pour moi non plus, jusque récemment.

— Oui ! tonna mon père en levant les bras en l'air, le visage cramoisi, une goutte de salive perlant sur la lèvre inférieure. Si j'avais su, je ne t'aurais jamais poussé à te marier.

— Je suis content que tu l'aies fait, dis-je en ouvrant la porte. Ce mariage m'a appris une leçon importante. Une leçon qu'Evon, Yale et Harvard combinés ne m'ont pas inculquée. À présent, permets-moi d'appliquer certaines des conclusions auxquelles je suis arrivé ces derniers mois et de te mettre à la porte de mon bureau – oui, *mon* bureau, je travaille soixante heures par semaine, ici c'est moi qui fais la loi – avec ce conseil : ne me dis jamais quoi faire de mon travail, de ma vie et de mon mariage.

Je montrai la porte d'un signe de tête. Mes parents me regardèrent comme deux ahuris.

— Allez. Vous savez vous servir de vos jambes, non ?

Comme vous me l'avez prouvé chaque fois que vous m'avez abandonné sans vous retourner, fus-je tenté d'ajouter.

Les yeux de ma mère brillaient tandis qu'elle essayait de se reprendre, alors qu'*Athair* gardait une expression digne et sérieuse. Les limites étaient tracées. Ils se dirigèrent vers la sortie. Mère s'arrêta près de la porte et posa ses mains sur mes joues en levant les yeux vers moi.

— Je suis désolée, dit-elle d'une voix si douce que j'étais le seul à pouvoir l'entendre. Je suis désolée pour tout. Tu as raison. Tu mérites mieux que ce que nous avons fait de nos vies, Cillian.

Je l'embrassai sur la joue.

— C'est tout pardonné.

— Vraiment ?

Je hochai la tête.

— Maintenant, sors.

Puis ce fut au tour de mon père de s'arrêter à mon niveau. Il plissa les yeux, entre agacement et admiration.

— *Mo òrga*, dit-il en penchant la tête. Ta force ne cesse de me surprendre. Ton frère a toujours été un électron libre, mais facile à déchiffrer. C'est pour ça que j'ai lâché la petite Brennan sur lui. Ta sœur… eh bien, c'est une sainte dont je n'ai pas à me soucier. Mais toi…

Il inspira, fermant les yeux.

— Tu étais mon enfant brisé, ce qui te rendait d'autant plus dangereux parce que nous savions tous les deux que tu étais capable de survivre à tout. Tu crois que je ne le sais pas, me murmura-t-il à l'oreille, se rapprochant de moi, près, trop près – plus près que jamais auparavant. Mais je sais. Je connais tes démons, Cillian. Les mêmes vivent au sous-sol de mon cœur. La seule différence, c'est que tu sembles avoir occis les tiens. Tant mieux pour toi, fils.

Désorienté et sentant la nécessité d'un remontant, je pris le chemin de mon bureau.

— Monsieur Fitzpatrick ! s'écria Sophia en se levant d'un bond pour courir vers moi dès que j'eus quitté la salle de réunion. Vous avez de la visite.

— Qui ?

— Mlle Penrose.

— Appelez-la comme ça encore une fois et vous serez grillée auprès de toutes les entreprises respectables de Boston.

Me forçant à garder un pas régulier, je me dirigeai vers mon bureau où je trouvai Emmabelle Penrose assise dans mon fauteuil de directeur, ses longues jambes posées sur mon bureau chromé. Elle portait une paire de Louboutin qui appartenaient à ma femme, une jupe crayon et un chemisier qui laissait peu de place à l'imagination.

De mieux en mieux cette journée.

— Oubliez. Mauvaise sœur, dis-je en congédiant Sophia d'un geste de la main.

J'ouvris et refermai la porte de mon bureau, puis m'appuyai contre une vitre, les mains dans les poches.

— Cillian ! Comment va la vie ? roucoula Emmabelle en levant les yeux de son téléphone.

— Comme si j'avais baisé sa fille mineure et qu'elle prenait un malin plaisir à se venger, répondis-je de but en blanc, m'écartant de la paroi pour m'asseoir en face d'elle.

Son numéro de Dita von Teese sous stéroïdes me laissait indifférent : son désir d'attention ne trouvait pas preneur chez moi.

— Enlève tes pieds de la table, ordonnai-je. Sauf si tu veux que je te les brise.

— Oh ! dis donc, on est de mauvaise humeur.

Elle retira ses jambes de mon bureau, posant son affreux sac Prada de seconde main sur mon ordinateur portable. Je résistai à l'envie de la jeter par la fenêtre. Je doutais que cela me fasse marquer des points auprès de ma femme.

— J'ai peur que les choses ne s'arrangent pas pour toi.

— Je doute sincèrement qu'on puisse faire pire, répondis-je.

— Alors on dirait bien que je suis ici pour te prouver que tout est possible, bébé.

Elle sortit quelque chose de son sac – une liasse de papiers – qu'elle fit glisser sur le bureau du bout de son ongle rouge et pointu.

— Tu es notifié.

Je ne touchai pas au dossier. Je baissai les yeux et vis l'écriture de ma femme. Petite. Toute en courbes. Romantique. Comme elle.

L'espace d'une seconde, la tentation de ne rien ressentir fut accablante.

D'en rire.

De mettre Emmabelle à la porte.

De lui montrer que je m'en fichais.

Puis je me souvins que c'était exactement pour ça que je devais me battre pour récupérer ma femme.

— La réponse est non, dis-je doucement, faisant craquer mes doigts sous la table. J'ai dit à Perséphone que le divorce n'était pas envisageable. C'est vulgaire, ça fait mauvaise presse, et puis, elle n'a toujours pas rempli sa part du contrat.

— Tu sais que tu n'es pas Dieu, n'est-ce pas ? demanda Emmabelle en penchant la tête sur le côté. Tu ne peux pas claquer des doigts pour que les gens t'obéissent.

Je la dévisageai.

— Prouve-le.

— Elle ne veut plus de toi.

— Je peux la faire changer d'avis.

Belle sourit, les yeux brillants.

— Qu'est-ce qui te fait croire ça ?

— Elle me voulait avant même que j'essaie. Maintenant que je compte faire un effort, elle sera incapable de me résister. Quoi qu'il en soit, nous savons tous les deux que tu vas repartir d'ici avec la demande de divorce, même si je dois te la faire avaler. Elle n'a aucun fondement juridique. Tu n'es pas le shérif, et je ne suis pas un mec que tu peux malmener. Si ça arrive jusqu'au tribunal, je demanderai au juge une thérapie de couple – et l'obtiendrai – puisque cela ne fait pas longtemps que nous sommes mariés et qu'il n'y a eu ni adultère ni violence.

— C'est bien ce que je pensais.

Emmabelle gloussa, retirant les papiers de mon bureau pour les remettre dans son sac.

— Écoute, je ne suis pas ta plus grande fan, pour de nombreuses raisons. Notamment parce que tu avais prévu d'enfermer ma petite sœur dans un manoir de banlieue pour lui faire des mômes pendant que tu resterais ici à mener la grande vie. Mais j'en suis venue à accepter que, malgré tes dysfonctionnements de sociopathe, tu es vraiment tombé amoureux d'elle. J'ai raison ?

J'avais des tas de saloperies sur le bout de la langue mais, aujourd'hui, Emmabelle avait l'avantage. Je devais lui offrir son heure de gloire, même si j'avais envie de l'incendier.

— Oui, répondis-je d'un ton maussade. J'aime beaucoup ta sœur.

Tellement que c'en est douloureux, putain.

— Eh bien, peut-être qu'il est temps que tu lui dises ce que tu ressens.

Belle se leva, passant son sac sur son épaule.

— Depuis le début, tu t'excuses pour le mauvais truc. Perséphone ne t'a pas quitté parce que tu es un connard. Bordel, je suis certaine que c'est ce qui fait la moitié de ton charme. Elle t'a quitté parce qu'elle pense que tu es incapable d'éprouver des sentiments. Prouve-lui qu'elle a tort.

— Comment puis-je faire ça, alors que je ne suis pas censé la voir ?

— Qui a décrété ça ? demanda-t-elle, surprise.

— Elle, grondai-je. Elle m'a demandé de ne pas lui courir après.

— Depuis quand tu écoutes ce que dit ma sœur ? Une des choses qu'elle aime chez toi, c'est justement que tu fais ce que tu veux. Toujours.

Bien sûr, la seule fois où j'avais décidé d'obéir, c'était à la mauvaise instruction.

Ma belle-sœur me tapa sur l'épaule en quittant mon bureau.

— Va la reconquérir. Elle attend, et moi je commence à en avoir marre d'aller systématiquement passer la nuit chez mes plans d'un soir parce qu'elle est dans mon lit.

Il était temps de briser une autre promesse.

25

Perséphone

— Il y a un nuage dans le jardin ! s'écria Dahlia, une de mes élèves, en pointant son doigt potelé vers la fenêtre derrière moi.

— Waouh !

Les yeux de Reid s'arrondirent, ses pupilles se dilatant comme deux taches d'encre.

— C'est un nuage… géant !

— Allons, les enfants, dis-je par-dessus le livre que j'étais en train de lire.

Ils étaient réunis autour de moi sur le tapis alphabet coloré, distraits par le nuage.

— En tailleur. Tout le monde s'assoit et écoute l'histoire. Nous devons finir de lire ce qui arrive à l'ours Paddington parti à la poursuite de Busi la Butineuse avant de pouvoir aller jouer dehors.

— Chercher des mots en B est B-A-R-B-A-N ! dit Noah, épelant mal le mot, avant de se laisser tomber sur le tapis avec frustration. Maman dit que les professeurs ne sont pas très intelligents, sinon ils ne seraient pas professeurs. Je veux jouer avec le nuage géant !

Eh bien, Noah, maman est une C, pour conn…

— S'il vous plaît ! supplia Dahlia.

— Oh ! madame Persy ! geignit Reid.

Les enfants affluèrent vers moi, rampant sur mes genoux, les mains pressées l'une contre l'autre, implorants.

— S'il vous plaît, s'il vous plaît, s'il vous plaît, est-ce qu'on peut aller jouer avec le nuage ? Le gentil monsieur qui le touche veut tellement qu'on aille avec lui.

Le gentil monsieur ?

Qui se touche ?

Pensant que c'était le moment d'appeler la police et de dégainer mon spray au poivre, je tournai la tête, et ma mâchoire se décrocha.

Mon mari – qui, d'après Belle, avait refusé les papiers du divorce la veille et l'avait mise à la porte – se tenait dans le jardin des Petits Génies, les manches relevées, les cheveux en bataille et un genou à terre. Il était en train de créer un nuage solitaire blanc, gigantesque, qui flottait au-dessus de sa tête. Grand et cotonneux, il avait la taille d'une montgolfière. Je regardai le sol. Comment faisait-il ?

J'aperçus un plateau en métal, un mélangeur, une allumette, et un bocal éparpillés autour de lui.

Il se tourna vers moi et on se regarda à travers la vitre, sans dire un mot.

Le livre me glissa des mains. Je sentis le troupeau d'enfants partir en courant, se précipitant à la fenêtre, pressant leurs doigts collants et leurs nez contre la vitre en poussant des piaillements excités.

Éviter mon mari n'était plus possible.

Il m'avait apporté un nuage.

Il m'avait apporté *tata Tilda.*

Mes jambes me portèrent jusqu'à la baie vitrée. Il s'approcha, me retrouvant de l'autre côté de l'étroite barrière.

Je posai ma main sur le verre. Cillian fit de même, nos doigts se touchant à travers la paroi.

— Je t'ai dit de ne pas venir ici, dis-je, la gorge nouée.

— Je t'ai dit des tas de choses que je regrette, répondit-il. J'espère que, toi, tu regrettes d'avoir dit cette chose-là.

— J'ai déjà utilisé mon Vœu Nuage, Kill. Je ne peux pas en avoir d'autre.

Ma voix se brisa.

— Ce n'est pas à toi de faire un vœu, Perséphone. C'est à mon tour, dit-il en souriant.

Les enfants se déversèrent dans le jardin comme de la lave brûlante, se propageant à toute vitesse, crépitant de plaisir.

Ils tendirent leurs petits bras vers le nuage, essayant de saisir l'insaisissable, et étirèrent leurs doigts dans l'espoir d'en capturer la magie.

Je fus la dernière à sortir, m'arrêtant à un mètre de mon époux. Le voir après tout ce temps était comme poser un lourd sac de camping à la porte de votre maison.

Je voulais enfouir mon nez dans son cou et le respirer.

Je ne lui demandai pas ce qu'il faisait là. J'avais peur d'espérer.

Sa descente du mont Olympe n'avait pas rendu mon mari moins majestueux ni moins beau ; et les dieux grecs étaient connus pour piéger les mortels.

— Elle, c'est Dalhia, dit-il en montrant du doigt une enfant en train de donner des coups de poing à la fumée pour la dompter. Tu l'appelles Petite Souris. Insolente, gentille, têtue. Ça, c'est Teo, poursuivit-il en montrant Teo d'un signe de tête. Il est timide et réservé, mais observateur. Et là c'est Joe, dit-il en regardant Joe, un de mes élèves préférés, un rêveur avec une tignasse de cheveux roux.

— Comment le sais-tu ? murmurai-je.

— Je t'écoutais pendant nos dîners. J'écoutais chaque mot. Même si je prétendais le contraire.

Mon cœur explosa.

— Tu réclames ton Vœu Nuage ? demandai-je.

Je me tortillai les doigts, redevenant la fille qu'il avait rencontrée quelques années plus tôt dans la suite nuptiale. Innocente. Hésitante.

— Oui.

— Qui t'a dit que tu en avais un ?

Un sourire passa sur mes lèvres.

— Ta tante.

Il n'y avait pas une once de raillerie dans sa voix, ce que j'appréciai, puisque le sarcasme était sa deuxième langue.

— Elle a dit que je devais faire attention. Qu'on en avait qu'un dans une vie.

Attendez une minute…

C'était exactement ce que tata Tilda m'avait dit. Et je ne me rappelais pas avoir raconté cette partie-là à Kill. C'était impossible. Cela n'avait aucun sens.

— Quel est ton vœu ? demandai-je dans un souffle.

Les enfants grouillaient autour de nous, et le fait qu'on se retrouve ainsi au milieu de ce qui nous avait rapprochés prit à mes yeux une connotation symbolique, bien que je n'aie pas réussi à tomber enceinte jusqu'ici.

— Je veux une heure avec toi. Soixante minutes de ton temps. C'est tout ce que je demande. Quand sors-tu du boulot ?

— À 16 heures, répondis-je. Comme toujours.

— J'attendrai.

Au moins, il n'avait pas exigé que je quitte ma classe cette fois.

— Comment as-tu réussi à faire un nuage ?

— La Nasa a fait un tuto. C'est très simple.

— C'est incroyable.

— Un enfant de huit ans pourrait le faire.

— Je m'en fiche, dis-je en secouant la tête. Tu m'attendras ?

Il sourit.

— Perséphone, ma chère, cela fait huit ans que je t'attends. Quatre heures de plus ne vont pas me tuer.

Le trajet jusque chez Cillian se fit dans le silence. Avant de quitter les Petits Génies, j'avais mis un minuteur de soixante minutes sur mon téléphone. À présent, je jouai avec la sangle de mon sac à main, regardant la vue monotone au-dehors, essayant de réguler ma respiration.

C'était le moment fatidique. Une partie de moi savait que Cillian n'accepterait pas le divorce comme ça. Peut-être était-ce pour cela que j'avais fait les démarches. Inconsciemment, je savais que ce serait un moyen de le faire venir à moi.

Pour qu'il me coure après.

Qu'il me défie.

— Tu as arrêté le forage dans l'Arctique.

Je m'éclaircis la gorge, les yeux toujours rivés à la fenêtre. Il était 16 h 20. Foutue circulation. Il nous restait quarante minutes. Techniquement.

— Oui.

— C'était… gentil.

— T'offrir des fleurs, c'est gentil. Perdre environ 1,4 milliard de dollars de revenus par an est, au minimum, un geste romantique d'envergure shakespearienne.

Il prononça ces mots avec d'un air si incrédule, si sérieux, que je ne pus m'empêcher de pouffer.

— Je ne suis même pas sûre de savoir combien de zéro ça représente.

— Neuf.

Ses doigts pianotaient sur son genou, et je savais qu'il mourait d'envie de prendre un cigare mais qu'il s'efforçait de bien se tenir. Il ajouta :

— Dix en me comptant, si mon plan foire aujourd'hui et que je découvre que j'ai fait tout ça pour rien.

Lorsqu'on arriva chez lui, Petar était sorti. Comme le reste du personnel. Je n'avais jamais vu la maison aussi vide. J'eus le sentiment que c'était fait exprès.

— On monte dans ton bureau ? demandai-je poliment.

Une partie de moi le considérait encore comme un parfait inconnu.

Il secoua la tête.

— Je veux te montrer quelque chose.

Il ouvrit les doubles portes du salon et me fit signe de le suivre dehors. J'avais visité son jardin en long en large et en travers. Non seulement parce qu'il était magnifique, mais parce que j'étais encore à la recherche de cette mystérieuse fontaine démon.

Je lui emboîtai le pas, retenant mon souffle lorsqu'il s'arrêta près de la porte couverte de lierre encadrée de hauts murs. J'avais essayé de l'ouvrir une fois mais elle était verrouillée. Kill fit apparaître une clé et la glissa dans la serrure, puis il poussa la porte.

J'entrai à sa suite. La fontaine était là. L'eau se déversait du monstre aux dents pointues, semblable à une chauve-souris.

C'était un petit espace – peut-être de la taille de l'appartement de Belle – et je me demandai pourquoi il avait choisi cet endroit et décidé de l'isoler du reste du jardin.

Kill s'accroupit, les mains sur les cuisses, les yeux plissés. Quelque chose dans son langage corporel me troublait ; une raideur disparue. Son aplomb n'était plus si parfait, et cela me plaisait.

— Qu'est-ce que tu regardes ? demandai-je en allant me poster près de lui.

Je me penchai en avant, et il m'attrapa par la taille, tirant doucement sur ma robe pour m'empêcher d'approcher les fleurs de trop près.

L'océan de fleurs.

Je me rendis compte que cette section du jardin était couverte de fleurs des champs. Et ce n'étaient pas n'importe lesquelles. Rose et blanc, les pétales formaient de petits cœurs tristes. Je déglutis et fis un pas en arrière.

— Depuis combien de temps les as-tu ?

— Presque quatre ans, dit-il avec un léger froncement de sourcils. Environ un mois après le mariage de Sailor et Hunter, mon paysagiste m'a appelé, insistant pour que je vienne voir. Il a dit que c'était curieux. Qu'il n'avait pas planté de cœurs-saignants, et qu'il n'avait donc aucune idée de la façon dont cette fleur avait pu se retrouver là. Il a supposé que des graines d'un jardin voisin avaient été portées par le vent et s'étaient installées ici. Mais je me suis rappelé qu'après avoir enlevé les fleurs de tes cheveux, je les avais mises dans une serviette. Plus tard ce soir-là, quand je suis rentré, je suis allé fumer un cigare dans le jardin, j'ai retrouvé la serviette et je l'ai jetée. Une seule fleur avait poussé et mon paysagiste m'a demandé si je voulais la garder. J'ai aussitôt pensé à ta malédiction – ton *vœu*, corrigea-t-il, et j'ai dit non. Il a arraché le cœur-saignant par la racine. Un mois plus tard, un autre s'est mis à pousser, au même endroit. Je lui ai demandé de l'arracher également. Cette fois-ci, il est même allé jusqu'à empoisonner le sol pour empêcher la pousse. À la quatrième fois, j'ai abandonné. Une partie de moi voulait voir jusqu'où tu allais t'obstiner. Et regarde où on en est. Mon jardin en est rempli.

Je pressai mes lèvres l'une contre l'autre, réprimant un sourire.

Il avait barricadé une partie de son jardin parce que ça lui faisait penser à moi.

L'avait clôturé pour que personne ne le voie.

— Alors j'ai vécu avec ton cœur-saignant. Un rappel empoisonné de mon désir de t'avoir. Peu de temps après, j'ai appris que tu te mariais.

— Tu n'as jamais répondu à mon invitation.

Je sentis mes joues chauffer.

— Tout le monde a ses limites. Je ne pouvais pas célébrer ma bêtise de t'avoir poussée dans les bras d'un autre. Ensuite, le temps a passé. Je t'avais presque oubliée. Le cycle de la vie se poursuivait et, qu'il aille vite ou lentement, je me rappelais à peine que j'en faisais partie. Puis Paxton a disparu, j'étais devenu P-DG de Royal Pipelines et tu t'es pointée à mon bureau pour me demander un service. Ma première réaction a été de mettre autant de distance que possible entre nous.

— Tu ne voulais rien ressentir, dis-je doucement.

Il secoua la tête.

— À ce stade, la possibilité de ressentir quoi que ce soit ne m'inquiétait même pas. J'étais encore agacé par ces foutues fleurs qui ne cessaient de pousser de nulle part dans mon jardin. Comme si tu venais en douce, la nuit, pour les planter. Mais le besoin de me marier a surgi…

— Oui, et tu avais des tas de candidates parmi lesquelles choisir. Tu as annulé les fiançailles avec Minka Gomes. Pourquoi ?

Il regarda le parterre de fleurs d'un air grave.

— Elle n'était pas toi.

— Elle aurait pu tomber enceinte rapidement.

— Il ne s'agissait pas d'avoir un héritier, répliqua-t-il.

Un roi magnifique, irrésistible, qui avait mal jugé et mal compris.

— Au fond, je n'étais pas assez altruiste pour avoir quoi que ce soit à foutre d'une descendance.

Je regardai mon téléphone. Il nous restait une demi-heure avant que son vœu soit terminé.

— Parle-moi du syndrome de La Tourette, demandai-je. De tout, depuis le début. J'ai regardé seulement quelques vidéos, mais elles ont suffi à me donner un aperçu de ce que tu as subi.

— Ça a commencé par quelques tics, juste après que mon père a viré Andrew senior, et c'est devenu de vraies crises quand je suis retourné en Angleterre après les vacances d'été. Plus je me sentais seul, pire c'était. Je faisais des allers-retours en clinique et, en plus du syndrome de La Tourette, on m'a également diagnostiqué des TOC ainsi qu'une forme d'autisme. Pour moi, c'était la fin du monde. Les gens voient les personnes atteintes du syndrome de La Tourette comme des fous en haillons qui crient des obscénités dans la rue malgré eux, ceux qui ont des TOC comme des maniaques obsessionnels qui se lavent les mains quinze fois par heure, et en plus de tout cela, j'étais sur le spectre autistique. Ce qui impliquait que les gens me verraient comme un genre de Rain Man. Doué avec les chiffres, mais stupide pour tout le reste.

» Très vite, j'ai pris conscience qu'il fallait que je maîtrise cet état si je voulais devenir tout ce à quoi j'étais destiné. J'ai appris que, si je ne pouvais pas contrôler les tics, je pouvais en revanche contrôler ce qui les provoquait. Et ils arrivaient quand j'étais submergé par l'émotion. *N'importe quelle* émotion. Que ce soit la tristesse, l'angoisse, la colère, la peur, ou même la joie. Si j'étais excité – si mon cœur s'emballait – une crise arrivait. Du moment que je m'interdisais d'éprouver quoi que ce soit, je tenais les tics à distance. C'était simple et ça arrangeait tout le monde.

Cela expliquait tant de choses.

Pourquoi Cillian aimait tant ses gants en cuir – il ne supportait pas de toucher des surfaces étrangères, à cause de ses TOC.

Pourquoi il arrivait si aisément à se déconnecter de ses sentiments quand ils devenaient une complication.

Pourquoi il faisait toujours craquer ses doigts – afin de réguler sa respiration, pour se calmer. C'était un tic. Un rappel de ce qu'il devait endurer. Il ne pouvait pas se défaire de qui il était. Pas complètement. Malgré tous ses efforts.

Voilà pourquoi il ne baissait jamais la garde.

Voilà pourquoi il m'avait ignorée pendant des années au lieu de céder à la tentation.

— Tout le monde sauf toi. Tu ne devais rien ressentir.

— J'ai survécu.

— Survivre ne suffit pas.

— Je le sais à présent.

Il me regarda, les yeux brillants, et ajouta :

— Grâce à toi.

L'air entre nous s'épaissit et se chargea. Il prit ma main dans la sienne. Un geste si simple, et pourtant c'était comme s'il avait décroché les étoiles pour moi. Il posa ma paume sur son cœur. Il battait la chamade sous ma peau, tambourinant violemment, cherchant à briser la barrière entre nous pour sauter au creux de ma main.

À cœur vaillant, rien d'impossible.

— Laisse-la là jusqu'à ce que j'aie fini, me dit-il avant de prendre une profonde inspiration. Je te veux. (Il leva un doigt.) Je t'ai toujours désirée avec un appétit qui me comprimait la poitrine et m'asséchait la bouche. C'est une émotion. Je suis jaloux et possessif envers toi, au cas où tu ne l'aurais pas remarqué. (Il leva deux autres doigts en l'air.) Je m'inquiète et j'ai peur pour toi. Quand j'ai découvert pourquoi tu avais décidé de travailler pour Andrew, j'ai eu envie de t'écorcher de t'être mise en danger pour moi. Ça fait deux de plus.

Il écarta sa main entre nous, les cinq doigts tendus.

— Cinq émotions ressenties, et il y en a cinq de plus. Tu m'as rendu plus heureux que jamais. Et plus triste, aussi.

Il levait à présent deux doigts de son autre main.

— Et tu m'as causé une quantité infinie de douleur et de plaisir.

Il n'y avait plus qu'un seul doigt baissé.

Une émotion qu'il n'avait pas encore dévoilée.

La montre à son poignet indiquait cinq heures moins cinq. Plus que cinq minutes avant que le vœu de ma tante Tilda s'évapore et que nous n'ayons plus le temps de dire tout ce que nous voulions dire.

Je retins mon souffle. Et il reprit :

— Je t'aime, Perséphone. Je t'aime tellement, putain. Quelque part en chemin, je me suis adouci. Je t'ai peut-être sauvée d'un cœur-saignant, mais le tien m'a ramené à la vie. Il reste encore dix-sept émotions pour moi à découvrir, mais je veux faire ce voyage avec toi.

» Nous ne sommes pas Hadès et Perséphone, Fille aux Fleurs. Nous ne les avons jamais été. Je ne t'ai pas entraînée sur un chemin sombre. C'est toi qui m'as tiré vers la lumière. Impuissant, je t'ai suivie. Aveuglément, je m'y suis brûlé. Je suis Icare.

La montre indiqua 17 heures. Nos soixante minutes étaient écoulées. L'alarme sonna sur mon téléphone pour me le dire, mais j'appuyai sur le bouton pour la faire taire.

— Je t'aime comme il aime le soleil. De trop près. Trop fort. Trop vite.

Il baissa la tête, sa bouche se refermant sur la mienne. Je fondis entre ses bras. Il me serra contre son torse, fort et tenace, résolu. Un roi de glace dans son jardin empoisonné, laissant enfin le soleil toucher sa peau.

On tomba à genoux, et je n'avais plus peur que la terre s'ouvre et m'aspire dans ses enfers.

La bouche de Kill remua contre la mienne. Il écarta mes lèvres, taquinant ma langue de la sienne, me goûtant. Je gémis, posant mes mains sur ses joues, intensifiant notre baiser en montant sur ses genoux, le seul endroit où je me fusse jamais sentie chez moi.

On s'embrassa pendant des heures. Lorsque nos lèvres se détachèrent enfin, j'avais la bouche sèche, les lèvres, craquelées, et une ombre de velours bleu colorait le ciel.

Mon époux fit glisser son nez contre le mien.

— Le contrat tient encore. Mon âme t'appartient.

— Je n'ai jamais voulu ton âme.

Je souris contre ses lèvres, mes yeux trouvant les siens.

— J'ai déchiré le contrat dès que je l'ai reçu. Je ne voulais que ton cœur. Maintenant que je l'ai, j'ai un secret à t'avouer.

Il arqua un sourcil.

J'approchai mes lèvres de son oreille.

— Je ne croyais pas aux âmes non plus, avant.

— Avant ?

— Avant de te rencontrer.

Épilogue

Perséphone

Un an plus tard

— On dirait que tu es sur le point d'exploser.

J'eus envie d'étrangler ma sœur, même si elle disait ça seulement parce qu'elle était inquiète.

Objectivement, je ressemblais à une orange. J'étais enceinte de dix mois. Il était clair que mon fils était comme son père : il ne fallait pas le bousculer. Il avait opté pour une entrée remarquée et tardive, chose que mon corps était loin d'apprécier.

J'avais les seins gros comme des pastèques et constamment douloureux, l'impression d'avoir des aiguilles plantées en permanence dans le bas du dos, et mes hormones partaient dans tous les sens.

Depuis cette semaine, je n'arrivais même plus à sortir du lit. Je devais compter sur Cillian pour me nourrir et me divertir. Oh ! et pour accéder à ces endroits casse-pieds que je n'arrivais plus à frotter sous la douche.

Je m'adossai contre la tête de lit en faisant la moue, agitant mes doigts de pied bien qu'ils ne soient plus qu'un souvenir lointain puisque je ne pouvais plus les voir.

— Quand est-ce que les sautes d'humeur vont s'arrêter ? me demandai-je à haute voix.

Sailor et Aisling étaient là aussi, aux petits soins.

— J'en ai marre de fondre en larmes chaque fois que je vois une pub pour le Super Bowl ou qu'une chanson de Katy Perry passe à la radio.

— Rassure-moi, tu pleures parce qu'elle est nulle ? demanda Belle en s'affalant au bout du lit pour me masser les pieds. Je veux juste être sûre que tes hormones dérèglent tes émotions et pas tes goûts musicaux.

Je pouffai et lui donnai un coup de pied.

— Je suis sérieuse.

— Mes sautes d'humeur ne sont jamais passées, dit Sailor, allongée dans un fauteuil dans un coin de la chambre. Je me revois en train de promener Rooney en poussette sur un chemin et de regarder un écureuil qui courait en pensant que sa queue serait parfaite pour nettoyer les biberons. Pour ma défense, elle était très touffue.

— Sans vouloir t'offenser, meuf, tu n'es pas un très bon exemple, dit Belle en posant ma cheville droite sur sa cuisse, enfonçant ses doigts dans la plante de mon pied. Tu es retombée enceinte avant même que Rooney ait réussi à passer l'étape de discernement des ombres pour celle de la reconnaissance des voix. Ton mari la range de temps en temps ?

On répondit toutes « non » en chœur, puis on éclata de rire. Aisling plissa le nez. Elle était debout à la fenêtre, contemplant mon jardin luxuriant. Le jour où j'avais réemménagé dans la maison avait coïncidé avec celui où le cœur-saignant avait commencé à faner pour finir par mourir. C'était comme s'il avait rempli son rôle avant de se retirer. J'avais vu ça comme une représentation de tata Tilda poussant son dernier soupir après avoir réalisé mon vœu.

— Dégueu. C'est de mon frère qu'on parle, dit Ash en frissonnant. Quand on y pense, à part toi, Belle, toutes mes amies sont aussi mes belles-sœurs, et elles ont toutes été mises enceintes par mes frères. C'est inquiétant.

— Ce qui est inquiétant, c'est que ce bébé est encore à l'intérieur de moi, dis-je en montrant mon ventre énorme.

— Il en a de la chance.

Mon époux entra dans la chambre, beau et calme dans son costume haute couture. Sa seule présence me faisait baver. Cillian s'était montré très conciliant quand nous avions découvert que ma grossesse s'accompagnait d'un appétit sexuel amplifié. Cependant, lors de ces deux derniers mois, faire l'amour était devenu une telle corvée que nous nous concentrions sur les plaisirs oraux et sur Netflix pour nous occuper le soir.

— Satan, le salua Belle.

Ma sœur et mon mari s'entendaient bien maintenant. Il l'avait même aidée à racheter les parts de Madame Mayhem à ses deux associés pour en devenir la seule propriétaire.

— Lucifer, le salua Sailor.

Elle non plus ne se disputait plus avec son beau-frère.

— Kill, dit Ash en hochant la tête.

Il ignora les autres femmes pour venir jusqu'à moi et déposer un long baiser sur mon front.

— Comment tu te sens, Fille aux Fleurs ?

— Fatiguée.

Je m'étirai paresseusement en lui souriant.

Il caressa mon ventre à travers le tissu orange et élastique de mon pyjama.

— Et le petit bonhomme ?

— Super. Je crois qu'il sera joueur de foot. Il m'a donné des coups de pied toute la matinée.

Cillian haussa les sourcils.

— Il fera ce qu'il veut pendant son adolescence. Mais une fois sorti de l'université, il devra prendre sa place au sein de Royal Pipelines.

J'attrapai la cravate de mon mari en grognant et le tirai vers moi pour le faire taire d'un baiser.

— On en a déjà parlé, petit mari. Il fera ce qu'il veut de sa vie. Il n'est pas toi.

Nous avions longuement discuté de ce que cela voulait dire pour Cillian d'être Cillian. L'héritier de Royal Pipelines. Peut-être que, sans le poids de sa filiation, il n'aurait pas été obligé de trouver des manières créatives et destructrices de gérer son trouble. Un trouble dont personne – à part moi, Andrew et Joelle Arrowsmith – ne savait rien.

Pas même sa mère qui, comme Kill me l'avait dit un jour, avait certainement effacé le souvenir de cette clinique suisse de sa mémoire pour se protéger.

— Bien sûr, dit-il platement. Il pourra faire ce qu'il veut. Footballeur, musicien, nettoyeur de piscine.

Je le fusillai du regard.

— Mais il voudra être P-DG, conclut-il en souriant.

— Bien, lança Belle en me tapotant la cheville. Je crois qu'on va vous laisser avant que vous arrachiez vos vêtements et vous accoupliez devant nous, malgré le fait que tu sois *très* enceinte. C'était super, Pers. Maman dit qu'elle vient cette semaine et qu'elle reste. Elle pressent que tu vas accoucher ce week-end.

Elle se leva et fit signe à mes amies de la suivre.

— Je vais demander à Petar de préparer la chambre d'amis, dit Kill.

— Mais je n'ai pas encore caressé le ventre de Persy aujourd'hui ! protesta Ash.

— Bon sang, Ash, il te faut ton propre bébé, plaisanta Sailor en la poussant dehors.

— J'ai l'impression que c'est pour bientôt, murmura Belle en fermant la porte derrière elles.

Kill lança un regard noir dans sa direction, puis se tourna vers moi.

Je levai la main.

— Je ne suis pas responsable de ce qui sort de la bouche de ma sœur.

— Si tu l'étais, tu travaillerais à temps plein pour réguler ses propos. Tu as eu des nouvelles de Joelle cette semaine ? Elle a demandé si elle pouvait passer.

Peu de temps après que Cillian et moi nous étions remis ensemble, j'avais repris contact avec Joelle Arrowsmith. Elle était en plein divorce d'avec Andrew. Il travaillait dans le privé en tant que consultant juridique et suivait encore une thérapie pour essayer de devenir un meilleur père pour Tree et Tinder. Joelle avait été soulagée quand j'avais recommencé à lui rendre visite, souvent accompagnée de Cillian, qui surveillait Tinder et donnait de nombreux conseils à sa mère.

J'avais même emmené les enfants et Cillian voir Mme Veitch pour une fête de Noël dans sa maison de retraite. Elle était décédée dans son sommeil quelques semaines plus tard.

— Il faut que je la rappelle, mais j'espère que la prochaine fois que je la verrai, j'aurai un bébé dans les bras. Tu peux m'aider ? J'ai besoin d'une douche.

Je remuai sur le lit.

— Je te tiens.

Il me prit dans ses bras et me porta jusqu'à la salle de bains. Là, je restai debout sous la cascade de la douche, la vapeur embuant les vitres, tandis que Kill s'appuyait contre le meuble à double vasque en marbre, me tenant compagnie.

— Sailor commence à avoir un petit ventre, dis-je en me savonnant les bras.

— Hmm, répondit-il évasivement.

Je le vis se gratter le menton dans le miroir face à nous.

— Est-ce qu'Ash veut vraiment un bébé ? demanda-t-il.

Je haussai les épaules.

— Ça ne me surprendrait pas. J'ai vingt-sept ans. Ça veut dire qu'elle a… quoi ? Vingt-six ? Ce n'est pas étonnant, même si elle doit encore finir son internat. (Ash était médecin désormais.) On a toujours été les romantiques de la troupe, celles qui veulent de grandes familles.

— À cela près que tu n'as jamais été obsédée par le roi de la pègre.

Sam Brennan était son ami, mais c'était aussi un homme dont il ne voulait surtout pas comme beau-frère.

— Non, concédai-je. Je suis juste tombée amoureuse du méchant préféré des médias.

Je souris, coupai l'eau et cherchai mon peignoir à tâtons.

— Ne t'inquiète pas, on s'occupe de ta sœur. On la protégera et on l'empêchera de faire une folie.

— Tout comme tes amies t'ont empêchée de m'épouser ? dit Kill, pas très convaincu. Tu es adorable mais têtue, et ma sœur est pareille. Je me souviens qu'à cinq ans elle a failli embarquer un putain d'opossum vivant dans la maison parce que mes parents lui avaient refusé l'animal de compagnie qu'elle voulait tant.

Mon mari jurait. Pas souvent, et seulement devant moi ou un groupe réduit de proches et d'amis, mais il jurait.

Je tournai le robinet pour couper l'eau.

Une seconde, je ne l'ai pas déjà fait ?

— … briserais chaque os de son corps et les reconstituerais pour qu'il ressemble à un tableau de Picasso s'il touche à un cheveu de sa tête…

— Kill…

— Quoi ?

Il s'arrêta de parler et se tourna vers moi.

— J'ai éteint la douche, murmurai-je en baissant les yeux. Mais l'eau coule encore.

Il regarda aussitôt entre mes jambes.

— Chérie, tu as perdu les eaux.

On se dévisagea.

— Prêt, papa Kill ?

— Allons-y, Fille aux Fleurs.

Cillian

Astor Damian Archibald Fitzpatrick naquit le jour le plus chaud de l'histoire de Boston. Plus chaud que le jour terrible, lors de notre lune de miel tardive en Namibie, durant lequel ma femme avait réalisé son rêve de s'allonger sur une dune de sable, levant les yeux vers le ciel avec défi. Il faisait quarante-trois degrés et je suais comme un âne, l'attendant patiemment avec une bouteille d'eau fraîche.

Il faisait donc une chaleur torride, le courant sauta et ils durent utiliser les générateurs pour alimenter l'hôpital en électricité. Ma femme ressemblait à une version liquide d'elle-même.

Puis il vint au monde et plus rien ne compta.

— Quand je pense que mon instit de CM2 disait qu'on ne sortirait rien de bon de moi.

Perséphone leva les bras en l'air quand le médecin prit le bébé, riant et pleurant à la fois, ce qui était apparemment une chose tout à fait normale pour un être humain, avais-je appris en passant du temps avec elle.

— Comment s'appelle-t-elle ? demandai-je. Je vais la…

— Bon sang, Kill, on s'en tape de Mme Merrill ! Donne-moi mon bébé !

Elle riait plus qu'elle ne pleurait à présent.

Astor ne sortit pas en hurlant et en gigotant, comme le font les bébés qui refusent l'idée même de quitter le confort, la sécurité et la chaleur de l'utérus dans lequel ils ont été créés.

Il sortit de manière calme et austère. Trop calme, d'ailleurs. Si calme que le médecin le porta jusqu'à une table d'examen avant que nous puissions le voir et se mit à le tamponner avec une serviette et à aspirer le liquide qui obstruait sa gorge.

— J'essaie simplement de favoriser son premier cri, dit le Dr Braxman calmement. Son pouls et sa couleur sont parfaits, je suis sûr que ce n'est rien. C'est peut-être juste un bébé coriace et résistant.

Perséphone prit ma main entre les siennes et la serra avec le peu de forces qui lui restait, dégoulinante de sueur. Après vingt-quatre heures de travail, j'étais surpris qu'elle soit encore consciente.

— Kill, gémit-elle avant de porter une main à sa bouche.

Je la pris dans mes bras tout en tendant le cou pour voir ce que faisait le Dr Braxman.

— Ça va. Tout va bien. Je vais aller voir.

Elle hocha la tête.

Alors que je m'approchai du médecin, flanqué de deux infirmières, qui était encore en train de tapoter et de toucher mon bébé pour essayer de lui faire pousser un cri, je sentis remonter le long de ma colonne vertébrale les sensations d'une crise imminente. Mon cœur se mit à battre à tout rompre. Mes doigts craquèrent.

Mon désir de protéger mon enfant brûlait si fort en moi que j'étais certain que je détruirais tout le bâtiment à mains nues s'il lui arrivait quoi que ce soit.

Alors que je faisais un dernier pas en direction du Dr Braxman, Astor ouvrit sa petite bouche rouge et poussa un cri qui faillit briser les fenêtres, enroulant ses petits poings et les agitant en l'air comme Rocky.

— Ah. Nous y voilà.

Le Dr Braxman enveloppa mon fils comme un burrito, puis me le tendit en soutenant sa tête.

— Dix doigts, dix orteils, deux poumons en pleine santé, et beaucoup de personnalité.

Le médecin se déplaça en vitesse, se réinstallant entre les cuisses de ma femme, couvertes d'un linge, pour la recoudre.

Je baissai les yeux vers mon fils.

La soi-disant finalité. Le but ultime. Ma mission après avoir coché toutes les cases pour reprendre les rênes de la famille Fitzpatrick.

Et parmi tous les sentiments que j'avais éprouvés – la joie, le plaisir, l'émerveillement, le bonheur, l'excitation, l'instinct protecteur, et même un peu de peur – je ne pouvais plus imaginer lui transmettre le fardeau que j'avais dû endurer pour rendre mes parents fiers.

Ce n'était pas juste pour lui. Pour moi. Pour les enfants de Hunter et Aisling, et tous les autres que nous aurions.

Étudiant son visage, j'admirai sa perfection. La nature lui avait donné les plus beaux traits. Il avait de grands yeux bleus comme sa mère, mes cheveux foncés et un nez saillant semblable au mien. Mais il avait de petites oreilles, comme celles de ma femme, et ce regard qui pouvait faire tomber des empires et que seule Perséphone Penrose avait réussi à perfectionner.

Un regard qui me désarma.

Un regard qui me dit que je ne serais peut-être pas le mauvais flic à la maison, après tout.

— Excusez-moi, chantonna Perséphone depuis le lit en me faisant de grands signes. Désolée de vous interrompre, mais est-ce que, moi aussi, je pourrais voir mon fils ?

Je ris et m'approchai d'elle. Astor était encore en train de crier et d'agiter ses petits poings. Il avait des ongles étonnamment longs pour un nouveau-né, mais ils semblaient fins et cassants. Je le déposai sur la poitrine de ma femme, en partie couverte par la blouse d'hôpital.

La mère et le bébé se regardèrent et le monde s'arrêta de tourner. Astor se tut et devint très sérieux. Perséphone retint sa respiration et moi aussi. Je sentis la tension de la crise se calmer.

— Bonjour, petit ange.

Elle lui sourit. Il la regarda, envoûté.

Je sais ce que tu ressens, fils.

Je reculai pour les contempler.

Ma petite famille à moi.

Une chose parfaite dans ce monde imparfait.

Je savais que j'avais peut-être transmis à Astor cette malédiction que la vie m'avait imposée, parce que ma maladie était héréditaire et que, selon toute vraisemblance, mon père l'avait aussi.

Alors, je jurai de faire en sorte qu'Astor ne se retrouve jamais seul dans le noir avec ses démons.

Et je promis que, un jour, lui aussi baignerait dans la lumière.

Remerciements

Cela a été une vraie épopée d'écrire ce livre. Il a été très exigeant, mentalement et physiquement. Je ne crois pas que j'aurais été capable de l'écrire sans mon groupe de soutien. Alors voilà :

À mes bêta-lectrices : Tijuana Turnan (qui est aussi ma mama-nager et ma bonne fée), Vanessa Villegas, Lana Kart, Amy Halter, et Chelsea Humphrey. Merci pour vos précieuses contributions et votre dévouement à cette histoire. C'était bien plus amusant de travailler dessus avec vous à mes côtés.

À mon équipe éditoriale, Cate Hogan, Mara White, Paige Maroney Smith et Jenny Sim. Votre attention aux détails, à l'écriture et à la qualité de l'histoire ne cesse de m'émerveiller. Je suis éternellement reconnaissante de vous avoir près de moi.

À ma magicienne créatrice de couverture, Letitia Hasser, qui doit encore me maudire – merci. J'admire tellement ta patience, ton travail acharné et ton immense talent. Tu es coincée avec moi pour toujours ! Et aussi à Stacey Blake de Champagne Formatting, une de mes personnes préférées qui est toujours là pour moi et assure en toutes circonstances !

À mon agent, Kimberley Brower, de chez Brower Literary, merci d'être un de mes soutiens les plus incroyables, et à mon équipe qui DÉCHIRE : Avivit, Vanessa, Lulu, Ratula, Sheena, Sarah Plocker, Sarah Grim Sentz, Chele, Jacquie, Ariadna, Yamina, Nadine, Nina, Leeann, Samantha, Stacey, Summer, Isa, Sher, Lisa, Tanaka, Marta, Keri, Rebecca, Betty et Lin. Si vous retrouvez ces noms à chaque sortie, c'est parce qu'avec elles, c'est à la vie à la mort.

Et à mes meilleures amies du monde, Charleigh Rose, Ava Harrison, Parker S. Huntington, Tijuana Turner, et Vanessa Villegas. Merci d'être mon meilleur soutien. Toujours.

Découvrez la nouvelle série de L.J. Shen :
Boston Belles

Tournez-vite la page pour découvrir
un extrait du tome 3

Extrait

Prologue

Sam, 9 ans

C'est la dernière fois de ta vie que tu pleures, tête de nœud.

Voilà ce que je me répétais intérieurement tandis que la femme qui m'avait donné la vie sonnait cinq fois de suite à la porte en m'agrippant par le col du T-shirt, comme si elle venait rendre à son voisin son petit con de fils qui avait couvert sa maison de papier toilette.

Mon oncle Troy ouvrit la porte de son appartement à la volée. On me poussa à l'intérieur.

— Là. Il est à vous. Vous avez gagné.

Je me jetai dans les bras de ma tante Sparrow, qui chancela en me serrant contre elle dans une étreinte protectrice.

Sparrow et Troy Brennan n'étaient pas réellement de ma famille, mais je passais beaucoup de temps avec eux – et par « beaucoup », je voulais dire « pas assez ».

Cat, alias la femme qui m'avait mis au monde, avait décidé de m'abandonner. Ça lui avait pris le soir même, alors qu'elle passait devant moi pour rejoindre sa chambre.

« Pourquoi t'es si petit ? Le gamin de Pam a ton âge, et il est immense. »

« Parce que tu ne me donnes jamais à bouffer. »

Extrait

Je jetai ma manette sur le côté et lui lançai un regard noir.

« T'as quoi, dix ou onze ans, Samuel ! Fais-toi un sandwich. »

J'étais un petit garçon de neuf ans sous-alimenté. Mais elle avait raison. J'aurais dû me faire un sandwich. Et je m'en serais fait un si j'avais eu de la nourriture à portée de main. Mais nous n'avions même pas de condiments chez nous, juste de quoi se droguer et assez d'alcool pour remplir la rivière Charles.

Mais Cat s'en tapait. Elle était furax parce qu'aujourd'hui, lorsqu'elle m'avait laissé seul et sans surveillance, j'avais volé sa cocaïne pour la vendre à des petits mafieux au bout de la rue. Je m'étais servi de l'argent pour m'acheter quatre menus McDo et un pistolet Nerf.

C'était plutôt ma grand-mère Maria qui m'avait élevé. Elle habitait avec nous et elle cumulait deux jobs pour nous soutenir financièrement. Catalina était là mais pas vraiment présente, dans le décor, comme un meuble. Nous vivions sous le même toit mais elle déménageait dès que ses petits amis étaient assez mordus pour la laisser squatter chez eux. Elle allait dans des centres de désintox, sortait avec des hommes mariés, et elle réussissait toujours – je ne sais comment – à se faire assez de fric pour se payer des sacs et des chaussures hors de prix. À l'école, les enfants me répétaient que, selon leur papa, Cat connaissait la forme de tous les matelas du Motel 6. Même si je ne comprenais pas trop ce que ça voulait dire, je savais que ce n'était pas bien.

Une fois, j'avais entendu mon oncle Troy lui dire : *« Le gamin, c'est pas comme les Hamptons, Cat. Tu ne peux pas aller le voir de temps en temps quand la météo est bonne. »*

Catalina lui avait dit de fermer son clapet. C'était la pire erreur qu'elle ait jamais commise en étant défoncée.

Ce jour-là, je m'étais fait expulser de l'école. J'avais cassé la gueule de Neil DeMarco parce qu'il avait dit que ses parents divorçaient à cause de ma mère.

Extrait

« Ta mère est une pute et maintenant je dois déménager dans une plus petite maison ! Je te déteste ! »

En lui refaisant le portrait, je lui avais donné une autre raison de me haïr. Une raison qu'il n'oublierait jamais, parce qu'elle avait changé son visage.

Quand Cat était venue me chercher, elle m'avait crié qu'elle me défoncerait volontiers la tête comme j'avais défoncé celle de Neil mais que je ne valais pas la peine qu'elle se casse les ongles. Elle venait tout juste de se faire manucurer. C'était à peine si je l'entendais. J'avais le crâne tout enflé à cause de la bagarre, et des pensées qui me donnaient la migraine.

Mais je savais qu'elle serait trop radine pour m'emmener aux urgences, alors je ne m'étais pas plaint.

— À nous ? demanda ma tante Sparrow en regardant Catalina sans comprendre. De quoi tu parles ? Ce n'est pas le jour où on le garde.

Sparrow avait les yeux verts, les cheveux roux, le visage couvert de taches de rousseur et un corps d'épouvantail, avec la peau sur les os. Elle n'était pas aussi jolie que Catalina, mais je l'aimais pourtant bien plus.

Cat leva les yeux au ciel et donna un coup de pied dans le sac en toile contenant mes affaires, qui vint heurter les mollets de mon oncle Troy.

— Ne faites pas comme si ce n'était pas ce que vous vouliez depuis le début. Vous l'emmenez en vacances, il a sa chambre ici, et vous allez à tous ses matchs de foot. Tu lui donnerais le sein si t'en avais – ce qui n'est malheureusement pas le cas, asséna Catalina en toisant le corps de Sparrow. Vous l'avez toujours voulu, le gamin. Il complètera votre petite famille soporifique, au côté de votre gamine soporifique. C'est votre jour de chance, ce petit con est officiellement à vous.

Extrait

Je déglutis péniblement et gardai les yeux rivés droit devant moi, sur l'écran plat derrière l'épaule de Sparrow. Le salon était en pagaille, ce qui n'était pas une critique. Il y avait des jouets éparpillés un peu partout, des plaids roses tout moelleux, et même une trottinette violette à paillettes. *Rebelle* passait à la télé. C'était le film préféré de Sailor. Elle devait dormir.

Elle respectait l'heure du coucher, elle. Elle avait des règles. Une routine.

Sailor était la fille de Troy et Sparrow. Elle avait deux ans et je l'aimais comme une sœur. Quand je passais la nuit ici et qu'elle avait peur qu'un monstre se cache sous son matelas, elle s'extirpait de son lit de bébé pour venir dans ma chambre sur la pointe des pieds. Elle se glissait alors sous ma couette et me serrait contre elle, comme si j'étais un nounours.

« Protège-moi, Sammy. »

« Toujours, Sail. »

— Pas devant le petit, dit Troy en s'interposant entre Cat et moi.

Mon estomac gargouilla, me rappelant que je n'avais pas mangé depuis le McDo

— Sam, tu peux nous laisser une minute ? demanda Sparrow en passant ses doigts dans mes cheveux crasseux. Je t'ai acheté le jeu *Ghost of Tsushima*, comme tu me l'as demandé. Va te prendre un petit casse-croûte avant de jouer, le temps qu'on finisse notre discussion.

Je pris de la viande séchée à la cuisine – Troy affirmait que les protéines m'aideraient à grandir – et m'engagea dans le couloir, mais sans aller jusqu'à ma chambre. Depuis que j'allais à l'école primaire, j'avais ma propre chambre ici. Ma grand-mère Maria disait que c'était parce que Troy et Sparrow habitaient dans un secteur où il y avait de bonnes écoles et que nous avions besoin de leur code postal pour m'y inscrire. Mais même après avoir été expulsé de ma première école, je continuais à venir ici souvent.

Ma « vraie » maison se trouvait dans un quartier mal famé du sud de Boston, avec des baskets pendues aux fils électriques, et où il fallait littéralement se battre pour survivre, même si vous n'étiez pas bagarreur de nature.

Tendant l'oreille, j'entendis Troy grogner :

— *Putain*, t'es sérieuse ?

J'adorais sa façon de dire « putain ». Le mot claqua dans l'air, comme un coup de fouet. J'en avais la chair de poule.

— Ça ne fait que trois semaines que Maria est partie et tu fais déjà de la merde.

Ma grand-mère Maria était morte dans son sommeil moins d'un mois auparavant. C'était moi qui l'avais trouvée. Cat était sortie toute la nuit pour « travailler ». J'avais tenu mamie dans mes bras et pleuré jusqu'à ne plus pouvoir ouvrir les yeux. Quand Cat était rentrée, avec son haleine imbibée de whisky et son maquillage baveux, elle m'avait dit que c'était ma faute.

Que mamie en avait marre de mes conneries et qu'elle avait décidé de se tirer.

« Tu ne peux pas lui en vouloir d'avoir cassé sa pipe, gamin. Je ferais pareil si je pouvais. »

Ce matin-là, j'avais fait mon sac et je l'avais caché sous mon lit. Je savais que Cat ne me garderait pas.

— Déjà, surveille ton langage, lança Cat. Je suis encore en deuil. J'ai perdu ma mère brutalement, tu le sais.

— Pauvre chou. Sam n'a jamais eu sa mère de toute sa vie, lui.

Troy avait beau parler calmement, sa voix faisait trembler les murs.

— On ne peut rien en faire du gamin. Il est bête comme ses pieds et aussi agressif qu'un chien errant. Ça ne sert à rien que je reste. Ce n'est qu'une question de temps avant qu'il finisse en maison de correction. C'est un monstre.

C'était le surnom qu'elle me donnait. *Monstre.*

Le Monstre a fait ci.

Le Monstre a fait ça.

— Franchement, je m'en tape de ce que vous pensez, ta petite femme parfaite et toi, reprit-elle. C'est trop de responsabilités. J'en veux plus. Je ne peux pas l'envoyer en thérapie et dans toutes ces conneries. Je roule pas sur l'or, moi.

Catalina tapa du pied, puis je l'entendis fouiller dans son sac Chanel, certainement à la recherche de ses cigarettes. Elle ne les trouvera pas. J'avais fumé la moitié du paquet dans le jardin pendant qu'elle se défonçait dans sa chambre. Le reste était dans mon sac.

— Si c'est l'argent qui pose problème…, commença Sparrow.

— Oh pitié, l'interrompit brutalement Cat. Garde ton fric, pétasse. Et j'espère que tu n'es pas assez bête pour penser que tu es meilleure que moi avec toute l'aide que t'apportent ton mari et votre harem de nounous et de tuteurs. Sam, c'est de la mauvaise graine. Je ne peux pas l'élever seule.

— Tu ne l'élèves pas seule, pesta Troy. Nous sommes en garde partagée, espèce d'imbécile.

Mon cœur explosa dans ma poitrine. Je ne savais pas que j'étais sous la garde légale de Sparrow et Troy. Cela semblait important, même si je ne comprenais pas exactement ce que ça signifiait.

— Soit vous le récupérez, soit je le dépose dans un orphelinat, conclut Cat en bâillant.

Dans un sens, j'étais soulagé. J'avais toujours su que Catalina se débarrasserait de moi à la mort de ma grand-mère. Ces dernières semaines, j'avais vécu dans la peur qu'elle mette le feu à la maison, avec moi à l'intérieur, pour toucher l'argent de l'assurance ou quelque chose dans le genre. Au moins, j'étais encore vivant.

Extrait

Je savais que ma mère ne m'aimait pas. Elle ne me regardait jamais. Et quand elle le faisait, elle me disait que je lui faisais penser à *lui*.

« Même cheveux à la Edward Cullen. Même yeux gris morts. »

Lui, c'était mon père décédé, Brock Greystone. Avant de mourir, il travaillait pour Troy Brennan. Brock était faible, pathétique et sournois. Un vrai rat. Tout le monde le disait. Ma grand-mère, Cat, Troy.

Devenir comme lui était mon pire cauchemar, et c'était bien pour ça que Catalina me répétait sans cesse que je lui ressemblais.

Et puis il y avait l'oncle Troy. Je savais que c'était un sale type, mais c'était aussi un homme d'honneur.

Les petits mafieux de mon quartier disaient qu'il avait du sang sur les mains.

Qu'il menaçait, torturait, et tuait des gens.

Personne n'emmerdait Troy. Personne ne lui criait dessus, ne le mettait à la porte, ou lui disait qu'il était la pire erreur de leur vie. Et il avait ce truc, comme si… comme s'il était taillé dans du marbre. Parfois, j'observais sa poitrine et j'étais surpris de la voir se soulever.

Je voulais tellement être Troy que cela me faisait mal rien que d'y penser.

Son existence semblait plus intense que celle des autres.

Chaque fois que Troy disparaissait en pleine nuit, il revenait les cheveux en bataille et le corps couvert de bleus. Il nous rapportait des donuts et faisait comme si de rien n'était alors qu'il sentait le sang et la poudre à canon. Il nous racontait des mauvaises blagues à la table du petit déjeuner et, pour que Sailor n'ait plus peur, il lui disait qu'il avait vu le monstre qui habitait dans son placard déménager.

Un jour, Sailor avait mangé un donut sur lequel du sang avait goutté en pensant que c'était un glaçage de Noël. Sparrow avait explosé comme un volcan. Elle avait pourchassé Troy dans la cuisine armée d'un balai qu'elle agitait dans tous les sens, réussissant à le frapper deux fois sur le côté de la tête, tandis que Sail et moi riions bêtement. Quand elle avait fini par le rattraper (seulement parce qu'il l'avait bien voulu) Troy l'avait saisie par les poignets et plaquée au sol avant de l'embrasser sur la bouche – avec la langue. Puis, elle lui avait frappé le torse en riant.

Nous étions tous si heureux, ce jour-là.

Après ça, mon cœur s'était serré parce que je savais qu'ils me renverraient chez Cat plus tard dans l'après-midi. Je ne faisais pas vraiment partie de leur famille.

Ce fut mon unique moment de bonheur. Je me rejouais ce souvenir en boucle, allongé dans mon lit, chaque fois que j'entendais les ressorts du matelas de Cat grincer sous le poids d'un étranger.

— On le prend, dit froidement Sparrow. Va-t'en. On t'enverra les papiers à signer dès que notre avocat les aura rédigés.

Ma poitrine s'inonda de chaleur. Jamais je n'avais éprouvé un tel sentiment. Impossible de le refreiner. C'était si agréable. De l'espoir ? Une possibilité ? Je n'arrivais pas à mettre de mots dessus.

— *Red*, souffla Troy (le surnom de sa femme).

Et, d'un coup, une vague glaciale s'abattit sur moi. Il ne voulait pas m'adopter. Pourquoi le voudrait-il ? Ils avaient déjà une fille parfaite. Sailor était mignonne, drôle, et *normale*. Elle ne se bagarrait pas, n'avait pas été expulsée trois fois et ne s'était pas cassé six os en faisant des trucs dangereux parce que la douleur lui rappelait qu'elle était encore vivante.

Je n'étais pas stupide. Je savais où j'allais atterrir. À la rue. On n'adoptait pas les gosses comme moi. Ils s'attiraient des ennuis.

— Non, lui dit sèchement Sparrow. Ma décision est prise.

Personne ne dit rien pendant un moment. J'étais mort de trouille. J'avais envie de secouer Cat et de lui dire que je la détestais. Que c'était elle qui aurait dû mourir à la place de mamie. Qu'elle *méritait* de mourir. Avec toutes ses drogues, ses mecs, et ses séjours en cure de désintox.

Je n'avais jamais dit à personne qu'elle me donnait du rhum pour m'endormir. Quand Troy et Sparrow nous rendaient visite par surprise, elle frottait de la poudre blanche sur mes gencives pour me réveiller. Elle jurait dans sa barbe et menaçait de me brûler vif si je ne me réveillais pas.

J'avais sept ans quand j'avais compris que j'étais un toxico.

Si elle ne me donnait pas de la poudre blanche tous les jours, je tremblais, transpirais et hurlais dans mon oreiller jusqu'à être à bout de forces et m'évanouir.

J'avais huit ans quand je me suis désintoxiqué.

Je refusais systématiquement que Cat me donne du rhum ou de la coke. Je devenais dingue dès qu'elle s'approchait de moi avec ces trucs. Un jour, je lui avais mordu le bras si fort qu'il m'était resté un bout de peau dans la bouche, salé, métallique et dur.

Elle n'avait plus jamais essayé.

— T'as de la chance que ma femme soit obstinée, siffla Troy. On prend Sam, mais il y aura des conditions – beaucoup de conditions.

— Comme c'est étonnant, railla Cat. Je t'écoute.

— Tu nous le donnes et tu signes les papiers sans négocier et sans réclamer un centime.

Cat gloussa froidement.

— D'accord.

— Tu dégages de Boston. Tu te tires loin d'ici. Et quand je dis loin, Catalina, ça signifie dans un endroit où il ne pourra plus te voir. Où le souvenir de sa bonne à rien de mère ne le consumera pas. L'idéal serait que tu ailles sur une autre planète, mais puisque nous ne pouvons pas prendre le risque que des extraterrestres te rencontrent et pensent que nous sommes tous des connards, j'exige que ce soit à deux États de distance minimum. Et si jamais tu reviens – ce que je te déconseille *fortement* – tu devras passer par moi si tu veux le revoir. Si tu l'abandonnes aujourd'hui, tu renonces à tous tes privilèges maternels. Si je te chope en train d'emmerder ce gamin, *mon* gamin… (Il marqua une pause dramatique.) Je te ferai subir une mort lente et douloureuse, comme celle que tu cherches depuis bientôt dix ans, et je te forcerai à te regarder dans le miroir, espèce de saloperie qui ne mérite pas de vivre.

Je ne doutais pas de sa parole.

Je savais qu'elle non plus.

— Vous ne me reverrez plus jamais, répondit Cat d'une voix grinçante. Il est pourri jusqu'à l'os, Troy. C'est pour ça que tu l'aimes. Tu te reconnais en lui. Sa noirceur t'es familière.

À cet instant, je me transformai en statue de sel. J'avais peur de me désagréger si on me touchait.

Je pourrais être comme Troy.

J'avais une noirceur en moi. De la violence. Et tout ce qui le rendait si génial.

J'avais le même appétit, le même mépris pour le monde, et un cœur qui n'était que cela – un organe, sans rien à l'intérieur.

Je pouvais changer.

Je pouvais devenir autre chose.

Je pouvais devenir quelque chose.

C'était une possibilité que je n'avais jamais envisagée auparavant.

Cat partit peu de temps après. Puis, Troy et Sparrow discutèrent. J'entendis Troy se servir un verre. Ils évoquèrent leurs avocats et ce qu'ils diraient à Sailor. Sparrow suggéra de m'envoyer dans une école Montessori – je ne savais pas ce que c'était. Je me dirigeai vers ma chambre sur la pointe des pieds, trop fatigué pour réfléchir à mon avenir. Je cognais mes genoux l'un contre l'autre et je sentis le bœuf séché remonter dans ma gorge. Je fis un arrêt aux toilettes pour vomir.

Extrait

Orphelin. Une erreur. Un monstre.

Je ne sais pas combien de temps s'était écoulé avant qu'ils viennent dans ma chambre.

Je fis semblant de dormir. Je n'avais pas envie de parler. Tout ce que je voulais, c'était rester allongé là, les yeux fermés, de peur qu'ils décident que, finalement, ils ne voulaient pas de moi. Ou qu'ils me disent quelque chose que je ne voulais pas entendre.

Mon matelas se creusa quand Sparrow s'assit au bord du lit. J'avais les draps vert et blanc des Boston Celtics, une PlayStation, une télé, et un maillot de Bill Russell accroché au mur. Ma chambre était peinte en vert et remplie de photos encadrées de moi avec Troy, Sparrow et Sailor à Disney, Universal, et Hawaii.

Chez Cat, ma chambre se résumait à un lit, une commode, et une poubelle.

Pas de peinture. Pas de photos. Que dalle.

Je ne m'étais jamais demandé pourquoi.

Pourquoi les Brennan m'avaient recueilli.

Pourquoi j'étais au cœur de cet arrangement merdique.

— On sait que tu es réveillé, souffla Troy, son haleine de whisky effleurant les cheveux qui me tombaient sur les yeux, me chatouillant le nez. Tu serais bien bête de t'endormir après une telle soirée, et mon fils n'est pas bête.

J'ouvris les yeux. La large carrure de Troy remplissait presque tout l'espace de ma chambre. Sparrow posa sa main sur mon dos.

Je ne me désagrégeai pas.

Je poussai un soupir.

Je ne suis pas une statue de sel, en fin de compte.

— Tu es mon vrai papa ? demandai-je crûment, mais sans avoir le courage de le regarder. Tu as mis Cat enceinte ?

J'aurais dû poser la question bien plus tôt. C'était la seule explication logique. Je repris :

Extrait

— Sinon, pourquoi est-ce que tu t'occuperais de moi ? Tu ne peux pas me laisser traîner ici juste parce que ma grand-mère récurait vos toilettes il y a longtemps. Est-ce que je suis un bâtard ?

— Tu n'es pas un bâtard, et tu n'es pas mon fils, dit Troy sans détour en regardant par la fenêtre.

La ville de Boston s'étendait devant lui. Tout ce qu'il possédait, le territoire sur lequel il régnait.

— Pas mon fils biologique, du moins.

— Je suis un Greystone, insistai-je.

— *Non*, siffla-t-il. Tu es un Brennan. Les Greystone n'ont pas le gène du cœur.

Je n'avais jamais entendu parler de ce gène. Mais il faut dire que je séchais l'école sans arrêt pour aller fumer des cigarettes devant des bars et vendre ce que j'avais volé pour payer mon prochain repas.

— Je ne suis pas parfait, dis-je en me redressant dans mon lit, le regard noir. Alors si c'est ce que vous voulez, un enfant gentil et parfait, autant me mettre tout de suite à la porte.

— Nous ne voulons pas que tu sois parfait, dit Sparrow en me frictionnant le dos plus vigoureusement. Nous voulons seulement que tu sois à nous. Tu es Samuel. Un don de Dieu. Dans la Bible, Samuel est donné à Hannah après qu'elle ait passé des années à prier . Elle pensait être stérile. Sais-tu ce que ça veut dire ?

— C'est quand on ne peut pas avoir d'enfant.

Je frissonnai. Pour avoir des enfants, il fallait d'abord les faire, et je savais très bien comment les adultes s'y prenaient – j'avais surpris Catalina avec ses clients plusieurs fois – et c'était franchement dégueu.

Sparrow hocha la tête.

— Après la naissance de Sailor, les médecins m'ont dit que je ne pourrai plus concevoir. Au final, je n'en ai pas eu besoin.

Je t'ai, toi. Ton nom veut dire « Le Seigneur Entend » en hébreu. *Shma-el*. Dieu a entendu ma prière et a surpassé mes attentes. Tu es exquis, Samuel.

Exquis. Ha. C'était un mot que j'aurais utilisé pour décrire un tableau célèbre, ou un truc dans le genre, pas pour un enfant de neuf ans, ancien toxico, alcoolique en rémission, fumeur et deux fois plus petits que les garçons de son âge.

Mon enfance était un tel fiasco que mon innocence et moi ne partagions plus le même code postal. Et si Sparrow pensait que quelques repas faits maison et des caresses sur le dos allaient changer ça, elle se fourrait le doigt dans l'œil.

— Expliquez-moi ce que je fais ici. Pourquoi je ne suis pas dans un orphelinat. Je suis assez âgé maintenant, dis-je en serrant les poings et les dents. Et ne me parlez pas de la Bible. Dieu a peut-être entendu Hannah, mais c'est sûr qu'il n'en a rien à foutre de moi.

— Tu es ici parce que nous t'aimons, affirma Sparrow en même temps que Troy répondait :

— Tu es ici parce que j'ai tué ton père.

Ils se turent. Sparrow se leva d'un bond, fusillant son mari du regard, la bouche ouverte comme un poisson. Troy poursuivit :

— Il dit qu'il mérite de savoir. Il n'a pas tort, Red. La vérité, Sam, c'est que, peu de temps avant que ton père meure, il a kidnappé Sparrow avec l'intention de la tuer. Je devais sauver ma femme et je l'ai fait sans y réfléchir à deux fois. Je voulais que tu aies une figure paternelle. Un modèle. L'idée était de t'emmener voir des matchs de base-ball de temps en temps. De te guider, de te conseiller, et de te donner une jolie somme pour tes études, afin de t'aider à démarrer dans la vie. Je n'avais pas prévu de m'attacher à toi, mais c'est ce qu'il s'est passé. Très vite, je me suis rendu compte que tu n'étais pas un simple projet, confia Troy en me regardant droit dans les yeux. Tu es un membre de la famille.

— Tu as tué mon père, répétai-je.

Je savais que Brock Greystone était mort, mais Catalina et ma grand-mère m'avaient toujours dit qu'il était décédé dans un accident.

— Oui.

— Qui est au courant ?

— Toi. Moi. Cat. Sparrow. *Dieu.*

— Dieu t'a pardonné ?

Cela le fit doucement rire.

— Il t'a donné à moi.

Cela pouvait être une punition.

Aujourd'hui, Brock était mort, et Cat était partie. Les Brennan étaient ma seule chance de survie, que ça me plaise ou non.

— D'accord ? demanda Troy avec son fort accent du sud de Boston.

Je le fixai du regard, ne sachant pas trop quoi penser ni quoi faire.

— Je vais aller chercher des donuts maintenant.

Troy se pencha pour attraper mon sac et en sortit le paquet de cigarettes de Cat. Il était presque minuit. Il allait gérer une de ses « affaires », cela ne faisait aucun doute.

— Les donuts arrangent toujours tout, dit Sparrow, entretenant le mensonge. Fais attention à toi, chéri.

Il se pencha pour l'embrasser sur le sommet de la tête.

— Toujours, Red. Et toi, dit-il en m'ébouriffant les cheveux de sa grosse main. Plus de cigarettes. Cette saloperie pourrait t'envoyer six pieds sous terre plus tôt que prévu.

Ce fut à cet instant que je décidai de fumer jusqu'à m'en calciner les poumons. Pas par défi envers Troy, mais parce que mourir me paraissait une excellente idée.

Une fois Troy parti, je me tournai vers Sparrow. J'avais les nerfs à vif. Je redoutais de vomir à nouveau, celle fois sur ses genoux. Moi qui ne vomissais jamais, ne pleurais jamais.

— Il ne voulait pas de moi, dis-je.

Elle passa ses doigts dans mes cheveux pour les recoiffer.

— Non. Mais seulement parce qu'il préférait que ta mère ne t'abandonne pas.

— Pas toi ?

— Non. Ne pas avoir de mère, c'est mieux que d'avoir une mauvaise mère, et chaque jour que tu passais avec elle me fendait le cœur.

— Mamie aussi est partie.

— Elle n'est pas partie, mon chéri. Elle est morte. Elle n'a pas choisi de te laisser.

— Je m'en fous. Je déteste les femmes. Je les déteste.

— Un jour, tu trouveras une femme qui te fera changer d'avis.

Sparrow sourit pour elle-même, comme si elle savait une chose que j'ignorais. Elle avait tort.

Mamie était morte et m'avait laissé avec Cat.

Cat avait failli me tuer, plusieurs fois.

Les femmes n'étaient pas fiables. Les hommes non plus, mais au moins je pouvais leur donner un coup dans les couilles. Et les hommes ne faisaient jamais de promesses. Je n'avais pas de père ni de grand-père contre qui diriger ma colère.

— Je ne changerai jamais d'avis, marmonnai-je, luttant contre mes paupières lourdes qui exigeaient que je sombre dans l'inconscience.

Quand je me réveillai le lendemain matin, je trouvai une chaîne en or sur ma table de nuit.

Je fis tourner la médaille de Saint Antoine et découvris mes initiales gravées sur le revers.

S.A.B.

Samuel Austin Brennan.

Des années plus tard, j'appris que Troy et Sparrow avaient déposé une demande pour que mon nom soit changé de Greystone en Brennan dès l'instant où ils avaient demandé ma garde exclusive.

Je savais qui était Saint Antoine. Le patron des causes perdues.

J'étais perdu, mais ils m'avaient trouvé.

À côté du pendentif se trouvaient un donut recouvert de glaçage et une tasse de chocolat chaud.

J'étais un Brennan désormais.

L'aristocratie mafieuse de Boston.

Privilégiée, respectée, et crainte plus que tout.

Une légende en puissance.

Je comptais bien me montrer à la hauteur de ce nom, quoi qu'il m'en coûte.

Jamais plus je ne serais perdu.

Mes parents avaient échoué, mais moi je triompherais.

Je renaîtrais de mes cendres et je rendrais Sparrow et Troy fiers.

Je m'élèverai.

C'était la première fois que je me sentais ainsi.

Confiant.

Aisling, 7 ans

Le cœur est un monstre.

C'est pour ça qu'il est enfermé derrière nos côtes, comme en cage.

Je le savais depuis le début, depuis ma naissance, mais ce soir, je le *sentais*.

Vingt minutes après avoir pris l'autoroute pour quitter Boston, il me fallut reconnaître que j'étais perdue.

Extrait

Je conduisais vitres baissées, l'air humide de l'été fouettant mes joues baignées de larmes.

Le parfum des fleurs printanières me chatouillait les narines, doux et entêtant, se mêlant à la fraîcheur de la nuit.

Elle ne sentira plus jamais les fleurs printanières.

Elle ne sourira plus en coin comme si elle détenait les secrets de l'univers.

Elle ne collera plus de robe contre ma poitrine en secouant ses épaules avec excitation et en s'exclamant : « C'est tout toi ! »

Pourquoi tu as fait ça, B. ?

Je te déteste, je te déteste, je te déteste.

Au loin, des néons clignotaient au-dessus de tentes à rayures jaune et rouge, et au centre d'une grande roue scintillante, un panneau géant annonçait *Fête Foraine d'Aquila*.

Me noyer.

J'avais besoin de me noyer.

Dans les lumières, les odeurs et les bruits, parmi des vies qui n'étaient pas la mienne.

Je bifurquai brusquement à droite et me garai au milieu des SUV, des véhicules défoncés et autres voitures de sport. Puis je sortis en titubant de ma Volvo. Je portais un sweat à capuche noir, un short déchiré et des baskets. Mon short à la Daisy Duke était fait maison : j'avais découpé un vieux jean en m'assurant que la courbe de mes fesses serait visible depuis l'espace. D'habitude, ma tenue se rapprochait plus du style de Kate Middleton. Prude, correcte, très princesse. Mais ce soir, je voulais l'énerver, *elle*, parce qu'elle était morte et qu'elle m'avait abandonnée. Je voulais lui faire un doigt d'honneur pour ne pas être restée.

« Les jeunes Américaines montrent leur peau comme si les hommes ne savaient pas ce qui les attendaient sous leurs vêtements. Toi, ma chérie, tu forceras un homme à mériter chaque centimètre carré de ton corps, et tu t'habilleras de manière convenable et pudique, tu m'entends ? »

Je flânai au hasard dans la fête foraine, me laissant porter par le parfum alléchant de la barbe à papa, du pop-corn au beurre et des pommes d'amour.

Elle n'aimait pas que je mange de la malbouffe.

Elle disait que les Américains s'empiffrent jusqu'à choper le diabète.

Elle avait des tas d'idées sur les Américains, toutes à la limite de la xénophobie, et je passais la moitié de mon temps à débattre avec elle des mérites de mon pays.

Des chapiteaux abritant une petite salle de jeux et proposant des spectacles et de la restauration cernaient les attractions, faisant office de frontière. Le « ding-ding-ding » des machines, ponctué par les bruits mécaniques des manèges, résonnait dans mon ventre vide. La grande roue plantée au milieu baignait dans un océan de lumières.

Je m'achetai une barbe à papa rose et un Coca Light avant de poursuivre mon tour.

Il y avait des couples en train de s'embrasser ou de se disputer. Des groupes d'adolescents qui hurlaient et riaient. Des parents qui grondaient. Des enfants qui couraient. Je ressentais envers eux une colère folle, irrationnelle.

Parce qu'ils étaient en vie.

Parce qu'ils ne partageaient pas mon deuil.

Parce qu'ils prenaient pour acquis leur santé.

Je jetai mon reste de barbe à papa dans une poubelle et regardai autour de moi pour déterminer quel manège faire en premier. Un grand panneau attira mon attention : *Le Spectacle des horreurs – maison hantée.*

Les maisons hantées étaient mon terrain de jeu.

Après tout, je vivais dans l'une d'elles – ma demeure renfermait les secrets de sept générations de Fitzpatrick – et j'avais toujours été attirée par les fantômes et les monstres.

Je pris place dans la queue, me balançant d'un pied sur l'autre en regardant mon téléphone. Ma mère et mes frères me cherchaient.

Cillian : Où es-tu, Aisling ? Rappelle-moi tout de suite.

Hunter : Yo, sœurette. Ça va ? Tu t'es fourrée dans un sacré pétrin on dirait. Bisous de Californie.

Mère : J'ai appris ce qu'il s'était passé. C'est terrible ma chérie. Rentre pour que nous puissions en discuter, s'il te plaît. C'est horrible que tu aies vu ça.

Mère : Tu sais que cela fait monter mon angoisse quand je n'arrive pas à te joindre. Il faut que tu rentres à la maison.

Mère : Oh ! Aisling, que dois-je faire ? Tu n'as même pas fait mon infusion avant de partir. Je suis dans tous mes états !

C'était ma mère tout craché. Égocentrique, même quand c'était mon monde qui implosait. S'inquiétant toujours de son propre bien-être avant le mien.

Je glissai mon téléphone dans ma poche et tendis le cou pour regarder les wagons qui ressortaient des crocs géants d'un clown maléfique. Les gens descendaient des wagonnets sur leurs jambes tremblotantes, vibrant d'excitation.

Quand on m'installa enfin dans l'un d'eux – une nacelle brinquebalante maculée de peinture rouge censée représenter du sang – j'étais seule, bien qu'il y ait de la place pour deux.

Je savais qu'il ne pouvait rien m'arriver pendant un tour de manège.

Pourtant, ce soir, je me sentais perdue, instable, et profondément seule. Comme si on m'avait pelé la peau et que je devais porter mon tas d'os, de veines et de muscles tant bien que mal.

Je venais de perdre ma meilleure amie. La seule qui comptait.

J'attrapai le type qui gérait le manège par la manche.

— Je veux sortir.

Il me regarda lentement, de la tête aux pieds, ses yeux s'attardant une seconde de trop sur mes cuisses nues.

— Bon sang, bébé, moi aussi j'aimerais sortir avec toi. Mais il va falloir attendre la fin de mon service. J'ai besoin de cette thune, dit-il d'une voix traînante, l'air défoncé.

Je tirai sur la manche de son sweat à capuche, envoyant valser quatorze ans de leçons de bienséance en une seconde de désespoir.

— Non ! Je veux sortir du manège. Sauf si vous pouvez mettre quelqu'un dans le wagon avec moi ? demandai-je, la voix remplie d'espoir.

Il secoua le bras pour que je le lâche, sourcils froncés.

— Ma petite, c'est un manège que n'importe qui de plus d'un mètre vingt peut faire. Tu vas t'en remettre.

— Je sais. Je n'ai pas peur. C'est juste que…

— Écoute, me coupa-t-il en levant la main, si je n'appuie pas sur ce bouton rouge toutes les trois minutes, je perds mon job. Tu dégages de là ou tu serres les dents.

J'étais sur le point de répondre que tout allait bien, que j'étais ridicule, quand quelqu'un s'avança, grillant toute la queue.

— Elle va serrer les dents, monsieur Fumeur-de-Joints.

Un rideau de larmes retenues me brouilla la vue – je savais que si je clignais des yeux pour les chasser, tout le monde me verrait pleurer. J'étais morte de honte. Obéissant, le gérant rouvrit la barrière en métal en marmonnant tête baissée un bref bonjour à l'étranger qui s'approchait.

L'inconnu se glissa dans le wagonnet, puis abaissa la barre en métal sur nos ventres et jeta sa cigarette sur le côté. Un nuage de fumée nous enveloppa tous deux.

Je m'essuyai les yeux, soufflant un « merci » mortifié. Quand je levai la tête, nos regards se croisèrent, et mes entrailles implosèrent, tel un plafond de verre percuté par une supernova.

Lui.

Je ne le connaissais pas, mais je rêvais de lui.

Je rêvais de cet homme chaque nuit depuis des années.

Depuis que j'avais commencé à lire, sous mes couvertures, des livres d'amour sur les courageux chevaliers et les princesses amoureuses.

Beau et altier, avec des yeux qui vous transperçaient l'âme.

D'une vingtaine d'années, il avait des cheveux blond foncé et ébouriffés de manière sexy. Ses yeux étaient deux lunes d'argent – le genre qui changeait de couleur selon la lumière. Sa peau brillait, comme s'il avait été plongé dans de l'or, et il était si grand que ses genoux dépassaient du wagonnet. Il portait un T-shirt noir à col en V, qui moulait son torse et ses biceps musclés, ainsi qu'un jean noir, déchiré aux genoux.

Une médaille de Saint Antoine pendait à son cou au bout d'un lacet de cuir usé.

— Je… Je m'appelle Aisling, dis-je en tendant une main vers lui.

Notre wagon avança dans un soubresaut grinçant, et deux filles de mon âge sautèrent dans la voiture suivante en se racontant des ragots sur une fille de leur école qui s'appelait Emmabelle et avait apparemment couché avec la moitié de l'équipe de football avant de sucer l'autre moitié.

L'inconnu ignora ma main tendue. Je déglutis, La laissant retomber sur mes genoux.

Son regard s'attarda sur mes yeux bouffis.

— Dure soirée ?

Extrait

— La pire.

Je n'eus même pas la décence de lui adresser un sourire poli.

— J'en doute fortement.

— Oh ! je te parie que ma soirée est bien pire que celle de n'importe qui à cette fête foraine.

Il haussa un sourcil, dévoilant la face diabolique de sa beauté, auquel peu de femmes devaient résister.

— Je te déconseille de parier avec moi.

Et pourquoi donc ?

— Je gagne toujours.

— Il y a une première fois à tout, murmurai-je, commençant à me dire qu'il était un peu trop sûr de lui à mon goût. Je parie ce que tu veux.

— Vraiment ? *Ce que je veux ?*

— Dans la mesure du raisonnable.

Je me redressai, me rappelant mes manières. *Elle* me disait toujours de me comporter correctement. Si son fantôme planait au-dessus de moi en ce moment, il n'apprécierait pas ma tenue. Le moins que je puisse faire était de ne pas perdre ma virginité avec ce bel inconnu à cause d'un pari stupide.

— J'imagine que tu es la rationnelle.

Il fit tourner son briquet entre ses longs doigts, d'avant en arrière, un mouvement que je trouvais étrangement apaisant.

— La rationnelle de… ?

— Ta fratrie.

— Comment peux-tu savoir si j'ai des frères et sœurs ?

Il me regarda avec assurance, exprimant avec ses yeux des choses qu'un étranger n'avait pas le droit de me dire. C'était comme si le monde lui appartenait, et que, puisque j'en faisais partie, je lui appartenais aussi. Soudain, je pris conscience que ce qui était en train de se passer était très étrange et certainement dangereux.

Extrait

Je voulais me mettre à nu pour cet homme – et je ne parlais pas que de mes habits – alors que je n'avais jamais eu envie de le faire pour personne, et surtout pas par romantisme.

Je voulais le faire exploser comme une piñata pour mettre à jour toutes ses qualités, ses caractéristiques, ses mauvaises habitudes. Qui était-il ? Quelle était son histoire ? Pourquoi me parlait-il ?

— Tu penses que tu n'as rien de spécial, dit-il doucement.

— Les gens croient-ils qu'ils ont quelque chose de spécial ?

— Ceux qui n'ont rien de spécial le croient.

— J'imagine que toi, tu es le perturbateur de ta fratrie.

Je coinçai mes cheveux derrière mon oreille. Il eut un sourire en coin, et, simplement parce qu'il était content de lui, je sentis, jusqu'au plus profond de mon être, l'air se réchauffer.

— *Bingo.*

— Tu devais être un vrai trublion, petit.

Je penchai la tête sur le côté, comme si le voir sous un autre angle pouvait me donner une image de lui plus jeune, lorsqu'il il avait neuf ou dix ans.

— J'étais un tel emmerdeur que ma mère m'a mis à la porte quand j'avais neuf ans.

— Oh ! je suis désolée, dis-je.

— Pas moi. Je l'ai échappé belle.

— Et ton père ?

— Lui n'a pas eu cette chance.

Il sortit un paquet de cigarettes coincé dans sa manche de chemise retroussée à la Jack Nicholson dans *Vol au-dessus d'un nid de coucou*. Il couvrit sa bouche de sa paume et s'alluma une autre clope. Je remarquai que M. Fumeur-de-Joint l'avait vu mais ne bronchait pas.

— Il a été tué par balle quand j'étais gamin.

— Il le méritait ?

— Absolument.

Mon bel inconnu tira sur sa clope, la braise orange s'attisant comme cette chose dans ma cage thoracique.

— Et tes parents ? demanda-t-il.

— En vie, tous les deux.

— Mais une autre personne ne l'est plus. Sinon tu ne serais pas en larmes.

Il souffla une spirale de fumée vers le ciel. Nous regardâmes le brouillard gris s'évaporer au-dessus de nos têtes.

— J'ai perdu quelqu'un ce soir, reconnus-je.

— Qui ça ?

— Désolée, mais ça ne te regarde pas.

— Je comprends, mais juste pour info…

Il me redressa le menton de sa main tenant la cigarette.

— Tout ce qui se passe dans le Suffolk me regarde, ma belle. Et, dans l'immédiat, tu es dans l'enceinte du comté, alors réfléchis-y bien.

Une étrange sensation s'empara de mon être. Peur et désir s'affrontèrent en moi. Il était direct et agressif, un battant. Aussi improbable que cela puisse paraître, je savais que lui et moi étions brisés au même endroit, même si nous l'avions été de différentes manières.

Notre wagon se mit à bouger, traversant un rideau de vinyle noir. Un zombie géant en plastique se pencha vers nous à travers un voile de fumée verte, et son rire sinistre résonna dans mon oreille.

— *Le monstre va t'attraper.*

Il y avait des bêtes tournoyantes, des zombies hurleurs nous crachant de l'eau au visage et une famille de cadavres en train de dîner. Les yeux rouges d'un bébé nous lancèrent des lasers.

Le train fantôme monta jusqu'en haut, lentement. Tout le monde couina d'excitation autour de nous.

— Est-ce que ça t'arrive de te sentir perdu ? murmurai-je.

Extrait

L'étranger noua mes doigts et les siens sur le plastique éraflé de la banquette, entre nous. Sa main était chaude, sèche, et calleuse. La mienne était froide, douce, et moite. Je ne la retirai pas, même quand le danger se mit à bourdonner autour de moi, rendant l'air lourd, me privant d'oxygène.

Joue avec les monstres, mais ne t'étonne pas de perdre.

— Non. J'ai été obligé de me trouver très jeune.

— Veinard.

Il rit.

— Ce n'est pas un mot que j'emploierais pour me définir.

— Alors tu n'es pas irlandais ?

Je ne pouvais pas m'empêcher de me renseigner.

Il n'avait pas l'air irlandais – il était trop grand, trop costaud, le teint trop mat – mais il avait cet accent du sud qu'ont la plupart des ouvriers irlandais de Boston.

— Ça dépend de quel point de vue on se place, répondit-il. Revenons-en au sujet qui nous intéresse – le fait que tu te sentes perdue.

Je m'éclaircis la gorge, repensant à *elle*.

— Hum, oui. Je ne crois pas que je me trouverai un jour. Je n'ai pas beaucoup d'amis. D'ailleurs, je n'avais qu'une seule véritable amie, et elle est morte aujourd'hui.

— Il n'y a rien à trouver. Ce n'est pas ça, la vie. Il faut se créer. Il y a quelque chose de libérateur dans le fait de se connaître, de savoir tout ce dont tu es capable. Être toi-même sans vergogne te rend invincible.

Sa voix s'insinua en moi, s'ancrant au plus profond de mon âme. Nos doigts se resserrèrent. Notre wagon cahotait tandis que des zombies agitaient les bras vers nous, essayant de nous attraper. Les autres passagers riaient et criaient.

Extrait

Il ne m'avait pas présenté ses condoléances comme tous les autres l'avaient fait.

— Et qui est-tu, *toi* ? demandai-je dans un souffle.

— Je suis un monstre.

— Non, pour de vrai, insistai-je.

— C'est vrai. Je m'épanouis dans l'obscurité. Mon travail est d'instiller la peur. Je suis le cauchemar de beaucoup de monde. Comme tous les monstres, je prends toujours ce que je veux.

On atteignit le point le plus haut. Le sommet.

— Et ce que je veux dans l'immédiat, Aisling, c'est t'embrasser.

Le wagonnet tressauta, crissa, puis bascula, tombant à une vitesse grandissante.

L'inconnu étouffa mon cri de sa bouche. Ses lèvres chaudes et salées se refermèrent sur les miennes de manière possessive. Toutes mes inhibitions, mes peurs, et mon angoisse s'évaporèrent. Il sentait la cigarette, le chewing-gum à la menthe et le sexe. Il sentait l'*homme*. Je lâchai la rampe pour agripper le tissu fin de son T-shirt noir, l'attirant contre moi, me noyant dans ce que nous étions à cet instant précis. Un monstre dévorant une princesse, sans chevalier pour venir la sauver.

Il pencha la tête sur le côté et porta la paume de sa main à ma joue, posant l'autre à l'arrière de ma tête. Sa langue écarta mes lèvres, effleurant la mienne… doucement, d'abord, puis plus avidement comme je laissai le baiser s'intensifier. Nos langues s'emmêlèrent, dansèrent, se taquinèrent, se cherchèrent. Mon ventre se crispa, et mon angoisse s'envola.

Le monde semblait différent. Plus brillant. Plus grand.

Une étrange chaleur inonda mon entre-jambe. Je me sentais douloureusement vide. Je serrai les cuisses et sentis une bouffée d'air frais sur mon visage.

Le tour était terminé.

Extrait

Nous étions ressortis.

Il mit fin au baiser et recula. Son visage était neutre, d'un calme terrifiant.

Les filles dans le wagon derrière nous marmonnèrent « merde alors » et « c'était chaud » et « ouais, c'est sûr que c'est lui, Tiff ».

Lui qui ?

— Premier baiser, hein ?

Du pouce, il essuya une trace de salive au coin de ma bouche, un air amusé dansant dans ses yeux. Comme si j'étais un jouet. Une chose risible, remplaçable.

— Tu prendras le coup de main.

Les filles derrière nous se mirent à glousser. Honteuse, j'ouvris mentalement un ordinateur portable imaginaire et cliquai sur un site immobilier pour chercher un endroit où m'enterrer.

— Tu ne vas pas me dire ton nom ? Vraiment ?

Ma voix était rauque. Je m'éclaircis la gorge.

— Imagine, si tu étais réellement mon premier baiser, je pourrais être marquée à vie. Tu pourrais me traumatiser. Je ne serais peut-être plus jamais capable de faire confiance à un homme.

Le fumeur de joints avança le long des wagons, débloquant la barre de sécurité en métal.

— C'est fini. Tout le monde dehors.

L'inconnu écarta des cheveux de mon visage.

— Tu t'en remettras, dit-il.

— N'en sois pas si sûr.

— Ne me sous-estime pas. Je sais beaucoup de choses sur les autres. Et puis, je t'ai déjà dit qui j'étais. Le Monstre.

— C'est peut-être ton surnom..., commençai-je.

— Les surnoms sont plus révélateurs que le nom de naissance.

Il se trouvait que j'étais d'accord. Mon père appelait mon frère

Cillian *mo òrga*, qui voulait dire « mon doré » en gaélique irlandais, et mon frère Hunter *ceann beag*, qui voulait dire « le petit ».

Il ne m'avait jamais donné de surnom.

Mon prénom signifiait « vision », « rêve ». Peut-être était-ce tout ce que j'étais aux yeux de mon père. Une chose ni réelle, ni tangible, pas importante. J'étais censée être une abstraction. Un réceptacle à exhiber.

Une petite fille jolie, guindée, convenable, qu'il n'avait pas à préparer pour assumer le grand rôle. Celui de reprendre son entreprise. De lui donner des héritiers mâles pour poursuivre son héritage. J'étais le cadeau de mon père à ma mère et j'étais exactement ce qu'on attendait de moi : je chouchoutais ma mère, accédais à tous ses caprices et comblais les moments que mon père passait en déplacement par des sorties shopping, des instants beauté, et autres activités de « filles ».

Je projetais même de faire une école de médecine pour pouvoir m'occuper d'elle physiquement une fois diplômée. Jane Fitzpatrick détestait aller chez ses médecins. Elle disait qu'ils la jugeaient et ne la comprenaient pas.

J'avais hâte d'être qualifiée pour les remplacer et cocher une autre case sur l'impossible liste de souhaits que mes parents avaient dressée pour moi.

— Je n'ai pas peur des monstres, affirmai-je en me redressant.

Satisfait de ma réponse, il me donna une pichenette sous le menton.

— Peut-être es-tu l'une d'entre nous. Tu l'as dit toi-même, tu ne sais pas qui tu es.

J'essayai de le suivre. Je n'étais pas trop fière pour m'empêcher de lui courir après et de lui demander ce qu'il voulait dire. Mais il fut plus rapide : il sortit du wagon en vitesse et, avec la grâce féroce d'un tigre, il s'éloigna.

Il s'évanouit dans la multitude de corps et de lumières qui tourbillonnaient autour de moi, disparaissant comme le faisaient les monstres.

J'étais venue ici pour me noyer.

Maintenant, je pouvais à peine respirer.

Trois heures plus tard, mon corps vibrait encore à cause de l'adrénaline et de la douleur. J'avais essayé tous les manèges. Mangé trop de bonbons. Bu de la *root-beer* sur un banc en observant les gens. Ces distractions n'atténuèrent pas ma souffrance. Je me rejouais en boucle le moment où j'avais découvert qu'elle était morte, comme si j'essayais de me punir de… quoi ? Ne pas avoir pu l'en empêcher ? Ne pas être arrivée plus tôt ?

Je n'aurais rien pu faire pour l'arrêter.

Comment ça, tu n'étais pas là ? Elle t'a demandé ton aide. Tu ne la lui as jamais donnée.

Je cherchai le Monstre toute la soirée, même quand je ne le voulais pas. Mes yeux vagabondaient, examinant les files d'attente, les couples, et la foule de gens. L'avais-je inventé ? Notre rencontre semblait si irréelle.

Quand je fis une pause pipi dans les toilettes de la fête foraine, je remarquai des mots fraîchement gravés sur la porte. Des mots qui semblaient m'être intimement destinés.

Le désir passe, l'amour reste.

Le désir est impatient, l'amour attend.

Le désir brûle, l'amour réchauffe.

Le désir détruit, mais l'amour ? L'amour tue.

S.A.B.

Quand l'horloge indiqua minuit, j'abandonnai. Je ne le retrouverais pas.

Extrait

Mon téléphone n'arrêtait pas de sonner, et je savais que mes parents enverraient une unité de recherche si je ne rentrais pas.

La disparition d'une ado de dix-sept ans n'était pas très inquiétante si cela ne faisait que huit heures que vous ne l'aviez pas vue.

La disparition de l'héritière d'un empire pétrolier de dix-sept ans dont le papa était l'un des hommes les plus riches au monde était, en revanche, un vrai problème, et j'étais certaine que ma famille en ferait tout un scandale.

J'étais une Fitzpatrick, et les Fitzpatrick devaient être protégés en permanence.

Je regardai de nouveau mon téléphone.

Mère : Je suis de plus en plus inquiète. Écris-moi, s'il te plaît. Je comprends que tu sois contrariée, mais tu nous contraries tous en disparaissant comme ça ! Je n'arrive pas à dormir. Tu sais combien j'ai besoin de dormir.

Mère : Ton père va me tenir responsable de tout ce drame. J'espère que tu es contente de toi, Aisling. Me mettre ainsi dans l'embarras.

Oh ! *merde*. Du calme, mère.

Hunter : Papa va faire une crise cardiaque, sœurette. J'dis ça, j'dis rien (bisous de Californie).

Cillian : Arrête d'être si sensible. C'était une employée.

Papa : Toutes mes condoléances, ma chérie. Rentre, s'il te plaît.

Les feuilles craquaient sous mes pieds alors que je me dirigeais vers la Volvo XC90 de maman. J'étais sur le point d'ouvrir la portière pour rentrer à vitesse grand V à la maison, au Avebury Court Manor, quand je l'entendis. Un craquement non causé par mes pieds. Je levai brusquement la tête dans le noir. Au bout du parking, à trois voitures de la mienne, il y avait un coin entre les arbres, à l'orée du bois longeant l'autoroute. Sombre et isolé.

— Non, non, non. Je vous en prie. Je sais que j'ai merdé, mais ça ne se reproduira plus, promis.

Quelqu'un suppliait en gémissant. Un homme.

Je plissai les yeux, me cachant entre ma voiture et une Impala, épiant les deux silhouettes sous l'épaisse masse des feuillages. L'une était debout, un pistolet à la main. L'autre était à genoux, comme pour prier un dieu sans merci. Peut-être était-ce parce que j'avais déjà vu une personne morte ce soir, mais, malgré l'adrénaline que je sentais monter, j'étais incapable d'éprouver l'hystérie que j'aurais dû ressentir.

— Mentir ne te mènera nulle part, asséna l'homme debout.

— Qu'est-ce qui vous fait croire que je…

— Tes lèvres bougent, coupa l'homme au pistolet en donnant un coup de pied à celui agenouillé qui poussa un cri bestial. Je t'ai dit qu'il n'y aurait pas de troisième fois.

— Mais je…

— Un dernier souhait, Mason ?

Mon sang se figea.

Je connaissais cette voix et, depuis ce soir et jusqu'à la fin de ma vie, je la reconnaitrais n'importe où.

C'était celle du Monstre.

Mon monstre.

L'homme qui m'avait donné mon premier baiser.

Le gars à genoux tremblait comme une feuille, essayant de réprimer ses larmes épouvantées. Il secoua la tête, puis finit par dire :

— Si Nikki pose la question, dites-lui que c'était une affaire de drogue. Je ne veux pas qu'elle sache la vérité. Elle a assez souffert comme ça.

— D'accord. Au revoir.

Sur ces mots, le Monstre appuya sur la gâchette du pistolet, pressé contre le front de l'homme, et tira deux balles. À en croire le bruit sourd, l'arme était équipée d'un silencieux. Je plaquai une main contre ma bouche, étouffant le cri d'horreur qui me déchirait la gorge.

Il avait tué un homme.

Il avait tué un homme à découvert.

Sans même sourciller.

Mes jambes tremblaient ; je tombai au sol, le béton m'écorchant les jambes. Je cherchai frénétiquement mes clés dans mon sweat, les genoux en sang.

Cours, merde, cours.

Je déverrouillai la Volvo et me glissai sur le siège conducteur, essuyant frénétiquement les larmes et la sueur sur mon visage pour y voir plus clair, me mordant la lèvre pour réprimer un cri.

Ce n'est pas en train de se passer. Ce n'est que le fruit de ton imagination.

On frappa à la vitre et je sursautai si fort que ma tête heurta le plafond de la voiture. Je me tournai : c'était le Monstre. Il avait dû me voir, ou pire… m'entendre crier. Les doigts tremblants, je démarrai la voiture, aveuglée par les larmes. Tranquillement, il enfonça un outil dans ma portière, la déverrouillant avec une aisance terrifiante, m'empêchant de passer la marche arrière.

Il posa ses mains sur le toit de la voiture, l'air blasé et indifférent, ses biceps saillant sous ses manches.

— Tu passes une sacrée soirée, hein, petite Aisling.

Le calme mortel de sa voix ne fit qu'empirer les choses.

— Je n'ai rien vu, m'exclamai-je avec un mouvement de recul, comme s'il allait me frapper.

Extrait

À ma grande surprise, il se mit à rire. De bon cœur. Ce son guttural sonnait étrangement, comme s'il n'avait pas l'habitude de rire.

— Tu crois enfin que je suis un monstre, maintenant ?

Il se pencha en avant, ses lèvres planant tout près des miennes. Mon sang se figea, et pourtant, j'eus beau essayer, j'étais incapable de reculer. *Je dois être sous le choc*, me dis-je. Je devrais lutter ou fuir, mais mon traître de corps avait choisi l'option numéro trois : rester bloqué.

Ce n'était pas seulement de la peur. Il y avait autre chose. Quelque chose de chaud, de mordant. Une chose que je ne voulais pas savoir sur moi-même.

Connais-toi toi-même.

Ce sauvage venait de mettre deux balles dans la tête d'un homme et pourtant je restai plantée là, le corps vibrant, grésillant, suppliant mentalement qu'il me touche.

— Tu vas vraiment me laisser t'embrasser ?

Il fronça les sourcils, ses lèvres remuant presque sur les miennes. J'étais ensorcelée. Sans voix. Je devais bouger.

Bouge, merde. Bouge.

Enfin, je réussis à secouer la tête.

Il tira ma lèvre inférieure entre ses dents, la suçant de façon provocante avant d'y passer sa langue.

— Tu es une belle menteuse, Aisling.

Sa voix de ténor vibra en moi.

— J'imagine que tu t'es trouvée, alors. Toi aussi, tu es un monstre.

Il m'embrassa encore, avec ses lèvres et ses dents, avant de reculer.

— Si tu racontes ce que tu as vu à qui que ce soit, je te trouverai, et je te tuerai. Maintenant, je te suggère de fuir. Loin, et vite. Je te donne une avance de deux minutes avant de me lancer à tes trousses.

Sur ce, il tourna les talons et s'éloigna d'un pas tranquille, les réverbères capturant sa silhouette, lui conférant des airs de méchant torturé, comme ceux des films noirs que l'on aime en secret, puis il se glissa dans une voiture garée à une rangée de la mienne.

Lent. Ferme. Létal.

J'écrasai la pédale, sans jamais regarder en arrière.

Je conduisis si vite que la voiture mourut dans un soupir à mon arrivée.

Peu après la fête foraine d'Aquila, mon frère Hunter rentra de Californie pour de bon.

Doré, bronzé, et plus blond que jamais. Il emménagea dans un appartement de luxe en ville avec une fille prénommée Sailor qui devait lui servir de baby-sitter. Je l'avais déjà rencontrée quelques fois, quand sa mère était venue cuisiner pour nous lors de grandes occasions.

Papa aimait nous gouverner d'une main de fer, et Hunter était de loin le plus difficile à dompter.

Quelques jours après que Hunter et Sailor eurent emménagé ensemble, je lui avais rendu visite. Sailor était sortie, et il était en train de prendre une de ses douches interminables – qui devaient impliquer une bonne dose de plaisir solitaire étant donné qu'il n'avait plus le droit de sortir avec qui que ce soit depuis son retour à Boston.

Je fis le tour du salon, sans doute agencé par un professionnel. Les lieux étaient trop ordonnés, trop brillants, trop modernes pour être habitables. La seule indication que quelqu'un vivait ici était une rangée de photos posées sur la cheminée. Je n'eus pas besoin de m'en approcher pour savoir que c'était Sailor qui les avait mises là et non Hunter.

Hunter n'avait jamais considéré qu'il avait une vraie famille. Mais je ne pouvais pas lui en vouloir, puisqu'il avait été envoyé loin de chez nous dès ses six ans.

La curiosité ayant raison de moi, je m'approchai de la cheminée. Sur la première photo, je reconnus Sailor, une jeune femme rousse au visage enfantin et constellé de taches de rousseur, en train de serrer contre elle un homme brun, qui devait probablement être son père, ainsi que son sosie, en plus âgé – sa mère, Sparrow.

La deuxième photo montrait Sailor à une fête avec deux blondes de son âge. Elles riaient aux éclats, des lunettes fluo loufoques sur le nez.

C'étaient les sœurs Penrose. Elles étaient passées aux infos l'autre jour parce qu'elles avaient déblayé la neige devant les maisons de séniors.

La troisième…

La troisième photo montrait Sailor et le Monstre.

Mon monstre.

L'homme de la fête foraine.

Il fixait l'objectif, l'air sinistre, sérieux, tandis qu'elle le regardait comme s'il était la lune. Son point de lumière dans l'obscurité infinie.

— Ouaip'. C'est elle. Ma casse-couilles de colocataire, lança une voix derrière moi.

Je sursautai en poussant un cri de surprise, portant une main à ma poitrine, de peur que mon cœur s'échappe par mégarde.

Je me retournai et offris un sourire poli à Hunter. Nous étions alors davantage des connaissances que frère et sœur.

— Elle est très belle.

Il haussa les épaules, avançant dans le salon simplement vêtu d'une serviette autour de la taille, les cheveux dégoulinants.

— Ça passe.

— J'imagine que ce sont ses parents, dis-je en montrant la première photo, faisant l'innocente.

Extrait

Il hocha la tête.

— Et ces deux-là ? demandai-je en passant aux sœurs Penrose.

Mon cœur battait la chamade. J'avais un étrange pressentiment à propos de ces filles. De ce groupe. Je voulais en faire partie.

— Perséphone et Emmabelle. Ses meilleures amies. Elles sont sœurs. Encore un vœu qui ne se réalisera pas tant que j'aurai Sailor sur le dos.

— Comment ça ? Qu'est-ce que tu veux leur faire ?

— Je veux *me les* faire, répondit-il en levant les yeux au ciel comme si j'étais stupide.

— Et ce mec, c'est qui ? demandai-je l'air de rien en désignant le Monstre.

C'était le grand moment. J'allais enfin découvrir son nom. En revanche, je ne savais pas comment je réagirais s'il me disait que c'était le petit ami de Sailor. Comment pourrais-je annoncer à mon frère que la femme avec qui il partageait son appartement sortait avec un meurtrier ?

Mais… ce n'était pas ce qui m'embêtait le plus dans l'idée que Sailor et le Monstre soient ensemble. C'était le fait qu'il ait une petite amie. Qu'il soit passé à autre chose. C'était d'ailleurs forcément le cas. Après tout, nous n'avions partagé qu'un baiser et un tour de manège.

J'avais la nausée.

— C'est Sam Brennan, répondit Hunter en se passant les doigts dans les cheveux. Son frère. Enfin, son demi-frère, plutôt. Ses parents l'ont adopté quand il était petit. Un sacré cas, et actuellement le gangster numéro un de Boston. Tous les gangs et les familles de mafieux de la côte Est ont mis sa tête à prix. Ses chances de parvenir à un âge avancé sont inférieures à zéro.

Le Monstre était un gangster.

Peu étonnant.

Au moins, maintenant, il avait un nom, une identité, un contexte. Les choses allaient sacrément se compliquer.

Aisling, 18 ans
Sam, 26 ans

— Pour l'amour du ciel, Aisling, que fais-tu ? Ils sont là. Dépêche-toi ! gronda ma mère, ses talons cliquetant sur le sol en marbre derrière moi.

Ses doigts délicats s'enroulèrent autour de mon poignet pour me tirer dans l'autre sens.

— Tu sais bien que je ne sais pas faire la conversation. J'ai besoin de toi pour ne pas avoir à socialiser. Surtout avec la matriarche. Elle a un *travail*. Tu sais que je ne m'entends pas avec la classe moyenne.

Je la suivis dans le hall, les nerfs en pelote.

Aujourd'hui était le jour où mes parents avaient invité la famille de Sailor à dîner. Mère voulait apprendre à connaître les Brennan. Enfin, c'était sa principale excuse. En réalité, elle voulait seulement forcer Hunter à lui rendre visite.

Malgré les réticences de Hunter face à cet arrangement, j'avais vu Sailor des tas de fois depuis qu'ils avaient emménagé ensemble. Nous étions vite devenues amies après un gala de charité où nous étions allées toutes les deux, et où elle m'avait présentée à Perséphone et Emmabelle.

Elle était drôle, vive d'esprit et loyale. Mais j'avais beau essayer, je n'arrivais pas à la faire parler de Sam. Elle était très protectrice envers lui, et chaque fois que je lui posais des questions sur sa famille, elle changeait de sujet.

Les domestiques ouvrirent la double porte. Les Brennan se

tenaient de l'autre côté. Sparrow Brennan, aux cheveux mandarine et yeux vert émeraude, tenait un plat fumant à la main.

Les yeux de rapace de Sam se plantèrent dans les miens. La courbure antipathique de ses lèvres me mit en garde : je devais faire comme si on ne se connaissait pas. Nous n'étions pas surpris de nous voir. Il ne faisait aucun doute que Sam savait que sa sœur était en colocation avec mon frère.

Mais jamais il n'avait pris la peine de me contacter.

Mon père, qui ne se doutait pas que j'étais en train de m'effondrer intérieurement, fit les présentations.

— Et voici ma fille, Aisling, conclut *Athair* (« père » en gaélique) en agitant la main dans ma direction, comme si j'étais un simple objet décoratif.

Mon père, Gerald Fitzpatrick, était un homme grassouillet avec un visage couleur crevette, des yeux perçants, et un triple-menton.

Sam me salua d'un léger haussement de tête, m'accordant à peine un regard.

— Ravie de vous rencontrer, dis-je stoïquement.

Le Monstre m'ignora.

Mon frère Cillian, qui était grand et imposant, semblait pourtant minuscule à côté de Sam. Il lui lança :

— Ne t'avise même pas de poser les yeux sur elle, Brennan. Aisling est un morceau de choix, pas un foutu hot-dog, elle n'est pas pour toi.

— Cillian, franchement, s'indigna Mère en portant une main à ses perles, comme si elle ne partageait pas son opinion.

Sam sourit et sortit son téléphone pour regarder quelque chose, comme si nous n'existions pas pour lui.

Cillian avança vers Troy, le père de Sam.

— Puis-je vous proposer, à vous et votre femme, une visite de notre demeure, le Avebury Court Manor ?

Extrait

Troy Brennan le toisa. J'imaginais que notre manoir avait autant d'intérêt à ses yeux que la météo en Gambie.

— Vous pouvez, répondit Troy d'une voix traînante, mais je vais devoir refuser, car vous êtes un conn…

— Avec grand plaisir ! intervint Sparrow en donnant un coup de coude à son mari.

Sam rangea son téléphone dans sa poche, indifférent au malaise ambiant. Si la soirée était à l'image de ces présentations, elle s'annonçait longue et douloureuse.

— Aisling, accompagne-les pendant que je vais voir en cuisine s'ils ont besoin de quoi que ce soit, m'ordonna ma mère.

Je savais ce que cela voulait dire.

Tiens leur compagnie pour que je n'aie pas à le faire. Pour que je puisse me servir un verre et me cacher un peu plus longtemps.

J'emboîtai le pas à Troy, Sparrow, Cillian et Sam, dont les jean et T-shirt décontractés avaient laissé place à un pantalon de costume gris et à une chemise noire. Ses cheveux étaient coupés plus court et ses épaules si larges qu'elles bloquaient la moitié du couloir.

Nous étions les deux seuls à ne pas nous livrer aux mondanités d'usage, même si Troy et Cillian semblaient assommés par la recette de pain au levain de Sparrow, qui impliquait de laisser la pâte « poser » au soleil, la nourrir, lui parler, et la traiter, grosso modo, comme un Tamagochi.

Nous montâmes à l'étage. Ma maison était affreuse. Sans âme et fastueuse, comme un immense hall d'hôtel impersonnel. Pierre calcaire et touches dorées brillaient de tous côtés, et fontaines et rideaux spectaculaires vous agressaient la rétine partout où vos yeux se posaient. Si l'expression « nouveau riche » avait une vitrine, ce serait sans conteste Avebury Court Manor.

Cillian leur fit visiter l'aile gauche, le pavillon familial, naviguant dans les pièces en récitant l'histoire de notre famille comme si nous étions les Kennedy.

Peu à peu, Sam ralentit le pas. Au début, je ne pensais pas que c'était intentionnel, mais bientôt nous marchions au même rythme, deux mètres derrière les autres.

Il fut le premier à parler.

— T'as une mycose ou quoi ?

Je lui adressai un sourire assuré, qui ne calmait en rien mes nerfs, mais ne répondis pas. Sa seule présence me désorientait, m'excitait et m'exaltait.

— Tu es affreusement lente, poursuivit-il.

Sa voix rauque s'infiltra en moi comme un doux poison.

— Tu es affreusement rustre.

Je gardais les yeux rivés droit devant moi. Cillian s'était arrêté devant un portrait de Cormac Fitzpatrick, première génération de Fitzpatrick arrivée à Boston après la grande famine irlandaise. Troy et Sparrow semblaient prêts à sauter par la fenêtre.

— T'es-tu trouvée ? demanda-t-il.

Loin de là.

Je sentis mes joues rougir sous mon maquillage.

— J'étais dans un mauvais jour, à la fête foraine.

— Cela ne répond pas à ma question.

Cillian se tourna vers nous, sourcils froncés.

— Dépêchez-vous. Brennan, je t'ai à l'œil.

Sam sourit à mon frère, qui n'avait que quelques années de plus que lui.

— Et tu aimes ce que tu vois, Fitzpatrick ?

— Pas le moins du monde, répliqua Cillian en le fusillant du regard.

— Un petit conseil : je n'aime pas qu'on me dicte ce que je dois faire, mais pour le juste prix, je suis prêt à tout.

— Et tu en es fier ? rétorqua Cillian.

— Très. Tu feras la queue pour m'engager dès que ton papounet ne sera plus en mesure de te sortir des emmerdes dans lesquelles tu te seras fourré.

— N'y compte pas trop, marmonna Cillian.

Sam ralentit le pas. Son indifférence face aux mises en garde ne m'étonnait guère.

— Mon frère a son caractère, dis-je sur la défensive.

— C'est juste une façon élégante de dire que c'est un connard. Sailor m'a dit que tu étais en école de médecine.

Je hochai la tête.

— Pourquoi ?

— Je veux aider les autres.

— Ce n'est pas vrai.

Nous avions officiellement perdu les autres. Cillian était occupé à faire visiter la bibliothèque, la fierté de notre famille. Sam se glissa dans une alcôve à l'abri des regards et m'attrapa par le poignet pour m'y attirer.

Je laissai échapper un cri de surprise et plantai mes ongles dans mes paumes, marquant ma peau de croissants d'angoisse et d'excitation.

— Tu n'as rien dit.

Il me regarda comme s'il mourait d'envie de me toucher davantage. Je savais de quoi il parlait. Je n'étais pas allée à la police. Je n'avais jamais parlé de l'homme qu'il avait tué.

— Je suis digne de confiance.

— La plupart des gens ne le sont pas, dit-il.

— Je ne suis pas la plupart des gens.

— Je commence à m'en rendre compte. Écoute-moi bien maintenant. Ton petit papa est un homme très riche et important, et moi je suis un homme ambitieux et un vrai truand. Je veux travailler avec lui, et rien ne se dressera en travers de mon chemin, surtout pas toi. Alors reste loin de moi et ne fais pas ces yeux de merlan frit qui me supplient de te baiser devant toute ta famille, comme tu es en train de le faire. Tu ne sais pas ce que tu demandes. Les hommes comme moi dévorent les filles comme toi au petit déjeuner. Et sans qu'il soit question de plaisir. Compris ?

Je comprenais. Le jeu était terminé avant même d'avoir commencé. Sam était un monstre, et j'étais une princesse coincée dans sa tour d'ivoire, destinée à être sauvée par un autre. Son ennemi, probablement.

Je hochai la tête, même si j'avais une migraine et que les larmes me chatouillaient le nez et les yeux.

— Oui. Mais…

Il haussa un sourcil, attendant la suite. Je ne savais pas quoi dire.

— Oui ? siffla-t-il.

— Un dernier baiser, murmurai-je. Je ne le dirai pas. Tu sais que je ne l'avouerai jamais.

Il sembla réfléchir, puis pencha la tête vers moi.

— Un baiser, souffla-t-il, son corps tout près le mien. Un dernier baiser, minable et stupide. Et pas la peine de revenir en demander plus.

J'entrouvris les lèvres.

Il m'offrit un baiser lascif et dévastateur. Audacieux, avide, sexy, qui créa une sensation froide et humide dans ma culotte. Il aspira ma lèvre inférieure dans sa bouche et je gémis, le mordant en réponse, ne maîtrisant plus mes pulsions. Mes mains trouvèrent ses cheveux. Sa langue caressa la mienne. Je voulais la sentir entre mes jambes, je pressai mes seins contre son torse, à la recherche de frictions.

Il rit dans ma bouche.

— Tu es féroce.

Extrait

— Je sais. Désolée.

— Ne le sois pas. J'aime ça, putain.

J'aime. Sa façon de prononcer ce mot me fit recroqueviller les orteils dans mes chaussures.

Il m'attrapa par les fesses et me souleva, mes cuisses ceinturant sa jambe. Ses doigts se plantèrent dans ma chair alors qu'il me faisait aller et venir contre sa cuisse musclée, me donnant encore plus que la friction que je voulais tant. À chaque mouvement, mon clitoris s'embrasait contre le tissu de ma culotte. C'était comme s'il frottaient deux brindilles pour faire un feu, mais ce feu-là était un orgasme, partant de mes orteils et remontant jusqu'à ma colonne vertébrale.

— J'ai l'impression d'être… d'être…

J'essayai d'exprimer ce que je ressentais, mais j'en étais incapable. J'avais l'impression de flotter et de m'écraser en même temps. Je tremblais. Je voulais qu'il use de son savoir-faire pour me donner encore plus de plaisir.

— Vide ? souffla-t-il dans ma bouche, sa langue se débattant avec la mienne.

— Oui. Voilà. Je me sens tellement vide.

— J'aimerais pouvoir te remplir avec ma grosse queue.

— Oh ! gémis-je alors qu'il me frictionnait contre lui, plus vite, plus fort.

Tout en moi se crispa, et mes muscles se tendirent.

— Bordel… Je vais… Enfin… Est-ce que je vais… ?

Il n'y avait rien que je détestais plus qu'être ignorante. Je savais tout ce qu'on pouvait apprendre dans les manuels et les conférences en ligne. Mais je ne connaissais pas ça. J'avais l'impression d'être une gamine. Un cliché.

Il rit quand cela arriva, quand la vague de plaisir envahit tout mon corps, me faisait trembler de la tête aux pieds.

Extrait

— Je crois que oui.

Il m'embrassa plus passionnément, ses mains partout sur moi, son pouce remontant le long de ma poitrine pour aller caresser mon téton sous ma robe.

— Hmm, soupirai-je dans sa bouche. *La petite mort.*

Il arracha ses lèvres des miennes, les sourcils froncés.

— Pardon ?

— La petite mort, répétai-je. Une perte de connaissance passagère. C'est une expression française pour décrire ce moment après l'orgasme.

C'était ma gouvernante française qui me l'avait appris – avec le juron « *merde* », que je proférais à tout-va. Les yeux de Sam pétillèrent avec tant de délectation que je sentis la fierté me gonfler la poitrine. Ses sourires étaient comme des empreintes. Chacun était juste assez différent pour être complètement unique.

— Aisling Fitzpatrick, tu es une délicieuse torture.

Il brisa notre étreinte. Tout était flou, et ma culotte était très, *très* mouillée.

Je pressai mes doigts contre mes lèvres.

— Oh ! bon sang, qu'est-ce qu'on a fait ?

Il avait les lèvres enflées mais, à part cela, il avait l'air toujours aussi calme et à l'aise.

— Puisque j'imagine que c'était une question rhétorique, je vais t'épargner la réponse.

Il était déjà en train de prendre son paquet de cigarettes dans sa poche arrière.

— Tu as une petite amie ? demandai-je de but en blanc.

Il rit, une clope coincée entre les dents.

— Ne t'inquiète pas pour ça. Je n'en aurai jamais.

— Pourquoi ?

Extrait

— Parce qu'aucune femme n'en vaut la peine, et encore moins la fille d'un homme que je voudrais dépouiller de tout son argent.

Il alluma sa cigarette. Ses yeux gris et sombres glissaient sur ma peau tels des glaçons.

— Tu sais, je ne le dirais à personne si on couchait ensemble.

Je ravalai ma fierté. Je ne savais pas pourquoi je le désirais autant. Je savais seulement que je le désirais. Avec lui, j'avais l'impression d'être dans un univers parallèle.

— Je viens de te dire que c'était notre dernier baiser.

— Mais pourquoi ? insistai-je.

— Parce que je veux travailler avec ton père.

— Je ne le dirai à personne.

— Tu n'en vaux pas le risque, dit-il en haussant les épaules.

— Il n'y aura aucun risque, m'obstinai-je.

Une voix en moi m'avertit : c'en était assez. C'était *elle*.

Il ne veut pas de toi, ma chérie. Tourne les talons et pars.

Je n'en fis rien.

Sam baissa les yeux vers moi, la mine grave.

— Même sans risque, tu n'en vaux pas la peine. Tu es trop jeune, trop innocente, et bien trop douce pour moi. Maintenant, rends service à ton amour-propre et va-t'en.

C'était trop tard.

Ma fierté en avait pris un coup. Je devais riposter, même si je n'étais pas équipée pour.

— Je te plains, dis-je.

Je ne le plaignais pas le moins du monde, c'était seulement une façon de ne pas perdre la face.

— Vraiment ? demanda-t-il avec un sourire en coin, se prêtant au jeu. Pourquoi ?

— Parce que tu es un marginal à peine instruit qui n'a jamais fini ses études. Il est probable que tu ne connaisses même pas tes tables de multiplication. C'est pour ça que tu fais ce que tu fais. Tu n'as pas le choix.

— Es-tu en train de me traiter d'imbécile ?

Son sourire s'élargit, ses yeux brillant de malice.

— Tu en es un, affirmai-je en redressant le menton. Mais ce n'est pas grave. Tu es canon et tu dégages cette énergie qui dit « regardez comme je suis dangereux », alors je suis persuadée que tu trouveras quelqu'un.

— N'oublie pas que je suis riche.

— Pas selon mes critères, dis-je avec un sourire narquois.

Purée, on croirait entendre ma mère. Je m'enfonçai.

— En revanche, abstiens-toi de faire la conversation. Ce n'est pas ton point fort.

— Si je me fie à ta façon de te frotter contre ma jambe comme une chienne en chaleur il y a tout juste cinq secondes, je suis certain que je saurai occuper mes conquêtes d'une autre façon.

Ses mots étaient crus, mais son sourire blasé s'évanouit dans un masque de marbre sinistre.

— Tu… tu… tu…

— Je… je… je… *quoi* ? se moqua-t-il en me tapotant le menton pour me faire fermer la bouche. J'ai *raison* ?

Avant que je puisse répondre, Sam disparut.

Et il m'ignora toute la soirée.

Quatre heures plus tard, je rampai jusqu'à ma chambre, encore dans un état d'hébétude.

Sam avait impressionné tout le monde par son humour sec, son esprit vif et son aura. Celle-là même qui promettait une mort rapide mais douloureuse si vous aviez le malheur de le contrarier.

Je tombai nez à nez avec mon manuel de mathématiques – celui que j'avais laissé ouvert sur mon bureau de style Reine Anne parce que j'étais bloquée sur le même problème depuis une éternité.

Je pestai et tendis la main vers le livre pour le fermer.

— J'essaierai de te résoudre demain. J'ai de plus gros problèmes à gérer dans l'immédiat.

Comme mettre fin à mon obsession pour le mafieux le plus célèbre de Boston, par exemple.

Ma main s'arrêta sur la page. Je clignai des yeux. Le problème était résolu, mais ce n'était pas mon écriture.

En réalité, *tous* les problèmes de la page étaient résolus. Sans exception.

Comment avait-il… ?

« Es-tu en train de me traiter d'imbécile ? »

Oui. Mais Sam n'était pas un imbécile. À en croire cette simple page, il se rapprochait plutôt du génie mathématique.

En colère contre lui, contre moi-même, et contre le monde entier, je refermai violemment le manuel. Un mot voleta jusqu'au sol. Je le ramassai.

Quoi, c'était difficile ?

Il avait cité *La Revanche d'une blonde.*

Et m'avait piégée par la même occasion.

Aïe.

Également disponibles

Harper Collins
POCHE

Composé et édité par HarperCollins France.

Achevé d'imprimer en janvier 2023.

CPI
FIRMIN-DIDOT

à Mesnil-sur-l'Estrée (Eure)

Dépôt légal : février 2023.

Pour limiter l'empreinte environnementale de ses livres, HarperCollins France s'engage à n'utiliser que du papier fabriqué à partir de bois provenant de forêts gérées durablement et de manière responsable.

Imprimé en France